W0337313

mare

Dina Nayeri

Ein TEELÖFFEL LAND *und* MEER

Roman

Aus dem Amerikanischen
von Ulrike Wasel
und Klaus Timmermann

mare

Die Deutsche Nationalbibliothek verzeichnet
diese Publikation in der Deutschen Nationalbibliografie;
detaillierte bibliografische Daten sind im Internet
unter http://dnb.ddb.de abrufbar.

Die Originalausgabe erschien 2013 unter dem Titel
A Teaspoon of Earth and Sea
bei Riverhead Books/Penguin Group (USA) Inc., New York.
Copyright © 2013 by Dina Nayeri

1. Auflage 2013
© 2013 by mareverlag, Hamburg
Typografie Farnschläder & Mahlstedt, Hamburg
Schrift Apolline
Druck und Bindung CPI Clausen & Bosse, Leck
Printed in Germany
ISBN 978-3-86648-013-1

FSC
www.fsc.org
MIX
Papier aus verantwortungsvollen Quellen
FSC® C083411

www.mare.de

Für Philip und für Baba Hajji,
von denen ich mir einst sehnlichst erhoffte,
sie zusammen in ein und demselben
Raum zu sehen.

TEIL 1
Unsichtbarer Faden

You and I have memories
Longer than the road that stretches out ahead.

The Beatles

PROLOG

Dorf Cheshmeh (Provinz Gilan), Iran
Sommer 1981

Das Folgende ist alles, was Saba Hafezi von dem Tag in Erinnerung hat, an dem ihre Mutter und ihre Zwillingsschwester für immer fortflogen, vielleicht nach Amerika, vielleicht in ein noch ferneres, noch unerreichbareres Land. Wenn man sie bitten würde, zu erzählen, woran sie sich erinnert, würde sie die vielen Teile aus einem Wust von Erinnerungen zusammenstückeln, zwei laue Tage in Gilan, die irgendwo in ihrem elften Sommer schweben:

»Wo ist Mahtab?«, fragt Saba wieder und rutscht unruhig auf der Rückbank des Autos hin und her. Ihr Vater fährt, während ihre Mutter auf dem Beifahrersitz in ihrer Handtasche herumkramt und Pässe und Flugscheine und all die Papiere zusammensucht, die erforderlich sind, um aus dem Iran rauszukommen. Saba ist schwindelig. Seit dem Abend am Strand tut ihr der Kopf weh, aber sie kann sich an kaum etwas erinnern. Sie weiß nur eines, nämlich dass ihre Zwillingsschwester Mahtab nicht da ist. Wo ist sie? Wieso ist sie nicht hier bei ihnen im Auto, wo sie doch wegfliegen und nie wiederkommen wollen?

»Hast du die Geburtsurkunden?«, fragt ihr Vater. Seine Stimme klingt schneidend und schnell, und Saba bleibt davon die Luft weg. *Was ist los?* Sie war noch nie so lange von Mahtab getrennt – seit elf Jahren sind die Hafezi-Zwillinge eine Einheit.

Keine Saba ohne Mahtab. Aber jetzt sind Tage vergangen – oder schon Wochen? Saba hat krank im Bett gelegen, und sie kann sich nicht erinnern. Sie hat nicht mit ihrer Schwester sprechen dürfen, und nun ist die Familie ohne Mahtab im Auto auf dem Weg zum Flughafen. *Was ist los?*

»Wenn ihr in Kalifornien ankommt«, sagt ihr Vater, »fahrt direkt zu Behruz. Dann ruf mich an. Ich schicke Geld.«

»Wo ist Mahtab?«, fragt Saba wieder. »Warum ist Mahtab nicht hier?«

»Sie trifft uns dort«, sagt ihre Mutter. »Khanom Basir fährt sie.«

»Wieso?«, fragt Saba. Sie drückt die Stopptaste an ihrem Walkman. Es ist alles so verwirrend.

»Saba! Hör auf!«, zischt ihre Mutter und wendet sich wieder ihrem Vater zu. Trägt sie ein grünes Kopftuch? Über diesem Teil der Erinnerung liegt ein schwarzer Fleck, aber Saba weiß noch, dass da ein grünes Kopftuch war. Ihre Mutter spricht weiter. »Was ist mit den Kontrollen? Was sag ich den *pasdars*?«

Die Erwähnung der Sittenpolizei macht Saba Angst. Seit zwei Jahren ist es im Iran strafbar, ein konvertierter Christ zu sein – oder irgendeine andere Form von Exmuslim –, wie die Hafezis es sind. Und es ist furchterregend, in der Welt brutaler *pasdars* mit ihren strengen Uniformen und der Mullahs mit ihren Turbanen und Gewändern ein Verbrecher zu sein.

»Sind da *pasdars*?«, fragt sie mit bebender Stimme.

»Sei still«, sagt ihre Mutter. »Hör wieder deine Musik. Die können wir nicht mitnehmen.«

Saba singt ein amerikanisches Lied, das sie und Mahtab von einer illegal importierten Musikkassette gelernt haben, und geht im Kopf englische Vokabeln durch. Sie wird ihr Englisch vervollkommnen und keine Angst haben. *Abalone. Abattoir. Abbreviate.*

Ihr Vater wischt sich die Stirn. »Meinst du, dass das wirklich nötig ist?«

»Wir haben das doch oft genug durchgekaut, Ehsan!«, blafft ihre Mutter. »Ich werde nicht zulassen, dass sie hier aufwächst ... dass sie mit Dorfkindern ihre Zeit vertut, Kopftuch trägt und Arabisch lernt und darauf wartet, dass die sie verhaften. Nein, danke.«

»Ich weiß, es ist wichtig« – die Stimme ihres Vaters klingt flehend –, »aber müssen wir es so offensichtlich machen? Wäre es denn so schlimm, wenn wir einfach so tun als ob ... ich meine ... es lässt sich doch ganz leicht verbergen.«

»Nur wenn du ein Feigling bist«, flüstert ihre Mutter. Sie fängt an zu weinen. »Und denk dran, was passiert ist ...«, sagt sie. »Die werden mich verhaften.« Saba fragt sich, was ihre Mutter damit meint.

»Was bedeutet *abalone*?« Saba versucht, ihre Mutter abzulenken, kriegt aber keine Antwort. Der Streit macht ihr Angst, doch es gibt jetzt wichtigere Dinge zu klären. Sie tippt ihrem Vater auf die Schulter. »Wieso fährt Mahtab mit Khanom Basir? In unserem Auto ist doch genug Platz.« Es ist seltsam, dass Rezas Mutter überhaupt Auto fährt. Aber vielleicht heißt das ja, dass Reza auch mitkommt, und Saba liebt ihn fast genauso sehr, wie sie Mahtab liebt. Ja, sie erzählt sogar freimütig jedem, der fragt, dass sie Reza eines Tages heiraten wird.

»In ein paar Jahren wirst du froh über diesen Tag sein, Sabadschan«, sagt ihre Mutter, die beschlossen hat, eine unausgesprochene Frage zu beantworten. »Ich weiß, die Nachbarn sagen, ich bin eine schlechte Mutter, weil ich deine Sicherheit unnötig aufs Spiel setze. Aber es ist nicht unnötig! Ich gebe dir viel mehr, als sie ihren Kindern geben.«

Schon bald sind sie im hektischen Flughafen von Teheran. Ihr Vater geht mit raschen, wütenden Schritten voraus. »Sieh dir bloß an, was du aus unserer Familie gemacht hast, die reinste Katastrophe«, sagt er barsch. »Meine Töchter –« Er bleibt stehen, räuspert sich und lenkt ein. Ja, so ist es am besten, am sichersten. Ja, ja. Er geht mit dem Gepäck weiter. Saba spürt, wie ihre Mutter ihre Hand drückt.

Saba ist seit Monaten nicht mehr in Teheran gewesen. Als die Islamische Republik anfing, Veränderungen durchzusetzen, ist Sabas Familie in ihr großes Haus auf dem Land gezogen – in Cheshmeh, einem friedlichen Dorf, wo die Menschen vom Reisanbau leben, wo es keine Proteste gibt, wo keine wütenden Horden durch die Straßen toben und die Menschen den großzügigen Hafezis trauen, weil die Familie in der Gegend tief verwurzelt ist. Obwohl es in einigen Dörfern mit ihrer schreckenerregenden Mullah-Justiz für eine christliche Familie gefährlicher ist als in den großen Städten, hat sie in Cheshmeh niemand behelligt, weil die konservativen, schwer arbeitenden Bauern und Fischer des Nordens bei den *pasdars* kein großes Interesse erregen und weil Sabas Vater ein guter Lügner ist und neugierige Nachbarn beschwichtigt, indem er Mullahs und Leute aus der Stadt in sein Haus einlädt. Saba versteht nicht, was sie alle so faszinierend an ihrer Familie finden. Schon allein Reza ist interessanter als alle Hafezis zusammen, und er hat seine ganzen elf Jahre in Cheshmeh gelebt. Er ist größer als die anderen Kinder, spricht den dörflichen Dialekt, hat große runde Augen und warme Haut, die sie zweimal berührt hat. Wenn sie mal heiraten und dann mit Mahtab und ihrem gelbhaarigen amerikanischen Mann in ein Schloss in Kalifornien ziehen, wird sie Rezas Gesicht jeden Tag berühren. Er hat olivenfarbene Haut wie die Jungen in alten iranischen Filmen, und er mag die Beatles.

Am Flughafen entdeckt Saba Mahtab in der Ferne. »Da ist sie!«, ruft sie, reißt sich von ihrem Vater los und läuft auf ihre Schwester zu. »Mahtab, hier sind wir!«

An dieser Stelle verschwimmt die Erinnerung zu einem traumartigen Flickwerk aus Bildern. Als allgemein anerkannte Tatsache gilt, dass ihre Mutter irgendwann an diesem Tag verschwindet. Aber Saba erinnert sich nicht, wann das in dem ganzen Durcheinander aus Warteschlangen vor Sicherheitskontrollen und Gepäckabfertigung und *pasdar*-Befragungen passiert. Sie weiß nur noch, dass sie ihre Schwester ein paar Minuten später auf der anderen Seite der Halle sieht – wie das verschwundene Spiegelbild in einem gruseligen alten Märchenbuch –, an der Hand einer eleganten Frau in einem blauen Manteau, einem schweren, langen Mantel, genau wie der, den ihre Mutter anhat. Saba winkt. Mahtab winkt zurück und wendet sich ab, als wäre das das Natürlichste von der Welt.

Als Saba zu ihnen laufen will, hält ihr Vater sie fest. Schreit. *Lass das! Lass das!* Was verbirgt er? Ist er böse, weil Saba diese Entdeckung gemacht hat? »Lass das, Saba. Du bist nur müde und durcheinander«, sagt er. In letzter Zeit haben viele Leute versucht, Dinge zu vertuschen, indem sie ihr einredeten, sie wäre durcheinander.

Das Gedächtnis kann dem Verstand so manchen bösen Streich spielen – wie wenn man bei einem Videofilm das Band abwickelt und wieder aufwickelt, sodass es bloß noch ein paar verzerrte Bilder zeigt. Der nächste Teil der Erinnerung ist irgendwie ganz wirr. Irgendwann später ist ihre Mutter wieder da – obwohl sie doch eben noch Mahtab an der Hand hatte. Sie nimmt Sabas Gesicht zwischen zwei Finger und verspricht ihr wundervolle Tage in Amerika. »Bitte sei jetzt einfach still«, sagt sie.

Dann stellt ein *pasdar* an einem Kontrollposten ihren Eltern ganz viele Fragen. *Wohin reisen Sie? Warum? Für wie lange? Verreist die ganze Familie? Wo wohnen Sie?*

»Nur meine Frau und meine Tochter verreisen«, sagt Agha

Hafezi – eine bestürzende Lüge. »Und nur für kurze Zeit, um Ferien bei Verwandten zu machen. Ich bleibe hier.«

»Mahtab kommt auch mit!«, platzt Saba heraus. Trägt der *pasdar* einen braunen Hut? Das kann nicht sein. *Pasdars* tragen keine Hüte mit richtiger Krempe. Und doch taucht in ihrer Erinnerung immer wieder dieser braune Hut auf.

»Wer ist Mahtab?«, schnauzt der *pasdar,* und das macht einem Angst, ganz gleich, wie alt man ist.

Ihre Mutter stößt ein unechtes Lachen aus und sagt etwas ganz Schreckliches. »So heißt ihre Puppe.« Plötzlich begreift Saba. Nur *eine* Tochter wird verreisen. Haben sie vor, Mahtab mitzunehmen und sie nicht? Haben sie sie deshalb die ganze Zeit auseinandergehalten?

Als sie anfängt zu weinen, beugt ihre Mutter sich zu ihr herunter. »Saba-dschan, weißt du noch, was ich dir erzählt habe? Dass man, wenn man leidet, ein Riese sein soll? Würde ein Riese vor den vielen Fremden hier weinen?« Saba schüttelt den Kopf. Dann legt ihre Mutter ihr eine Hand an die Wange und sagt etwas Heldenhaftes, das ihr guttut: »Du bist Saba Hafezi, ein Glückskind, das Englisch liest. Weine nicht wie eine Bäuerin, denn du bist nicht das Mädchen mit den Schwefelhölzern.«

Ihre Mutter hasst dieses Märchen – ein hilfloses, obdachloses Mädchen, das Streichhölzer vergeudet, um sich Tagträumen hinzugeben, anstatt ein richtiges Feuer zu machen, an dem es sich wärmen kann.

Du bist nicht das Mädchen mit den Schwefelhölzern. An diesen Satz erinnert sich Saba noch genau. Dann ist ihre Mutter plötzlich verschwunden, und es folgt ein neues Wirrwarr von Bildern, die Saba sich nicht erklären kann. Sie erinnert sich an ein grünes Kopftuch. Einen Mann mit braunem Hut. Ihre Mutter in Warteschlangen und vor Fluggates. Saba, die von ihrem Vater wegläuft, Mahtab verfolgt, bis zu dem großen Fenster mit

Blick auf die Flugzeuge. All diese Bilder sind mit einer diesigen Schicht Unsicherheit überzogen, mit der sie sich mittlerweile abgefunden hat. Die Erinnerung ist trügerisch. Doch ein Bild ist klar und sicher, und nichts und niemand wird sie je vom Gegenteil überzeugen. Nämlich dieses: ihre Mutter in einem blauen Manteau – nachdem ihr Vater behauptet hat, er hätte sie in dem Gedränge vor den Sicherheitskontrollen verloren –, wie sie in ein Flugzeug nach Amerika steigt und Mahtab an der Hand hält, die glückliche Zwillingsschwester.

Es liegt alles im Blut

KHANOM BASIR

Sabas Erinnerung mag unscharf sein, meine ist es nicht. Und ja, ja, zu gegebener Zeit werde ich Ihnen alles erzählen. Geschichtenerzähler soll man nicht drängen. Wir Frauen aus dem Norden haben Geduld gelernt, weil wir den lieben langen Tag durch sumpfige Reisfelder waten und es gewohnt sind, nicht drauf zu achten, wenn es uns irgendwo juckt. Im ganzen Iran reden die Leute über uns, müssen Sie wissen ... über uns *shomali*, die Frauen im Norden. Sie haben allerhand gute und schlechte Bezeichnungen für uns: Fischkopfesser, leichte Frauen mit zu viel Begehren, *dehati*. Ihnen fallen unsere weiße Haut auf und die hellen Augen, die Art, wie wir ihre städtischen Moden ablehnen und trotzdem die Schönsten sein können. Jedermann weiß, dass wir vieles können, was anderen Frauen nicht gelänge – Reifen wechseln, schwere Körbe durch Regengüsse tragen, Reis in gefluteten Feldern setzen und uns den ganzen Tag lang durch einen blättrigen Ozean aus Teesträuchern kämpfen – wir sind die Einzigen, die wirklich hart arbeiten. Die kaspische Luft macht uns stark. Diese Frische – *grüner Shomal*, sagen sie, *nebliger, regnerischer Shomal*. Und ja, manchmal verstehen wir es auch, uns langsam zu bewegen. Manchmal werden wir wie das Meer von unsichtbaren Lasten niedergedrückt. Wir tragen Körbe mit Kräutern auf dem Kopf, schwanken unter

Koriander, Minze, Bockshornklee und Schnittlauch, und wir hetzen uns nicht. Wir warten, bis die Ernte die Luft durchdringt, unsere verstreut liegenden Häuser im Sommer mit dem warmen, feuchten Duft des Reises erfüllt und im Frühling mit dem Duft der Orangenblüte. Die besten Dinge brauchen Zeit, wie einen guten Eintopf kochen, wie Knoblauch einlegen oder Fisch räuchern. Wir sind geduldige Menschen, und wir versuchen, freundlich und anständig zu sein.

Und wenn ich nicht will, dass Saba Hafezi meinen Sohn Reza mit hoffnungsvollen Augen betrachtet, dann nicht, weil ich ein schwarzes Herz habe. Auch wenn Saba glaubt, ich hasse sie, auch wenn sie all ihre aufgestaute Mutterliebe der alten Khanom Omidi schenkt, sorge ich für dieses Mädchen, seit es die Mutter verlor. Trotzdem, bloß weil du einem Mädchen dienstags etwas zu essen kochst, heißt das noch lange nicht, dass du ihm deinen liebsten Sohn gibst. Saba Hafezi ist nicht die Richtige für meinen Reza, und es versalzt mir den Magen, wenn ich daran denke, dass sie an dieser Hoffnung festhält. Ja, ihr Vater hat Geld. Gott weiß, dieses Haus hat alles zu bieten, von Hühnermilch bis Menschenseelen – also alles, was es gibt, und manches, was es nicht gibt. Alles, was du anfassen kannst, und manches Unberührbare. Ich weiß, dass sie weit über uns stehen. Aber ich gebe nichts auf Geld oder Schulbücher. Meine Bildung ist nützlicher als alles, was die Frauen in diesem großen Haus je gelernt haben, und ich weiß, ein größeres Dach bedeutet nur mehr Schnee.

Ich möchte, dass mein Sohn eine vernünftige Frau bekommt und nicht eine, die sich in Büchern verliert und in Teheraner Allüren und vagen Dingen, die nichts mit den heutigen alltäglichen Bedürfnissen zu tun haben. Und was soll das, mit dieser ganzen fremdländischen Musik, die sie ihm gegeben hat? Welcher andere Junge hört sich diesen Unsinn an, schließt die

Augen und schüttelt den Kopf, als wäre er besessen? Gott, steh mir bei. Die anderen Jungen wissen kaum, dass es ein Land namens Amerika gibt ... Sehen Sie, ich möchte, dass Reza vernünftige Freunde hat. Aber Saba wird von tausend Dschinn geplagt. Das arme Kind. Ihre Zwillingsschwester Mahtab ist verschwunden, und ihre Mutter ist verschwunden, und ich sage ungeniert, dass tief in der Seele dieses Mädchens etwas Beängstigendes vor sich geht. Sie fertigt hundert Messer, aber keins hat einen Griff – sie hat einfach ein bisschen zu gut gelernt zu lügen, selbst für meinen Geschmack. Sie stellt wilde Behauptungen über Mahtab auf. Und natürlich leidet sie. Zwillinge sind wie Hexen, sie können aus weiter Ferne die Gedanken des anderen lesen. In hundert schwarzen Jahren hätte ich ihre Trennung oder den Schmerz, den sie verursachen würde, niemals vorhergesehen.

Ich erinnere mich an die beiden in glücklicheren Zeiten, wie sie auf dem Balkon unter dem Moskitonetz lagen, das ihr Vater aufgehängt hatte, damit sie in heißen Nächten draußen schlafen konnten. Sie tuschelten miteinander, stupsten mit ihren rosa bemalten Zehen gegen das Netz und kramten in den Taschen ihrer unanständig kurzen Hosen nach versteckten, halb aufgebrauchten Lippenstiften ihrer Mutter. Das war natürlich vor der Revolution, also auch viele Monate bevor die Familie ganz nach Cheshmeh zog. Es war im Sommer, wenn sie Ferien von ihrer feinen Schule in Teheran machten – wenn die Mädchen aus der Stadt so tun konnten, als führten sie ein dörfliches Leben, mit Dorfkindern spielen, gottesfürchtigen Dorfjungen den Kopf verdrehen, als sie noch jung waren und solche Dinge noch erlaubt waren. Auf dem Balkon pflückten die Mädchen oft büschelweise Geißblatt, das an den Hauswänden rankte, und saugten die Blüten aus wie Bienen, lasen ihre fremdländischen Bücher und heckten Streiche aus. Sie trugen ihre lila

Teheraner Sonnenbrillen, ließen ihr langes schwarzes Haar lose über nackte, sonnengebräunte Schultern fallen und aßen ausländische Schokolade, die es jetzt längst nicht mehr gibt. Dann stellte Mahtab meist irgendwelchen Unfug an, dieser kleine Teufel. Manchmal ließ ich Reza zu ihnen unter das Moskitonetz. Es schien ein so süßes Leben zu sein, von dem großen Hafezi-Haus auf die schmalen, gewundenen Wege hinabzublicken, die baumbedeckten Berge dahinter zu sehen und ringsherum unsere vielen kleineren Dächer aus Lehmziegeln und Reisstroh, wie Sabas offene Bücher mit dem Rücken nach oben um die Felder verteilt. Offen gestanden war der Blick aus unserem Fenster sogar besser, weil wir nachts das Hafezi-Haus auf dem Berg sehen konnten, mit seinem hübschen, leuchtend weißen Anstrich, einem Dutzend Fenstern, hohen Mauern und vielen Lichtern, die für Freunde entzündet wurden. Heutzutage ist von diesem Anblick nicht mehr viel übrig – nächtliche Vergnügungen finden ja jetzt nur noch hinter dicken, Musik dämpfenden Vorhängen statt.

Einige Jahre nach der Revolution bekamen Saba und Mahtab Kopftücher verpasst, und wir konnten die kleinen Unterschiede in ihren Frisuren oder ihren heiß geliebten westlichen T-Shirts nicht mehr sehen, um sie auf der Straße auseinanderzuhalten – fragen Sie mich nicht, warum die T-Shirts verboten wurden. Ich glaube, es lag an irgendeinem ausländischen *chert-o-pert*, das vorne draufstand. Also fingen die Mädchen prompt an, die Rollen zu tauschen, um uns zu narren. Ich denke, das ist heute eines von Sabas Problemen – dieser Rollentausch. Sie verbringt zu viel Zeit damit, über Mahtab nachzudenken und sich ihre Lebensgeschichte auszumalen, sich vorzustellen, sie nähme Mahtabs Platz ein. Ihre Mutter hat immer gesagt, das ganze Leben wird vom Blut bestimmt. All deine Fähigkeiten und Neigungen und zukünftigen Schritte. Saba meint, wenn das alles in den Adern angelegt ist und wenn das Blut von Zwillingen genau gleich ist, dann folgt daraus, dass sie auch gleiche Leben leben, selbst wenn die Formen und Bilder und Klänge um sie herum unterschiedlich sind – wie etwa, wenn der eine in Cheshmeh wäre und der andere in Amerika.

Es bricht mir das Herz. Ich höre diese sehnsüchtige Stimme, hebe Sabas Gesicht an und entdecke darin diesen verträumten Ausdruck. Obwohl sie niemals laut sagt: »Ich wünschte, Mahtab wäre hier«, ist es doch jeden Tag der gleiche Eintopf und die gleiche Suppe. Man muss es nicht aus ihrem Mund hören, wenn man deutlich sehen kann, wie ihre Hand nach diesem fehlenden Menschen greift, der immer links von ihr stand. Und wenn ich noch so sehr versuche, sie abzulenken und ihre Gedanken auf praktische Dinge zu richten, reitet sie doch immer weiter auf dem Esel des Teufels. Und würden Sie etwa wollen, dass *Ihr* Sohn seine Jugend damit verbringt, eine solche Lücke zu füllen?

Das Schlimme dabei ist, dass es ihrem Vater so schwerfällt, sie zu verstehen. Ich habe noch nie einen Mann gesehen, der so unfähig ist, in das Herz seiner Tochter zu schauen. Etwas unbeholfen versucht er, seine Zuneigung zu zeigen, doch es gelingt ihm nicht. Also sitzt er da, mit seiner Wasserpfeife und seiner gebildeten Ratlosigkeit, und denkt: *Glaube ich, was meine Frau glaubte? Soll ich Saba zur Christin erziehen oder zu einem sicheren Leben?* Er beobachtet die ungewaschenen Kinder in Cheshmeh – diejenigen, deren Mütter ihre bunten Kittel und Röcke zwischen die Beine klemmen, ihre Hosen bis zu den Knien hochziehen und den ganzen Tag durch *sein* Reisfeld waten – und fragt sich, was aus ihren Seelen wird. Natürlich sage ich dem Mann nichts. Das tut niemand. Nur ganz wenige wissen, dass sie eine Familie von Christusanbetern sind, sonst könnte es in dem kleinen Dorf für sie gefährlich werden. Aber er sorgt dafür, dass wir Auberginen auf unseren Tellern haben und Wassermelonen in unseren Armen, und deshalb bleibt vieles ungesagt über die Art, wie er Saba erzieht, über seine nächtlichen Dschinn und seinen heimlichen Glauben.

Jetzt, wo die Mädchen durch so viel Land und Meer voneinander getrennt sind, lässt Saba ihren Hafezi-Verstand unter einem kratzigen, dörflichen Spiel-Tschador verkümmern, helltürkisfarben und mit Perlen gesäumt, den sie von Khanom Omidi bekommen hat. Sie hüllt ihren kleinen elfjährigen Körper darin ein, um so zu tun, als gehörte sie hierher, wickelt ihn sich eng um die Brust und die Arme, obwohl Städterinnen wie ihre Mutter das niemals tun würden. Sie merkt nicht, dass wir alle hier uns wünschen, an ihrer Stelle zu sein. Sie verspielt alle Möglichkeiten. Mein Sohn Reza erzählt mir, dass sie Geschichten über Mahtab erfindet. Sie gibt vor, ihre Schwester würde ihr Briefe schreiben. Wie kann ihre Schwester ihr Briefe schreiben?, frage ich. Reza sagt, sie wären auf Englisch verfasst, deshalb kann ich nicht wissen, was da in Wirklichkeit steht, aber eines ist klar: Dafür, dass es nur drei Seiten sind, hat Saba jede Menge zu erzählen. Manchmal möchte ich sie schütteln, damit sie aus ihrer Traumwelt erwacht. Ihr sagen, dass wir doch beide wissen, dass diese Seiten keine Briefe sind – wahrscheinlich bloß Schulaufgaben. Ich weiß genau, was sie dann erwidern wird. Sie wird mich verspotten, weil ich ungebildet bin. »Woher willst du das wissen?«, wird sie mich ärgern. »Du kannst doch gar kein Englisch lesen.«

Das Mädchen ist eingebildet. Liest ein paar Bücher, und schon stolziert es herum, als hätte es Rostam die Hörner abgeschnitten. Tja, ich kann zwar kein Englisch, aber ich bin eine Geschichtenerzählerin, und ich weiß, dass es keine Lösung ist, so zu tun als ob. Ja, es lindert die Schmerzen im Innern, aber die Dschinn müssen im wahren Leben erkannt und besiegt werden.

Wir alle kennen die Wahrheit über Mahtab, aber Saba spinnt ihre Geschichten, und Reza und Ponneh Alborz lassen sie immer weitermachen, weil Saba unbedingt will, dass ihre Freunde zuhören – und weil sie als Geschichtenerzählerin ein Naturtalent ist. Das hat sie von mir gelernt – wie man sich ein Märchen oder eine gute Lüge ausdenkt, wie man auswählt, welche Teile erzählt und welche Teile weggelassen werden.

Saba denkt, alle haben sich abgesprochen, um die Wahrheit über Mahtab zu verschleiern. Aber warum sollten wir? Welchen Grund hätten ihr Vater und die frommen Mullahs und ihre Ersatzmütter, in einer solchen Zeit zu lügen? Nein, es ist nicht richtig. Ich kann meinen Sohn nicht einer enttäuschten Träumerin mit vernarbtem Herzen geben. Was wäre das für ein Schicksal! Mein jüngster Sohn gefangen in einem Leben aus Albträumen und Was-wäre-wenn und fremden Welten. Bitte glauben Sie mir. So könnte es wirklich enden ... weil Saba Hafezi die Wunden von hundert schwarzen Jahren in sich trägt.

KAPITEL EINS

Sommer 1981

Saba sitzt auf dem Beifahrersitz neben ihrem Vater, der zunächst über die Schnellstraßen fährt, die von Teheran wegführen, und Stunden später über kleinere, gewundene Landstraßen zurück nach Cheshmeh. Im Wagen ist es heiß und stickig, und sie schwitzt in ihrem dünnen grauen T-Shirt. Ihr Vater beugt sich rüber und kurbelt die Scheibe auf ihrer Seite ein wenig herunter. Der Duft von nassem Gras strömt herein. Sie kommen an einem sumpfigen Reisfeld vorbei, einem *shalizar* oder, auf Gilaki, einem *bijâr*, und Saba beugt sich hinaus, um den Bauern zuzusehen. Es sind größtenteils Frauen mit Strohhüten, in bunter, fröhlicher Kleidung, die bis zu den Knien hochgerollt ist, während sie durch die gefluteten Felder waten. Saba sieht die lehmverputzten Hütten der Arbeiter, die möglichst nah an dem Tee und dem Reis um die Felder verteilt liegen. Die meisten Landbesitzer wie Agha Hafezi leben nicht so nah an ihren Ländereien, sondern ziehen Großstädte wie Teheran vor. Doch jetzt verwüstet ein Krieg die Grenzorte, vielleicht bald auch die Städte, und das Dorf Cheshmeh, etwa eine Autostunde von der großen Stadt Rasht entfernt, in dem bloß ein paar Tausend Menschen leben, ist ein ruhiger und abgeschiedener Ort. Mit seinen vielen Brunnen und großen Reisscheunen auf dünnen Beinen, die aussehen wie Kriegsherren mit dicken

Strohhüten, ist es ein feuchter, schwüler nördlicher Zufluchtsort aus Strohdächern über blau getünchten oder naturbelassenen Terrakottahäusern und Reisstrohhütten, die sich, leicht erhöht vom sumpfigen Boden, am Fuß der Alborz-Berge in *mahalles* zusammendrängen. Das Zentrum von Cheshmeh besteht aus etlichen Pflasterstraßen, die zu einem Marktplatz zusammenlaufen, auf dem einmal in der Woche Basar ist (*jomeh-bazaar* heißt er, Freitagsmarkt). In Teheran könnte Agha Hafezi sich vielleicht besser verstecken, aber hier in dem Haus seiner Kindheit und umgeben von Freunden, die ihn schützen, fühlt er sich sicherer.

Auf der Kuppe des großen Hügels, knapp hinter dem handgemalten Schild mit der Aufschrift CHESHMEH, bremst Sabas Vater ab, um zwei Fahrradfahrer vorbeizulassen. Der eine ist ein junger Mann in alten Jeans mit einem großen Bündel auf dem Rücken. Der andere ist ein Fischer in einer weiten grauen Hose. Sein salziger Meergeruch weht ins Auto, während er den nächsten grünen Hügel hinaufstrampelt und dann verschwindet. Saba kennt beide Gesichter. Anders als die Villenorte näher am Kaspischen Meer lockt Cheshmeh keine Scharen von Feriengästen an. Nur manchmal kommen Touristen mit Autos oder Bussen, um die Erntearbeiten zu beobachten oder etwas auf dem Basar zu kaufen. Saba drückt die Stirn gegen die Scheibe und wartet auf den unvermeidlichen Moment, wenn der Nebel sich lichtet und plötzlich Bäume in der Ferne auftauchen. Ein Arzt in einem schlecht sitzenden Anzug fährt in einem klapprigen gelben Pick-up vorbei. Auf ihrer Höhe verlangsamt er die Fahrt und winkt. Agha Hafezi wechselt durchs offene Fenster ein paar Worte im Gilaki-Dialekt mit ihm. Saba weiß, dass Cheshmeh für ihren Vater der Punkt ist, an dem alle Straßen enden. Es vereint hundert widerstreitende Gerüche und Klänge – betörende Orangenblütennebel, Girlanden aus

Knoblauchzehen, die die Läden schmücken, eingelegter Knoblauch auf gebratenen Auberginen, Gilaki-Lieder und Grillengezirpe in der Nacht. Er genießt die Ruhe des Dorfes. Während sie sich ihrem Haus nähern, weiß Saba, dass er nie wieder versuchen wird, fortzugehen. Er ist ein müder, übervorsichtiger Mann, besessen von seinen Geheimnissen und davon, alle sichtbaren Zeichen seiner eigenen Stärke auszuradieren. Und er ist ein Lügner.

Jetzt, auf dem Beifahrersitz, allein mit ihrem Vater, weint Saba nicht. Warum sollte sie? Sie ist nicht das Mädchen mit den Schwefelhölzern. Ganz gleich, wie groß ihr der Wagen ohne ihre Mutter und Schwester vorkommt, und ganz gleich, wie oft ihr Vater versucht zu erklären, dass sie nie wiederkommen, klammert sich Saba an den Glauben, dass mit der Welt alles in Ordnung ist. *Nothing's gonna change my world*, singt sie während der ganzen Heimfahrt, und das ist den nächsten Monat über ihr Lieblingslied.

Kaum sind sie im Ort, versucht ihr Vater, ihr die erste Lüge einzureden. *Mahtab ist tot.* Sie sucht nach Anzeichen dafür, dass er sich das ausgedacht hat. Eine andere Erklärung gibt es nicht. Sein Gesicht ist ganz nervös, und seine Stirn schweißnass. »Wir wollten es dir nicht sagen, während du krank warst«, sagt er, und als sie nicht antwortet: »Hast du gehört, Saba-dschan? Leg die Blätter weg und hör mir zu.«

»Nein«, wimmert sie und hält ihre Liste mit englischen Wörtern noch fester. »Du lügst.«

Sie schwört, nie wieder ein Wort mit ihm zu reden, weil er das alles geplant haben muss. – Außerdem hat Saba von ihrer Mutter gelernt, dass es nur einem Menschen unter tausend möglich ist, die Wahrheit von etwas zu erkennen. Sie muss sich an das halten, was sie gesehen hat: eine Frau in der Halle jenseits der Flughafenlounge, eine elegante, stilvolle Frau mit dem ungebärdigen, unter dem Kopftuch hervorquellenden Haar ihrer Mutter, mit dem dunkelblauen Manteau ihrer Mutter und dem gehetzten Gesichtsausdruck ihrer Mutter, die ein ernstes, folgsames Mädchen an der Hand hielt, ein gespenstisch stilles Kind, das nur Mahtab sein konnte – das Mahtab *war.*

Nein, sie ist nicht gestorben.

»Saba-dschan«, sagt ihr Vater, »hör auf deinen Baba. Du hast deine Freundin Ponneh. Sie wird wie eine Schwester für dich sein. Das ist doch schön, oder?«

Nein, sie ist nicht gestorben. Ich muss mir keine neue Mahtab suchen.

Da zu Hause keine Mahlzeit auf sie wartet, essen sie Kebabs am Straßenrand, starren wortlos auf die Decke aus Bäumen und Nebel, die das Meer verhüllt. Ihr Vater kauft ihr einen Maiskolben, den der Verkäufer schält und in einen Eimer mit Salzwasser wirft, sodass er zischt und tropft, den wunderbar brandigen Meerwassergeschmack einschließt. Während sie isst, verfestigt sich die Erinnerung, und die Lücken füllen sich von selbst – wie bei den Tieren in ihrem Biologiebuch, denen Körperteile nachwachsen können, eine Art Überlebenszauber –, bilden ein verständliches Ganzes: die verschwommenen Umrisse einer großen Frau in einem Manteau. Der magere elfjährige Geist eines Mädchens in Mahtabs Kleidung. Ist ihre Miene schuldbewusst? Hat sie ein schlechtes Gewissen, weil sie ihre Zwillingsschwester verrät? Dann die undeutliche, farblose Lounge mit ihren Massen an gesichtslosen Passagieren, die sich vorwärtsdrängeln, um ein Flugzeug nach Amerika zu besteigen.

Mahtab ist ohne mich nach Amerika geflogen. Die Frage, wieso sie auf einmal in der Flughafenlounge war, ist noch immer rätselhaft. Wahrscheinlich haben ihre Eltern sie von Khanom Basir hinbringen lassen, damit Saba nicht zu früh merkt, dass nur Mahtab nach Amerika fliegen soll. Sie wollten ihre Gefühle schonen, weil sie sie verraten hatten und weil sie der weniger wichtige Zwilling ist. Vielleicht haben ihre Eltern auch eine Art Pakt geschlossen, damit jeder eine Tochter behält.

Die folgende Woche über versucht Saba, die rückgratlosen Erwachsenen von Cheshmeh dazu zu bringen, ihr die Wahrheit zu sagen. Wenn Mahtab tot ist, wieso hat es dann keine Beerdigung gegeben? Und wo ist ihre Mutter hin? Ihr Vater hat den Nachbarn bestimmt Geld gegeben, damit sie seine Lügen verbreiten. Mit Geld kriegt er alles, was er will, deshalb lässt Saba sich nicht täuschen von dem Trommelwirbel aus Tod und Ritualen und Trauer, der nun folgt. Das ist alles bloß ein Trick, den sich der reiche und mächtige Agha Hafezi ausgedacht hat, um seiner anderen, wertvolleren Tochter ein schöneres Leben bieten zu können – ein Leben, das sich Saba nur in Illustrierten und verbotenen Fernsehserien anschauen kann.

Einen Monat nach der einsamen Rückfahrt vom Flughafen versucht Saba zum dritten Mal zu beweisen, dass Mahtab lebt. Zusammen mit Ponneh Alborz, ihrer besten Freundin, und Reza Basir, in den sie beide verliebt sind, läuft sie von zu Hause fort. Ist doch egal, dass Rezas Mutter kreischen und toben und sie mit allen möglichen Beschimpfungen für böse Mädchen verwünschen wird. Hauptsache, ihre Freunde sind dabei. Sie überredet sie, per Anhalter mit ihr nach Rasht zu fahren, wo sie noch einmal aufs Postamt gehen will. Jetzt, da seit Mahtabs Abreise ein Monat vergangen ist, müsste ein Brief von ihr angekommen sein – denn wie sehr ihre Eltern auch versuchen, ihre heimtückischen Pläne zu verschleiern, Mahtab wird immer einen Weg finden, Saba zu schreiben.

Die drei Freunde gehen durch die fremden Straßen von Rasht,

halten sich dicht an irgendwelche Erwachsene, damit es nicht so aussieht, als wären sie allein unterwegs. Dann und wann blickt Saba in einen handgezeichneten Stadtplan und zupft ihr blaues Kopftuch zurecht, doch die meiste Zeit betrachtet sie Reza, der ein paar Schritte vor ihnen marschiert, seinen ramponierten Fußball unter den Arm geklemmt. Manchmal läuft er mit ihm dribbelnd ein Stück voraus, als würde er für Saba und Ponneh ein Kräftefeld schaffen – denn für Reza macht es nur dann Sinn, mit Mädchen befreundet zu sein, wenn man auch zeigen kann, dass man sie beschützt. Dieses Spiel spielt er schon, seit die Hafezis ihren ersten Sommer in Gilan verbrachten. Obwohl ihre Mutter ihr immer einschärfte, sie sollte mit der Überzeugung auftreten, dass sie den Jungs ebenbürtig ist, hatte Saba nie etwas dagegen, Reza die Führung zu überlassen. Es ist eine Möglichkeit, sich in Rezas und Ponnehs Welt einzufügen – in ihr bäuerliches Leben mit Jeans aus dritter Hand, Orangensaft, der direkt aus einem Loch in der Schale gesaugt wird, Armreifen, die nicht zusammenpassen, provinziellen Kopftüchern in Rot und Türkis mit paillettenbesetzten Säumen, fettigen, in der Mitte gescheitelten Haaren, die darunter hervorlugen. Jedes Detail entzückt sie. Obwohl ihr Vater es nicht gerne sieht, dass sie zu ihnen nach Hause geht und das Geschirr in ihren winzig kleinen Küchen berührt, verbietet er es nicht. Ponnehs und Rezas Familien sind Handwerker: Sie flechten Binsen und weben Stoffe, kochen Marmeladen und machen ein. Sie haben viele Jobs und wenig Geld, aber sie können lesen und schreiben und leben in ansehnlichen Häusern. Ihre Kinder gehen zur Schule und werden vielleicht sogar mal studieren, falls ihre Noten gut genug sind. Für Sabas Vater sind sie anders als die Feldarbeiter, die in der Nebensaison bei ihnen anklopfen und Arbeiten im Haus für ihn verrichten – doch in Wirklichkeit sind alle Menschen in Cheshmeh unauflösbar verbunden, miteinander und mit der Feldarbeit. Gibt es hier überhaupt jemanden, der alt geworden ist, ohne wenigstens mal einen Tag lang Reis zu setzen oder Tee zu pflücken?

Als sie eine schmale Straße entlanggehen, hören sie auf einmal eine schneidende Stimme. »He, Kinder! Herkommen.« Ein Sittenpolizist steht träge vor einem fensterlosen Laden auf der anderen Seite. Er stützt ein Knie auf einen Hocker und hebt immer wieder eine Flasche Joghurt-Soda an den Mund. Saba erstarrt. *Pasdars* erinnern sie an den Flughafen und die barsche Frage: *Wer ist Mahtab?*, vergiften die letzten Augenblicke mit ihrer Mutter. Sie merkt kaum, dass Reza sie beide an den Händen fasst und anfängt, hinter seinem Ball herzusprinten, durch enge Gässchen davonflitzt, so schnell, dass der Polizist ihnen nicht folgen kann. Im Laufen verspottet er den Mann mit dem Anfeuerungsruf für die iranische Fußballmannschaft, den er bei den Hafezis im Fernsehen gehört hat. »Duu Duuruuu duud duud. IRAN!«

Irgendwann kriegt ihr noch richtig schlimmen Ärger mit der Polizei, droht Rezas Mutter dem Trio oft. Sie sagt es zu Saba, weil ihre Mutter irgendwas Illegales gemacht hat und wegen der ausländischen Musik, die Saba mit Reza hört, und zu Ponneh sagt sie es, weil sie bockig ist und zu schön, um unbemerkt zu bleiben. Saba glaubt nicht, dass Reza irgendwas auf diese Warnungen gibt. Er ist zu sehr darauf aus, den Helden zu spielen. Vielleicht hätte sie die beiden doch nicht mitnehmen sollen.

Bald gelangen sie aus den dunklen Gassen und verwinkelten Sträßchen dieses fremden Teils von Rasht in eine Gegend, die Saba kennt. Abgesehen von ihren Besuchen im Postamt war Saba einmal mit ihrer Mutter und Mahtab in diesem Stadtviertel, um Schuhe zu kaufen. Da waren die Zwillinge acht, und die Pro-Haar-Regierung war noch nicht von der Pro-Kopftuch-Regierung gestürzt worden – den Straßenschreiern, die später die politischen Parteien ihrer Viertklässlerwelt wurden. An jenem Tag bekamen sie beide zwei Paar Schuhe, wobei Sabas etwas höhere Absätze hatten. Ihre Mutter hatte das absichtlich so gedreht, wegen des ungerechten Größenunterschieds von einem Zentimeter zwischen den Zwillingen. Saba weiß das, weil sie das verschwörerische Lächeln im Gesicht ihrer Mutter sah, während Mahtab gerade ihre Riemchen einstellte.

Als die drei am Postamt ankommen, steckt Saba ihren selbst gemachten Stadtplan weg, rückt ihr Kopftuch so zurecht, wie sie das bei erwachsenen Frauen gesehen hat, und läuft direkt zu Fereydun am Schalter, dessen Gesicht ernst wird, als er sie auf sich zuspringen sieht. Reza und Ponneh warten im Hintergrund, dass sie ihren Preis in Empfang nimmt, damit sie anschließend zum Eisladen gehen können, wie Saba es ihnen versprochen hat. Sie lächelt Fereydun höflich an. Der wischt sich mit einer behaarten Hand über die wuchtige Stirn und sieht aus seinem Schalterfenster zu ihr herab. »Wieder nichts, kleine Khanom.«

Sie übergeht das. »Hafezi«, sagt sie, hoffnungsfrohe Augen auf sein blasses Gesicht gerichtet, kleine Finger, die die Schalterkante zwischen ihnen umklammern. »Hafezi aus Cheshmeh.«

Fereydun beginnt, vor sich hin zu murmeln, während er so tut, als würde er den Stapel Post hinter sich durchsehen. »Nein, nichts für Hafezi. Versteh doch, Mädchen, die Post wird euch nach Cheshmeh gebracht. Du musst nicht extra herkommen.«

Saba weiß, dass Fereydun ihrer überdrüssig ist. Aber sie hatte heute so ein gutes Gefühl, weil ihre Freunde mitgekommen sind und weil es *genau* einen Monat her ist. Sie dreht sich um und schaut zu Reza und Ponneh hinüber, die sich jetzt in der Nähe eines älteren Mannes herumdrücken, damit keiner merkt, dass sie allein sind.

Einen Moment lang ist sie wie erstarrt – selbst das aufgesetzte Lächeln in ihrem Gesicht –, und Fereydun räuspert sich mehrmals und blickt auf die Uhr an der Wand. Schließlich kommt Reza angelaufen und nimmt ihre Hand. Er versucht, wie ein Städter zu reden, und sagt: »Danke für Ihre Mühe, werter Herr.« Dann macht er zwei klägliche, angedeutete Verbeugungen und zieht Saba weg.

Reza will zur Tür, doch Saba reißt sich los. Sie braucht seine Hilfe nicht. Außerdem sind sie in einem Amtsgebäude, zwei Mädchen und ein Junge allein, und schon das kann ihnen Ärger einbringen. Als er wieder nach ihrem Arm greift, stößt sie ihn weg und rennt aus der Post, versucht, die Tränen zu verbergen, die sich hinter ihren Lidern sammeln.

Ponneh und Reza folgen ihr nach draußen, die Straße hinunter und in eine schmale, gebogene Sackgasse. Saba weiß, dass sie ihr folgen, weil sie ihre gedämpften Stimmen hört, die dann und wann noch leiser werden, wenn sie sich hinter vorgehaltener Hand etwas zuflüstern.

»Hör auf, dran rumzukratzen!«, sagt Reza zu Ponneh – bestimmt hat sie wieder an der Kruste an ihrem Ellbogen gepult. Er ermahnt sie dauernd, aber sie hört nie auf ihn. »Denk an den Strom von Blut.«

Saba denkt an den Strom von Blut, ein Farsi-Wortspiel, das Mahtab zusammen mit einem der illustrierten Bücher ihrer Mutter über Allgemeinmedizin benutzte, um Ponneh Angst einzujagen. Jetzt, wo Mahtab nicht mehr da ist, muss Saba das Ungleichgewicht der Lage korrigieren, Ponneh von ihren abergläubischen Vorstellungen befreien und eine neue Verschworene finden. Seit Wochen ist Saba gezwungen, zwei Menschen auf einmal zu sein, Mahtabs Gedanken und Gefühle ebenso zu erfassen wie ihre eigenen, damit ihre Zwillingsschwester nicht ausgelöscht wird. Wenn Mahtab jetzt neben ihr ginge, und genau das stellt Saba sich vor, würde sie alle medizinischen Schrecken heraufbeschwören, die drohen, wenn man Schorf aufkratzt.

Saba lässt sich im Schneidersitz auf den schmutzigen, ungepflasterten Bürgersteig sinken und lehnt den Kopf an eine Lehmmauer. Sie spürt die Blicke ihrer Freunde auf sich, als sie das Gesicht an die Mauer drückt und damit rechnet, die Essensgerüche aus dem Nachbarhaus zu riechen, oder trockene Erde und Regenwürmer. Doch die Mauer riecht nach Fisch und Schlamm und Meer. Sie weicht zurück, vergräbt das Gesicht in ihrem Ärmel. Das Meer ist weit weg, doch sein Geruch ist immer nah – dieser böse kaspische Geruch. Sie ist nicht bereit, ihn wieder froh zu begrüßen, obwohl sie den Geruch des Meeres früher geliebt hat. Vielleicht wird sie ihn irgendwann wieder lieben, aber jetzt versucht sie, sich gegen das nahende Wasser zu wehren. Ihre Hände heben sich an den Hals, und ihr Atem wird schneller. Sie versucht, das Albtraumbild zu verjagen, Mahtab im Wasser, an dem Tag, als sie das letzte Mal mit ihr sprach, an dem Tag, den die Erwachsenen als Glückstag bezeichnen, weil Saba unversehrt davongekommen ist. *Von Gottes Hand gerettet*, sagen sie. Saba weiß es besser, weil sie dabei war, als *beide* Zwillinge gerettet wurden. Wieso war Mahtab so schnell verschwunden? Wieso durfte *sie* nach Amerika?

Und was war im Wasser passiert? Sie erinnert sich daran, dass sie und Mahtab sich mitten in der Nacht aus dem Ferienhaus schlichen, um schwimmen zu gehen. Sie erinnert sich daran, dass sie in den Wellen spielten. Das halb salzige Wasser des Kaspischen Meeres kosteten. Einen Fisch vorbeischwimmen sahen. Sie erinnert sich an Häuser auf Stelzen, umhüllt von dem Nachtnebel, der davonschwebte, während sie mit ihrer Schwester weiter aufs Meer hinaustrieb. Mahtab planschte noch immer herum und sang amerikanische Lieder, während Saba das Einzige tat, zu dem sie noch in der Lage war, wenn sie Angst hatte. Sie weigerte sich, ihre Zwillingsschwester zu verlassen, auch als sie längst wusste, dass sie nur noch nach Hause wollte. Sie ließ sich auf dem Rücken treiben und erzählte Mahtab flüsternd Geschichten, und Mahtab brachte ihr vier neue englische Wörter bei, die sie in der letzten Woche gelernt hatte. Vier geheime Wörter, die Saba noch nicht kannte. Mahtab entschuldigte sich dafür, dass sie sie für sich behalten hatte, als hätte sie heimlich vier Bonbons eingesteckt, während sie ihre Portionen abzählte. *Eins für Mahtab. Eins für Saba.*

Dann erinnert sich Saba daran, dass irgendetwas sie zwang, ganz viel Salzwasser zu schlucken. Ein Moment verging, in dem sich die Küstenlinie hob und senkte, ehe die stinkigen Schmirgelpapierhände eines Fischers sie beide aus dem Meer zogen. Während der ganzen schläfrigen Bootsfahrt zurück an Land sang Mahtab alberne Lieder. Oder war das an einem anderen Tag, wie die Erwachsenen behaupten? In ihrer Erinnerung trägt Mahtab eine gelbe Fischerjacke aus Plastik wie die, die sie letztes Jahr in den Ferien verlor. Vielleicht hat sie sie im Wasser gefunden. Oder vielleicht gehörte die dem Fischer. Was passierte dann? Aufblitzende Erinnerungen an Menschen, die sich gegenseitig anschreien. Polizisten, die ihr ins Gesicht spähen. Schwarze Flecken.

Eine Sekunde später war sie in einem Krankenhausbett in Rasht. Wo war Mahtab? Ärzte und Nachbarn wuselten um sie herum und sagten: *Keine Sorge. Mahtab geht's gut.* Und dann, nachdem sie genug Zeit gehabt hatten, um ihre Pläne für Amerika auszuhecken, änderten sie ihre Geschichte.

Saba merkt, dass Ponneh mit ihren schönen Mandelaugen forschend ihr Gesicht betrachtet, und sie sagt sich, dass sie tapfer sein muss. Um sich zu beruhigen, wiederholt sie Wörter aus ihrer Englisch-Liste.

Banal. Bandit. Bandy.

»Ich hab was geträumt«, sagt sie mehr oder weniger Richtung Wand. »Meine Maman ist in die Schule gekommen und hat mir gesagt, dass ich nicht genug Englisch gelernt hab und dass ich deshalb nicht mit Mahtab reden kann.«

Ponneh kratzt sich die Spitze ihrer zarten Nase und schielt zu Reza hinüber. »Kommt, wir gehen Kuchen kaufen«, schlägt sie mit leicht unsicherer Stimme vor.

Mahtab hätte nach der Bedeutung des Traums gefragt.

»Ich glaube, das heißt, dass ich Maman wiedersehe«, sagt Saba, weil sie beschlossen hat, lieber Mahtabs Frage zu beantworten, als auf Ponnehs Vorschlag einzugehen, und blickt zu ihren Freunden hoch. Sie lächelt breit, um den beiden auch ein Lächeln abzuringen. »Und Mahtab auch«, fügt sie hinzu und lehnt den Kopf wieder an die Mauer. Sie schiebt ihr Kopftuch runter auf die Schultern und zupft sich einen losen Faden vom Pullover, während sie eine amerikanische Melodie von einer der verbotenen Musikkassetten summt, die ihr Vater jetzt duldet, da sie ein zartes, gefährdetes Etwas ist, das behutsam mit beiden Händen gehalten werden muss.

»Lasst uns was spielen«, schlägt Ponneh vor. Als Saba nicht reagiert, wird ihr Gesicht hart. Sie setzt sich neben Saba, zieht deren Hand von dem losen Faden weg und verschränkt ihrer beider Finger miteinander. »Du solltest einfach zugeben, dass Mahtab tot ist ... wie alle sagen.«

Mahtab hätte erst hundert Möglichkeiten durchgespielt, ehe sie so eine gigantische Niederlage eingestanden hätte, vor allem eine unbewiesene. Wie können denn alle glauben, dass Mahtab tot ist, ohne ihre Leiche gesehen zu haben, ohne ein Ohr an ihre Brust gelegt und die Schläge gezählt zu haben? Manchmal wacht Saba nachts auf, die Haut wieder nass und salzig, nachdem sie in ihrem Albtraum Mahtabs Körper gesehen hat, ertrunken und vom Grund des Meeres gefischt. Er sieht genauso aus wie ihr eigener, deshalb ist es doppelt schrecklich. Vielleicht gibt es keinen Körper, weil Mahtab nie existiert hat. Vielleicht war sie nur Sabas eigenes Bild im Spiegel. Ist sie jetzt dort gefangen? Kann Saba das Glas mit der Faust zerschlagen und Mahtab herausziehen?

Reza steht noch immer neben ihnen, blickt dann und wann Richtung Hauptstraße und nagt sich die Unterlippe wund. Ponneh signalisiert ihm immer wieder, er soll sich neben Saba setzen, ihr etwas Aufmerksamkeit widmen. Das ist Ponnehs Art, ihre beste Freundin zu trösten: Sie bietet Reza als Geschenk an; er ist bloß ein Junge und deshalb gut für so was. Aber Reza bleibt auf seinem Posten. »Meint ihr, der *pasdar* findet uns hier?«, fragt er und späht wieder die Gasse hinunter. Er nagt weiter an seiner Lippe und tritt nervös gegen seinen Ball, flüstert: »Iran, Iran! TOR!«

»Aber vielleicht ist sie nicht tot«, sagt Saba, wie sie das im vergangenen Monat hundert Mal gesagt hat. Sie berührt ihren Hals, reibt ihn mit beiden Handflächen, ein neuer Tick, von dem sie weiß, dass er ihre Familie und Freunde beunruhigt. »Vielleicht ist sie mit meiner Mutter nach Amerika gegangen.«

»Meine Maman sagt, dass deine Maman nicht nach Amerika gegangen ist«, flüstert Reza über ihnen. »Und dass sie nicht zurückkommt.«

»Deine Maman ist eine verlogene Schlange«, kontert Saba. »Ihr werdet es schon sehen, wenn Mahtab einen Weg findet, mir einen Brief zu schreiben. Sie ist viel schlauer als ihr beide zusammen.«

Ponneh setzt diesen betroffen-besorgten Blick auf, den sie schon mit acht Jahren tadellos beherrschte. Es ist überzeugend, sogar tröstlich, wenn Ponneh so tut, als wäre sie erwachsen. »Es wird keine Briefe geben«, sagt sie: eine Tatsache, so offensichtlich wie das blaue Meer.

Reza verschränkt die Arme und murmelt: »Warum soll meine Mutter denn lügen?«

»Dafür gibt's Millionen Gründe«, sagt Saba. »Ich hab sie gesehen – alle beide –, im Flughafen. Und außerdem, Baba und ich haben Maman *selbst* hingefahren. Sie hatte einen Pass dabei, und Papiere und alles. Ponneh, das weißt du doch noch, oder?«

Ponneh nickt und packt Sabas Hand noch fester. »Trotzdem.«

»Genau«, sagt sie und zuckt kein bisschen, als Ponneh, die immer gern an irgendwas rumfummelt, wenn sie nervös ist, anfängt, den Lack von Sabas Fingernägeln zu kratzen. »Du glaubst mir. Ich hab sie mit eigenen Augen gesehen. Vielleicht haben sie gesagt, sie ist tot, um die *pasdars* von meiner Mutter abzulenken, damit sie uns in Ruhe lassen ... Wahrscheinlich hat Baba alle dafür bezahlt, dass sie lügen.« Mit dem Daumen reibt sie Schmutzflecken von ihren Schuhen, das letzte von ihrer Mutter ausgesuchte Paar, das noch passt. Nach einer Weile beschließt sie, dass alles in Ordnung ist. Mahtab wird ihr bald schreiben, und einige Tatsachen sind nun mal glasklar – der Pass, die Fahrt zum Flughafen. Die kann keiner abstreiten. Sie wischt sich übers Gesicht, atmet ein letztes Mal tief ein und zieht sich aus dem Abgrund heraus. Sie leckt sich die salzige Oberlippe und wechselt, um sich abzulenken, das Thema. »Ich hab gehört, Khanom Omidi hat vier Ehemänner, jeden in einer anderen Stadt.«

»Nein. Im Ernst?« Ponneh blickt auf, alles Schlimme vergessen. »Woher weißt du das?«

»Die Khanom-Hexen.« Saba zuckt die Achseln. »Die reden andauernd übereinander.«

Die drei Khanom-Hexen, so nennt Saba die Nachbarinnen, die im Haus der Hafezis ein und aus gehen, seit ihre Mutter fort ist. Sie können Sachen, die ihr Vater nicht kann, und so sind sie zu ihren Ersatzmüttern geworden. Sie erzählen Geschichten, kochen, putzen, tratschen, und am besten ist, dass sie einander auf herrlich unterhaltsame Art hintergehen.

Khanom Omidi, die Gute, sagt fast jeden Tag: »Ich hab eine Überraschung für dich, Saba-dschan. Eine große Überraschung. Aber nicht den anderen zeigen.« Dann kommt sie schwerfällig mit ihrem vielen überschüssigen Fleisch angestapft, in einem bunten Tschador, einem langen, weiten Gewand, das sie trägt, seit sie nicht mehr auf den Feldern arbeitet. Er verbirgt nur unzureichend ein Missgeschick, durch das ihr weißes Haar beim Färben lila-braun geworden ist. Manchmal strafft sich die alte Frau das Gesicht mit Klebeband, zum Schutz gegen Falten. Ihr Schielauge durchsucht den Vorrat an Münzen, den sie einmal in den Falten ihres Tschadors verbirgt, ein anderes Mal auch in einem Gummibund, und sie schenkt Saba ein paar, die diese Münzen aufmerksamer hütet als sämtliche Geldscheinbündel von ihrem Vater.

Khanom Basir, die Böse und Rezas Mutter, sagt ebenso oft: »Saba, komm her … allein.« Ihre dünnen Lippen sprechen unliebsame Worte, während die Augen in ihrem mageren, eckigen Gesicht Sabas Körper nach Anzeichen des Frauwerdens absuchen. »Ist in letzter Zeit irgendwas Besonderes passiert … im Hamam oder auf der Toilette?« Jedes Mal, wenn sie das fragt, hasst Saba sie, weil sie nicht weiß, worauf Khanom Basir hinauswill und was sie vielleicht Reza erzählt.

Die dritte Hexe, Khanom Mansuri, die Uralte, schnarcht einfach nur in irgendeiner Ecke von Sabas Haus und gibt gelegentlich für die beiden anderen Frauen jahrhundertealte Weisheiten über Kinder zum Besten. Verglichen mit Ponneh und Reza, die auf einer schmalen Straße unterhalb der Hafezi-Villa wohnen, wo sich einige kleine Häuser mit selbst genähten Gardinen oder Vorhängen und ein paar einfachen Bequemlichkeiten (kleiner Kühlschrank, Küchentisch, Gasherd) drängen, leben Khanom Omidi, die Gute, und Khanom Mansuri, die Uralte, noch bescheidener. Ihre niedrigen Hütten aus Holz, Stroh und mit gehacktem Reis vermischtem Lehm ducken sich nur eine kurze holprige Autofahrt oder einen flotten Spaziergang hinter dem Wochenbasar auf den Hügeln unter Reisstroh-Walmdächern. In der Abgeschiedenheit im Wald können die Frauen ihre Schuhe draußen vor der Tür stehen und die Hühner frei herumlaufen lassen, deren Eier sie auf dem Markt verkaufen. Vor vielen Jahren hat jede von ihnen mal die Hosenbeine hochgekrempelt und ist gebückt durch Reisfelder gewatet – so haben sie Agha Hafezi kennengelernt, der sie zu Betreuerinnen seiner Töchter machte.

Saba erscheinen ihre Häuser wie Töpferarbeiten, wie Kunstwerke. Sie fühlt sich wohl und geborgen, wenn sie sich in winzigen Zimmern aufhält, zwischen dicken Vorhängen, die einen muffigen Raum unterteilen, oder in niedrigen, kuscheligen Ecken sitzt, eingehüllt in Decken, die von Kohleöfen und Öllampen gewärmt werden, wenn morgens frischer Tee aus Samowaren fließt und kleine Sprossenfenster sich auf grüne Weiten öffnen und den Duft von nassem Gras hereinlassen. Sie fühlt sich zu der Enklave von Müttern hingezogen, die Kittel tragend in heißen, engen Küchen hocken, Berge aus Hühnerhaut und Knoblauchschalen bauen, brodelnde Töpfe im Auge behalten und Granatapfelsaft in Becher pressen, die Ponneh und Reza hin und her reichen, die Saba aber nicht anrühren darf. Manchmal kriecht Saba aus Trotz gegenüber ihrem Vater in die Bettmatten, sorgsam mit der Hand genähte dicke Decken, die in allen vier Ecken liegen, wo die Familien gemeinsam schlafen. Das Bettzeug riecht nach Haaröl und Henna und Blütenblättern.

Agha Hafezi will nicht, dass Saba bei ihnen ein und aus geht, daher erlaubt er ihren Ersatzmüttern, sich frei in seinem Haus zu bewegen, seine große westliche Küche zu benutzen und mit Saba in ihrem Zimmer zu spielen, wo das Bett sich über den Boden erhebt und es einen Schreibtisch für ihre Unterlagen gibt.

Ponneh scheint jetzt über Khanom Omidis geheimes Leben nachzugrübeln. »Eins weiß ich jedenfalls«, erklärt sie. »Omidi hat ein Plastikbein. Ich hab mal gesehen, wie sie es abgenommen und mit Bonbons und Blütenblättern gefüllt hat, damit's nicht stinkt.«

»Blödsinn«, sagt Reza. Genau wie Saba hat er die stets summende Khanom Omidi mit ihrem fleischigen Gesicht ins Herz geschlossen. »Die Bonbons hat sie irgendwo in ihrem Tschador.«

Woher weiß Reza von dem Schatz-Tschador? Khanom Omidi ist doch *Sabas* gute Hexe – die an die Stelle *ihrer* Mutter getreten ist. »Das glaubt keiner mehr«, sagt sie. »Ich hab mir mal ihr Bein angeguckt, als sie geschlafen hat, und es ist bloß voll Fleisch.« Ihre Freunde stoßen ein zustimmendes Lachen aus. »Aber das, was man alles über Khanom Basir erzählt, stimmt! Ich hab gehört, sie ist eine echte Hexe!«

»Du lügst!«, sagt Reza, allzeit bereit, seine Mutter in Schutz zu nehmen.

Die Mädchen sehen sich an und prusten los. Dann folgen die altvertrauten Witze über Gläser mit geheimnisvollen Tinkturen und an Dächern aufgehängte getrocknete Affenzehen. Zuerst überhört Reza sie, dann schnappt er sich seinen Rucksack und tut so, als wollte er gehen.

»Nein, bleib hier!«, sagt Ponneh gespielt kokett. »Du darfst mich auch küssen … auf den Mund.«

Reza, der noch immer etwas sauer ist, hängt sich den Rucksack um und sagt: »Da musst du dir schon was Besseres einfallen lassen.«

Saba versucht, nicht zu lachen, obwohl Ponneh es verdient

hat, weil sie so hochnäsig ist. »Ich bring euch ein paar englische Wörter bei«, schlägt sie vor. »*Abalone* bedeutet … ähm … Witwengeld.«

Reza blickt nach unten auf Sabas Rucksack. »Was hast du da drin?«

Saba zupft an dem Reißverschluss, weil sie wirklich etwas dabeihat, das ihn zurückhalten wird. Wie sie ist Reza ganz verrückt nach amerikanischer Musik, und Saba ist seine einzige Quelle. Er leiht sich ihre alten Kassetten aus und versucht, die Noten auf der *setar* seines Vaters nachzuspielen, die die meiste Zeit Staub ansetzt, seit sein Vater weggegangen ist, um bei seiner neuen Familie zu leben. »Wahrscheinlich hast du noch nie was von Pink Floyd gehört«, sagt sie.

»Hab ich wohl«, sagt Reza, dessen Stimme und Finger vor Vorfreude beben. »Kann ich mal sehen?«

Er lügt offensichtlich, aber Saba widerspricht ihm nicht. Sie nimmt eine unbeschriftete Kassette und hält sie ihrem Freund hin. »Kannst du behalten«, sagt sie. »Ich hab sie oft genug gehört.«

»Ehrlich?« Reza starrt auf die Kassette, während er sich hinsetzt und seinen Rucksack abstreift. Saba rückt näher an ihn ran und erzählt ihm, worum es in ihrem Lieblingssong von Pink Floyd geht, nämlich um Ziegelsteine und Lehrer und rebellische Kinder – ein Song, der so illegal ist, dass sich hundert Mullahs in die Hose machen würden, wenn sie auch nur eine einzige Zeile daraus hörten.

»Das darfst du nicht annehmen«, sagt Ponneh. Rezas Augen huschen kurz von der Kassette weg. Er blickt Ponneh an, als wollte er sie anflehen, ihren dörflichen Stolz zu vergessen. Dann sinken seine Schultern herab, und Saba muss seine Enttäuschung, Ponnehs gekränkten, wütenden Blick und die Tatsache ertragen, dass sie die beiden in ihrer gemeinsamen Armut vereint hat. Vielleicht handeln ihre Freunde so, weil sie wissen, dass Saba nicht mehr mit ihnen spielen dürfte, wenn es in ihrer Nähe irgendwelche Englisch sprechenden Stadtkinder gäbe. Der einzige Grund, warum sie nicht auf eine Schule in Teheran oder Rasht geschickt wird, ist der, dass ihr Vater es nicht ertragen könnte, noch eine Tochter zu verlieren. Und ganz gleich, wie viele verschlissene alte Jeans oder unmoderne geblümte Kopftücher sie trägt oder wie gut sie ihren Dialekt nachahmt oder versucht, Gilaki zu sprechen, sie ist und bleibt eine Außenseiterin.

»Was, wenn ich dafür bezahle?«, schlägt Reza vor, kramt prompt in seinen Taschen nach Geld und zählt die Münzen ab. Er hat ein paar Toman, nicht mal genug für eine leere Kassette.

»Brauchst du nicht«, sagt Saba und wünschte, sie wäre erwachsen und könnte einem geliebten Menschen ein Geschenk machen, ohne in Verdacht zu geraten, sie wollte angeben. Dann greift sie in seine ausgestreckte Hand und nimmt die kleinste Münze. »Das reicht«, sagt sie.

Sie bleiben noch zwei Stunden in der Gasse sitzen. Saba und Ponneh flechten sich gegenseitig die Haare, während Reza loszieht, um für sie drei was zu essen zu kaufen. Er kommt mit Joghurt-Soda zurück, und sie reden über Sabas Unterricht, denn obwohl sie jetzt in dieselbe kleine Schule geht wie alle Kinder von Cheshmeh, deren Eltern sie entbehren können, ist sie die Einzige, die zusätzlich von Privatlehrern aus der Stadt in Englisch, Altpersisch, Mathematik und allen möglichen Naturwissenschaften unterrichtet wird. Reza durchstöbert Sabas Rucksack nach anderen Kostproben von Luxus, die ihn so offensichtlich faszinieren. Er zieht eine zerfledderte, vergilbte Illustrierte heraus und starrt die schöne blonde Frau auf dem Titelblatt an. »Was ist das?«, fragt er, und Ponneh rutscht zu ihm rüber, um einen Blick darauf zu werfen. Saba sieht, dass er sich nicht traut, die Frage zu stellen, die sich auf ihrer beider Gesichtern abmalt: *Ist das aus England oder Deutschland oder Frankreich? Oder vielleicht … Amerika?*

»Eine alte Illustrierte. Hab ich von Mamans Freundin bekommen, damit ich Englisch üben kann«, sagt sie. »Ist fast so alt wie ich.« Dann fügt sie hinzu, wobei ihre Begeisterung ebenso wächst wie die ihrer Freunde: »Die ist aus Amerika.« Die Zeitschrift hat sie von einer Collegefreundin ihrer Mutter, einer eleganten Ärztin namens Zohreh Sadeghi, die weit weg wohnte und sich im Flüsterton mit Maman über das neue Regime und den Schah unterhielt. Die Zwillinge nannten sie nur Dr. Zohreh. Nach der Nacht im Kaspischen Meer hat sie Saba im Krankenhaus besucht.

Ponneh und Reza stecken die Köpfe zusammen, um sich die schlaffen Seiten anzuschauen – jedes schattenhafte Foto, jede bunte Abbildung, jedes Detail eines mystischen amerikanischen Lebens, das hier nicht mehr willkommen ist. Saba hat ein schlechtes Gewissen, weil es ihr so vorkommt, als wären Träume von einem solchen Leben – Träume von etwas Besserem, Anderem, von amerikanischen Ansprüchen – ein Verrat an ihren Freunden, an Reza, der im Alter von elf schon Nationalist ist und voller Gilaki-Ideale, an Ponneh, die nun ihre neue Mahtab werden muss. Saba übersetzt die englischen Wörter auf dem Titelblatt: *»LIFE«*, sagt sie, während sie mit den Fingern über die rot-weißen Blockbuchstaben streift. »Zweiundzwanzigster Januar 1971. Fünfzig Cent.«

»Wie viel ist das?«, fragt Ponneh.

»Sehr viel«, sagt sie, obwohl sie sich nicht sicher ist.

»Wer ist die feine Frau?«, fragt Reza und wagt es, das gelbe Haar auf der brüchigen Seite zu berühren. »Die ist inzwischen bestimmt schon alt und grau.«

»Hier steht ihr Name«, sagt Saba und gibt sich besondere

Mühe, ihn richtig auszusprechen, ehe ihr einfällt, dass Ponneh und Reza das ja gar nicht beurteilen können. »Te-rii-scha Nick-soon.«

»Komischer Name«, sagt Ponneh. »Klingt, wie wenn sich einer den Bart rasiert – *riisch-tarasch.*«

»Das ist die Tochter vom amerikanischen Schah«, sagt Saba, weil sie die Illustrierte mittlerweile hundert Mal gelesen hat und das weiß.

Reza nickt ernst. »Ja, ja, diesen Nickson kenn ich. Großer Mann.«

Ponneh verdreht die Augen, und Saba schlägt die Zeitschrift in der Mitte auf, wo Bilder aus dem Leben dieser schönen jungen Frau für Millionen abgedruckt sind. Sie ist eine Prinzessin. *Schahzadeh Nixon.* Da ist sie in einem teuren amerikanischen Kleid (vier verschiedene Kleider auf ebenso vielen Seiten!), mit ihrem koketten amerikanischen Lächeln und ihrem strahlenden amerikanischen Verehrer – ein junger Bursche, so blass und hübsch, dass er Filmschauspieler sein könnte, wenn er nicht damit beschäftigt wäre, über seine Schulter Fotografen zuzulächeln und auf die Hände seiner Zauberfee zu starren, als würde er sich ein ganz kleines bisschen langweilen.

»Haben die ein Glück«, flüstert Ponneh. »Lies das mal«, sagt sie und zeigt auf eine Überschrift.

»ED COX, A SCION OF OLD MONEY WITH THE INSTINCTS OF A LIBERAL.«

»Da kommen ein paar schwierige Wörter drin vor, aber Maman hat's mir mal übersetzt«, sagt Saba. »Das heißt, sein Geld ist alt, und seine Gedanken sind neu. Genau das Gegenteil von dem, wie es sein sollte.«

Ponneh will sich nicht anmerken lassen, dass sie verwirrt ist, also nimmt Saba die Schultern zurück und sagt gewichtig: »Alte Gedanken sind Gedanken von Philosophen und deshalb besser als die von Revolutionären. Und neues Geld ist Geld, das man sich verdient hat – wie mein Baba.« Sabas Mutter ließ gern unerwähnt, dass die Ländereien der Hafezis geerbt waren – und nur ein Bruchteil dessen, was die Familie unter dem Schah besessen hatte. Dieses Detail hätte nicht gut in die Lektion gepasst, und es war eine traurige Vorstellung, dass es im neuen Iran unmöglich war, durch eigener Hände Arbeit aufzusteigen. Kein *shalizar*-Besitzer macht ein Vermögen allein durch den Verkauf von Reis. Er muss seine Pacht bezahlen und Bestechungsgelder und Zinseszins. Saba weiß das, hat mit ihren Mathelehrern die Berechnungen angestellt, hält sich aber an das Beispiel ihrer Mutter und vergisst, es zu erwähnen.

»Und was steht da?« Ponneh zeigt auf eine Bildunterschrift, doch Saba hört nicht mehr hin.

»Da wohnt Mahtab jetzt«, sagt sie und betrachtet den opulenten Speisesaal mit seinen üppigen Vorhängen und glitzernden Dekozweigen und befrackten Männern.

Die anderen schweigen einen Moment, dann murmelt Reza: »In dem Haus von dem amerikanischen Schah?«

»Ich mein doch nicht genau da«, sagt sie. Sie holt zwei andere Zeitschriften hervor, die sie in ihren Rucksacktaschen versteckt hatte. Sie blättert die Seiten durch, die alle typische Bilder amerikanischen Lebens zeigen – wallendes Haar und Farbfernseher. Cabrios und Apfelkuchen. Hamburger, Zigaretten und stapelweise Musikkassetten. Eine ausdruckslose Statue mit einer Fackel in der Hand. Kleine Lokale für die Bauernschicht, in denen es Pfannkuchen zum Frühstück gab.

Dann zieht Saba aus einer der Illustrierten drei handbeschriebene Seiten. »Was, wenn ich euch verraten würde, dass Mahtab mir schon geschrieben hat?« Sie wedelt ihnen mit den Blättern vor der Nase herum, die Augen freudig erregt, weil sie etwas weiß, das sie nicht wissen. »Ist doch ganz klar, dass Maman mich nicht anruft«, sagt sie, als ihr Blick auf eine Reklame für eine Telefongesellschaft fällt. »Sie will nicht, dass ich im Hintergrund Mahtab höre, weil alle meinen, ich wäre gekränkt, weil sie entschieden haben, dass nur *sie* nach Amerika darf.«

»Hör auf«, sagt Ponneh mit zittriger Stimme. »Ich will nach Hause.«

»Das sind doch bloß Englisch-Hausaufgaben«, sagt Reza, ohne Saba dabei richtig anzusehen. »Wo ist der Umschlag? Und die Briefmarken?«

Sie faltet die Seiten einzeln, schiebt sie zusammen und legt sie in die Mitte der *LIFE*-Illustrierten über eine Reklame für einen Farbfernseher, damit Ponnehs aufmerksame Augen sie nicht studieren können. »Wer behält denn schon einen Umschlag? Da war keine amerikanische Briefmarke drauf. Er ist über die Türkei gekommen.«

Die Reklame verkündet: *You made it number one in America. There's only one chromacolor and only Zenith has it.* Die Nummer eins in Amerika muss überhaupt das Allerbeste auf der Welt sein. Saba versucht sich vorzustellen, was für eine Art von Fernsehen Mahtab sich jetzt jeden Tag anschauen kann. Groß, hypnotisch. Immer in Farbe, mit zehn Kanälen, die neuesten Serien und keine Verbote. Kein Bedarf an geschmuggelten Videobändern mit der Aufschrift »Zeichentrickfilme für Kinder«.

»Wisst ihr, was in Amerika die Nummer eins ist?«, sagt Saba. Sie versucht, ausgelassen zu klingen, als hätte sie sich gerade ein Spiel überlegt, und als Ponneh mitmacht, genau wie Mahtab das getan hätte, liebt Saba sie fast ebenso sehr. Ihr wird immer klarer, dass ein unwahrscheinliches Feingefühl erforderlich sein wird, um ihre Schwester zu ersetzen. Ponneh ist in vielen wichtigen Punkten genau wie Mahtab: mutig, eigenwillig, selbstbewusst. Aber immer dann, wenn Saba ein bisschen vergisst, dass Ponneh nicht Mahtab ist, sagt Ponneh irgendwas Unbedachtes, das Mahtab nie sagen würde, oder sie setzt einen verführerischen Gesichtsausdruck auf, den die Zwillinge niemals hinbekommen würden, und Saba stößt in dem Versuch, das Schuldgefühl loszuwerden, die Luft aus, weil sie die beiden miteinander vergleicht, weil sie Ponneh zu sehr liebt. Nein, noch hat sie Mahtab nicht ersetzt.

»Was denn?« Ponneh greift nach einer Zeitschrift, und ihre zu hellen Mandelaugen blitzen vor übertriebener Neugier, als wollte sie eine vorherige Treulosigkeit wiedergutmachen.

»Harvard«, sagt Saba und wendet sich wieder der *LIFE* zu. In dieser Ausgabe wird Harvard gleich drei Mal erwähnt. Der märchenhafte Verlobte von Schahzadeh Nixon hat dort Jura studiert. Und ein paar Seiten weiter gibt es einen Artikel über den neuen Präsidenten von Harvard, der mit dem Satz anfängt: *The selection of a new Harvard president ranks in gravity with the election of Popes and premiers.* Eine wichtige Universität, ganz klar – ein Ort, der so magisch, so besonders ist, dass er die Kulisse für *Love Story* sein konnte, einen Film, den Amerikaner und Iraner gleichermaßen abgöttisch lieben und über den in allen Zeitschriften, die Saba besitzt, geschrieben wird.

Ein Ort, der zu Mahtab passt. Ein Name, den in Teheran die meisten kennen, und sogar einige in Rasht.

»Okay«, sagt Ponneh und legt beide Hände in den Schoß wie eine resignierte Ärztin oder Schuldirektorin. »Erzähl uns was darüber, wenn's hilft. Meine Mutter sagt, Geschichten erzählen ist was Gutes.«

»Ich weiß nicht«, sagt Reza kopfschüttelnd. »Es ist schon spät.«

»Leg los, Saba-dschan«, sagt Ponneh und wirft Reza einen warnenden Blick zu. »Ich hör zu.«

Saba strahlt, greift aber nicht nach den handgeschriebenen Seiten. »Macht euch nichts draus, wenn ihr nicht alles versteht«, doziert sie salbungsvoll, sodass Ponneh kichert und hin und her rutscht. »Amerika ist kompliziert. Da ist es einfacher, es sich so vorzustellen wie in einer Fernsehserie.«

Saba ist die Einzige, die einen Fernseher hat, einen Videorekorder und einen ganzen Stapel illegal synchronisierter und entsynchronisierter Bänder mit amerikanischen Sendungen, die sich ihre Freunde heimlich mit ihr anschauen, fasziniert von den wackeligen, körnigen Bildern; davon, dass die Lippenbewegungen der Menschen meistens nicht zu dem Gesagten passen; von den Irrungen und Wirrungen und dem perfekten Timing des amerikanischen Lebens. Saba stellt sich Mahtabs Leben in einzelnen Folgen vor, jede so leuchtend und geheimnisvoll wie die Zeitschriftenbilder von Schahzadeh Nixon, und jeder Rückschlag wird ebenso mühelos überwunden wie in einer dreißigminütigen Fernsehkomödie. Sie wischt sich ein letztes Mal übers Gesicht, hat den Geruch der Lehmwand vergessen und das Kitzeln hinten in der Kehle. Nun hat sie eine Geschichte zu erzählen, eine, die sie in zahllosen schlaflosen Nächten in ihrem Bett auswendig gelernt hat und die Ponneh jetzt hören will. Die Geschichte beginnt so:

Eines muss man unbedingt über Amerika wissen, nämlich dass jeder Amerikaner mindestens so reich ist wie mein Baba. Aber es ist wichtig, dass du amerikanischer Staatsbürger bist. Genau das wünschen sich unsere Verwandten da drüben am meisten. In ihren Briefen und am Telefon mit Baba reden sie über nichts anderes. Meine Maman und Mahtab sind jetzt bloß Immigranten, und deshalb sind sie wahrscheinlich sehr arm. In ein paar Jahren bekommen sie ihre Staatsbürgerschaft, und dann werden sie wieder reich. So läuft das da. Du fängst als Taxifahrer an oder als Putzfrau, wie die Leute in *Taxi*. Dann kriegst du deine Staatsbürgerschaft, gehst auf eine gute Universität wie Harvard und wirst Arzt, wie in *M*A*S*H*. Anschließend, wenn du damit fertig bist, Soldaten zu retten, holst du dir in Washington deinen Orden ab, und wenn du schlau genug bist und tolle Noten hast, lernst du vielleicht sogar eine Schahzadeh kennen und kommst mit einem Foto in die *LIFE*. Das ist durchaus möglich.

Als Mahtab in Amerika angekommen ist, musste sie sich erst mal an die neuen Regeln gewöhnen, und wahrscheinlich ist ihr das ziemlich schwergefallen – weil die Hafezis hier in Cheshmeh ja die bedeutendste Familie sind. In Amerika muss sie sich dagegen erst noch nach oben arbeiten. Aber keine Bange, Mahtab kann nämlich Schwierigkeiten besser bewältigen als irgendwer sonst.

Also, jetzt kommen ein paar Dinge, die ihr schon wisst:

Zunächst mal wisst ihr, dass Maman und Mahtab sich ganz kurzfristig für die Ausreise nach Amerika entschieden haben. Niemand von uns konnte voraussehen, dass sie nötig werden würde. Deshalb ist davon auszugehen, dass sie im letzten Moment so einiges zurückgelassen haben: iranisches Geld, das so gut wie wertlos ist (falls Baba recht hat), und Zeugnisse von bedeutenden iranischen Universitäten, die nutzlos sind, weil sie da drüben Harvard haben. Also hat Maman keine Arbeit und kein Geld. Mahtabs Leben sieht jetzt ganz anders aus. Keine Taschen voller vergessener Spielsachen und Kleingeld mehr. Keine von verbotenen Büchern überquellenden Regale. Keine neuen Kleider, die sie besten Freundinnen vorführen kann. Wahrscheinlich keine besten Freundinnen.

Das Zweite, was ihr schon wisst, ist, dass in Amerika Fernsehen gratis ist und Musik auch und dass alle Cowboyhüte tragen und abends Hamburger essen. Maman und Mahtab haben also ein gutes Leben, auch wenn sie arm sind, mal abgesehen von den Hamburgern, die laut Maman aus Abfall gemacht werden. Jeden Abend gucken sie von ihrem gemeinsamen Bett aus, das wahrscheinlich in einem kleinen Apartment im Wohnzimmer steht, zusammen Fernsehen – wie Babas Verwandte in Texas, die geschrieben haben, um ihn um Geld für ein größeres Haus zu bitten.

Während ihrer ersten Woche in Amerika will Mahtab von Maman wissen, warum in ihren Suppen statt Lammfleisch bloß Linsen sind, warum sie sich ihre Bücher aus der Stadtbibliothek ausleihen muss, warum sie im selben Bett schlafen, worauf Maman bloß jedes Mal sagt: »Wir haben hier noch nichts verdient.«

Das ist doch so ein typischer Satz von Maman, findet ihr nicht auch? Das hat sie oft gesagt, wenn sie uns ein Spielzeug weggenommen hat. *Das müsst ihr euch erst wieder verdienen.* Nachmittags unterbricht Maman ihre Küchenarbeit, um eine Tasse Tee zu trinken. Sie erklärt ausführlich, dass sie sich Arbeit suchen wird und dass Mahtab zur Schule gehen wird. Sie werden beide fleißig Englisch lernen und viel Geld sparen. Aber Mahtab hört das nicht gern, müsst ihr wissen. Sie will zurück nach Cheshmeh und von Babas Geld leben und es behaglich haben. Sie vermisst mich, und sie will, dass wir wieder zusammen sind. Es macht ihr keinen Spaß, heimlich Briefe zu schreiben, und sie findet es unfair, dass sie ausgesucht worden ist, nach Amerika zu gehen, wenn sie doch auch in Cheshmeh hätte bleiben können.

Aber dann lässt sich Maman einen von ihren Sprüchen für schlaue Mädchen einfallen, wie sie sich immer welche für uns ausgedacht hat, wenn sie uns dazu anhalten wollte, fleißig zu sein und unabhängige Frauen zu werden. »Im Moment kommt dir unser Leben vielleicht hart vor, aber weißt du, was das Beste ist?«, sagt sie. »In Amerika können die Menschen sich aussuchen, wie reich oder arm sie sind. Das ist reine Entscheidungssache.«

Ihr versteht bestimmt, dass Mahtab misstrauisch ist, aber ich sage euch, Maman hat recht. Laut Horatio Alger und Abraham Lincoln und der jungen Frau aus *Love Story*, die es bis nach Harvard schaffte, obwohl sie arm war, hat ein gescheites Mädchen wie Mahtab alle Chancen. Also erklärt Maman weiter: »Hier können schlaue Kinder alles werden, was sie wollen. Wenn sie fleißig sind, können sie reich werden. So einfach ist das hier mit allem.«

Maman hat immer so geredet. Einfache Regeln. Schwarz und weiß. Das hab ich an ihr geliebt, weil ich bei ihr immer genau wusste, was ich als Nächstes tun sollte. Dann trinkt Maman einen Schluck Tee, der so heiß ist, dass Mahtab sich vorstellt, wie ihr Inneres sich verflüssigt, Kehle und Hals in *chai* schwimmen, das Stück Zucker zwischen ihren Zähnen zerschmilzt wie das weiße Sediment bei meinen Chemieexperimenten. Doch Maman kann Hitze wahnsinnig gut vertragen, und sie seufzt nur wohlig und redet weiter. Auch das liebe ich an ihr.

»Hier ist alles anders, Mahtab-dschan«, erklärt sie. »Ja, im Iran ist es gut, klug zu sein, gute Noten zu bekommen und zu studieren. Viele kluge Frauen studieren und machen Examen. Aber was nützt das? Du musst trotzdem so manches tun, bloß weil du ein Mädchen bist.«

»Was denn?«, fragt Mahtab, obwohl sie es genau weiß.

»Heiraten, waschen, putzen, Kinder bekommen«, antwortet Maman. »Wenn du Ärztin werden willst, wunderbar! Solange du weiter die Wäsche machst. Du wirst nicht respektiert, weil du Ärztin bist, Mahtab-dschan. Sondern weil du die Wäsche machst. Sie tun so, als wäre das nicht wahr, aber du kriegst es zu hören, wenn du das Essen anbrennen lässt, weil du, Gott bewahre, damit beschäftigt warst, ein Gedicht zu schreiben. Aber hier nicht ...«

Und dann ermahnt Maman sie, dass es für eine junge Frau am wichtigsten ist, eigenes Geld zu haben. Sie erinnert Mahtab an die liebe alte Khanom Omidi, die tagaus, tagein den Haushalt macht und ihren übrig gebliebenen Joghurt verkauft, um sich ein Taschengeld zu verdienen. Dabei kommt nicht viel heraus, aber es ist wichtig, dass sie es tut. Das hat Maman uns immer gesagt, und ich hab's auch selbst gesehen. Khanom Omidi hat sich Geheimtaschen in ihre Tschadors und den Bund eingenäht – Verstecke für ihr Joghurtgeld. Das ist der Name, mit dem Mahtab und ich alles heimliche Geld bezeichnen, seit wir einmal die verborgenen Ersparnisse der alten Dame gesehen haben. Ein Name für die vielen ungesehenen Rials und Dollar, die du verdienst oder nicht verdienst, aber immer, *immer* versteckt aufbewahrst.

»Wenn ich also in der Schule die Beste bin und mein eigenes Geld verdiene«, sagt Mahtab, »dann wird wieder alles so, wie es war?« Jetzt begreift meine Schwester allmählich, wie das Leben in Amerika funktioniert – dass der Arbeitskittel der Weg zum Businesskostüm ist. Sie sollte mehr Fernsehen gucken.

Maman überlegt einen Moment. Dann holt sie eine Ausgabe der *LIFE* aus dem Jahre 1971 hervor. Sie schlägt die Fotoseiten mit der Tochter des amerikanischen Schahs und ihrem blassen Prinzen auf, und sie nickt. *Ja, ja, ja.* Deshalb träumen alle Iraner von Amerika.

»Und dann muss ich nie mehr mein Zimmer aufräumen?«, fragt Mahtab.

»Du kannst ein Dienstmädchen haben«, entgegnet Maman. »Bei Ärztinnen verlangen die weniger Stundenlohn.«

»Und ich muss den Mullahs keinen *chai* servieren.« Das hat Mahtab immer gehasst.

Maman lacht, weil es in Amerika keine Mullahs gibt. Keine Mullahs auf den Straßen. Keine Mullahs in deinem Haus, die dir die Haare vom Kopf fressen. Keine Mullahs, die sich im Flüsterton mit deinem Vater über dich unterhalten, sodass er Angst bekommt und dir ein neues, dickeres, schwärzeres Kopftuch kauft.

Dann beendet Maman das Gespräch mit ihren üblichen Drohungen: »Aber wenn du nicht fleißig bist, wenn du auf der faulen Haut liegst und durchschnittliche Noten bekommst, kannst du jederzeit zurück in den Iran und einen Mullah heiraten.« Sie reißt die Augen auf, als würde sie eine Schauergeschichte erzählen. »Du kennst ja die Mullahs, die schnarchen. Und unter ihren Turbanen haben sie dünne, fettige Haare. Im Schlaf legen sie gern ihre dicken, schwabbeligen Arme um ihre Frauen, und sie küssen wie tote Fische.«

Mahtab fröstelt. »Ich will keinen Mullah heiraten.«

Das will keine.

»Das will keine«, sagt Maman, weil sie schon immer geglaubt hat, dass man Mädchen so zur Unabhängigkeit erzieht.

Mahtab sagt: »Ich will reich sein und nicht heiraten und mir von keinem sagen lassen müssen, was ich zu tun habe.«

Und dann sagt Maman etwas sehr Wichtiges. Passt ihr gut auf? Was jetzt kommt, ist entscheidend. Sie sagt zu Mahtab: »Das wirst du auch, weil Saba reich ist.«

Vielleicht flüstert Mahtab meinen Namen genau in dem Moment. Wisst ihr, manchmal, wenn sie sich langweilt, liest sie meine Briefe und erfindet Geschichten über unsere gemeinsame Zeit.

»Das ganze Leben ist in deinem Blut vorgezeichnet« – Maman beugt sich vor und tippt Mahtab auf die Nase, die genauso aussieht wie meine, haargenau –, »und du und Saba, ihr habt das gleiche Blut. Ganz gleich, wo ihr lebt.« Das ist wahr. Wie viel kann Mahtab denn wirklich selbst bestimmen? Wie viel kann jeder von uns selbst bestimmen? Es ist alles vorherbestimmt, wie die alten Weissager behaupten. Mahtab sollte das wissen, weil sie an jenem Tag auch im Wasser war. Und ich sage euch, sie wird ganz schön beleidigt sein, wenn sie hört, dass ihr Spinner denkt, sie wäre tot!

Maman steht auf und rührt den Eintopf ohne Lammfleisch um. Seht sie euch an: meine arme Mutter, meine Schwester. Seht, wie traurig sie ohne mich sind. Es ist schwierig, die richtige Menge Essen nur für zwei zu machen oder ein Gespräch in Gang zu halten. Für einen vollen Tisch muss man zu viert sein. Und seht euch die Zukunft an, die jetzt in Mahtabs Kopf eingepflanzt ist: Sie wird eine amerikanische Schahzadeh in einer Illustrierten sein, mit vier verschiedenen Kleidern auf ebenso vielen Fotos und einem stillen Mann mit heller Haut und altem Geld und neuen Gedanken. Sie hat jetzt amerikanische Ambitionen, wie man das aus Filmen über Waisenkinder kennt. Jetzt gehört Mahtab zu der Sorte Mädchen, die sich Sorgen machen – über Geld, über die Liebe, über die Zukunft. Amerika hat sie gelehrt, so viele Dinge zu begehren.

Am nächsten Tag geht Mahtab in die Bibliothek. Sie informiert sich über Schulkurse und Aufnahmeprüfungen und staatliche Stipendien, damit konnte nämlich die junge Frau aus *Love Story* aufs College gehen. Sie füllt ihren Kopf mit allen möglichen Fakten und Bewerbungsfristen und Zulassungsbestimmungen – die gleichen Dinge, mit denen sich meine Cousinen in Texas seit ihrer Ankunft dort fast zwanghaft beschäftigt haben. Aber vor allem drückt sie ihren Träumen von Ruhm und Reichtum einen Namensstempel auf. Sie nimmt ihre Mädchenträume, ihre Liebe zu Büchern, ihr kindliches Bedürfnis nach Komfort ebenso wie ihren Selbsthass als Zwilling und verstaut alles fein säuberlich in einem Päckchen, das sie fest verschließt und zischend mit einem Brenneisen kennzeichnet. Den Namen darauf würde selbst der ölverschmierte, nach Kreuzkümmel riechende Iraner an der Tankstelle wiedererkennen: Harvard.

~

»Seht ihr?«, sagt Saba, steht auf und klopft sich den Staub der Gasse vom Hosenboden. »Ist das etwa keine gute Geschichte? Hundertmal besser als Fernsehen.«

»Das war's?«, fragt Reza. »Mehr kommt nicht? Geht sie denn nun nach Harvard oder nicht?«

Saba versucht, ihre Wut zu zügeln. »Wir sind elf«, sagt sie. »Da kann in dem Brief doch nicht drinstehen, ob sie angenommen wurde. Was glaubst du denn, was das hier ist, die Märchenstunde deiner Mutter?«

»Ich dachte bloß –«, stammelt Reza. »Tut mir leid.«

»Saba meint doch nur, dass eine gute Geschichtenerzählerin nicht alles auf einmal verrät«, sagt Ponneh so ernsthaft, dass Saba lächeln muss. Ponneh verleiht allem, was Saba sagt, zusätzliches Gewicht, einfach indem sie ihr zustimmt.

»Genau«, sagt Saba. »Das ist wie *Unsere kleine Farm*. Immer ein Problem pro Folge.«

Ponneh und Saba folgen Reza Arm in Arm Richtung Hauptstraße. Er geht voraus, weil er behauptet, er wüsste, wie man mit Polizisten fertigwird, weil er in großen Städten ja so toll zurechtkommt. Sie wollen eine Telefonzelle suchen, um bei Saba zu Hause anzurufen, wo sich inzwischen bestimmt ihre sämtlichen panischen Eltern und die Khanom-Hexen versammelt haben. Reza scheint keine besonders große Angst zu haben. Ponneh pult an der schuppigen Haut an ihrem Ellbogen und sagt: »Schade, dass wir uns keine Süßigkeiten gekauft haben, jetzt kriegen wir bestimmt die nächsten zehn Jahre keine mehr.«

Saba zieht ihren Arm aus dem ihrer Freundin und holt ein Bündel Geldscheine aus der Tasche. »Wir sollten das Geld für etwas Besseres aufheben«, sagt sie und denkt an Khanom Omidis versteckte Münzen und die Tatsache, dass Ponneh niemals ein eigenes privates Vermögen haben wird, und sei es auch noch so klein. Im Haus der Alborz leben zu viele ältere Schwestern mit Bedürfnissen, die größer sind als Ponnehs. »Wir legen eine Mitgift für dich an, für wenn du älter bist.« Als Ponnehs Gesicht sich verdunkelt und sie widersprechen will, sagt Saba: »Unser Geheimnis. Wir werden füreinander sorgen.«

Khanom Basir sagt immer, dass Ponneh eine Mitgift brauchen wird, um der Sittenpolizei zu entkommen. In fünf oder sechs Jahren wird sie eine Frau sein. Die Erwachsenen sagen, früher oder später geraten alle schönen unverheirateten Frauen mit dem Gesetz in Konflikt. Und wer weiß, was jemandem widerfahren wird, der es wagt, ein Gesicht wie das von Ponneh zu haben.

Sonne-Mond-Mann

KHANOM BASIR

Saba denkt, ich kann sie nicht leiden, aber sie ist zu jung, um sich an alles zu erinnern. Als die Mädchen sieben Jahre alt waren, fiel mir allmählich auf, dass die eine ein *richtiger* Schlingel war. Mahtab hat uns oft beim Kochen zugesehen, und das mit einer solchen Aufmerksamkeit, dass ich davon nervös wurde und sie wegschickte. Sie hat immer gehorcht, aber mir konnte die Kleine nichts vormachen. Saba war die Lautere der beiden, zugegeben, doch Mahtab war immer heimlich dabei, irgendwas auszuhecken, und jedes Mal, wenn Saba bei irgendwas Verbotenem erwischt wurde, wusste ich, dass das Obst mal wieder zu nah an der Zwiebel gelegen hatte. Jedes Mal gab Saba ihrer Schwester die Schuld, und ich glaubte ihr.

Es ist Aufgabe der Mutter, einem Mädchen Gewitztheit beizubringen. Aber Bahareh Hafezi kümmerte sich nicht darum. Sie war zu jung, und sie dachte, eine gute Mutter zu sein würde bedeuten, streng auf weniger wichtige Regeln zu achten, bei denen es um Süßigkeiten ging und *pesar-bazi* (mit Jungen spielen) und *kalak-bazi* (Streiche spielen) und *gherty-bazi* (eitel sein), und ihnen gleichzeitig beizubringen, gegen die ganz, ganz großen Regeln zu rebellieren. Sie brachte ihnen nicht bei, wie sie aus alltäglichen Momenten Nutzen ziehen könnten. Doch Mahtab wusste bereits, wie das ging. Saba lernte es nie.

Eines Tages kochten wir bei ihnen in der Küche Räucherreis. Kennen Sie diesen Reis? Das ist der beste Reis der Welt. Sehr selten und nur hier in Gilan hergestellt – und die Mädchen hingen an unseren Röcken. Ihre Mutter meinte, wenn sie brav wären, dürften sie mit uns Tee trinken, also saßen sie ganz still und tuschelten nur leise, und Mahtab erzählte Saba irgendeine verrückte Geschichte *(kalak-bazi!)*.

Die Mädchen hatten viele Bücher, aber ihre Lieblingsgeschichten waren solche, wie man sie im Dorf von hundertjährigen zahnlosen Greisen mit langen Wasserpfeifen und niedrigen Hockern hört. Diese Männer erzählen den ganzen Tag von Dschinn und *paris* und davon, wie man das Glück herbeirufen kann. Sie erzählen alte Geschichten wie die von Leila und Madschnun, Rostam oder Zahhak, dem Schlangen aus den Schultern wachsen. Ich erkannte die Geschichte, die Mahtab Saba erzählte, weil sie von einem dieser alten Männer stammte, aber ich vermutete, dass Mahtab selbst sie nicht glaubte.

»Was erzählst du deiner Schwester da, Mahtab-dschan?«, fragte ich.

»Unterbrich mich nicht«, sagte sie. »Ich bin brav!«

Also hörte ich nur zu, wie Mahtab Saba von dem Sonne-Mond-Mann erzählte, der jeden Abend die Sonne vom Himmel holt und den Mond aufhängt. Saba spielte mit einem Teelöffel, den sie aus einer Schüssel mit Honigwaben stibitzt hatte, während Mahtab ohne Unterlass redete. »Im Sommer braucht er dafür länger, weil er gern draußen spielt«, sagte Mahtab, und Saba glaubte ihr. Und ein kleines Wesen in meinem Bauch sagte mir, dass Mahtab irgendwas im Schilde führte.

Dann wechselten sie für eine Weile das Thema, bis Mahtab von der Bergwanderung anfing, die sie am Vortag gemacht hatten und die Saba verpasst hatte, weil sie krank gewesen war. »Weißt du, was? Da hab ich den Sonne-Mond-Mann gesehen«, sagte Mahtab mit einem beiläufigen, listigen Blick. Saba unterbrach Mahtab nicht, als die erzählte, wie sie ihn gesehen hatte, in seinem gelben Hemd und der gelben Hose und mit dem gelben Korb, in dem er Sonne und Mond aufbewahrte. Sie leckte nur weiter Honig von ihrem Teelöffel, und Mahtab sprach über die Werkstatt des Sonne-Mond-Mannes, in der es Seile und Knöpfe und Hebel gab, einen großen Teekessel und überall Papiere. Dann brachte Mahtab Saba das Lied bei, das man singen muss, damit er schneller arbeitet. *»Hey, Mr Sonne-Mond-Mann, häng die Sonne für mich auf.«* Sie sang es zu der Melodie von einem ihrer ausländischen Lieblingslieder, das »Mr Tambourine Man« hieß, wie ihre Mutter sagte.

Dieser kleine Teufel. So viel Spinnerei, nur um ihre Schwester neidisch zu machen.

So wird man wohl, wenn man das Glück hat, Englisch zu lernen und englische Lieder zu hören und ausländische Sachen zu lesen. Teufelei, die sich als Schlauheit tarnt. Mahtab trieb gern solche Spielchen mit ihrer Schwester. Es gefiel ihr, die Kluge zu sein, und sie hatte eine wilde Fantasie und ein boshaftes kleines Herz. Manchmal mache auch ich Mahtab innerlich Vorwürfe, weil sie Saba verlassen hat, die doch viel abhängiger von ihr war als umgekehrt. Ich kann nichts dagegen tun – Gott möge mir verzeihen –, aber ohne ihre Schwester hat Saba ihren Zauber verloren. An all das erinnere ich mich jetzt, wo die Entfernung zwischen ihnen nicht mehr von kleinen Fingern gemessen wird oder von schwatzhaften Mündern an lauschenden Ohren, sondern von unendlich viel Land und Meer. Nach dem großen Verlust ihrer halben Familie hat Saba mich mal gefragt: *Wie oft müsste ich mit dem Teelöffel schaufeln, um den ganzen Weg von hier nach dort zu kommen?* Sie hielt den Löffel so zur Erde gerichtet, als wollte sie gleich damit anfangen, sich zu ihrer Schwester durchzugraben. Sie wusste, wie sie mir das Herz brechen kann.

»Er bekommt nicht genug Lohn«, sagte Mahtab damals über den Sonne-Mond-Mann. »Die Sonne ist heiß, besonders, wenn man sie in der Hand trägt.« Und Saba wusste, dass das die Wahrheit war, weil der Erzähler jede Geschichte mit dem Gedicht über Wahrheit und Lüge abschließen muss, bei dem sich Joghurt und Joghurt-Soda (*maast* und *dugh*) auf Wahrheit und Lüge (*raast* und *dorugh*) reimen.

Nach oben ging's, und da war maast,
Runter ging's, und da war dugh.
Und die Geschichte war dorugh *(Lüge!).*

Oder:

Nach oben ging's, und da war dugh,
Runter ging's, und da war maast,
Und die Geschichte war raast *(Wahrheit!).*

Wir Mütter nehmen dieses Gedicht ernst, und wenn wir erfundene Geschichten erzählen wie die von Leila und Madschnun oder der Stadtmaus und der Feldmaus, schließen wir mit der ersten Version, und wenn wir die Geschichte des Propheten Muhammad oder die von König Xerxes erzählen, schließen wir mit der zweiten. Nachdem Mahtab von dem Wanderausflug und dem Sonne-Mond-Mann erzählt hatte, sagte sie die zweite Version auf, behauptete also, dass ihre Geschichte wahr war. Deshalb war Mahtab keine echte Geschichtenerzählerin, bloß eine Göre, die alle Regeln missachtete. Und nun hat Saba gelernt, wie ihre Schwester zu lügen, denn ich habe von Reza erfahren, dass auch sie nach ihrer Mahtab-Geschichte in der Gasse in Rasht die zweite Version aufsagte.

KAPITEL ZWEI

Herbst 1984

Während der Pubertät führt Saba jeden Herbst einen Kampf mit dem Himmel über Gilan. Stets misstraut sie den nassen, unersättlichen Monaten, wenn die üppigen Reisfelder des Iran größtenteils abgeerntet worden sind. So ein taufrischer *shalizar*-Morgen kann einen leicht von der Wahrheit ablenken: Alles erscheint plötzlich fremd und anders und zwingt die Menschen, sich nach Neuem zu sehnen, so zu tun, als hätten sie seit der letzten Ernte nichts verloren. Herbstliche Blätter in zahllosen Gelb- und Rottönen zerfallen in kleine Stücke und haften sich an die Tröpfchen des Kaspischen Meeres, die in der Luft schweben. Das ergibt einen Dunst, der in Nasen schlüpft und in Körper dringt, sodass die Menschen nur noch an das Meer und seine Früchte denken können. Er weckt in ihnen Heißhunger auf Fisch und Reis. Er löscht die Erinnerung an die Kümmernisse des vergangenen Jahres und an ferne Verwandte. Aber nicht für Saba, die in der Tiefe des Wassers war. Der unaufhörliche Regen macht ihr Angst. Die weiße Nebelwolke, die knapp unter den Gipfeln der Alborz-Berge und über dem Meer hängt (an der Stelle, wo es aussieht, als würden Berge und Meer zusammenstoßen), verunsichert sie ebenso wie die Pfahlhäuser, die aussehen, als würden sie an beiden Enden verschwinden, die Dächer und Pfähle verloren in Wasser und Nebel.

Jedes Jahr wird die Vision von ihrer Mutter in der Flughafenlounge, mit Mahtab an der Hand, diffuser. Stand sie am Gate oder in der Warteschlange vor der Sicherheitskontrolle? Früher war Saba sicher, dass es am Gate war, doch jetzt weiß sie, dass es so nicht gewesen sein kann, weil Saba und ihr Vater nicht mehr durch die Kontrolle gegangen sind, nachdem sie losgerannt war, um Mahtab einzuholen. Und was trug ihre Mutter? Manteau? Kopftuch? Früher dachte sie, dass es das grüne Kopftuch war, das sie am liebsten trug, aber vor ein paar Monaten hat sie das verblassende Tuch hinten in einer Abstellkammer entdeckt. Dann, als sie schon drauf und dran war, die Vision in den Abgrund vergessener Tagträume und lückenhafter Erinnerungen zu entlassen, fiel ihr eine Kopie des Amerika-Visums ihrer Mutter in die Hände. *Ein Beweis*. Aber wofür? Saba beschwört oft das Bild vom Flughafen herauf, und die Gesichter werden nie undeutlich. Ihre Mutter und Schwester hasten zum Flugzeug und schweben davon in ein Vergessen, das mit Illustrierten und Rockmusik und Filmen von verliebten Männern und Frauen gefüllt wird.

Mit ihren jetzt vierzehn Jahren sehen Ponneh und Saba in ihrer Freizeit gern bei der Arbeit auf den Reisfeldern zu oder schauen sich bei Saba zu Hause Videos an. Heute amüsieren sie sich in dem riesigen Hafezi-Haus oben auf dem Berg über Madonna und Metallica, Ausgaben von *Time* und *LIFE*, *Unsere kleine Farm*, *Herzbube mit zwei Damen* und die drei Khanom-Hexen. Die Mädchen durchleben vorsichtig eine Art Genesung, weil sie vor zwei Tagen ihren bislang größten Streit hatten.

Angefangen hatte es damit, dass Saba mit Reza in der Vorratskammer ihres Elternhauses saß – ein Versteck, in dem sie sich sonst nur mit Ponneh traf – und die beiden sich auf ihrem Walkman eine Band mit dem seltsamen Namen The Police anhörten. Sie flüsterte ihm gerade den Text in das freie Ohr, als Ponneh auftauchte, offensichtlich überrascht und wütend. Nachdem sie höchstens fünf Minuten in der Vorratskammer halbherzig Interesse geheuchelt hatte, schnitt sie sich an dem scharfen Rand eines Tomatendosendeckels in die Hand.

»Reza, hilf mir!«, schrie sie. Und das war die größte Ungerechtigkeit, denn wenn Ponneh eines nicht brauchte, dann war das Hilfe. Aber seit einiger Zeit holt sich Ponneh immer, wenn Reza in der Nähe ist – und vor allem, wenn er sich Sabas Musik anhört oder amerikanische Melodien summt oder fragt, was diese oder jene Zeile bedeutet –, irgendwie verstauchte Zehen oder blutige Finger oder Löcher in den Blusen. Und dann fasst sie jedes Pflaster, das Reza ihr holt, und jede Bleistiftmine, die er ihr aus dem Unterarm drückt, als Beweis für seine Zuneigung auf. Aber Saba weiß, dass nichts davon ein Zeichen von Liebe ist. Ihre Mutter hat gesagt, dass *echte* Liebe auf gemeinsamen Interessen basiert – wie zum Beispiel westlicher Musik.

Aber nachdem Ponneh sich an jenem Tag in die Hand geschnitten hatte, setzte Reza sich neben sie und fing an, ihr ein französisches Lied vorzusummen, das Saba ihm erst ein paar Tage zuvor vorgespielt hatte. »Le Mendiant de l'Amour« war im Iran erfolgreich, weil es einen leicht nachzusingenden Refrain und eine fiebrige, persisch klingende Melodie hatte. »Weißt du«, sagte er zu Ponneh, »es geht um ein Mädchen namens Donneh, und das klingt doch fast wie Ponneh.« Er trommelte mit den Händen auf den Knien und versuchte mit seinem starken, ungebildeten Akzent, den Text zu singen: *Donneh Donneh, Do-donneh …*

»Das heißt was ganz anderes«, rief Saba, die sich durch Rezas himmelschreiende Fehlübersetzung, seinen fürchterlichen Akzent und seine schöne Stimme persönlich beleidigt fühlte. »*Donnez* heißt ›Gebt mir‹. Das ist Französisch. Hab ich dir doch gesagt.« Sie wollte ihren Standpunkt wiederholen, sich aber andererseits nicht wieder vorhalten lassen, sie wäre eine Angeberin. Reza antwortete nicht. Er musterte Sabas Gesicht. Dann summte er die Verse, deren Text er nicht kannte, und stupste mit dem Fuß Ponnehs Beine an, um sie aufzumuntern.

Ehe er ging, flüsterte er Saba zu: »Vermisst du Mahtab?« Seit drei Jahren fragt Reza sie das schon – eine Stellvertreterfrage für all die Emotionen, die er sich nicht erklären kann. Ob Saba traurig ist oder zornig oder neidisch, er stellt ihr dieselbe Frage, schlägt einen besorgten Ton an. Saba lächelt dann immer vielsagend und nickt. Das ist ihr ganz persönliches Ritual.

Später warf Ponneh Saba vor, sie habe sie wieder mal ausgeschlossen, habe Reza ihre geheime Vorratskammer gezeigt und mit ihrem Englisch angegeben. Saba warf Ponneh vor, sie habe sich absichtlich in die Hand geschnitten, sei gar nicht richtig an Musik interessiert und habe ihr Lied gestohlen. Aber in einer Welt ohne Mahtab hält Saba es nicht lange ohne beste Freundin aus. Schon kurze Zeit später lenkten andere Dinge sie ab. Ponneh fand heraus, dass sie mit der richtigen Buntkreide ganze Szenen auf die Innenseite eines alten weißen Tschadors malen konnte. Die nächsten beiden Tage verbrachten sie eingehüllt im Hidschab und schmückten die versteckten Teile des ausgefransten Tuchs mit Bildern aus Märchenbüchern und amerikanischen Illustrierten. Dann setzten sie sich im Schneidersitz hin, zogen den Stoff tief über die Augen und versuchten, die Zeichnungen von innen zu sehen. Als das nicht klappte – der Stoff wurde dadurch bloß kratziger –, stellten sie sich mit nackten Beinen über einen tragbaren Ventilator, den sie auf die Seite legten, damit der Tschador hochgeweht wurde, sie umflatterte wie Fledermausflügel und ihre inzwischen gerundeteren Beine freilegte, wie bei Marilyn Monroe.

Heute laufen sie durch Sabas Haus und schmettern aus voller Kehle ein Lied aus *Sultan der Herzen*, einem iranischen Film der 1960er-Jahre. »*Ein Herz sagt mir, ich soll gehen, gehen. Ein anderes sagt mir, ich soll bleiben, bleiben.*« Saba hat die schönere Singstimme, also bringt sie der kichernden Ponneh mit kunstvollen, dramatischen Verbeugungen und galanten Gesten ein Ständchen.

»Saba, hol mir meinen Beutel«, sagt Khanom Mansuri, die Uralte, die auf die Mädchen aufpassen soll, während die anderen Frauen Besorgungen für den Haushalt machen. Sabas Vater vertraut darauf, dass die alte Frau aus dem Dorf seiner Tochter anständiges, frauliches Verhalten beibringt. Aber selbst mit ihren fast neunzig Jahren hat sie kindlichen Spaß an Unfug. Saba glaubt, das liegt an der Kombination aus ihrem irreführend zierlichen Körper und dem ganzen Unsinn, den sie sich in den Stunden zusammenträumt, wenn sie so tut, als würde sie schlafen. Sie ist immer bereit für einen Spaß und hört nur noch schlecht, deshalb verzieht sie ihr eingefallenes, runzliges Gesicht zu einer verschwörerischen Miene und sagt in lautem Flüsterton zu einer gespannten Saba: »Ich hab ein neues Du-weißt-schon-was! Hol Ponneh und wimmel die *Erwachsenen* ab.«

Diese Worte sind immer Musik in Sabas Ohren, denn sie verheißen einen Nachmittag mit der einzigen iranischen Zeitschrift, die sie gerne liest: die vorrevolutionären Ausgaben von *Zane Ruz. Die Frau von heute*. Obwohl sich die Illustrierte jetzt mit ernsten Themen wie zum Beispiel den Rechten der Frau befasst, ging es zu Zeiten des Schahs hauptsächlich um Mode, Frisuren und Klatsch. Immer enthielt sie eine spannende Geschichte namens »Scheideweg« über Dreiecksverhältnisse oder Noch-Ehemänner oder die mitternächtlichen Schandtaten lüsterner Stiefväter, die glaubten, dass Mädchen nicht reden, gefolgt von wohltuender Rache. Seiten mit pikanten Skandalen und verlockend verbotenen Beschreibungen.

Uralt und gelangweilt, wie sie ist, mag Khanom Mansuri den

billigen Kitzel von anzüglichen Geschichten, die sie mit ihren eigenen nachlassenden und ungeübten Augen nicht lesen kann. Wer könnte es ihr daher verübeln, dass sie zwei neugierige Vierzehnjährige zu ihren Mitwisserinnen macht, wenn sie allein auf sie aufpasst und ihr gleichfalls uralter Ehemann nicht in der Nähe ist, um sie zu unterhalten?

An diesem Septembernachmittag, als Saba dagegen ankämpft, dass die herbstlichen kaspischen Nebel ihre Erinnerungen an Mahtab auslöschen, liest sie Ponneh und Khanom Mansuri eine Geschichte über einen jungen Mann mit zwei Geliebten vor. Die eine ist schön, die andere charmant. Eine ist still, die andere ausgelassen. Die eine weckt in ihm den Wunsch, auf Abenteuersuche in die Welt zu ziehen, die andere gibt ihm ein schwindelerregendes Gefühl von Liebe und Zufriedenheit. Saba ist von der Geschichte fasziniert, von dem seltsamen Gegensatz und der Rivalität. Welche wird er wählen? Sie blickt zu Ponneh hinüber, die sich auf den Rücken rollt und es sich vor einer Wand aus bunten Kissen bequem macht.

»Khanom Mansuri«, überlegt Ponneh laut, »was glaubst du, für welche sollte der Junge sich entscheiden?« Saba legt einen Finger zwischen die Seiten und schlägt die Zeitschrift zu. Auch sie will das wissen, aber sie hätte die Frage niemals gestellt.

Khanom Mansuri nickt mit ihrem kleinen, rundlichen Kopf und sagt: »Ist doch nicht wichtig, was ich glaube.« Sie presst die Lippen zusammen, und ihre Augen beginnen, sich zu schließen.

»Ich finde es aber wichtig«, sagt Saba. »Komm schon, such eine aus!«

»Tja«, wirft Ponneh ein. »Ich finde, er sollte sich gar nicht entscheiden. Ich finde, die Mädchen sollten für ihn entscheiden. Er sollte entweder beide oder keine heiraten. Dann können sie Freunde bleiben.«

Saba denkt kurz darüber nach. Sie beschließt, Ponneh nicht

weiterreden zu lassen, und schlägt den Artikel wieder auf. Diese Geschichten enden immer mit einem ungelösten Dilemma. *Was würden Sie tun?*, fragt der Autor provozierend. Als sie zu Ende gelesen haben, erzählt die alte Khanom Mansuri den Mädchen ihre eigene Liebesgeschichte von einem Ehemann, der seit über siebzig Jahren in sie vernarrt ist. Im Gegenzug erzählen die beiden Khanom Mansuri, wie unfair es ist, vierzehn zu sein und ohne Liebe.

Die schöne Ponneh mit den Mandelaugen beschwert sich darüber, dass sie gezwungen ist, ihre allmählich zusammenwachsenden Augenbrauen zu ertragen, bis sie heiratet oder durch irgendein Wunder schon früher anfangen darf, sie sich zu zupfen. Saba beklagt stumm, niemals laut, dass ihre persische Nase zu groß geworden ist und ihr Körper anfängt, kurvig zu werden. Sie hat Fettpolster, wie hässlich, und sie schießt in die Höhe – wird richtig groß –, während Ponneh zierlich ist. Auch sie wünscht sich, sie dürfte sich die Härchen um Augen und Lippen zupfen und dass sie nicht so dunkel wäre mit ihren schwarzen Augen, dem schwarzen Haar und ihrer olivfarbenen Haut. Ponnehs Haut ist hell wie Porzellan, und ihre Augen haben einen unwahrscheinlichen Haselnusston.

Und dann sagt die alte Dame etwas, obwohl sie halb schläft, das sie beide aufmerken lässt. Wie ein Prophet öffnet sie den Mund und löst ehrfürchtiges Schweigen im Raum aus: »Ich wüsste gern, ob Mahtab auch so einen großen Hintern kriegt wie du.«

Ponneh wirft Saba einen Blick zu und beginnt zu widersprechen. »Was soll denn das –«

»Ach, schsch, schsch, Ponneh-dschan«, sagt Khanom Mansuri und winkt mit einer Hand in Ponnehs Richtung. »Saba weiß, was ich meine. Nicht wahr, Kind?«

Saba leckt sich die trockenen Lippen und sieht Khanom

Mansuri aus zusammengekniffenen Augen an, als wollte sie durch einen Riss in der Wand spähen. »Mahtab ist tot«, murmelt Saba, weil man ihr gesagt hat, dass das die Wahrheit ist. Ponneh strahlt vor Stolz und nickt, was Sabas schlechtes Gewissen erleichtert, weil sie irgendwie gelogen hat und weil sie heranwächst und sich allmählich der langsamen, freudlosen Logik der Erwachsenen unterwirft. Es laut auszusprechen, löst eine flattrige Panik in ihr aus, als würde sie nach einem frommen Leben laut eingestehen, dass es keinen Gott gibt. Eine Stimme flüstert: *Ich hab gesehen, wie sie in das Flugzeug gestiegen sind.*

Aber Khanom Mansuri schüttelt den Kopf, sodass ihr Kopftuch verrutscht und hennafarbene Haarbüschel zum Vorschein kommen. »Hmmm ... Man sagt, du wärst schlau, voll Bücherwissen und feinem Gespür. Und auf einmal glaubst du alles, was sie dir einreden wollen. Du weißt nicht, was wahr ist« – sie droht Saba mit dem Finger und starrt sie eindringlich an –, »was die *höchste, echte* Wahrheit ist, die die meisten Menschen nicht sehen. Du kannst nicht mal den Zauber brechen, ein Zwilling zu sein.«

Saba liegen hundert Antworten auf der Zunge, die alle gleichzeitig in ihr hochsprudeln, aber ehe sie sich entscheiden kann, springt Ponneh auf. »Komm, Saba«, sagt sie. »Wir müssen was essen.«

Saba rührt sich nicht. Sie starrt in den unscharfen Blick dieser winzigen Wahrsagerin aus einer alten Welt, die durch den Schleier ihrer trüben Linsen mehr von Saba gesehen hat als deren eigener Vater. »Mahtab ist tot«, wiederholt sie, und ihre Stimme versucht, einen Anflug von Hoffnung zu verbergen.

Khanom Mansuri beugt sich vor. »Was ist mit dem Brief?«, flüstert sie.

Saba starrt Ponneh aus weit aufgerissenen Augen an, ihre beste Freundin, die sowohl missbilligend als auch beschämt aussieht – denn wer sonst hätte der alten Mansuri von dem Brief erzählt haben können? Sie versucht, sich zu erinnern, ob sie Ponneh je gebeten hat, niemandem was davon zu sagen. Ist das ein Verrat? Wird Ponneh zornig werden, wenn Saba das so sieht? Schließlich trifft sie eine Entscheidung.

»Ich bin zu alt für solche Geschichten«, sagt sie mit einer Stimme voller Selbstvertrauen und Reife. Sie weiß, was Khanom Mansuri versucht. Sie ist dem Ende ihres Lebens nah, und ihr gefällt dieses abstrakte Gerede, die Art von Was-wäre-wenn, die dem Tod seinen Stachel und seine Endgültigkeit nimmt. Vielleicht will sie ebenso sehr wie Saba, dass Mahtab lebt. Oder einfach nur wissen, dass jemand Mahtabs Erinnerung bewahrt, selbst wenn sie tot ist. Wie dem auch sei, Ponnehs Meinung ist für Sabas Glück sehr viel wichtiger – und Ponneh ist Realistin.

»Zu alt für deine eigene Schwester?«, neckt Khanom Mansuri. »Nicht gut.«

»Der Brief war bloß erfunden«, sagt Saba Ponneh zuliebe. Dann fügt sie hinzu, weil es so erwachsen klingt, so etwas auszusprechen: »Ich war noch ein Kind. Das hat mir geholfen, es zu bewältigen.«

Khanom Mansuri lacht leise. »Erfunden? Das glaub ich dir nicht«, sagt sie, lehnt den Kopf gegen die Wand und schlummert ein, noch während sie sagt: »Komm wieder, wenn du älter und nicht so erwachsen bist … Los, geht jetzt, alle beide. Ich muss ein bisschen schlafen.«

Saba wünscht, Khanom Mansuri würde nicht einschlafen. Sie möchte den Arm ausstrecken und sie wach rütteln. Doch Ponneh nimmt ihre beiden Hände und zieht sie mit aller Kraft hoch, sodass sie durch den Schwung direkt in einen kichernden Laufschritt Richtung Küche fallen. Als sie davontraben, hört Saba das leise Schnarchen der alten Frau, ein letztes Lachen und die gemurmelten Worte: »Komm zu mir, wenn das Kind und die Bewältigung dich wieder besuchen kommen. Sie kommen immer zurück, wenn du denkst, du bist erwachsen … immer, immer.«

Fast jeden Tag, wenn er in seinem Büro und auf den Reisfeldern zu tun hat, bemüht sich Agha Hafezi, für Saba ein Mittagessen vorzubereiten – oder zumindest Tipps zu geben, was sie mittags essen könnte. An ganz schlechten Tagen legt er ihr Geld hin oder einen Zettel, den Saba dann einer von den Khanoms geben soll. Meistens steht da so was drauf wie: »Dürfte ich Sie höflich bitten, meiner Tochter etwas zum Mittagessen zu kochen? Und bitte kommen Sie morgen zu uns nach Hause, wir feiern mit unseren Freunden.« Das bedeutet nichts anderes als eine Abmachung: Gebt Saba heute was zu essen, dann könnt ihr morgen unsere gut bestückte Küche benutzen und einladen, wen ihr wollt – zwei Aufgaben, aber für ein von den Hafezis finanziertes gesellschaftliches Ereignis nimmt man das gern in Kauf. An richtig guten Tagen stellt er Saba einen Plastikbehälter mit ihren Lieblingseintöpfen hin, die bei einem dieser Feste übrig geblieben sind. Heute findet Saba einen großen Weißfisch, der in einem Eimer in der Spüle auftaut, und dazu einen Zettel. »Saba-dschun, weißt Du schon, wie man so einen Fisch zubereitet? Falls nicht, hol Ponneh.«

Sie beäugt die Plastiktüte, die Ponneh aus ihrem Rucksack zieht – weißer Reis und geräucherter Karpfen, ein einfaches, billiges Essen. Sie geht zum Kühlschrank, doch Ponneh holt schon zwei Löffel aus der Schublade. »Lass mal. Ich hab genug für uns beide mitgebracht.«

»Danke.« Saba nimmt einen Löffel. Sie deutet mit einem

Nicken auf den Eimer und den teuren Weißfisch darin. »Den könntest du deiner Mutter mitnehmen.«

Ponnehs Gesicht verdunkelt sich. »Ich kann es mir leisten, ein blödes Mittagessen mit dir zu teilen.«

»'tschuldigung«, sagt Saba, als sie sich mitten in der riesigen Küche der Hafezis auf den Boden setzen. Der Raum ist voller Gegensätze: Neben dem uralten *tanur*-Ofen aus Ardabil – ein Relikt aus der Zeit ihres Großvaters, der lieber Brot als Reis aß, obwohl er das in Gilan nicht herumposaunte – steht ein übergroßer Kühlschrank, und in einer Ecke, neben einem modernen Backofen und einer mächtigen rechteckigen Spüle, stapeln sich Jutesäcke mit selbst angebautem Reis. Um ihren Fehler wiedergutzumachen, isst Saba ganz bewusst aus Ponnehs Schale – obwohl ihr Vater sie ermahnt hat, ihr Essen nie so eng mit Leuten aus dem Dorf zu teilen. Sie nimmt einen Bissen Räucherfisch und Butterreis, der so flockig und leicht ist, dass die Körner praktisch vom Löffel schweben und in ihrem Mund zerschmelzen. Sie überlegt, wie sie Ponnehs Stolz wiederherstellen kann, und sagt, den Mund voll mild gewürztem Essen: »Was, wenn ich das alles allein esse, und du fängst eine Diät an?«

Saba füllt ihren Löffel erneut, wohl wissend, dass Ponneh das freut und dass sie es ihrer Mutter erzählen wird und sie beide stolz sein werden. In Cheshmeh bestimmt die Qualität deines Essens die Qualität deiner Familie, und das hier kann nur Saba ihr geben, niemand sonst, weil der Hafezi-Stempel nun mal ihr allein gehört. Vielleicht macht sie damit ein wenig die vielen immateriellen Geschenke wett, die Ponneh ihr gemacht hat – wie zum Beispiel während des ersten großen Regens, nachdem Mahtab fortgegangen war, als Saba nicht aus dem Bett aufstehen wollte und Ponneh ihr die Augen verband und sie dazu brachte, in die Vorratskammer zu gehen, wo eine Überraschung auf sie wartete. Nach einigen Momenten im Dunkeln spürte Saba den feuchten Atem von jemandem auf dem Gesicht und hörte eine vertraute Stimme flüstern: »Ich will aber nicht«, gefolgt von einem Schmerzensschrei. Saba riss sich die Augenbinde runter und sah, wie Ponneh Reza am Ohr zog und ihn ausschimpfte, bis er weglief. »Tut mir leid«, sagte sie aufgebracht. »Ich wollte dir deinen ersten Kuss verschaffen, damit du wieder glücklich sein kannst.«

Jetzt nehmen Ponnehs Augen einen traurigen Ausdruck an, und sie sagt: »Du willst, dass ich Diät mache, damit ich spindeldürr werde. Und dann angelst du dir Reza und schließt mich aus … wie in dieser ›Scheideweg‹-Geschichte, wo immer ein Mädchen auf der Strecke bleibt.«

Saba starrt Ponneh an und versucht zu verstehen, welches Spiel sie jetzt spielen. Sie sucht stotternd nach einer Antwort. »Das ist was ganz anderes! Du kannst nicht in zwei Leute gleichzeitig verliebt sein.«

Ponneh zuckt die Achseln. »Wer sagt das? Es gefällt dir nur nicht, weil du dir so eine große Liebesgeschichte wie in deinen westlichen Illustrierten wünschst, die es im richtigen Leben gar nicht gibt. Und du streitest dich gern. Du und Mahtab, ihr habt dauernd um irgendwas konkurriert. Und jetzt willst du mit mir konkurrieren.«

Als Mahtabs Name fällt, flammt eine Hitze in Sabas Brust auf, die sie am liebsten mit den Fingern wegreiben würde. Wie kann Ponneh es wagen, so etwas zu sagen? Für wen hält sie sich, dass sie Mahtabs Fehler zur Sprache bringt? »Wir waren keine Konkurrentinnen«, faucht Saba. »Ich glaub einfach nicht, dass man so leben kann, wie du meinst.«

»Vielleicht doch«, sagt Ponneh. »Und Reza gibt mir recht. Sein Baba ist weggegangen, um mit seiner neuen Familie zu leben, dabei hätte er sie mit hierherbringen können. Sie hätten alle zusammenhalten können. Es ist besser, ein Leben lang

Freunde zu haben, als einen blöden Liebeswettkampf zu gewinnen.«

»Es ist kein Wettkampf …« Saba will, dass ihre Freundin sie versteht, doch Ponneh war schon immer eine von vielen, niemals Teil eines Paars.

Ponneh unterbricht sie. »Ich sage, drei ist immer besser als zwei. Letzten Endes sind deine Freunde diejenigen, die dir helfen. Schau dir Khanom Omidi und Khanom Basir und all die anderen Frauen an. Die tun füreinander mehr als für ihre Männer.«

»So reden Bauern«, sagt Saba. »In der Bibel und sonst wo steht was anderes.«

Ponneh blickt nachdenklich. »Mag sein … Aber ich glaube, wir werden immer zu dritt sein. Du, ich und Reza. Selbst wenn wir andere Leute heiraten oder wenn du nach Amerika gehst.«

»Okay«, murmelt Saba. Sie hat jetzt Bauchschmerzen. »Ganz wie du willst.«

Ponneh spricht weiter. »Vielleicht können wir alle zusammen nach Amerika abhauen und uns die Haare gelb färben. Und du und ich können den ganzen Tag auf offener Straße knallroten Lippenstift tragen, wie in der *LIFE*.«

»Na schön.« Saba legt ihren Löffel hin und steht auf, um zu gehen. Sie ist noch immer wütend, weil Ponneh sich nicht dafür entschuldigt, dass sie schlecht über Mahtab geredet hat. Und der Rücken tut ihr weh.

Saba stapft aus der Küche. Als sie Richtung Wohnzimmer geht, hört sie Ponnehs Aufschrei, der ihr den Flur hinunter folgt: »O Gott! Was ist denn das?«

Khanom Mansuri rührt sich auf den Bodenkissen. »Was ist das für ein Krach?«, nuschelt sie und schmatzt ein paarmal mit den Lippen, ehe sie die Augen öffnet. Als Saba sich umdreht, steht Ponneh hinter ihr, den Mund weit aufgerissen. Khanom

Mansuri kichert. »Ach, du meine Güte, ich bin zu alt für dieses Mädchen-*bazi*.«

Ponneh eilt auf Saba zu und sagt: »Hab keine Angst! Ich hol meine Mutter, und wir bringen dich ins Krankenhaus nach Rasht. Warte hier.«

Saba folgt Ponnehs Blick. Sie schaut über die Schulter nach unten zu ihrem Hosenboden. Als sie das Blut sieht, kreischt sie auf. Sie ist voll davon, und jetzt schreien beide Mädchen. Khanom Mansuri versucht, ihren kinderzarten Körper hochzustemmen, und murmelt: »Aiiii ... Sie muss nicht ins Krankenhaus. Hört mit der Schreierei auf und dem Drama-*bazi, khodaya*. Lasst mich mal in Ruhe nachdenken.« Der verwirrte Ausdruck auf einem Gesicht, das von jahrelanger Erfahrung gezeichnet ist, versetzt Saba nur noch mehr in Panik. Bestimmt hat sie Krebs. Oder einen geplatzten Tumor. Oder innere Blutungen. Die alte Frau brabbelt weiter. »Ponneh-dschan, hol lieber Khanom Omidi oder Khanom Basir oder sonst jemanden ...«

Schon zehn Minuten später treffen Khanom Omidi und Khanom Basir ein, und sie lachen und plaudern, als wäre alles in bester Ordnung. Saba würde sie am liebsten anschreien. Sie liegt praktisch im Sterben, und die beiden könnten wenigstens so viel Mitgefühl aufbringen, wie sie an den Tag gelegt haben, als sie Mahtabs Tod vortäuschten und sie nach Amerika schickten.

»Mal überlegen, wie ich das am besten erkläre«, sagt Khanom Omidi, die auf einem Basilikumblättchen kaut. Offensichtlich ist sie beim Essen unterbrochen worden. Sie rückt ihren Bund zurecht und tätschelt Sabas zittrige Hand, während sie nach den richtigen Worten sucht. »Früher hätten wir das dem ganzen Ort erzählen müssen ... und es gibt da eine Geschichte ... lass mich nachdenken.« Sie setzt sich hin, und da sie ihr Schielauge nie vergisst – das nur zu sehen ist, wenn sie nach oben oder nach unten schaut –, zieht sie Saba in ihr Gesichtsfeld. »Es war einmal ein Mädchen namens Hava. Und Gott sprach, dass der Preis der Sünde –«

Khanom Omidi redet leise, durchforscht ihr Gedächtnis nach kleinen Weisheiten. Sie hat die Gewohnheit, zu allen Angelegenheiten großzügig Ratschläge zu verteilen (ganz gleich, ob sie was davon versteht oder nicht), wie Münzen oder getrocknete Maulbeeren aus den tausend Täschchen, die in die Falten ihrer Umhänge genäht sind. Diese nachsichtige Frau erinnert Saba an die viktorianische Puppe auf ihrem Schreibtisch. Überall auf ihrem Kleid sind staubige Taschen aufgenäht, in denen man Schmuck verstecken kann, den dort niemand vermuten würde. Manchmal steckt Saba Münzen in den Saum ihrer eigenen Kleidung, um sich das beruhigende Gefühl zu verschaffen, einen heimlichen Plan zu haben. Heute könnte sie so einen heimlichen Plan gut gebrauchen.

Sie versucht, sich an ein Kapitel über Blut und über das Frausein in einem der medizinischen Bücher ihrer Mutter zu erinnern, irgendwas mit Zyklen und Hormonen. Und hat es so ein Unglück mal in einem Roman gegeben? Wenn ihr in Büchern eine Passage komisch vorkommt, schiebt sie das meistens auf ihre Englischkenntnisse und liest drüber weg. Jetzt nimmt Khanom Basir, die Böse, Sabas Hand. Saba will sie wieder wegziehen, doch nachdem die schreckliche Frau zwei Söhne großgezogen hat, kann sie fest zupacken. Und sie sieht aus wie eine Schlange, die gleich zubeißt, wache Augen, eingefallene Wangen und ein listiges, lippenloses Grinsen.

»Das reicht jetzt«, blafft Khanom Basir die anderen Frauen an, die hinter vorgehaltener Hand kichern. »Über ein Mädchen zu lachen, das diesen Zustand zum ersten Mal erlebt, ist ja, als würde man ein schlafendes Kamel schlagen.«

Saba und Khanom Basir verbringen die nächste halbe Stunde in der dämmerigen Toilette hinter dem Wohnzimmer. »Du stirbst nicht«, versichert sie Saba in einem Ton, der keinen Widerspruch duldet. Dann erklärt sie ihr alles, fast so sachlich, wie Sabas Mutter es getan hätte. »Es ist ein Fluch, aber eigentlich nicht so schlimm. Wir bluten einmal im Monat, aber dafür müssen Männer schuften und sich abplagen, bis sie sterben. Sie riechen schlecht. Überall wachsen ihnen Haare. Der Anblick ihrer Körper ist beschämend – alles so den Blicken preisgegeben … Ich sage dir, Saba-dschan, ich liebe meine Söhne, Gott weiß, sie sind vollkommen, aber … In deiner Hochzeitsnacht, wenn du es siehst, wirst du verstehen, was ich meine, und du wirst Gott für das danken, was er dir gegeben hat.«

Hinterher denkt Saba, dass keine von den anderen Frauen ihr die Geheimnisse des Frauseins besser hätte erklären können, ohne viel Getue oder Verlegenheit. Wenn Rezas Mutter gewusst hätte, dass sich Saba all diese Entdeckungen in der Hochzeitsnacht mit einem ihrer eigenen vergötterten Söhne vorstellte, hätte sie ihre Worte wohl sehr viel vorsichtiger gewählt. Dennoch ist Saba ihr dankbar. Sie genießt Khanom Basirs seltene Freundlichkeit, den Versuch, ihr dabei zu helfen, ihren Körper zu akzeptieren. Vielleicht hätte ihre Mutter das Gleiche getan. Nur dass sie dann mit ihr allein gewesen wäre – mit ihr und Mahtab.

»Sollte ich meine Mutter anrufen?«, fragt Saba. »Ich möchte sie anrufen.«

Khanom Basirs Körper scheint sich anzuspannen. »Sie kann nicht angerufen werden, da, wo sie ist.«

»Warum nicht?«, fragt Saba. Vielleicht hat sie jetzt, wo sie eine Frau ist, das Recht auf Wahrheit. »Ich weiß, dass sie in Amerika ist. Ich möchte sie anrufen. Wieso kann ich sie nicht anrufen?«

»Ach, Gott steh uns bei … Sie ist nicht in Amerika«, sagt

Khanom Basir kühl. »Und es ist die Entscheidung deines Vaters, wann er dir alles erzählt. Also nimm das jetzt nicht zum Vorwand, um mal wieder ein Saba-Drama daraus zu machen. Okay? Es gehört zum Frausein dazu, Dinge hinzunehmen, die geschehen, und seinen Schmerz nicht zum Mittelpunkt von allem zu machen. Verstehst du das?«

»Ja«, sagt sie leise. Wenn ihre Mutter hier wäre, würde Saba ihr sagen, dass ihr der Rücken wehtut. Sie würde ihr die Bedeutungen all der Vokabeln aufzählen, die sie im Wörterbuch nachgeschlagen hat. Sie würde ihr die Listen zeigen, die sie seit der Trennung angelegt hat – Listen mit ihren Lieblingsliedern, den englischen Wörtern, die sie kennt, den Filmen, die sie gesehen, und den Büchern, die sie gelesen hat. An dem Tag, wenn sie sich wiedersehen, wird ihre Mutter das alles wissen wollen.

Zurück im Wohnzimmer, springt Ponneh auf und jubelt. Offenbar hat auch sie eine Erklärung bekommen. »Toll, Saba! Jetzt bist du eine Frau.«

»Still, Kind«, sagt Khanom Omidi und wirft etwas getrockneten Jasmin aus ihrem Tschador in die Luft um Saba. »Soll denn die ganze Welt von ihrer so unreinen Geschichte erfahren?«

Aber Ponneh hört nicht auf sie. Sie macht einen Schritt beiseite und zeigt mit einer so schwungvollen Armbewegung auf ein Teetablett auf dem Boden, als würde sie ein Nouruz-Festmahl präsentieren und nicht Tee, *kouluche*-Gebäck und Kichererbsenkekse, die Ponneh allem Anschein nach in Sabas Vorratskammer gefunden hat. »Ich hab einen Frauwerdungsimbiss für dich gemacht. Damit du vom Blutverlust nicht umkippst oder erfrierst.«

Sie wirft Khanom Mansuri einen aufgeregten Blick zu, und die alte Frau nickt langsam mit ihrem hennaroten Kopf, die Augenlider vor Müdigkeit und Weisheit halb geschlossen, als wollte sie sagen: *Ja, Ponneh-dschan, du weißt jetzt Bescheid.*

Kurz darauf steht Reza mit seinem dreckigen Fußball und einem Stapel unbespielter Kassetten vor der Tür. Er hofft, Saba wird sie mit Musik füllen, wird aber von den Frauen weggescheucht, deren Getue ziemlich peinlich ist. »Verschwinde, verschwinde. Du hast hier nichts zu suchen!«

Saba fragt sich, ob auch Mahtab heute diese wichtige neue Erfahrung erlebt hat. Schließlich sind sie ja identisch und durch ihr gemeinsames Blut aneinander gebunden. Wenn ihre Mutter hier wäre, könnte Saba ihr sagen, dass sie sich jetzt tatsächlich älter fühlt. Vielleicht würde Maman erwidern, dass sie zweifellos älter aussieht, jawohl. Doch dann fällt Saba auf, dass es ungerecht sein könnte, jetzt nur an ihre Mutter zu denken – wo diese anderen Frauen sich so sehr um sie gekümmert und sogar die Schande ertragen haben, ein Thema zu erörtern, das jede Perserin, die etwas auf sich hält, besser unter den Teppich kehrt.

»Tut mir leid, dass ich dich angeschrien hab«, sagt sie zu Ponneh und nimmt einen Frauwerdungskichererbsenkeks direkt aus den schmutzigen Fingern ihrer besten Freundin.

Die Geschichtenerzählerin

KHANOM BASIR

Jede Frau hat ein besonderes Talent, und wenn Sie mich fragen, ist jedes Talent wertvoll und wichtig. Aber wie immer war Bahareh Hafezi da anderer Ansicht als ich. Sie erklärte ihren Töchtern: Wenn ihr nicht beweist, dass ihr klug genug seid, um genau wie Männer Körper zu heilen oder himmlische Bauten wie die dreiunddreißig Bögen zu entwerfen oder schöne Verse wie die *Rubaiyat* zu schreiben, dann befindet die Welt vielleicht, dass ihr die Frau seid, die die besten Kuchen backt oder die köstlichsten Eintopfgerichte kocht oder die beste Opiumpfeife für ihren Gatten macht. Das wird dann eure Rolle.

»Was für ein trauriges Schicksal! Welch wertlose Arbeit!«, sagte sie, wenn sie wollte, dass die Mädchen ein Buch lasen.

So ein verrücktes *bazi*! Die Frau war so einseitig wie die Münze eines Mullahs. Schließlich war Khanom Omidis Talent das Kochen, und wenn sie beschlossen hätte, Gehirnchirurgin zu werden, wer hätte dann den perfekten Safranreispudding gemacht, der immer genau die richtige Konsistenz hatte, voller Mandeln war und nie klumpig? Die Mädchen sahen ihr oft dabei zu, wenn sie den Pudding zubereitete, geduldig die langen feurigen Safranfäden mit einem faustgroßen Stößel im Mörser zermahlte, wenn das *Schab-Schab* von Pollen auf Stein das Aroma eines schweren Mahls und eines zarten Dufts zugleich freigab und ihre dicken, ohnehin schon gelben Finger noch tiefer orange färbte. Wie eine Zauberin hatte sie viele Utensilien, die sie mir nie auslieh. Einen Kirschentkerner. Eine blütenförmige Backform an einem langen Stab für Fensterbrot. Den kleinen Mörser mit Stößel.

Diese Frau war die reinste Safranhexe.

Und das ist der Grund, warum sie in so hohem Alter noch glücklich und gesund war, denn jeder weiß ja, dass Safran die Menschen zum Lachen bringt. Wenn die Sonne abends untergeht, laufen die Frauen aus den sumpfigen Reisfeldern im Norden müde nach Hause, die Hosen hochgekrempelt und die Beine nass und krank, ein buntes Dreieckstuch, das *tschadorshab*, fest um die Taille gewickelt, um den Rücken zu schützen und dies oder das zu tragen. Die Frauen, die anderswo arbeiten, in den Rosenfeldern von Qamsar oder den Teefeldern hier in Gilan, duften nach Rosen und Tee, wenn sie heimkehren, ihre Röcke voller Blätter und Blüten, die sie den ganzen Tag gepflückt haben. Und die Frauen, die in wieder anderen Teilen des Iran in den Safranfeldern arbeiten, gehen in munteren Grüppchen nach Hause, prustend vor Lachen, und so machen sie bis tief in die Nacht weiter.

Den Hafezi-Mädchen wurde eingeredet, dass ihr Talent in ihrem Verstand lag und dass sie das zu etwas Besonderem machen würde. Sie würden die erfolgreiche und gewinnbringende Tradition der Familie fortsetzen. Diese Erwartung lag in jedem Wort, jeder Geste, jedem Versprechen.

»Können wir an den Strand?«, fragten sie ihren Vater.

»Meine Töchter, ich werde mit euch ans Meer fahren und euch mit Hundertdollarscheinen abtrocknen«, antwortete er dann, weil das ein Zeichen seiner Liebe und Hingabe war.

Später, nach dem Tag, an dem ihre Pläne scheiterten und er nur noch Saba hatte, sagte er zu ihr: »Saba-dschan, du musst nicht nach Amerika. Du bist intelligent und hast einen guten Geschmack.« Und das bedeutete, dass Saba in den Augen ihres Babas auch hier glänzen würde.

Für die Hafezis war Talent wichtiger als Ort und Umstände.

Wissen Sie, auch ich habe eine Gabe – die beste überhaupt, die Macht über Worte, über Legenden, Wahrheit und Lüge. Für Geld flechte ich aus Binsen Körbe und Hüte und kleine Teppiche, aber für meine Freunde kann ich eine Geschichte so fein und so schön spinnen, mit solchen Höhen und Tiefen und leisen Tönen, dass Kinder und Erwachsene sich davon bannen lassen wie Schlangen in einem Korb. Sie wiegen sich mit mir hin und her, lassen sich von mir entführen. Und wenn ich dann fertig bin, warten sie gespannt, was ich sagen werde: *Nach oben ging's, und da war ... was denn? Joghurt oder Joghurt-Soda? Maast? Dugh? Wahrheit? Lüge?* Unter der *korsi*-Decke, die über einen heißen Ofen gebreitet ist, wo Füße gewärmt und Geschichten erzählt werden, bin ich die uneingeschränkte Herrscherin. Obwohl ... es heißt, dass das *korsi* die Wiege aller Lügen ist.

Ich war diejenige, die Saba als Erste erklärte, was es mit ihrem Körper auf sich hat, mit der Ehe, weil ihre Mutter das nicht getan hatte. Zugegeben, ich hab ihr nicht alles erzählt. Ich hab das Ganze mit den üblichen Schnörkeln der Geschichtenerzählerin versehen, Dschinn und Krankheiten, frühzeitiger Tod und die klitzekleine Möglichkeit einer vagen Erfüllung. Aber vor allem hab ich ihr Folgendes gesagt: Bücher töten die sexuelle Energie einer Frau, die Anziehungskraft, mit der du geboren bist. Die kann nämlich ausgelöscht werden. Und Saba und Mahtab drohte dieses Schicksal, seit sie drei Jahre alt waren und viel zu gebildet wurden, um je zu begreifen, wie sie einen Mann reizen konnten. Natürlich konnten sie Verbotenes tun, wie alle anderen auch, aber konnten sie mit den Augen locken, wie Ponneh das kann? Mädchen, die Bücher verstehen, verstehen keine Männer.

Dieses Schicksal hat ihnen ihre Mutter aufgebürdet, mit ihren Notizbüchern und ihren Ideen und ihren Ängsten. Wenn sie ihre Töchter betrachtete, nagte sie sich die Lippen wund, weil sie wollte, dass die beiden ein Leben führen würden, das es nur im Märchen gibt. Und wenn das deine Aufgabe ist, hast du nichts zu suchen bei den Frauen, die beim Tee zusammensitzen und Freundschaften pflegen und sich gegenseitig die Augenbrauen zupfen. Für Ablenkungen ist keine Zeit. So war die Liebe ihrer Mutter. Hochfliegend, nutzlos.

Sie hat diese Mädchen verdorben. Tief in ihrem Innern, wo niemand es sehen konnte, verkümmerte etwas. Ihr Vater war ihnen auch keine Hilfe – denn, ich frage Sie, wie soll ein Mädchen, dem gesagt wurde, es solle sich mit Hundertdollarscheinen abtrocknen, je irgendwem eine gute Ehefrau sein können?

KAPITEL DREI

Herbst 1988

Mit achtzehn hat Saba fünfhundert Seiten mit einfachen und ausgefallenen englischen Wörtern fertig, nicht bloß, um sie irgendwann ihrer Mutter zu zeigen – wenngleich die Hoffnung darauf nach sieben Jahren ohne eine Nachricht schwindet –, sondern auch, weil die Wörterlisten Teil ihres Lebens geworden sind. Saba hat seit ihrer frühen Kindheit mit einer für Gilan unerhörten Intensität Englisch gelernt und verspürt jedes Mal einen prickelnden Anflug von Stolz, wenn sie sich dabei ertappt, dass sie englisch denkt.

Vile. Vagrant. Vapid.

Saba schaut zu drei Mädchen hinüber, die in einer Gasse hinter einem Laden herumbummeln, der auf einer unglaublich kleinen Fläche einfach alles Erdenkliche zum Verkauf anbietet, nicht bloß Eier und Zucker, sondern Milch in Plastiktüten, die man in Behälter stellt und aufschneidet, Eingemachtes jeder Art, Safran, Seife, jede Menge Radiergummis, Spielzeuguhren, getrocknete Früchte, Oliven und Nüsse. Jeder Winkel ist vollgestopft, kunterbunt sortierte Regale, eins hinter dem anderen, ziehen sich an den Wänden entlang, Jutesäcke mit Reis umzingeln die Kasse, Knoblauchzöpfe hängen über der Tür. Saba hält ihren Binsenkorb fest, der jetzt mit Tee und Zucker gefüllt ist, und wendet sich von den Mädchen ab, die am hinteren

Ende der Gasse dicht zusammenhocken. Sie tarnen es geschickt, aber Saba kennt sich aus und weiß, was sie da machen. Es ist eine intime Handlung, ein gemeinsam eingegangenes Risiko, in der Öffentlichkeit zu rauchen. Sie muss lächeln, als bei einem Mädchen träge Rauchwolken aus den Vorderfalten ihres blauen Tschadors steigen, einer unnötigen zusätzlichen Kleiderschicht, da ihre bunte mehrteilige Gilan-Tracht schon sittsam genug ist. Aber Tschadors eignen sich perfekt dafür, Dinge zu verstecken. Das Mädchen hat ihren über ein enges Kopftuch und einen langen Rock aus Grün- und Rottönen gezogen. Nicht, weil sie fromm ist, sondern weil sie sich schlicht langweilt, Spielchen spielt, so wie Saba mit ihren Freunden in der Vorratskammer.

Über ihnen, hoch oben auf einer Telefonleitung, ruft eine Krähe.

Es ist wieder Herbst. Der Boden ist mit zertretenen wilden Beeren bedeckt, mit Orangenschalenstücken und zusammengequetschten Dosen. Ein kühler Wind befördert Plastiktüten in Baumkronen. Nasse und trockene, rote und gelbe Blätter wehen über die Straße. Die Luft riecht nach Regen, als würde man sich ein Büschel nasses Morgengras unter die Nase halten. Saba fühlt sich hier bei den seligen Armen in einer Welt gefangen, die aus den vielen verstreuten Teilen unterschiedlicher Epochen besteht. Eine Gruppe älterer Frauen geht an ihr vorbei. Über ihre grellbunten Dorfkleider mit langen Röcken haben sie das gestrenge Schwarz der Städterinnen gestreift. Wahrscheinlich wollen sie mit dem Bus nach Rasht fahren oder zu einer heiligen Stätte, wo sie schwarze Krähen sein werden, die in der Schlange stehen und sich streiten und putzen. Saba nimmt sich die Zeit, all das an ihnen wahrzunehmen, was so ganz anders ist als bei ihrer Mutter mit ihren eleganten Kleidern, verbotenen Büchern und trotzigen roten Fingernägeln. Die Dorffrauen schlagen mit ihren Stoffflügeln und drängen sich zusammen. Eine von ihnen hat ihren Tschador zweimal fest um die Brust gewickelt und vorne zugebunden – ländlich praktisch, aber höchst unmodisch. Saba sieht ihre groß geratenen Hakennasen und die Art, wie sich eine andere das lose Tuch zwischen die Zähne klemmt, damit sie die Hände frei hat, um ihre Taschen tragen zu können. Ihre Lippen verschwinden hinter Schwarz, und plötzlich hat sie einen Vogelschnabel. Gleicht Saba eher Bahareh Hafezi oder dieser Frau?

Sie grüßt mit einem Nicken und geht weiter. Kurz darauf biegt sie in einen kleinen Feldweg am Ortsrand und bleibt stehen. Sie sollte nicht allein hier sein. Ihr Vater will nicht, dass Saba sich zur Zielscheibe macht, wie er sich ausdrückt. Aber der Teheraner hat gesagt, er würde sich hier mit ihr treffen, also wird sie hier warten. Nach fünfzehn Minuten kommt er, ein öliger, opiumsüchtiger Zwanzigjähriger mit ungepflegtem Stoppelbart, gelben Zähnen und einer bereits kahlen Stelle mitten in seinen zu langen Haaren. Er hält ihr eine schwarze Plastiktüte vor die Nase.

»Tausend Toman«, sagt er. Keine Begrüßung, wie üblich. Saba weiß nicht mal, wie der Teheraner mit Vornamen heißt. Nur, dass er der Vetter von irgendjemandes Vetter ist und verbotene Schätze aus Teheran zum Verkauf anbietet. Die meisten Videomänner sind sauberer, achten mehr auf ihre Kleidung. Doch Saba hält sich an ihn, weil er was von der Materie versteht. Keine dümmliche Analyse von Filmen, die er nicht gesehen hat, keine nutzlosen Vorschläge. »Ja, *India Jones*«, hat ihr mal ein Videomann empfohlen, »ein sehr schöner indischer Liebesfilm.« Der Teheraner ist dagegen ein Kenner.

Sie greift in ihre Tasche und gibt ihm ein paar Scheine. Er lacht.

»*Pro Stück*«, sagt er. »Ich hab gute Ware mitgebracht. Alles diesen Monat reingekommen.« Er blickt sich um. »Im Preis sind Anfahrt und Sonderbestellung inbegriffen. Ich mach das nur für Sie.«

»Trotzdem teuer. Lassen Sie mich erst reinschauen«, sagt sie, und als er zögert, schiebt sie nach: »Was denn, denken Sie, ich lauf damit weg?« Er grinst und reicht ihr die Tüte. Saba späht hinein. Sie versucht, nicht vor Begeisterung aufzukeuchen, weil das den Preis weiter in die Höhe treiben könnte. In der Tüte sind sechs Zeitschriften, die Hälfte davon Modezeitschriften, keine älter als ein Jahr, zwei Videobänder und fünf Audiokassetten. Ganz unten entdeckt sie einen abgegriffenen Roman ohne Deckblatt. »Großer Gott«, flüstert sie.

Der Teheraner schmunzelt. Seine Schultern verkrampfen sich, als Saba einmal kurz nach hinten blickt und ihm dann einen Arm um den verschwitzten Hals schlingt. »Schon gut, schon gut«, sagt er. »Ich hab doch gesagt, ich besorge ihn, oder?«

Sie nimmt den Roman in die Hand. *Die satanischen Verse* von Salman Rushdie. Noch nie hat Saba einen Roman in demselben Jahr gelesen, in dem er veröffentlicht wurde. Und schon gar keinen, der ihr Todesurteil bedeuten könnte.

»Das Buch kommt teurer ... wie vereinbart«, sagt der Teheraner, doch Saba kümmert das nicht, obwohl sie weiß, sie wird dieses Buch nach dem Lesen verbrennen müssen. Sie sieht die Kassetten durch. »Genau, was Sie haben wollten«, erklärt der Teheraner stolz. »Mein Mann in Amerika hat die Top-40 aus dem Radio aufgenommen, plus das Übliche: Beatles, Marley, Dylan, Redding, U2, sogar Michael Jackson, das Sprachrohr des Teufels. Die Videos sind Fernsehserien aus *diesem* Jahr. Diesmal ist der Ton klar, kaum weiße Streifen, nicht verwackelt. Glauben Sie mir, die werden Ihnen gefallen.«

Saba drückt dem Teheraner ein Bündel Geldscheine in die Hand. Er zählt nach und sagt: »Ich hab meiner besten Kundin eine Überraschung aus Amerika mitgebracht.« Er zieht eine gelbe Flasche aus der Tasche – ein Schatz, nach dem Saba seit der Revolution täglich gesucht hat, wie nach so vielen anderen ausländischen Dingen, die sie früher mochte. »Neutrogena, nur für Sie«, sagt er. »Na los, machen Sie Ihre Freundinnen neidisch.«

Saba öffnet die Flasche und inhaliert tief. »Sie sind die letzte gute Seele, die es noch gibt in Teheran.«

Er hüstelt, sagt: »Wie wär's dann mit einem Küsschen?«, und tippt sich auf die Wange. Saba hebt eine Augenbraue, wünscht ihm eine gute Rückfahrt und eilt zurück in ihren Teil des Dorfes.

Als sie kurz vor dem Haus ist, hört sie Stimmen aus den offenen Fenstern des großen Wohnzimmers. Zuerst die schrillen Stimmen der Khanoms, angespannt und atemlos, gefolgt vom tiefen Brummeln von Männern, wahrscheinlich aus dem Dorf, bedächtig mäandernd, bemüht weise. Die Stimme ihres Vaters ist nicht darunter.

Jemand stößt ein tiefes, dröhnendes Lachen aus. Jemand anders sagt: »Ehrlich, ich hab nicht übertrieben. Sonst soll Gott mich auf der Stelle tot umfallen lassen …«

Saba betritt das Haus durch eine Hintertür, die in den Flur zu ihrem Zimmer führt. Drinnen wirft sie ihren Korb aufs Bett und versteckt die Tüte mit westlicher Schmuggelware unter der Matratze. Sie starrt in den Spiegel. Rötlich orangefarbene Strähnen sind unter dem Kopftuch hervorgerutscht, das ihr locker-lässig bis auf die Schultern hängt. Vergangenen Monat hat sie sich von einer siebzigjährigen Frau, die heimlich in ihrem Wohnzimmer einen Frisiersalon betreibt, die Haare färben lassen – ein kostspieliger Fehler.

Jemand ruft aus dem Wohnzimmer: »Saba. Saba, komm doch zu uns, Kind.«

Sie nimmt rasch einen Lappen und wischt sich das Make-up aus dem Gesicht, während sie angestrengt lauscht, um die Männerstimmen zu erkennen. Ist Reza dabei? Und vielleicht auch

Ponneh? Sie versucht mitzubekommen, ob ihre Freunde schon einen Vorwand konstruieren, damit sie sich bald verdrücken können – aber sie kann sie in dem Stimmengewirr nicht ausmachen. Sie legt sich das Kopftuch um den Hals: Wenn sie ihr Haar nicht unbedeckt lassen kann, trägt sie es gern in traditioneller Gilaki-Art, bei der das Tuch um den Hals geschlungen und hinten festgebunden wird, achtet aber stets darauf, dass ein Fingerbreit vom Mittelscheitel zu sehen ist. Ehe sie das Zimmer verlässt, betrachtet sie ihren Stapel englischer Schulbücher, die einzigen westlichen Bücher, die sie ohne Furcht vor Bestrafung, Verhaftung oder zumindest einer langen väterlichen Schelte offen herumliegen lassen kann. Ganz oben liegt ein aufgeschlagenes Biologiebuch, das auf einer Seite das Foto einer Blume in einem wunderschönen Orangeton zeigt. Die Bildunterschrift lautet: »California Panther Lily«.

Vibrant, denkt Saba, *lebendig*, und geht im Kopf noch einmal die englischen Wörter mit *v* am Anfang durch, die sie heute gelernt hat. Sie murmelt sie einige Male vor sich hin, während sie einen letzten prüfenden Blick durch ihr Zimmer schweifen lässt. *Verdant. Unreif.* Wenn ihre Mutter hier wäre, würde Saba das Wort *verdant* in einem Satz verwenden. Falls Mahtab wirklich nach Amerika gegangen ist, wie viele tolle englische Wörter kennt sie dann wohl inzwischen? Wahrscheinlich alle, die es gibt – jedenfalls mehr, als man aus geschmuggelten Romanen und Illustrierten oder aus einem zerfledderten Wörterbuch für Kinder oder sogar von den besten iranischen Hauslehrern lernen kann. Aber Saba ist jetzt achtzehn, und sie kennt die Erwachsenenwelt. Sie redet nicht so über Mahtab, weil Mädchen, die angeblich tot sind, nicht Englisch lernen können. Dennoch, das Geheimnis, das das Verschwinden ihrer Mutter umgibt, hält Mahtab am Leben – eines Tages wird Saba die ganze Wahrheit erfahren.

Im Flur prallt sie fast mit ihrem Vater zusammen, der beim Gehen oft über vier verschiedene Dinge gleichzeitig nachdenkt. Er ist nicht sonderlich dick, aber er hat etwas Robustes, Imposantes an sich, das Saba an einen Ringer erinnert. Über seine Wangen ziehen sich dunkle Furchen, und seine Hängebacken sind grau gesprenkelt. Selbst wenn er lächelt, blicken seine wässrigen Augen traurig und verleihen ihm eine gütige Ausstrahlung. Er redet nicht viel, äußert seine Gedanken und Erklärungen gern kurz und bündig. Aber er hält an seinen Meinungen fest, und eine davon lautet, dass er lieber ein sicheres Leben führt, als eben diese Meinungen kundzutun. Er mag schöne Dinge, was, wie er oft zu Saba sagt, der Grund dafür ist, dass er eine studierte Frau geheiratet hat und seine Töchter schon Englisch lernten, ehe sie Fahrrad fahren konnten.

»Saba-dschan, komm und hilf ein bisschen. Mullah Ali hat ein paar Leute mitgebracht …« Er kaut irgendwas, und sein grauer Schnurrbart hüpft und wischt über die schlaffen Wangen. Saba riecht Honig. »Ich hab die Bänder gesehen«, fügt er hinzu. »Eine so große Sammlung ist gefährlich. Was, wenn dein Cousin Kasem die sieht?«

»Kommt der etwa? Der darf nicht in mein Zimmer!« Sie schaudert. »Ich kann ihn nicht leiden … dauernd sieht er mich so komisch an. Und er hängt förmlich an Mullah Alis Lippen.« Sie streckt angewidert die Zunge raus.

Ihr Vater warnt sie mit einem Blick. »Er ist der Sohn meiner Schwester. Sei nett zu ihm. Und benimm dich Mullah Ali gegenüber respektvoll. Er ist ein anständiger Mann, ein hilfsbereiter Mann. Ich will keinen Ärger.«

Saba wendet sich heftig ab, murmelt: »Alle Mullahs sind Schweine, auch die anständigen.«

»Pass auf, was du sagst«, flüstert er. Dann lenkt er ein. »Ja, ich weiß … aber, bitte, Saba, du warst doch sonst immer so vernünftig. Führ dich nicht auf, als wärst du May Ziade.« Sein Versuch, sie zu beschwichtigen, scheitert jäh, als er die unbekannte arabische Feministin erwähnt, deren Name bezeichnenderweise auf Persisch *zu viel* bedeutet. Wenn er ihr Vorträge hält, greift ihr Vater gern auf diese ihm ansonsten unwichtige Frau zurück. »Der Name sagt schon alles!«, ruft er. »Ganz gleich, welche Überzeugungen du hast, lerne Zurückhaltung.« Oft schiebt er dann noch hinterher, so als wäre das für sie ein Anreiz, sich zu benehmen: »Weißt du, den Mund zu halten, seine Meinung nicht zu äußern, ist in der westlichen Welt ein Talent herausragender Persönlichkeiten. Es beweist Selbstbeherrschung.«

May ist ein guter Name, denkt Saba und verschränkt die Arme, vielleicht, um ihn zu reizen.

»Was?« Ihr Vater seufzt. »Raus mit der Sprache. Was willst du unbedingt loswerden?«

Sie dreht sich um und sagt wütend: »Es ist ungerecht, dass du mich wie eine Kriminelle behandelst. Wann hab ich dir je irgendwelche Probleme gemacht?« In gewisser Weise ist das wahr – sie versteht es inzwischen gekonnt, ihre verbotenen Gelüste zu befriedigen, ohne sich Ärger einzuhandeln.

Ihr Vater wirft einen Blick nach hinten Richtung Wohnzimmer. Er flüstert noch immer, doch jetzt mit beschwörendem Tonfall. »*Wann?* Ich werde dir sagen, *wann.* Praktisch jeden zweiten Tag, wenn ich dich mal wieder irgendwem gegenüber in Schutz nehmen muss. Oh nein, Khanom Alborz, das war doch nicht meine Tochter, die barfuß und mit rot lackierten Zehennägeln rumspaziert ist. Nein, nein, Mullah Khan, meine Tochter hat sich nichts dabei gedacht, als sie das gesagt hat. Nein, Khanom Basir, das war nicht meine Tochter, die Ihrem Sohn unangemessene Avancen gemacht hat. Was denkst du dir eigentlich, Saba? Wir sind hier nicht in Teheran. Hier kennt jeder jeden!«

Die letzte Bemerkung sitzt. Sie hat so sehr versucht, sich ihre Gefühle für Reza nicht anmerken zu lassen. Jedes Mal, wenn er ihre Hand berührt hat, ist sie zurückgewichen, hat weggeschaut, mit hochrotem Kopf, wenn er sie vielsagend anlächelte. Sogar in der Vorratskammer, wenn sein nackter Fuß sich zu nah an ihren schob, hat sie versucht, nicht nachzugeben, sich zu beherrschen. »Ich hab nichts getan ...«

Aber ihr Vater ist erst am Anfang. Er tigert auf und ab, kratzt am Wandanstrich, als könnte er seine Hände nicht kontrollieren. »Was ist los? Erklär's mir! Bist du unglücklich? Du hast die besten Lehrer und mehr ausländische Bücher als sonst wer, und all die Frauen, die sich um dich kümmern. Warum willst du deine Zukunft in Gefahr bringen?« Er zieht eine rote Haarsträhne unter ihrem Kopftuch hervor und schnippt sie beiseite. Saba wünschte, er würde mitbekommen, wie vorsichtig sie ist, wie vernünftig, vielleicht sogar durchtrieben. Und geht *er* denn etwa kein Risiko ein für *seine* vielen gefährlichen Gewohnheiten? »Du bist nicht mal bereit, dich von dieser Musik zu trennen! Ich weiß nicht ... Ich wünschte –«

Ein bestürzter Ausdruck gleitet über das welke Gesicht ihres Vaters.

»Was denn?«, flüstert Saba. *Dass ich Mahtab wäre? Dass sie diejenige wäre, die zurückgelassen wurde?* Man hatte den Zwillingen oft erzählt, dass Saba bei ihrer Geburt die Nabelschnur um den Hals geschlungen hatte. Mahtab wartete geduldig, rosa und schön, ohne eine Träne zu vergießen, während ihre Zwillingsschwester blau angelaufen und vor schierer Ungeduld dem Tode nahe war. Einmal, auf einem Fest, hatte Saba gehört, wie eine entfernte Verwandte laut darüber nachdachte, ob diese

Ungeduld als Baby bei ihr vielleicht einen Hirnschaden verursacht hatte. Immerhin war Mahtab die Klügere, oder etwa nicht? *Diejenige, die besser für Amerika geeignet war.* Als ihre Schwester noch bei ihr war, lachte Saba immer über solche Gedanken, weil Mahtab ihre andere Hälfte war und es keine Rolle spielte, welche Hälfte für gut und welche für böse gehalten wurde.

Ihr Vater schüttelt den Kopf. »Es ist Zeit, dir einen Mann zu suchen.«

»Du hast was anderes sagen wollen«, entgegnet sie gehässig. Ihr Vater ist ein fortschrittlicher Mann. Es geht hier nicht um Heirat. »Du wünschtest, ich wäre Mahtab.« Es wäre grotesk, vor ihrem Vater zu weinen, also versucht sie, erwachsen zu wirken, gefühllos und über kindliche Heulerei erhaben.

Die Augen ihres Vaters weiten sich. »Was ...?« Er ist aufgebracht und verwirrt. »Ja, manchmal wünschte ich, sie wäre hier!«, sagt er barsch. »Kannst du mir das verübeln? Wenn ich manches anders gemacht hätte –«

Er wendet den Blick ab. Was denkt er? Sind das Schuldgefühle, die seine Wangen zittern lassen? Reue? Saba hat ihn nie danach gefragt, aber sie nimmt an, dass ihr Vater Albträume hat, dass er ihr nicht sagt, wohin ihre Mutter gegangen ist, weil er dabei war und nichts verhindern konnte. Es muss entmutigend sein, eine Karawane zu leiten, die sich nach und nach auflöst. An welchem Punkt gibst du einfach die Zügel aus der Hand und lässt dich fallen? Nach wem rufst du, dass er kommt, um dich zu retten?

Sie berührt ihre Lippen mit zwei unruhigen Fingern. »Es tut mir leid«, sagt er. »Ich wollte damit nicht sagen –« Saba zuckt die Achseln. Agha Hafezi seufzt laut. »Ich wollte sagen, dass das Leben leichter gewesen wäre, wenn ich ein besserer Vater hätte sein können, sodass ihr beide hier sein könntet ... aber jeder weiß, dass Zwillinge gleich sind. Du und Mahtab, Gott bewahre sie, seid für mich genau gleich.«

Jeder weiß, dass Zwillinge gleich sind. Das ist die Philosophie ihrer Eltern. Das Schicksal wird von den Gesetzen des Blutes und der DNA bestimmt, und zwei genetisch identische Mädchen werden stets das gleiche Leben leben, sie werden ihren Eltern stets die gleiche Freude bereiten – ob sie zu Hause sind oder weit weg.

»Baba«, sagt sie und räuspert sich, »bitte sag mir, wo Maman hin ist.«

Ihr Vater reibt sich die Augenwinkel, eine Masche, um ihrem Blick auszuweichen. Schließlich sieht er sie mit einem schwachen Lächeln an. »Als du klein warst, hat Khanom Basir mir alles über dich erzählt.« Er lacht, und Saba fragt sich, was das mit ihrer Mutter zu tun haben soll. »Sie hat mir erzählt, dass du einen Brief von Mahtab erfunden hast, um deine Freunde zu unterhalten. Sie hat gesagt, das wäre deine Art der Bewältigung.«

Worauf will er hinaus? Sie fragt sich, ob ihr Vater an der Wasserpfeife war. Er berührt ihre Schulter mit einer massigen Hand. »Ich mag die Art, wie du mit Unmöglichem umgehst«, sagt er, »wie du dir eine vollkommene Welt schaffst und jedem sagst, *so ist das* … Das macht das Leben einfacher … Deshalb lass uns böse Erinnerungen löschen und einfach sagen, dass deine Mutter in Amerika ist … bloß bis ich selbst einiges genauer weiß.«

Ein Teil von ihr will nachhaken, will erneut beteuern, dass sie *gesehen* hat, wie ihre Mutter und ihre Schwester in das Flugzeug gestiegen sind, und dass er aufhören kann, vor dunkleren und rätselhafteren Möglichkeiten wegzulaufen. Sie will ihren Vater zwingen, es ihr endlich zu sagen. *Was ist passiert? Warum kann ich nicht mit ihr telefonieren?* Doch ihr Vater sieht aus wie ein verlorenes Kind, und auch er hat keine Mutter oder Frau oder Schwester mehr. Sie muss an die Zeit nach der Trennung denken, als er sechzehn Stunden täglich in seinem Büro am Telefon verbrachte. Keine Mahlzeiten, kein Besuch, bloß unentwegt Anrufe bei Behörden und Bürokraten und Mullahs – sogar einige geflüsterte Gespräche mit den Freundinnen ihrer Mutter und Angehörigen der christlichen Gemeinde im Untergrund, Menschen, in denen Saba die wahren Freunde ihres Vaters erkannte, obwohl sie nie zum Abendessen ins Haus kamen, wie die Mullahs das so häufig tun. Sie beschworen ihren Vater leise, dass alles gut werden würde, dass er sich seinen Glauben bewahren und Jesus im Gebet bitten sollte, ihm seine Zweifel zu nehmen. Hatte er seinen Glauben bewahrt? Vielleicht ... aber er bewahrte auch einen Koffer unter seinem Schreibtisch auf – eine Zahnbürste, eine Flasche Wasser, einen Pyjama – für den Fall, dass sein Gott ihn im Stich ließ und er ohne Vorwarnung verhaftet wurde. Saba betet manchmal zu Jesus. Obwohl sie unsicher ist, genügt ihr, dass ihre Mutter gläubig war – dass es sie stolz machen würde. Sie beschließt, dass ihr Vater fürs Erste genug durchgemacht hat. Er gibt sich solche Mühe, sein Lächeln nicht zu verlieren. Sie sollte nett zu ihm sein, sich mit ihm verschwören. Obwohl er sie nur bei Laune halten will, wird sie großzügig sein und sich auf seinen Vorschlag einlassen. »Okay«, sagt sie, »das werden wir ihnen sagen.«

»Nein«, sagt er, und seine Miene wird plötzlich verhalten. »Das sind alles private Angelegenheiten.« Und damit ist der Moment dahin, ebenso wie Sabas Chance, gut zu ihrem Vater zu sein – *den Versuch hätte ich mir sparen können*, denkt sie.

~

Saba geht leise in den hinteren Teil des Wohnzimmers, das im persischen Stil eingerichtet ist: alte Teppiche, Binsenmatten und Kissen rings um ein Bodentuch, einen *sofreh*, statt Tisch und Stühlen. Es ist der einzige Raum, in dem ihr Vater Leute aus dem Dorf bewirtet. Das westlich ausgestattete Esszimmer mit den Nain-Teppichen und geschnitzten Stühlen bleibt meist ungenutzt, außer wenn Sabas Hauslehrer aus Rasht kommen. Sie lernt gerne dort, wegen des großen Fensters und der Fotos von ihrer Mutter und Mahtab. In den Sommern, als sie noch klein waren, wenn die Teppiche gelüftet und auf Schimmel überprüft wurden, legten sie und Mahtab sich gern bäuchlings in Unterwäsche auf den Fliesenboden im westlichen Zimmer, um sich abzukühlen. Jetzt nimmt sie im persischen Wohnzimmer Platz, dicht hinter den drei Khanom-Hexen und Ponnehs Mutter, Khanom Alborz, die oft nur widerwillig an solchen Feiern teilnimmt. Saba denkt an die Worte ihres Vaters. Wissen sie alle über Reza Bescheid? Machen sie sich über sie lustig? Ihr ist ganz schwindelig.

Auf Englisch heißt das *vertigo*, denkt sie.

Mit Rücksicht auf die Geistlichen haben die Frauen sich widerwillig Haus-Tschadors umgehängt – weiße mit großen lila Blüten drauf oder gepunktete mit Reihen aus rosa Rosen und Schnörkeln. Diese Tschadors liegen stets neben der Tür für Gäste bereit, gleich neben dem Berg Schuhe, die alle beim Betreten des Hauses ausziehen. Sabas Vater will damit vor den Mullahs seine Frömmigkeit unter Beweis stellen; aber in Teheran und Umgebung, wo Frauen sich üblicherweise schwarz umhüllen, ist es eine Willkommensgeste, Besucherinnen fröhliche Haus-Tschadors anzubieten. *Bitte wechselt eure Tschadors*, sagt man, *macht es euch bequem, bleibt ein Weilchen.* Es ist eine Einladung, das krähenhafte Äußere abzulegen, die Farben zu tragen, die man mag, sich an dem tschilpenden Geplauder persischer Mütter zu beteiligen, das sich in allen Gegenden des Landes gleicht.

Warum? Wie? Was?

Chera? Chetor? Chee?

Tschilp. Tschilp. Tschilp.

Saba weiß, dass iranische Frauen wegen der schwarzen Tschadors, die in den Städten oder bei feierlichen Anlässen getragen werden, jetzt gern scherzhaft als Krähen bezeichnet werden, aber wenn ihr Vater die ersten Züge an der Haschischpfeife genommen hat und besonders nachdenklich ist, tadelt er sie dafür. Er sagt, persische Frauen sind eher wie die Seeschwalben des Kaspischen Meeres, die über dem trüben Wasser schweben und gleiten, und überhaupt nicht wie Krähen. Lass dich nicht täuschen, sagt er. Sie sind Seeschwalben im Krähengewand. Du musst wissen, die Kaspische Seeschwalbe war zuerst hier, aber jetzt gibt es sie auf der ganzen Welt, auf jedem Kontinent. Sie ist ein wilder Wasservogel mit tiefrotem Schnabel, einem spitzen, blutroten Mund. Der Körper der Seeschwalbe ist weiß, aber ihr Kopf ist mit einer schwarzen Haube bedeckt. Sie lauert mit ihren kohlschwarzen Augen und greift unablässig an, verletzt jeden, der ihr Nest gefährdet. »Genau wie deine Mutter«, sagt er und atmet den wohltuenden Rauch aus. »Im Innern der Seeschwalbe lebt ein wilder und wütender Geist.«

Was für eine wundervolle Beschreibung, die selbst ihre Wut in Poesie verwandelt.

Rund um den *sofreh* ruhen drei Männer auf dicken bunten Kissenstapeln. Sie tragen das geistliche Gewand der Mullahs, und jeder hat einen Turban auf dem Kopf, wie eine Krone aus weißem Band. Saba hasst Mullah Ali, den ältesten von ihnen mit dem weißen Bart, der nach Meinung ihres Vaters für die Sicherheit der Familie gesorgt hat, trotz des allzu offensichtlichen Christentums und des unverhohlenen Widerstands ihrer Mutter. Sie hasst seine Gewänder und die Reden, die er beim Essen schwingt, seine ehrerbietige Haltung gegenüber alten Frauen und die Tatsache, dass er ihren einfältigen Cousin Kasem unter seine Fittiche genommen hat. Vor allem hasst sie ihn, weil er ein Mullah ist, ein Symbol des düsteren neuen Iran. Das ständige Auftauchen eines Mullahs im Haus ist im stillen, bescheidenen Norden recht seltsam. Daher ist seine Anwesenheit, auch wenn sie noch so freundlich scheint, eine Art Erpressung, ein Almosen für all die Geheimnisse, die er für ihre Eltern hütet. Sie wüsste gern, wie ihr Vater derlei Themen erstmals bei Mullah Ali zur Sprache brachte, wie er die feinfühligen Worte fand. Sie hat sich angewöhnt, jede Freundlichkeit, die der Mann ihr zeigt, entweder zurückzuweisen oder zu ignorieren.

Gerade erzählt er von seiner kürzlich überstandenen Zahnbehandlung. »Ich meine es todernst«, sagt er, während er auf einem Stück Wassermelone kaut. »Der Zahn, den er mir gezogen hat, war so lang, dass mein linker Arm geschrumpft ist. Seht ihr? Seht ihr, wie ungleich sie sind?« Er legt beide Arme an den Körper, und die Männer lachen schallend los. Eine der Frauen versucht, ihn zu übertrumpfen. »Ich hatte mal einen Zahn, der bis ganz tief in den Kiefer reichte. Das Loch benutze ich heute noch, um meinen Schmuck vor Dieben zu verstecken.«

Sabas Vater sitzt still in einer Ecke. Er isst nicht, hängt nur seinen Gedanken nach, ohne sich am Gespräch zu beteiligen. Denkt er an seine Frau und seine andere Tochter? Kennt er die Wahrheit über sie? Er muss sie kennen. Wo immer sie sein mag, Maman würde seine Hilfe brauchen. Man sagt, Kinder haben ein intuitives Gespür dafür, was wahr ist, und Saba hat immer eine gewisse Wahrheit in dem schattenhaften Bild von Mutter und Tochter im Flughafen gespürt, wie sie zu dem Flugzeug nach Amerika eilten. Aber einmal hat sie von einem gesichtslosen *pasdar* geträumt, der ihr ein Messer an die Kehle hielt und drohte, sie zu töten, wenn sie ihm nicht verriet, wo Mahtab ist. Sie erwachte mit einem schmerzhaften Ziehen im Bauch und den Worten *Grund des Meeres* frisch und salzig auf den Lippen. Oder waren die Worte *jenseits des Meeres*?

Ihr Vater lehnt sich zurück und zeigt weiterhin kein Bedürfnis, die Gäste zu unterhalten. Diese Leute kommen alle paar Tage unangekündigt ins Haus, kochen für sich selbst und für ihn, erwarten nichts von der Höflichkeit und munteren Gastfreundschaft, die sie beanspruchen würden, wenn er eine Ehefrau hätte, bloß die Rohmaterialien und einen Ort, an dem sie ihre Gesprächskunst üben können. Die meisten von ihnen wurden noch nie in ein anderes Haus wie das der Hafezis eingeladen. Saba vermutet, dass sie insgeheim Mitleid für ihren Vater empfinden und sich gern einreden, dass sie ein gutes Werk tun – dass diese Feste gut für *seine* geistige Verfassung sind.

»Agha Hafezi.« Mullah Ali spricht ihren Vater an, schaut aber zu Saba hinüber, wie ein gewiefter Vater ein kleines Kind ansieht, das mit einem Trick dazu gebracht werden soll, brav zu sein. »Was würde die Dame des Hauses wohl davon halten, uns etwas frisches Brot und Joghurt zu bringen?« Er fragt das so bedeutungsvoll, als würde er erwarten, dass sie sich durch ihre Rolle geehrt fühlt. Ein besseres, klügeres Mädchen würde sofort aufspringen. Aber sie überhört ihn einfach und lauscht weiter dem Gespräch ihrer Adoptivmütter. Ihr Vater seufzt laut und blickt sie verärgert an. Sie kann förmlich hören, wie er denkt: *May Ziade.*

Der Mullah räuspert sich peinlich berührt. »Oh, meinten Sie *mich*, Agha?«, sagt sie trocken, und ihr Vater erbleicht. Mullah Ali lacht nur und droht ihr mit dem Finger. Zum Glück hat er von Agha Hafezis Pfeife geraucht. Er trinkt einen Schluck Tee, der, wie die anderen Mullahs schwören werden, der einzige Genuss des Abends war. Kein Alkohol, keine derben Geschichten, keine Frauen im Raum, junge oder alte. Mullah Ali lehnt sich zur Seite und nimmt einen Zug aus der Wasserpfeife, inhaliert

Opium aus Khanom Omidis Geheimvorrat. Saba weiß, wo der Rest versteckt ist, winzige braune Kügelchen auf dem Grund eines Glases mit einer Mischung aus Kurkuma und Kreuzkümmel. Warum macht sie sich überhaupt die Mühe, ihr Laster zu verbergen? Opium ist billig, und sie ist eine harmlose alte Frau.

»Das ist doch nur leichter Tabak, oder?«, will der Mullah von Agha Hafezi wissen, und der nickt zweimal.

Praktisch, denkt Saba, dass Opium und Haschisch – die die Massen beruhigen – in diesem neuen, frommen Iran so leicht erhältlich sind, wohingegen Alkohol – der aufsässig und unberechenbar macht – verschämt und heimlich konsumiert werden muss, nur bei schwer zu findenden, vertrauenswürdigen Quellen zu kaufen ist oder in Badewannen gebraut wird, wo ein Fehler bei der Dosierung töten kann (und getötet hat). Für ein paar Tropfen nach dem Abendessen muss Agha Hafezi dunkle Gassen aufsuchen und billigen Fusel in unauffälligen Behältern in seine Vorratskammer schmuggeln. Seine Wasserpfeife dagegen steht immer für alle sichtbar in einer Ecke. Dennoch, wenn er nicht diskret ist, könnte ihn auch diese Sucht ins Gefängnis bringen oder sein Todesurteil sein. Saba erinnert sich an die Zeit kurz nach der Revolution, als ihr Vater noch Freunde und Geschäftspartner zu sich einlud, bevor sein Vertrauen in Mullah Ali fest zementiert war. Damals war er ein heiterer Mann, der hoffte, seinen vorrevolutionären Lebensstil beibehalten zu können. Am Telefon bediente er sich eines Geheimcodes, um zu signalisieren, was er aufgetrieben hatte. Jedes Getränk hatte einen eigenen Namen. Whiskey war Agha Wafa. Gin war Agha Dschamshid und so weiter. Er sagte dann: »Komm vorbei, mein Freund. Agha Wafa und Agha Dschamshid sind zu Besuch hier. Komm und plaudere ein wenig mit uns.«

In der riesigen, aber dämmerigen Küche holt Saba etwas *lavash*-Brot aus dem Ofen und trägt es zusammen mit frisch gepflückter Petersilie und Minze und einer Schale Joghurt ins Wohnzimmer. Sie stellt das Essen auf den *sofreh* und reicht ihrem Vater ein kühles, feuchtes Tuch. Er lächelt, legt es sich auf die Stirn und lässt sich nach hinten in die weichen tiefroten Kissen sinken. Als Mullah Ali sie für den *sofreh* lobt, fischt sie eine tote Biene aus der Schale mit Honigwaben und legt sie auf einen benutzten Teller zwischen ihm und dem Essen. Ihr Vater blickt sie missbilligend an, doch der Mullah merkt es gar nicht. Er beugt sich über die Biene und nimmt einen Löffel frische Sahne.

In Momenten wie diesen träumt sie von Amerika und nimmt sich fest vor, dass sie eines Tages dorthin reisen wird. Die meisten ihrer Hauslehrer können ihr längst nichts mehr beibringen, doch ihr Vater spricht nie davon, dass sie studieren soll. Sie weiß, dass er Angst hat, sie gehen zu lassen, dass er denkt, sie wäre zu anfällig, doch alle ihre Teheraner Freunde bereiten sich jetzt auf ihren Studienbeginn vor. Saba hat das Thema auch von sich aus nie angesprochen, denn sie weiß, wenn sie im Iran auf die Universität geht, wird sie sich für *dieses* Leben entschieden haben. Sie weiß, was aus iranischen Ärzten und Ingenieuren in Amerika wird. Sie fahren Taxi. Nein, sie wird nicht hier studieren. Sie wird Romane lesen und ein fehlerfreies Englisch sprechen, und sie wird sich retten. Eines Tages wird sie Jeans und Haarspangen zur Uni tragen. Wird sich während einer Vorlesung frech die Fingernägel lackieren, wie sie das mal in einem Film gesehen hat. Sie wird Journalistin werden, und sie wird ihre Mutter finden.

Kurze Zeit später kommt Reza. Saba setzt sich auf und denkt sich Möglichkeiten aus, wie sie mit ihm durchbrennen könnte. Wenn Ponneh hier wäre, könnten sie drei sich gemeinsam davonschleichen, und Reza würde Saba nicht verdächtigen, ihn zu lieben. Mit achtzehn ist Reza ungewöhnlich groß für einen

Iraner und Zielscheibe neidischer Witze. Er trägt das Haar lang, länger, als die frommen Männer es tragen. Es ist seidig und glatt und fällt ihm schön ums Gesicht. Es erinnert sie an die französischen Touristen, Studenten, die einmal zu Besuch hier waren, als Saba acht war. Sie mag seine westliche Kleidung, seine Weigerung, sich die Gesichtsbehaarung mehr als einen Millimeter wachsen zu lassen, seinen Dialekt und seine Liebe zur Musik. Sie mag es, dass er sich bedankt, wenn sie den Tee serviert, ganz anders als sein älterer Bruder, der seine Frau nicht mal ansieht, wenn sie ihm irgendwas bringt. Sie mag sogar die andächtige Art, wie er auf seine Mutter hört oder bedenkenlos die Traditionen verteidigt, die in Gilan gepflegt werden.

Erhitzt vom Fußballspiel, streicht er sich die verschwitzten schwarzen Haare aus der Stirn. Seine Schultern sind entspannt, sein Lächeln erfüllt vom frisch errungenen Sieg. Vom Fenster ihres Zimmers aus hat Saba ihm zugesehen, wie er mit Sandalen an den Füßen Hunderte mühelose Tore erzielt hat. Er muss wissen, dass sie ihn beobachtet, weil er jeden Tag an derselben Stelle spielt und dann an ihr Fenster klopft, um zu fragen, ob sie neue Musik bekommen hat. Sein Ball ist noch immer derselbe wie damals, als sie Kinder waren.

»Agha Hafezi, wann wollen Sie Ihre Tochter verheiraten?«, fragt einer der schwarzbärtigen Mullahs in großväterlichem Ton, obwohl er viel jünger ist als ihr Vater. Sie zuckt zusammen und schielt zu Reza hinüber, der zuerst keine Reaktion zeigt und sie dann schwach mitleidig anlächelt, wie er das immer tut, wenn die Erwachsenen über ihre Heiratsaussichten sprechen. Sie blickt Hilfe suchend Khanom Omidi an, doch die ist zu sehr damit beschäftigt, mit langen Fingernägeln die Lücken zwischen ihren gelben Zähnen zu säubern.

»Sie ist erst achtzehn«, sagt ihr Vater.

»Zu alt, würde ich sagen«, entgegnet einer der Mullahs, der

Saba von Minute zu Minute wütender macht mit seiner ungehobelten Entspannungshaltung – ein Bein ausgestreckt, das andere angezogen, sodass ihm das Knie gegen den Bauch drückt, und eine Hand, die ein Brot hält, übers Knie gehängt.

Vultures. Vipers. Vermin.

Geier. Giftschlangen. Geschmeiß.

Reza bemerkt ihren Gesichtsausdruck und schüttelt beruhigend den Kopf. »Lassen Sie sie in Ruhe, Agha-dschan«, sagt er zu dem jungen Mullah. »Kluge Mädchen sollten studieren.« Zuerst ist Saba sich nicht sicher, was sie von diesem Kommentar halten soll, doch später befindet sie, dass er ihr gefällt.

Quer über den *sofreh* hinweg behält Khanom Basir ihren Sohn im Auge. Sie knabbert an einem Blatt Minze, während Reza sich auf ein Kissen niederlässt. Er nimmt die Tasse Tee, die Saba ihm anbietet, rührt zwei Stücke Zucker hinein und klemmt sich ein drittes zwischen die Zähne, gießt die heiße Flüssigkeit darüber. Saba schiebt einen Teller mit *ghotab*-Teigtaschen zu ihm hin. Das ist noch so eine Eigenart von ihm, die sie sich eingeprägt hat: Reza hat eine Vorliebe für Süßes. Er hasst frühes Aufstehen, und er liebt die Beatles.

»Saba, kannst du mal einen Moment kommen?«, ruft Khanom Basir mit einem zuckersüßen Lächeln im Gesicht. »Saba-dschan, ich sage das stellvertretend für deine arme Mutter, die nicht hier ist, um es dir selbst zu sagen. Aber diesen Rock solltest du nicht im Beisein von Männern tragen.« Sie nimmt Sabas Hand und zieht sie zu sich, als wäre sie eine Vertraute, während Saba gegen das Bedürfnis ankämpft, von ihr anerkannt zu werden. »Wir können deine Knöchel sehen. Geh und bring das in Ordnung. Nimm einen Tschador aus dem Stapel, liebes Kind.«

»Aber ich hab mein Kopftuch.« Saba zieht das Tuch zurecht und streicht ihren Rock glatt. Sie will sich nicht verhüllen wie eine alte Frau. Sie schaut zu ihrem Freund Reza hinüber, den sie schon ihr ganzes Leben kennt, und wünschte, er würde diese peinlichen Situationen mitbekommen und ihr gegen seine Mutter beistehen.

Es klopft an der Tür. »Reza, geh aufmachen«, befiehlt Khanom Basir. »Meinst du, es ist Ponneh? Das ist mal ein Mädchen, das es nicht nötig hat, Haut zu zeigen, um schön zu sein. Macht kein Mode-*bazi*. Macht ihrer Mutter keinen Kummer.« Khanom Basir seufzt in Gedanken an Ponnehs unermessliche Tugenden, wartet auf eine Reaktion ihres Sohnes und murmelt: »Wenn sie nur heiraten dürfte.«

Reza steht auf und folgt Saba aus dem Wohnzimmer und ein paar Stufen hinunter. Einer der Mullahs ruft ihm nach: »Pass auf, stoß dir nicht den Kopf an der Decke.«

Im Flur wagt Saba es nicht, sich zu ihm umzudrehen, wagt es nicht zu lächeln. Sie fragt sich, ob auch er weiß, was, wie ihr Vater behauptet, alle wissen. Sie geht den Flur entlang, spürt ihn im Rücken und schafft es nicht, sich umzudrehen, bis er ihre Hand nimmt.

»Lauf nicht weg, Saba Khanom«, sagt er beinahe flüsternd in seinem schönen ländlichen Dialekt. Er verschränkt zwei Finger mit zwei von ihren, und sie spürt, wie ihr plötzlich Hitze von der Brust unter der Bluse nach oben kriecht, dann weiter über die Schultern bis zu den Schläfen, die Stoffschichten wegbrennt und sie nackt macht. Sie versucht, an seine Unzulänglichkeiten zu denken, seine bäuerliche Sprache und die unbeholfene Art, mit der er sie als Frau Saba anspricht. Seine Stimme ist übertrieben weich und dunkel, ein brünstiger Achtzehnjähriger, der sich in westlichen Fernsehserien, die er nur halb versteht, abgeguckt hat, wie man Frauen den Hof macht. Saba weiß das und will ihn nur noch mehr – wegen dieses albernen Versuchs, sie zu berühren, und wegen seiner warmen, verschwitzten Hand und wegen der Art, wie er seine Größe kaschieren will, indem er sich ein klein wenig bückt.

Sie stehen jetzt nur wenige Schritte von der Tür entfernt, und Saba überlegt, was sie sagen soll. Doch ehe sie antworten kann, hört sie ein dezentes weibliches Räuspern und bemerkt Ponneh, die inzwischen hereingekommen ist und sie beide betrachtet. Ihr herzförmiges Gesicht wird umrahmt von einem babyblauen Tuch, das sie wie eine Blume im Nacken verknotet hat, und ihre Mandelaugen blicken gebannt auf die verschränkten Finger ihrer Freunde.

~

Reza lässt prompt Sabas Hand los und zuckt die Achseln, als wüsste er, was Ponneh denkt. Nach einem Moment stammelt Saba: »Gehen wir rein?«

»Na, du bist ja eine tolle Gastgeberin«, sagt Ponneh, als sie ihre Überjacke an einen Haken neben der Tür hängt. »Ich musste mich selbst reinlassen. Oh nein, nein. Schlachtet bloß nicht extra ein Schaf für meine Wenigkeit.«

Saba tut Ponnehs Bemerkung mit einer wegwerfenden Handbewegung ab. »Mach jetzt bitte kein Gast-*bazi*«, sagt sie. »Das vertrag ich heute nicht.« Ponneh lacht und nimmt Sabas Arm, weil sie gern daran erinnert wird, dass sie hier keine Einladung braucht. Seit Jahren geht sie nach Lust und Laune ein und aus und ist sogar schon nachts durchs Fenster eingestiegen, um dann zusammen mit Saba den Kühlschrank zu plündern.

Reza, der verlegen und gereizt wirkt, schlendert zurück ins Wohnzimmer. Wahrscheinlich hat er schon vergessen, welchen Impuls sie in ihm ausgelöst hat.

»Was war das eben?«, flüstert Ponneh, den Mund fast an Sabas Ohr.

»Keine Ahnung. Was denn?« Saba zuckt die Achseln. »Weißt du, was? Ich hab uns Neutrogena besorgt!« Ponneh kommt nur dann an amerikanische Produkte, wenn Saba ihr welche schenkt, nicht nur, weil sie arm ist, sondern auch, weil ihre verwitwete Mutter anscheinend gern leidet. Khanom Alborz ist immer nett zu Saba gewesen. Aber sie ist auf eine schon fast groteske Art in Traditionen erstarrt. Sie bekämpft ihre Angst vor dem Unbekannten, indem sie für ihre fünf Töchter, einschließlich der kranken, bettlägerigen, willkürliche Regeln aufstellt. Falls sie bei Ponneh irgendein unverdientes Luxusgut finden würde, würde sie es ihrer ältesten Tochter geben.

Wieder zurück am *sofreh*, legt Saba den Kopf an Khanom Omidis Schulter, und die alte Frau zieht sie näher an sich heran. Sie versucht, den schweinsäugigen Blick ihres schwerfälligen und übereifrigen Cousins Kasem zu meiden, der anscheinend durch die Hintertür hereingekommen ist. Während sie eine Tasse Tee an die Lippen führt, hört Saba mehr von Mullah Alis Weisheiten. Es scheint, als hätte der Mullah zu oft an der Pfeife gezogen, vielleicht sogar Alkohol getrunken. Den lehnt er normalerweise ab, außer er ist allein mit Agha Hafezi oder bekommt seinen Drink »aus Versehen«, ohne seine Einwilligung. *Wer versteckt denn diesmal die Flasche?* Saba schaut sich um. Unter Khanom Omidis Rock ist etwas Hartes. Als sie versucht, es zu berühren, schlägt die alte Frau ihr auf die Finger. Der Mullah blickt ihren Vater kopfschüttelnd an. »Ich meine nicht ihr junges Alter. Ich meine ihren Verstand.« Er tippt sich an die Stirn. »Es ist eine allgemein bekannte Tatsache, dass Frauen, die nicht ausgelastet sind ... körperlich ... ungesunde Ideen entwickeln. Das ist hinreichend belegt ... und dann, selbst wenn man versucht, sie zu verheiraten, zeigen sie ihren Männern einfach keinen Respekt. Sie zweifeln an ihnen und nörgeln ...«

Khanom Basir seufzt dramatisch. »Meine Güte.«

»Was ist mit Kasem?«, nuschelt Mullah Ali und tätschelt Kasem den dicken Hals, als müssten alle seinen Gedanken gefolgt sein. »Ein feiner Junge. *Den* sollte Saba heiraten.«

Saba setzt sich auf. Sie platzt heraus: »Aber er ist doch mein Cousin!« An der Seite des Mullahs blickt Kasem zu Boden und lächelt, während ein tiefes, weibliches Rot sein Gesicht überzieht.

Vomit! – Zum Kotzen!

Kasem ist kleiner als Saba, mit eigenartigen Proportionen. Er ist nicht direkt übergewichtig, aber er hat ein erstaunlich hervorstehendes Hinterteil. Er sieht weich aus – am ganzen Körper und im Gesicht. Saba stellt sich sogar seine Knochen ein bisschen weich vor.

»Jetzt lass mal die Männer sprechen, Kind.« Mullah Ali schließt die Augen und spricht leise, fast matt mit Saba, als wäre er es leid, sich ständig wiederholen zu müssen.

»Sie können von Glück sagen, dass Ihre Tochter nicht in England oder Amerika war«, wirft der andere Mullah ein. »Das wäre ein Fluch gewesen. Amerika hätte sie verdorben.«

Wieder stellt Saba sich Mahtabs Leben in Amerika vor, ein weniger angepasstes Erwachsenwerden. Ist sie glücklich dort? Hat sie sich in einen quirligen Amerikaner verliebt? Auf jeden Fall hat sie bestimmt eine viel größere Auswahl an Männern. In Cheshmeh wird zwar dauernd von Ehe und Hochzeit geredet, aber durch den Krieg mit dem Irak gibt es nur noch wenige Männer in ihrem Alter – und keinen wie Reza.

»Er ist ihr Cousin«, sagt ihr Vater mit Nachdruck. »Sie kann doch nicht ihren Cousin heiraten.«

»Der Junge ist mein Schüler. Eine gute Wahl. Und Sie wissen, dass Gott und die Himmel die Verbindung von Cousins und Cousinen gutheißen.« Mullah Ali setzt sich gekränkt auf, fest entschlossen, diese Diskussion zu gewinnen.

Saba sieht ihrem Vater an, dass er gereizt ist, dass er etwas über Genetik und Chromosomen sagen möchte. Aber wie die gebildeten Westler, die er bewundert, hält er den Mund. Sie weiß, dass er seinen Neffen nicht beleidigen will. Schließlich hat der treu zur Familie gehalten, ihre Geheimnisse gewahrt und sich bei Mullah Ali für sie eingesetzt.

Ihr Vater räuspert sich. »Wie dem auch sei, sie ist noch zu jung.« Er tut das Thema mit einer Handbewegung ab, als würde er eine einsame Mücke verscheuchen, die zu klein ist, um sich groß anzustrengen, und zu lästig, um sie zu ignorieren.

Victory, denkt Saba und gratuliert ihrem Vater insgeheim.

»Wissen Sie, was eine gute Wahl für Saba wäre?«, sagt Khanom Basir. »Agha Abbas. Er mag alt sein, aber er ist reich und gütig.«

Saba will protestieren. Agha Abbas ist der älteste Junggeselle, den sie kennen, verwitwet und sogar noch älter als ihr Vater. »Saba und ich werden das später entscheiden«, sagt Agha Hafezi hastig, um ihr zuvorzukommen.

Sie lehnt sich an ein Kissen und betrachtet die sanften Augen ihres Vaters, die Art, wie er nicht gemeinsam mit den Leuten aus dem Dorf isst und ihre ländlichen Weisheiten abtut. Sollte sie ihm zeigen, dass sie dankbar ist? Nein, er würde nicht verstehen, was sie meint. Wahrscheinlich wird er sie bemitleiden. Sie beäugt die geschlängelten blauen Linien an Mullah Alis Knöcheln, als er sich über den *sofreh* beugt.

Varicose veins nennt man die, denkt sie.

Sie beobachtet die Geistlichen und wartet auf die dunklen Stunden spätnachts, wenn endlich keiner mehr daran denken wird, Ehen zu arrangieren, und ein unverheiratetes Mädchen mit zu viel Temperament vielleicht die Gelegenheit bekommt, sich zu amüsieren.

Seit Mahtab fort ist, verkriechen Saba und ihre Freunde sich während solcher Feste gern in der dunklen Speisekammer der Küche. Stets finden sie einen Moment, sich davonzustehlen, und wenn auch bloß für zehn Minuten. Jetzt sitzen sie im Kreis in ihrem Versteck. Ponneh holt eine kleine Sodaflasche mit einer klaren Flüssigkeit hervor. Rezas Augen leuchten auf, und er greift in seine Tasche. Ein halb gerauchter Haschischjoint.

»Wo hast du den denn her?«, fragt Ponneh.

Reza tut lässig. »Von einem der Männer auf dem Marktplatz.« Saba bezweifelt das. Selbst der Teheraner würde sich nicht mitten auf dem Marktplatz mit ihr treffen, schon gar nicht, wenn er Drogen dabeihätte.

Ponneh wirft einen Blick zur Tür. »Hier in der Kammer? Und wenn einer was riecht?«

»Ich bitte dich«, sagt Reza. »Das ganze Haus riecht komisch. Falls sie uns erwischen, sagen wir einfach, wir hätten ihn in Agha Hafezis Schlafzimmer gefunden.«

»Tolle Erklärung«, murmelt Saba.

»Also. Mustafa hat mir schon wieder einen Antrag gemacht«, erzählt Ponneh. »Der findet, dass *pasdar*-Uniformen gut aussehen. Eher sterbe ich.« Saba kichert. Reza schnaubt nur kurz und zündet den Joint an.

Sie sitzen eine halbe Stunde zusammen, konsumieren ihre heimlichen Schätze und blicken dabei alle paar Sekunden zur Tür. Saba genießt die Nähe, während sie gemeinsam in der Dunkelheit rauchen. Es ist ein Laster, das in diesen Zeiten nur die allerbesten Freunde miteinander teilen. Sie lässt einen dicken Rauchschwall aus dem offenen Mund strömen und atmet ihn durch die Nase wieder ein. Ponneh pafft nur vorsichtig. Sie führt den kleinen Joint an die Lippen, sieht Reza in die Augen und schaut dann weg. Sie reicht ihm den Stummel und lehnt sich zurück gegen ein mit Dosen gefülltes Regal.

Als Saba und Ponneh zehn Minuten nach Reza ins Wohnzimmer zurückkehren, vergnügen sich die Erwachsenen ganz ähnlich wie sie. Erzählen zotige Witze. Lassen Kopftücher auf Schultern gleiten. Sie setzen sich auf den Teppich neben einen Berg Kissen. Ponneh löst den Knoten um ihren Hals und schiebt das Tuch ein Stück nach hinten, damit zwei, drei Fingerbreit seidiges braunes, locker in der Mitte gescheiteltes Haar zum Vorschein kommen, das offenbar jeder sehen soll. Saba sagt sich, dass das Haschisch sie bloß ein bisschen paranoid gemacht hat. Sie kann ihre Finger riechen, diesen köstlichen, erdigen Staub. Auch Saba möchte ihren Hidschab ablegen, aber sie muss noch warten. Sie ist größer, kurviger – auf eine sündhafte Weise schön, die andere Frauen vor lauter empörter Frömmigkeit den Kopf schütteln lässt, während Ponneh die unschuldige Schönheit ausstrahlt, die Frauen bewundern.

Saba beschäftigt sich damit, noch mehr Wasser mit Minze und Zitrone zu holen. Als sie zurückkommt, hört sie ihre Freunde miteinander flüstern, wobei sie so tun, als würden sie über Belanglosigkeiten plaudern.

»Aber warum denn nicht?«, drängt Reza. »Wir sind beide achtzehn. Wir sind alt genug.«

»Du weißt doch, ich kann nicht«, flüstert Ponneh zurück. »Du kennst Mamans Regel.«

»Ich hab noch von niemandem sonst gehört, der so eine Regel hat«, sagt er.

»Aber sie hat sie. Ich hab drei ältere Schwestern, und keine ist verheiratet. So ist das nun mal.«

»Und die kranke? Die kann kaum aufstehen. Wir wissen doch beide, dass sie niemals –«

»Das ist herzlos«, zischt sie. »Du klingst schon wie Mustafa mit seinem albernen *Leiden.*«

Sie tuscheln weiter. Er flüstert ihr irgendwas ins Ohr. Er versucht, sie zu trösten, zu überzeugen. Niemand achtet auf sie, und auch Saba beschließt, nicht mehr hinzuhören. Reza ist bloß ein Mann, und Männer sind schwach. Wer weiß, was er sagen würde, wenn sie diejenige wäre, die jetzt neben ihm säße. Saba weiß, dass Reza verunsichert ist. Er glaubt an die alten Sitten, schwärmt aber für westliche Kultur. Er sagt uralte Gedichte auf und redet sich ein, dass er in einer Welt leben kann, in der Männer genug Liebe für vier Frauen haben und Romantik eine Reihe von märchenhaften Episoden voller Sehnsucht und hinreißender Geständnisse ist. Er versteht nichts von Politik, hasst Religion und hat sich noch nie nach irgendeinem Ort außerhalb von Gilan gesehnt. Er verehrt Sabas Vater, weil er sich vorstellt, dass auch er es eines Tages zum Grundbesitzer in Cheshmeh bringt und seine Familie ihn als Helden verehren wird, dass ein Dutzend alte Frauen mit Babys im Arm vor dem Haus sitzen und ihm dabei zuschauen werden, wie er seinen alten Fußball zwischen zwei Mülleimer kickt, und dass er ihnen zur Belohnung Lieder vorsingen wird, während sie in seiner kleinen, aber gut ausgestatteten Küche hocken und ihm sein Lieblingsgericht kochen. Seine Welt ist von Frauen bevölkert. Auf eine von ihnen verzichten zu müssen – Saba oder Ponneh oder seine Mutter –, wäre ihm unvorstellbar.

Später verabschieden sich die jüngeren Mullahs und lassen Saba mit ihrem Vater, ihren beiden besten Freunden, den Frauen und Mullah Ali allein. Als der Geistliche eindöst, muss die kleine Sodaflasche mit dem Selbstgebrannten nicht mehr unter Khanom Omidis Röcken versteckt werden, und alle können sich ungezwungen einen Schluck genehmigen. Auch Sabas Vater zieht noch ein paarmal an der Pfeife, die Frauen lachen laut, und Saba stopft ihr Kopftuch unter ein Kissen. Selbst Khanom Basir blickt jetzt nachsichtig und scheint Sabas unschicklichen Rock vergessen zu haben. Dann bittet Khanom Omidi als Erste: »Saba-dschan, tanz doch ein bisschen für uns.«

»Ja, Saba, du musst uns was vortanzen«, sagt Ponneh und fängt an zu klatschen.

Ihr Vater lacht mit ehrlicher Freude, so wie er früher gelacht hat. »Meine Tochter ist in vielen Dingen gut. Sie ist wie ihre Mutter. Eine schöpferische Seele.«

Mullah Ali nickt schläfrig. »Ja, ja.«

Trotzdem warten sie, bis er richtig eingeschlafen ist. Seit der Revolution traut sich niemand mehr, vor Leuten zu singen oder zu tanzen, die nicht zu den engsten Freunden zählen. Und obgleich der Mullah seine schützende Hand über Agha Hafezi gehalten hat, spielt Sabas Vater schon allein dadurch mit dem Feuer, dass er ein Fest erlaubt, bei dem sich unverheiratete Männer und Frauen in ein und demselben Raum aufhalten.

Es dauert jedoch nicht lange, bis der Geistliche tief und fest schläft, und auf einmal befinden sie sich nicht mehr in diesem Jahr oder in dieser einsamen Zeit des Lebens. Plötzlich ist Saba ein Mädchen aus einem längst vergangenen Jahrzehnt, in einem alten Iran, den es vielleicht niemals gegeben hat. War er nur ein Fantasiebild? Ein Lügengespinst, erfunden von der Generation ihrer Eltern? Aber nein, es muss ihn gegeben haben, denn in jener Zeit konnte Sabas Mutter ihr trotz Bildung und westlicher Ideale ungezähmtes Selbst ausleben, schamlos in der Öffentlichkeit tanzen, anderen ihre pure Wonne oder Trauer zeigen, auf *sofrehs*, die längst schon von Essen und Tee leer geräumt worden waren.

Reza steht bereits auf, um die Gitarre zu holen, die in dem Schrank hinter Sabas Vater versteckt ist. Er lässt sich gegenüber von Ponneh und den älteren Frauen nieder. Khanom Basir und

Khanom Omidi räumen den *sofreh* ab, und Saba geht barfuß in die Mitte des Teppichs. Reza beginnt mit einer alten Farsi-Melodie, langsam und gewunden, voller lang gezogener, dunkler Töne, bei denen Sabas Arme und Beine verharren können. Seine Finger bewegen die Saiten mit der gleichen wundersamen Leichtigkeit, mit der seine in Sandalen steckenden Füße einen Fußball kicken. Saba hebt die Arme, sodass sie zu einem sich windenden Heiligenschein um Gesicht und Oberkörper werden. Sie neigt den Kopf nach hinten und lässt ihr langes Haar offen fallen, weiß, dass das zu dieser dämmrigen, späten Stunde niemand missbilligt. Keiner wird ein böses Wort darüber verlieren. Sie wird geliebt, obwohl sie am Rande der Gefahr taumelt – ein Mullah schläft genau hier, inmitten von so viel Frevel. Wie berauschend! Trotz der Risiken schnürt sich ihr nicht der Hals zu. Sie fühlt sich lebendig – kein Meer wartet darauf, sie zu verschlingen, keine Mahtab im Spiegel.

Reza bewegt seinen Kopf zur Musik. Kurz bevor das Lied endet, dreht Saba sich um und sieht den melancholischen Ausdruck, mit dem er Ponneh betrachtet, die sich auf der anderen Seite des Raumes an ein Kissen lehnt. Er verspielt sich kurz und formt mit den Lippen ein stummes *Es tut mir leid*, doch ganz gleich, wie oft sie die Worte im Geist Revue passieren lässt, kann Saba sich nicht entscheiden, ob sie ihr galten.

Sie verdrängt die Frage. Dieser Augenblick ist zu kostbar, um ihn zu vergeuden. Ihr Haar flattert ihr über Arme und Wangen, weckt hundert schlafende Empfindungen. Ihre Finger greifen nach jedem Ton, als würden sie Federn im Wind nachjagen. Sie schweben über ihrem Körper und ihrem Gesicht, dem Körper und Gesicht einer jüngst erwachsen gewordenen Mahtab jenseits des Meeres, und sie dreht sich auf dem verblassten Teppich zu Rezas Lied, bis alle Zwänge und aller Anstand von ihr abfallen und sie wieder sie selbst ist.

Heiratsantrag

KHANOM BASIR

Man könnte sagen, dass sehr viele von uns die Mädchen hier großgezogen haben. Vor der Revolution kamen sie nur im Sommer her, tanzten in ihren ärmellosen rosa Kleidern herum, die in großen Londoner Geschäften bestellt wurden, und die anderen Kinder folgten ihnen fasziniert. Sie pflückten Orangen und lümmelten sich unter Bäumen und lasen ihre englischen Geschichten. Sie fuhren mit ihren Eltern zu Stränden, die von Männern und Frauen gemeinsam besucht wurden. Sie saßen hinten auf Motorrädern, ließen ihre Haare flattern und sahen den Arbeitern auf den Feldern zu. Sie liebten die feuchte Luft des Nordens, das endlose Grün des Shomal. Aber der Shomal, den die Teheraner kannten, war eine andere Welt als unsere. Daran hat sich nichts geändert.

Wissen Sie, nach einer halben Autostunde in eine Richtung ist man am Kaspischen Meer, wo sich gut gekleidete, Englisch und Französisch sprechende Touristen mit ausländischen Universitätsabschlüssen tummeln und in westlichen Villen Gott weiß was tun. Nach einer halben Autostunde in die andere Richtung befindet man sich auf holprigen Straßen in den Bergen. Falls Sie jemals in den Shomal kommen, sollten Sie sich *das* anschauen: Esel und Pferde, die Männer mit Käppchen und Frauen in bunten, mit Klimperkram verzierten Kleidern in die

Wälder tragen, zu ihren ungetünchten Häusern aus getrocknetem Schlamm oder mit Heu gespicktem Lehm. Und das Stroh, das aus den Wänden ragt und ihre unglaublich niedrigen Dächer bedeckt. Ich mag diese ruhigen Gegenden in den Bergen, die Wildblumen und das Heulen der Schakale, die Wasserquellen und die von Federn übersäten Hühnerställe.

Vor der Revolution kamen die Teheraner her, um einer Welt aus zu lauter Musik, westlichem Fernsehen, schicken Partys und von zahllosen Schneidern maßgefertigter Kleidung zu entfliehen. Und was fanden sie hier? Bloß uns dörfliche Reisbauern in unseren Gilaki-Gewändern. Jetzt kommen sie, um den allgegenwärtigen *pasdars* und Krawallen und einem Leben in Heimlichkeit zu entfliehen. Und was finden sie hier? Bloß uns dörfliche Reisbauern in unseren Gilaki-Gewändern. In Cheshmeh, wo wir schon vor 1979 Wert auf Anstand legten und uns nach 1979 weigerten, fanatisch zu werden, gibt es Tage, an denen man vergessen kann, dass die Welt sich verändert hat – es sei denn, du bist ein Hafezi.

In der guten alten Zeit gingen die Hafezi-Mädchen in unseren Häusern ein und aus, und wir gaben ihnen aus unseren Küchen zu essen, gerührt davon, wie wenig sie die Unterschiede zwischen ihnen und uns wahrnahmen. Natürlich gab es Regeln. Die Hafezis sorgten dafür, dass wir die Mädchen nie wie unseresgleichen behandeln konnten. *Nur korrektes Farsi*, sagte Agha Hafezi. *Kein Gilaki mit den Mädchen*. Und das, obwohl er selbst es mit den Arbeitern in seinen Reisfeldern sprach. Saba lernte irgendwann, zwischen Farsi und Gilaki hin- und herzuwechseln (*Khuda daneh*, brabbelte sie dauernd, wie ein altes Weib). Mahtab sprach nie etwas anderes als Farsi und Englisch. Nur daran waren die beiden immer auf Anhieb zu unterscheiden.

Ich sah damals schon, dass Saba der Zwilling war, der den Gilaki-Geist ihres Vaters geerbt hatte und nicht diesen verrückten ausländischen Geist ihrer Mutter. Einmal, als sie gerade sieben Jahre alt war, machte sie meinem Sohn einen Heiratsantrag. Niedlich, ja, ja. Sie wollte eine von uns werden. Aber es versalzte mir den Magen mit Sorge. Die Zwillinge verbrachten einen ganzen Tag damit, ein *khastegari*-Geschenk zu basteln. Es war gefüllt mit Keksen und Münzen, die sie gespart hatten, und – das gefiel mir besonders, weil es etwas war, das man eigentlich nur einer entfernten Verwandten schenkt – einem Bild von ihrer Mutter als junger Frau, um zu zeigen, wie schön Saba werden würde. Sie stibitzten etwas Make-up und bemalten Saba in allen Regenbogenfarben. Was für ein Anblick. Sie kauften sogar ein Stück Spitze für den Schleier.

Vor meinem Haus verläuft eine Landstraße, die sich zwischen den Hügeln hindurchwindet. Und wenn man am Fenster steht, erkennt man in der Ferne das Haus der Hafezis. Es steht höher, ganz allein auf einem Hügel, an einer größeren Straße. Ich konnte sie also schon von Weitem kommen sehen. Eine Schwester versteckte sich hinter einem Baum in der Nähe, während die andere an meine Tür klopfte. Ich machte auf. »Und welche bist du?«, fragte ich, obwohl ich es wusste. Ich wollte Saba die Peinlichkeit mit diesem lächerlichen Schleier ersparen. Und auf einmal war Reza da, tauchte in Unterwäsche in der Tür auf und verstand rein gar nichts, der arme Junge. Wie hätte er auch wissen sollen, was in den Köpfen von Mädchen vor sich geht, die zu viel lesen?

Als ich Saba wieder wegschicken wollte, kam Mahtab aus ihrem Versteck angerannt, stemmte die kleinen Fäuste in die Hüften und sagte zu mir: »Sie sind eine gemeine alte Frau. Wir haben unser ganzes gespartes Geld für den *khastegari* ausgegeben. Wir haben sogar Khanom Omidis Schatz-Tschador geplündert!«

Ha! Da sehen Sie, was passiert, wenn man Mädchen sich

selbst überlässt, ihnen wachsen ein vorlautes Mundwerk und lange diebische Finger, die sie ganz sicher in die Hölle bringen werden.

Pfiffig, wie sie waren, wussten die beiden natürlich, dass ich ihre Eltern anrufen würde. Also versteckten sie sich den Nachmittag über und trieben Schabernack mit ihrem Strohkopf von Vetter. Sie hatten eine Menge Spaß damit, irgendwelche Geschichten für ihn zu erfinden, weil Kasem so leichtgläubig war. Eines der größten Rätsel dieser Welt ist, dass ein Junge wie er vergöttert und verhätschelt werden kann wie ein Pascha, wo er doch ganz offensichtlich ein Esel ist. Aber so ist das nun mal mit Jungen. Denken Sie nicht, dass ich das nicht sehe, bloß weil ich Söhne habe. Ich weiß, was Mädchen durchmachen. Auch wenn ich keine von diesen Feministinnen aus der Stadt bin, bin ich noch lange nicht blind. Es brach mir das Herz, wenn ich mit ansehen musste, wie ihr Vater Kasem lobte und ihn auf den Schoß nahm, während Saba und Mahtab zusahen wie zwei hungrige Waisenkinder in überteuerten Kleidern.

Jeden Tag sah ich von meinem Fenster aus, wie ihr Vater zur Arbeit fuhr und die Mädchen hinter ihm herliefen und darum wetteiferten, welche von ihnen seine Aufmerksamkeit länger fesseln konnte. Und wenn wir abends alle an ihrem *sofreh* aßen und das Haus voller Menschen war und keiner auf die Mädchen achtete, hörte ich, wie sie darum zankten, welche von ihnen später über seinen schmerzenden Rücken gehen oder ihm Tee reichen dürfte. Und sie stritten sich auch darüber, was besser war: wie Agha Hafezi einmal in ihre Schule kam und verlangte, dass irgendein schmuddeliger Junge, den Mahtab »liebte«, mit ihr spielen müsse, oder wie er einmal in Feierstimmung nach Hause kam – er hatte ein neues Stück Land gekauft – und nur Saba hochhob und sich mit ihr immerzu im Kreis drehte, bis sie so tat, als würde sie ohnmächtig.

Dennoch, es ist nicht Agha Hafezis Schuld, dass die Mädchen nach seiner Liebe hungerten. Er wusste es nicht besser. Er war ein glücklicher, harter Mann. Er hatte ja Bahareh dafür, sich um die täglichen Bedürfnisse der Mädchen zu kümmern. Seine Aufgabe war es, sie zu ernähren, sie zu beschützen. Welcher sorglose Mann denkt schon darüber nach, wie er Nähe zu seinen kleinen Töchtern aufbauen kann? Sie sind nicht so einfach wie Jungen.

Aber er machte sich Gedanken, und er arbeitete schwer für sie – ich schwöre, das ist die Wahrheit. Er krempelte seine Hosenbeine hoch und ging zusammen mit seinen Arbeitern durch die nassen Felder. Das habe ich noch bei keinem anderen Landbesitzer gesehen. Er ist hier aufgewachsen, müssen Sie wissen. Sein Vater hat das große Haus gebaut, und der Sohn hängt daran, obwohl er eine Städterin geheiratet hat. Im Herzen ist er ein Gilaki, wie Saba. Manchmal sieht man ihn im schicken Regenmantel und mit einem großen Schirm ausgestattet, wie er dies oder das inspiziert. Manchmal trägt er luftige Arbeitshosen aus Baumwolle und eine Strickmütze und raucht mit den alten Männern hier im Kaffeehaus. Einmal hab ich gehört, wie er ein paar Worte Gilaki zu Ponneh sagte, als sie kam, um mit seinen Töchtern zu spielen. Er sagte: »Was macht die Schule? Ich schenk dir ein neues Kleid für jedes Jahr, das du abschließt.« Aber schon damals war Ponneh zu stolz – und jetzt kann sie sich ihre eigenen Kleider nach alten Mustern nähen oder nach neuen, die sie sich von den Touristinnen abschaut.

In letzter Zeit hat Agha Hafezi schlechte Gewohnheiten angenommen. Er hat es nicht geschafft, seine Familie zu beschützen, und Saba ist die Einzige, die ihm geblieben ist. Er ist weicher, voller Trauer, wird von Fragen des Geistes gequält. Er spürt Sabas Wert und versucht, Versäumtes wiedergutzumachen, aber er weiß nicht, wie. Das kann er auch nicht, weil er ihr

Herz nicht kennenlernte, als sie noch jung und bereitwillig war.

Vielleicht ist es zu spät für die beiden. Vielleicht sollte Saba diese Spielchen mit meinem Sohn bleiben lassen und einen Mann heiraten, der auch ihren Vater ersetzen kann … jemand Älteren, Stärkeren. Aber das wird sie sich niemals eingestehen. Sie gehört zu der Sorte Frauen, die sowohl die Datteln als auch den Esel haben wollen, die niemals Kompromisse eingehen. Aber diesmal wird sie es müssen. Mein Sohn ist bereits verliebt. Und für Saba, so glaube ich, wäre Abbas Hossein Abbas genau der Richtige.

KAPITEL VIER

Herbst 1988

Wenn Khanom Mansuri und ihr Mann zu Besuch im Haus sind, ist das so, als wäre gar kein Besuch da. Saba nennt Khanom Mansuri die Uralte, nicht nur, weil sie zwanzig Jahre älter ist als die anderen Ersatzmütter in ihrem Leben, sondern auch, weil sie andauernd einschläft oder mit sich selbst redet. Sie verlangt keine Gesellschaft, keine Bewirtung, keinerlei Anstrengung. Wenn ihr Mann sie bei einem Besuch begleitet, fühlen Saba und ihr Vater sich nicht verpflichtet, im selben Raum mit ihnen zu bleiben. Das alte Paar unterhält sich eine Weile, isst etwas, trinkt Tee, und irgendwann entdeckt einer von den beiden irgendetwas Ungewöhnliches – ein Kissen in einer Farbe, die ihr nicht gefällt, oder das Telefon oder ein Bild von Sabas Mutter in der Ecke –, und erst dann bemerken sie, dass sie nicht im eigenen Haus sind, und gehen wieder. Agha Mansuri führt gerne vor, dass er sich um seine Frau kümmert, und Saba weiß, dass sie, um den alten Mann nicht zu beleidigen, ein Tablett mit Äpfeln und Gurken hereinbringen und vor ihm abstellen muss, niemals vor seiner Frau. Dann kratzt er zwanzig Minuten lang das Innere der Früchte in eine Schale und fängt an, sie damit zu füttern. Saba fragt sich, ob er das schon immer gemacht hat oder ob er sich damit das Gefühl verschafft, auch im hohen Alter noch zu etwas nütze zu sein – denn wenn die Frauen allein zusammenkommen, ist seine Frau durchaus in der Lage, mit ihren gesunden Backenzähnen feste Apfelscheiben zu zerbeißen.

Heute ist das Paar länger als sonst geblieben, und Saba hat beschlossen, sich ein Video anzuschauen, anstatt ihrer Diskussion darüber zu lauschen, ob sich das große Unwetter, das ihr erstes Haus zerstörte, im vierten oder sechsten Jahr ihrer Ehe ereignete. Sie setzt sich im Wohnzimmer auf den Boden und schaltet Fernseher und Videorekorder ein. Sie wählt eine Kassette mit wahllosen Folgen verschiedener beliebter amerikanischer Fernsehserien, die der Teheraner auf ihre Bitte hin für sie aufgenommen hat. Der Ton ist ein bisschen verrauscht, die Dialoge schwer zu verstehen, aber abgesehen von einigen Sätzen in unmöglichem amerikanischem Slang kann jemand mit Sabas ausgezeichneten Englischkenntnissen der Handlung folgen. Als die erste Sitcom gerade angefangen hat, lenkt die Musik die Aufmerksamkeit des alten Paares auf den Bildschirm. Zuerst stupst Khanom Mansuri ihren Mann an, und dann schaut auch er gebannt zu. »Was in Gottes Namen machen die da?«, ruft er.

Es war der Vorspann einer amerikanischen Serie namens *Familienbande.* »Warum umarmen die sich alle?«, fragt Agha Mansuri. Dann sieht er, wie der Fernseh-Ehemann Agha Keaton seine Frau Khanom Keaton küsst, und er macht große Augen. »*Vai*, hast du das gesehen, Khanom?«

»Das ist eine amerikanische Serie«, sagt Saba belustigt. »Soll ich erklären, worum es geht?«

Der alte Mann bedeutet ihr mit einem Winken, still zu sein, während die erste Szene beginnt. Er schiebt sich näher an den Fernseher heran, als könnte er die schnellen, knisternden englischen Worte verstehen.

Auf der Mattscheibe legt Khanom Keaton den Telefonhörer auf, und Agha Keaton macht ihr Vorwürfe. »*Ei vai*«, sagt Agha

Mansuri fassungslos. »Schau sich das einer an. Jetzt streiten sie sich.«

Khanom Mansuri lacht leise, wahrscheinlich, weil er so bestürzt klingt.

»Sie streiten sich nicht«, sagt Saba. »Er sagt nur –«

»Schsch, Saba-dschan«, sagt Agha Mansuri. Und dann wirft er die Hände in die Luft. »*Vai*, seht nur, was die da zeigen! Keine Scham ...« Khanom Keaton setzt sich auf den Schoß ihres Mannes. Küsst ihn auf den Mund, den Hals und murmelt beruhigende Worte. Agha Mansuri schlägt sich mit einer Hand auf den Rücken der anderen. »Gott steh uns bei ...«

Saba hat diese Folge schon zweimal gesehen. Wieder einmal erklärt Alex P. Keaton seinen liberalen Eltern, dass er unbedingt nach Princeton gehen muss. *Was ist dieses Princeton?*, wunderte Saba sich beim ersten Mal, weil ihres Wissens in Amerika nur ein College zählte, und zwar Harvard. Ein bisschen so wie die Teheraner Universität – ein akademisches Zentrum umringt von dörflichen Institutionen. Aber inzwischen weiß Saba Bescheid. Sie hat dieses Princeton recherchiert – eine Universität, die auch Sondra Huxtable von der *Cosby Show* ausgebildet hat, obgleich sie kein blasser Prinz ist – und alle ähnlichen Colleges, deren Namen nicht mal die gebildete Iraner Elite kennt.

Saba kann Alex' Auseinandersetzung mit seinen Eltern nachvollziehen. Sie ist Kapitalistin, genau wie der ehrgeizige Alex. Aber sie lebt in Gilan, dem Geburtsort der Kommunistischen Partei Irans, dem Land von Mirza Kuchik Khan und seiner sozialistischen Dschangali-Bewegung, die damals, als die Mansuris noch sehr jung waren, in Gilans Wäldern für die Geknechteten und die Bauernklasse kämpften. Wenn die beiden Alten Englisch verstehen würden, würden sie Alex' Hippie-Eltern recht geben.

Aber Agha und Khanom Mansuri achten nicht auf Sabas

Versuche, die Handlung zu erklären. Als sie ihnen erzählt, dass Alex P. Keaton sich die Studentenwohnheime von Princeton anschaut, sagt Khanom Mansuri: »Nein, nein, der Junge da muss sein Vetter sein. Die sehen genau gleich aus.« Als Saba einen Dialogteil übersetzt, hört Agha Mansuri gar nicht hin und berührt den Bildschirm knapp oberhalb der orange-blauen Bettdecke. »Wir hatten auch mal so eine Decke. Weißt du noch, Khanom? An dem Tag, als Hasan sie gebracht hat, haben wir Tee verschüttet.« Worauf seine Frau erwidert: »Es war Suppe. Wo ist das alte Ding überhaupt geblieben? War das wirklich eine *amerikanische* Decke?«

Als es so scheint, als wären die beiden in ihre Erinnerungen versunken – sie redet von früher, und er nickt, löst Pistazienkerne aus der Schale und wirft sie in eine Schüssel –, will Saba den Fernseher ausschalten, doch Agha Mansuri protestiert lautstark. »*Aiiiie.* Warte. Wir schauen doch noch zu. Das ist schändlich, Khanom ... schändlich.« Dann beugt er sich vor und drückt Saba einige Pistazienkerne in die Hand. Er wacht darüber, dass sie sie isst, als wären sie Medizin.

In siebzig Jahren wird Sabas eigener Mann sie vielleicht »Mrs« nennen, anstatt sie mit Vornamen anzureden. Vielleicht wird er ein liebes, zahnloses Lächeln haben, Nüsse für sie knacken und sich darum sorgen, wie viel sie isst. Falls sie Reza heiratet, macht er das alles ganz bestimmt.

Sie sehen sich drei Stunden lang Serien an, überspringen keine einzige Werbung, bis das Band sechs Folgen abgespult hat, darunter auch eine von *Unser lautes Heim* und eine halbe Folge von *Wunderbare Jahre.* Saba mag amerikanische Highschools. Sie fragt sich, wie es wohl wäre, jeden Tag in so eine Schule zu gehen – mit einem Spind für ihre verbotenen Bücher und einem Jungen, der den Spind gleich neben ihrem hat. Sie saugt die Details der Serien in sich auf – die leicht unwohnliche Anmutung der Vorstädte, die Einrichtung der Küchen, die Frisuren der Frauen, die unvermeidlichen *pancakes* zum Frühstück. Sie vermisst ihre Schwester. Gleichzeitig will sie allein sein. Diese Fernsehserien sind eigenartig, denkt sie. So viele Sorgen und Krisen und Kränkungen werden darin abgehandelt. Aber irgendwie ist nach dreißig Minuten oder noch weniger die Welt wieder in Ordnung. Was für eine wunderbare Welt, in der alle Mühsal des Lebens nach genau 22,5 Minuten visuellen Geschichtenerzählens wie weggeblasen ist und alle sich umarmen. In dieser Welt will Saba leben. Sie stellt sich vor, dass ihre Schwester das bereits tut.

Draußen wird der Himmel dunkel, und Khanom Mansuri ist eingeschlafen. Ihr Mann sitzt weiter stumm zehn Zentimeter vom Fernseher entfernt. Dann durchfährt ein Ruck die alte Dame, sie setzt sich auf und ruft: »Saba, komm her.«

Saba geht zur anderen Seite des Raumes und setzt sich neben Khanom Mansuri auf den Teppich. Sie arrangiert die Kissen hinter der alten Frau, um es ihr bequemer zu machen.

»Saba-dschan, was ist eigentlich aus dieser ganzen Sache mit Mahtab und Amerika geworden?«

Normalerweise schnürt sich Saba der Hals zu, wenn jemand ihre Schwester erwähnt. Doch etwas im Tonfall der alten Frau lässt Saba näher heranrücken. Träumt Khanom Mansuri? Hat sie sich mit dem Jahr vertan? Doch dann flüstern ihre welken Lippen etwas, von dem Saba weiß, dass es kein Traum ist. »Bist du noch immer zu erwachsen für Geschichten? Weißt du noch … das Kind und die Bewältigung?«

Saba lächelt, denkt zurück an den Tag, als sie zusammen mit Ponneh die *Zane Ruz*-Illustrierte lasen. Es ist beeindruckend, dass Khanom Mansuri sich an ein Gespräch erinnert, das so lange her ist. Saba streicht die hennaroten Haarsträhnen zurück, die unter dem Kopftuch der Alten herausgeglitten sind.

»Ich bin nicht mehr zu alt dafür«, flüstert sie und legt den Kopf auf Khanom Mansuris Schulter.

»Dann erzähl mir eine Geschichte. Irgendwas, das Mahtab im Brief geschrieben hat.«

»Es gibt keinen Brief«, sagt sie und hofft, dass jemand die Lügen hinterfragt, die sie sich über Mahtab ausgedacht hat. *Jenseits des Meeres*, flüstert sie wieder und wieder in ihren Träumen von *pasdars*, die Messer an ihre Kehle halten und Wahrheiten aus ihrem widerwilligen Mund herauszwingen.

Khanom Mansuri schüttelt den Kopf. »Du sollst eine alte Frau nicht ärgern«, sagt sie mit einer Stimme wie der eines Vogels. »In meinem Alter begreifst du, dass wahre Dinge nicht immer die Dinge sind, die das Auge sieht. Ich will wissen, was in dem Brief steht, ehe ich beurteile, ob er wahr ist oder nicht.«

Saba lacht auf, weil sie nicht weiß, was sie zu einer solchen Aufforderung sagen soll. Sie wendet sich an den Ehemann der alten Frau. »Agha Mansuri, bitte, kannst du mir helfen?«

Einen Moment herrscht Stille, und sie denkt schon, Agha Mansuri hätte sie nicht gehört. Aber dann sagt er, ohne die Augen vom Fernseher zu nehmen: »Wie soll ich helfen? Erzähl ihr einfach die Geschichten, was in den Briefen stand oder sonst was, damit sie sagen kann, ob es wahr ist. Was ist daran so schwierig?«

Saba seufzt: »Aber es gibt doch keine –« Sie verstummt, weil es keinen Sinn hat, mit ihnen zu diskutieren. Außerdem, warum wehrt sie sich dagegen? Sie hat Mahtab in ein Flugzeug nach *irgendwo* einsteigen sehen. Das ist nicht zu bestreiten. Und seit jenem Tag in der Gasse hinter dem Postamt von Rasht hat sie keine Geschichte über Mahtab mehr erzählt – außer sich selbst allein im Bett oder Baba ein paar Einzelheiten.

Die Mansuris werden sie nicht verurteilen. Sie gehen kreativ mit der Wahrheit um, nicht bloß, weil sie Iraner sind und wissen, dass gute Geschichten ausgeschmückt, Lobesworte übertrieben und die Hälfte aller Einladungen gelogen sein müssen, sondern auch, weil sie alt sind, und Saba vermutet, dass das am Ende des Lebens ebenso passiert wie am Anfang. Menschen, die diese Welt gerade betreten haben oder sie bald verlassen werden, versuchen zu verstehen, was das alles zu bedeuten hat, wie leicht die kostbarsten Besitztümer zerbrechen können und welche sie behalten dürfen. Wenn sie die bittere Wahrheit erkennen, dass alles zerbrechlich ist und letztlich verschwindet, erfinden sie eine neue Wirklichkeit, in der das Beste dessen, was verloren ist, irgendwo auf sie wartet. Sie sind nur zu beschäftigt, um diesen Ort aufzusuchen. *Wo ist Onkel Kurosh?, fragst du. Er ist nach Frankreich gezogen* (gestorben). *Der schöne Nachbarsjunge? Der ist auf der Universität* (im Gefängnis).

»Also gut«, sagt Saba und atmet tief durch. Warum soll sie Mahtab nicht auf diese Weise ehren? Außerdem, anders als der Rest *könnte* Mahtabs Geschichte durch einen Zauber, der nur Zwillingen zur Verfügung steht, wahr sein. Hat nicht Khanom Mansuri selbst gesagt, dass das Band zwischen Zwillingen unzerreißbar ist? Dass der eine stets die Wahrheit über das Leben des anderen wissen wird? Sie ist der einzige Mensch, der all die Möglichkeiten erkennt, die sich nach jenem Tag am Flughafen aufgetan haben, und all die Verheißungen der eleganten Mutter im Terminal, die ein Mädchen mit Sabas Gesicht an der Hand hielt.

»Braves Mädchen«, seufzt Khanom Mansuri.

~

Wir machen das folgendermaßen: Ihr müsst beide versprechen, dass ihr keinem was von Mahtabs Leben erzählt. Ich werde euch ihre Geschichten wie in einer Fernsehserie erzählen, und in jeder Folge wird sie von einem der Zwänge befreit, unter denen Immigranten leiden. Wisst ihr, wenn es eines gibt, das ich aus Büchern, vom Fernsehen und von Freunden im Exil gelernt habe, dann, dass der *American Way of Life* so überwältigend ist, so großartig, dass Außenseiter es mit einer ganzen Reihe von Einwanderersorgen zu tun kriegen. Mit der Zeit wird Mahtab die größten Ängste dieser Art überwinden, eine nach der anderen. Das weiß ich, weil ich meine Schwester kenne. Und in Amerika werden Probleme häppchenweise gelöst – genau wie im Fernsehen.

Zusammengenommen werden diese einzelnen Folgen die Geschichte von Mahtabs Leben ergeben. Ein paar davon habe ich schriftlich, gut versteckt – vielleicht habt ihr ja recht, und das sind die geheimen Briefe meiner Schwester an mich. *Einwanderersorgen:* die Beschreibung, wie sie sich von ihrem alten Leben löst und mich meinem überlässt. Am Ende wird sie keine Immigrantin mehr sein, und sie wird kein Zwilling mehr sein.

Zu Anfang solltet ihr wissen, dass Mahtab genau wie Alex P. Keaton und meine beiden Eltern versessen auf akademische Bildung ist. Sie will nach Harvard, weil das die beste Universität ist, die einzige, die Iraner kennen. Es ist ein Freitagnachmittag im vergangenen April, Mahtab sitzt auf der Bordsteinkante neben ihrem Briefkasten in Kalifornien und wartet. Sie betrachtet die Panther-Lilien – in Kalifornien wachsen nämlich Panther-Lilien, und auf Englisch beschreibt man die als *verdant* und *vibrant*. Eine Fliege umschwirrt ihr Gesicht. Eine *pari*, eine hübsche Glücksfee von der Sorte, die sich ausschließlich um treue Anhänger alter Märchen kümmert, sitzt oben auf dem abblätternden Zaunpfosten, unbeachtet von den Passanten, die ihr schwaches Summen mit dem einer Biene verwechseln.

»Ah, eine pari! *Das bringt Glück«, sagt Khanom Mansuri.*

»Ich hab mal eine pari *gesehen«, sagt Agha Mansuri. »Genau an dem Tag, an dem meine Mutter gestorben ist.«*

Mahtab ist sich bewusst, dass sie großes Glück gehabt hat, mit ihrem schönen Leben und den glücklichen Zufällen. Sie versucht, nicht an Saba zu denken, ihre unglückliche Zwillingsschwester, denn warum sollte sie die *pari* daran erinnern, wie ungerecht das alles ist? Glück ist schließlich nicht immer so schwarz-weiß, und Segnungen können einem vergällt werden. Vielleicht hat ein glücklicher Tag im Alter von elf Jahren die gesamte Glückszuteilung ihres Lebens aufgebraucht. Vielleicht steht sie auf einem Gipfel, und jetzt kommt die Zeit des Absturzes.

»Hmm«, sagt Khanom Mansuri, »solche Gedanken macht sie sich jetzt? Das ist traurig.«

Vorsichtshalber besänftigt sie die Einwanderer-Götter mit fleißiger Arbeit und Schweiß. Jeden Tag nach der Schule schuftet sie in einem Pancake-Diner. Wenn nachmittags mal nicht viel zu tun ist, unterhält sie sich mit José, dem Geschirrspüler im mittleren Alter, der, wie sie vermutet, ein illegaler Einwanderer aus Mexiko ist – das liegt im Süden. Wenn José nicht redet, vertreibt er sich die Zeit mit Liedern. Er singt zu Otis-Redding-Kassetten in der Küche, und daher weiß Mahtab auch, dass er Englisch spricht. Sie mag José. Er hat widerspenstiges, grau meliertes Haar und gütige Augen. Er ist nie glatt rasiert, und er hat dicke schwarze Koteletten, die unter einer abgetragenen Baseballmütze hervorlugen. Er schält für sie Möhren und macht ihr Sandwiches, die er nach der Arbeit auf der Theke liegen lässt. Im Gegenzug erzählt sie ihm, wenn sie sich langweilt oder unruhig ist, ihre Geheimnisse – dass sie Harvard-große Träume hat, dass sie Martial-Arts-Filme mag und sich dreimal *American Ninja* angesehen hat.

Heute wird sie wieder zu spät zur Arbeit kommen, weil sie,

wie schon die ganze Woche, in ihrer Vorstadt an der Bordsteinkante wartet. Endlich erblickt sie den Postwagen in der Ferne. Er fährt vorbei an den Häusern der Changs, der Hortons, der Kerinskis und der Stephanopoulos – in amerikanischen Straßen wimmelt es nämlich von solchen Namen –, bis er schließlich zu einem abblätternden Zaunpfosten und einer trägen *pari* kommt. Er hält vor dem Hafezi-Haus, und eine körperlose Hand streckt sich aus dem Wagenfenster. Wie ein Postwagen-Flaschengeist stopft die Hand fünf dicke Umschläge und vier dünne in Mahtabs Briefkasten.

»Ist das gut? Diese dicken und dünnen Umschläge?«, fragt Khanom Mansuri.

Oh ja. Wisst ihr, in Amerika prozessieren die Leute gern. Deshalb versuchen die Universitäten, zulassungsbedingte Herzattacken zu vermeiden, indem sie ihre Entscheidung schon durch die Dicke der Umschläge andeuten. Das ist so ähnlich wie bei Eintöpfen – die deftigen sind ein Zeichen von Erfolg.

Wenn Mahtab später im Leben die Geschichte von ihrem Zulassungs-Flaschengeist erzählt, glaubt ihr kein Amerikaner. Das macht ihr nichts aus. Schon jetzt weiß sie, dass es nicht ratsam ist, Amerikanern gegenüber darauf zu beharren. Diese Westler sind logische Menschen. In ihrem Alltag schweben keine Geister oder Körperteile frei herum. Sie werden Mahtab nie verstehen, weil sie an glückliche blonde Prinzessinnen wie Schahzadeh Nixon gewöhnt sind, die die Finger vom Knoblauch lassen und die Hände im Schoß gefaltet halten.

»Gut gemacht, Kiddo!«, ruft eine Stimme aus dem Inneren des Postwagens – so nennen amerikanische Flaschengeister nämlich Kinder, deren Namen sie vergessen haben. »Tolle Unis!« Mahtab kann ihre Beine kaum spüren. Sie rappelt sich hoch, streift die Sandalen von den Füßen und schwimmt durch den dichten Dunst zu ihrem Briefkasten, der jetzt prall mit

Dick und Dünn gefüllt ist, fegt die ruhende *pari* mit einem Schlag ihrer rudernden Arme von ihrem hohen Sitzplatz.

Bevor wir den Umschlag von Harvard öffnen, muss ich sicherstellen, dass ihr seine ganze Tragweite versteht. Es geht hier nämlich nicht nur um Bildung, Khanom und Agha Mansuri. Mahtab braucht einen Vater. Könnt ihr euch vorstellen, wie sehr sie Baba vermissen muss? Vielleicht ebenso sehr, wie ich Maman vermisse. Aber anders als ich füllt Mahtab die Löcher in ihrem Herzen mit der Kraft ihres Willens. Sie ist schlau, und sie sitzt nicht herum und suhlt sich in ihrem Leiden. Während sie den Umschlag nimmt, sieht sie sich daher schon in den warmen, sicheren Armen von Baba Harvard – dem vollkommensten Vater der Welt mit seinen tiefen Taschen und der unendlichen Gelehrsamkeit, der nachsichtigen Disziplin und visionären Philosophie. Sie dreht und wendet den Umschlag, betrachtet den Poststempel von Cambridge, fährt mit den Fingern über ihre eigene Adresse. Er ist weder dick noch dünn. Sie reißt ihn mit bebenden Händen auf und überfliegt das Schreiben. Leider weiß ich nicht genug, um diesen Brief für euch neu zu erschaffen, aber im Kern teilt er ihr Folgendes mit:

> *Sehr geehrte Ms Hafezi,*
> *irgendwas, irgendwas …* WARTELISTE *… noch irgendwas.*
> *Mit freundlichen Grüßen*
> *Harvard College*

»Nicht zu fassen!«, sagt Khanom Mansuri empört. »Was bildet sich dieser Agha Harvard denn ein, dass er meint, er könnte unsere Mahtab warten lassen? Weiß der denn nicht, dass sie den lieben langen Tag auf Englisch plappern kann? Sie kennt bestimmt tausend schwierige Wörter!«

Jawohl, Tausende! Tja, als Maman später nach Hause kommt, steckt Mahtab schon tief im Trauerprozess: das Haar zerrauft,

Pyjama verrutscht. Mahtab tut alles mit echter Hingabe – deshalb bemerkt sie nicht, wie wunderbar es ist, eine Mutter zu haben, die jeden Abend nach Hause kommt, um Zeugin ihrer Tragödien zu werden. Schaut euch unsere Maman an, wie sie am Bett meiner Schwester sitzt, ihr übers Haar streicht, die Ähnlichkeit zwischen den beiden, jetzt, wo Mahtab erwachsen ist. Sie sind nicht mehr die Frau und das Kind am Flughafen. Jetzt ist Mamans Eleganz durch Erschöpfung und Fabrikarbeit abgenutzt, ihr Bubikopf ist von Grau durchzogen. Aber seht ihr, dass Mahtab und ich ihren dunklen Typ geerbt haben? Pechschwarzes Haar. Verträumte Augen. Hochgewachsener, kurvenreicher Körper. Sind Mahtab und ich noch immer gleich? Vielleicht nicht mehr lange. Sie hat darum gebettelt, sich die Nase operieren lassen zu dürfen. Das ist ein Initiationsritus für viele persische Mädchen aus unseren Kreisen – für diejenigen im Iran, weil das Kopftuch ihnen keine äußere Schönheit gewährt als den Ring, den es um ihr Gesicht zieht; und für diejenigen in Amerika, weil sie ihre einsamen Einwanderersorgen haben.

Als bis Mai kein neuer Brief aus Harvard kommt, wird Maman von einer seltsamen Furcht erfasst – eine besondere Art der Vertriebenenpanik, die einen ereilt, wenn man vor zu vielen verschlossenen Türen und zu vielen Stapeln von Papierkram steht. Mahtab ist untröstlich. Sie verbringt die Tage allein in ihrem Zimmer, schwänzt die Schule, bekommt Wutanfälle. Sie redet erbittert davon, Postbotin zu werden oder Gärtnerin oder eine gutbürgerliche Ehefrau, wie die Frauen in den Fernsehserien. Vielleicht muss sie zurück in den Iran und einen Mullah heiraten, sagt sie.

Trotz ihrer eigenen Ängste zieht Maman mehr und mehr die Operation als eine Möglichkeit in Betracht, Mahtab zu beruhigen. Was soll sie sonst tun? Sie hat selbst schon zu viel durchgemacht. Sie hat als Fabrikarbeiterin angefangen und sich in die Betriebsleitung hochgearbeitet, kann ihrer Tochter nach einem kargen Apartment nun ein bescheidenes Haus bieten. Sie hat schon ein Kind verloren, und dort, wo diese Tochter in ihrem Herzen wohnte, sind jetzt nur noch Narben. Obgleich sie Veränderung in jeder Form verabscheut und obgleich sie nicht will, dass ihre eigenen Spuren aus dem Gesicht des Kindes getilgt werden, gibt sie schließlich nach, um Mahtab glücklich zu machen.

Natürlich kann ich ihre Gedanken nur vermuten. Ich weiß, dass meine Mutter jetzt anders sein muss, denn wir Menschen verändern uns, so langsam, dass wir blind dafür sind, wie wir ja auch nicht merken, dass unsere Zähne gelb werden, bis plötzlich zehn Jahre vergangen sind und uns auffällt, dass uns schon lange niemand mehr ein Kompliment für unser schönes Lächeln gemacht hat. Ich stelle mir vor, dass meine Mutter ihr altes Leben vermisst, ihre alten Freunde. Wahrscheinlich ist sie mit Abstand die Einsamere der beiden. Ihre Verluste sind, anders als die von Mahtab, unmöglich zu verwinden. Ihr Einwandererfluch ist ein greifbares, atmendes Etwas. Er lebt und isst bei ihnen, wie ein ungeliebter Stiefvater.

Aus Angst um die Zukunft ihrer Tochter, die sie bereits so viel gekostet hat, nimmt sie ein Darlehen auf, um die neue Nase bezahlen zu können. Merkt ihr, wie sie meiner Schwester hilft, mich loszuwerden? Ich seh sie noch immer vor mir, wie sie am Flughafen stand, mit Mahtab an der Hand, und sich nicht umdrehte, als ich nach ihnen rief. Obwohl ich ihre Namen schrie, bestiegen sie dieses Flugzeug, ohne auch nur Lebewohl zu sagen. Und jetzt verlassen sie mich wieder und wieder, auf immer neue und täglich fantasievollere Arten.

»Sei nicht traurig, Saba-dschan. Ich bin ziemlich sicher, dass Nasen im Alter wieder nachwachsen.«

Aber vielleicht war das alles ja gut so, denn passt auf, was jetzt kommt:

An einem doppelt glücklichen Morgen Ende Mai erwacht Mahtab nach ihrer Operation und sieht die Glücks-*pari* am Fußende des Bettes hocken. Eine verschwommene, dreiköpfige Version ihrer Mutter schwenkt einen Brief und hüpft auf und ab. »Du bist von der Warteliste runter! Du gehst nach Harvard, Mahtab-dschun!« Und auf einmal ist sie verwandelt. Ein Harvard-Mädchen mit einer geraden Nase, lang und schmal, die am Ende leicht nach oben zeigt.

Ehe sie mit dem Studium beginnt, färbt Mahtab sich das Haar kastanienbraun. Ich würde diese Farbe niemals wählen. Und später, in Harvard, als sie ihren Namen in »May« ändert, denkt sie nicht mal mehr an mich. Mit jeder Veränderung ihres ursprünglichen Aussehens fühlt sie sich ein bisschen freier, ein bisschen weniger an uns gebunden – an unsere Zwillingswelt. Keiner wird sie je auf der Straße ansprechen und sagen: »He, du da, ich hab dich neulich in einem Dorf im Iran gesehen. Du gehörst hier nicht hin.«

Als Mahtab noch in diesem Dorf war, als das Dorf der einzige Ort war, wo sie hingehörte, lauschte sie dir gern, meine liebe Khanom Mansuri, wenn du erklärt hast, wie Teppiche gemacht werden und wie man sie bewertet. Die drei Grundfarben, die Qualität der Fasern, die Anzahl der Knoten, die Ebenmäßigkeit der Fransen. Einmal hast du uns beide auf den Schoß genommen und uns die Rückseite eines Teppichs gezeigt. »Seht ihr, wie unordentlich das aussieht? Die vielen Fäden auf der Rückseite? Ihr seht sie nicht, weil es ihre Aufgabe ist, unsichtbar zu sein, aber in Wirklichkeit halten sie alles zusammen.« Es gibt einen unsichtbaren Faden, der Schwestern auf der ganzen Welt zusammenhält. Ganz gleich, wohin sie reisen und wie viel Erde und Wasser zwischen ihnen ist, selbst wenn eine von ihnen diese Welt für immer verlässt. Und obwohl du ihn nicht sehen kannst, ist er der Grund dafür, dass du nie wirklich davonlaufen kannst, genau wie die eine Hälfte eines Teppichs nicht den Wohnzimmerboden bedecken kann, wenn die andere Hälfte im Flur liegt. »Und, meine Zwillinge«, hast du damals zu uns gesagt, »seht ihr, wie das Muster im Teppich vollkommen symmetrisch ist? Beide Seiten genau gleich? Wie könnte man die beiden Hälften je trennen? Die Leute würden stets wissen, dass ein Stück fehlt.«

Seit Mahtab nach Kalifornien gezogen ist, hat sich der unsichtbare Faden angefühlt wie eine Schlinge um ihren Hals. Und jetzt spürt sie, wie er sich mit jeder körperlichen Veränderung lockert, sodass sie wieder atmen kann. Wenn sie sich abends im Spiegel betrachtet, bedauert sie ihre Schwester mit der persischen Nase und den unrasierten Beinen, mit ihrem Gilaki-Kopftuch und den Aufgaben eines Mädchens vom Lande.

Eine Woche vor ihrer Abreise nach Harvard sehnt sich Mahtab nach Gesellschaft, hat das Gefühl, sie sollte sich von jemandem verabschieden. Vielleicht bereut sie, dass sie sich nie von mir verabschiedet hat. Und als ihr niemand sonst einfällt, mit dem sie reden könnte, geht sie vielleicht deshalb noch einmal in den Diner und setzt sich in eine Ecke, beobachtet ihre Schulkameraden, die *pancakes* essen und sich gegenseitig mit Sprüchen aufziehen, die nur sie verstehen.

Wie soll sie in Harvard je Freunde finden?

Mahtab geht nicht zu ihnen. Sie sitzt einfach da und wartet. Die Person, mit der sie reden möchte, ist nicht unter ihnen. Sie lauscht ihnen unauffällig eine Stunde lang, und dann, als ihre Schulkameraden aufgegessen haben, ihre Rucksäcke nehmen und grüne Geldscheine auf den Tisch legen, denkt Mahtab, dass vielleicht niemand die Leere füllen wird. Vielleicht wird sie sich in dieser neuen Welt abplagen und darauf warten müssen, dass ich zu ihr komme – wie in einer Art Fegefeuer. Vielleicht wird sie sich abrackern müssen, um die Götter zu beschwichtigen, die das Glück verteilen, die eine Schwester der anderen vorziehen, obwohl ihr Blut genau gleich ist – denn sie hat schon mehr Glück gehabt, als ihr zusteht.

Trotzdem will sie unbedingt hierhergehören. Wird sie je auch nur annähernd so sein wie sie? Wird Baba Harvard erfüllen, was er verheißt? Wird er sie wegen ihrer Fremdartigkeit ablehnen?

Wenn ihr richtiger Vater hier wäre, denkt Mahtab, würde sie sich nicht anpassen müssen. Sie würde die Merkmale, die sie mit ihm teilt, nicht ändern wollen. Sie würde ihm nach jedem Semester ihre Noten zeigen und auf dieses gemächliche Lächeln warten, das sich wie eine dicke Farbschicht über sein Gesicht breitet und langsam seine cremefarbenen Zähne zum Vorschein bringt. Sie würde nie rebellieren oder mit Jungs ausgehen, die er nicht mag. Sie würde nicht darum bitten, Auto fahren oder kurze Röcke tragen zu dürfen, und nachmittags würde sie ihm Tee kochen und zuschauen, wie er ihn durch den Zuckerwürfel zwischen den Zähnen lutscht.

Der Diner ist jetzt fast leer. Sie hört die Stimme von Otis Redding – wisst ihr, wer Otis Redding ist? Er macht schöne Musik – aus der Küche in den Gastraum klingen. *Sittin' on the dock of the bay.* Josés unverkennbare Stimme summt die Melodie mit. Sie folgt der Musik in die Küche, denkt, dass er sich dort vielleicht einsam fühlt.

»*Mija*«, sagt er, was der liebevolle Ausdruck seines Volkes für »Mädchen« ist. »Ich dachte, du hättest gekündigt.«

Sie geht auf ihn zu und murmelt vage, ihr wäre langweilig gewesen. Sie tritt näher an die Spüle, bis sie neben ihm steht und zusehen kann, wie seine Hände und Unterarme in einem weichen Berg aus Seifenschaum verschwinden. Dann überrascht sie sich selbst, indem sie ihren Kopf an Josés Schulter legt. Sie weiß, dass das seltsam ist. Sie spürt es, weil er plötzlich aufgehört hat zu spülen, sein Körper erstarrt. Aber das ist ihr egal. Es ist so lange her, dass sie die Windungen und Knubbel einer väterlichen Schulter an ihrer Wange gespürt hat.

»Auf Wiedersehen, José«, murmelt sie in sein kratziges Flanellhemd. »Du wirst mir fehlen.«

Er streichelt Mahtabs Haar mit seiner nassen, schaumigen Hand. Vielleicht fehlt auch ihm die Sanftheit einer töchterlichen Wange an der Schulter. Er sagt: »Pass gut auf dich auf, *mija*.«

Da. Sie hat sich verabschiedet ... von *jemandem*. Nicht von mir. Der Faden, der Schwestern auf der ganzen Welt zusammenhält, ist zerrissen, und es gibt keine Symmetrie mehr zwischen uns. Aber gerade sehe ich, dass knapp zweiundzwanzig Minuten vergangen sind, und gemäß den Regeln des amerikanischen Fernsehens muss jetzt ein Problem gelöst sein. Es wird Zeit, dass Mahtab die erste ihrer Einwanderersorgen abstreift. Wollt ihr hören, welche das ist? Die erste Sorge ist bei allen gleich. Von jetzt an wird Mahtab mit dem kastanienbraunen Haar und der spitzen Nase und der ausgezeichneten Ausbildung, Adoptivtochter von Baba Harvard, keine Angst mehr vor ihren persischen Wurzeln haben. Aber seid nicht traurig. Dieses Gesicht, es existiert noch irgendwo – nur dass es jetzt nicht mehr Teil eines Paares ist.

~

Khanom Mansuri ist jetzt ganz wach, und sie nimmt Sabas Hand, berührt ihr Gesicht und sagt: »Du weißt, du bist für mich wie meine eigene Enkeltochter.«

Saba nickt, Agha Mansuri auch. »Ja, ja«, sagt er, »unsere eigene Enkeltochter.«

Seine Frau spricht weiter: »Mahtab oder keine Mahtab. Brief oder kein Brief, diese Geschichte ist wahr.«

Obwohl Saba in den Armen ihrer Ersatzgroßmutter bleiben möchte, um ein wenig zu weinen und sie zu fragen, wieso sie das glaubt, küsst sie Khanom Mansuri nur rasch auf die pergamentene Wange und steht auf, um Abendessen zu machen. Die Mansuris sind zu lange geblieben, daher werden sie die Nacht bei den Hafezis verbringen. Saba versucht, die Worte der alten Frau aus dem Kopf zu bekommen, weil sie keine Zeit hat, sich lange mit traurigen Dingen zu befassen. Sie will nicht so ein Mädchen sein, das sich in seinen eigenen Gedanken und Tagträumen verliert. Sie muss jetzt Bettzeug für ihre Gäste holen. Aber Khanom Mansuri ruft ihr nach, noch einen Moment zu warten. »Es spielt keine Rolle, wo etwas geschieht, solange es geschieht. Wenn ich dir die Geschichte erzählen würde, wie ich meinen Agha hier das erste Mal geküsst habe ... an unserem Hochzeitstag oder im Hof, als wir zwölf waren. Wen kümmert das denn wirklich? Die Details kannst du verändern. Das Wo und das Wann. Aber das *Was* und das *Wie* bestimmen, ob etwas wahr ist oder eine Lüge.«

Agha Mansuri wird bei der Erinnerung rot und nuschelt irgendwas vor sich hin.

»Khanom Basir hat gesagt, es ist nicht gut, wenn eine erwachsene Frau in der Vergangenheit lebt«, sagt Saba, »oder Geschichten von Menschen erzählt, die nicht bei uns sind.«

»Ach was«, sagt Khanom Mansuri und greift nach ihrem Glas. Sie macht eine Handbewegung, als würde sie Khanom Basirs Bemerkung verscheuchen wie eine lästige Fliege. »Was für ein kleines Mädchen gut ist, ist auch für eine erwachsene Frau gut. Erwachsene Frauen brauchen bloß größere Portionen.«

»Das ist ein sehr netter Gedanke«, sagt Saba. Der netteste, den sie seit Langem gehört hat.

»Na, dann bring deine Geschichte zu Ende«, sagt Khanom Mansuri, »damit wir wissen, dass sie wahr ist.«

Saba nickt ergeben und schließt: »Nach oben ging's, und da war *dugh* …«

Die Wahrheit davon

KHANOM MANSURI – DIE URALTE

Agha, hast du alles mitbekommen, was sie gesagt hat? Hast du aufmerksam zugehört? Du hast nicht viel gesagt, deshalb glaube ich, dass du gar nicht zugehört hast. Sie ist nicht wie unsere Enkeltochter Nilu. Saba ist belesen, und sie weiß, wie sie das, was sie eigentlich sagen will, verbergen kann. Da braucht man gute Ohren, Agha-dschan. Als sie zu Ende erzählt hatte, konntest du sehen, wie sich ihre Gesichtsfarbe verflüchtigte. Du konntest ihre Sehnsucht nach Mahtab hören. Du nicht? Ach, was redest du da, Agha? Du siehst ein Kamel, du siehst kein Kamel. Du bist selbst ein kleiner Junge. Deshalb mag ich dich ja so.

Ich schlafe nicht gern unter diesem Dach. Ich bin noch immer müde. Aber es war gut, dass wir geblieben sind. Ich begreife nicht, dass sie in diesen großen Räumen nachts keine Angst hat.

Ai, mein armes Mädchen.

Willst du die eigentliche Bedeutung dieser Geschichte hören? Ja, ich hab's verstanden – hilf mir beim Hinsetzen, ja? –, die ganze Sache mit Baba Harvard und dass sie sich von diesem gütigen Tellerwäschermann aus Südmexiko verabschiedet … traurig, traurig … Es geht gar nicht um fehlende Eltern und zerbrochene Familien. Es geht um diesen verrückten, verrückten

Mann, der hier in dem großen Haus hockt und zusieht, wie seine Tochter sich überschlägt, um seine Aufmerksamkeit zu bekommen. Was ist nur los mit ihm? Wenn du wüsstest, wie viele Stunden sie allein verbringt, würden dir vor Schreck Hörner wachsen.

Nein, erzähl mir nicht, er hätte es versucht. Nie seh ich sie mal zusammen außerhalb des Hauses.

Agha, wenn du das nächste Mal hingehst, nimm doch vielleicht für sie ein kleines Geschenk mit oder frag sie nach diesem oder jenem. Mach ihr wegen irgendeiner Kleinigkeit ein Kompliment, zum Beispiel wegen ihrer Armreifen oder, falls sie keine trägt, wegen ihrer weißen Haut. Väterliche Dinge, nach denen sie so dürstet ... Und sieh mich nicht so ängstlich an. Sie ist ein junges Ding, keine Gartenschlange. Ich hab gesehen, wie du den Fernseher angestarrt hast, also habt ihr viel, worüber ihr reden könnt. Vielleicht lässt du sie die Geschichten erklären, ohne dauernd dazwischenzureden – jawohl, du hast dazwischengeredet. Aber einen Teil hab ich trotzdem verstanden ... irgend so ein Keaton-Meaton-verrückt-*bazi*. Eine nutzlose Geschichte. Ohne Sinn und Verstand.

Aah, das tut gut. Kratz mich genau da. Danke, Agha-dschan.

Glaubst du, an dem ganzen Gerede ist was dran? Manche sagen, Abbas wäre eine gute Wahl für unsere Saba, weil er älter ist und reich wie ihr Vater. Andere sagen, ihr Vetter Kasem wäre eine gute Wahl, weil er ja schon zur Familie gehört. Das macht mich traurig, weil ich immer gehofft hab, sie würde das finden, was du und ich hatten. Junge Liebe ... Liebe, bei der es nicht darum geht, sie zu ertragen. Bei der es um Spaß geht. Weißt du noch, als wir in ihrem Alter waren ... morgens hinter dem Haus?

Ja, ja, ich weiß, das gehört sich nicht. Ich rede nicht weiter drüber.

Ich rede nicht drüber … Warum hast du mit dem Kratzen aufgehört?

Wo war ich eben? Ich bin müde, Agha. Ich hab nicht gut geschlafen. Überall so viel Tod, das lässt mich schlecht träumen. Hilf mir, mich hinzulegen … Die Tage sind jetzt so seltsam, wo all unsere richtigen Freunde tot sind und wir in der Welt unserer Kinder leben. Ich habe Angst vor dem Sterben. Das ist eine trostlose Angelegenheit.

Was meinst du, Agha-dschan? Vielleicht hat Saba mit ihrem Zwillingssinn irgendetwas herausgefunden. Ich denke, dass diese Geschichte viele Arten von Wahrheit enthält, und die größte davon ist, dass Mahtab irgendwo noch immer lebt.

KAPITEL FÜNF

Herbst–Winter 1989

An einem winterweißen Freitagnachmittag geht Saba zum offenen Markt, dem *jomeh-bazaar*, und denkt, sie sollte eine bessere Lügnerin werden. Es muss leicht sein, in Amerika zu leben, wo die Menschen einfach sagen, was sie denken. Im Iran musst du unredlich sein, musst deine Bedürfnisse vermitteln, indem du scheinbar das Gegenteil begehrst. Sie wünscht, sie hätte Reza weniger überzeugend angelogen.

In letzter Zeit kommt er häufiger ins Haus und bittet, auf der Gitarre spielen zu dürfen, die im Wohnzimmerschrank versteckt ist. Er legt seine Finger auf die Saiten, vergleicht den Klang mit der *setar* seines Vaters oder der größeren, bauchigeren Oud. »Baba kann jedes Saiteninstrument spielen«, prahlt er. Sie waren nur ein einziges Mal ohne Ponneh in der Vorratskammer. Es war eigenartig, sie beide allein in der Dunkelheit – ganz anders als das natürliche, ungehemmte Gefühl, wenn sie zu dritt sind und ständig scherzen und flirten, sich über Kasem lustig machen. Stattdessen saßen Saba und Reza nervös da und lauschten dem Kassettenrekorder. Er zündete eine Zigarette an und sah zu, wie sie einen Zug nahm. Als Stille eintrat, fummelte er mit der Streichholzschachtel herum. »Saba Khanom«, sagte er, »hast du –« Dann stockte er. Sie dachte, er wollte sie fragen, ob sie Sehnsucht nach Mahtab hat, wie er das immer tat.

»*Vai*«, seufzte sie. »Hör mit dem Saba-Khanom-Blödsinn auf.«

Dann zog er ihr die Zigarette aus dem Mund. »Darf ich dich dann küssen? Nur ein Mal?«

Darauf war sie nicht gefasst, und sie sagte Nein, obwohl sie Ja sagen wollte. Er fragte nicht noch mal. Jetzt fürchtet sie, dass sie ihn beleidigt hat. Vielleicht denkt er, sie will keinen Dorfjungen küssen. Das Problem, befindet Saba, liegt darin, dass sie nicht gelernt hat, zu lügen und gleichzeitig die Wahrheit zu vermitteln – wie wenn ihr Vater dem Mullah erzählt, es wäre kein Opium in der Pfeife.

Sie kann Opium riechen, jetzt, als sie an einem älteren Mann mit Käppchen vorbeigeht. Der Basar, der für viele Händler die Haupteinnahmequelle darstellt, wird auf dem großen Dorfplatz abgehalten. Außerdem gibt es dort ein paar Läden, ein Kebab- und Fischrestaurant mit Tischen vor der Tür und ein Café, das auf dunkelroten Teppichen nur Tee und Wasserpfeifen serviert. Es gibt eine Bank und Stühle, auf denen alte Männer unter Bäumen sitzen. Am Marktplatz halten die Busse, und Freunde und Fremde kommen dort zusammen. Wenn viel los ist, lungern schon mal ein oder zwei *pasdars* in einem Jeep in der Nähe herum und behalten die sündige Jugend im Auge. Der Markt ist das ganze Jahr geöffnet, selbst an Wintertagen, wenn eine nasse Kälte von den Bergen herabkommt und die Luft dünn und schmerzhaft macht. Saba wickelt ihre Tücherschichten und den dicken Mantel enger um sich. Ein böiger Wind fegt durch die Gänge unter Dächern aus Segeltuch und Plastikplanen. Heute ist das Gemüseangebot mickrig, bloß Unverzichtbares wie Zwiebeln und Kartoffeln gibt es. Normalerweise stehen hier reihenweise Körbe mit allen möglichen frischen Kräutern, Bergen von Minze, Petersilie und Koriander, aber heute bieten die Händler nur haltbar gemachte Waren feil. Riesige

Kränze aus getrockneten Kräutern hängen an ihren Ständen. Saba sieht Ponneh beim Bäcker stehen, in der Hand eine Papiertüte mit den verräterischen *baghlava*-Sirupflecken am Boden. Ponneh kramt nach ein paar Münzen, um zu bezahlen.

Der Bäcker sagt: »Bitte, Khanom, ich stehe Ihnen zu Diensten.« Saba wartet ab und schaut sich dieses *tarof*-Spiel an, diese vermeintliche Großzügigkeit, und denkt staunend, wie lächerlich es doch ist.

Ponneh sagt: »Nein, wirklich. Ich bestehe darauf.«

Der Bäcker schlägt die Augen nieder und neigt demütig den Kopf. »Bitte, sie gehören Ihnen.«

Ponneh wiederholt noch einmal: »Ich bestehe darauf.«

Und dann ist das Spiel vorüber. Der Bäcker akzeptiert, und der *tarof*-Tanz findet sein elegantes Ende. Saba lächelt bei dem Gedanken daran, was passiert wäre, wenn Ponneh das »kostenlose« Gebäck angenommen hätte. Der Bäcker hätte sie wohl die Straße hinunter verfolgt oder den Preis angeschrieben. So läuft das nun mal. Gesellschaftliche Regeln sind nicht auf gesellschaftliche Anlässe beschränkt. Metzger müssen kostenloses Fleisch anbieten. Friseure müssen so tun, als würden sie ihren Kunden aus reinem Vergnügen die Haare schneiden.

Gut zu lügen ist im Iran ungemein wichtig. Jeder praktiziert zumindest die zwei grundlegendsten Spielarten: *tarof* (»Bitte sehr, mein Herr! Essen Sie, trinken Sie. Nehmen Sie sich meine Tochter!«) und *maast-mali* (»mit Joghurt bedecken«), die Kunst der gespielten Unschuld (»Ach, das war doch nichts! Eine Beule? Nicht mal ein Kratzer. Überhaupt, an dem Tag war ich in Wahrheit außer Landes!«).

Ponneh steckt ihre hübsche Hand in die Tüte und zieht ein warmes, tropfendes Stück Gebäck heraus.

»Saba-dschan!« Sie kommt angelaufen und umarmt Saba mit Unterarmen und Ellbogen, weil sie beide Hände voll hat.

»Vorhin war Reza hier und hat Tee gekauft«, sagt sie. »Ich hab kurz mit ihm gesprochen, und er hat gesagt, er kann um sechs in die Vorratskammer kommen.« Sie hält Saba ein Stück *baghlava* hin. »Hier, probier mal.« Sie schaut zu dem Bäcker hinüber, der ihr ein zahnloses Lächeln schenkt. »Wenn der Mann noch Zähne hätte und nicht schon hundert wäre, würde ich ihn heiraten und den Rest meines Lebens damit verbringen, Speck anzusetzen.«

Saba nimmt eine Schicht von dem Gebäck, froh, dass Reza gesagt hat, er würde zu ihr nach Hause kommen. Dann war er also doch nicht beleidigt. Und vielleicht fragt er sie irgendwann noch mal, ob er sie küssen darf.

»Nimmst du bloß den einen Bissen?«, sagt Ponneh. »Mach kein *tarof.* Maman hat mir das Geld gegeben.«

Sie spazieren gemeinsam an den farbenfrohen Pyramiden aus Gewürzen und Nüssen entlang – Kreuzkümmel, Kurkuma, Walnüsse und Mandeln –, auf Tische gehäuft wie die Berge eines fernen Planeten. Vor den Kühlbehältern der Fischer mit frischem Fang und einem Metzger, der Lammkeulen verkauft, hat sich eine Menschenmenge versammelt. Außer den ersten beiden Kunden stellt sich keiner brav an. Die Übrigen bilden ein schiebendes, Hälse reckendes und laut rufendes Gedränge.

Stunden später, ihre Körbe gefüllt mit Gemüse, Teeblättern, Reis, Fisch und etlichen Grundnahrungsmitteln, die Portemonnaies von Lebensmittelmarken und Geld entleert, machen sie sich auf den Nachhauseweg, während der nachmittägliche Ruf zum Gebet, der *azan*, von der Dorfmoschee herüberhallt und die Sonne sich zum Horizont neigt, die Berge in neue Farben taucht. Sie gehen schneller. Sobald es dämmert, laufen junge Frauen Gefahr, befragt zu werden.

Sie haben den Basar gerade verlassen, als Saba zögert. »Sieh mal da drüben«, flüstert sie.

Mustafa, ein junger Offizier der Sittenpolizei, beobachtet sie. Seit Jahren behauptet er, Ponneh zu lieben, und sie hat ihn stets abgewiesen. Jetzt trägt er die *pasdar*-Uniform und genießt es, sie beide zu schikanieren, sie zu zwingen, auf die wenigen kleinen Freiheiten zu verzichten, deren sich die meisten Dorfbewohner noch erfreuen. Saba schiebt einige lose Haarsträhnen zurück unter ihr Tuch.

Mustafa kommt auf sie zumarschiert und rückt seine olivfarbene Uniform zurecht, die Augen starr geradeaus gerichtet. Saba beschleunigt ihre Schritte, muss an den Tag denken, als der Flughafen-*pasdar* ihre Mutter anschnauzte. Dann, als sie gerade um eine Ecke biegen wollen, hört sie ein Knacken. Ponneh stolpert.

»Verdammt, mein Absatz ist abgebrochen.« Sie flucht, als sie unter ihren Manteau und den bodenlangen Rock greift, um den Schuh auszuziehen, ein glänzend rotes Ding mit fingerlangem Absatz.

»Wieso trägst du die zum Markt?« Saba starrt die Schuhe an.

»Weil sie mir gefallen! Und keiner kann sie sehen.«

Saba findet das nicht seltsam. Ponneh hat schon immer gemacht, was sie wollte, und nach der Revolution ist es mutig, ein Paar rote Schuhe zu tragen, nicht oberflächlich oder eitel. Auch Saba hat sich schon an dieser Form der Rebellion versucht. So wie viele ihrer Freundinnen.

Mustafa holt sie ein. Seine Stimme ist wie eine Peitsche, und er gibt vor, sie nicht zu kennen, ein Spiel, von dem er erwartet, dass sie es mitspielen. »Ihr da«, sagt er, wohl in dem Glauben, sein zotteliger Bart könnte sein Alter und seine Identität verbergen. »Was macht ihr da? Es wird schon dunkel.«

Saba heuchelt Respekt. »Wir sind auf dem Nachhauseweg. Guten Tag, Agha.«

»Papiere«, sagt er. Ponneh verdreht die Augen, während sie auf einem Bein balanciert.

Saba unterdrückt ein verächtliches Schnauben. Instinktiv nimmt sie einen bäuerlichen Tonfall an. »Wir haben bloß auf dem Markt eingekauft.«

Mustafa schüttelt den Kopf. »Wo wohnt ihr?«

Fast hätte Saba erschreckt aufgelacht. »Ist das dein Ernst? Mustafa, du kennst uns doch –«

Mustafas Augen huschen zu Ponneh. Saba hält den Atem an, sieht ihm an, dass er sich an Ponnehs Schönheit erinnert, während sein Blick mit demselben absurd anzüglichen Ausdruck, den sie von Kasem kennt, an ihr auf und ab gleitet. Und dann bemerkt sie etwas, das aussieht wie Hass.

Ponneh richtet den Blick auf den Boden, versucht, ihren Ärger zu verbergen. *Kein Grund zur Sorge*, denkt Saba. Ponnehs Kopftuch sitzt makellos. Sie trägt weite Kleidung und kein Make-up. Nur eine rote Schuhspitze lugt unter ihrem Mantel hervor. Mustafa kann ihnen nichts anhaben. Seine Augen gleiten von ihrem Gesicht zu dem Schuh. »Was ist das?«, fragt er und schiebt mit der Fußspitze ihren Rocksaum beiseite. »Diese Schuhe sind unschicklich«, zischt er.

»Sie sind unter der Kleidung«, sagt Ponneh zähneknirschend mit trotzigen Augen. »Geh weg.«

»Solche Schuhe sind lasterhaft und anstößig«, sagt er.

Ponneh wird lauter. »Was geht dich das an? Macht dir das Spaß?«

Saba verschlägt es den Atem, aber Mustafa übergeht die Bemerkung. »Anständige muslimische Frauen wissen, wie man sich sittsam benimmt«, sagt er tonlos. Jetzt wird auch Saba ärgerlich, wie bei einem Kind, das sich nicht von einem nervtötenden Spiel abbringen lässt. Ponneh hätte diese Schikane durch nichts vermeiden können, es sei denn, sie hätte eine Burka getragen. Und selbst dann hätte Mustafa sie noch aufs Korn genommen. »Mitkommen.«

Saba murmelt ihr Unverständnis, während sie Mustafa zu dem strohgedeckten Haus folgen, das der Sittenpolizei, der *komiteh*, im Dorf als Hauptquartier dient. Ponneh trägt ihren Schuh in einer Hand. Wenige Schritte vom Basar entfernt, auf einer ruhigen Straße zwischen hohen Mauern aus Lehm und Stroh, bleibt sie stehen. »Mustafa, das reicht jetzt. Du hast deine Macht bewiesen.«

Mustafa dreht sich um, mit rotem Gesicht. Offensichtlich hat er erwartet, dass sie ihm gehorcht, vor ihm kuscht und ihm nach zahllosen Zurückweisungen und Demütigungen, nach seinem langen vergeblichen Werben, endlich eine gewisse Genugtuung verschafft. Er legt eine Hand an seinen Schlagstock und tritt näher an Ponneh heran. »Geh weiter«, befiehlt er.

Saba legt einen Arm um ihre Freundin, aber Ponneh schüttelt ihn ab. Ihr trotziger Gesichtsausdruck ist beängstigend. Sie stößt ein kurzes, hämisches Lachen aus. Haselnussbraune Augen weiten sich, wie früher bei irgendwelchen kindlichen Zankereien, wenn etwas in Ponneh ausrastete und sie alles aufs Spiel setzte, nur um recht zu behalten – ihre Streitlust siegt dann über ihr Taktgefühl. *Bitte, Ponneh, sei jetzt nicht stur.*

»Nein«, sagt Ponneh mit leicht zittriger Stimme. »Ich geh nach Hause.«

»Du bekommst hundert Peitschenhiebe«, warnt Mustafa, der jetzt dicht vor ihr steht. »Wirst schon sehen.«

Saba erstarrt. Kann ein Paar roter Schuhe zur Folge haben, dass Ponneh ausgepeitscht wird? Hier doch wohl nicht. Welche Lügen will Mustafa erzählen, wenn sie im *komiteh*-Büro ankommen? Er könnte alles Mögliche behaupten. Recht und Gesetz sind im Iran fließend. Saba weiß noch, dass *pasdars* in der ersten Zeit nach der Revolution in die Häuser gingen und schnupperten, ob vielleicht jemand Stör gegessen hatte, der verboten war, weil er keine Schuppen hat. Es war ein Delikt, mit dem man sich einige Peitschenhiebe einhandeln konnte, wobei als Beweis der Geruchssinn eines *pasdars* genügte, bis Khomeini den kostbaren Kaviarfisch später als *halal* erklärte.

Mustafa packt Ponnehs Arm. Saba steigt ein säuerlicher Geschmack in den Mund.

Ponneh reißt ihren Arm los, und Mustafa taumelt rückwärts.

Er nimmt ihr Gesicht in eine Hand, und einen Moment lang wirkt diese Geste beinahe zärtlich. Sein Daumen bewegt sich in kleinen Kreisen über ihre Wange. Dann drückt er fest zu, sodass sich ihr Mund öffnet, und flüstert: »Hure.«

In Ponnehs Augen blitzt etwas Wildes auf, das Saba nur allzu gut kennt und das sie aus ihrer Erstarrung reißt. Sie lässt eine Einkaufstüte fallen. Orangen und Tee verteilen sich über die Schotterstraße. »Nicht!«, schreit sie.

Aber Ponneh hat es bereits getan. Jetzt ist es zu spät. Als Saba ihre Freundin festhalten kann, hat sie einem *pasdar* schon mit voller Wucht ins Gesicht geschlagen.

Dann ist Mustafas Schlagstock in der Luft, und Saba kann den Körper ihrer Freundin kaum von dem seinen unterscheiden. Er schlägt sie auf den Rücken, und sie duckt sich. Sie schreit. Er klemmt sich den Stock unter den Arm und stößt sie zu Boden. Gleich darauf wird Ponnehs Mund auf die Erde gedrückt. Mustafa fällt neben ihr auf die Knie, atmet in ihr Ohr, während er ihr den Stock in den Rücken presst. Er flüstert irgendwas, als er ihr Kinn anhebt und zu einer kleinen Gasse dreht, die im Dunkeln kaum zu sehen ist. Er wartet, aber sie blickt ihn angewidert an und windet den Kopf aus seinem Griff.

Ponneh kauert sich an die mit Stroh gesprenkelte Mauer und versucht, ihn von sich wegzutreten. Mustafa hebt seinen Stock und schlägt ihn knapp über ihrem Ohr krachend gegen die Mauer. Trockene Lehmklumpen rieseln auf sie herab, und ihre Hände fliegen hoch und umfassen ihren Hals. Er macht es noch einmal, als wollte er seine Kraft unter Beweis stellen. Ponneh zuckt jedes Mal zusammen, wenn der Stock dicht vor ihrem Gesicht die Luft durchschneidet.

Saba fleht und bettelt, und plötzlich fällt ihr ein Satz von Khanom Basir ein: *Eine schöne Frau wird immer mit dem Gesetz in Konflikt geraten.*

»Fahr zur Hölle«, keucht Ponneh. »Lieber wär ich mit einem Hund zusammen.«

Mustafa hebt den Stock und beginnt, auf ihren Rücken einzudreschen.

Saba schreit auf und stürzt sich auf Mustafa, doch er stößt sie fast mühelos weg. Sie ringt nach Luft, streicht sich mit beiden Händen fahrig über den Hals, während sie gegen die Vorstellung ankämpft zu ertrinken. Sie versucht, ihn auf Gilaki anzuflehen, aber Mustafa hört sie gar nicht. Zwei Frauen in dunkler Kleidung kommen an der kleinen Straße vorbei. Sie bleiben stehen und spähen zu ihnen herüber.

Genießt Mustafa die Gelegenheit, ein hübsches Mädchen so zu schlagen? Es bestätigt nur, was Saba schon lange weiß, nämlich dass die Sittenpolizei Unschicklichkeit weniger hasst als ihr eigenes Begehren. Jeden Tag denken sie sich irgendeine neue Grausamkeit aus – unverständliche Regeln und grässliche Foltermethoden und nächtliche Morde –, was in Saba den Wunsch weckt, zu fliehen, den Iran endgültig zu verlassen, sich den Gestank des Kaspischen Meeres von den Händen zu waschen, ein Ende zu machen. Der Iran ist am Ende. Wird Mustafa, wenn er ein alter Mann ist, noch wissen, dass er einst eine junge Frau geprügelt hat, nur weil sie ihre Schönheit ihm zum Trotze bewahrte? *Unfassbar. Wegen eines blöden Paars Schuhe.*

Ponneh weint. »Hör auf«, schluchzt sie. »Ich geh ja mit –«

Aber Mustafa hört nicht auf. Er steht über sie gebeugt und drischt wie von Sinnen auf sie ein. Manchmal, wenn seine Wut ihn schwächt, trifft er den Boden oder die Mauer. Hat er gehört, was Ponneh gesagt hat? Egal, Saba hat es gehört, und sie weiß, wie sehr Ponneh das später bereuen wird. Jetzt aber haben ihre Augen ihren Glanz verloren, und sie ist bloß noch ein verängstigtes Tier, der Verlust ihrer Würde belanglos im Vergleich zu dem körperlichen Schmerz. Wenn das Mahtab wäre, die sich da unter Mustafas Schlagstock duckt, würde Saba nicht weniger mitleiden.

Die beiden Frauen kommen angelaufen, kreischen: »Heda! He! Was machst du denn da?« Sie scheinen keine Angst vor dem *pasdar* zu haben. Cheshmeh ist schließlich nicht Teheran. Hier kennt jeder jeden.

Als sie fast bei ihnen sind, atmet Saba erleichtert auf, weil sie Khanom Omidi und Khanom Basir erkennt. Rezas Mutter schreit: »Mein Gott, Ponneh-dschun!«

Khanom Omidi schleppt sich schnaufend heran und versucht, Mustafa wegzuziehen. Khanom Basir schlägt mit ihrem Korb auf ihn ein, bis er benommen aufhört.

»Schäm dich! Du Hund!«, schimpft Khanom Basir. »Bist du verrückt geworden?«

Er richtet sich auf, und seine Augen weiten sich, als er die älteren Frauen wahrnimmt. Wie ein Kind nimmt er Haltung an und versucht, sich an seine eigene Version der Ereignisse zu erinnern. Er steckt seinen Schlagstock zurück in den Gürtel und wischt sich den Schweiß von der Stirn, während Saba zu Ponneh stürzt und ihr auf die Beine hilft. Plötzlich schämt sie sich, dass sie Mustafa aus Angst vor der Uniform nicht aufgehalten hat. Jetzt, da er seine Wut abreagiert hat, sieht Mustafa bestürzt aus, weil sie alle sein wahres Ziel kennen, wissen, was er in Wirklichkeit von Ponneh gewollt hat.

»Ihr kommt alle mit zur *komiteh.*« Er ist außer Atem, versucht, sich zu beruhigen, Respekt einzuflößen. »Ihr könnt euch auf was gefasst machen.«

Khanom Omidi lächelt ihn hasserfüllt an. Wenn es um *maast-mali* geht, kann es keiner mit dieser alten Frau aufnehmen. Dass Mustafa es überhaupt versucht, ist lächerlich. »Gute Idee«, sagt sie. »Rufen wir Mullah Ali an und erzählen ihm, wie gut du deine Sache machst.«

»Ihr könnt vom Büro aus anrufen«, sagt Mustafa. »Gehen wir.«

»Schon gut«, sagt Khanom Omidi und tut so, als wollte sie mitkommen. Sie drückt sich eine Hand in den Rücken und seufzt, als würde sie laut nachdenken. »Und wir dürfen nicht vergessen, Fatimeh Bescheid zu sagen.«

Mustafa erbleicht, als der Name seiner kranken, altersschwachen Großmutter fällt. Einen Moment lang tritt Stille ein, und er scheint sich zu schämen. Dann sieht er Ponneh an. »Du hast Glück. Diesmal begnüge ich mich mit einer Verwarnung. Aber wenn ich je wieder so ein lasterhaftes Verhalten sehe …«

Khanom Omidi nickt, *ja, ja, ja.* »Ab nach Hause mit euch«, sagt sie. Die Meisterin des *maast-mali* – wie geschickt sie das macht. Sie erhöht es zu einer veritablen Kunst – wie die Kunst, einen Malerpinsel zu führen oder ein Glas mit eingelegtem Knoblauch richtig zu lagern.

Am Ende der Straße hat sich eine kleine Menschenmenge versammelt. Mustafa drängt sich durch sie hindurch und verschwindet. Saba bemerkt eine Frau, die ihr bekannt vorkommt. Sie ist dünn, hager, etwa im Alter ihrer Mutter, mit einer Intellektuellenbrille und einem mitleidigen Ausdruck im Gesicht. Sie steht mitten zwischen den Leuten, aber niemand spricht mit ihr. *Wer ist das?* Saba ist sicher, sie schon mal gesehen, vielleicht sogar mit ihr geredet zu haben.

Ponneh muss auf Khanom Omidis ausladenden Armen nach Haus getragen werden. Die Blutergüsse an ihren Armen und am Hals verfärben sich bereits. Saba will sich gar nicht vorstellen, wie ihr Körper unter den Kleidern aussieht. Ein unaufhörlicher Strom von Schleim und Tränen ergießt sich aus Ponnehs Nase und Augen, und Saba hat das Bedürfnis, beides wegzuwischen, sich auch zu beschmutzen. Ponneh murmelt unverständliche Nichtigkeiten, hustet und verflucht sich zwischendurch selbst, weil sie sich Mustafa angeboten hat, eine Reue, unter der sie gewiss noch lange leiden wird.

»Dieser *kesafat* … dieses dreckige Stück Scheiße«, sagt Khanom Omidi, die schon immer gerne deftig flucht, aber diesmal hört sie auf dem ganzen Nachhauseweg gar nicht mehr damit auf. Sie singt die Flüche wie ein Klagelied. »Dieser Hundesohn, dieser *bisharaf*, dieser schmutzige Elefantenarsch.« Sie schüttelt den Kopf in melodramatischer Trauer, dann beruhigt sie sich wieder. »*Schsch*, Ponneh-dschan. Ich mach dir was gegen die Schmerzen. Ich muss nur rasch meine Dose mit den Spezialgewürzen holen. Was hältst du davon?« Saba fragt sich, wie Khanom Omidi es in solchen Zeiten riskieren kann, ihr Opium einzusetzen, aber so ist sie nun mal; im Leben sind die kleinen Freuden entscheidend. Außerdem wird Ponneh die Linderung brauchen, wenn sie begreift, dass es keine Gerechtigkeit geben, dass niemand darum kämpfen wird. Und das alles, weil ihr ein Absatz abgebrochen ist.

Nachdem sie Ponneh nach Hause gebracht haben, gehen Khanom Omidi und Khanom Basir zum Haus der Hafezis, um das Abendessen zu machen. Saba bleibt. In einem winzigen Schlafzimmer untersucht sie Ponnehs Rücken. Die Blutergüsse sind schrecklich, von blassgelb bis dunkellila. Ponneh ist fest entschlossen, sie zu verbergen. Saba verteilt Salbe auf ihrem Rücken, hilft ihr, in eine weiche Bluse zu schlüpfen und einen dicken, schützenden Pullover darüberzuziehen. Ponneh hockt wie eine verängstigte Katze auf dem Boden, in einer Ecke ihrer Schlafmatte, bemüht, ihren geschundenen Rücken nicht gegen die Wand zu lehnen. Ihr Gesicht ist aschfahl, voller verbitterter Falten und roter Flecken. Als Saba versucht, sie zu trösten, stößt Ponneh ihre Hand weg. »Ich komm nicht drüber weg, dass ich dem Scheißkerl diese Genugtuung gegeben hab.«

»Er wird es nie wieder versuchen«, sagt Saba. »Du hast nichts falsch gemacht.«

Später kommt Reza durch das kleine Fenster in Ponnehs Zimmer geklettert, das nicht zur Straße, sondern zum Wald hin liegt. Seine Mutter hat ihm alles erzählt. Er setzt sich auf die Matte und rutscht behutsam auf Ponneh zu. Er zieht ihren Kopf an seine Brust, achtet darauf, ihre Blutergüsse nicht zu berühren. Er singt ein Kinderlied, und Ponneh lächelt und sieht zu ihm hoch. »Weißt du noch, was wir dazugedichtet haben?«, sagt er scherzhaft und beugt sich weiter herunter, sodass ihre Nasen sich beinahe berühren und Saba sehen kann, wie sein Haar auf Ponnehs Gesicht fällt. »Der Basar ist für eine Weile gestrichen. Ich übernehme das Einkaufen.« Dann fügt er hinzu: »Und mach dir keine Gedanken wegen Mustafa. Um den kümmere ich mich.«

Saba sitzt auf Ponnehs anderer Seite und versichert ihr, dass sie und Reza schon alles regeln werden. Sie betrachtet die beiden, versucht, nicht selbstsüchtig zu sein oder an ihren eigenen Schmerz zu denken, nicht in so einem Moment. Aber sie denkt, dass Khanom Basir vielleicht all die Jahre über recht hatte. Vielleicht sind Sabas Freunde ineinander verliebt. Sieh nur, wie er ihr Haar berührt. Sieh nur, wie er nicht jedes Wort abwägt, ob es auch korrekt ist, wie er nicht so tut, als könnte er englische Texte aufsagen. Sieh nur, wie eine unsichtbare Macht ihre Gesichter zueinanderzieht, ohne dass sie was dagegen tun können.

Wahrscheinlich hat er Ponneh nie gefragt, ob er sie küssen darf. Wahrscheinlich musste er das nie. Sie gehören derselben Welt an, einem ländlichen Ort ohne Väter, wo resolute Mütter regieren. Sie verstehen einander. Sie trennt nichts, keine großen Häuser oder Hafezi-Ländereien und die Chance auf Amerika. Doch dann nimmt Ponneh Sabas Hand. »Seht ihr, wir drei bleiben zusammen, immer«, sagt sie, als würde sie sie beide brauchen, und Saba denkt, dass sie sich vielleicht irrt.

Sie beschließen, dass es gut für Ponneh sein könnte, bei den Hafezis zu Abend zu essen – unter Frauen zu sein, die ihr Gesicht vergöttern, die sie niemals deswegen geschlagen hätten. Reza geht zuerst, und Saba hilft Ponneh, sich fertig zu machen. »Weißt du noch, als wir vierzehn waren und du dich an der Hand verletzt hast?«, sagt sie. »Da hat Reza dir so ein französisches Lied vorgesungen.«

»*Donneh, Donneh, Do-donneh*«, singt sie. »Genau wie Ponneh.«

Saba nickt. »Das mein ich! Weißt du das noch?«

»Du hast gesagt, es würde was anderes bedeuten«, sagt Ponneh.

»Ich hab gelogen«, sagt Saba, während sie Ponneh die Haare flicht, wie sie das früher oft getan hat, als sie noch Kinder waren. »Es ist der Name einer schönen jungen Frau. Soll ich's dir beibringen?«

Saba bleibt noch eine Stunde bei Ponneh sitzen, singt »Le Mendiant de l'Amour«, erzählt ihr Geschichten und bringt sie dazu, von einer Zeit zu träumen, in der sie beide verheiratet sind. Oder von einer Zeit, in der sie gemeinsam ein Geschäft in Teheran betreiben. Oder von einer Zeit, wenn Saba beim Präsidenten von Amerika Gehör findet und sie beide mit dem Brautgeld, das sie heimlich beiseitegeschafft hat, abhauen und dann in Washington leben, in dem großen weißen Präsidentenpalast, wo Mahtab sie besuchen kommt.

Ponneh-dschan, sei nicht traurig. Wir wissen alle, dass du niemals mit Mustafa mitgegangen wärst. Alle lügen. Jeder hat Geheimnisse. Erinnerst du dich an den Tag, als ich Khanom Mansuri gesagt hab, ich wäre zu erwachsen für Mahtab? Das war gelogen. Willst du eine Geschichte über sie hören? Ich kann eine richtig gute erzählen. Darin geht es um einen Brief über Harvard und einen Tag, an dem auch ihr ein Absatz abgebrochen ist. Wie du will sie ihn reparieren, und das führt sie zu einem dummen Jungen, wie Mustafa, wie Reza, wie jeder verwirrte Mann, der nicht weiß, wohin mit seinen Trieben. Aber anders als du und ich ist Mahtab vom Glück gesegnet und mutig und Amerikanerin. Deshalb kann sie, als ihr kaputter Schuh sie zu diesem Jungen führt, die Dinge so manipulieren, dass *er* derjenige ist, der schließlich hilflos am Boden liegt. Ist das nicht wunderbar, Ponneh-dschan? Warte nur, bis du den Rest gehört hast …

Ponneh, warum weinst du denn? Nicht weinen. Ich dachte, das würde dir helfen.

Also gut, keine Geschichten. Vergiss die Geschichte, bitte. Ich erzähl sie ein anderes Mal, anderen Ohren … Komm, wir gehen zu mir nach Hause. Ich wette, wenn keiner aufpasst, führt Reza uns vorne im Hof all seine Fußballkunststückchen vor. Oder wir gehen in die Vorratskammer und rauchen, nur wir drei, wie immer. Wir überreden ihn, dass er die alte *setar* seines Vaters mitbringt, und wir setzen uns im Kreis, sodass unsere nackten Füße seine berühren, und sehen ihm zu, wie er so tut, als würde ihn das nicht erregen. Gib's zu, Ponneh, findest du das Gefühl seiner nackten Haut nicht herrlich, auch wenn es nur ein Fuß ist und sonst nichts? Hinterher, wenn wir beide dann allein sind, können wir die ganze Nacht über die blauen Adern sprechen, die zu seinen Zehen führen, und uns fragen, wann wir sie wieder sehen und berühren können, an den Händen oder Füßen irgendwelcher Männer. Wir können uns an den Kräutern aus seinem Plastikbeutel berauschen, und er kann die Melodie seines Liedes klimpern – das über die Heimat, die allmählich verblasst. Seine Finger werden die Saiten kaum berühren, sodass niemand sonst die kleinen Funken aus Musik zwischen unseren aneinandergeschmiegten Schultern hören kann.

Reis, Geld, Kopftücher

KHANOM BASIR

Mahtab und Saba konnten sehr gut lügen. Sie lernten das schon als Kinder von den Geschichtenerzählern und den Übertreibern und den *tarof*-Spielern im Ort. Sieh sich einer nur dieses unsinnige Mahtab-in-Amerika-Fantasie-*bazi* an. Saba weiß, dass sie lügt, aber sie behauptet, sie hätte diese oder jene Quelle, bloß um mich zu ärgern. Aber wer kann es dem Mädchen verübeln? Lügen ist heutzutage eine notwendige Fähigkeit. Wir müssen alles verbergen, was Spaß macht – Musik, Alkohol, übermäßige Freude und hübsche Kleidung.

In Häusern überall im Iran (vor allem an Orten wie Hamadan, wo der Vater meiner beiden Söhne Reza und Peyman aufgewachsen ist, wo die Winter bitterkalt sind und du dich nur an den Freunden, deiner Wasserpfeife und deiner Musik wärmen kannst) ist die *korsi*-Decke der beste Ort, um Lügen zu erzählen. Hier lässt du dir Geschichten auftischen – ein sehr persischer Zeitvertreib, weil du hinterher Joghurt über die Lügen verteilen kannst, *gespielte Unschuld*, oder du kannst den kleinen Vers mit *maast* und *dugh* aufsagen und alles wieder weiß wie Milch machen. Und wie könnte man da widerstehen? Die kaspische Luft beflügelt kreative Köpfe, Künstler, und da spielt es keine Rolle, ob du bloß eine namenlose Frau vom Lande bist. Es spielt keine Rolle, ob deine eigene Geschichte längst langweilig geworden ist. Hier, unter der Decke, spornen dich die Geister der Nacht an, die vielen gespannten Augen rund um das *korsi*, und die Wasserpfeife verändert deine Gedanken, verlockt dich, ein gutes Märchen zu spinnen. An *korsis* werden große Lügen geboren. Ich weiß das. Gute Geschichten zu erzählen, ist meine Berufung.

Als die Mädchen klein waren, taten sie gern so, als hätten sie besondere Fähigkeiten, und oft war ich ihr Opfer. Mahtab glaubte zum Beispiel, sie könnte mich mit Blicken töten. Einmal beging ich den Fehler, ihnen zu sagen, dass man sie seit einiger Zeit leichter auseinanderhalten könnte, weil eine von ihnen einen dickeren Bauch bekommen hatte. Ja, ja, ich weiß. Ich kann nichts dafür. Mir war noch nicht klar, dass es beängstigend für sie war, nicht genau gleich zu sein. Ha, was für Flüche hatte ich damit auf mich herabbeschworen, welche Zaubersprüche von fern und nah, die um kindliche Lagerfeuer herum gemurmelt wurden. Ha, welche Böswilligkeit wurde in Portionen von kostbarem Räucherreis gegossen, der draußen auf einem behelfsmäßigen Ofen gekocht, mit viel zu viel Salz und Sand gewürzt und mir dann als gutnachbarliches Geschenk überreicht wurde. Sicherlich hofften sie, wenn ich ihn äße, würde ich ihren Zorn spüren und alles bereuen. Nun, ich muss zugeben, dass er meine Gefühle verletzte, dieser sandige Reis. Die Vorstellung, dass sie davon träumten, wie ich mich in ein stinkendes Loch im Boden erbreche und die Götter um Vergebung anflehe. Wie die Götter die Vergebung verweigern. Wie Toiletten-Dschinn aus dem Loch springen und mir im Handumdrehen den Kopf abreißen. Ja, all diese Hinterhoffantasien bekam ich mit. Sie dachten, ich würde sie nicht hören, aber ich hörte sie. Wenn ein Kind dich als Ungeheuer bezeichnet, ist es schwer, das nicht zu glauben. Aber ich hatte meine eigenen Jungen, die mich liebten.

Am nächsten Tag hielt ihre Mutter ihnen eine Standpauke,

weil sie Dinge gestohlen und ruiniert hatten, denn der Räucherreis war für einen besonderen Anlass vorgesehen gewesen. Hinterher erzählte mir Saba, sie wünschte, sie besäße eigenes Geld, damit sie ihrer Mutter einfach hätte sagen können: »Hier, das ist für den Reis«, um dann lässig ein paar Scheine auf den Tisch zu werfen, wie die Männer im Film. Sie sagte, sie wollte mal einen bedeutenden Beruf haben, zum Beispiel als ausländische Journalistin. Was sagt man dazu? Deshalb empfehle ich für Saba eine Vernunftehe, einen Mann, der entweder reich oder viel beschäftigt ist. Sie braucht Behaglichkeit. Ihre Mutter hat ihr nur beigebracht, sich für vage Ideen einzusetzen. Sie hat nicht die Kraft und den Willen, aus Liebe zu heiraten, gegen all die Grausamkeiten zu kämpfen, die Liebende in diesen harten Zeiten erwarten.

Kurz danach änderte sich alles. Es war 1979 und Zeit für die Revolution. Der Schah ging, und die Geistlichen kamen. In Teheran gab es Proteste wegen Frauen und ihrer Haare, und einige Zeit später war alles entschieden und besiegelt. Von da an gingen Mädchen auf eigene Schulen, sie bedeckten ihre Körper von Kopf bis Fuß, sie lernten, Angst vor den Straßen zu haben. Und Saba setzte drei neue Dinge auf ihre Liste von Dingen, die sie hasste: Männer mit langen Bärten, Wandgemälde mit blutigen Fäusten, die aus Blumenbeeten wachsen, und jede Art von Kopftuch.

KAPITEL SECHS

Herbst–Winter 1989

Seit Saba und Ponneh erschöpft zum Abendessen gekommen sind, schallt immer wieder grölendes Gelächter durch das Haus der Hafezis – Mullah und Khanoms amüsieren sich königlich über heiliges islamisches Recht.

»Ich hab eine Antwort für Sie!«, sagt Mullah Ali nachdenklich, während er seinen Tee schlürft. Das Abendessen ist zu Ende, und die paar verbliebenen Gäste ruhen auf Kissen rings um einen *sofreh*, auf dem sich Teller voll Gebäck und Karaffen mit heißem Tee auf Warmhalteplatten den Platz streitig machen. Es gibt *naan pandschereh* – gebackenen und mit Puderzucker überzogenen Teig in Sternform –, *baghlava*, *halva* und Windbeutel. Der Mullah hält eine dicke Metallpfeife in der Hand, die er über dem Gasofen erwärmt. »Ich hab Ihre Antwort, Khanom Alborz! Aufgepasst ...« Er hebt die Hände, grinst über beide Ohren, und die anderen Gäste hängen an seinen Lippen. »Der Junge darf nicht mit Ihrer Tochter allein in einem Raum sein, was es schwierig macht, ihn als Pfleger einzustellen, richtig?«

Ponnehs Mutter nickt. Die alte Khanom Omidi rutscht in ihrem Haus-Tschador hin und her und stupst ihre Freundin Khanom Basir an. Zu dieser vorgerückten Stunde denken sich die beiden einen schmutzigen Witz nach dem anderen aus, und

Saba fragt sich, wieso das, bitte schön, in Anwesenheit eines Geistlichen vertretbar ist. Aber Mullah Ali ist ein seltenes Exemplar. Wenn Saba ein Witz dieser Art über die Lippen käme, würde sie von jeder Respektsperson in Hörweite strengstens getadelt, aber wenn man im fortgeschrittenen Alter, verheiratet und Gast bei den Hafezis ist, gibt einem das aus unerfindlichen Gründen das Recht, das Kopftuch einen Zentimeter nach hinten zu schieben, die Zehen unter dem Rock hervorlugen zu lassen, auch wenn der Nagellack stellenweise abgeplatzt ist (Khanom Basirs schrulliges Laster, ihr ganz eigenes Mode-*bazi*), sich auf den Kissen zu rekeln und Witze über Hoden zu erzählen, sich sogar über den neuen Iran lustig zu machen. Es spielt keine Rolle, dass Männer und Frauen so zusammen sind. Sie sind älter. Das hier ist privat. Und es schauen keine jungen *pasdars* und Nachwuchsgeistlichen zu.

»Er ist kein *Pfleger*«, wendet Agha Hafezi, der Gastgeber des Abends, ein, »er ist Arzt und bereit, in Cheshmeh zu bleiben. Ein zugelassener Spezialist für Skoliose und andere Erkrankungen. Ich würde sagen, wir vergessen die Vorschriften und machen eine Ausnahme.«

»Nein, nein, Agha.« Mullah Ali tippt sich an die Stirn. »Diese Übung erweitert mein Bewusstsein.«

Agha Hafezi sieht Saba achselzuckend an, und sie hebt beide Augenbrauen. Ponneh verzieht das Gesicht. Wie kann Khanom Alborz das hinnehmen?

Der Mullah spricht weiter. »Es gibt Möglichkeiten, einen Mann *mahram* zu machen, sodass er ihr Zimmer betreten darf.« Die Gäste starren ihn gebannt an. Wenn Mullah Ali die Lösung zu einem Problem gefunden hat, ganz gleich, wie groß oder klein, ist er so warmherzig und unterhaltsam wie ein Geschichtenerzähler im Teehaus. Er fesselt die Aufmerksamkeit der Menschen mit großen Augen und aufgeblähten Wangen. Mit erhobenem Zeigefinger lässt er den Blick durch den Raum wandern und wartet darauf, dass jemand eine Vermutung äußert.

»Der Mann wird sie niemals heiraten«, sagt Khanom Basir. Sie sieht Khanom Alborz an, die Mutter, die sie soeben beleidigt hat. »Tut mir leid, aber es stimmt. Nicht, weil sie nicht so schön ist wie ihre Schwestern ... sie ist einfach ... zu krank.«

»Ich weiß es! Ein Bruder ist *mahram*!«, meldet sich Kasem aufgeregt zu Wort und wirft Saba einen verstohlenen Blick zu, bei dem sie sich angewidert abwendet. Es ist für jeden offensichtlich, dass Kasem der Einzige ist, der diese Diskussion ernst nimmt. *Bin ich wirklich mit diesem Dummkopf verwandt?*, denkt Saba. Wenn er was zu schreiben hätte, würde er sich wahrscheinlich Notizen machen. Mullah Ali lacht und nimmt Kasems rundliches Gesicht in beide Hände. Agha Hafezi legt einen schützenden Arm um die Schultern seines Neffen. Saba möchte schreien, weil es so ungerecht ist. Stattdessen leiert sie im Kopf eine Reihe *c*-Wörter aus ihrer Liste herunter: *coward, cretin, creepy-crawly cactus creature* – Kriecher, Kretin, krauchende Kaktus-Kreatur. Sie beglückwünscht sich selbst zu ihrer Wortgewalt. Mahtab wäre stolz auf sie und vielleicht auch ein bisschen neidisch, weil Saba diese Leistung nicht an einer amerikanischen Schule geschafft hat, sondern aus eigenen Stücken in Cheshmeh.

»Ganz recht, mein Junge. Und wie *machen* wir ihn zu ihrem Bruder?« Mullah Ali nippt an seinem Tee. »Sie müssten von derselben Brust genährt werden. Dann sind sie Bruder und Schwester.«

Alle tun dem Mullah den Gefallen, wenigstens ein bisschen zu lachen. Khanom Alborz bekleckert ihren mintgrünen Umhang mit Tee und greift nach einem Tuch. Khanom Omidi, die sich ihres Schielauges stets bewusst ist, zieht Saba in ihr Gesichtsfeld und drückt sie an ihren gewaltigen Körper. Ihr fleischiger Hals riecht nach Jasmin, und Saba fällt in das Lachen mit ein, als die muntere alte Frau laut sagt: »Siehst du, Kind? Ich hab's dir doch gesagt. Jeder Kandidat muss einen gewissen Hirnschaden nachweisen, um in die Mullahschule aufgenommen zu werden.«

Der Mullah sagt mit liebenswürdiger Stimme, die er nur bei den Alten benutzt: »Aber, gute Mutter, wenn wir nicht kreativ denken würden, wie soll dann hier überhaupt irgendwas klappen?«

Khanom Omidi knufft ihr Rückenkissen zurecht. »Zu viel Kreativität.«

Jetzt hat Khanom Basir, die Geschichtenerzählerin, ihren Auftritt. Sie rückt ihr Kissen näher an den *sofreh*, sitzt da mit geradem Rücken, die Beine unter den Körper gezogen, den Rock straff über die Knie gespannt. Sie erzählt die alte Geschichte von Leila und Madschnun, und die unglücklichen Liebenden werden lebendig. Sie beschreibt sie nicht nur mit Worten, sondern auch mit ihren Armen, die sie betrübt über dem Herzen verschränkt, mit ihren Fingern, die tausend unterschiedliche Gesten tanzen, mit ihren Augenbrauen, die sich heben und senken und wieder zusammenziehen, mit dem traurig-lyrischen Tonfall ihrer Stimme. Ihre Augen ruhen die meiste Zeit auf Reza, als würde sie diese Geschichte nur für ihn erzählen, sich eine grandiose Liebesgeschichte für ihn vorstellen. Und vielleicht erinnert sie sich ein wenig an ihre eigenen Verluste.

Nach kurzer Zeit fällt Saba auf, dass Ponneh unruhig wird und sich in diesem Kreis offenbar nicht mehr wohlfühlt. Bestimmt denkt sie an Mustafa und ihren schmerzenden Rücken. Der verbitterte Ausdruck auf ihrem Gesicht löst sich nicht, und mitten in der Erzählung steht sie mühsam auf und schleicht sich leise nach draußen, Richtung Sabas Zimmer. Khanom Basir sieht, wie die Augen ihres Sohnes ihr folgen. Sie erzählt ihre

Geschichte zu Ende und nimmt den Applaus der Nachbarn entgegen. Sie kostet diesen huldvollen Abschluss aus – obwohl andere die Aufmerksamkeit möglicherweise abtun würden –, wahrscheinlich, weil ihr besonderes Können, die Fähigkeit, die Emotionen der Zuhörer mit ihrer Erzählkunst zu fesseln, der Grund dafür ist, dass sie, eine ungebildete und mitunter boshafte Frau, so beliebt und begehrt ist. Es ist der Grund dafür, dass ihr Haus immer voll ist und sie zu jedem Fest eingeladen wird. Der Grund dafür, dass Mädchen wie Saba, Mädchen ohne Mütter, sich so darum bemühen, ihre Liebe und Zuwendung zu gewinnen.

Als sie die Geschichte zu Ende erzählt hat, nutzt Khanom Basir die Gunst der Stunde, um Khanom Alborz zum zigsten Mal nach dem Paar zu fragen. »Also, Khanom«, sagt sie halb im Scherz, »wann können wir denn nun zum *khastegari* kommen? Ich sage dir, die beiden gehören zusammen.«

Khanom Alborz reagiert gereizt. »Meine Liebe, wie oft soll ich das denn noch sagen? Ehe ihre älteren Schwestern nicht verheiratet sind, kann sie nicht heiraten. Das wäre eine Beleidigung für die anderen.«

»Für die Gesunden, ja, aber auch für die Kranke? Und in so schweren Zeiten?« Sie stockt. Khanom Alborz war den ganzen Tag unterwegs und weiß noch nichts von Mustafa.

»Nein. Ich habe Nein gesagt.« Khanom Alborz hebt die Hände und schüttelt den Kopf. Das ist die einzige Angelegenheit, in der ihre Überzeugung stärker ist als ihre Angst vor Khanom Basir. »Ihre Schwester kann nichts dafür, dass sie krank ist. Warum soll sie als Einzige leiden? Wir haben alle gelitten, seit ihr Vater starb. Und er hätte es so gewollt. Alles hat seinen Preis.«

Es kommt selten vor, dass Saba die stolze Khanom Basir aufrichtig erlebt, schmerzerfüllt, sogar unterwürfig. Sie flüstert: »Aber Khanom, sie lieben einander.«

Saba versucht, das zu ignorieren. Warum sollte sie sich durch das Gerede von zwei älteren Frauen verletzen lassen? Dennoch, offenbar will die Welt, dass Reza sich für Ponneh entscheidet.

»Irgendwann werden sie gute Ehemänner finden. Sie sind noch jung«, sagt Khanom Alborz. »Aber wenn du so gern Heiratsvermittlerin sein willst, solltest du jemanden für Agha Abbas suchen. Er braucht Hilfe und hat nicht mehr viel Zeit.«

»Wieso braucht der Hilfe?« Kasem klingt verärgert. »Er ist reich.«

Abbas Hossein Abbas ist mit seinen fünfundsechzig Jahren einer der ältesten Junggesellen in Cheshmeh. Der Witwer hat keine lebenden Kinder oder Enkelkinder und hat in letzter Zeit durchblicken lassen, dass er einsam ist und nicht abgeneigt wäre, sich wieder zu verheiraten – obwohl alle glauben, dass es ihm nur um eine letzte Chance auf Nachkommen geht. Saba kennt ihn kaum, weil Abbas seit Jahren nicht mehr im Haus ihres Vaters war. Khanom Omidi sagt, er meidet größere gesellschaftliche Anlässe und bleibt lieber in seinem Haus oder auf dem Marktplatz, wo er mit anderen alten Müßiggängern raucht und plaudert.

Reza macht Anstalten, aufzustehen und Ponneh zu folgen, aber der drohende Blick ihrer Mutter lässt ihn zurück auf die Kissen sinken. Als Ponneh schließlich kurz zurückkommt, um sich eine Tasse Tee zu holen, trottet Reza durch die Küche davon. Saba sammelt ein paar Teller ein und will den Raum ebenfalls verlassen. Doch dann sagt Khanom Basir: »Wie wär's mit Saba?« Saba hat das Gefühl, als würde Khanom Basirs Schlangenzunge sich blitzschnell um sie winden wie ein Strick und sie zurück ins Zimmer zerren.

»Das wäre eine sehr gute Verbindung«, sagt Mullah Ali in einem weisen Ton. »Er ist frommer Muslim. Er unterstützt unsere Moschee großzügig. Er hat eine junge Frau verdient.«

Saba wirft ihrem Vater einen flehenden Blick zu. Agha Hafezi nickt nur, schaut in seine Teetasse und sagt: »Er hat mit mir gesprochen.«

Saba stolpert, reißt sich zusammen und flüstert kaum hörbar: »Warum?«

»Er erwägt ... zu einem *khastegari* zu kommen. Und um deine Hand anzuhalten.« Als er sie endlich wieder ansieht, lächelt er schwach. »Ich habe nichts dazu gesagt. Fragen kann jeder. Das hat nichts zu bedeuten, solange wir uns nicht entschieden haben.« Saba fragt sich, warum ihr Vater ausgerechnet diesen Moment ausgewählt hat, um ihr das zu sagen, vor all diesen Leuten. Vielleicht fällt es ihm so leichter. Ihre Hände zittern, und ein Löffel rutscht von dem Stapel schmutziger Teller.

»Keine Sorge«, sagt ihr Vater beruhigend. »Wir werden jemanden auswählen, den du magst. Jemanden in deinem Alter.«

»Wir?« Der Mullah schüttelt den Kopf. »Sie wollen das Kind mitentscheiden lassen?«

Agha Hafezi nickt. »Es schadet nichts, Dinge aus verschiedenen Blickwinkeln zu betrachten.«

»Wisst ihr noch, damals, als Saba sieben war?« Khanom Alborz lacht.

»Oh nein, bitte fang nicht damit an.« Khanom Basir schüttelt den Kopf, aber Saba sieht ihren amüsierten Gesichtsausdruck. An jedem anderen Tag wäre ihr die Geschichte, von der sie weiß, dass sie nun kommt, unsäglich peinlich. Aber jetzt erinnert sie ihren Vater vielleicht daran, was ihr Herz begehrt.

»Sie war sieben Jahre alt und hat einen *khastegari* gemacht, um um Rezas Hand anzuhalten. Wisst ihr noch? Das war zu komisch.«

»Bitte erinnert mich nicht daran«, sagt Khanom Basir mit einem tiefen Seufzer. »Sie hat geweint und richtig Theater gemacht. So was passiert, wenn ein kleines Mädchen zu viele Freiheiten hat.« Dann beugt sie sich zu Khanom Alborz hinüber und flüstert: »Dieses Mädchen wird von tausend Dschinn verfolgt …«

Tausend Dschinn. Wie ungerecht, dass Mahtab, die sie zu dem Heiratsantrag angestiftet hatte, als sie sieben waren, jetzt weit weg in einer anderen Welt ist und Saba hier allein mit den Vorwürfen und Eheplänen fertigwerden muss.

Sie bringt die Teller in die Küche, stellt sie in die Spüle. Als sie aufblickt, sieht sie sich selbst im Fenster, und sie schiebt ihr kanariengelbes Kopftuch zurück, bis eine glänzende Haarlocke herausspringt und ihr über die Augen fällt. Sie geht nach draußen und gesteht sich selbst nur halb ein, dass sie nach Reza sucht. Er steht an die Mülleimer gelehnt und trinkt aus einer Papiertüte. Er wischt sich mit dem Handrücken übers Gesicht. Er fragt: »Gibt's heute irgendwelche Chancen auf die Vorratskammer?«

»Noch nicht. Ponneh ist immer noch ziemlich fertig. Aber die Blutergüsse sind nicht ganz so schlimm.«

»Sie kommt wieder in Ordnung«, sagt er und schüttelt kurz die Papiertüte. Sie hört die Flüssigkeit in der Flasche hin und her schwappen. Dann deutet er mit dem Kinn Richtung Haus und sagt traurig: »Weißt du, wie viele Peitschenhiebe wir dafür kriegen könnten? Für das Opium und den Alkohol?«

Saba nickt. »Keine Angst«, sagt sie. »Sogar in Teheran machen das alle. Und falls du es noch nicht gemerkt haben solltest, der Mullah ist süchtig. Er würde es nicht verkraften, diesen gastlichen *sofreh* zu verlieren.«

Sie bleiben ein paar Minuten so stehen, Seite an Seite gegen die Mülltonnen gelehnt, ohne ein Wort zu sagen. Reza seufzt und schüttelt den Kopf. »Seltsame Zeiten«, sagt er.

»Ja.«

»Ich hab mit Mullah Ali über Mustafa gesprochen«, sagt Reza. »Irgendwas wird mit ihm passieren. Da bin ich sicher.« Aber er wirkt alles andere als sicher. »Ich wünschte, ich könnte ihn eigenhändig umbringen.«

Saba nickt. »Es war beängstigend, wie sehr er sie hasst.« Sie denkt an etwas, das ihre Mutter zu ihr gesagt hat, ehe sie den Iran verließ. Dass die Mullahs alle westlichen Kunstwerke aus der Privatsammlung der Königin in einen Keller schaffen und wegsperren ließen, sodass niemand sie mehr anschauen konnte. All diese schönen Stücke. Warhol. Picasso. Rivera. *Genau das macht dieses Regime*, sagte ihre Mutter. *Sie sperren schöne Dinge an dunkle Orte, damit sie keiner mehr sieht.*

Reza beginnt, eine langsame, vertraute Melodie zu summen. Will er sie mit diesem eingängigen amerikanischen Song trösten? Kennt er überhaupt den Text? Reza glaubt, dass die Musik das einzig Wichtige an einem Lied ist, aber das stimmt nicht. Für Saba sind die Worte entscheidend, und die Musik ist bloß sekundär. Sie singt im Flüsterton: *»You got a fast car. But is it fast enough so we can fly away?«*

»Hä?« Reza wendet den Kopf. Sieht sie verwundert an.

»Das ist das Lied, das du gesummt hast«, erklärt sie und hofft, dass er mit ihr weitersingt.

Aber Rezas Gesicht wird hart, und er sagt: »Nicht jetzt, Saba.« Dann fügt er hinzu: »Mir gefällt einfach nur die Melodie«, und sie erinnert sich an seinen naiven Glauben an die Musik, die jetzt ein Verbrechen ist, wie so viele schöne Dinge.

Er betrachtet sie, und sie versucht, glücklich auszusehen, aber es gelingt ihr nicht. Sie wünscht, sie hätte nichts gesagt. Schon wieder hat sie ihn beleidigt und daran erinnert, dass er ein Dorfjunge ist. Sie überlässt es ihrem Gesicht, den Ausdruck anzunehmen, den es will. »Du vermisst Mahtab«, sagt er. Sie lacht leise über ihr altes Ritual. »Trink einen Schluck.« Er hält ihr die Papiertüte hin, und sie nimmt einen langen Zug, der ihr in der Kehle brennt.

»Vermisst *du* Mahtab?«, fragt sie.

»Ich hab Mahtab sehr gemocht«, sagt er halb ernst. »Sie hatte ein schönes Gesicht … und hübsche Finger.« Er berührt die Spitze von Sabas Finger. Sie zieht die Hand nur leicht zurück, und er lächelt.

Als sie klein waren, vor der Revolution und der Pubertät, durften sie gemeinsam auf der Straße spielen. Reza kannte Mahtab höchstwahrscheinlich nicht besser, als jeder andere außerhalb ihres Zwillingsuniversums sie kannte. Saba blickt zum Himmel hoch und trinkt noch einen Schluck. Die Hitze der Flüssigkeit befreit ihre Kehle und macht sie mutiger, glücklicher. »Mahtab hat dich auch sehr gemocht.«

»Da bin ich froh«, sagt er, und sie lassen die Flasche im Gedenken an Mahtab hin- und herwandern. Reza lehnt sich etwas anders an die Wand, schiebt die Beine vor, sodass sein Oberkörper tiefer rutscht, auf gleiche Höhe mit Sabas. »Ich hab immer gedacht, ihr beide wärt Prinzessinnen«, sagt er. »Ich hab gedacht, ihr würdet den amerikanischen Prinzen aus der Illustrierten heiraten, und wir alle müssten euch hinterhertrauern.«

»Wir beide?«, sagt sie. Die Luft ist schneidend kalt, aber Sabas Wangen werden warm. Sie weiß, was Reza macht. An den Tagen, an denen er für ein bewunderndes Publikum Fußball und Gitarre spielte, hat er den grausamen männlichen Instinkt entwickelt, jeder Frau eine Falle zu stellen, die ihm ein williges Opfer scheint. Gelegenheiten zu sammeln, damit er im Alter auf dem Marktplatz prahlen kann: *Die hätte ich haben können … und die … und, ja, die auch.*

Sie fragt sich, ob Reza von Amerika träumt; außer den Bildern im Fernsehen hat er keinerlei Vorstellung davon. Würde Mahtab ihn auch lieben? Reza hat eine Gilaki-Seele, wie ihr

Vater. Er interessiert sich zwar für die Landwirtschaft und stellt Agha Hafezi manchmal entsprechende Fragen, aber er ist ganz zufrieden mit seinen Gelegenheitsjobs und dem kleinen Verkaufsstand am Meer, wo er von seiner Mutter gefertigte Binsenkörbe, Luffas, Besen, Essiggurken, eingemachtes Gemüse und Konfitüren feilbietet. Er hasst Großstädte und den neuen Iran. Er sehnt sich nach einem schönen, gemächlichen Wasserpfeifennachmittag in dem Iran seiner Kindheit, so wie Saba sich nach Amerika sehnt. Er verachtet Veränderungen, großspurige Touristen, Religion und seinen Platz in der Moschee neben den abgelegten Sandalen, den er widerwillig regelmäßig einnimmt. Er liebt die *setar* seines Vaters und die Beatles.

»Kein Mann sollte wählen müssen«, sagt er. »Und Zwillinge … stell dir vor, was ihr für ein Anblick gewesen wärt.« Er berührt die Haarlocke, die unter ihrem Kopftuch hervorquillt. »Vielleicht hat Gott sie geholt, um euch vor Menschen wie Mustafa zu schützen.« Saba nickt, kämpft gegen die Enge in ihrer Kehle an. Er sagt: »Weißt du, ich hab mal gesehen, wie ein Mann ausgepeitscht wurde, weil er in seinem eigenen Haus eine Frau auf die Wange geküsst hat. Ein *pasdar* ging gerade am Fenster vorbei.«

»Das kann nicht sein«, sagt sie. »Nicht im Shomal. Auf dem Markt hab ich mal ein Paar gesehen, das sich auf die Lippen geküsst hat.«

»Und weil du gesehen hast, dass zwei mit einem Kuss auf die Lippen davongekommen sind, kann ich nicht gesehen haben, dass einer für einen Kuss auf die Wange ausgepeitscht wurde?« Saba zuckt die Achseln. Sie ist jetzt ein bisschen beduselt. »Die zwei auf dem Markt, waren die über achtzig oder unter sechs?«

»Sehr witzig«, sagt Saba spöttisch. Sie kann es nicht ausstehen, wenn er so tut, als wäre er älter. Das ist so durchschaubar.

»Du weißt nicht viel, was?«, sagt er. »Du denkst, es gibt eine Rangfolge von Küssen. Wangen, dann Mund und so weiter. So was denken kleine Kinder.«

»Na und?« Sie verschränkt die Arme und versucht, sich nicht über seine Arroganz zu ärgern. Mit Reza über Küsse zu sprechen ist, als würde sie in einer Bäckerei stehen und einen warmen Kuchen in der Hand halten, an dem sie aber nur schnuppern dürfte.

»Also, Khanom, ein Kuss auf die Wange kann viel ernsthafter sein als ein Kuss auf den Mund.«

»Ach, ein bisschen viel Experten-*bazi*. Was weißt *du* denn schon?« Saba richtet sich auf und will weggehen, aber Reza fasst ihren Arm, zieht sie an sich.

Er nimmt ihr Gesicht fest in beide Hände und sagt mit dem schrillen Gilaki-Akzent der alten Männer auf dem Dorfplatz: »Komm her, Kleine, wehr dich nicht und gib uns einen Kuss.« Saba will sich aus seinem Griff winden, wird aber von einem Lachanfall geschüttelt.

»Oh, warte«, sagt Reza. »Ich hab vergessen, mein Gebiss rauszunehmen.« Dann schmatzt er mit den Lippen und drückt sie fest auf die rechte Hälfte ihres Mundes. *»Bah, bah«*, seufzt er. »Dafür wird doch wohl keiner einen unschuldigen alten *hajji* auspeitschen wollen.«

Saba wischt sich übertrieben heftig den Mund ab. »Okay, ich hab's verstanden.« Sie lächelt, obwohl sie einen Anflug von Bedauern empfindet. Ihr erster Kuss: vertan. Ob Mahtab inzwischen ihren ersten Kuss erlebt hat? War er filmreif? Vielleicht erlebt sie ihn gerade jetzt, irgendwo im amerikanischen Nordosten – oder in Holland oder England oder Frankreich.

»Khanom«, sagt er. »Du verstehst noch gar nichts.«

Er legt die Papiertüte weg. Sie sieht an ihm vorbei. Wenn Reza sie so anschaut, auf dem Basar, in der Vorratskammer oder auch in ihren Träumen, blickt sie immer weg, hat nie genug Mut. Sie hat die Hände hinten an die Oberschenkel gelegt, aber er ertastet sie und verschränkt seine Finger mit ihren. Er summt leise, und sie riecht den Alkohol in seinem Atem, als er seine Wange an ihre legt. Er ist glatt rasiert, seine Haut wie warmes Schmirgelpapier. Sie fragt sich, ob er hören kann, dass ihr Blut schneller pumpt, verräterisch wie ein glucksender Magen, oder ob er spürt, dass ihre Wange an seiner Haut Feuer fängt. Sie versucht, keine Bewegung zu machen oder zu auffällig zu schlucken, aus Angst, sich zu blamieren. Trotzdem kann sie ihren eigenen Atem hören, als sie den Sandelholzduft seiner Seife inhaliert und sich fragt, warum der simple Akt des Lebendigseins so laut sein muss. Aber Reza achtet nicht darauf. Seine Lippen berühren ihre Wange und verharren dort. »Siehst du?«, raunt er ihr ins Ohr, während er nach der Flasche greift und ein Finger achtlos die Haut um ihr Handgelenk liebkost. »Versuch mal, mit so was ungeschoren auf dem Markt davonzukommen.« Seine Lippen streifen über ihren Mund, als sie sich zu ihm neigt.

In der nächsten Sekunde springt Reza zurück, das Gesicht aschfahl.

Kasem ist da, starrt sie ungeniert an. Ein neugieriges Grinsen und ein wütendes Blitzen zeichnen sich gleichzeitig auf seinem Gesicht ab. Reza macht ein paar Schritte auf ihn zu, aber dann fährt Kasem herum und läuft zurück ins Haus, Reza mit vollem Tempo hinter ihm her. »Kasem, warte! Warte doch!«

Die Hintertür knallt hinter Reza zu, als er versucht, Kasem einzuholen. Saba zittern die Hände. Hastig versteckt sie Rezas Alkohol. Ihre Haut ist wie Eis – nur der kleine Fleck mitten auf ihrer rechten Wange, wo die Reste des Feuers noch nicht erloschen sind, bleibt weiter warm und rosig.

Wenige Augenblicke später kommt Reza zurück. »Ich bin ihm nicht weiter gefolgt«, sagt er. Das Kopftuch ist ihr auf die

Schultern gerutscht, und er zieht es mit beiden Händen wieder hoch. Er sieht zurück zum Haus. »Es würde noch schlimmer aussehen, wenn ich versuchen würde, ihn am Reden zu hindern. Geh zu Ponneh. Sag, du wärst die letzte halbe Stunde in deinem Zimmer gewesen. Sie wird das bestätigen.«

»Meinst du wirklich?«

»Natürlich. Ponneh würde uns nie Ärger machen. Geh jetzt.«

Durch die Seitentür hastet Saba ins Haus und in ihr Zimmer. Dort sitzt Ponneh auf dem Bett und ruht sich aus. Sie hat zwei von Sabas englischen Romanen auf dem Schoß liegen. Verständnislos fährt sie mit dem Finger über die Titelseite des dickeren Buches. *The Joy Luck Club.* Ponneh liest kein Englisch. Sie starrt auf den Umschlag von Goldings *Lord of the Flies* und murmelt leise etwas auf Gilaki. Saba, die jeden Monat ein halbes Dutzend Romane kauft oder eintauscht, beäugt ihre neuesten Anschaffungen, kürzlich erschienene Taschenbücher, die sie dem Teheraner für das Zehnfache des eigentlichen Preises abgekauft hat. Ponneh überdehnt die Buchrücken, aber das ist Saba egal. Sie lässt sich zittrig auf die Bettkante sinken, hält das Kopftuch fest um den Hals geschlossen.

»Was hast du denn?« Ponneh setzt sich aufrechter hin. Sie reibt Saba, die noch immer zittert, sachte den Rücken.

»Ich ... krieg ... tierisch Ärger«, flüstert Saba. Sie umklammert ihren Hals, und das Gefühl des erstickenden Wassers überkommt sie wieder. Es schert sie nicht, dass Ponneh sie beobachtet.

Ponneh verstaut die Bücher unter einem Kissen und schafft es irgendwie, bis dicht neben Saba zu rücken, obwohl sie bei jeder Bewegung das Gesicht verzieht. »Was?«, sagt sie. »Was hast du gemacht?«

»Nichts. Aber Kasem meint, er hätte gesehen, wie wir uns ... O Gott, ich krieg tierisch Ärger.«

»Beruhige dich«, sagt Ponneh fast ohne Mitgefühl, als wollte sie andeuten, dass das nichts ist im Vergleich zu ihrer eigenen Tortur. Die Gleichgültigkeit in Ponnehs Stimme zerrt Saba an den Nerven. »Nun sag schon. Was habt ihr gemacht?«

Saba starrt in das fragende Gesicht ihrer Freundin. »Er hat mich nur auf die Wange geküsst. Es war bloß ein Kuss auf die Wange. Das ist doch nicht so schlimm, oder? Wir machen das andauernd.«

Ponneh seufzt. »Ich fass es nicht. Wie könnt ihr ausgerechnet heute so ein Risiko eingehen?«

»Es war nichts!«

Ponnehs Augenbrauen ziehen sich zusammen, und ihr Gesicht wird noch blasser. Sie nimmt Sabas Hand – eigentlich nur zwei Finger. »Kannst du nicht *ein Mal* die Füße still halten? War der Tag nicht schon schlimm genug?« Saba merkt, dass Ponneh sich noch immer Selbstvorwürfe macht, weil sie schwach geworden ist.

»Wenn Kasem uns verpetzt –«

»Soll ich sagen, dass wir schon eine ganze Weile zusammen hier waren?«, fällt Ponneh ihr ins Wort.

Saba nickt. Sie spitzt die Ohren, versucht zu hören, was jetzt im Wohnzimmer vor sich geht. Sie kann Stimmen unterscheiden. Kasem, Mullah Ali, das Gekrächze der Frauen. Ihren Vater hört sie nicht. Einige Momente vergehen, dann steckt Khanom Omidi den Kopf zur Tür herein. »Meine arme Saba, was ist passiert?« Sie kommt zu Saba gewatschelt und setzt sich aufs Bett, zieht Sabas Kopf auf ihren ausladenden Schoß.

»Kommt Baba? Was hat Kasem gesagt?«

»Vorläufig hast du noch Glück, mein Kind. Gleich nachdem du aus dem Zimmer bist, ist dein Baba zum Verwalter gegangen, um Feuerholz zu holen. In zehn Minuten ist er wieder da. Noch weiß er von nichts. Aber wieso hast du dich draußen mit

Reza rumgetrieben? Du bist doch ein kluges Mädchen! Immer so vorsichtig!«

»Ich hab nichts gemacht, Ehrenwort. Wir sind uns bloß zufällig begegnet. Er hat mich auf die Wange geküsst, und das hat Kasem gesehen und falsch gedeutet.«

»Kasem hat Mullah Ali erzählt, ihr hättet sehr viel mehr als nichts gemacht«, sagt Khanom Omidi. »Ich *hoffe* doch, ihr habt mehr gemacht, Saba-dschan, sonst wird das ein sehr teures Nichts.« Sie stößt ein trauriges kurzes Lachen aus und lässt es verklingen. Anders als andere Mütter hat diese nachsichtige alte Frau die Mädchen nie dazu angehalten, auf Vergnügungen zu verzichten, sondern sie nur ermahnt, sie geheim zu halten. Sie scheint enttäuscht, dass Saba keine sinnlichen Pikanterien zu erzählen hat.

»Was für eine Verschwendung«, flüstert Saba. Sie malt sich all die Bestrafungen aus, die Mullah Ali sich einfallen lassen könnte – dass sie ausgepeitscht oder mit Kasem verheiratet wird. Am schlimmsten ist die Vorstellung von Khanom Basirs zornigem Blick, wenn sie Reza für alle Zeit verbietet, Sabas Haus zu betreten.

Khanom Omidi befreit Saba von ihrem Kopftuch und streichelt ihr das Haar. Sie küsst sie auf die Schläfe und reibt ihr die Wangen mit knittrigen, salzigen Fingern. Saba wünschte, sie wäre am Morgen gar nicht aufgewacht. Jetzt ist alles anders, und sie hasst diese Welt, die sie plötzlich umgibt wie eine Tentakelpflanze, die heimlich, still und leise herangewachsen ist, bis nichts mehr ihre Fangarme daran hindern kann, Saba zu erwürgen. Sie will fliehen. Vielleicht wird sie eines Nachts aufwachen und zu Rezas Haus laufen … ihn überreden, mit ihr nach Amerika durchzubrennen – auch ohne Ausreisevisa. Sie können schwimmen. *Wie viele Teelöffel Wasser*, fragt sie sich, *von dieser Seite der Welt bis zur anderen?* Nachdem einige Minuten später noch immer niemand hereingestürzt kommt, geht Saba zur Tür und späht nach draußen auf den Flur. Ganz hinten sieht sie Khanom Basir in einer Ecke an der Wand lehnen.

»Versprich es mir«, fleht Rezas Mutter ihren Sohn an, »versprich mir, dass du dich nicht auf sie einlässt.«

Wie sie da so gebeugt in der Ecke steht, die normalerweise strenge Miene ratlos, sieht Khanom Basir schwach aus, sogar hilflos. Saba weiß nicht, ob sie Mitleid mit ihr haben oder einfach nur traurig sein soll, weil ihre Beziehung zu Reza seiner Mutter so ein Gräuel ist. Saba versucht, Rezas Lippen zu lesen, als er flüstert: *Es war nichts.* Will er seine Mutter beruhigen? Unwillkürlich findet sie das sehr feige von ihm. Aber andererseits war es ja vielleicht wirklich nichts. Vielleicht weiß er einfach nicht, was er machen soll. Er zieht den Kopf seiner Mutter an seine Brust und küsst ihr hennagefärbtes Haar. Dann hilft er ihr, das Kopftuch zurechtzurücken, so wie er vor ein paar Minuten Saba geholfen hat. Saba versucht, seinen Blick aufzufangen, doch er schaut nur einmal kurz auf. Verblüffung liegt in seinen Augen, als hätte ihn eine Schlange aus ihrem Käfig heraus gebissen. Er sieht Saba an, schüttelt den Kopf und formt mit den Lippen die Worte: *Es tut mir leid,* und Saba muss an den Tag denken, an dem er dieselben Worte über den *sofreh* hinweg flüsterte, als sie tanzte und nicht genau verstand, warum er sie sagte. Sie schlüpft wieder zurück in ihr Zimmer.

»Er streitet es ab«, murmelt sie.

»Er ist bloß ein Junge«, sagt Khanom Omidi, »jung und durcheinander. Überleg mal, womit er sich rumschlägt. Dieses große, große Bedürfnis, alle zu retten. So sind junge Männer nun mal.«

Noch mehr *maast-mali,* wo es keine Unschuld gibt.

Ponneh schnaubt beinahe verbittert – aber vielleicht ist es auch der Schmerz oder die Wirkung von Khanom Omidis

Opium. »So durcheinander ist er gar nicht. Männer sind einfach Männer.« Als sie Sabas finsteren Blick bemerkt, fügt sie hinzu: »Du bist zu gut für jemanden, der so schwach ist. Und alle Männer sind schwach.«

Noch mehr *tarof*, wo es keine Großzügigkeit gibt.

~

Als Sabas Vater nach Hause kommt, wird ihm die ganze Geschichte aufgetischt. Mullah Ali berichtet. Saba wurde gesehen, wie sie sich mit Reza Basir herumgetrieben hat. Draußen. Ohne ihren Hidschab. Sie wurde in einer höchst kompromittierenden Situation gesehen. Wenn Kasem die beiden nicht gestoppt hätte, wäre es noch viel schlimmer geworden. Khanom Basir schaltet sich ein, ermahnt Agha Hafezi wieder und wieder, dass seine Tochter außer Kontrolle ist und einen Ehemann braucht und dass ihr Sohn Reza dafür nicht infrage kommt. Aber keine Sorge, Agha Hafezi, Ihre wohlmeinenden Gäste haben bereits besprochen, welche Maßnahmen jetzt erforderlich sind. Warum sollten Sie sich um Saba Gedanken machen, wenn sie solche umsichtigen Betreuerinnen hat, die nur ihr Bestes im Sinn haben? Wirklich, machen Sie sich keine Sorgen. Denn Sie sind nicht alleinerziehend. Aber vergessen Sie nicht, dass der Ruf Ihrer Tochter auf dem Spiel steht, und bedenken Sie, welche schlimmen Folgen diese kleine Übertretung haben könnte.

Saba, die ein Ohr an ihre Zimmertür gedrückt hat und das alles mit anhört, erwägt ein oder zwei Mal, durchs Fenster zu fliehen – denn jetzt diskutieren sie das schlimmste Szenario, die grauenvollste Alternative: Heirat. *Bitte, Gott, schick Kasem mit irgendeinem geistlichen Auftrag nach Maschhad oder Qom.*

Sie hört, wie Khanom Basir lautstark ihrem Vater erklärt, dass sie sich um Sabas guten Ruf sorgt.

»Merkt ihr, dass keiner Reza irgendwelche Vorwürfe macht?«, sagt Saba. »Das ist doch wohl ungerecht, oder?«

»So ist es nun mal«, murmelt Ponneh. Sie wirkt jetzt entspannt und schläfrig von dem »Gewürz«.

»Machst *du* mir Vorwürfe?«, fragt Saba und schnuppert an Khanom Omidis ausrangiertem Kreuzkümmelglas.

»Ach was, küss ihn, so viel du willst«, sagt Ponneh. Sie nuschelt leicht, und ihr Kopf sinkt gegen die Wand, während sie *The Joy Luck Club* aus den Händen gleiten lässt. »Aber riskier bitte nicht das Gute, das wir teilen ... wir drei ...«

»Gut, gut, lass sie schlafen«, sagt Khanom Omidi mit belegter, leiser Stimme. Sie beugt sich über Ponneh und legt eine Hand an ihre Wange. »Und hör nicht auf dieses Gerede.«

Es klopft an der Tür, und Sabas Vater kommt herein. Er ist allein, und sie fragt sich einen kurzen Moment lang, wo Reza hingegangen ist.

»Saba«, sagt ihr Vater, das Gesicht umschattet von matter Resignation. Sie beobachtet, wie er sich mit dem Handrücken über die feuchte Stirn wischt, und betet um ein rasches Kasemfreies Urteil. Er spielt mit dem Finger, an dem er seinen Ehering trug, eine Angewohnheit von früher. »Es ist Zeit, dass sich etwas ändert. Vielleicht Zeit, dass du heiratest.«

Das ist also seine Lösung. Das Schlimmste. Sie denkt an Mahtab, die sich solchen Drohungen nicht unterwerfen muss. Mahtab, die immer tut, was sie will. »Ich werde nicht heiraten.«

»Ich habe Agha Abbas angerufen«, sagt Agha Hafezi, ohne seine Tochter anzusehen. »Er kommt morgen zum *khastegari*. Ich denke, du solltest Ja sagen.«

Agha Abbas? Der alte Mann? Saba versucht, diese neue Information zu verarbeiten. Die wollen, dass sie einen alten Mann heiratet? Ist das besser oder schlechter, als ihren dämlichen Cousin zu heiraten? Irgendwie scheint es jetzt, in diesem Moment, von allergrößter Wichtigkeit, diese Frage zu beantworten. Sie muss nur sehr kurz darüber nachdenken. »Nein, kommt überhaupt nicht infrage.«

»Lass deinen Vater ausreden«, sagt Khanom Omidi beruhigend. »Vielleicht hat das auch sein Gutes. Abbas ist sehr reich. Du könntest glücklich werden.«

»Ich find's unglaublich, dass ihr denkt, ich mache da mit«, sagt Saba.

»Es gibt noch eine andere Möglichkeit«, entgegnet ihr Vater fast widerwillig. »Deine Mutter würde wollen, dass ich dir die Wahl lasse. Du kannst nach Rasht auf die Universität gehen. Aber das sind deine beiden einzigen Optionen, Saba. Heiraten oder studieren. Das hier muss aufhören …«

»In Rasht?«, stammelt sie. Nicht Harvard. Nicht mal irgendein kleineres amerikanisches College. Nicht mal die Teheraner Universität – und das, nachdem sie Zigtausend Stunden lang Englisch gelernt, jedes erhältliche Buch gelesen, multivariate Rechenverfahren und Chemie und Physik gepaukt hat. Sie ist noch keine zwanzig. Sollte sie nicht auf etwas Besseres warten? In Amerika kann man in jedem Alter ein Studium beginnen.

»Oder Teheran«, sagt ihr Vater. Er zögert. »Deine Mutter hätte gewollt, dass du wenigstens in Teheran studierst. Aber mir wäre es lieber, wenn du hierbleibst.« Er klingt schwach, elend. »Ich weiß, das ist egoistisch. Aber du bist alles, was von uns geblieben ist. Von mir.« Er greift nach ihrer Hand. Plötzlich kommt er ihr alt vor. Seine Hände sind kalt, die Haut ist schlaff und geädert.

Ihr Vater erwähnt nur selten, was sie alles verloren haben. Er hat nie den Eindruck erweckt, sie zu brauchen. Wie oft hat sie sich gewünscht, das aus seinem Mund zu hören – dass er Angst hat, sie zu verlieren –, obwohl sie doch weiß, dass es der Grund ist, warum er nie vom Studium spricht. Jetzt, wo er es zugegeben hat, möchte sie hier bei ihm bleiben und auf ihre Chance warten. Sie könnte eine junge Witwe sein – frei. Jetzt stellt sie sich eine andere Frage: Will sie sich für eine amerikanische Universität aufbewahren, oder will sie sich für Reza aufbewahren? Der Moment ist gekommen, wo sie nur eines von beidem tun kann. Wonach sehnt sie sich am meisten? Welcher Traum hält sie nachts wach? Welche Möglichkeit wird sie behalten? »Denkst du, ich sollte besser heiraten?«

Agha Hafezi wischt sich den Schweiß von der Stirn. »Ja, das wäre besser. Der Mann ist alt. Er ist reicher, als du ahnst. Und für eine Witwe ist das Leben sehr viel einfacher als für eine unverheiratete junge Frau. Die Leute werden nicht mehr jeden deiner Schritte beobachten. Du wirst ein großes Vermögen haben. Was, wenn man *mir* alle meine Ländereien wegnimmt und dir nichts mehr bleibt? Er ist Muslim genug.« Er wendet verlegen den Blick ab. »Ich rate dir, die einsame, lebenslange Last eines Kindes von diesem Mann zu vermeiden. Sei klug, hab Geduld, und du wirst deine Chance bekommen. Dann bist du um einige Jahre weiser, hast deine Familie in der Nähe und noch dazu dein eigenes Geld. Du kannst deinen Grundbesitz als Sicherheit angeben und nicht bloß nach Teheran, sondern ins Ausland gehen. Verheiratete Frauen kommen nämlich leichter an ein Visum.«

»Ich dachte, du wolltest, dass ich in deiner Nähe bleibe«, sagt sie, obwohl sie weiß, dass ihr Vater recht hat. Wer einen Gatten im Iran hat, bekommt tatsächlich leichter ein Visum. Und sobald sie verheiratet ist, wird sie die enge Welt lediger Frauen mit ihren sündigen Wangenküssen und der ewigen Sittsamkeit verlassen. Sie wird schmutzige Witze machen können und laut lachen und Verbotenes trinken, ohne sich in der Vorratskammer verstecken zu müssen. Würde Mahtab es so sehen? Und zieht sie diese Heirat ernsthaft in Erwägung?

»Eine Weile noch, ja, aber ich kann dich nicht für immer zurückhalten.« Er nimmt ihre Hand. »Du bist ein intelligentes Mädchen. Überleg doch mal, was für ein kluger Schachzug das ist. An der Uni geht es nicht mehr so fröhlich oder frei zu wie zu meiner Zeit – du darfst keine zwei Worte mit den jungen Männern da reden. Und du hast jetzt schon mehr Bücher gelesen als die Absolventen. Die Ausbildung da ist rein islamisch, es gibt kaum noch Professoren. Außerdem haben wir Geld. In ein paar Jahren kannst du einen akademischen Abschluss machen.« Er hustet in seine Hand. »Ich hab gehört, was Ponneh heute zugestoßen ist. Dr. Zohreh, die Freundin deiner Mutter, hat's gesehen.«

Saba erinnert sich an die Frau in der Menschenmenge, die ihr irgendwie bekannt vorkam. Khanom Omidi murmelt *»Ei vai«* und wedelt mit der Hand, als wollte sie einen unangenehmen Geruch vertreiben. So viel Schande an einem Tag.

»Solche Dinge stoßen ledigen Frauen andauernd zu«, sagt Agha Hafezi. »Als Ehefrau wärst du geschützter. Du hättest mehr Freiheiten – der Mann ist alt und halb blind. Es wird ihm egal sein, was du tagsüber so machst. Er ist die beste Alternative. Reza ist nicht der Richtige für dich. Er ist bloß ein Junge. Er ist schwach, ungebildet, mittellos. *Will* er dich überhaupt heiraten? Bitte, Saba-dschan, wenn du zustimmst, kann ich aufhören, mir ständig Sorgen um dich zu machen.«

»Oder *du* könntest mich beschützen«, sagt Saba leise und sieht, wie sich die Nasenlöcher ihres Vaters weiten. Sie wissen beide, dass er das bereits versucht hat. Seine Miene wird weicher, und er widerspricht nicht. Sie fühlt sich besiegt. »Ich möchte ja bei dir bleiben ... aber die Universität kommt mir nicht so sehr wie eine Strafe vor.« *Vielleicht*, denkt sie, *wäre das eher etwas, das Mahtab machen würde.* Oder doch nicht? Vielleicht würde Mahtab Reza überreden, nach Amerika zu fliehen.

Vielleicht würde sie den alten Mann heiraten und auf bessere Zeiten warten, bessere Angebote in dickeren Briefumschlägen von fernen Orten. »Khanom Basir wird denken, sie hat gewonnen.«

»Überhaupt nicht ... Das Ganze ist doch keine gewaltige Tragödie«, beteuert Khanom Omidi, die ewige Meisterin des *maast-mali*. »Wir streichen einfach nur ein kleines bisschen Joghurt drüber. Später wird sich keiner mehr an den genauen Ablauf der Dinge erinnern.«

»Es ist die einzig richtige Entscheidung«, sagt ihr Vater. »Er ist ein guter Mann.«

Saba überdenkt ihre Optionen. Während sie auf dem Bett sitzt und sich das Angebot durch den Kopf gehen lässt, stöbert sie in Schallplatten und Kassetten, die sie im Laufe der Jahre gesammelt hat. Beatles. Bob Dylan. Paul Simon. Johnny Cash. Elvis. Sie legt eine Kassette in ihren altersschwachen Walkman. Der Mann namens Otis, der eine warme Tee-mit-Kardamom-Stimme hat, singt von der Sonne und einem Dock und von Schiffen, die davonfahren. Er singt von Einsamkeit und einem Ort namens Georgia. Sie fragt sich, ob Mahtab dort gewesen ist. Saba hat jedes Wort dieses Songs in ihrem Englischwörterbuch nachgeschlagen – so wie sie das bei allen ihren Lieblingssongs gemacht hat. Sie lauscht der Kassette einen Moment und beschließt dann, sie in einem sichereren Versteck zu verstauen, getrennt von ihren sonstigen Schätzen.

Falls sie Abbas heiratet, wird sie das väterliche Haus auf dem Hügel verlassen – ein einsames weißes Haus am Fuße eines bewaldeten Berges mit Blick über die Strohdächer von Cheshmeh – und in das ebenso stattliche Haus ihres neuen Ehemannes in einem belebteren Ort eine kurze Autofahrt entfernt ziehen. Das Haus, so hat man ihr erzählt, liegt weniger abseits an einer kleinen Straße, wo es Nachbarn gibt und offene Innenhöfe mit Bänken, Obstbäumen und Brunnen hinter hohen Mauern, und statt der Gilaki-Häuser mit ihren offenen Fassaden gibt es überdachte Wege im Stil mancher Viertel in Teheran. Da es näher am Meer liegt, kommen manchmal Touristen durch, und die Busse fahren häufiger. Abbas' Städtchen bietet mehr Annehmlichkeiten, Ärzte und Geschäfte und zwei Untergrundsalons in Privathäusern, wo Frauen Tee schlürfen und Sonnenblumenkerne knacken, anstatt in einem altmodischen Hamam Wasser zu trinken und die Körper der anderen zu beäugen. Aber es gibt weniger ergiebige Quellen, um sich Alkohol zu besorgen, und längere Warteschlangen auf dem dreimal wöchentlich stattfindenden Basar, wo sie sich möglicherweise um die ihr zustehenden Rationen an Eiern, Milch und anderen Nahrungsmitteln wird streiten müssen. Ihr Vater hat gesagt, falls sie ihre Freundinnen vermisst, kann sie nach Hause kommen und hier Besucher empfangen.

Einige Zeit später klopft ihr Vater an die Tür. »Ich möchte dir etwas zeigen«, sagt er. »Es wird dir helfen, eine wohldurchdachte Entscheidung zu treffen.« Er holt einen Brief hervor und hält ihn ihr zögernd hin. Sie ärgert sich über seine Wortwahl. Als wäre sie nicht fähig, allein eine »wohldurchdachte« Entscheidung zu treffen. »Verstehst du jetzt, Liebes? Ehe und Liebe, das sind zwei unterschiedliche Dinge. Ehe basiert auf Vernunft. Und in der Verschwiegenheit deines Herzens kannst du lieben, wen immer du willst.«

Er redet weiter, aber Saba hört nicht mehr hin, als ihr Blick auf den Umschlag fällt. Sie starrt auf die Adresse, den ersten Hinweis seit Jahren. *Ich wusste es.* Sie hat immer geglaubt, dass ihr Vater irgendwelche Dinge wusste, die er ihr nicht erzählt hat, weil er fürchtete, sie würde ihn verlassen. Der Brief ist ungelesen zurückgekommen, von Hand zu Hand weitergereicht, die Namen zum Schutz vor feindlichen Augen weggelassen, aber ursprünglich, als ihr Vater noch Hoffnung hatte, dass seine Frau seine Worte lesen würde, hat er ihn an ihre Mutter im Evin-Gefängnis adressiert.

28. Oktober 1981

Ich weiß nicht, ob Dich dieser Brief je erreichen wird. Ich bekomme keine Informationen über Deine Situation, und meine ganze Post wird überprüft. Seit unserer Trennung telefoniere ich jeden Tag herum, um irgendwas in Erfahrung zu bringen. Ich habe unendlich viel Zeit und Geld investiert, aber noch immer kein Wort. Mach Dir keine Sorgen. Saba geht es gut. Sie beobachten unser Haus. Seit ich Dich das letzte Mal gesehen habe, sind sie eine ständige Präsenz in unserem Leben. Sie schicken Mullahs und pasdars*, um uns zu beobachten, aber zum Glück ist Mullah Ali ein gütiger Mann. Er überbringt Dir diesen Brief und garantiert Verschwiegenheit.*

Du kannst Dir gar nicht vorstellen, wir sehr Saba sich verändert hat. Sie ist noch immer trotzig, aber sie lernt, bei Erwachsenen auf der Hut zu sein. Ich glaube, sie leidet unter der Situation. Sie hat eine Marotte entwickelt, die mich beunruhigt (fasst sich an den Hals, als würde sie ersticken). Meine Liebste, in Gedanken bin ich immer bei Dir, und ich hoffe, dass unsere Familie eines Tages wieder vereint sein wird. Bei einem jungen Mädchen gibt es so vieles, was ich nicht weiß. Tag für Tag mache ich Fehler. Sie weint und weint, und manchmal denke ich, nichts wird sie je wieder beruhigen. Noch immer meint sie, Mahtab zu sehen, und spricht sogar im Schlaf mit ihr. Ich hab das Gefühl, sie im Stich zu lassen. Ich glaube, keiner von uns versteht wirklich, was es mit Zwillingen auf sich hat.

Gestern wurde unser Freund Kian in Teheran ermordet, weil er bei sich zu Hause das Neue Testament gepredigt hat. Sie haben ihn auf die Straße geworfen wie einen Hund. Keine

Augenbinde. Ein kurzer Prozess. Er wurde von fünf Kugeln getroffen. Bahareh-dschan, ich glaube, er hat mich dort gesehen. Kurz bevor der erste Schuss fiel, hat er mich voll angesehen, mir genau in die Augen geschaut. Ich konnte mich nicht bewegen. Ich konnte ihm nicht helfen. Es waren noch andere da – alle machtlos. Aber das ist nicht das Schlimmste. Ich musste etwas Schreckliches tun. Obwohl ich Dich liebe, haben sie mich gezwungen, die Scheidung einzureichen. Nach Kian musste ich ihnen beweisen, dass ich nichts mit ihm zu tun hatte, und ich muss auch an Saba denken. Für sie habe ich viele Leute bestochen, meine Freunde im Stich gelassen und ein Bild von Khomeini in meinem Büro aufgehängt. Und jetzt trennt mich das Gesetz von Dir. Mir ist klar, dass es so aussieht, als wärst Du ganz allein. Aber in der Verschwiegenheit unserer Herzen dürfen wir lieben, wen wir wollen. In dieser neuen Welt sind Ehe und Liebe nicht mehr miteinander verbunden. Ich frage mich, ob sie das je waren.

Bis zum nächsten Mal möge Gott (Allah oder Jesus oder wer Dir am liebsten ist) bei Dir sein.

~

Evin-Gefängnis. Sie spricht den Namen so oft aus, bis er überhaupt keinen Sinn mehr hat.

Warum kam der Brief ungelesen zurück? War ihre Mutter je dort? Ist sie jetzt dort? Und Mahtab? Bis zum nächsten Tag liest Saba den Brief zigmal, prägt sich jedes Wort ihres Vaters ein, jede zittrige Zeile, jeden noch so kleinen Hinweis auf seinen gewaltigen Kummer. Nachdem sie die ganze Nacht aufgeblieben ist und mit ihm und Khanom Omidi geredet hat, ihre Möglichkeiten durchgegangen ist und zweimal ihre Meinung geändert, abgewogen, überlegt und geplant hat, willigt sie schließlich ein.

»Okay«, sagt sie, »okay, ich mach's.« Und so kommt es dann. Saba Hafezi wird verheiratet werden. Hinterher überlässt sie sich einer seltsamen Erleichterung. Sie wird keine iranische Universität besuchen, was bedeutet hätte, sich für immer an dieses neue Land zu binden, das sie mittlerweile hasst. Sie bewahrt sich für Amerika auf, den einzigen, widerstrebenden Bewerber, auf den sie zu warten bereit ist. Sie hat die Briefe von entfernten Verwandten in Texas und Kalifornien gelesen, Geschichten von Teheraner Touristen gehört, die hier Villen am Meer mieten und allesamt bestätigen, dass ein iranisches Examen in der Welt blasser Prinzen und amerikanischer Schahzadehs keinerlei Bedeutung hat. Nur Baba Harvard kann seine Kinder davor bewahren, Taxi zu fahren oder Mülleimer zu leeren. Sie wird auf ihn warten und in der Zwischenzeit hier bei dem Baba bleiben, der sie braucht.

Ihr Vater ruft Abbas an. Der alte Mann kommt ins Haus der Hafezis, um seine Aufwartung zu machen und seine Würde aufs Spiel zu setzen, obwohl er bereits weiß, wie die Antwort lauten wird. Ponneh und Khanom Omidi, die nicht von Sabas Seite weichen, haben einen großen *sofreh* gedeckt. Da die Entscheidung so rasch getroffen wurde, ist die Verlobung eine einsame Angelegenheit, bei der Ponneh und Khanom Omidi in der Küche hantieren und lediglich Agha Hafezi, Kasem und dessen Mutter – und natürlich Mullah Ali – als Zeugen zugegen sind. Abbas selbst bringt keine Verwandten mit. In einem rührenden Versuch, sein Alter zu kaschieren, sagt er, dass seine Mutter gekommen wäre, aber leider unter Husten leidet. Agha Hafezi lächelt, wohl wissend, dass die Mutter fünfundneunzig und bettlägerig ist. Saba nimmt die Vorgänge um sie herum kaum wahr. Ist ihre eigene Mutter tot? Im Gefängnis? Nach Amerika geflohen? Falls sie ins Evin gebracht wurde, kann sie dann mit Mahtab in dieses Flugzeug gestiegen sein? Vielleicht einige

Wochen später, aber nicht an dem Tag, den Saba in Erinnerung hat – den Tag mit dem grünen Kopftuch und dem braunen Hut.

Die Zeremonie beginnt ohne Saba, die zitternd in ihrem Bett liegt, bis sie gerufen wird. Doch schließlich bleibt sie bei ihrem Entschluss. Sie weiß jetzt, da sie den Brief ihres Vaters gelesen hat, dass die nüchterne Unterscheidung zwischen Liebe und Ehe keine große Tragödie, kein Weltuntergang ist, sondern bloß eine Banalität, die nahtlos Eingang ins alltägliche Leben findet. Eine Ehe ist etwas völlig anderes als der unaufhörliche Kummer, in Rezas Nähe zu sein. Also wird sie schlau und gerissen sein wie Mahtab. Sie wird eine Entscheidung treffen, die ihr gewisse Freiheiten eröffnet und die Möglichkeit gewährt, in der Nähe ihres Vaters und ihrer geliebten Dorfmütter zu bleiben. Sie erinnert sich an die Worte, die ihr Vater ihrer Mutter geschrieben hat: *In dieser neuen Welt sind Ehe und Liebe nicht mehr miteinander verbunden.*

Endlich kommt Khanom Omidi, um sie ihrer Zukunft entgegenzuführen.

Sie sitzt in einer Ecke des Zimmers und verfolgt aufmerksam, wie ihr Vater und Agha Abbas die Heiratsbedingungen aushandeln. Abbas bietet Teppiche, Gold, Schmuck und ein kleines Barvermögen für den Fall einer Scheidung. Ihr Vater bietet ein Zehntel der Summe als Mitgift und fordert, dass Saba Abbas' letzte Frau wird, dass er, solange sie lebt, keine anderen Frauen nimmt, gleichgültig ob vor dem Gesetz oder de facto. Abbas neigt den Kopf. Er durchschaut, was da von ihm verlangt wird. Er hat keine Kinder, keine noch lebenden Frauen oder Erben. Agha Hafezi will, dass Saba nach Abbas' Tod eine reiche Frau ist, deren Witwenschaft durch keine anderen Erbberechtigten verkompliziert wird. Außerdem besteht er darauf, dass Eigentum und Geld auf Sabas eigenen Namen überschrieben werden. Er setzt einen Ehevertrag auf, bei dem jedes Schlupfloch so dicht ist wie bei seinen sonstigen Geschäftsabschlüssen.

Agha Abbas hebt die Hände, Innenflächen nach oben. »Was mein ist, gehört Ihnen ... Ehsan-dschan, wenn Sie erst in mein Alter kommen, werden Sie wissen, wie hoch der Preis ist, den ein Mann in seinen letzten Jahren für etwas Glück zahlt.«

Agha Hafezi nickt, als er mit den Bedingungen zufrieden ist. Saba atmet aus. Jetzt, da sie ihre Zukunft fest im Griff hat, kommt ihr der Moment nicht mehr so übel oder bedrohlich vor. Es ist der Entschluss einer logisch denkenden und zukunftsgewandten Frau – einer amerikanischen Wissenschaftlerin oder Geschäftsfrau, so gänzlich anders als ihr jugendliches Ich. Von jetzt an wird sich Saba Hafezi ein bisschen weniger wie Ponneh benehmen, die für ihre Schönheit geschlagen wird und machtlos darauf wartet, dass sich etwas ändert, und ein bisschen mehr wie die Schwester, die zahllose Teelöffel Wasser entfernt die Welt erobert.

Später, als Reza kommt, um ihr zu gratulieren, lächelt Saba eisig. Mit den Augen macht sie ihm so viele Dinge zum Vorwurf. Er ist schwach gewesen, alles andere als ein Held. Ist doch egal, dass sie vielleicht nie wieder Rezas warme, kratzige Haut berühren wird. Es wäre schlechter gewesen, ihn zu heiraten. Sich selbst zu schaden hat nichts Romantisches an sich. Von jetzt an wird Saba ihr Herz von nutzlosen Sehnsüchten frei machen. Sie wird Herrin ihrer eigenen Gefühle sein und diesen alten Mann zum Mittelpunkt ihrer Welt machen. Sie wird das Gute in ihm sehen und jede Enttäuschung abwehren. Sie wird sich vor einer Schwangerschaft schützen; Kinder würden sie für immer an den Iran binden und es schwierig machen, je wieder zu heiraten. Vor ihr liegen glückliche Tage, und hinterher wird sie neue Träume finden.

Das eisige Lächeln bleibt tagelang auf ihrem Gesicht, selbst dann noch, als die Frauen sie mit Goldschmuck und Henna und *noghl*-Zuckermandeln für ihre Hochzeit vorbereiten. Und als sie in ihrem Hochzeitskleid unter einem Baldachin neben Abbas sitzt, lässt sie den Rausch von persischen Sitten und Gebräuchen über sich ergehen und versucht, älter auszusehen, selbstsicher. *Eine schöne Frau wird immer mit dem Gesetz in Konflikt geraten*, hat Khanom Basir einmal gesagt. Saba erwidert stumm: *Aber eine kluge Frau macht ihre eigenen Regeln*, und sie schaut Abbas an, während Khanom Alborz und Khanom Basir Süße auf ihre Ehe regnen lassen, indem sie über ihren Köpfen eine gefühlte Ewigkeit lang zwei große Zuckerhüte aneinanderreiben.

Tagebuchaufzeichnungen

DR. ZOHREH

Als meine Freundin Bahareh anrief, eilte ich ins Krankenhaus von Rasht, um ihre Tochter zu untersuchen, obwohl kindliche Traumata nicht mein Spezialgebiet sind. Das war kurz nach der Revolution und dem Ausbruch des Krieges … Ich glaube, irgendwann 1981.

Wie ich erwartet hatte, wusste Saba noch nichts vom Tod ihrer Schwester und fragte unablässig nach ihr. Ich erklärte Bahareh, dass sie ihrer Tochter bald die Wahrheit sagen müsste, doch meine Freundin wollte nichts davon hören. Sie sagte, es wäre vielleicht besser, Saba im Ungewissen zu lassen, bis sie beide in Amerika einen Neuanfang machen könnten, ein Gedanke, der mir absurd erschien, weil er nur zu einer doppelten Dosis Stress führen würde. Saba befand sich im Delirium, und wahrscheinlich *wusste* sie es in einem Teil ihres Bewusstseins bereits. Aber Bahareh meinte, sie wolle die Situation einfach halten. Sie glaubte, dass es Saba helfen würde, sich ihr Leben in zwei Teilen vorzustellen, sämtliche Bindungen auf einmal zu durchtrennen.

Ich empfand, wie ich zugeben muss, tiefes Mitleid mit meiner Freundin, die immer mehr Anzeichen eines obsessiven Verhaltens zeigte. Sie sagte mit einer wirren, beinahe manischen Stimme: »Das muss Gottes Plan sein. Saba wird etwas Wunderbares aus ihrem Leben machen. Meine Aufgabe ist nur, ihr die

Voraussetzungen dafür zu schaffen.« Bahareh war immer besessen davon, ihren Kindern die Welt zu Füßen zu legen, und sie hatte schon länger geplant, sie in den USA zu erziehen. Das war ihre größte Stärke. Sie war bereit, in einer Massenpanik zu sterben, nur um die Köpfe ihrer Töchter einen Zentimeter über die Menge zu erheben.

Später fragte Saba mich, ob ich an Himmel und Hölle glaube, und ich sagte, niemand könne ganz sicher sein, ob es sie gibt. Dann fragte sie, ob ich an Amerika glaube, und ich antwortete, ja, *das* ist ein durchaus realer Ort. Die Antwort schien ihr zu gefallen. Ich wüsste zu gern, was genau mit Bahareh an dem Tag passiert ist, als sie versuchten auszureisen. Ihr Mann hat mir untersagt, Kontakt zu Saba aufzunehmen, weil das zu viele Gefahren birgt. Ich werde weiter nach meiner Freundin suchen. Natürlich sind mir die naheliegenden Antworten klar, aber das ist kein Ersatz dafür, Gewissheit zu haben.

KAPITEL SIEBEN

Herbst–Winter 1989

Saba schlägt auf den Deckel des Videorekorders, bis er unter ihrer Hand zum Leben erwacht und Bilder über die Mattscheibe flimmern. Sie lehnt sich gegen ein Kissen im Wohnzimmer ihres Vaters. Sie trägt noch immer ihr Hochzeitskleid, und im Zimmer herrscht nach der Feier ein heilloses Durcheinander. Sie wird erst morgen zum Haus ihres Ehemannes gebracht, und eine Gruppe von Freunden wird helfen, ihre Habseligkeiten rüberzuschaffen. Abbas hat nicht darauf bestanden, dass sie ihre Hochzeitsnacht mit ihm verbringt, was sie seltsam findet, aber sie wird diesen unerwarteten Segen auf keinen Fall hinterfragen. Es gibt so viele andere Dinge, die ihr jetzt durch den Kopf gehen. Hat sie einen gigantischen Fehler gemacht? Woher kommt diese Panik in ihrer Brust, und wie kann sie sie vertreiben? Sie sieht sich einen Film an, von dem sie seit ihren Kindheitstagen in amerikanischen Illustrierten gelesen hat. Der Teheraner hat ihr endlich eine Kopie davon besorgen können. *Love Story* spielt an der Harvard University und ist voll von Einzelheiten über Harvard, die sie aufsaugen kann. Ein Gebäude, das Mahtab gefallen würde. Ein Korridor, durch den Mahtab vielleicht gegangen ist. Ein Stuhl, in dem sie gesessen haben könnte, in einem Seminar, das sie möglicherweise besucht hat. Sie sieht sich den ganzen Film an, obwohl sie die Geschichte zu süßlich und sentimental findet. So funktioniert Liebe nicht. Falls Mahtab sich in Harvard verlieben würde, würde es ganz sicher nicht so laufen.

Sie hört von draußen Geräusche, und Khanom Mansuri, die Uralte, kommt hereingeschlurft. »Wieso schläfst du nicht?« Sie lässt sich auf ein Kissen sinken und schiebt einen Teller mit angebissenen Plätzchen weg. Sie liebkost Sabas Wange, zieht Sabas Gesicht näher an ihres, als wollte sie sie küssen, tut es aber nicht.

»Khanom Mansuri«, flüstert Saba und drückt den Kopf an die Schulter der alten Frau. »Was hab ich getan?« Ist die Frau eines reichen Muslims wirklich geschützter als die Tochter eines reichen Christen? Ist sein Geld irgendwie sicherer? Wird ihr Plan dazu beitragen, dass sie eines Tages Freiheit erlangen und nach Amerika kommen wird? Hätte sie nicht doch nach Teheran gehen sollen?

Khanom Mansuri liefert ihr keine Antworten. Sie summt ein Lied. Als sie fertig ist, murmelt sie: »War Agha schon bei dir? Er hat ein Geschenk für dich.«

Saba zeigt ihr Handgelenk, um das Armband zu präsentieren, das Agha Mansuri ihr am Nachmittag überreicht hat. »Du hast den liebsten Mann der Welt«, sagt sie zu der alten Frau. Saba würde gern ein Foto von dem Paar sehen, als die beiden in ihrem Alter waren, aber vielleicht würde das ihre Fantasievorstellung zerstören. Sie hat den Verdacht, dass sie nicht mal in ihrer Jugend besonders attraktiv waren. Sie sind beide so zierlich, dass sie wie Miniaturmenschen wirken. Agha Mansuris Kopf ist winzig, selbst für seinen kleinen Körper, und Khanom Mansuris Augen stehen zu weit auseinander. Aber wenn Saba sie sich als Zwanzigjährige vorstellt, verwandeln sie sich irgendwie in klassisch schöne Filmschauspieler, mit welligem pechschwarzem Haar und verträumten Augen. Sie denkt an das Liebespaar in *Sultan der Herzen* – ein alter persischer Film, in dem die Heldin traurig auf dem Marktplatz singt – und malt sich aus, wie sie selbst verliebt ist oder gar eine dramatische Affäre hat.

Khanom Mansuri nickt und grinst zahnlos. »Du bist für uns wie eine Enkeltochter. Und jetzt wird Abbas ja dann wohl unser Enkelsohn.« Saba lacht, und Khanom Mansuri erwidert: »Na schön, vielleicht eher so etwas wie ein Sohn oder ein Cousin.«

Heute Abend hängt eine graue Nebelbank über dem Dorf. Vor einer halben Stunde hat heftiger Regen eingesetzt. *Love Story* läuft auf der Mattscheibe, und Saba erklärt Khanom Mansuri die Handlung. Sie merkt nicht, wann die Geschichte sich in eine Erzählung von Mahtabs Leben in Amerika verwandelt. An irgendeinem Punkt setzen sich die Ansichten und Klänge von Harvard, all die Details, die sie aus Büchern, Zeitschriften und Filmen gesogen hat, zu einem klaren und unausweichlichen Bild ihrer Schwester zusammen.

»Das ist der Zwillingssinn.« Khanom Mansuri nickt nachdrücklich. Das ist die Wirkung dieser alten Frau auf die Welt. Irgendwie zwingt sie die dunkleren Wahrheiten, aus dem Nichts aufzutauchen. Das hat nichts mit der Kunst des *maastmali* zu tun, bei der es darum geht, die Wahrheit zu verzerren. Nein, es ist das genaue Gegenteil, wie das Herausmeißeln eines zarten Vogels, der in einem formlosen Felsen versteckt war.

Bitte denk nicht, dass meine Schwester mich vergessen hat, bloß weil sie sich schon länger nicht gemeldet hat. Ich hab so viele Geschichten über sie zu erzählen, aber jetzt sollst du die hier hören, weil ich nämlich recht gehabt habe. Sie hat es tatsächlich fertiggebracht, eine weitere große Einwanderersorge loszuwerden. Ihr ist etwas gelungen, das ich nicht geschafft habe: Sie hat zugegriffen und die Kraft bewiesen, Nein zu sagen, die Stärke, alles zu tun und zu besitzen – den größten Erfolg, endlose Möglichkeiten. Und gemacht hat sie das folgendermaßen:

Mahtab schlendert über den Harvard Yard – der aus der Vogelperspektive wie der gelehrteste Ort auf Erden aussieht –, ihren schwarzen Wintermantel hat sie fest um den Körper gezogen, und ihre Stiefelabsätze klackern zögerlich, während sie Löchern und Rissen in dem mit Ziegelsteinen gepflasterten Fußweg ausweichen. Für ihre Kommilitonen ist Mahtab ein Rätsel. Auf den ersten Blick ist sie eine junge Bilderbuchamerikanerin. Kastanienbraunes Haar. Elegant gekleidet. Selbst ihre Haut wirkt heller, denn unter dem gepuderten Porzellanteint zeigt sich kein Olivton mehr. Und doch ist sie für sie irgendwie unerreichbar. Tatsächlich fühlt sich Mahtab in Harvard fremder denn je. Sie ist nicht gut darin, Freundschaften zu schließen, was Zwillingen immer schwerfällt. Sie hat Maman schon seit Wochen nicht mehr angerufen.

»Der Teil gefällt mir nicht«, sagt Khanom Mansuri. *»Warum muss sie denn so allein sein?«*

Du hast recht. Und allmählich spürt sie tatsächlich das Bedürfnis nach etwas – aber nicht nach Zuneigung oder Liebe. Obwohl meine Schwester bereit ist für ihre eigene *Love Story*, will sie mich nicht ersetzen. Sie wünscht sich eine neue Art von Erfüllung. Jemanden, der sie als qualifiziert für diese Welt betrachtet – vollständig und frei von allem, was Cheshmeh ausmacht. Diesen Jemand findet sie im Winter eines weiteren Collegejahres – dank eines kaputten Paars Stöckelschuhe.

Ja, ja, *genau* wie das andere kaputte Paar Stöckelschuhe. Ich hab versucht, Ponneh diese Geschichte zu erzählen, und sie wollte sie nicht hören. Aber du weißt, dass es zwischen Zwillingen geheime Bande gibt. Weißt du noch, was du uns über den unsichtbaren Faden erzählt hast?

Also, kommen wir zu der Kulisse, vor der sich Mahtabs neues Leben abspielt. Die unterscheidet sich sehr von Cheshmeh. Mahtab ist in ihrem ersten oder zweiten Studienjahr, ich hab den Überblick über die Abläufe und Semester verloren, aber ich weiß, dass sie in einer winzig kleinen Dachkammer mit einem runden Fenster wohnt, durch das sie den Charles River und eine nebelige, verschwommene Brücke mit Straßenlaternen sehen kann. Das Zimmer liegt über einer berühmten Bibliothek, in der die Unterschriften von fast allen US-Präsidenten und ein von T. S. Eliot signiertes Buch aufbewahrt werden. Und nein, ich übertreibe nicht, ich habe in einem Reiseführer über diese Bibliothek gelesen. Stell dir einen Samstagabend vor – der Abend in der Woche, an dem amerikanische Studenten etwas unternehmen. Mahtab schickt sich stattdessen an, in die Bibliothek zu gehen. Sie will die Beste sein. Sich für Baba Harvard anstrengen, ihren neuen Vater. Ist das nicht typisch Mahtab?

Als sie sich an diesem Abend die Schuhe anzieht, bricht der verhängnisvolle Absatz in ihrer Hand ab.

Sie klopft bei ihrer Nachbarin an. Clara, eine übertrieben feminine junge Frau aus dem amerikanischen Nordosten, öffnet die Tür. Sie nennt meine Schwester »May«, und wenn sie den Kopf schief legt, fällt eine ganze Reihe von hellbraunen Locken auf eine Seite. Hast du je *echte* amerikanische Locken gesehen, wie die von Shirley Temple oder von der Frau, die sie Steel Magnolia nennen? Ich hab sie nur auf einem Foto gesehen, aber der Teheraner hat versprochen, mir den Film zu besorgen, wenn es ihn endlich auf Video gibt. Mahtab hält den Schuh hoch und fragt, ob Clara vielleicht Kleber dahat. Von drinnen hört sie verschiedene Stimmen und das Klackern von Absätzen auf Parkett. Jemand lacht und kommt in einem dünnen Kleid, aber ohne Schuhe aus dem Zimmer gestolpert.

»Hallo! Sieh einer an. Da ist ja *Mah*-tab von nebenan.« Simone, eine unzufriedene New Yorker Prinzessin, kümmert sich nicht darum, wie Mahtab genannt werden will. Sie spricht Mahtabs Namen so oft aus, wie sie nur kann, mit deutlicher Betonung, wie einen Vorwurf. Sie feuert den Namen geradezu ab, scharf und mit erstaunlicher Treffsicherheit. Sie verändert seine Bedeutung, macht aus ihm eine Waffe. *Du bist eine Schwindlerin*, sagt sie. »Willst du mit uns ausgehen?« Sie beäugt den kaputten Schuh mit der Verachtung der amerikanischen Oberschicht, zu deren Erklärung ein ganzer Vortrag über die Geschichte ihres Volkes erforderlich wäre. Entscheidend ist, dass sie im Grunde keine Geschichte haben. Wenn Amerika etwas fehlt, dann ist es Alter, und manche Amerikaner gleichen das mit Herablassung aus.

»Lass sie in Ruhe. Muslime trinken keinen Alkohol«, sagt eine dritte Mitbewohnerin – die mit den klackernden Absätzen –, während sie im Flurspiegel Lippenstift aufträgt.

»Ich bin ... keine Muslimin, eigentlich«, sagt Mahtab.

Die dritte Mitbewohnerin lächelt süßlich. »Ja, aber *kulturell* schon, oder?«

Khanom Mansuri lacht leise, weil es so wohltuend ist, sich über gebildete Amerikaner lustig zu machen. »Den Teil hast du mir zuliebe erfunden.«

Na schön, kann sein, dass ich das im Fernsehen mitbekommen hab.

Nachdem Clara vergeblich nach Kleber gesucht hat, kommt sie mit einigen Paar Stöckelschuhen zurück, manche schwarz, manche blutrot wie die von Mahtab. »Ich kann dir welche von mir leihen«, sagt sie, weil Clara wie die meisten jungen Amerikanerinnen Tausende von Schuhen besitzt, die sie wegwirft wie Maiskolbenblätter, sobald sie sie ausgezogen hat. Sie ist sogar noch schuhverrückter als unsere Ponneh, aber die Amerikanerin, die wegen ihrer Pumps geschlagen wurde, musst du mir erst mal zeigen.

Mahtab dankt ihr. »Wo wollt ihr denn hin?«

Clara sagt – und jetzt muss ich aufpassen, dass ich das genau richtig wiedergebe –: »Ich geh mir *Lord of the Flies* ansehen, und die beiden hier wollen im Fox rumhuren.«

Ha! Was für eine Antwort! Ich wünschte, du könntest verstehen, wie bissig das Verb *rumhuren* im Englischen ist. Ich hab es mal gedruckt gesehen, und es klingt nicht ganz so widerwärtig, wie es aus gehässigen Mündern wie dem von Mustafa klingt. Diese Amerikaner haben die wunderbarsten Ausdrücke.

»Das hab ich alles nicht verstanden«, sagt Khanom Mansuri. »Möchtest du Tee? Ich möchte Tee.«

Ist ja gut, ich erklär's gleich. *Lord of the Flies* ist ein alter Schwarz-Weiß-Film über ein Buch, in dem es um die Bosheit von Jungen geht, die allein in einer Welt ohne weibliche Güte leben. Der Fox ist ein exklusiver Privatklub nur für Männer in Harvard. Er wagt es, noch in den Achtzigern weiter zu bestehen. Da rauchen sie und trinken und schlafen mit verzweifelten Frauen. Es gibt auch noch andere Klubs mit seltsamen Namen wie Fly und Porc … Das hab ich aus einem pikanten Artikel im *Harvard Magazine*, für das mir der Teheraner den doppelten Preis berechnet hat, obwohl sein Vetter am Harvard Square ein italienisches Restaurant besitzt. Die Anzeigen waren aus Angst vor Grenzkontrollen rausgerissen, und die Seiten waren mit getrockneter roter Soße verklebt.

Jetzt kommt etwas, das ich mit Sicherheit weiß. Mahtab zählt nicht zu den Frauen, die die Männerklubs in Harvard am liebsten abschaffen würden. Sie hat sie schon immer faszinierend gefunden. Sie erinnern sie an das Harvard, das sie in Filmen aus den 1950er-Jahren gesehen hat. Normalerweise wettert Mahtab gegen alles, was auch nur andeutungsweise sexistisch ist.

Aber diese Männerklubs sind ihrem Zorn irgendwie entgangen. Sollen sie doch ihre Klubs haben. Solange dort keine Frauen die Drinks servieren, stört sie das nicht. Mahtab regt sich eher über die Plätzchen backende Abendessen-um-sechs-Hausfrau auf als über die Vorstellung, durch einen Mann von irgendwas ausgeschlossen zu werden. Sie bleibt lieber draußen, als sich einsperren zu lassen. Bis heute hat sie sich geweigert, vor einem Klub anzustehen und sich taxieren zu lassen, um reinzukommen. Trotz der eklatant sexuellen Natur dieser Einrichtung hat sie für Mahtab eine eigenartige Ähnlichkeit mit dem Iran. Wenn sie samstagabends an einem Klub vorbeikommt, bleibt sie manchmal stehen und sieht sich das Schauspiel an. Der Blazer tragende Sonnyboy vor dem Eingang mustert lüstern das erste Mädchen in der Reihe, wahrscheinlich eine Studentin im ersten Jahr. Er lässt den Blick an ihr rauf- und runtergleiten, verweilt knapp unter ihrem Rocksaum. Plötzlich fliegt von irgendeinem Hals ein weißes Tuch auf. Es schwebt und schlängelt sich durch die Reihe spärlich gekleideter Frauen. Dann windet es sich um den Kopf des Jungen. Jetzt trägt er einen Turban. Jetzt wächst ihm ein schwarzer Schnurrbart, ein buschiger Vollbart. Der Ausdruck auf seinem Gesicht verändert sich nicht. In diesem Moment wendet Mahtab sich immer ab.

Aber heute, als drei solcher Jungen – alle Mitglieder des Fox Club – in Claras Zimmer auftauchen, ist Mahtab versucht zu bleiben. Sie lassen sich in einer Ecke nieder. Einer von ihnen, James, quetscht sich neben sie auf die Couch. »Du riechst gut«, sagt er und beäugt sie von Kopf bis Fuß und fängt dann an, mit seinen Freunden zu reden, ehe sie Gelegenheit hat, sich vorzustellen.

James spielt etwas, das sich *Lacrosse* nennt, ein skurriler Sport. Er ist so groß wie Reza, athletisch und mit kantigem Kinn. Er trägt sein hellbraunes Haar lang und zottelig, hat Sommersprossen auf den rötlich gebräunten Armen und kurze blonde Härchen von den Handgelenken bis zu den Ellbogen. Er ist ein kräftiger Amerikaner, kaum zu übersehen.

»Ooooh ho ho, Saba-dschan«, sagt Khanom Mansuri. »Jetzt, wo du verheiratet bist, wirst du Fantasien von blonden Männern im Zaum halten müssen … aber ein bisschen Geschichtenerzählen hat noch keinem geschadet. Ich hab auch mal einen blonden Mann getroffen. Einen Holländer mit Haaren so gelb wie Weizen.«

Mahtab betrachtet sein weißes Polohemd, seine Kakihose. Sie starrt den goldenen Flaum auf seinen Armen an. Sie wird von seiner Weißheit angezogen, seiner Neuengland-Banalität. Die ist verheißungsvoll. Überhaupt nicht bedrohlich. Von einem Mann mit weißem Babyflaum auf den Unterarmen kann nichts Schlechtes kommen. Sie hat noch nie einen Arm mit weißem Babyflaum gesehen, der über dem Kopf einer Frau zum Schlag ausholt, kann sich nicht vorstellen, wie er auf den Reisfeldern überleben sollte. Sie bedenkt das und erkennt es, ist sich dessen bewusst. Sie befindet, dass es ein gutes erstes Kriterium ist – so gut wie jedes andere auch. Sie hat immer gewusst, dass sie niemals mit einem persischen Mann zusammen sein würde. Lieber würde sie als Jungfrau sterben.

»Saba, warum sagst du so was Schreckliches?«

Gib mir nicht die Schuld. Das sind Mahtabs Worte. Solange sie lebt, wird Mahtab nie einen persischen Mann in ihr Bett lassen. Aber wer weiß, vielleicht ändert sie ihre Meinung ja noch. Amerikanerinnen dürfen das und noch vieles mehr.

»Willst du mit uns kommen?«, fragt James Mahtab. Simone sieht einen der Jungen an und zieht eine Augenbraue hoch. Mahtab sitzt vorne auf der Couchkante und wartet darauf, dass die Augenbraue von Simones Kopf wegschießt und davonfliegt. James sieht sie flehend an und formt mit den Lippen ein *Bitte?*, und Mahtab merkt, dass ihre Füße wie von selbst einen begierigen Rhythmus klopfen – was für eine wunderbare Überraschung. Ach, wie gern ich dir von dem Glücksgefühl meiner Schwester erzähle, von ihren schönsten Momenten.

»Warum nicht?«, murmelt sie – die amerikanische Version von *Großer Gott, ja!* – ein umgekehrtes *tarof.*

Zwei Wochen vergehen, und Mahtab hat jetzt einen Freund. Seit dem Abend im Fox, als James den ganzen Weg zum Klub neben ihr herging, den gesamten Abend nicht von ihrer Seite wich, ihr Drinks holte, sie sogar zum Essen ausführte, als sie am frühen Morgen Hunger bekam, hat er sie jeden Tag angerufen. Er hat ihren vorsichtigen Gang kommentiert, ihre Haarfarbe, ihre hübschen Füße. Einmal hat er mit seinen rauen Lacrosse-Händen ihren Hals berührt und gesagt, der wäre sehr weich, selbst für eine Frau. »Ein Mädchen wie du sollte nie auch nur einen Fuß in ein Fitnessstudio setzen«, sagte er. »Das würde dich verderben.« Das schüchterne, unsichere Kompliment war eine unerwartete Freude, die dazu führte, dass sie sich den Rest des Tages immer wieder selbst über den Hals strich.

»Wo kommst du her?«, fragte er eines Tages zu Beginn ihrer zarten Romanze.

»Kalifornien«, sagte sie.

»Und ›May‹ ist einfach nur ein Spitzname, nicht?«, sagte er. »Du siehst nicht aus wie eine May.«

»Nicht? Okay, dann eben June. Mein Name ist June.« James lachte, also erzählte sie ihm die Geschichte von dem Geburtstagskuchen, den ihre Mutter ihr nach Harvard geschickt hatte. *Happy Birthday, Mahtab-dschun*, stand in Zuckerguss darauf. Und der Lieferjunge, dem nicht klar war, dass *dschun* »Liebes« bedeutete, erklärte ihr, sie hätte einen Kuchen von jemandem namens Dschun.

Mahtab Dschun. May June.

Sie spielten dieses Spiel, bei dem er versuchte, ihr Herkunftsland zu erraten und sogar ihre Stadt. Dann küssten sie sich auf der Straße, und sie dachte, wie leicht es doch war. Sie registrierte genau seinen warmen, tomatigen Atem, seine schmale Unterlippe und die Art, wie er seine Hände von den Teilen ihres Körpers weghielt, von denen sie wusste, dass er sie nur zu gerne berührt hätte.

»Saba-dschan«, sagt Khanom Mansuri, »woher weißt du so was? Vielleicht sollten wir darüber reden, was nach einer Hochzeit passiert … oder weißt du, was? Wir rufen Khanom Omidi! Sie wird dir Geschichten erzählen, bei denen dir vor Schreck Hörner wachsen, obwohl sich bei der noch nie ein Mann beschwert hat, nach allem, was ich so höre. Ja, jetzt, wo du verheiratet bist, wirst du diese Dinge erfahren müssen.«

Was ist los? Denkst du etwa, ich wüsste nichts? Ich glaube nicht, dass die Leute so belehrt werden müssen, wie du glaubst. Sieh dir zum Beispiel Mahtab an. Sie fragt sich, woher sie dies oder das einfach weiß. Wer hat ihr beigebracht, was sie in solchen Situationen mit James machen soll? Ich muss es nicht selbst erleben, Khanom Mansuri. Ich kann so tun als ob. Gott weiß, wenn meine Zeit mit dem alten Mann kommt, werde ich jeden Instinkt unterdrücken, mich gedanklich an einen anderen Ort, in eine andere Zeit versetzen. Die Geschichte, die ich mir im Geist vorstellen werde, habe ich schon ebenso parat wie das Lied, das mich dorthin versetzt. Aber ich brauch keinen Unterricht. Ich weiß schon viel. Ich habe tausend Bücher gelesen, ein ganzes Meer von Illustrierten, und ich schaue amerikanisches Fernsehen.

Zwei Wochen später sitzt Mahtab in einem Café und wartet auf James, der ihr gerade einen Kaffee holt. Sie fragt sich, was die Leute in Cheshmeh wohl *davon* halten würden: ein feiner amerikanischer Junge, der für sie einen Kaffee holt. Sie sieht zu, wie er an der Theke die genau richtige Menge Milch und braunen Zucker in ihren Kaffee rührt. Das Hochgefühl steigt auf und zerplatzt in ihrer Brust wie eine Seifenblase aus einer Fernsehwerbung, wodurch sich der Wust an Verbitterung, der sich dort festgesetzt hat, zum großen Teil löst. Sie hat jetzt das Gefühl, wichtig zu sein, weil jemand wie James weiß, wie sie ihren Kaffee trinkt, was sie gern zum Frühstück mag und dass sie mit Löffeln statt Gabeln isst und sich nur von einer Mahlzeit mit Reis wirklich gesättigt fühlt. Diese kleinen Winkel in James' mentalem Raum sind greifbare Orte, die sie besitzt und besetzt und die sie irgendwie realer machen. Inzwischen sind die Augenblicke selten, in denen sie sich selbst am Rande jeder Szene hängen sieht, zerrend und sich abkämpfend, um zu bleiben, wo sie ist, während irgendwer weit weg sie an einer straff gespannten Leine zurückhält. Weißt du? So wie alle Einwanderer, denen das Beste einer neuen Welt dargeboten worden ist, fürchtet auch Mahtab unentwegt, dass es ihr wieder genommen werden wird. So würde auch ich mich fühlen – voller Angst, etwas Falsches zu tun, alles zu verlieren. Immer leidet sie unter der furchtbaren Vorstellung, dass die Person mit der Leine irgendwann kräftig daran ruckt und Mahtab fortreißt. Aber jetzt, wo sie mit James zusammen ist, ihrem eigenen blassen Prinzen, kann sie diesen unsichtbaren Faden vergessen, der sie zu ihrem anderen Ich hinzieht.

»Meine Saba, diese Passagen machen mich so traurig.«

Sei nicht traurig. Ich habe meine Entscheidung getroffen. Ich werde glücklich sein, selbst wenn es ein Fehler war. Wie groß sind denn die Chancen, dass ein perfekter Mann wie James mich hier findet? Das, was Mahtab hat, kann ich nicht haben. Aber wer weiß, Khanom Mansuri, es ist nicht ausgeschlossen, dass Mahtab ihn um anderer Dinge willen verlässt. Kannst du dir das vorstellen? Dass eine junge Iranerin einen solchen Mann zurückweist, während ich gezwungen war, einen Mann zu akzeptieren, der so viel weniger zu bieten hat? Die Idee gefällt mir … aber wir werden sehen.

Mahtab fragt sich oft, was James noch alles für sie tun wird. Sie bittet ihn um Kleinigkeiten, Gefälligkeiten, die sie eigentlich nicht braucht. Er bringt ihr Eis mit, wenn er sie in ihrem Zimmer besucht. Er repariert ihren abgebrochenen Absatz mit Sekundenkleber. Jedes Mal wird dieses Gefühl der Selbstsicherheit größer und unverzichtbarer. Manchmal denkt sie, dass es ein bisschen so ist wie der Tag, als sie von Harvard angenommen wurde. Es gibt ihr das Gefühl, etwas erreicht zu haben. *Harvard würde nicht jede x-Beliebige nehmen. James würde nicht für jede x-Beliebige die Sachen aus der Reinigung holen.* Bis jetzt hat Mahtab sich in Harvard fehl am Platz gefühlt, als ob jemand in der Zulassungsstelle ein Fenster offen gelassen und ein glücklicher Wind ihre Bewerbung aus dem Mülleimer geholt und auf den »Ja«-Stapel geweht hätte. Doch James' Gesten vertreiben diese Gedanken noch besser als sämtliche guten Noten von Baba Harvard. Seht nur, welche Macht ich über diesen Mann habe, der alles andere als durchschnittlich ist – der vielleicht sogar eines Tages die Welt regiert? Seht nur, welche Macht ich in meinem kleinen Körper berge, in meinem Blut und somit im Blut meiner Schwester? Denn das Schicksal und jede Art von persönlichem Triumph oder Talent hängen nicht vom Aufenthaltsort ab, sondern werden vom Blut bestimmt.

Beim Kaffee hält James ihre Hand und erzählt ihr, dass seine Mutter zu Besuch gekommen ist. Er lädt Mahtab ein, sie kennenzulernen. Doch James weiß nichts über iranische Gepflogenheiten. Er beleidigt sie, indem er ihr ein Geschenk macht – eine lederne Handtasche, die sie zu dem Treffen tragen soll und die exakt so aussieht wie eine, die Mahtab bereits besitzt. Zuerst ist sie verwundert. »Die sieht genauso aus wie meine.«

»Sie ist aber nicht genau wie deine. Die hier ist aus Leder.«

»Meine ist auch aus Leder.«

James lächelt ein Du-bist-so-süß-Lächeln. »Deine ist nicht aus Leder.«

Khanom Mansuri nickt. »Ja. Man sagt, dass die Amerikaner sich gegenseitig nach so was beurteilen.«

Mahtab verzieht ärgerlich das Gesicht. »Doch, ist sie wohl. Der Mann auf dem Flohmarkt hat –«

»Würdest du sie bitte für mich tragen?«, fragt er, und Mahtab denkt, dass das etwas sein muss, das seiner Mutter imponiert.

»Meinetwegen.« Sie lächelt. »Aber deine hat keinen Verschluss in Schuhform.«

»Noch dazu aus purem Gold, was?« Er zwinkert. Er ist nicht lustig.

»Genau«, sagt Mahtab, ohne recht zu wissen, ob sie sich selbst verspottet oder James. Im Moment kümmert sie das nicht. Sie ist gerade erst dabei, ihre eigene Macht zu entdecken. Und wie du ja weißt, Khanom Mansuri, ist der Ausgang einer Folge erst dann sicher, wenn 22,5 Minuten vergangen sind.

Und es gibt noch etwas, was du weißt: Mahtab hat die Neigung, zu viel über Dinge nachzugrübeln und sich in alle möglichen ausgedachten Situationen hineinzuversetzen. Jetzt verbringt sie die ganze Woche damit, sich auszumalen, wie James' Mutter sein wird. Sie stellt sich vor – hofft sogar –, dass sie eine stereotype Society-Lady ist, eine unterernährte, griesgrämige, rassistische Frau, die freundlich tun und ihr gleichzeitig raten wird, die Finger von ihrem Sohn zu lassen. Sie hofft darauf, etwas Ähnliches zu erleben wie die Picknickszene zwischen Rose und der ach so weißen Mutter ihres Freundes in *The Joy Luck Club*; das ist ein Buch, von dem ich dir später erzählen werde, versprochen. Sie stellt sich vor, wie sie ihrer neuen Erzfeindin entgegentritt, die Schultern zurücknimmt und sie überragt und ihr dann sagt, dass sie nicht ein Land voller *pasdars* und *akhounds* und Mullahs verlassen hat, nur um sich vor einer Prinzessin mittleren Alters zu verneigen. Sie kichert, als sie sich triumphierend davonrauschen sieht, mit James als Siegesbeute.

Trotz ihres Übermuts probt Mahtab, was sie sagen wird. Sie schämt sich für ihr Leben vor Harvard – zumindest für den amerikanischen Teil, zu dem die Fabrikarbeit ihrer Mutter und ihr bescheidenes Haus gehören. Sie beschließt, diesen Abschnitt wegzulassen. Im Iran ist ihre Familie gebildet. Im Iran sind die Hafezis reich und geachtet. Zu erklären, dass Ärzte und Ingenieure und Wissenschaftler mit iranischer Ausbildung in Amerika nur selten einen vergleichbaren Status erreichen, wird zu lange dauern. Es wird zu frustrierend werden, dieser Frau begreiflich zu machen, dass sie dort nicht Französisch, Spanisch und Wirtschaftswissenschaften lernen, sondern ihre Geisteskraft demonstrieren, indem sie Ferdowsi, Khayyam und Hafez zitieren. Sie verschlingen zahllose Bände voller unglaublich komplexer Lyrik. Sie lernen sie so gründlich auswendig, dass sie wie von selbst aus ihnen herausdrängt, wenn sie betrunken sind, nuschelig und zusammenhanglos, aber Wort für Wort richtig. Und dann kommen diese stolzen Akademiker nach Amerika und fahren Taxi. Es ist nicht ihre Schuld. Denn in welchem anderen amerikanischen Job gibt es für iranische Lyrik eine bessere Verwendung als in einem stickigen Taxi, wo sie sich mit ihrem fiebrigen Singsang und all ihrer Melancholie Stunde für Stunde, Tag für Tag fremden Leuten aufzwingen lässt.

Wie sich herausstellt, bekommt Mahtab keine Gelegenheit, ihr Volk zu verteidigen, keinen zufriedenstellenden und dramatischen Sieg, den sie sich als Verdienst anrechnen kann. James' Mutter scheint sich ebenso wie ihr Sohn für das Exotische zu begeistern.

»Ich bin ganz vernarrt in die Teppiche, meine Liebe«, sagt sie und berührt Mahtabs Arm. Sie ist kleiner, als Mahtab erwartet hat, aber dünn, mit einer Diane-Sawyer-Frisur und einer dreireihigen Perlenkette. »Wir haben vier bei uns im Haus. Die aus Nain sind die besten. Waren Sie je in Nain?«

Mahtab schüttelt den Kopf, überlegt es sich dann anders und nickt. Sie will etwas über ausgebeutete Kinderarbeiter sagen, weiß aber nicht genau, ob es die im Iran gibt. Diese Frau ist ganz anders als die Mütter, die sie kennt – nicht wie die kalifornischen Lehrerinnen und auch nicht wie die Khanom Basirs und Hafezis dieser Welt. James' Mutter ist nett und freundlich und verbirgt wahrscheinlich irgendwas. Vielleicht schlägt sie irgendwann ganz überraschend zu. Mahtab wappnet sich in Erinnerung an die unersättliche Verschlagenheit persischer Frauen, die vier Unterhaltungen gleichzeitig führen können, den Gesprächsfluss in Gang halten, während sie mit knoblauchbeschmierten Fäusten in deine arglose Seele greifen und die schleimigen verborgenen Teile deiner sorgsam konstruierten Geschichten herausreißen. Für später. Sie stopfen sie sich in ihre Schürzentaschen. Sie trocknen sich die Hände und stellen noch mehr Fragen.

Einmal hat sie José aus dem Diner, in dem sie früher gearbeitet hat, die Frauen von Cheshmeh beschrieben, aber er hat nur genickt und gesagt: »So sind *alle* Frauen, *mija.*« Er hatte ja keine Ahnung.

»Dieser Diner-Mann klingt sehr weise«, sagt Khanom Mansuri und brabbelt dann erinnerungsselig vor sich hin: »Der Diner-Mann aus Südmexiko … hmmm, ja, erzähl weiter.«

Jedenfalls nimmt Mahtab es den Frauen nicht übel. Das Meer lässt sie so werden, die Arglist des Kaspischen Meeres. Mahtab hasst das Meer. Sie hasst Schwimmen, und der Geruch von Algen und Fisch ist ihr zuwider. Die Frauen daheim waten durch dieses böse Wasser und nehmen es in sich auf. Es schwebt durch die Luft wie ein tückischer milchiger Nebel. Sie trinken es, atmen es und kochen ihr Essen darin. Aber Mahtab hat keine Angst. Sie denkt jetzt, dass sie viele unmögliche Dinge tun könnte, wenn sie all das Böse, das sie von ihren Vorfahrinnen geerbt hat, geschickt einsetzt: schelmische Dschinn durcheinanderbringen, schlafende Geister wecken, Scharen widerwilliger Männer lenken. Sie will Macht über einen Jungen wie James – und über seine verwöhnte Perlenketten-Mutter.

James' Mutter spricht weiter. »Alles an Persien begeistert mich. Sagen Sie eigentlich lieber Persien oder Iran?« Mahtab zuckt die Achseln. »Bestimmt haben Sie Ferdowsi und Rumi und Hafez gelesen. Ich hab sie alle im College gelesen.« Sie nennt ein zweitklassiges Institut. »Ich hab Ihnen die *Rubaiyat* mitgebracht.« Sie reicht ihr die berühmte FitzGerald-Übersetzung, von der Mahtab weiß, dass es die beste ist.

Mahtab ist ein wenig enttäuscht. Sie freut sich immer über eine echte Herausforderung. Sie hatte auf ein kleines bisschen Rassismus gehofft. Nur einen Hauch von Klassenarroganz. Sie fühlt sich betrogen. James' Mutter, Mrs Scarret, fährt fort: »Ich hab eine Perserkatze, wissen Sie.«

Okay, jetzt reicht's. Noch so eine aufgeblasene Expertin mit ein paar wahllos zusammengewürfelten Fakten. Die Perserkatzen-, Perserteppich-Sorte ist die schlimmste. »Genau genommen kommen Perserkatzen nicht aus dem Iran«, sagt sie. Zumindest hat sie dort nie eine gesehen.

James' Mutter legt den Zeigefinger ans Kinn. »Oh doch, meine Liebe. Ursprünglich stammen sie von irgendeiner Hochebene … irgendwo im Hindukusch, der eigentlich zu Afghanistan gehört, aber wir wissen natürlich, dass das alles irgendwann mal ein Teil von Persien war, stimmt's, meine Liebe?« Sie beendet ihre Sätze mit langen Seufzern, die mit einem hellen Luftausstoß beginnen und zu einem leisen Summen abklingen, wie ein startendes Flugzeug. »*Hmmm* …«

Jetzt kommt Mahtab sich dumm vor. Sie spielt mit dem langweiligen, schmucklosen Verschluss ihrer Ledertasche. James lächelt beruhigend. Aber das ist nicht die Art von Beruhigung, die sie jetzt braucht.

»James, kannst du mir eine Tasse Tee holen?«, fragt sie, bemüht, etwas Kontrolle zurückzuerlangen.

James, der in einem von Mahtabs Büchern geblättert hat, blickt auf.

Mahtab merkt nicht, wie alle Farbe aus seinem Gesicht weicht. Sieht nicht, dass er zuerst zu seiner Mutter hinüberschielt, die eine Augenbraue hochzieht und anfängt, einen Fingernagel zu inspizieren, dann zu der langen Warteschlange in dem kleinen Coffeeshop, dann auf die volle Tasse Tee vor Mahtab. Er steht von seinem Stuhl auf und wirft seiner Mutter einen verlegenen Blick zu.

»James?«, sagt Mahtab zerstreut. Als er sich zu ihr umdreht, fügt sie hinzu: »Und zwei Stück Zucker bitte.« Er stellt sich wortlos in die Warteschlange.

Bestimmt ist dir noch nicht klar, was Mahtab falsch gemacht hat, Khanom Mansuri, weil dein eigener Mann ja dafür lebt, dir zu dienen. Auch Reza ist ein Mann, der schrecklich gern den Retter spielt und alles tut, was wir von ihm verlangen. Ich frage mich, wie Abbas in dieser Hinsicht sein wird. Wird er zuvorkommend sein oder grob? Mahtabs Harvard-Athlet ist keins von beidem. Er lebt nicht, um zu dienen. Er ist nicht mit dieser Mischung aus romantischer Folklore und Tragödie aufgewachsen.

Das wird Mahtab Probleme bereiten. Und wir müssen einräumen, dass es in jedem Leben – selbst in den schönsten Illustriertenleben – Hindernisse und Schwierigkeiten gibt. Sogar Schahzadeh Nixon hat Probleme, falls man den Medien glauben darf. Was für große Skandale ein Mädchen mit tausend

Kleidern durchmachen kann! Nun, Mahtabs allererster Freund entdeckt gerade, dass persische Frauen im Vergleich zu den übrigen nicht leicht zu handhaben sind. Ich hab das wieder und wieder von Touristen gehört, die das Haus meines Vaters besuchen, und es ist der Grund, aus dem unsere Männer eine neue Welt geschaffen haben, die uns ihnen untertan macht. Aber in Amerika kann eine iranische Frau schimpfen und toben und Forderungen stellen. Sie kann selbstsüchtige Entscheidungen treffen. Sie kann jedes verhasste Kleidungsstück in den Wind schleudern und Männer wegwerfen wie Reklamezettel auf der Straße. Sie kann die wilde Kreatur in sich für einen Tag herauslassen, und es wird ihr verziehen.

Hast du dir das je gewünscht, Khanom Mansuri? Dich vor den Augen der Welt dem Wahnsinn hinzugeben und dass alle es wieder vergessen? Ich hab mal ein Buch namens *Die Glasglocke* gelesen, in dem eine junge Frau die unsäglichsten Dinge tut, mit einem Mann spielt, der sie liebt, mit einem Fremden schläft, der sie leiden lässt, sich an keinerlei Regeln hält und dann weitermacht, als wäre nichts gewesen. Sie darf sogar weiter studieren! Wie sehr das meinen ganzen Körper mit dem Verlangen erfüllt, wegzulaufen – weit weg oder hinauf in die Berge oder ins Meer.

Ach, aber Mahtab so frei zu sehen! Ein Teil von mir möchte nur zum Spaß miterleben, wie dieser amerikanische Bilderbuchjunge die Fassung verliert. Lach nicht, Khanom Mansuri. Du weißt genau, was ich meine.

Am nächsten Tag hört Mahtab nichts von James. Sie ist unbesorgt. Sie ist keins von den Mädchen, die kostbare Zeit damit vertun, sich über Männer aufzuregen. Insgeheim überlegt sie, ob es klüger gewesen wäre, seine Mutter nicht zu verbessern. Vielleicht wäre es anständiger gewesen, sich vorher zu informieren. Samstagabend beschließt sie, allein einen Spaziergang zu machen – die ganze Nacht, wenn ihr danach ist, weil es ja keine Ausgangssperre gibt. Kurz vor zehn Uhr betritt sie eine Bar in der Nähe ihres Wohnheims. Es ist völlig normal, dass eine junge Frau an einem Samstagabend allein in eine Bar geht.

Innerhalb von drei Stunden kostet sie die folgenden Drinks, die du in Babas Vorratskammer nicht finden wirst und die sie aus Filmen kennt: ein holländisches Bier, einen Whiskey Sour, einen Old Fashioned, einen Sidecar und einen Martini. Natürlich trinkt sie die nicht aus. Sie hat sich völlig unter Kontrolle – aber wenn sie wollte, könnte Mahtab sich betrinken und auf der Straße erbrechen und dafür würde sie lediglich einen Tadel bekommen und am nächsten Tag einen dicken Schädel haben. Der Barkeeper sagt nicht Nein. Weißt du, westliche Barkeeper sind freizügige ehemalige Medizinstudenten mit gegeltem Haar, die sich auf das Unterbewusstsein von schönen Frauen spezialisiert haben. Sie lächeln schief und krempeln sich die Hemdsärmel hoch, in denen sie dann Zigarettenpackungen verstauen, und sie respektieren Mahtabs Recht, zu tun, was sie will. Das ist die Regel. Glaub mir. Sie sind klug genug, nicht an dieser Regel zu kratzen. Barkeeper sind gute, vernünftige Menschen.

Als einige Zeit vergangen ist und Mahtab sich wieder glücklich fühlt, bemerkt sie James, der mit jemandem an einem Tisch sitzt. Sie rutscht von ihrem Barhocker und geht hinüber. Ertappt stammelt er eine Begrüßung, ehe er zu seiner Trinkgenossin hinüberschielt – es ist Simone, die unglückliche New Yorker Prinzessin. Sie trägt einen langen weißen Nylonmantel, der aussieht wie ein Bademantel aus Plastik. Mahtab findet ihn farblos und hässlich, aber sie macht ihr trotzdem ein Kompliment, weil das eine Gepflogenheit ist, die Damen von Welt gemeinsam haben.

»Hallo«, sagt Simone. »Ich glaub nicht, dass James heute Abend Lust auf eine große Diskussion hat.«

»Und was machst *du* dann hier?«, fragt Mahtab.

Simone nimmt liebevoll ihre Hand. Mahtab schaudert innerlich. »Hör mal, *Mah*-tab, ich weiß ja, dass das deine erste Beziehung ist, wenn man es so nennen will. Aber ab und zu müssen Männer einfach mal mit jemand anderem als ihrer Freundin reden, verstehst du?«

»Was für ein boshaftes Mädchen«, schimpft Khanom Mansuri. »Aus welchem kranken Schoß kriecht denn so eine Schlange?«

Ja, fürwahr, Frauen wie sie gibt es überall. Aber keine Sorge, James will sie nicht. Sie ist nur so eine, die sich gern einmischt.

Er sieht müde aus und leicht zerzaust. Er trinkt aus seinem übergroßen Bierglas und wirft Simone einen wütenden Blick zu. »Was soll das, Simone? Ich hab doch gesagt, du sollst dich da raushalten.« Mahtab hat ihn noch nie so reden hören. Diese barsche Art kommt ihr feige vor. Sie hat ihn noch nie unangenehm betrunken erlebt, das Gesicht von Verwirrung und Ärger verzerrt.

Sie setzt sich zu ihnen an den Tisch. Der Geruch seines Atems ist übermächtig, und sie fragt sich, ob sie diesen Jungen überhaupt mag. Simone rückt in die Ecke der Sitzbank, schlägt die Beine übereinander und zieht den Mantel fester um sich. James wartet und beobachtet Mahtab mit einem Gesichtsausdruck, der immer unglücklicher wirkt.

»Was ist los?«, fragt sie. »Du ignorierst mich. Ist irgendwas mit deiner Mutter passiert?«

James stößt ein bitteres Lachen aus. »Hör mal, May, ich bin nicht dein Fußabtreter.« Schon wieder so ein schöner Ausdruck, den ich nicht ganz genau erklären kann. Er bedeutet in etwa: *Ich bin nicht dein Mädchen für alles.* Mahtab verschlägt es die Sprache. Er redet weiter. »Ich muss nicht angelaufen kommen, wenn du mit dem Finger schnippst. Ich muss dir nicht erzählen, mit wem ich befreundet bin, und selbst wenn ich angelaufen käme, würdest du mir sowieso nur eine Liste geben, was ich alles für dich erledigen soll.«

»Aber ich hab nie ... Du bietest mir das doch immer an. Ich dachte, du machst das gern ...«

»Ja, am Anfang. Aber wann hast du je gefragt, ob du irgendwas für mich tun kannst?«

Verwirrung umhüllt Mahtab wie ein schmutzig weißer Mantel, nass und schwer auf ihren Schultern. Sie versucht, sie abzuschütteln, sich davon zu befreien. Als es ihr nicht gelingt, lässt sie die Schultern sinken und beginnt, an den Nägeln zu kauen. James beugt sich zu ihr und versucht, ihre Hand zu nehmen, sodass er und Mahtab jetzt ungestört weiterreden können, eine Barriere aus Armen und Gläsern zwischen ihnen und Simone.

»Hör mal, May, ich weiß das von dir und dem Iran und den ganzen Problemen mit Männern, aber –«

»Männer meinen immer, sie wüssten Bescheid«, seufzt Khanom Mansuri. »Immer, immer.«

»Ich hab keine Probleme mit Männern«, faucht sie.

»Meinetwegen, aber so läuft das für mich nicht. Es ist unmännlich, die Sachen für dich aus der Reinigung zu holen und mich von dir rumkommandieren zu lassen. Du machst das vor allen. Und sogar wenn meine Mom ...«

»Ich wollte sie nicht korrigieren.«

»Was? Nein ... du hast mich in ihrem Beisein losgeschickt, dir was zu trinken zu holen. Du hättest dir ein bisschen Mühe geben können. Verdammt, zur Abwechslung hättest du *mir* mal einen Kaffee holen können ... Das war peinlich, okay?«

Mahtabs Gesicht wird heiß. Verlangt er von ihr, ihn zu bedienen? Will er das? Sie weiß nicht genau, ob sie verlegen oder wütend ist. Sie massiert sich die müden Augen mit den Daumen und wartet, dass er weiterspricht. Er druckst ein Weilchen herum, und Mahtab ist sich plötzlich sicher, dass dieses Gespräch sie nicht mehr interessiert. Sie macht Anstalten zu gehen. »Denk, was du willst. Mir reicht's«, sagt sie. »Ich muss eine Hausarbeit schreiben.« Ach, wie viele Hausarbeiten hat sie inzwischen geschrieben und ein ganzes Universum von wunderbaren Themen behandelt!

Doch James fasst ihre Hand. »Vielleicht können wir noch mal von vorne anfangen«, schlägt er vor. Er rudert zurück, hat Angst, sie zu verlieren, und fängt auf einmal an, von ihrer Schönheit zu schwärmen und von allem, was er an ihr bewundert. Sie fühlt sich an einen iranischen *khastegari* erinnert, bei dem der Mann, ob er es ernst meint oder nicht, endlos die erlesenen Tugenden der Mädchen besingt, sogar mit Selbstmord droht. Jetzt fühlt sie sich nach Cheshmeh zurückversetzt, wo Dutzende Augen sie gespannt beobachten, von ihr erwarten, dass sie den Antrag eines scheinbar perfekten Mannes annimmt. Oh, und sie *muss* annehmen. Sie *wird* annehmen. Genau das ist für sie geplant und vorgesehen. Sie versucht, das Bild abzuschütteln, aber es gelingt ihr nicht, schon gar nicht nach einem holländischen Bier, einem Whiskey Sour, einem Old Fashioned, einem Sidecar und einem Martini.

Just in diesem Moment beugt sich Simone über den Tisch und hakt sich bei James ein. Sie flüstert: »Ich hab Hunger. Lass uns was zu essen bestellen.«

Mahtabs Wangen brennen. Sie will aufstehen, doch ehe sie dazu kommt, hat James seinen Arm aus Simones gelöst und gibt ihrer Schulter einen Schubs. Es ist kein richtiger Stoß. Er ist bloß betrunken und will, dass sie die Hände von ihm lässt. Aber Mahtab sieht etwas anderes. Verstehst du, Khanom Mansuri, eine amerikanische Frau hat das Vorrecht, wahrzunehmen, was sie will, selbst wenn es nicht der Realität entspricht. Sie kann ihre eigene Version haben, und die zählt nicht bloß als halbe Zeugenaussage, wie das hier der Fall wäre. In Amerika ist es oftmals die weibliche Version der Ereignisse, die sich durchsetzt. Die zählt genauso viel, wie die Frau will. Und in diesem Augenblick beschließt Mahtab, Folgendes zu sehen: Weiße Babyflaumarme stoßen eine Frau über einen Tisch. Fest. Simone reibt sich den Arm und rutscht nach hinten. Schlägt sie mit dem Kopf gegen die Wand? Mahtab redet sich ein, dass dem so ist. James' glasiger Blick huscht zwischen Mahtab und Simone hin und her. Ohne zu merken, was er getan hat, murmelt er: »Ich hab doch gesagt, du sollst dich da raushalten.«

Mahtab steht auf. »Ich geh nach Hause.« Sie erhebt nicht die Stimme. Das ist nicht nötig.

»Warum denn?«, jammert James mit großen Augen. »Bleib doch noch. Ist doch alles nicht so schlimm.«

Doch Mahtab nimmt bereits etwas anderes wahr. Der weiße Nylonmantel gleitet von Simones Schultern und schwebt zu James hinüber, der auf der bequemen Polsterbank sitzt. Er bedeckt seine zitternden Schultern in einer anerkennenden Umarmung. Jetzt trägt er einen Kaftan. Jetzt ist er ein Geistlicher. Jetzt reckt er den Kopf, und alles, was er getan hat, ist in Ordnung. Vielleicht denkt er das nicht, aber so ist es nun mal. Mahtab hat es gesehen. Der Umhang hat ihn bedeckt, und er ist verloren, eins geworden mit all den hassenswerten Männern, die Mahtab je gekannt oder sich vorgestellt hat – wie die *pasdars* und die Geistlichen oder Mustafa, der den Schlagstock über Ponneh erhoben hat, oder Reza, der sich nicht gegen seine Mutter durchsetzen kann. James kann diesen Umhang niemals abwerfen oder sie von seinen eigenen Ängsten überzeugen, denn Mahtab verzeiht auch keine Kleinigkeiten – nicht, wenn es um Männer und ihre unverdiente Macht geht. *Er ist schwach, schwach, schwach.* Mit diesen Gedanken ist sie mir sehr ähnlich. Harmlos? Nein. Unbeabsichtigt? Niemals. *Es gibt keine Kleinigkeiten.*

»Du bist zu hart, Saba-dschan … mit Reza und deinem Vater und jedem. Verzeih, liebes Kind. Reza ist dein Freund. Dein Baba ist dein Baba. Schwäche ist keine Sünde.«

Ja, aber Mahtab, der vom Glück gesegnete Zwilling, muss nicht verzeihen oder sich abfinden. Das ist das Entscheidende. Sie hat die Macht, abzulehnen, Vergebung zu verweigern. Sie hat Möglichkeiten, für die ich – während ich dasaß und einem Bewerber um meine Hand zuhörte – ein Vermögen gegeben hätte.

»Ich will dich nicht«, sagt sie zu ihrem blonden Prinzen und seinen weißen Babyflaumarmen. »In Harvard gibt es Tausende von Männern.« James ist schwach, ängstlich, wird von seiner ach so einschüchternden Mutter beherrscht. Sie schneidet ihn sich aus dem Herzen, so wie auch ich das schon einmal getan habe.

Als sie weggeht, ruft Simone ihr nach: »Ich hab gehört, du wolltest mit einer Plastikhandtasche zu dem Treffen mit seiner Mutter erscheinen.« Dann grinst sie so, wie man einen Dorftrottel angrinsen würde.

Mahtab zuckt zusammen. Sie geht zu dem Barkeeper mit den gegelten Haaren und bittet ihn um eine Einkaufstüte. Während sie den Inhalt ihrer Ledertasche in die Tüte leert, überkommt sie ein Gefühl von Edelmut, von Opferung. Sie findet diese Handlung nicht trivial, wie andere Mädchen das vielleicht tun würden. Nein, sie ist regelrecht stolz auf sie. Im Verlauf der nachfolgenden Tage werden die Ereignisse des Abends in ihren Augen immer größer und größer werden, bis sie sich selbst durch sie definiert hat. Auch wenn sie später im Leben vielleicht erkennt, dass James nur ein verwirrter, unerfahrener und etwas charakterloser Junge ist, entscheidet sie sich dafür, den Abend als Rechtfertigung für ihr Verhalten zu sehen. Höchstwahrscheinlich wird sie James nie verzeihen, dass er ahnungslos in den Grenzbereich ihrer Ängste gestolpert ist. Woher ich das weiß? Weil ich meine Schwester besser kenne als jeder andere. Mahtab bindet die Plastiktüte mit einem Ruck zu, kehrt zum Tisch zurück und wirft Simone die Ledertasche in den Schoß. Es ist ein großartiger Auftritt, ein filmreifer Schlag ins Gesicht.

Zurück in ihrem Zimmer, ruft sie Maman an. Sie kuschelt sich in ein Wohnheimkissen und erzählt Maman all ihre Sorgen. Im Gegenzug verrät Maman ihr ein Geheimnis – die Wahrheit über ihre Zeit im Evin-Gefängnis, die ich noch immer nicht kenne. Kennst *du* sie, Khanom Mansuri? Nein? Ich schwöre, eines Tages werde ich alles darüber herausfinden.

Ehe sie auflegt, informiert Maman sie über meine bevorstehende Heirat mit Abbas und die Tatsache, dass ich nun für immer mit jemand anderem als meiner Zwillingsschwester verbunden sein werde. Ich wünschte sehr, ich könnte ihr Gesicht sehen, wenn sie das erfährt. Obwohl ich ihr ganzes Mienenspiel kenne, kann ich ihr Gesicht in diesem Moment absolut nicht lesen. In all den Jahren hat sich das keine von uns je ernsthaft vorgestellt – den Moment, in dem klar wird, dass die andere verloren ist.

Bist du erstaunt, meine Freundin? Ja, Mahtab denkt an mich, obwohl sie mit ihrem Studentenleben beschäftigt ist. Wir sind Schwestern. Wir sind ein Blut. Und natürlich wird Baba ihr von meiner Heirat berichtet haben. Irgendwo weit im Westen müssen Mahtab und Maman wissen, dass ich verheiratet bin.

Khanom Mansuri, glaubst du, dass sie aus Evin rausgekommen ist? Man sagt, dass hinter diesen Mauern jedes Jahr Hunderte gefoltert und hingerichtet werden. Aber es kommen auch viele raus, für alle Zeit verändert, für alle Zeit voller Angst. Das sind diejenigen, die nach Amerika abhauen, die den Iran aus ihrem Herzen schneiden. Falls Maman aus Evin rausgekommen ist, ist sie ganz bestimmt geflohen. Ich wünschte, jemand würde mir die Wahrheit sagen. Offensichtlich hat Baba mehr gewusst, als er mir erzählt hat. Vielleicht gibt es noch mehr, das er verschweigt. In letzter Zeit stelle ich fest, dass mein Mund versiegelt ist, wenn der *pasdar* in meinen Träumen mir das Messer an den Hals hält und droht, mich zu töten, wenn ich ihm nicht verrate, wo Mahtab ist, dass er mir die Kehle durchschneiden wird und ich nichts dagegen machen kann, weil ich keine Antwort habe.

»Weine nicht, liebes Kind. Soll ich dir ein Lied vorsingen?«

Nein, nein, Verzeihung. Konzentrieren wir uns auf den glücklichen Teil. So überwindet Mahtab eine weitere Einwanderersorge. Die Nachricht von meiner Heirat hat ihr nämlich etwas Wichtiges bewusst gemacht: Mag ja sein, dass sie aus einem iranischen Dorf stammt und James ein Gold-und-Platin-Junge aus dem Nordosten ist, aber heute hat *sie* die Macht besessen. In ihrem kleinen Körper muss es etwas geben, das der Welt befehlen kann, sich zu drehen. Ihre Geschichte um einen kaputten Absatz hat nicht dazu geführt, dass sie geschlagen wurde wie unsere Ponneh, sondern sie hat sie an den Punkt gebracht, wo sie *ihren* Fuß fest in irgendeinen Männerrücken drückt. Nachdem sie den unerreichbaren James Scarret zufällig aus der Fassung gebracht hat, wird Mahtab sich nie wieder darum sorgen, ob sie die Kraft oder die Macht hat, etwas zu erreichen. Ich bin jetzt mit einem alten Mann verheiratet, aber meine Schwester hat Nein gesagt. *Nein. Ich will dich nicht.* Ganz klar und endgültig. *Nein.* Ein Wort, das keiner infrage stellt. Mahtab darf weitersuchen. Sie ist frei und hat gerade erst begonnen, die Scharen von blassen Zeitschriftencover-Prinzen zu erobern, die von ihren Privatklubs aus über uns alle herrschen.

Gut gemacht, Mahtab-dschun. Du bist eine bessere Frau als ich.

TEIL 2
Joghurtgeld

Some people got hopes and dreams,
Some people got ways and means.

Bob Marley

Für dich brennen

KHANOM BASIR

Ob Saba mir leidtut? Ja, ich bin sehr traurig. Aber soll ich Asche auf mein Haupt streuen? Sie ist mit einem reichen Mann verheiratet. Ja, da ist diese Geschichte mit Mahtab, aber das ist kein Grund für Mitleid. Das tut sie sich selbst an, dieses Durchkauen und Immer-wieder-Durchkauen. Wissen Sie, neulich sagte Khanom Mansuri, dass es in Sabas Geschichten so gut wie nie darum geht, dass Mahtab sich nach Saba sehnt. Seltsam, dachte ich zuerst. Aber dann, nachdem ich etwas nachgedacht hatte, fiel es mir wie Schuppen von den Augen, wie man so sagt, und ich verstand. Mahtab ist frei, und Saba weiß es. Mahtab begehrt nichts. Saba kann sich die Wahrheit über die Erlösung ihrer Schwester nicht eingestehen, deshalb erfindet sie Geschichten, die irgendwie drum herumkreisen. Wenn Sie mich als erfahrene Geschichtenerzählerin fragen, würde ich sagen, Freiheit ist etwas so Mächtiges, dass man sie verleugnen kann, so viel man will, ihr Geruch lässt sich nicht überdecken, und deshalb ist sie in den Geschichten spürbar, in denen Mahtab dieses tut und Mahtab jenes tut. Diese ganzen Abenteuer, ihr Studium, ihr Alltag.

Es ist so typisch für Saba, dass sie sich nach jemandem verzehrt, der nie an sie denkt.

Sie verzehrt sich auch nach meinem Sohn. Sie sollte es besser wissen, schließlich hat sie gesehen, wie wahre Liebe aussieht. In den Wintern besuchten die alten Khanom und Agha Mansuri oft die Hafezis und breiteten eine *korsi*-Decke über einen Tisch und einen Ofen. Dann saßen wir zusammen, unsere nackten Füße unter der Decke, tranken Tee und lauschten der gurgelnden Wasserpfeife und Khanom Mansuri, die mit süßer, mädchenhafter Stimme, wie eine ausgeleierte *setar*-Saite, alte Lieder sang. Dann kam ihr Mann angeschlurft und brachte ihr eine Schale mit leicht zu kauendem Essen, das sie miteinander teilten – Apfel- oder Gurkenmus oder Granatapfelsamen mit Salz oder Orangenscheiben, die mit Bärenklaupulver bestreut waren. »Khanom«, sagte er dann, »ich hab einen ganzen Granatapfel für dich entkernt.«

Ich stupste Saba an und flüsterte ihr ein altes Sprichwort zu. Stirb nur für jemanden, der wirklich für dich brennt. Sie tat stets so, als würde sie es nicht verstehen, aber sie verstand. Sie versteht es noch immer. Wenn sie doch jetzt nur einsehen würde, dass es einen Unterschied gibt zwischen dem bloßen Feuer der Jugend und dem Feuer der Liebe.

KAPITEL ACHT

Spätes Frühjahr 1990

Sechs Monate nach ihrer Heirat mit Abbas hat Saba eine gewisse innere Ruhe gefunden – ein stabiles Nicht-Unglücklichsein, das sie angenehm begleitet. Sie ist kein Mädchen mehr, das verheiratet werden kann, und somit ist sie in vielerlei Hinsicht frei. Dennoch langweilt sie sich oft, wenn sie Schlange steht beim Einkaufen, in illegalen Schönheitssalons, wenn sie Abbas zuhört. Hätte sie zur Universität gehen sollen? Nein, so beruhigt sie sich und kauft noch mehr Bücher. Was hat es für einen Sinn, westliche Literatur im Iran zu studieren, wo die Hälfte der Bücher verboten ist und die Zulassung zum Studium von Islamkenntnissen abhängt? Vorläufig hat sie den Teheraner, der sie mit den besten Lehrmitteln versorgt. Später wird sie ihr erfülltes und anspruchsvolles Leben haben. Vielleicht wird sie sich verlieben. Vielleicht wird sie das Geheimnis um ihre Mutter aufklären, die sich trotz des Briefes sonst wo aufhalten könnte. Schließlich ist ihre Mutter, laut Auskunft jeder Behörde, die Saba angerufen hat, nicht mehr im Evin. Sie könnte durchaus an einem anderen Tag mit Mahtab geflohen sein. Also muss Mahtab noch ein Weilchen länger für sie beide ein prächtiges Leben führen, so lange, bis Saba ihren eigenen Weg nach draußen findet. Unterdessen hat Saba Dinge herausgefunden, die ihr Macht über ihre eingeschränkte Welt geben.

Als verheiratete Frau kann sie ungehinderter kommen und gehen. Häufig begleitet sie Ponneh oder eine ihrer Dorfmütter über die gewundenen, von Bäumen gesäumten Straßen zu kleinen Läden und Märkten, sammelt die Lebensmittelmarken der anderen ein. Sie suchen die Geschäfte auf, die angeblich an diesem oder jenem Tag Grundnahrungsmittel reinbekommen haben, folgen den Gerüchten von Laden zu Laden, erstehen die wichtigsten Dinge, die aus Gründen der Gerechtigkeit täglich von wechselnden Geschäften angeboten werden. *Agha Maziar hat heute Eier. Iraj Khan hat die Hühnerlieferung für diese Woche bekommen.*

Wenn möglich, kauft Saba keine rationierten Lebensmittel aus Massenproduktionen. Sie kann es sich leisten, teure Bio-Eier oder -hühnchen direkt bei hiesigen Bauern zu kaufen. Manches bekommt sie auf dem Schwarzmarkt. Doch Zucker, Speiseöl, Butter und importierte Artikel müssen auf dem üblichen Weg erstanden werden. Bevor der Krieg endete, packten Händler, die das Glück hatten, exklusiv an lebenswichtige Waren zu kommen, sie mit irgendwelchem Ramsch zusammen, der sich als unverkäuflich erwiesen hatte und den sie loswerden wollten. *Eier werden nur an Kunden verkauft, die gleichzeitig eine Fliegenklatsche erwerben. Wer Milch möchte, muss auch Abflussreiniger kaufen. Zum Zucker heute mal ein Toiletteneimer gefällig, Khanom? Nur ein Vorschlag …* Manche Ladenbesitzer versuchen das immer noch, und Saba verstaut die nutzlosen Artikel in ihrem riesigen Abstellraum. Abbas verabscheut Durcheinander im Haus.

In den ersten Tagen ihrer Ehe hasste sie Abbas dafür, dass er doch nicht so blind war, wie ihr Vater versichert hatte. Er warf ihre, wie er glaubte, gesamte amerikanische Musik weg. Er ging akribisch ihre Kleidung durch und sortierte alle grellen oder bunten Sachen aus. Er inspizierte sogar ihre persönlichen Hygieneartikel, sah sich jeden einzelnen genau an und warf alles weg, was nicht seinen überspannten Maßstäben entsprach. Anders als ihre Mutter, die Sabas Zimmer Jahre zuvor nach Dingen durchstöbert hatte, die von Eitelkeit zeugten, suchte Abbas nicht nach verbotenen Rasierern, sondern nach unsauberen; er machte nicht Jagd auf frivole Pinzetten, sondern ärgerte sich über das kleinste Haar, das daran klebte. Er stellte tausend lächerliche Ansprüche. Khanom Omidi nannte es *vasvas*, das persische Wort für diesen zwanghaften Charakterzug, der bei vielen Menschen zu finden ist. Er beschwerte sich, dass sein Abendessen nie warm genug war, dass sein Joghurt nicht dick genug war, dass seine Schale mit Granatapfelkernen nicht frei von Fruchtfleisch war. Wieso nahm Saba ihm in seinem Alter ein paar Marotten übel? Und wieso ging sie aus dem Haus, ohne vorher diesen Fleck da hinter dem Ofen wegzuwischen?

Doch in der Nacht, als Abbas zum ersten Mal zu ihr ins Schlafzimmer kam, zwei Monate nach der Hochzeit, verzieh Saba ihm all seine Eigenheiten. Zwei Monate, und er hatte nicht ein einziges Mal verlangt, das Bett mit ihr zu teilen. Hatte nicht ein einziges Mal versucht, sie anzufassen. Hatte dergleichen nie auch nur angedeutet. Er wies ihr ein kleines Schlafzimmer gegenüber von seinem eigenen zu, mit Bett, Nachttisch und Lampe. Es war ein Gästezimmer. Wie der Rest des Hauses war es im westlichen Stil eingerichtet, mit Stühlen und Betten statt Matten. Er bat sie, ihre Kleidung in seinem Zimmer unterzubringen, wie es bei Eheleuten üblich war. Er bat sie, im Gästezimmer keine Spuren zu hinterlassen – falls neugierige Besucher oder eine verirrte Küchenhilfe hineinschauten. Jeden Abend, wenn sie sich in ihre jeweiligen Schlafräume zurückzogen, murmelte er mit müder Stimme: »Gute Nacht, Kind. Schlaf gut.« In diesen Nächten kurz nach der Hochzeit fragte sie sich: *Erwartet er, dass ich zu ihm komme?* Und beschloss, dass sie das niemals tun würde.

Zwei Monate nach ihrer Heirat, Saba war gerade kurz vor dem Einschlafen, bewegte sich ihre Türklinke, und da war er – stand in seinem langen Hemd und einer alten Schlafanzughose da und sah noch kleiner und gebrechlicher aus als tagsüber. Sie bekam Panik bei dem Gedanken, was gleich geschehen würde. Wenn sie sich jetzt an diese Nacht erinnert, fallen ihr drei Empfindungen ein, die sie quälend langsam nacheinander erfassten. Die erste war eine so starke Reue, dass sich ihr Magen verkrampfte – *Warum bin ich nicht nach Teheran gegangen? Jedes andere Mädchen wäre nach Teheran gegangen.* Sie erinnert sich, wie sie die Lippen zusammenpresste und aus halb geschlossenen Augen spähte, um mitzubekommen, was er tun würde, wie sie seine Schritte hörte, die sich dem Bett näherten, und sich selbst dafür hasste, die vernünftige Entscheidung getroffen zu haben. Sie weiß noch, wie Abbas sich zu ihr ins Bett legte und wie sie sich ekelte, als seine Schlafanzughosenbeine hochrutschten und sie in der Dunkelheit seine geäderten, runzeligen Knöchel sah.

Weiß er, dass ich wach bin?, fragte sie sich und stellte sich weiter schlafend, die Decke zum Schutz mit beiden Fäusten gepackt. In einer, wie sie hoffte, verschlafen wirkenden Bewegung rollte sie sich mit dem Gesicht zur Wand. Und dann passierte es. Abbas schob sich dicht an sie heran und legte den Kopf neben ihren aufs Kissen. Er streckte sich aus und zog die Decke über sich. Sie hielt die Luft an, als er anfing, mit einem knochigen Finger ihr unbedecktes Haar zu streicheln. Er drückte seinen Bart an ihren Hals und schlief fast augenblicklich ein, seufzte noch einmal, wohl über die Beschwerlichkeiten und Kümmernisse des Tages, und schnarchte dann leise in ihr Haar.

In dieser Nacht blieb Saba stocksteif liegen, hielt unaufhörlich Wache über ihren Körper. Sie überlegte sich, wie sie den unvermeidlichen Albtraum mit Lügen und Versprechungen und schlauen Tricks hinauszögern könnte. Doch bald schlief auch sie ein, und als sie nur drei Stunden später wieder wach wurde, schlief Abbas immer noch, das buschige Kinn nach wie vor an ihren Hals gedrückt. Und da wurde Saba von einer zweiten Empfindung erfasst: köstlicher Erleichterung. Sie entzog sich vorsichtig Abbas' dünnem Arm, schlich in sein Schlafzimmer und holte ein paar von ihren Tageskleidern. Sie zog sich rasch an und ging in die Küche, um Frühstück zu machen. Dabei erlebte sie die dritte deutliche Empfindung dieser seltsamen Nacht: den freudigen Kitzel der Hoffnung. Konnte es sein, dass Abbas zu alt war für ... das eine? Vielleicht würde sie nie mehr tun müssen als das hier.

Am nächsten Abend wartete Saba darauf, ob sich der nächtliche Besuch wiederholen würde. Abbas hatte den ganzen Tag lang kein Wort darüber verloren. Aber er wirkte glücklicher als sonst. Er beschwerte sich nur einmal über seinen Joghurt, und als sein Tee zu heiß war, grummelte er vor sich hin und pustete darauf, bis er abkühlte. Saba begann zu fürchten, dass die vergangene Nacht nur ein Auftakt gewesen war und Abbas beim nächsten Mal mehr erwarten würde. Doch der alte Mann kam fast lautlos in ihr Zimmer geschlichen, schlüpfte unter die Decke und schmiegte seinen müden Kopf an Sabas Schulter, um dann fast augenblicklich einzuschlafen.

Sechzehn Nächte lang änderte sich, bis auf ein paar kleine Forderungen, nichts in Sabas Bett. In manchen Nächten zog er sie eng an sich und schlang einen mageren Arm um ihren Oberkörper. In anderen Nächten klagte er über die Kälte und murrte, sie sollte ihm nicht den Rücken zuwenden. Oftmals bat er sie, ihm die Schultern und den Rücken zu kratzen, eine Aufgabe, die Saba angesichts der trockenen Haut und borstigen Haare an seinem Körper abstoßend fand. Hinterher sagte er stets seltsam kleinlaut: »Danke, Kind.« Nach einer Weile kam er bereits in ihr Zimmer, ehe sie zu Bett ging, und vollführte sein ausgeklügeltes Zu-Bett-geh-Ritual neben ihr. Er bat sie, seine Medizin in einer Tasse mit Sauerkirschsaft und Eiswasser zu verrühren. Jeden Abend stutzte er sich die Fingernägel auf exakt einen Millimeter Länge, schnitt sich die Armhaare mit einer winzigen Schere und faltete seine schmutzigen Socken in gleichmäßige Quadrate, bevor er sie zum Waschen ordentlich übereinanderlegte. »Irgendjemand schaut immer zu«, sagte er, »und jeder soll wissen, dass ich sauber und gepflegt bin.«

Allmählich verflüchtigte sich Sabas Angst. Abbas schien nicht vorzuhaben, diese Ehe zu vollziehen, zumindest mit nichts anderem als der quälenden Intimität, ihm bei der Körperpflege zuschauen zu müssen. Jede Nacht beobachtete sie ihn und zählte insgeheim die vielen geistigen Störungen, die in dieser Kleinstadt unbehandelt blieben. Jeden Tag sagte sie sich, sie könne sich entspannen. Er war alt. Offensichtlich wollte er nur deshalb eine Frau, um sein Ansehen zu steigern – um seine Jugendlichkeit zu beweisen, seine Bemühungen, eine Familie zu gründen. Sie bedeutete ihm nicht mehr als ein Paar perfekt gefaltete Socken und hatte daher nichts zu befürchten. Aber etwas in ihr wollte sich vergewissern, dieser nächtlichen Bedrohung ein Ende bereiten. Eines Morgens beschloss sie, etwas zu sagen.

Er hatte sich gerade erkundigt, wie sie geschlafen hatte. »Gut«, sagte sie. »Abbas ...«

»Was ist denn?«, fragte er. Sie saßen an dem kleinen Holztisch in der Küche.

Sie zögerte. Sie wollte ihm klarmachen, dass sie mit ihrem derzeitigen Arrangement einverstanden war, aber möglichst, ohne ihn zu beleidigen. Schließlich platzte sie heraus: »Ich kann dir keine Kinder schenken.« Die Worte kamen schonungslos über ihre Lippen geschossen, wie Müll, der aus dem Fenster eines dahinbrausenden Autos geworfen wird. Fast im selben Moment bedauerte sie die Dummheit ihrer Lüge.

Abbas blickte von seinem Frühstück auf. Sein Doppelkinn hüpfte beim Kauen. Saba sah seinen Augen an, dass er wusste, warum sie das gesagt hatte. Er lachte leise. »Ja.« Er schluckte. »In meinem Alter wünscht sich ein Mann nur noch kleine Annehmlichkeiten ... Über diese Zeit meines Lebens bin ich hinaus.«

Sogleich empfand Saba Mitleid mit ihm. Sie wollte ihm ein Kompliment machen, deshalb sagte sie: »So alt bist du gar nicht.« Und dann bereute sie es, weil er das als Einladung auffassen könnte.

Abbas blickte traurig. »Nein, es wird keine Kinder geben«, sagte er, als spräche er vor sich hin. Dann hob er den Kopf und fügte hinzu: »Aber du wirst als reiche Frau sterben. Dir schadet das also nicht.«

Sie legte ihm noch eine Scheibe Käse auf den Teller. »Ich will keine Kinder«, sagte sie.

»Ach ja?« Er schien aufzumerken. »Weil du Wissenschaftlerin werden willst?«

»Ja.« Sie lächelte. Ein Baby würde sie an den Iran binden. Sie könnte sich nicht nachts davonschleichen oder sich problemlos ein amerikanisches Visum besorgen, es sei denn, sie ließe das Kind zurück, wie ihre Mutter es getan hatte.

»Dann bist du also zufrieden, wenn nur wir zwei in diesem großen, leeren Haus leben?«, fragte er.

»Ja«, sagte Saba, obwohl ein Teil von ihr bereits einen Verlust betrauerte. Wie lange würde das so bleiben? Sie würde nie mit einem alten Mann schlafen müssen, eine Erleichterung, aber würde sie auch niemals die Freude empfinden, mit jemandem zusammen zu sein, den sie liebte? Wann würde es für sie einen Neubeginn geben? Wie lang noch, ehe sie fliehen konnte?

Sie rührte seine Morgenmedizin in einen perfekten Sauerkirschcocktail mit viel Eis und Sirup. Er lächelte, als er einen Schluck davon trank.

»Weißt du, meine letzte Frau war sehr dick«, sagte Abbas und blähte die Wangen auf. Saba lachte mit Tee im Mund. »Wirklich. Das stimmt. Sie war eine *khepel*. Aber ich hatte es nachts immer schön warm. Als sie gestorben war, ist mir das als Erstes aufgefallen. Das Haus hier ist so kalt und zugig, findest du nicht?« Saba nickte. »Als Zweites fiel mir auf, dass es nicht mehr nach Eingemachtem roch. Die gute Frau hat einfach alles eingemacht.« Er seufzte und nahm noch einen Bissen, ehe er sich erhob, um seinen Morgenspaziergang durch die satten, taufeuchten Dörfer zu machen. An der Tür wandte er sich um und sagte: »Saba-dschan, solange wir unser Leben so leben, wie es uns gefällt, muss niemand sonst etwas davon erfahren … von unserer privaten Absprache.«

»Natürlich nicht«, sagte sie im Hochgefühl ihrer neu gefundenen Freiheit und ohne Abbas' Sorge, die mögliche Gefahr für seinen Ruf und Stolz, wirklich nachvollziehen zu können.

»Einen guten Tag, Kind«, sagte er. »Lies nicht zu viel. Davon bekommst du schlechte Augen.«

Und so kommt es, dass Saba sich einige Monate später recht zufrieden fühlt. Manchmal, wenn sie allein ist und die Gedanken nicht abwehren kann, erinnert sich ihre Haut an die Berührung nackter Füße in der Vorratskammer oder an feuchte Hände, die sich in ihre schieben. Die Fantasien haben kein Gesicht, und sie redet sich ein, dass sie von einer jüngeren Version ihres Mannes träumt. Das hat eine gewisse Romantik. Sie wird ihrem gütigen Mann treu sein, beschließt sie, und Freude heraufbeschwören – nächtlichen Fieberattacken zum Trotz.

Die meisten Tage verbringt sie im Haus ihres Vaters, weil sie sich dort wohlfühlt und hundert Geheimverstecke hat, um ihre Musik oder Bücher oder Zeitschriften zu verbergen, die sie noch immer bei dem Teheraner kauft. Abbas besteht nicht darauf, mit ihr zu kommen; er ist tagsüber lieber draußen bei den anderen Männern auf dem Marktplatz, raucht, spielt Backgammon und erzählt Geschichten. Außerdem freut sich ihr Vater über ihre Gesellschaft, und sie hilft ihm, die Belastung durch die ständigen Gäste zu schultern. In letzter Zeit kommen Khanom Omidi und die alten Khanom und Agha Mansuri häufig zu Besuch, und Saba verbringt zahllose langsame, träge Nachmittage in ihrer Gesellschaft – lauscht ihren Geschichten, schabt Gurken, süßt Tee. Sie beobachtet die beiden Alten, wie sie sich gegenseitig mit den unterschiedlichsten Sorten Brei füttern – in einer Schale geriebene Äpfel, zerstampfte Melone in einem Glas mit Eis, süßen Safranreispudding mit Rosenwasser, aber ohne Mandeln –, und allmählich sieht sie sich selbst im Alter, nicht als Witwe, sondern als geliebte Ehefrau. In siebzig Jahren wird ihr vielleicht ihr eigener Ehemann das Essen stampfen. Sie hat noch so viele Jahre nach Abbas, denkt sie. Es gibt viele Möglichkeiten, wie ihre Geschichte enden kann.

Frühlingskühle liegt in der Luft, daher bereitet sie einen Fußofen für das Trio vor, den sie ihnen unter einer dicken *korsi*-Decke vor die Füße stellt. Sie loben sie und behaupten, die Ehe hätte sie besonders liebenswürdig gemacht, besonders aufmerksam für die Bedürfnisse Älterer. Im milden Shomal, wo ein Heizofen genügt, ist ein *korsi* ein echter Genuss. Möge Gott sie segnen, beten sie.

»Saba-dschan, du wirst in Khanom Basirs Haus gebraucht.« Ihr Vater kommt in einem dünnen Hemd und weiten Hosen heraus. Er gesellt sich zu den Älteren unter dem *korsi* und pafft seine Wasserpfeife, sendet mit Rauchkringeln seine Grüße an die Frauen in Sabas Leben.

Agha Mansuri ist fast damit fertig, einen Granatapfel zu entkernen. Er packt eine Handvoll Kerne mit seiner blau geäderten Faust und wirft sie in eine Schale. Die Kerne hüpfen hin und her, hinterlassen blutrote Streifen an den Porzellanrändern. Schließlich landen sie auf einem ordentlichen Häufchen, eine Masse aus rubinroten Juwelen. Der Blick seiner Frau fällt darauf, und sie greift mit zittriger Hand nach einem. »Noch nicht, Khanom. Warte, bis die Schale voll ist, dann kannst du mit einem Löffel zwanzig auf einmal nehmen.« Als sie den Kern zurücklegt, huscht ein schuldbewusster Ausdruck über sein Gesicht. »Nein, nein. Fang ruhig schon an. In unserem Alter, was, wenn wir das Ende nicht mehr erleben?«

So große Gefühle wegen eines Granatapfelkerns. Manchmal, in schwermütigen Momenten, denkt Saba darüber nach, was sie verpasst. Sie hat in ihrem Leben auf viele Sorten von Zuneigung verzichten müssen. Als sie aufsteht, um zu gehen, hört sie Khanom Mansuris brüchige Stimme, hoch und zittrig wie alte Geigensaiten. »Wer hat eine gute Geschichte für uns?«

~

Monate sind vergangen, seit Saba, Reza und Ponneh im Kreis in der Vorratskammer ihres Vaters gesessen haben. Monate sind vergangen, seit sie gemeinsam geraucht und getrunken, Geschichten erzählt und über die ahnungslosen Erwachsenen gelacht haben. Und die ganze Zeit hat sie sich täglich gefragt: Wo ist er jetzt? Ist er in Ponnehs Armen, irgendwo in einer Gasse? Wartet er an einem heimlichen Treffpunkt auf sie? Ponneh hat ihre Dreisamkeit zwar immer beschützt, aber außer Reza ist kaum jemand da, den sie heiraten kann. Der Krieg mit dem Irak hat so viele Männerleben gekostet. Saba fragt sich, wie Reza der Einberufung entgangen ist – vielleicht hat er ein medizinisches Schlupfloch gefunden oder einfach nur Glück gehabt –, schließlich hat er kein Geld, um Leute zu bestechen. Sie hat ihn nie danach gefragt, weil es bei den Männern ein unbeliebtes Thema ist, das Unglück bringt. Der Krieg ist jetzt vorbei, aber noch immer hat sie nervöse Träume, dass er an irgendeine ferne Front geschickt oder nachts von Dieben oder der Sittenpolizei überfallen wird. Nach jedem Traum wacht sie schweißnass und mit schlechtem Gewissen auf, weil ihre Mutter ihr beigebracht hat, niemals Männern hinterherzutrauern, ihr Glück nicht von ihnen abhängig zu machen und Erfüllung in Arbeit und Studium zu finden. Sie gehorcht der Stimme ihrer Mutter und schüttelt Reza ab, bis er verschwindet, bis der junge und unternehmungslustige Gefährte aus ihrem Traumuniversum wieder namenlos ist.

Er hätte ihr beistehen können, als sie erwischt wurden. Er hätte sie verteidigen können. Aber er war schwach und tat nichts, und jetzt würde sie ihn nicht mehr wollen.

Doch in diesem kleinen Ort ist es kaum möglich, ehemaligen Geliebten aus dem Weg zu gehen. Und jetzt, wo Saba verheiratet ist, hat Khanom Basir keine Bedenken mehr, sie um Gefälligkeiten zu bitten, ihr klatschsüchtige Fragen zu stellen und die Nase in ihre Privatangelegenheiten zu stecken. Nicht ein einziges Mal hat sie sich dafür entschuldigt, dass sie Sabas Heirat mit eingefädelt hat. Stattdessen hat sie ihre Handlungsweise mit einer kräftigen Portion *maast-mali* bedeckt und bildet sich ein, dass Saba in ihrer Schuld steht. Heute hat Saba angeboten, für die Familien Basir, Alborz und Mansuri einkaufen zu gehen. Gestern hat sie sich von ihnen Geld geben lassen – für Fleisch, Brot, Eier, Gemüse und möglicherweise zwangsläufig damit einhergehende Wischlappen, alte Seifenstücke oder Bimssteine –, und jetzt muss sie in Schlangen stehen, damit abends auch alle etwas auf dem Tisch haben. Sie kramt in ihrem Portemonnaie nach den zusätzlichen Lebensmittelmarken, die ihr Vater auf dem Schwarzmarkt kauft – unbenutzte Marken von Drogenabhängigen oder Leuten mit kürzlich verstorbenen Angehörigen, deren Ausweispapiere noch nicht entwertet wurden – und an Freunde und Bekannte verteilt.

Als Saba Stunden später beladen mit frischem Fisch und anderen Waren das Haus der Basirs erreicht, schiebt sie den Küchenvorhang beiseite und sieht Ponneh und ihre Mutter, wie sie mit Khanom Basir und Khanom Omidi Gemüse schneiden. Die älteren Frauen hocken auf dem Boden, die Röcke fest um die Oberschenkel gewickelt, während Ponneh auf einem kleinen Schemel sitzt und lustlos eine Möhre schält, von der ihr orangerote Kringel um die Füße fallen.

»Hast du den Einkauf schon aufgeteilt?«, fragt Khanom Basir, ohne aufzublicken.

»Noch nicht«, sagt Saba und begrüßt alle. Ponneh küsst sie auf beide Wangen.

»Schon gut, ich mach's selbst.« Dann hebt Khanom Basir den Blick und fügt hinzu: »Gott schütze dich.«

»Wie geht's dir, Saba-dschan?«, erkundigt sich Khanom Alborz. »Wir haben dich länger nicht gesehen.«

»Tja, sie ist ja noch immer frisch verheiratet«, sagt Khanom Basir mit einem anzüglichen kleinen Grinsen, das Saba frösteln lässt. »Da kann sie schlecht Zeit für uns haben.«

»Ich war in letzter Zeit viel bei Baba zu Hause. Schade, dass du nicht auch mal vorbeigekommen bist«, sagt Saba zu Khanom Alborz.

»Ach ja, was soll ich machen? Meine Tochter nimmt viel Zeit in Anspruch«, antwortet Khanom Alborz und lässt den Kopf übertrieben betrübt hängen. »Es geht ihr immer schlechter. Ihr solltet Gott für eure Gesundheit danken, Mädchen.«

»Ja, ja«, meldet sich Khanom Basir erneut zu Wort. »Ihr zwei seid wirklich strahlend gesund und schön. Sag mal, Saba, machst du deinen Mann auch glücklich?« Das neckische Grinsen ist wieder da, und Saba wendet sich Ponneh zu, die das Gesicht verzieht und wegsieht.

Khanom Basir schaut von ihrem Schneidebrett auf, dann erhebt sie sich vom Boden, geht zu Saba, die neben Ponneh steht, und nimmt ihr Kinn zwischen zwei Finger. Sie betrachtet sie beinahe liebevoll, und Saba setzt ein schüchternes, nervöses Lächeln auf.

»Dein Mann erlaubt dir, Make-up zu tragen?«, fragt Khanom Basir. Ein blau-violett kariertes Kopftuch ist lose um ihren Hals geschlungen. Saba weiß, dass das Tuch früher Khanom Alborz gehörte, und sie fragt sich, wieso Khanom Basir es jetzt hat. Es ist alt – eine Touristin hat es am Strand liegen lassen –, aber es hat einen berühmten französischen Namen. Jetzt wischt sich Khanom Basir damit die Stirn ab, als wollte sie zeigen, dass sie darübersteht. »Na, du bist jetzt verheiratet«, sagt sie in einem Tonfall, von dem Saba zugeben muss, dass er beinahe freundlich klingt. Dann greift sie in die Tasche ihres langen Kleides und holt ein zerknittertes Stück Papier heraus. »Ich hab das Rezept gefunden, wie du deine großen Fenster sauber kriegst. Hier.«

Das Rezept ist für eine simple Lauge aus drei Bestandteilen, von denen Essig den größten Anteil ausmacht. Es ist in einer krakeligen Handschrift verfasst. Saba dankt der älteren Frau, die sich ungewöhnliche Mühe gibt, ihr alle möglichen hausfraulichen Fähigkeiten beizubringen. Auf diese Art will sie demonstrieren, dass Saba und sie jetzt, wo die Heiratsfrage geklärt ist, Freundinnen sein können. Kurz nach der Hochzeit, als alle ihre Ersatzmütter in Sabas neues Zuhause kamen und ihr zeigten, wie man Gewürze lagert und Fisch entgrätet und was ihnen noch so alles an alltäglichen Dingen einfiel, war Khanom Basir diejenige, die Saba beibrachte, ihr eigenes Lieblingsgericht zu kochen, einen köstlichen *gheimeh*, obwohl er für Abbas zu schwer verdaulich war. Und zwei Tage nach der Hochzeit war es auch Khanom Basir, die ihr einen herzhaften *âsh*-Eintopf brachte, der ihr »Kraft geben« sollte. Und jetzt hält sie Saba ihre Portion von dem Fisch hin, ordentlich in Plastikfolie gewickelt. »Willst du den jetzt mitnehmen oder später holen kommen, wenn du deine sonstigen Besorgungen gemacht hast?«

»Ich komm noch mal wieder, danke«, sagt sie. Diese Gesten erinnern Saba an den Tag, als sie zum ersten Mal blutete und Khanom Basir ihr auf der Toilette erklärte, was es mit dem Frausein auf sich hat. Jetzt ist sie eine von ihnen, eine verheiratete Frau mit einer gewissen Würde – obwohl sie in ihrem Herzen nicht älter ist, nicht klüger und nicht weniger von selbstsüchtigen Begierden verzehrt, und wenn sie die Wahl hätte, würde sie am liebsten jeden Nachmittag mit ihren unverheirateten Freunden rauchend in der Vorratskammer vertrödeln.

Ponneh hakt sich bei Saba unter und begleitet sie nach draußen. »Nächstes Mal warne ich dich vor, dann kannst du den Fisch draußen hinlegen.«

»Davon wären sie bestimmt begeistert«, sagt Saba. »Deine Mutter hat Khanom Basir ja ihr schönes Kopftuch geschenkt. Ist das nicht das ausländische, das von der Touristin?«

»Das war ein Versöhnungsgeschenk, nachdem sie sich mal wieder gestritten hatten.« Ponneh schiebt ein paar Haarsträhnen unter ihr Tuch und klaubt sich ein einzelnes Haar von der Zunge. »Über die Krankheit meiner Schwester und dass ich noch nicht heiraten darf. Dass ich als versauerte alte Jungfer sterben werde.«

»Übertreib nicht«, sagt Saba. »Wie geht's Reza?«

Mit ihren spöttischen Mandelaugen sagt Ponneh: *Frag bloß nicht*. Saba kichert. Ihre Freundin tut ihr leid. Die Regeln ihrer

Mutter lassen ihr kein anderes Ventil zur Selbstdarstellung als ihre Kleidung. In letzter Zeit probiert sie die Teheraner Mode aus, trägt weniger leuchtende Farben, hat ihr Kopftuch locker über eine Schulter geworfen und so weit nach hinten geschoben, dass bauschiges Haar über ihrem klassisch schönen Gesicht zu sehen ist. Saba senkt die Stimme zu einem Flüstern. »Ehrlich, Ponneh-dschan, schau dich doch an. Du *musst* einen Geliebten haben ...« Ponneh blickt mit einem schwachen Lächeln auf, aber Saba redet weiter. »Ich kann mir schwer vorstellen, dass du die ganze Zeit ohne ... jemanden auskommst.«

Ponneh zupft an dem Ärmel ihrer rosa Baumwollbluse. »Ich hab genug Freundinnen.«

»Das hab ich nicht gemeint«, sagt Saba.

»Ich weiß, was du gemeint hast.« Ponneh sieht auf. »Ich vermisse unsere Zeit zu dritt. Reza geht's genauso.« Als Saba wieder fragen will, fällt Ponneh ihr ins Wort. »Mach dir nicht so viele Sorgen. Wir würden dich nie außen vor lassen.« Saba nimmt die Hand ihrer Freundin. Sie weiß, dass Ponneh sie nur schonen will – dass sie und Reza sich bestimmt häufig sehen. Das merkt sie daran, wie Ponneh der Frage ausweicht, nachdenklich ihre Fingernägel inspiziert und dann einen ganz kurzen Moment wegschaut. Jetzt wechselt Ponneh in einen Flüsterton, und ihre Augen blitzen, als sie sich vorbeugt. »Ich verrate dir ein Geheimnis. Ich hab eine neue *Freundin*. Kennengelernt haben wir uns bei –« Dann stockt sie, und Saba wundert sich, dass Ponneh ihr nicht erzählen will, wo sie gewesen ist.

»Ja?« Saba sieht Ponneh forschend an.

Ponneh verdreht die Augen. »Sie heißt Farnaz.« Khanom Omidi tritt aus der Tür und kommt an ihnen vorbei. Sie küsst sie beide zum Abschied und lächelt ihr ahnungsloses Lächeln. Als sie weg ist, flüstert Ponneh: »Manchmal ist es schöner mit einem anderen *Mädchen*.«

»Worüber redet ihr beide da draußen?«, ruft Khanom Basir aus der Küche.

Saba mustert Ponneh. »Ja, worüber reden wir eigentlich?«

»Versteh mich nicht falsch«, sagt Ponneh. »Wir üben bloß. Sie wird bald heiraten. Ich ja vielleicht auch irgendwann mal. Aber vorläufig …« Ponneh zieht stolz eine Augenbraue hoch, wie ein Kind, das bei etwas wahnsinnig Ungezogenem ertappt worden ist. Saba kann sich nicht beherrschen. Sie fasst Ponnehs Arm, und beide biegen sich vor lautlosem Lachen.

Sie würde Ponneh so gerne von dem Arrangement erzählen, das sie und Abbas getroffen haben. Ihr erklären, dass sie nicht mit einem alten Mann schläft und dass auch sie ein bisschen Übung gebrauchen könnte. Es tut gut, mit Ponneh wieder über so intime Dinge scherzen zu können. Aber sie beschließt, ihr Geheimnis für sich zu behalten. Das hat sie Abbas versprochen. *Es ist immer gut, möglichst wenig preiszugeben,* pflegte ihre Mutter zu sagen, und es erscheint ihr klug, sich jetzt an diesen Rat zu halten. »Ich vermisse es auch«, sagt sie. »Wir drei zusammen in der Vorratskammer.«

Ponneh wischt sich etwas Kajal aus dem Augenwinkel. »Meinst du, Abbas würde gern mitmachen?« Und wieder prusten sie los, wie früher, als sie noch junge Mädchen waren.

»Ich muss aufbrechen –« Saba will sich mit einem Kuss von Ponneh verabschieden und beugt sich vor.

Ponneh bremst sie. »Hör mal, ich muss dir was erzählen.«

»Was denn?«

»Erinnerst du dich noch an die Frau, die uns damals gesehen hat … an dem Tag? Die Freundin deiner Mutter?« Der unbeschwerte Tonfall ist aus Ponnehs Stimme verschwunden, und plötzlich hat sie wieder diesen bedrückten Gesichtsausdruck, den sie in den ersten Monaten nach dem Vorfall mit Mustafa dauernd trug.

Saba nickt. »Dr. Zohreh? Ich dachte, du hättest sie gar nicht gesehen.«

»Hab ich auch nicht«, sagt Ponneh. »Sie hat sich im Ort nach meinem Namen erkundigt und sich dann mit mir in Verbindung gesetzt.«

»Wieso hast du mir nichts davon erzählt?«, will Saba wissen.

Ponneh zuckt die Achseln. »Es war mein Geheimnis.« Dann sagt sie mit großer Bitterkeit: »Es ist *mir* passiert, nicht dir. Außerdem warst du ja damit beschäftigt, verheiratet zu sein.«

Saba will sich entschuldigen, doch dann überfallen sie Erinnerungen an die Freundin ihrer Mutter.

»Ich soll dir von Dr. Zohreh etwas ausrichten. Sie bittet dich, sie besuchen zu kommen. Sie hat gesagt, es gibt da etwas, von dem deine Mutter wollte, dass du es weißt.« Ein Gefühl von Enge zieht Saba die Brust zusammen. Ponneh verschränkt die Arme. »Ich überlege, ob ich ihrer Gruppe beitrete. Der Gruppe deiner Mutter. Shirzan.« *Löwin.* Sie lacht, beugt sich vor und fügt hinzu: »Den grässlichen Namen musst du ihnen nachsehen. Sie sind Ärztinnen und Ingenieurinnen, keine Dichterinnen.«

»Warum willst *du* da mitmachen?«, fragt Saba. Sie hat den Namen Shirzan schon eine gefühlte Ewigkeit nicht mehr gehört, und auch früher nur beiläufig, in leisen Gesprächen ihrer Eltern. Aber ihre Erinnerungen genügen, um zu wissen, dass Ponneh, ein Dorfkind, das nach der achten Klasse die Schule verließ, nicht in diese Gruppe hineinpasst. Die Freundinnen ihrer Mutter waren Studentinnen und Töchter bedeutender Männer. Wieso sollte die Ärztin Ponneh ansprechen und nicht sie? Trotz ihrer Empörung ist Saba klar, dass sie ihre Zukunft nicht so aufs Spiel setzen würde, wie Ponneh es vielleicht tun wird – es wäre grausam, ihrem Vater noch mehr Sorgen zu bereiten. Sie fragt sich, was ihre Mutter wohl denken würde, wenn sie Saba und ihre Freunde jetzt als Zwanzigjährige sehen könnte. Reza, der seine Tage noch immer mit Fußball verplempert. Saba, die mit einem alten Mann verheiratet ist, und Ponneh als potenzielle Aktivistin. Wahrscheinlich würden ihr Hörner wachsen, so absurd ist es. Wie viel weiß Dr. Zohreh über das Geheimnis um Bahareh Hafezi? »Was hat Maman ihr erzählt?«

»Keine Ahnung.« Ponneh zuckt die Achseln. Wieder hebt sie diese verführerische Augenbraue und sagt: »Da hab ich Farnaz kennengelernt.« Saba hat das Gefühl, dass Ponneh versucht, das Thema zu wechseln. Vielleicht will sie ihre neue Vertraute mit niemandem teilen. In einem Haus voller Schwestern hat Ponneh selten Gelegenheit, etwas nur für sich allein zu genießen. Saba küsst ihre Freundin zum Abschied, und sie verabreden sich für Freitag in der Vorratskammer zusammen mit Reza, weil es ein Jammer wäre, das größte Glück ihrer Kindheit einfach so aufzugeben.

Am Freitagnachmittag sagt Saba zu Abbas, dass sie den Rest des Tages bei ihrem Vater verbringen wird. Zum Abendessen will sie zurück sein, damit er nicht allein essen muss. Aber wann wird sie die Zeit haben, etwas zu kochen?, will er besorgt wissen. Sie beruhigt ihn damit, dass sie alles schon am Vormittag vorbereitet hat. Aber dann ist es doch nicht mehr frisch, sagt er düster voraus – weiß Saba denn nicht, dass Fisch ganz frisch gegessen werden muss? Ach, keine Sorge, verspricht Saba, es wird Lamm geben. Offensichtlich hat Saba vergessen, dass Abbas sich zum Abendessen Fisch gewünscht hat. Nach einigem Hin und Her gibt Abbas sich mit dem Versprechen zufrieden, dass er seinen Fisch einen Tag später bekommt, und verlässt das Haus. Saba, die eine halbe Stunde später aufbrechen will, geht ins Gästezimmer, holt ihre Schminksachen aus dem Versteck und legt dezentes Make-up auf. Sie lässt Songs von Paul Simon laufen, die sie in dem Stapel mit englischen Sprachkassetten verbirgt, und liest *Die Gefangene*, einen Gedichtband der bekannten persischen Lyrikerin Forough Farrokhzad, deren Werke verboten sind und die wie Saba ihre Ausbildung abbrach und jung heiratete. *O Sterne*, schreibt sie über eine verlorene Liebe, *was geschah, dass er mich nicht wollte?*

Saba verweilt bei dieser Zeile, eine vorübergehende Schwäche. Was geschah?

Nachdem sie sich vergewissert hat, dass Abbas wirklich fort ist, geht sie hinten hinaus und zum Haus ihres Vaters. Als sie die Küche betritt, hört sie aus dem Wohnzimmer Agha Hafezis Musik, deren weiche Klänge die dünnen Mauern durchdringen und ihre Ohren liebkosen. Er lässt eine Kassette mit französischen Chansons laufen. Saba erkennt auf Anhieb »Le temps des cerises«, das Lieblingslied ihres Vaters. Wenn er sich das anhört, ist er in einer anderen Welt, gegen seine Kissen gelehnt, und sehnt sich eine andere Zeit herbei, die Augen müde, dunkle Schlitze, die den rauchgeschwängerten Raum mit unerfüllten Hoffnungen durchfluten. Er versteht den Text des Liedes nicht, aber etwas versteht er dennoch. Die Melancholie. Die Erinnerung.

Ponneh und Reza warten in der Vorratskammer schon auf sie. Seit sechs Monaten hat sie Reza nicht mehr aus der Nähe gesehen. Er wirkt irgendwie verändert. Sein Kinn ist ein wenig rundlicher geworden und von dichteren Bartstoppeln bedeckt. Seine Haut ist blasser. Es steht ihm gut.

»Lange nicht gesehen«, sagt Reza unbeholfen und beugt sich vor, um sie auf beide Wangen zu küssen. Irrlichternde Gedanken an jenen anderen Kuss wärmen ihre Haut, und sie hofft, dass Reza nichts merkt. Sie versucht, die Erinnerungen zu verjagen, sagt sich, dass sie nutzlos sind, dass er sie im Stich gelassen und es keinen Zweck hat, aus alten Enttäuschungen neue Hoffnungen zu schöpfen.

»Was hörst du dir zurzeit so an?«, fragt sie und muss einsehen, dass ihre Versuche, nichts zu empfinden, vergeblich sind. Rezas Miene hellt sich auf, und er nennt ein paar Lieder – nichts Neues.

»Ich kann jetzt ›Fast Car‹ auf der *setar* spielen«, sagt Reza mit einem Grinsen. Sabas Brustkorb zieht sich zusammen, als sie an den Tag erinnert wird, an dem sie gemeinsam überrascht wurden. Sie möchte so gern hören, wie er den Song spielt. Er hat die Gabe, jede Melodie so klingen zu lassen, als wäre sie tausend Jahre alt.

Im Handumdrehen haben sie den Inhalt ihrer Mäntel und Taschen ausgepackt – eine Flasche selbst gemachten Wein, drei Haschischjoints (ein Luxus im Vergleich zum Opium, was erkennen lässt, dass ihre Freunde die Zusammenkunft als ein besonderes Ereignis betrachten) und eine kleine Schachtel mit süßen *ghotab*-Teigtaschen.

»Und?«, sagt Reza und legt eine erwartungsvolle Pause ein. Keines der Mädchen sagt etwas. Ponneh nimmt einen Zug und pustet den Rauch nach unten in den Bodenabfluss, der strategisch günstig zwischen ihren gekreuzten Beinen liegt. »Wie ist … das Eheleben?«

»Sei nicht so blöd«, sagt Ponneh und zieht erneut an dem Joint. »Du kennst die Lage.«

Reza sieht sie mit zusammengekniffenen Augen an. »Hast du vor, den ganz alleine zu rauchen?« Ponneh reicht ihm den Joint. Keiner von ihnen erwähnt Sabas Ehe noch einmal.

»Ich werde Dr. Zohreh anrufen und nach meiner Mutter fragen«, sagt Saba.

Ponneh horcht auf. »Ich hab mir überlegt, dass das vielleicht doch keine so gute Idee ist«, sagt sie. »Ich hätte dir das gar nicht sagen sollen.«

»Wer ist Dr. Zohreh?«, fragt Reza.

»Hör mal, Saba-dschan«, sagt Ponneh, »sie kann keine neuen Informationen haben. Falls ja, falls deine Mutter Kontakt zu ihr aufgenommen hätte, hätte sie ja wohl deinen Vater angerufen, oder? Ich hab dir schon alles erzählt, und es ist nicht gut, sich mit Sachen zu befassen, die deine Mutter vor Jahren mal gesagt hat.«

»Nein«, entgegnet Saba. »Du hast mir *nicht* alles erzählt. Zum Beispiel, was genau diese Gruppe eigentlich macht.« Sie versucht, Dr. Zohreh in ihren Erinnerungen einzuordnen, und entsinnt sich vage, dass ihre Mutter manchmal tagelang verschwand, um sich mit Leuten zu treffen, die Saba nicht kannte. Sie denkt, dass Dr. Zohreh sie möglicherweise einmal im Krankenhaus besucht hat, und versucht, sich die Tage um jene Nacht am Strand ins Gedächtnis zu rufen. Aber wozu? Es ist, als würde man an eine kaputte Musikkassette oder einen verlorenen Einkaufszettel denken. Sie kennt jedes Wort der verschwundenen Information, aber sie hat das zwanghafte Bedürfnis, ständig nach etwas zu suchen, das sie übersehen haben könnte.

»Wer ist Dr. Zohreh?«, fragt Reza erneut, diesmal lauter. Ponneh holt tief Luft. Sie sieht ihn böse an und streicht mit einem zart pfirsichfarbenen Fingernagel über eine sorgsam gezupfte Braue – eine dezente Herausforderung der Sittenpolizei und ihrer Sehkraft.

»Ich hab mich noch nicht entschlossen, mitzumachen«, sagt Ponneh. »Die Gruppe nennt sich Shirzan ... Sabas Mutter und Dr. Zohreh haben sie nach der Revolution gegründet.«

»Und wofür setzen die sich ein?«, fragt Reza.

»Für Frauen, wofür denn sonst?« Ponneh lacht, als läge das doch wohl auf der Hand.

»Das gefällt mir nicht«, sagt Reza und schüttelt den Kopf. »Du kriegst noch mehr Ärger.«

Saba spielt mit dem Feuerzeug. »Reza hat recht. Du solltest die Finger davon lassen.«

Ponneh schnaubt. »Was wisst ihr denn schon? Ihr wurdet schließlich nicht –« Sie verstummt und zupft etwas von ihrer Zunge. Dann, nach einem Moment, zuckt sie die Achseln und sagt: »Die haben eine Hütte in den Bergen, hoch über dem Meer. Es ist wunderschön da.« Ihre blutunterlaufenen Augen werden weich, und sie lehnt sich nach hinten gegen die Regale.

»Du bist *da* gewesen?«, fragt Reza. »Das darf doch wohl nicht wahr sein.«

Ponneh übergeht ihn. »Die sind einfach toll. Sie haben mir gesagt, dass persische Frauen ein inneres Feuer haben.« Sie klopft sich mit der freien Hand auf die Brust. »Die Mullahs und *pasdars* wissen das. Und was macht man, wenn man ein Feuer löschen will? Man wirft ein großes schweres Tuch darüber, nimmt ihm den Sauerstoff. Und genau das haben sie mit uns gemacht. Ist das nicht poetisch?«

Sabas Mutter sagte oft ähnliche Dinge, als sie ein oder zwei Jahre nach der Revolution von 1979 plötzlich gezwungen war, ihren Töchtern Kopftücher anzuziehen, und als sie erstmals die Massen von formlosen, verhüllten schwarzen Gestalten auf den Straßen sah. Zahllose Reihen von Schlange stehenden Krähen. Zahllose Reihen von gelöschten Feuern. Hatte diese Gruppe irgendwas mit ihrem Verschwinden zu tun? Musste sie deswegen ins Gefängnis? Welches Verbrechen hatte sie begangen, dessen ihr ebenfalls zum Christentum übergetretener Ehemann nicht gleichermaßen schuldig war? Die Erinnerungen sind zu konfus, und sie nimmt es ihrer Mutter übel, dass sie sie so hilflos zurückgelassen hat.

»Was machen die?«, will Reza wissen. »Ist es legal?«

Ponneh nimmt sich eine halbe *ghotab*-Teigtasche. »Wie gesagt, sie haben in den Bergen am Meer eine Hütte. Und sie decken Tragödien auf, die Frauen im ganzen Land passieren. Sie dokumentieren sie – schreiben darüber, fotografieren sie heimlich für amerikanische Zeitungen.«

Saba denkt über den Zeitpunkt von Dr. Zohrehs Botschaft an sie nach, die Motive, warum sie sich ausgerechnet jetzt mit ihr treffen will. Dr. Zohreh hätte keine gute Meinung von Saba, wenn sie wüsste, was sie getan hat, dass sie, statt zu studieren, einen reichen alten Mann geheiratet hat, einen Muslim, der den Glauben verdecken soll, den ihre Mutter offen zur Schau trug. Tief in ihrem Innern weiß Saba, dass sie trotz ihrer Musik kein Rebell mehr ist, dass sie die Überzeugungen ihrer Mutter gegen ihre eigenen, gefahrlosen Pläne eingetauscht hat.

Vertrau mir, sagte Saba oft zu ihrer Mutter, als sie gerade mal fünf Jahre alt war. *Ich weiß eine Menge*. Ihre Mutter lachte immer darüber, und Saba stellt sich vor, dass sie diese Worte auch jetzt nicht ernst nehmen würde. Wenn sie die Anschrift ihrer Mutter in Amerika hätte, würde sie die Worte auf einen Kassettenrekorder schreien und sie ihr schicken. *Vertrau mir einfach. Ich weiß eine Menge!* Aber Saba weiß nicht mal, ob ihre Mutter wirklich nach Amerika gegangen ist. Vielleicht sitzt sie in einer Zelle. Das Einzige, was sie hat, ist der Nimbus einer Frau und eines Mädchens in einem Flughafenterminal – eine schemenhafte Mahtab, die sie schuldbewusst und verlegen anschaut, weil sie sie zurücklässt. Ist es eine falsche Erinnerung? In letzter Zeit haben ihre Albträume von dem Messer schwingenden *pasdar* nachgelassen. Bis jetzt muss sie ihr Leben nicht für irgendeine Wahrheit verbürgen. Sie hat angefangen, nach ihrer Mutter zu suchen, und in Abbas' Namen zwei Briefe an das Evin-Gefängnis geschickt, heimlich, um ihren Vater nicht zu beunruhigen.

Rezas Augen sind ganz groß geworden, und er hat Haschisch

und Alkohol völlig vergessen. »Das ist ja noch viel schlimmer, als ich dachte«, sagt er und fährt sich mit der Hand durch sein ziemlich langes Haar.

Saba seufzt. So kommen sie nicht weiter. »Was für Tragödien?«, murmelt sie, während sie versucht, sich die Hütte über dem Meer irgendwo zwischen Villen oder in den bewaldeten Bergen vorzustellen.

»Sie haben überall in der Hütte Kisten versteckt«, erklärt Ponneh. »Flugblätter, Fotos, getippte und handgeschriebene Briefe. Alles geht nach Amerika, England, Australien, Frankreich – aber auch nach Rasht, Tabriz, Teheran, Isfahan. Sie schicken das Material an Zeitungen und Fernsehsender. Damit die Menschen, die keine Ahnung haben, von diesen Dingen erfahren. Und sie verteilen auch Flugblätter im Iran, an Frauen, die vielleicht mitmachen würden. Es ist wirklich beachtlich.«

Ponneh zieht ein Foto aus der Tasche. Das Bild einer Frau mit geschorenem Kopf und von einer Auspeitschung stammenden blutigen Striemen, die ihren schönen Rücken entstellen. Die Bildunterschrift lautet: »Verbrechen: Zu lockeres Kopftuch im Wind heruntergerutscht«. Saba fällt die Schönheit der Frau auf, deren Gesicht im Halbprofil zu sehen ist, und schaut zu Ponneh hinüber, die auf den Nägeln kaut. Sie sieht Ponneh an, dass sie unsicher ist, ob sie dieses Geheimnis, diese Freundinnen mit ihr teilen soll, denn schließlich hat Ponneh etwas erlebt, das Saba nicht erlebt hat. Die Frau auf dem Foto konnte wahrscheinlich nie fromm genug sein, genau wie Ponneh. Nie unterwürfig genug. Denn ihr Verbrechen stand ihr in das schöne Gesicht geschrieben. »Ist das nicht grotesk?«, sagt Ponneh, mit hartem und trockenem Tonfall.

»Sei nicht so eingebildet, Ponneh-dschan«, sagt Reza, als würde er auf etwas ganz anderes reagieren, irgendein privates Gespräch zu einem früheren Zeitpunkt.

»Das ist genau die Reaktion, die Dr. Zohreh erreichen will«, sagt Ponneh. »Empörung. Ich finde es grotesk, dass dieses arme Mädchen … nein … dass *ich* diese Spuren für immer tragen muss. Was, wenn ich mal heirate?« Ihre Stimme bricht, und sie windet sich unter ihrer Kleidung, als könnte sie die Blutergüsse spüren. Laut Khanom Omidi heilen sie nicht gut, und Ponnehs Haut wird stellenweise taub und verfärbt bleiben. Nervenschaden. Aber sie kann von Glück sagen, dass ihre Wirbelsäule unversehrt ist.

Reza nickt. »Ponneh, du bist wunderschön«, sagt er, als könnte auch er die Blutergüsse spüren.

Saba pustet einen Lungenzug Rauch in den Abfluss. »Die Allerschönste«, sagt sie und drückt Ponnehs Schulter. »Sei nicht traurig. Nicht in der Kammer irdischer Wonnen.«

Ponneh lächelt schwach. Sie redet noch ein Weilchen über die grässlichen Dinge, die gar nicht so weit weg geschehen sind, während Saba über ihr eigenes Leben nachdenkt, ihr Glück, das gute Schicksal, das sie sich selbst gestaltet hat. Irgendetwas an Dr. Zohrehs Gruppe kommt ihr nicht richtig vor – als würden sie sich nicht wehren, sondern anpassen. Weil die Frauen dieses verfluchte Land nicht verlassen, sondern sich darin durchschlagen, bis die derzeitige Situation erträglich wird. Sie findet ihren eigenen Weg besser, ihren kolossal logischen Weg, sich unauffällig zu verhalten, bis sie sich befreien kann. Sie hat eine Ehe, die es ihr ermöglicht, sich frei zu bewegen und ihre Zukunft unbemerkt zu planen, während Dr. Zohreh Bilder an gesichtslose Verbündete im Ausland schickt – Politiker und Reporter, die vielleicht nie reagieren werden. In die westliche Welt hineinschreit, um Freunde aufzurütteln, die es vielleicht gar nicht gibt.

Als Ponneh endet, sitzen sie schweigend da. Aber ihnen ist nicht unbehaglich zumute, weil sie an diese bizarre Dreierkonstellation gewöhnt sind, die sie sich geschaffen haben und nach der sich jeder von ihnen auf seine Art sehnt. »Bitte, mach da nicht mit«, sagt Reza. »Das ist nicht richtig. So erreicht man nichts. Hab Geduld, und eines Tages wirst du feststellen, dass du glücklich bist. Wie unsere Mütter. Wenn du denkst, sie würden in dieser Welt keine Rolle spielen, liegst du falsch. Ihr müsst beide aufhören, etwas Besonderes sein zu wollen.« Ponneh schnaubt und sieht weg. Er fleht erneut: »Bitte, tu's nicht.«

»Keine Sorge, ich mach nicht mit«, sagt Ponneh und reicht Saba die Flasche.

Sie verbringen noch eine Stunde mit Alkohol und Gebäck, unterhalten sich, während Reza leise summt. Wenn sie allein wären, würde Saba ihn bitten, etwas anderes zu singen. Sie würden sich ihre Musik anhören, den Bügel vom Kopfhörer ihres Walkmans auseinanderbiegen, damit jeder sich eine Hälfte aufs Ohr setzen kann, wie sie das als Kinder gemacht haben. Als Ponneh zur Toilette geht, streckt Reza den Arm aus, berührt Sabas Hand und flüstert: »Verzeihst du mir den Tag damals? Es tut mir leid, dass ich es nicht stärker versucht hab.« Sie nickt und wendet den Blick ab. Er beugt sich vor und flüstert ihr ins Ohr. »Wenn der alte Mann stirbt, wirst du gerade die Blüte deiner Schönheit erreicht haben.«

Sie stößt ihn weg, lenkt sich ab, indem sie im Geist alle Möglichkeiten durchgeht, wie sie Dr. Zohreh kontaktieren kann. Sie will das allein machen, ohne Ponneh. »Hör auf, solche Spielchen mit mir zu spielen«, sagt sie. »Wir sind keine Kinder mehr. Das ist beleidigend.«

Stirb nur für jemanden, der wirklich für dich brennt, hat Khanom Basir mal gesagt.

Er blickt verwirrt. »Ich spiele nicht«, sagt er. »Du bist meine Freundin, Saba-dschan. Denkst du, ich kann meine Freunde einfach so ersetzen, als hätte es sie nie gegeben? Dein Platz hier ist leer.« Er nimmt ihre Hand und legt sie auf seine Brust, aber sie zieht sie weg. »Ich hab dir ein Entschuldigungsgeschenk mitgebracht, das Beste, was für mich gerade noch erschwinglich war. Ich bin dafür extra nach Rasht gefahren.« Er zieht ein altes Buch mit kaputtem Rücken aus seiner Jacke. »Amerikanische Geschichten«, sagt er stolz, und sie drückt es sich an die Brust und beschließt, ihm niemals zu verraten, dass das Buch entweder auf Deutsch oder Holländisch ist. Er sagt: »Ich hab sogar versucht, Bekanntschaft mit dem alten Mann zu schließen, deinem Abbas Agha, damit ich dich besuchen kann. Er war auf dem Marktplatz, und ich hab ihn nach seinem Lieblingsdichter gefragt, ihm angeboten, Besorgungen für ihn zu machen. Ich hab alles probiert. Aber der aufgeblasene Alte hat gedacht, ich wollte Geld, und hat mich weggescheucht.«

Saba muss lachen, und als sie ihn gerade erneut wegstößt, kommt Ponneh zurück. »Was ist denn so lustig? Ich brauch jetzt einen guten Witz.« Sie steckt sich die nächste Zigarette an und setzt sich im Schneidersitz in die Ecke.

Dann fliegt die Tür der Vorratskammer auf, und Ponneh wirft hastig die halb aufgerauchten Kippen in den Abfluss. Die Flasche ist leer, aber Reza lässt sie fallen, und sie rollt laut scheppernd in der Dunkelheit gegen Konservendosen. Saba geht rasend schnell alle möglichen Entschuldigungen durch und landet schließlich bei: *Ich bin verheiratet und kann tun und lassen, was ich will.* Doch ehe sie etwas sagen kann, erhascht sie einen Blick auf ihren Vater, weiß im Gesicht und tief gebeugt in der offenen Tür. Seine Augen sind rot, und sein Blick ist so umnebelt, dass er die verbotenen Rauschmittel gar nicht bemerkt haben kann.

»Kinder, wir müssen gehen«, sagt er leise. »Saba-dschan, komm mit, Liebes.«

Sofort spürt Saba ein Loch in der Welt. Etwas Kostbares ist verschwunden, und in wenigen Sekunden wird ihr Vater ihr sagen, was. Sie greift sich an den Hals und beginnt zu husten.

Reza stürzt herbei, um sie zu halten, eine Reaktion aus einer fernen Vergangenheit, doch er tritt zurück, als ihr Vater als Erster bei ihr ist. Sie schluckt schwer, aber das Wasser ist so tief, und sie kann nicht hinaus.

»Was ist passiert?«, wispert Ponneh.

»Khanom Mansuri ...«, setzt ihr Vater an und verstummt dann. Saba kann ihm ansehen, wie er es sich anders überlegt, die Worte umformuliert, die er sich wahrscheinlich von dem Moment an zurechtgelegt hatte, als er die Tür hinter dem Überbringer der Nachricht schloss. Er blickt besorgt auf Sabas Hand, die sie um den Hals gelegt hat, und sie lässt sie sinken. »Agha Mansuri ist jetzt ganz allein. Er wird eure Hilfe brauchen.«

Den Weg von der Vorratskammer zu Agha Mansuris Haus nimmt Saba kaum wahr. Ihr Vater erzählt ihnen, was passiert ist. Khanom Mansuri ist im Schlaf gestorben, in die Arme des Mannes geschmiegt, mit dem sie fast siebzig Jahre lang verheiratet war. Saba versucht, es sich vorzustellen, und es fällt ihr leicht. »Agha-dschan«, flüstert Khanom Mansuri ihm leise zu, als sie einschläft, »mein Mund ist so trocken«, und er steht schwerfällig von ihrer Bodenmatte auf, um ihr etwas Wasser zu holen. Als er zurückkommt, atmet sie sacht, und er stellt das Wasser neben dem Bett auf den Boden. Vielleicht entzündet er eine Öllampe. Er schließt sie in die Arme. Als er erwacht, ist ihre Haut kalt und aschfahl. Das Wasser unberührt. Und er schreit auf und ruft nach Agha Hafezi, damit er kommt und ihm hilft.

Saba kann nicht absehen, was das für sie bedeuten wird. Khanom Mansuri stand nie im Mittelpunkt, aber sie war doch ein unverzichtbarer Bestandteil des Lebens in Cheshmeh. Sie hat zugehört, Hände getätschelt, Beruhigungen ausgesprochen, geschlafen. Wie soll das Leben ohne sie weitergehen? Wer wird sie nun um Geschichten über Mahtab bitten? Welche aufmerksamen Ohren wird Mahtabs Vermächtnis jetzt finden?

Einen ganzen Tag lang weigert sich Agha Mansuri, sie beerdigen zu lassen. »Ich hab Khanom versprochen, dass wir gemeinsam in derselben Erde bestattet werden.« Er steht allein da, sieht schutzlos aus und erledigt, und bei seinem Anblick regt sich in Saba die Erinnerung an den Tag, als das Paar sich mit ihr zusammen *Familienbande* angeschaut hat – amerikanische Fernsehmenschen in ihrer Glitzerwelt. Er sagte »Schändlich, schändlich« und ließ doch nicht zu, dass Saba den Fernseher ausschaltete. Sie fragt sich, ob es je einen Menschen geben wird, der neben ihr beerdigt werden könnte – jemand anders als Mahtab. Jemand, der nicht an ihrer Seite geboren wurde, aber dort seinen Platz gefunden hat.

»Aber Groß-Baba, sei doch vernünftig«, drängt Agha Mansuris Enkeltochter Nilu ihn. Eine Gruppe von Nachbarn steht in Agha Hafezis trockenem Lagerraum, dem einzigen, der groß und kühl genug ist, um einen Leichnam aufzubewahren. »Wir müssen sie *jetzt* begraben. Das verlangt der Islam.«

»Bitte«, fleht der alte Mann mit heiserer Stimme, »gebt mir bloß zehn Tage Zeit, um zu sterben.«

Saba packt Ponnehs Arm und merkt erleichtert, dass sie nicht als Einzige zittert.

»Lieber Agha Mansuri!«, sagt Sabas Vater. »So etwas dürfen Sie nicht sagen.«

»Wenn sie erst beerdigt ist, dürfen wir sie nicht mehr stören. Aber wenn wir warten … Ich bin sicher, sie würde auf mich warten wollen.« Er nickt vor sich hin, sicher, die richtige Entscheidung getroffen zu haben, aber als er aufschaut, hält niemand seinem Blick stand. Er sieht sich hektisch um, versteht die Welt nicht mehr. Links von ihm schluchzt Khanom Omidi in ein Taschentuch. Er dreht sich um und bemerkt Saba in einer Ecke, den Kopf zum Gebet gesenkt. »Saba Khanom.« Er schaut sie mit großen, bittenden Augen an. »Ich flehe dich an. Überzeuge sie. Du kannst gut mit Worten umgehen, Kind. Sag ihnen, dass wir sie nicht allein an diesen dunklen Ort schicken können. Sag ihnen, sie sollen zehn Tage warten, bis sie sie in die Erde senken. Sag es, liebes Kind.« Und dann vergräbt Agha Mansuri den Kopf in den Händen und weint hemmungslos. Agha Hafezi wendet sich ab und blickt Saba an, die Augen weit aufgerissen, unfähig, eine Entscheidung zu treffen.

»Ich …«, beginnt Saba.

»All dieses Gerede vom Tod«, sagt Abbas. Er klingt schwächlich, nur mit seiner eigenen Sterblichkeit beschäftigt. Saba fühlt sich angewidert von ihrer eigenen Wahl. Er entschuldigt sich, geht nach Hause und kommt nicht zurück.

»Ihr Kinder«, sagt Agha Mansuri. »Ich bin alt und unwissend, aber ich kenne meine Frau.« Er wischt sich übers Gesicht und setzt eine finstere, prophetische Miene auf. Er bündelt eine gewaltige düstere Vorahnung in seinem Körper und stößt sie mit dünner Stimme hinaus: »Sie wird euch alle heimsuchen.«

Saba geht zu ihm und legt einen Arm um seine Schultern. Er schnieft und wedelt mit einem drohenden Zeigefinger vor ihnen in der Luft. Agha Hafezi seufzt tief und spricht dann Bitten und Beruhigungen aus, eine großartige, wortgewaltige Rede über Leben, Tod und Ewigkeit. Der alte Mann schluchzt derweil weiter vor sich hin. Hinterher, in der lang gezogenen Stille, die mit kollektiver Sorge und den Erwartungen der Familie gefüllt ist, hustet er in ein grau angelaufenes Taschentuch und gibt zu erkennen, dass er gar nicht zugehört hat. »Zehn Tage sind nicht viel. Aber ich bin müde, Agha-dschan. Ich glaube, ich mach's nicht mehr lange.«

»Ich weiß nicht, was ich tun soll.« Der frustrierte Agha Hafezi meint niemand Speziellen. Irgendwie weiß jeder, dass nicht die Familie Mansuri, sondern Agha Hafezi die Entscheidung fällen wird. Er reibt sich matt die Augen mit Daumen und Zeigefinger. Der alte Mann stützt sich auf Sabas Arm.

»Ehsan-dschan, ich verspreche, in zehn Tagen mache ich Ihnen keine Umstände mehr«, sagt er.

Saba muss an den Tag denken, an dem ihre Mutter und Khanom Mansuri ihr in der Küche zeigten, wie man Teig an die Wände des großväterlichen *tanurs* legt. Wie viele Tage vor den Ereignissen im Flughafen war das? Verschwand ihre Mutter eine Woche danach? Einen Monat danach? An jenem Tag sagte Khanom Mansuri fast dasselbe zu Sabas Mutter – weil sonst niemand einen *tanur* hatte und sie Brot für ihren Bruder backen wollte, der aus dem Süden kam und nicht daran gewöhnt war, zu jeder Mahlzeit Reis zu essen. *Ich verspreche, in zehn Tagen mache ich Ihnen keine Umstände mehr.*

»Das ist doch Wahnsinn. Wir lassen nicht zu, dass Sie sich *das* antun«, sagt Agha Hafezi.

»Da gibt's nichts zu tun, Agha-dschan. Ich bin alt. Und ich hab schon lange nicht mehr gut geschlafen.«

Und so warten sie. Khanom Mansuri wird gewaschen, in ein Leichentuch gehüllt und in Agha Hafezis höhlenartigem Lagerraum aufbewahrt, der nur ein kurzes Stück Weg von dem Haus mit seiner westlichen Küche und den Reissäcken, dem altertümlichen *tanur*-Ofen und Sabas geliebter Vorratskammer entfernt liegt.

Am nächsten Tag kommt Mullah Ali. Als er von dem Plan erfährt, tobt er. »Das dulde ich nicht. Es ist falsch und verstößt gegen die Vorschriften des Islam. Sie muss sofort bestattet werden.«

Noch nie hat Saba den Mullah inbrünstiger gehasst. Was ist mit all den Gesetzen, die er geflissentlich übersehen hat, wenn es um sein Vergnügen ging? Was ist mit den Festen? Was ist mit Mustafa, der ungestraft davongekommen ist? Jetzt ist nun wirklich nicht der Moment, sich an die Buchstaben des Gesetzes zu halten. »Was schlagen Sie vor?«, fragt sie kalt.

Der Mullah denkt kurz nach und wendet sich dann Agha Hafezi zu. »Wir werden sie jetzt beerdigen und ihm sagen, sie wäre noch im Lagerraum – nur solange seine Trauer noch so frisch und schmerzhaft ist. Dann bestellen wir einen Grabstein mit ihren beiden Namen darauf, um ihn zu beruhigen. Natürlich werden wir auch einen richtigen benötigen. Ich bin sicher, nach einer Weile hat er ein Einsehen, und wir können heimlich still und leise ihren eigenen Stein auf das Grab stellen«, fügt er auf Gilaki hinzu. »Hafezi, können Sie das ermöglichen?«

»Selbstverständlich«, sagt Sabas Vater, der frohen Herzens alles bezahlen wird, was den Leichnam aus seinem Lagerraum schafft. Es ist eine gute Lösung, voller praktischer Halbwahrheiten und *maast-mali.*

Tagelang wacht Saba fast rund um die Uhr über den trauernden Witwer und passt auf, dass er sich nichts antut. Sie erzählt ihm Geschichten, zeigt ihm all ihre liebsten Fernsehserien, versucht, ihn zum Essen zu bewegen. Sie hält sich an die Lügengeschichte, erzählt ihm, dass Khanom Mansuri im Lagerraum auf ihn wartet und er sie nur deshalb nicht besuchen kann, weil sie kühl und trocken bleiben muss. *Oh ja, alles in Ordnung*, murmelt sie, als würde sie vertuschen, dass ein Verwandter im Gefängnis sitzt. Bald wird ihr klar, dass sie sich eigentlich keine Gedanken über einen möglichen Selbstmord machen muss, weil Agha Mansuri das für eine Sünde hält. Beunruhigender ist dagegen, dass der alte Mann fest entschlossen ist, eines natürlichen Todes zu sterben, damit er zu seiner Frau kann. Er tut alles Erdenkliche, um die Götter zu überlisten. Er entfernt so ganz nebenbei die Etiketten von seinen Medikamenten, sodass Saba sich jedes Mal, wenn er welche eingenommen hat, vergewissern muss, ob sie auch an ihrem korrekten Platz stehen (sie tun es nie), »vergisst«, die Öfen und Lampen zu löschen, lädt kalte Luft und Schakale ein, durch die stets offenen Fenster seines kleinen Hauses aus Holz und Reisstroh zu ihm zu kommen. An einem guten Tag, als er sich auf ein Gespräch einlässt, erfährt sie, dass er fünfzig Jahre lang jeden Tag das Gleiche gegessen hat, nämlich das *baghaleh ghatogh* seiner Frau mit Reis. Saba hat ihn dieses Gericht früher schon essen sehen, ohne Besteck, immer mit eingelegtem Knoblauch und Bergen von weißem Reis, dessen einzelne Körner er mit Daumen und zwei Fingern zu einer buttrigen Kugel zusammenknetete. Saba staunte über die beeindruckend großen Happen, die er mit nur diesen drei Fingern formen konnte. Vielleicht wird sie versuchen, Khanom Mansuris berühmtes Gericht für ihn zuzubereiten. Schließlich hat sie die Aufgabe, ihn am Leben zu halten.

Ein paar Tage lang denkt sie nicht mehr an Dr. Zohreh und die zahllosen Ungerechtigkeiten gegen Frauen und widmet sich stattdessen ganz diesem einen schwachen Greis. Tagelang probiert Saba, das Gericht seiner Frau nachzukochen, doch Agha Mansuri äußert sich stets traurig und enttäuscht: »Ein bisschen mehr Knoblauch, mein Kind. Nein, nein, weniger Dill ... ach, ist auch egal, ich sterbe sowieso bald.« Er wartet gebückt – sein Körper weigert sich, aufrecht zu stehen – direkt hinter Sabas Schulter und beobachtet unverwandt ihre Hände. Sie weicht die Limabohnen ein und enthäutet sie. Agha Mansuri schaut zu, als sie die Bohnen brät und nach seiner Anweisung eine Extraportion Knoblauch, Dill, Kurkuma und Eier hinzugibt. Sie verteilt die Mischung über ein lockeres Bett aus weißem Reis und geizt bei der gesamten Zubereitung nicht mit Butter. Schließlich nimmt er einen Bissen und sagt: »Du hast es versucht, Saba-dschan. Du hast es versucht. Aber ihre Hand kann ich einfach nicht schmecken.«

»Wirst du es trotzdem essen?«, bettelt sie, und als er es

tut, ist sie dankbar, als hätte er ihr einen großen Gefallen getan.

Am siebten Tag nach dem Tod seiner Frau überwacht Agha Mansuri die Zubereitung von *halva* und Datteln für die Trauergäste. »Wir brauchen reichlich, Saba-dschan, denn wenn wir unseren Nachbarn den Mund versüßen, werden sie für die Seele meiner Frau beten, was unerlässlich ist, wenn wir in ein paar Tagen zusammen sein werden.«

»Bestimmt ist sie jetzt im Himmel«, sagt Saba, fest überzeugt, dass selbst ein christlicher Gott Khanom Mansuri zu sich aufnehmen würde. Sie zählt die *halva*-Stücke trotzdem durch, nur für alle Fälle.

Er stammelt beinahe ängstlich: »Gehen wir lieber auf Nummer sicher.« Dann beschwört er sie, nach seinem Tod genau dieselbe Menge *halva* und Datteln zuzubereiten.

Während er durch den Ort geht und zusammen mit Saba *halva* verteilt, rühmt Agha Mansuri seine Frau zärtlich und hingebungsvoll. Wie ein junger Liebender schwärmt er davon, wie schön sie an ihrem Hochzeitstag war, wie fürsorglich sie für ihre Familie sorgte, wie liebevoll sie ihr gemeinsames Haus einrichtete. Dann redet er über die »köstliche Hand« seiner Frau, und Saba nimmt sich fest vor, dass auch sie so etwas erleben wird, und wenn sie hundert Jahre warten muss und alle anderen überlebt. Vielleicht wird sie es mit Reza erleben, vielleicht wird sie ihren Geliebten erst viele Jahrzehnte später finden. Sie wird ihn pflegen, wenn sie beide alt und gebrechlich sind und keiner mehr da ist, um sich um sie zu kümmern.

Acht Tage vergehen, und Saba macht sich immer mehr Sorgen. Sie sieht, wie sich die Runzeln in Agha Mansuris braunem Gesicht zu Gräben vertiefen und seine haselnussbraunen Knopfaugen in ihren Falten verschlingen. Sie sieht, wie sich seine Wangen gen Boden strecken, während die Wölbung in seinem Rücken entschlossen himmelwärts strebt. Was wird geschehen, wenn die Frist abgelaufen ist? Wie soll dieser arme Mann weiterleben? Sie erzählt ihrem eigenen Mann von ihren Ängsten, da er den Schmerz erlebt hat, eine Frau zu verlieren.

»Er wird weiterleben«, sagt Abbas rundheraus. »Er wird drüber wegkommen.«

»Er wirkt so schwach«, sagt sie. »Er ist fest entschlossen zu sterben.«

»Mach dir keine Sorgen, Kind«, lautet Abbas' einziger Kommentar.

Saba sieht ihren Mann an, und der friedliche Ausdruck in seinem Gesicht gibt ihr Zuversicht. Sie denkt daran, wie zärtlich Agha Mansuri seine Frau betrachtete, wenn er ihren Obstbrei zubereitete und auf ihren Tee pustete, und daran, wie sie einst für Reza empfand. Dergleichen ist noch immer möglich, selbst an diesem Ort. Sie spürt einen tiefen Mut, den Wunsch, etwas für sich selbst zu tun, ein Gefühl für ihren eigenen sterbenden Körper. Und den von Abbas.

»Abbas«, beginnt sie zaghaft. »Kann ich dich um etwas bitten?«

»Was du willst, *azizam*.«

»Ich bin sehr glücklich mit dir, ich hoffe, das weißt du.« Abbas lächelt aufrichtig, und Saba fühlt sich bestärkt, weiterzureden. »Aber wir sind so weit auseinander ... altersmäßig.«

Sie sieht Abbas an, dass er – wie alle Männer – vermutet, sie beweine bereits die Möglichkeit seines Todes. »Wir haben noch viele gemeinsame Jahre«, beruhigt er sie.

»Ja, aber danach ...« Saba senkt den Blick. *Bin ich noch immer Jungfrau.* Seit jenem Morgen vor einigen Monaten haben sie nicht mehr über ihr Arrangement gesprochen. Abbas schweigt, also fährt sie fort. »Würdest du es gutheißen, wenn ich ein zweites Mal heirate?« Sie fragt sich, ob sie ihm versichern soll, dass sie niemandem von seinem persönlichen Versagen erzählt hat und das auch niemals tun wird. Das Lächeln ist aus seinem Gesicht gewichen, und sie fürchtet, bereits zu viel gesagt zu haben. Es kann ihm unmöglich behagen, ihre Jugend und die Möglichkeiten, die nach seinem Tod auf sie warten, so krass vor Augen geführt zu bekommen.

»Worauf willst du hinaus?« Seine Stimme ist barsch geworden.

Worum Saba ihn bitten will, was sie sich vor allem wünscht, ist, dass er einen Brief aufsetzt, der ausschließlich für ihren zukünftigen Ehemann gedacht ist und in dem er bezeugt, dass ihre Ehe nicht vollzogen wurde. Das kann doch niemandem schaden. Ihm muss schließlich klar sein, dass es in ihrem eigenen Interesse liegt, die Wahrheit für sich zu behalten, damit sie sein Vermögen erben kann. Somit steht für ihn auch nicht zu befürchten, dass sie die Dinge öffentlich macht, folgert Saba. Und überhaupt, wieso sollte er ihr nicht diesen kleinen Gefallen tun? Wenn sie ihn nicht bloßstellt, sollte er ihr im Gegenzug diese kleine Versicherungspolice gegen eine weitere lieblose Ehe geben, falls sie es doch nie nach Amerika schafft. Oder ist das zu gierig von ihr? Saba wappnet sich innerlich. Um dieses eine muss sie ihn bitten. Sonst würde ihr niemand glauben, dass sie noch Jungfrau ist. Sie hätte nie die Chance, einen Mann in ihrem Alter zu finden, einen, den sie vielleicht sogar noch mehr lieben könnte als Mahtab.

»Ich hab bloß gerade gedacht«, beginnt sie vorsichtig, »wie gut wir zueinanderpassen.« Sie presst alle Aufrichtigkeit, die sie in sich findet, zu einem festen Ball zusammen und wirft ihn Abbas mit genau kalkulierten Worten zu. »Ich würde niemals etwas sagen, das dich verletzt.« Verwirrung malt sich auf Abbas' Gesicht ab. »Aber würdest du es gutheißen, wenn ich ein zweites Mal heirate?«

Seine Miene verdunkelt sich. »Ich glaube nicht, dass ich dann noch groß Einfluss darauf nehmen könnte.«

Sie seufzt. »Du könntest einen Brief aufsetzen. Ich würde ihn nie jemandem zeigen. Schreib unser Geheimnis auf, und ich verspreche dir, ich werde es für uns schützen.« Ihre Stimme bebt vor Verzweiflung, und auf einmal schämt sie sich, das Gespräch überhaupt begonnen zu haben. Sie berührt seine Hand.

»*Azizam*«, sagt er, »wenn ich es aufschreibe, ist dein Erbe gefährdet.«

»Genau deshalb kannst du mir ja vertrauen. Das ist etwas, das wir beide füreinander tun können.«

Abbas lacht über ihre Gerissenheit. »Meine raffinierte kleine Frau«, sagt er und tätschelt matt ihre Hand. »Ich will nicht mehr vom Tod reden«, murmelt er über die Schulter, als er aus dem Haus geht.

In der neunten Nacht tut Agha Mansuri während eines schlimmen Albtraums, der vermutlich durch die bevorstehende Beerdigung und die baldige endgültige Trennung von Khanom Mansuri ausgelöst wird, seinen letzten Atemzug und folgt seiner Frau nach. Aus Angst davor, was sie finden könnte, geht Saba nicht noch mal in sein Haus, um seine Medikamente zu kontrollieren. Sie schnuppert nicht in der Luft oder sucht nach verräterischen Einkäufen. Sie verabschiedet sich von ihm und verspricht, vor Gott zu bezeugen, dass er sich nichts angetan hat. Sie verteilt genau dieselbe Menge *halva* wie während der Trauerzeit um seine Frau.

Saba und ihr Vater helfen der Familie im Lagerraum, Agha Mansuri in ein Leichentuch zu hüllen. Dann wird er hinausgetragen und neben seiner Frau unter dem Doppelgrabstein beerdigt. Vater und Tochter stehen Seite an Seite und sprechen beide ein stummes Gebet. Jeder von ihnen vermisst ein verlorenes anderes Ich. Saba fragt sich, zu welchem Gott ihr verwirrter Vater jetzt wohl betet. Wahrscheinlich zu dem Gott seiner Frau, dem er all die Zeit, die er mit ihr zusammen war, ergeben gefolgt ist. Sein Atem geht flach und gepresst, seine Augen sind blutunterlaufen. Nachdem die Familie mit den Geistlichen gegangen ist, verweilen Saba und ihr Vater noch lange in dem höhlenartigen Raum, der in den Hang gebaut ist, stumm und nachdenklich. Wie viel hat sich verändert, seit ihre Mutter fortging … *Wohin?*

»Baba, bitte sag mir, was mit Maman passiert ist.« Ihre Stimme hallt durch die Dämmerung des offenen Lagerraums, einer langen Röhre, die sich zu einem unsichtbaren Ende hin verjüngt. Die Wände sind aus Lehm und grob behauenen Felsen, die tiefsten Winkel unerforscht. Saba schlingt die Arme um ihren zitternden Körper und lässt den Blick über die Kartons mit Lebensmitteln schweifen, die zu unverschämten Preisen erstandene Schwarzmarktware, die ausländischen Luxusartikel – Vollkornkekse, La-Vache-qui-rit-Käse, Johnson's Babyshampoo, Canada Dry, nichts schnell Verderbliches – versteckt in den hintersten Ecken.

Agha Hafezi atmet müde durch. »Es tut mir leid«, sagt er, »ich kann dir nicht geben, was du willst, Saba-dschan. Ich hab meine Theorien. Ich habe gesucht. Du hast ja gesehen, dass mein Brief zurückgekommen ist, und ich habe nie irgendwelche Auskünfte bekommen. Ich musste mich von ihr scheiden lassen, sonst hätte ich riskiert, dich und unser Leben zu verlieren.«

Saba versucht, nicht vor Ungeduld nervös zu werden. »Aber was ist mit Amerika? Wann ist sie ins Gefängnis gekommen?«

Ihr Vater schüttelt den Kopf. »Der Flughafen war ein einziges Chaos. Du bist weggelaufen, und ich musste dich wieder einfangen. Und als ich mich dann umgedreht hab, war sie verschwunden. Ich hab die *pasdars* gesehen, aber ich konnte deine Mutter nicht mehr finden. Tagelang hab ich alle möglichen

Leute angerufen.« Er klingt schwach. Er richtet den Blick auf einen Punkt irgendwo hinter ihrer Schulter. »Später hat jemand behauptet, sie im Gefängnis gesehen zu haben, aber ich hab gesagt, das kann nicht sein. Dort kann sie nicht hingekommen sein, weil meine Saba gesehen hat, wie sie in das Flugzeug gestiegen ist, und dann muss es so gewesen sein. Es muss so gewesen sein, weil meine Tochter klug ist. Sie sieht alles, und sie lügt nicht.«

Jahrelang hat Saba von dem Moment fantasiert, in dem ihr Vater zugibt, dass ihre Mutter in Amerika ist. Seine Worte, so stellte sie sich vor, würden die Planke sein, die sie über Wasser halten würde. Aber jetzt, als sie hört, dass ihre eigene nebulöse Wahrnehmung die Planke ihres Vaters war, verschwindet aller Halt unter ihr, und sie stürzt ins eisige Wasser. Wie verlässlich ist dieser einzelne Erinnerungsfetzen, den sie im Laufe der Jahre abgegriffen hat wie eine verblassende Fotografie? Für einen Augenblick wird das Bild der eleganten Dame in dem blauen Manteau mit dem grünen Kopftuch wieder ganz klar. Ihre Mutter tritt aus dem verschwommenen Terminal heraus und lächelt Saba an. Sie hält Mahtabs Hand umklammert und steigt leichtfüßig an den Menschen vorbei in das Flugzeug.

Zig Fragen überschlagen sich in ihrem Kopf. *Hat Maman aus Amerika angerufen? Kann Mullah Ali helfen? Warum haben die* pasdars *sie verhaftet? Wenn sie das Flugzeug nie bestiegen hat, wo ist dann Mahtab?*

»Sie hat sich nie wieder bei mir gemeldet«, sagt ihr Vater mit schmerzlicher Endgültigkeit. Sie sieht, wie sich sein Adamsapfel bewegt, als er schwer schluckt, und sie denkt, dass ihre Mahtab-Geschichten ihn gequält haben, ihn daran gehindert haben, sein Leben neu zu ordnen, weil er Angst davor hat, sie zu zwingen, die Wahrheit zu akzeptieren. Als sie etwas sagen will, kommt er ihr zuvor. »Genug«, sagt er mit einer Stimme, die angespannt und ausdruckslos klingt. Er durchquert den Lagerraum, um zu seinen Erinnerungen zurückzukehren, lässt Saba mit dem betäubenden Trost ihrer Musik und ihrer Filme allein. Sie ahnt nichts von dem Kummer, mit dem sie ihren unglücklichen Ehemann zurückgelassen hat, dem nach monatelanger Ehe endlich seine eigene Austauschbarkeit klar geworden ist.

Fadenfingrige dalak

KHANOM BASIR

Die Hafezis waren Büchernarren und seltsam; es gab so vieles, was sie ihren Töchtern nicht beibrachten. Einmal, als die Mädchen neun Jahre alt waren, wurden sie ausgeschimpft, weil sie sich die Beine bis zu den Knien rasiert und drei Haare aus der Lücke zwischen den Augenbrauen gezupft hatten. Drei Haare. Ich wollte Bahareh fragen, warum sie so streng wegen dieser Frauensachen war, aber Sie wissen ja, wie das ist – frag das Kamel, warum es rückwärts pinkelt, und es sagt: »Ich mach nun mal alles anders.« Bahareh dachte, sie bringt ihren Töchtern bei, bedeutend zu sein.

Sie durften sich nirgendwo rasieren, nirgendwo parfümieren, nirgendwo Haare wegzupfen. Bahareh wollte nicht, dass sie zu schnell heranwuchsen oder zu Frauen wurden, bevor sie selbst dafür bereit war. Als einzige Pflege war ihnen gestattet, sich die Fußsohlen mit Bimsstein zu reiben – denn weiche Füße waren das Zeichen dafür, dass sie Töchter der Hafezis waren und keine Feldarbeiterinnen: bedeutend. Ihre Mutter inspizierte täglich ihre Beine, besonders nach der Revolution, um sich zu vergewissern, dass sie nicht gegen ihre Regeln verstießen. *Setze mit Strenge durch, dass sie sich an die kleinen Regeln halten, und bring ihnen bei, Kopf und Kragen zu riskieren, um die großen Gesetze zu brechen.* Welche Tollheit! Manchmal dachte ich, ich wäre der einzige normale Mensch im Umkreis von zwanzig Kilometern.

Was für sinnlose Regeln! Die Mädchen hier im Norden sind fleißige Arbeiterinnen und ganz und gar uneitel. Wenn Gilaki-Frauen über Schwächen sprechen, geht es meistens ums Essen. Aber dann erklärte Bahareh ihren Töchtern eines Tages, sie sollten nicht mehr Fahrrad fahren, was auf unseren hügeligen Straßen unerlässlich ist. Die meisten normalen Kinder fahren Rad, weil sie mitverdienen müssen. »Ihr seid junge Frauen«, sagte sie. »Ihr könntet euer Häutchen zerreißen.« Selbst mit ihren modernen Vorstellungen und ihrer westlichen Kleidung hielt Bahareh sich an die Tradition, wenn es um Sex und die Erziehung von Mädchen ging.

»Welches Häutchen?«, fragte Saba, und ihre Mutter erwiderte, sie solle aufhören, so viel zu fragen. Anscheinend hatte irgendeine dumme Gans es in ihrer Hochzeitsnacht mit der Fahrradentschuldigung versucht, und die Hafezis wollten nicht, dass ihre Töchter Entschuldigungen hatten. Lachhaft. Mädchen werden immer irgendwelche Entschuldigungen haben. Ein Fuchs hat immer seinen Schwanz als Zeugen.

Trotz all ihrer Medizinbücher klärte ihre Mutter sie nie über Männer und Frauen und derlei Dinge auf. An dem Tag, als Saba das erste Mal blutete, musste ich ihr erklären, dass sie nicht todkrank ist. Verstehen Sie, Bahareh hatte Angst, die zwei würden sich plötzlich für Jungen interessieren und den hochfliegenden westlichen Plänen ihrer Mutter den Rücken kehren. Ihre Zwillinge sollten für immer jung und unberührt bleiben, gelehrt, voller Pläne und ehrgeiziger Ziele und für immer ihr allein gehören.

Und so wuchsen sie seltsam auf, fast ohne irgendwas über ihren eigenen Körper zu lernen. Ich frage mich, wie Saba jetzt, wo sie verheiratet ist, zurechtkommt. Wahrscheinlich hat der alte

Mann nicht mehr viele Bedürfnisse, die weibliches Geschick oder Sorgfalt erfordern. Sie sehen also, die beiden passen gut zusammen.

Eines Tages waren Bahareh und ich gemeinsam in dem privaten Hamam im Haus der Hafezis, und sie ließ sich mit der Fadenmethode die Körperhaare entfernen, was ihr lieber war als Enthaarungscremes, deren Geruch sie nicht ausstehen konnte. Wir hörten nicht, dass Saba im Haus nach uns suchte. Dann war sie auf einmal da. Bahareh setzte sich auf und bedeckte ihre Brust mit einem Handtuch, aber Saba hatte schon alles gesehen. Es war eine trockene Behandlung, daher gab es keinen Dampf oder Nebel, der alles verhüllt hätte. Stellen Sie sich vor, wie das auf das kleine Mädchen gewirkt haben muss. Versuchen Sie, es mit ihren unschuldigen Augen zu sehen. Über ihrer Mutter stand eine dicke Waschfrau – wie eine *dalak* in einem öffentlichen Hamam, die ihre Kundinnen mit einem groben Sacktuch wäscht. Sie trug ein *lungi*-Tuch um die Taille, und ihre Finger steckten in einem Netz aus Fäden.

Sie beugte sich über Bahareh und zupfte ihr mit fleischigen Händen, um die der Faden gewickelt war, dessen eines Ende sie zwischen den Zähnen hielt, ein Haar nach dem anderen aus ihren intimsten Körperregionen. Das Netz, ein Wirrwarr aus unsichtbaren Fäden, bewegte sich fast wie von selbst und nahm die Finger der *dalak* und Stückchen von Bahareh mit. Die Frau starrte Saba an, ihre krummen Zähne hielten den Faden gepackt, und das arme Kind stürzte davon, so schnell seine Beine es trugen.

KAPITEL NEUN

Spätes Frühjahr 1990

Saba geht vom Lagerraum ihres Vaters zu Fuß nach Hause. Statt den Bus zu nehmen, genießt sie die Freiheit, die Bergpfade, die ins nächste Dorf führen, hinauf- und hinabzusteigen. Die Bäume, die noch vor wenigen Wochen in voller Blüte standen, sind jetzt üppig mit jungen Früchten behängt, doch Saba kann nur an Gefängnisse und *halva* und doppelte Grabsteine denken. Aufsässige Mütter mit Fotoapparaten, die in die westliche Leere hineinschreien. Rechtliche Dokumente, die Jungfräulichkeit und unwillige Ehemänner bezeugen. Jüngere Männer und die glückliche Erinnerung an einen nicht ganz unschuldigen Kuss auf die Wange. Sie fragt sich, ob Ponneh sich nach so etwas sehnt. Ihre älteste Schwester lebt noch, wird aber immer kränker. Khanom Alborz' Regeln haben das arme Mädchen zu einem Relikt gemacht, einer Kuriosität im Dorf. Alle denken immer nur: *Wann stirbt sie und gibt ihren gefangenen Schwestern damit die Freiheit?*

Saba greift nach der Türklinke. Sie ruft nach Abbas. Das Haus scheint leer zu sein, und sie schlendert in die Küche, wirft ihre Tasche auf einen niedrigen Hocker am Fenster. Sie beugt sich über den Tisch, um einen prüfenden Blick auf die Schale mit Obst und Gemüse zu werfen, das am Morgen von einem einheimischen Gärtner geliefert wurde, den Abbas besonders schätzt. Stiele unversehrt, die Haut glänzend und mit leichten Druckstellen von der Fahrt auf dem klapprigen Lieferwagen durch die feuchte Gilan-Luft. Sie arrangiert ein paar Stücke neu nach Farben und wählt eine Gurke aus – die aus keiner persischen Obst- und Gemüseschale wegzudenken ist –, halbiert sie der Länge nach und bestreut die Schnittflächen mit Salz. Selbst als Erwachsene verzichtet Saba nie auf das kindliche Vergnügen, die beiden Hälften aneinanderzureiben, sodass ein salziger Schaum entsteht. Sie wischt sich über die nasse Nasenspitze und geht weiter durchs Haus, ruft in jedem Zimmer Abbas' Namen, nicht, weil sie ihn braucht, sondern um sich zu vergewissern, dass sie allein ist. Schließlich steht sie vor ihrem Zimmer, dem Zimmer, in dem sie schläft, aber nach wie vor nicht ihre Kleidung aufbewahrt. In dem sicheren Gefühl, dass er nicht zu Hause ist, befreit sie sich von ihrem Kopftuch und der Jacke, unter der sie nur eine dünne Bluse und einen grauen Rock trägt. Sie öffnet die Tür und will die Kleidungsstücke schon aufs Bett werfen, doch dann erstarrt sie.

Abbas steht vor dem Nachttisch. Und außerdem sind Fremde in ihrem Schlafzimmer.

Sie begrüßt die beiden unbekannten Frauen in formlosen, städtischen Tschadors, die mit einer ausladenden mütterlichen Unbefangenheit auf ihrem Bett sitzen. Sie sehen aus wie Basidsch-Schwestern, die schwarz gekleideten islamischen Frauen der freiwilligen Basidsch-Miliz, die mithelfen, ihren iranischen Landsleuten die nachrevolutionären Regeln aufzuzwingen. Was wollen die hier? Solche Frauen sind in kleinen nördlichen Dörfern ein seltener Anblick. Sie sind beide bis zu den Augenbrauen bedeckt, kein einziges Haar ist sichtbar, aber dafür jede Menge schwindelerregendes Schwarz. Sie sprechen leise mit Abbas. Zuerst macht ihre Anwesenheit Saba keine Angst. Sie staunt nur darüber, dass sie so massig sind, ihr Zimmer wie schwarze Wolken füllen. Wie rabenschwarze Geier. Doch dann sieht sie, wie eine ein lippenloses Grinsen aufsetzt, ein Grinsen, das sich tief ins Gesicht eingräbt und die Augen mit seiner Härte erfüllt, und sie denkt, dass sie die Frau schon mal gesehen hat. Ist das nicht die *dalak*, die sie einmal sah, als sie durch eine Tür trat und ihre Mutter unter einer Handvoll Fäden erblickte? *Bänder werfen*, nannten sie das. Ist das nicht die Frau, die über den Unterkörper ihrer Mutter gebeugt stand, zwei Finger jeder Hand von einem Netz aus glänzenden Fäden umschlungen, und draufloszupfte wie eine bucklige Musikerin? Früher machten die *dalaks* – meistens waren es Männer – in den Badehäusern alles, schrubben, massieren, sogar Beschneidungen vornehmen. Ihre weiblichen Gegenstücke mit ihren Luffas und Bimssteinen sind jetzt größtenteils arbeitslos, weil die meisten öffentlichen Hamams wegen der Zunahme von privaten Badezimmern geschlossen sind. Sie haben sich andere Arbeitsfelder gesucht – illegale Salons, schneidern, putzen. Vielleicht ist diese hier eine Basidsch geworden. Viele arme Frauen haben sich dafür entschieden. Saba kann sehen, dass keine der Frauen aus der Gegend ist, zumindest nicht mehr. Sie beäugt die fremden Wesen, die so anders sind als ihre Mutter, die Wissenschaftlerin-Aktivistin mit ihren aus London importierten Blusen, und so anders als ihre Ersatzmütter mit ihren Henna-Haaren, schmuckverzierten Kopftüchern und vielfarbigen Röcken, von denen sie immer zwei oder drei gleichzeitig tragen.

»Mach die Tür zu, Saba«, sagt Abbas. Saba gehorcht.

Er nimmt ihre Hand und zieht sie mit einer Entschlossenheit näher, die sie gar nicht von ihm kennt. Er bedeutet ihr mit einem Nicken, sich aufs Bett zu setzen. Die Frauen machen zwischen sich Platz für Saba, grüßen sie mit übertriebener Höflichkeit. Ihr kommt der Gedanke, dass vielleicht jemand anders gestorben ist. *O Gott, bitte nicht schon wieder ein Todesfall.* Die ehemalige Fadenkünstlerin legt eine Hand auf ihr Bein. Abbas kniet sich vor sie und sieht ihr ins Gesicht, als wäre sie ein ungehorsames Kind. »Saba«, beginnt er. »Es ist meine Aufgabe, für dich und unser gemeinsames Wohl zu sorgen. Uns vor Unheil zu schützen. Auch wenn das heißt, dich vor dir selbst zu schützen.«

Sie runzelt verständnislos die Stirn.

Abbas richtet sich auf, zieht seine Hose gerade und streicht sich nervös über das schüttere Haar. Er nickt den Frauen zu und sagt: »Ich warte dann draußen mit Ihrer Bezahlung.«

Saba hört ihn irgendwas murmeln, als er laut die Tür hinter sich schließt. *Frauengeschäfte.*

Jetzt erfasst sie eine unbezähmbare Angst. Ein wildes Wesen erwacht in ihr, wittert Gefahr und wirft sich Richtung Freiheit, presst sich mit seinem ganzen Gewicht gegen die Innenwand ihres Brustkorbs, quetscht ihr Herz mit panischer Faust zusammen und lässt ihre Rippen schmerzen. *Was geht hier vor?*

Wenn sie in den Jahren danach an diesen Moment denkt, erinnert sie sich immer an eines: die dicke Hand, die sie von hinten packt. Den schmerzhaften Ruck und die Übelkeit, als ein Unterarm sich um ihren Bauch schlingt und sie nach hinten reißt. Eine Riesin zerrt ihren sich windenden, kreischenden Körper aufs Bett, hält ihn mit dem Gewicht ihrer kolossalen Arme und Brust fest, die jetzt mitten auf Sabas Torso drücken.

»Hol die Tasche«, sagt sie in einem starken *dehati*-Dialekt von irgendwo im Süden, einem Bauerndialekt mit dem unverkennbaren Tonfall von Feldarbeiterinnen, Hamam-Bediensteten und Putzhilfen, Frauen ohne regelmäßiges Einkommen, ohne Umgang mit Familien wie ihrer. Höchstwahrscheinlich leiden diese beiden unter einer größeren Armut als jede der Mütter, die in Sabas Haus ein und aus gegangen sind und das Vertrauen ihres Vaters gewonnen haben. Sie hat gehört, dass viele verzweifelte Frauen – ehemalige Prostituierte, mittellose Mütter – zu den Basidsch-Schwestern gehen und dass es möglich ist, sie für unaussprechliche Dinge anzuheuern, schmutzige Taten, die totgeschwiegen werden müssen. Den Basidsch war so etwas schon immer zuzutrauen, vor allem, wenn sie es unter einem noch so fadenscheinigen Vorwand mit Gott und dem islamischen Recht in Verbindung bringen können. *Wofür hat Abbas sie bezahlt? Wie hat er sie gefunden? Hat er sich in seinem alten Badehaus umgehört?* In einem Anflug von Berechnung überlegt Saba, derjenigen, die ihr bekannt vorkommt, zu erzählen, wer ihre Mutter ist. Wird es ihr etwas ausmachen? Erinnert sie sich überhaupt noch an ihr früheres Leben? Jetzt wird die Erinnerung klarer, und einen winzigen Augenblick lang ist die Frau, die nach der Tasche greift, nicht in Schwarz gekleidet, sondern barbusig und trägt einen *lungi* um die Taille, so wie an dem Tag, als Saba sie zuletzt gesehen hat.

Sie bekommt den rechten Arm frei und landet einen verzweifelten Schlag auf der Nase der Frau über ihr. Sie hört ein Knirschen, und die Frau schreit auf, stößt wütende Flüche aus, während sie die Hände ans Gesicht hebt und Saba lange genug loslässt, dass sie zur Tür springen kann. Als Saba nach der Klinke greift, blickt sie nach hinten und sieht die Frau auf dem Teppich knien. Ein Blutschwall quillt durch ihre vor der Nase verschränkten Finger. Der Anblick lässt Saba stocken, und außerdem ist die Tür abgeschlossen. Als sie merkt, dass sie nicht fliehen kann, täuscht sie Kampfesmut vor. »Willst du noch mehr?«, schreit sie die blutende Basidsch, oder was immer sie ist, an. »Ich schwöre euch, wenn ihr mich anrührt, lass ich euch im Schlaf umbringen.«

Die zweite Frau, die ehemalige Fadenkünstlerin ihrer Mutter, umfasst ihre Taille, hebt sie vom Boden hoch und schleudert sie aufs Bett.

»Halt sie einfach fest. Um deine Nase kümmern wir uns hinterher«, sagt sie.

Während die Fadenkünstlerin eine graue, pyramidenförmige Tasche aufklappt, gelingt es Saba, den Kopf gerade so weit anzuheben, dass sie durch einen Spalt in den Falten der Decke und des abgelegten Tschadors, die jetzt ihr Gesicht bedecken, Bewegungen wahrnehmen kann. In der Tasche sieht sie Lappen, und sie fliegen in alle Richtungen, als die Frau die Tasche durchwühlt. Saba sieht etwas Glänzendes. Es reflektiert das Licht vom Fenster, und einen Moment lang ist sie von der grellen Spiegelung geblendet. Sie dreht den Kopf weg und versucht erneut, sich aus der Umklammerung zu befreien.

»Was wollt ihr?«, schreit sie. »Wollt ihr verhaftet werden?«

Und dann ist das Instrument über ihr, und sie kann erkennen, dass es bloß die abgebrochene Spitze eines herkömmlichen Schüreisens ist – oder zumindest vermutet Saba das. Die unverletzte Frau, diejenige, die mal ihrer Mutter ebenso nahe war, schiebt Sabas Rock hoch und macht einen vulgären Witz; sie könnte auch mal ein Fadenspiel gebrauchen oder so was Ähnliches. Ihr Atem riecht nach saurer Milch und Knoblauch, ihr Körper ist schwerfällig und fremdartig, als sie das Schüreisen nimmt und es mit der lässigen Präzision einer Ärztin hält.

Saba versucht erneut, sie von ihrem Vorhaben abzubringen. »Wenn ihr mich anrührt, landet ihr beide im Gefängnis.«

Sie achten gar nicht auf sie. *»Jalla. Jalla.«* Die Verletzte treibt die andere zur Eile. Sie blutet Sabas Bett voll. Ihre Kameradin gehorcht, greift unter Sabas Rock, während die blutende Frau von oben ihre Beine auseinanderdrückt, und erst jetzt begreift Saba.

»Bitte«, fleht sie und stammelt durch Rotz und Tränen einfach drauflos. »Seid ihr Basidsch? Dafür kommt ihr trotzdem ins Gefängnis. Mein Vater ... der ist ... Braucht ihr Geld? Ich hab Geld.« Sie scheinen fest entschlossen, ihr nicht zuzuhören, also schließt sie die Augen, wendet den Kopf ab und denkt, dass sie wenigstens nicht ermordet wird, eine Angst, die kurz in ihr aufgeflammt war. Sie betet um ein Wunder, und als sie sich sicher ist, dass es nicht kommen wird, betet sie darum, dass das Schüreisen gesäubert worden ist.

Dann ist die Spitze des groben Werkzeugs in ihr. Sie spürt den harten Metallkopf zuerst ein wenig piksen, dann durchfährt sie ein entsetzlicher Schmerz, als er ganz hineingerammt wird. Sie schreit. Sie stellt sich vor, wie sie diese Frauen später leiden lassen wird, wenn ihr Vater erfährt, was die ihr angetan haben.

Sie versucht, sich wegzudenken, ihren Verstand abzuschalten und eine tiefe, weiche Stimme aus Amerika heraufzubeschwören, die sie einst an Tee und Kardamom erinnerte. Sie sieht sich weit, weit weg von hier, irgendwo in diesem Song.

Am Meer. An einem Ort namens Georgia.

Sitting on the dock of the bay.

Sie schämt sich für den heißen Tränenstrom, der sich über ihre Wangen ergießt. Die verletzte Frau legt Saba eine Hand auf die Stirn, als wollte sie sie trösten. Sie wischt ihr den Schweiß ab und summt etwas Beruhigendes. Saba wünscht sich nichts mehr, als dieser Frau wehzutun, die sich anscheinend einbildet, sie wüsste, was gut für sie ist – warum sollte sie sie sonst trösten, wie eine Krankenschwester ein Kind tröstet, das Angst vor einer Spritze hat?

Wie absurd, dass Abbas hierfür eine ehemalige *dalak* angeheuert hat, die weibliche Attraktivität steigern soll, eine Künstlerin, die der Schönheit plötzlich den Krieg erklärt hat. Für Abbas ist es wahrscheinlich eine normale Dienstleistung in diesem Metier. An wen wenden sich denn Ehefrauen, wenn sie irgendein obskures frauliches Ärgernis beheben müssen? Das hier ist bloß ein unappetitliches Hygieneproblem, wie wenn in einem Hamam tote Hautzellen weggeschrubbt werden. Sie stößt die Hand der Frau weg. »Rühr mich nicht an, du dreckige *dehati*. Ihr könnt was erleben, wenn ich das meinem Vater erzähle.«

Die Frau kichert. »Du hältst dich für oberschlau ... Was will dein Vater denn machen? Dem Richter erzählen, dass dein Ehemann kein Mann ist, sodass du enterbt wirst?« Sie sieht ihre Partnerin an. »Bist du fertig? Sieh nach, und dann verschwinden wir.« Durch die Lücke zwischen ihren Beinen sieht Saba den Kopf der unverletzten Frau zwischen ihren zitternden Knien abtauchen. Ein seltsamer Geruch steigt vom Laken auf und vermischt sich mit dem säuerlich stinkenden Atem der Bauersfrau und dem gerinnenden Blut aus ihrer Nase. Saba fühlt etwas Warmes und Klebriges, als sie die Oberschenkel zusammenpresst. Ein kaltes Händepaar gibt ihre Knie frei, und sie klatschen zusammen. Saba rollt sich auf die Seite, bleibt auf dem von ihrem Blut und dem ihrer Angreiferin dunkel verfärbten Laken liegen, ein verlassenes Schlachtfeld in der Dämmerung.

»Ja«, sagt die dumpfe Stimme der Basidsch. »Gehen wir.«

Die zwei Frauen, deren Gesichter jetzt in Sabas Gedächtnis eingebrannt sind, ziehen das Laken ab, das sie vorlegen müssen, um ihr Geld zu bekommen, und eilen wortlos zur Tür. Sie sieht ihnen nach, und eine Last in ihrer Brust bewegt sich schmerzhaft, als eine von ihnen sich umdreht und sie anschaut. Sie wirft Saba einen bedauernden Blick zu, ihre ganz eigene Version von weiblichem Mitgefühl. Draußen keifen sie Abbas an, ehe sie ihren Lohn kassieren und das Haus in einer dunklen, bedrückten Stille zurücklassen, die jetzt Sabas Zuhause sein wird. Für wie lange? Vielleicht für immer. Vielleicht hundert schwarze Jahre lang.

Tagelang bleibt Saba im Bett liegen. Mal weint sie, mal verachtet sie sich für ihre Tränen. Ist sie jetzt keine Jungfrau mehr? War das ihre ganz eigene perverse Hochzeitsnacht? Sollte sie sich ewig daran erinnern? *Frauengeschäfte*. Abbas hat recht. Es war töricht von ihr, mit ihm ein Geschäft machen zu wollen. Es war töricht von ihr, seine Ängste zu übersehen und nur Augen für ihre eigenen zu haben, sich einzubilden, sie könnte ihn heiraten und dann für ein bequemes Visum verlassen. Was für ein idiotischer Plan. Sie war so dumm, dass sie das verdient hat. Und jetzt ist sie hier und verheiratet – für wie lange? Sie denkt an den Tag zurück, als sie Ponneh nach dem Vorfall mit Mustafa getröstet hat. Wenn doch nur Mahtab bei ihr wäre, um sie zu trösten. Sie verflucht sich selbst, weil sie sich über Dr. Zohreh und ihre Freundinnen erhoben hat, gedacht hat, sie würden in die gesichtslose Leere des Westens hineinrufen, während sie selbst doch alles unter Kontrolle habe. Sie verflucht den Hochmut ihrer vermeintlichen Logik. Sie überlegt noch einmal, ob sie sich an ihren Vater wenden soll, doch was kann sie ihm schon sagen? Die Bauersfrau hatte recht. Er kann sich nicht um Gerechtigkeit bemühen, ohne ihr Vermögen zu gefährden. Außerdem muss er als christlicher Konvertit vorsichtig sein. Juristische Auseinandersetzungen heraufzubeschwören und sich mit den Basidsch anzulegen, könnte sie beide in Gefahr bringen. Das Gesetz macht Saba Angst. Und wenn sie es ihrem Vater dennoch erzählen würde, auch wenn er nichts unternehmen kann? Er würde leiden, wenn er es erführe, und sich ihr gegenüber noch seltsamer benehmen. Nein, beschließt sie, es wäre falsch, es ihm zu erzählen.

Sie lässt das Ereignis wieder und wieder Revue passieren, aber sie kann nicht genau definieren, was ihr eigentlich widerfahren ist. War es ein Verbrechen? Gibt es zwischen Eheleuten so eine Art von Verbrechen? Wäre es klug, sich auf eigene Faust um Gerechtigkeit zu bemühen? Ponneh hat nie Gerechtigkeit erfahren. Und wenn sie Abbas verlässt, nach Teheran zieht und dort bei Verwandten wohnt? Diese Idee verwirft sie sofort wieder. Die Dinge haben sich geändert. Das Schlimmste ist bereits geschehen. Es genügt nicht mehr, sich nach Amerika davonzuschleichen, eine Taxi fahrende, in einer Fabrik arbeitende Einwanderin zu werden, wie ihre Cousins das in Briefen beschrieben haben. Sie will für ihr Opfer unendlich viel mehr haben. *Ohne das Geld geh ich hier nicht weg.* Schließlich geht es nicht um den gefährdeten Reichtum ihres Vaters, der ihm jederzeit durch eine Laune der Herrschenden genommen werden könnte, sondern um sicheres muslimisches Witwengeld, das sie sich verdient hat. Eines Tages wird sie aus dem Iran fliehen, aber sie wird nichts unternehmen, das sie enterben könnte. Es ist an der Zeit, stark und rational zu sein. Sie verbietet es sich, Abbas' Geheimnis aus Rachsucht und Zorn zu verraten. Anders als Mahtab kann sie nicht einfach Nein sagen und ohne Verlust weitermachen. Sie wird das *maast-mali*-Prinzip anwenden und ihr Joghurtgeld bekommen, wie die Münzen, die Khanom Omidi aus ihrem Joghurtverkauf beiseiteschafft. Diese Belohnung ist jetzt, da sie ein verwundetes Wesen ist, ihr einziger Trost. Sie ist ihre einzige Chance auf Freiheit.

»*Bésame Mucho*«

KHANOM BASIR

In letzter Zeit denke ich viel über Abschiede nach. In dem Jahr, nachdem Saba Mahtab und ihre Mutter verloren hatte, wurde sie in der Schule aufsässig, und ihr Vater schickte sie immer seltener hin und ließ stattdessen häufiger Privatlehrer aus Rasht kommen, Männer und Frauen, die mal in Amerika gelebt hatten. Sie unterrichteten sie nicht bloß aus Büchern, sondern erklärten ihr auch den ganzen Slang in ihren Fernsehsendungen und schulten ihr Ohr für die englische Sprache. Manchmal, wenn in der Schule eine Klassenarbeit geschrieben wurde, ging sie hin, und selbst dann machte sie dort Schwierigkeiten – trug zum Beispiel ein braunes *maghnaeh* (das hässliche dreieckige Schulkopftuch) statt des vorgeschriebenen grauen, trug es verkehrt herum und ließ Hals und Ohren unbedeckt oder bemalte sich die Haut mit rotem Filzstift, sodass es aussah, als wäre sie tätowiert. Wenn sie nach Hause kam, versteckte sie die wütenden Briefe der Lehrer. Ich sagte ihr, dass es keinen Sinn hat, sich zu ducken, wenn man auf einem Kamel reitet. Soll heißen: Wenn sowieso offensichtlich ist, was du tust, spar dir den lachhaften Versuch, es zu verbergen.

Sie war damals so verloren. Einmal hörte ich in der Küche der Hafezis, dass Saba im Wohnzimmer über irgendeine Kleinigkeit weinte, eine Fernsehserie, die von der neuen Regierung abgesetzt worden war. Sie schmollte deswegen und kaute Fingernägel, wodurch sie die Sache unglaublich aufbauschte. Was blieb ihr denn jetzt noch, wo ihr mit jedem neuen Tag so vieles, woran ihr Herz hing, genommen wurde? Als ich um die Ecke spähte, sah ich ihrem verheulten Gesicht an, dass sie an Mahtab dachte, all die Träume, die sie gemeinsam gehabt hatten. Und was ist aus den Hafezi-Zwillingen geworden? Aus ihnen und ihrer grandiosen Zukunft ... aus den Plänen ihrer Mutter?

Als ihr Vater nach Hause kam, war Saba auf einem Kissen in der Zimmerecke eingeschlafen, das Gesicht mit getrockneten Tränen verschmiert. Er blickte verwirrt. Er zog seine Jacke aus und legte ein bekanntes Lied von Vigen auf. Bis heute kann ich sehen, dass Saba eine besondere Vorliebe für Vigen hat, diesen attraktiven christlichen Künstler, der westliche Gitarrenmusik in den Iran brachte und dessen erstes Lied »Mahtab« hieß. Das Lied, das Agha Hafezi an jenem Tag spielte, hieß »Mara Bebus« oder »Küss mich«. Fragen Sie egal wen hier in unserer Gegend, was seine zwei iranischen Lieblingslieder sind, und jeder wird dieses nennen sowie »Sultan der Herzen«. Angeblich hat ein Gefangener des Schahs den Text zu »Mara Bebus« als den Abschied eines Vaters von seiner Tochter unmittelbar vor seiner Hinrichtung geschrieben.

Küss mich zum letzten Mal, sagt der Todgeweihte, *möge Gott dich auf ewig schützen.*

Als Saba ein paar Jahre älter war, hat sie mir mal erzählt, dass das auch wieder bloß eine charmante iranische Lüge ist, weil das Lied genauso klingt wie ein spanisches mit dem gleichen Namen.

Irgendwann wurde Saba wach. Bestimmt hatte sie ihren Vater gehört, der diese eindringliche, sehnsüchtige Melodie wieder und wieder vor sich hin sang. Er saß auf den Kissen, die den Wohnzimmerboden bedeckten, und starrte nachdenklich ins

Leere. Ich schaute immer mal wieder hinein und entdeckte keine Flasche oder Wasserpfeife bei ihm, aber er war in einer anderen Welt. Dann kroch Saba zu ihm rüber, und er zog sie auf seinen Schoß. Er sang ihr die Worte ins Ohr, und die beiden blieben lange so sitzen, ihr Kopf an seiner Brust, während er ein Vater-Tochter-Lied summte.

Mein Frühling ist dahin. Alles Vergangene ist dahin. Jetzt geh ich meinem Schicksal entgegen.

Anschließend erzählte ihr Vater ihr die Geschichte hinter dem Lied. »So empfinden alle Väter für ihre Töchter, und nur für ihre Töchter. Im ganzen Universum und in allen Zeiten ist das so, und die Hoffnungen, die daraus erwachsen, können weder Mütter noch Söhne noch Cousins noch sonst wer nachempfinden.«

Wie seltsam, dass manche Erinnerungen verloren gehen, bis sie eines Tages ganz von selbst beschließen zurückzukommen. Jetzt weiß ich wieder, dass es derselbe Tag war, als ich zum ersten Mal mitbekam, wie Saba eine Geschichte über Mahtab erzählte – nur ein paar Sätze, die Agha Hafezi schmunzeln ließen und in denen es um Mahtabs Flug nach Amerika ging. Saba tat das für ihren Vater, um ihm seine verlorene Tochter zurückzuholen.

»Ich nehme dich von der Schule«, sagte er. »Das ist reine Verschwendung, der ganze Arabischunterricht. Konzentrieren wir uns darauf, dass du fließend Englisch lernst. Ich bring dich morgen hin, damit du dich verabschieden kannst.«

Abschiede sind so ein Luxus. Manche Menschen sehnen sich ein ganzes Leben lang danach.

KAPITEL ZEHN

Herbst 1990

Saba blutet jetzt öfter als einmal im Monat. Sie hat Rückenschmerzen, und manchmal ein leises Ziehen im Bauch. Das ist eine Strafe, sagt sie sich. Nachdem die beiden Frauen fort waren, blutete Saba zwei Tage lang. Sie sagte es niemandem, schließlich galt es, ein Geheimnis zu wahren. Und hatte Khanom Omidi ihr nicht mal erzählt, dass Frauen beim ersten Mal bluten? Von da an war ihre Periode durcheinander. Jeden Monat dauerte sie doppelt so lange wie vorher, und oftmals entdeckte sie auch zwischendurch dunkelrote Flecken in ihrer Unterwäsche oder im Bettlaken. Auch das erzählte sie niemandem. Vielleicht waren die Blutungen die Strafe Gottes dafür, dass sie es versäumt hatte, in diesem erschreckenden neuen Iran auf der Hut zu sein, und sich eingebildet hatte, schlauer zu sein als alle anderen. Als sie und Mahtab Kinder waren, sagte ihre Mutter oft, dass Gott die Hochmütigen bestraft, weil »Hochmut dich zerstören kann und, Saba-dschan, dein Verstand dein größter Stolz ist«.

»Ist das bei Mahtab nicht auch so?«, fragte Saba.

Dann schüttelte ihre Mutter den rabenschwarzen Kopf mit den fünf grauen Haaren und flüsterte, dass Mahtabs Stolz noch schlimmer war, weil sie nicht einfach nur ihrem eigenen Verstand vertraute, sondern auch noch glaubte, sie könne die Welt manipulieren. »Aber achte du zuerst auf den Balken in deinem eigenen Auge«, riet sie Saba oft, was auf irgendeinen Bibelvers zurückging. »Und ich kümmere mich um deine Schwester.«

Jetzt, als Saba über die Zweckmäßigkeit ihrer eigenen Entscheidungen nachgrübelt, ruft sie sich in Erinnerung, dass es immer jemanden gibt, der schlauer ist, der einen noch besseren Plan hat. Und was kann eine junge Frau tun, wenn sie überlistet wurde? Ihre einzige Waffe gegen Abbas ist seine Einsamkeit, die sie mit grausamem Vergnügen verstärkt, indem sie ihm den Zutritt zu ihrem Zimmer verweigert, Einladungen ohne ihn wahrnimmt, abends nur für sich allein kocht. Was kann er dagegen machen? Ihr Erbe ist durch einen wasserfesten Vertrag gesichert. Und er weiß, falls er ihr irgendwelche körperlichen Verletzungen zufügt, die sie der Welt zeigen kann, wird sie das auch garantiert tun.

Tag für Tag bettelt er stumm um Verständnis. Er schleicht auf Zehenspitzen durchs Haus, sucht sie hier und da, legt ihr ungeschälte Mandeln und Pfirsiche als kleine Gaben hin. Manchmal verschwendet er einen ganzen Beutel Aprikosen, deren Steine er einen nach dem anderen knackt, weil er weiß, dass sie den saftigen Kern darin mag. Aber seine Sünden sind für Saba zu unverzeihlich. Er soll an Einsamkeit sterben. Seine letzten Nächte sollen leer und kalt sein, und er soll in dem Wissen verkümmern, dass ihn nie wieder die Berührung eines anderen menschlichen Wesens trösten wird.

Sie zieht sich in die einsamen Winkel ihres Hauses zurück, verschlingt westliche Medien wie ein ausgehungertes Tier. Der Teheraner, ihr verlässlicher Freund, obgleich sie kaum mehr als ein paar Worte wechseln, bietet ihr die beliebtesten Artikel an – Dinge, die er mit dem größten Gewinn handeln und tauschen kann –, von Michael-Jackson-Videos über indische Filme bis hin zu Fitnesskassetten, aber Saba will immer nur amerikanische

Filme. Nachdem *Love Story* ihr die Augen für den Zauber von Harvard geöffnet hatte, versprach sie dem Teheraner das Doppelte seines üblichen Preises, wenn er ihr mehr Filme und Fernsehserien bringen könnte, die dort spielen. Sein erster Versuch war ein Desaster. Ein Mischmasch von niveaulosem Quatsch, der in Harford spielt, ein paar Folgen von *Cheers* und ein Film mit dem Titel *Die Zeit der Prüfungen*, der gar nicht in Harvard gedreht worden war. Wenngleich es am Ende einen interessanten Moment gibt, als die Hauptfigur, ein Jurastudent, ein Papierflugzeug aus seinem Zeugnis faltet und es ins Meer wirft. Unglaublich! Er guckt nicht mal hin. Es gibt viele Unterlagen – den Ehevertrag und iranische Pässe und den Brief ans Evin-Gefängnis –, die sie am liebsten dem Meer übergeben würde, und dann könnte Mahtab sie rausfischen und für sie durchsehen.

Jetzt sieht sie sich die neueste Anschaffung des Teheraners an, einen Collegefilm, der ihr trotz der schlechten Qualität gefällt. Sein Schauplatz wäre genau der richtige Ort für Mahtab. Saba prägt sich die Namen der Straßen und Gebäude im Film ein. Sie beobachtet, wie die Frauen sprechen, die Männer sich bewegen, die schockierende Art, wie einer von ihnen heimlich seine schöne Freundin beim Ausziehen beobachtet. Was für eine fantastische und herrliche Welt.

Nach einer Weile kommt Khanom Omidi herein und setzt sich neben sie. Saba legt den Kopf auf den Schoß der alten Frau. Die wiegt sich vor und zurück, summt und streichelt Sabas Haar, und ihre Volksweisen verschmelzen mit den mondänen englischen Worten, die aus dem Fernseher tönen, und lassen etwas entstehen, was Saba sich als die Musik der Einwandererwelt ihrer Schwester vorstellt. Zu ihrem eigenen Entsetzen muss sie wieder weinen. In letzter Zeit ist die Heulerei ebenso unmöglich zu beherrschen wie ein nervöser Tick.

»Was ist denn los? Oh nein, Saba-dschan«, sagt Khanom Omidi sanft, »sei doch nicht traurig, Kind. Du kannst glücklich sein, wenn du nur willst.«

Auf der Mattscheibe tragen Studenten Jeans und Sweatshirts im Hörsaal. Sie gehen in ihren Pyjamas auf Partys. Sie sitzen an Esstischen mit Rotwein und Unterlagen für Diplomarbeiten.

Saba antwortet nicht. Sie schluchzt in den weiten Rock ihrer Ersatzmutter und wünscht, ihre Schwester wäre da. Khanom Omidi scheint zu ahnen, dass Saba etwas zugestoßen ist. Sie summt ihr Lied, nimmt Sabas Gesicht in beide Hände und neigt es zu sich. »Ich weiß, dass man dir wehgetan hat«, sagt sie mit ruhigem Ernst. »Aber die Ehe ist eine unaufgeschnittene Wassermelone. Du kannst nicht hineinsehen, ehe du dich entscheidest.«

Saba stößt ein Schnauben aus. »Das ist eine Redensart für naive Mädchen. Sie deckt längst nicht *alles* ab.«

»Mag sein«, sagt Khanom Omidi und beginnt wieder, sich zu wiegen und zu summen. »Saba-dschan, erzähl mir doch, was passiert ist.« Nach einer langen Stille flüstert sie fast wie zu sich selbst: »Das Gute an alten Menschen ist, dass sie sterben. Bald sterben wir alle.«

Saba umschlingt Khanom Omidis Taille mit beiden Armen. Sie merkt, dass die alte Frau Schuldgefühle hat, weil sie die Ehe befürwortet hatte. »Du darfst niemals sterben. Ich lass dich nicht.«

Khanom Omidi macht einen schnalzenden Laut mit der Zunge und kneift Saba ins Kinn. Saba denkt ans Sterben, an Blut und daran, dass den Theorien ihrer Mutter über Schicksal und DNA zufolge alles genauso gekommen wäre, selbst wenn sie jetzt in Amerika leben würde. Das gesamte Schicksal ist im Blut festgelegt. Also was macht Mahtab jetzt, die ja genau das gleiche Blut hat wie sie? In letzter Zeit hat Saba wieder ihre englischen Wörterlisten geübt, nur für den Fall, dass ihre Mutter sie eines Tages hören will. »Ich vermisse Khanom Mansuri«, sagt sie leise. »Sie wollte immer so gern Geschichten über Mahtab in Amerika hören.«

»Das sieht ihr ähnlich.« Khanom Omidi streicht ein paar Haare aus Sabas Gesicht. »Du kannst *mir* eine erzählen, wenn du möchtest.«

»Vielleicht bin ich inzwischen zu alt für solche Spielchen«, sagt Saba.

»Nicht doch. Wenn ein Mensch zu alt für Geschichten wird, kann er sich gleich begraben lassen. Mit Geschichtenerzählen finden wir zu den Menschen zurück, die weit weg von uns sind.« Khanom Omidi hievt sich von dem kleinen Teppich hoch, den sie am liebsten mag, und holt Saba ein kleines Glas mit einer klaren Flüssigkeit aus der Vorratskammer. »Trink das«, sagt sie. »Wir verraten's keinem.«

Saba schiebt den Kopf in die Lücke zwischen Khanom Omidis dickem Arm und ihrem weichen, behaglichen Schoß und blickt hoch. Sie kann die schielenden Augen der alten Frau sehen und empfindet noch tiefere Zuneigung zu ihr. »Okay, Khanom Omidi«, sagt sie. »Ich werde dir die Geschichte meiner Ehe erzählen ... aber auf meine Weise. Weil es ein Geheimnis ist, musst du dich mit Mahtabs Version begnügen. Sie ist mein Zwilling, und ihr Schicksal folgt in gewisser Weise immer meinem. Ich glaube, diese Geschichte wird dir besonders gefallen, weil es darin um *maast-mali* geht und um etwas anderes, was du besser kannst als alle ... nämlich von grausamen Männern Joghurtgeld zu bekommen und zu behalten.«

Jede Geschichte muss eine Auflösung haben, und wie in einer Fernsehserie muss jede Auflösung einem Thema entsprechen – Einwanderersorgen sind die Wegweiser in Mahtabs Leben. Diese Geschichte handelt von Geld. Das kannst du gut nachvollziehen, was? Man muss nicht an ferne Orte reisen, um zu verstehen, dass Einwanderer Geldsorgen haben, weil ihr eigener Reichtum aus einem anderen Land verloren ist. Die Geschichte handelt auch von einem Dilemma. Soll sie es nehmen, fragt sie sich, dieses Geld, das einem reichen persischen Mann mit einem angeschlagenen Ego gehört, der Angst um seinen Ruf hat?

In ihrem dritten Studienjahr fragt Mahtab sich allmählich, was sie aus ihrem Leben machen soll. Sie will Journalistin werden, Geschichtenerzählerin für eine angesehene Zeitschrift – das haben wir uns als Kinder beide gewünscht. Also fährt sie zu Bewerbungsgesprächen nach Boston und New York, trägt schwarze Hosenanzüge mit farbenfrohen Blusen und verspielte Futteralkleider, die unter strengen Wollkragen hervorlugen. Sie lässt sich die Nägel französisch maniküren, Strähnchen ins Haar machen und wartet darauf, dass jemand ihr einen Platz in der Welt anbietet. In den Foyers von Verlagsriesen sitzt sie zusammen mit ähnlich gekleideten jungen Männern und Frauen, alle in Schwarz. Krähen in der Warteschlange.

Seit James hat sie keine Zeit mehr für Männer oder Beziehungen gehabt. Sie verbringt ihre Abende damit, Bücher zu lesen und Eintrittskarten in einem Kino zu verkaufen, um sich ein wenig dazuzuverdienen.

Es ist Mittagszeit. Mahtab und Clara, aus den Abgebrochener-Absatz-Tagen, sitzen vor Harvards berühmter Widener Library auf dem Rasen und essen Salat – Moment, gibt es vor der Widener Library einen Rasen? Ja, doch, ich bin sicher. Mahtab liegt im Gras, die Hände hinterm Kopf verschränkt. Sie rückt sich die Sonnenbrille auf der Nase zurecht und stochert in ihrem Salat herum. Sie bemerkt den dunklen, lächelnden Jungen gar nicht, der mit neugieriger Miene neben ihr stehen bleibt. Er ist jung, nicht älter als Mahtab, möglicherweise im letzten Studienjahr, schlecht rasiert, groß, und er trägt eine teure Jeans. »Bist du Iranerin?«, fragt er. »Ich hab dafür einen ganz guten Blick, aber bei dir bin ich mir nicht sicher.«

»Wahrscheinlich, weil ich meine Nase hab operieren lassen«, sagt Mahtab leichthin, beinahe gelangweilt. Seine Schönheit beeindruckt sie überhaupt nicht. Sie ist exquisite Männer gewohnt.

»Das ist normalerweise das deutlichste Indiz«, sagt er. Sein jungenhaftes Grinsen entlockt ihr ein Lachen.

Er heißt Cameron. Er wählt die westliche Version des Namens, nicht das persische Kamran. Cameron Aryanpur. *Aryan Poor.* Armer Arier. Sein Name gefällt ihr.

»Also, *May.*« Cameron spricht ihren Namen skeptisch aus, wie etwas Vorläufiges, wie ein *Mal-sehen.* »Hättest du Zeit, mit einem armen Arier auszugehen?«

»Wie arm?«, fragt sie und sagt Ja, ehe er antworten kann.

Cameron ist der erste persische Mann, mit dem Mahtab je ein Date hatte oder es überhaupt in Erwägung gezogen hat. In vielerlei Hinsicht sind ihrer beider Leben parallel verlaufen, aber Camerons Familie hat den Iran lange vor der Revolution verlassen und konnte ihr Vermögen mit europäischen Währungen und amerikanischem Grundbesitz sichern. Das Semester verstreicht, und Mahtab stellt fest, dass sie irgendwie immer in seiner Nähe ist. Sie verbringen gemeinsame Abende in seinem Wohnheimzimmer, schauen sich Filme an, sprechen Farsi, wärmen die klassischen persischen Gerichte auf, die seine Mutter ihm aus Westchester mitgebracht hat. Tomaten und Auberginen mit Lamm. Bockshornklee, Petersilie und Koriander mit Lamm. Spalterbsen und Kartoffeln mit Lamm.

Sie reden über Essen, Musik, Bücher – alles, was sie von ihrer Kultur beibehalten haben. Sie flirten auf Englisch und auf Farsi, eine wundersame Mittelsprache, die ungemein sinnlich ist. Sie hinterlassen einander kleine Mitteilungen an den Schwarzen Brettern in ihren Wohnheimen und benutzen dafür Farsi-Buchstaben, wie einen kindlichen Geheimcode. Da niemand sonst die Nachrichten lesen kann, schreiben sie sich die skandalösesten Dinge. Weißt du, Khanom Omidi, sie können das am helllichten Tage tun, und keiner hindert sie daran. Begeistert stellt Mahtab fest, dass sie sehr viel kitschiger ist, als sie gedacht hat. Sie kann Stunden damit zubringen, diese schwülstigen kleinen Botschaften an ihn zu verfassen. Und auch Cameron scheint ganz hingerissen von ihrer gemeinsamen Herkunft, und sie fragt sich, ob sie beide vielleicht in irgendeinem ethnischen Bühnenstück mitspielen. Ihre private Theatervorstellung währt lange und reißt Mahtab mit wie ein guter Film.

Sie besuchen gemeinsam Vorlesungen, tragen Jeans und Sweatshirts. Sie gehen im Schlafanzug auf Partys. Sie sitzen an Esstischen mit Rotwein und Unterlagen für Diplomarbeiten.

Manchmal probiert er Sprüche an ihr aus, bezeichnet sie als sein persisches Lieblingsgericht oder als seine Shomali Schahzadeh. Dann verdreht sie ihre Mandelaugen und denkt, dass er übt, wie er sich bei anderen persischen Frauen geben soll. Sie hat noch niemanden kennengelernt, der einerseits so überzeugt ist von seinem eigenen Charme und andererseits so offensichtlich dabei ist zu lernen. Er hat eine jugendliche Aura, so wie Abbas die Aura des Todes hat. Aber der arme Arier ist nicht nur eine Art Prinz, ein weiteres Kind von Baba Harvard, er ist auch ein Dichter, der unter denselben Einwandererfragen leidet, die auch Mahtab verwirren. Sie erzählt ihm, wie ungern sie in dem Kino jobbt und dass sie Journalistin werden möchte. Er erzählt ihr, dass er zurück in den Iran will, um sich irgendwie am Widerstand zu beteiligen und sich für ein neues Regime einzusetzen. Er schwärmt von der Idee einer Untergrundbewegung – und überhaupt von allem, was mit Untergrund zu tun hat: Filme, Musik, Bücher –, der Wiederentdeckung »unserer Heimat«. Er verwendet ganz bewusst Farsi-Wörter in seinem Englisch: *rusari*, nicht »Kopftuch«, *khiar-shur*, nicht »Eingemachtes«.

»Er ist wie du, Saba-dschan«, sagt Khanom Omidi, »du wirfst auch immer mal was Englisches ein.«

Wie jedes amerikanische Kind ausländischer Eltern analysiert und kategorisiert Cameron sein Volk gern, bis er das Gefühl hat, die Rätsel gelöst zu haben. Mahtab beobachtet das mit einer traurigen Empathie.

Du weißt das vielleicht nicht, Khanom Omidi, aber genau wie wir empfinden auch amerikanische Perser den Verlust des alten Iran, des schönen Iran, des Iran, der voller Romantik war. Vielleicht ist Amerika für sie leer, deshalb machen sie den Iran zu einem Himmel, der nicht mehr besteht. Wie Agha Thomas Wolfe in seinem Buch schreibt, das ich gerade von dem Teheraner gekauft habe: »Du kannst nicht wieder nach Hause.« Das Zuhause ist nicht mehr dasselbe. Mahtab und Cameron wissen das. Selbst ich, die ich nie fort war, weiß das. Ich sehe, wie sich mein Zuhause verändert. Jeden Monat lese ich von dem gespenstischen Elend jener ach so glücklichen Einwanderer in Briefen entfernter Verwandter. Es sind ruhelose Menschen, und sie ziehen sich gegenseitig an wie verirrte Straßenköter, die sich am Geruch erkennen.

»Sei nicht so respektlos gegenüber deinen Vorfahren«, sagt Cameron eines Tages, als Mahtab auf Reis verzichtet, weil eines ihrer Kleider keine Sünde verzeiht. »Du kannst nicht einfach so nach Lust und Laune ein tausend Jahre altes Gericht abändern. Es müsste Regeln dafür geben, wie *echte* Perser leben, egal wo.« Er lächelt Mahtab an, und seine blendend weißen Zähne werden durch das glänzend schwarze, lange Künstlerhaar betont, das eigentlich weder zu seiner modischen Kleidung noch zu dem gepflegten, eindeutig unislamisch gestutzten Dreitagebart passt.

»Reza hat so einen Dreitagebart. Sieht dieser Cameron auch so aus? Wie Reza?«

Aber nein, selbst Reza hat nicht solche Illustriertenzähne. Die kriegt man in Amerika zusammen mit einem hochtrabenden Diplom. Ein paar Brücken führen aus diesem Dorf, die wir niemals überqueren werden, Khanom Omidi. Aber Mahtab kann es. Auch sie hat weiße, gleichmäßige Zähne, die ihr von Zahnärzten gerichtet wurden, als sie zwölf oder dreizehn war. Und sie hat diese perfekte postoperative Nase. Die beiden sind ein Bilderbuchpaar – von der Natur ausgewählt, wie Zwillinge.

Mahtabs reicher Iraner ist so ganz anders als mein alter, tattriger.

Camerons Bemerkung führt zu einer Analyse jedes Gerichts, jedes alten Brauchs und Rituals. Ist das eine feste Regel? Ist das wirklich persisch oder nur arabisch? Macht man das im Süden nicht anders? An einem Abend erstellen sie eine Liste von Geboten, notieren sie auf der Rückseite einer alten Geschichtsklausur. Sie versuchen, Farsi zu schreiben, aber sie haben vergessen, wie man die längeren Wörter buchstabiert, und stümpern auf dem Niveau von Viertklässlern herum, bis sie doch ins Englische wechseln. Sie lachen unbeschwert über sich selbst, und keinem von beiden macht es viel aus.

Möchtest du das hören, Khanom Omidi? Mein Freund, der Teheraner, hat es mir bestätigt, und ich muss schon sagen, amerikanische Iraner haben eine eigenartige Vorstellung davon, was sie zu Persern macht. Das bringt mich ins Grübeln, ob meine Informationen über Amerika ebenso klischeehaft sind, denn in ihrem Bemühen, einen alten, vergessenen Iran zu finden, haben sie uns zu weichgespülten Musen in idyllischen Skizzen gemacht, zu Kriegern, wie sie in die Ruinen von Persepolis gemeißelt sind. Wir sind bloß noch dunstige Gestalten, die aus Gedichtbänden aufsteigen. Der Teheraner erzählt mir, dass aus denjenigen, die am längsten fort sind, heimwehkranke Jünger werden, die sogar den verdreckten *shalizar*-Arbeiter sehnsüchtig verehren ... Auch Cameron und Mahtab vergeuden Stunden damit, ihre vermeintlichen Regeln aufzuschreiben:

> *Um der persischen Authentizität willen bestelle eingelegten Knoblauch zum Abendessen. In einem westlichen Restaurant, in dem der Knoblauch nicht schon seit zehn Jahren in seinem Sud zieht, wähle Joghurt und rohe Zwiebeln oder rohe Radieschen, Minze und Basilikum als Beilage zum Essen. Appetithappen sind ein Produkt westlichen Unverstands, denn nur ein dekadenter Appetit muss erst geweckt werden. Iss mit einem Löffel, niemals mit Messer und Gabel, denn nur ein miserabler Koch lässt das Fleisch so zäh, dass man zu seinem Verzehr mehr benötigt als einen Löffel. Gib ein rohes Eigelb und Butter in deinen Reis, es sei denn, eine nahrhafte Soße wird dazu gereicht. Trink niemals nur zwei oder drei Tassen Tee, und iss zum Nachtisch irgendwas mit Honig. Ruh dich hinterher auf einem Berg aus Kissen aus – selbstverständlich sitzt du auf einem handgeknüpften Teppich auf dem Boden – rauchst zu viel, trinkst noch mehr Tee.*
>
> *Flüstere niemals, wenn du auch schreien kannst. Sag niemals die Wahrheit, wenn du auch lügen kannst.*
>
> *Ach, was für ein Wunder, südlich des Kaspischen Meeres geboren zu sein! Vielleicht steckt ein kreischendes, muttermörderisches, kaum zu zügelndes Dschinn-Temperament in dir. Vielleicht bist du mit einer überaus unschmeichelhaften Krähen-*

schnabel-Nase gesegnet. Und falls du kein entwurzelter dehati *bist oder ein Mischling, gibt es in deiner Familie mit an Sicherheit grenzender Wahrscheinlichkeit Fälle von poetischem Wahnsinn. Aber all das wird durch die Fähigkeit wettgemacht, über Nacht einen kleinen Hirsch zu verdauen.*

»Ach, Saba-dschan, das ist vollkommen richtig! Sogar noch schlimmer, wenn du mich fragst.«

Sie lachen laut und verschütten ihre Drinks, als Cameron mit seiner Politikerstimme erklärt, ihre Arbeit sei erfolgreich beendet, und Mahtab applaudiert und beschließt, verliebt zu sein. Was für eine seltsame Welt. Meine Mahtab, die so viele Teelöffel Meer weit weg ist, schafft es dennoch, sich in einen persischen Mann zu verlieben. Soll ich sie warnen? Wenn ich nur wüsste, wie ich sie erreichen kann.

In dieser glückseligen Zeit, ehe Cameron auf die Probe gestellt wird, erscheint er ihr wunderbar.

Bevor Abbas zum Ungeheuer wurde, schien auch er zart und sanft, und ich liebte ihn auf eine andere Art. Er war so etwas wie ein Vater für mich, wenn mein eigener unerreichbar war. Aber Mahtab braucht jetzt keinen Vater. Sie hat Baba Harvard. Und deshalb ist Cameron vor seiner Verwandlung in Abbas sein eigenes einzigartiges Ich, sein natürliches Ich, eine unstete, vertriebene männliche Mahtab. Ein Verbannter und wie für sie geschaffen.

Sie weiß nicht, dass ihr ideales iranisches anderes Ich – obwohl er da steht und sich die Zähne putzt, während sie ihn im Badezimmerspiegel beobachtet – gar nicht existiert.

Sie will ihn berühren, umarmen, ihre Vorbehalte in den Wind schlagen und in seine Kleidung kriechen, ihm nah sein. Warum will er das nicht auch? Manchmal, wenn er ausgestreckt auf dem Rücken schläft, alle Gliedmaßen von sich gestreckt, legt sie sich in genau derselben Haltung auf ihn, sodass jeder Zentimeter von ihr ihn berührt, von ihren Zehenspitzen auf seinen Fußknöcheln bis zu ihrem Kopf knapp unter seinem Kinn, ihre Finger passgenau auf seinen. Sie lauscht seinem langsamen Herzschlag und wünscht sich, sie könnten in dieser Position erstarren, wie zwei Hälften eines Seesterns.

Obwohl sie mittlerweile nicht mehr zählen können, wie viele lange Abende sie so gemeinsam verbracht haben, spürt Mahtab, dass irgendetwas nicht stimmt, wenn Cameron ihre Hand hält, wenn er sie küsst, wenn er kurz vor Ende jedes Films aufsteht und ihre zahlreichen, aber kurzlebigen Knutschereien auf der Couch abbricht. Er ist konservativ, denkt sie. Seine Reaktion auf sie weckt eine tiefe, anhaltende Frustration in ihrem Bauch, in ihren Gliedmaßen, die über ihm verharren. Hat Mahtab schon mit einem Mann geschlafen? Das weiß ich nicht. Schlafen amerikanische Frauen mit Männern, ehe sie verlobt sind? Im Fernsehen ja, aber vielleicht würde Mahtab das nicht tun. Sie muss es nicht tun. Eines Tages wird sie den Mann ihrer Wahl heiraten und alles haben.

Einmal küsst sie seinen Bauch, und er weicht vor ihr zurück. Er hält ihre Hände hinter ihrem Rücken fest und sagt scherzhaft: »Ich dachte, wir hätten eine islamische Beziehung.« Sie lacht und denkt, dass er bloß schüchtern ist.

Wenn sie im Kino arbeitet, liest sie manchmal Forough Farrokhzad. *O Sterne, was geschah, dass er mich nicht wollte?* Und dann, ganz die gute Perserin, belügt sie sich selbst.

Sie begeht den Fehler, ihrer Mutter von Cameron zu erzählen. Maman wird sofort nervös. »Lass dich nicht mit einem iranischen Mann ein, Mahtab-dschan.« Sie sagt nicht, warum, und Mahtab fragt nicht nach, denn auch ihre Mutter hat ihre ganz eigenen persönlichen Ängste.

Als ihre Romanze zwei Monate alt ist, werden sie von den

Aryanpurs zum Abendessen in ihrem Haus in New York eingeladen. Je näher der Tag rückt, desto unruhiger wird Cameron. »Meine Eltern sind sehr traditionell. Sehr fromme Muslime«, sagt er. »Bitte pass auf, was du sagst. Sprich nicht über den Iran oder über Politik und erwähne ja nicht, dass du Christin bist.« Er zupft an seinen Nagelhäutchen herum. »Und da wäre noch was.« Er schaut sie nicht an. Seine Nervosität macht Mahtab neugierig. »Meine Mutter«, murmelt er. »Sie trägt den Hidschab.«

Mahtab lacht erleichtert. »Kein Problem. Das ist nicht der erste Hidschab, den ich sehe. Ich hab schließlich mal im Iran *gelebt*.«

»Nein, hör doch mal«, sagt er und umschließt ihre Hand mit seinen. »Ich wäre dir unendlich dankbar, wenn du bitte die Möglichkeit in Erwägung ziehen würdest, zum Abendessen ein Kopftuch zu tragen.«

Mahtab spürt, wie ihr das Blut aus dem Gesicht weicht. Sie öffnet den Mund, bringt aber keinen Ton heraus. Er sagt noch einmal: »Bitte«, und ihre Sprache kehrt zurück, rast mit der Wut einer wilden, galoppierenden Pferdeherde heran. »Nein, verdammt noch mal, nie im Leben. Frag mich das nie wieder.«

Mahtab stürmt dermaßen entrüstet aus Camerons Wohnheimzimmer, dass sie damit rechnet, ihn nie wiederzusehen. Sie knallt jede Tür zwischen seinem Zimmer und ihrem, tobt vom Flur auf die Straße und zurück in ihr Zimmer. Der nächste Tag ist von Verwirrung überschattet, dem nicht enden wollenden Nachdenken über Camerons Äußerungen und Absichten. Offenbar kennt er sie überhaupt nicht, und das nach so vielen gemeinsamen Abenden. In Mahtabs Welt ist eines sicher, nämlich die unverrückbare Tatsache, dass sie nie und nimmer, unter gar keinen Umständen, einen Hidschab tragen wird. Wieso steht sie dann auf einmal vor einem Laden namens Hermès –

oder heißt es *House of Hermès*? Ich weiß nicht, welcher Name an der Tür steht – und betrachtet dieses teure blau-violett karierte Kopftuch im Schaufenster? Wieso mustert sie es derart genau, mit solch gemischten Gefühlen, als würde sie den Beweis für die Verbrechen anstarren, die sie in ihrem Leben bislang begangen hat? Und wieso steht sie an einem Freitagmorgen vor Seminarbeginn vor Camerons Tür, in der einen Hand die orangefarbene Hermès-Schachtel – wie man sie von Urlaubern aus Teheran kennt, die sie zu ihren Strandvillen mitbringen, um mit ihren ausländischen Einkäufen zu prahlen – und in der anderen eine ausgereizte Kreditkarte, den Kopf modisch (nämlich nur halb) bedeckt, wie eine perfekte Imitation von Jackie Kennedy mit der dazugehörigen übergroßen Sonnenbrille?

»So wie die mondänen Teheraner Frauen es tragen«, sagt Khanom Omidi. »Sehr hübsch.«

Während sie dasteht und wartet, ringt Mahtab mit sich. Sie, die ihre Würde niemals verrät, will auf der Stelle kehrtmachen, will ihre Füße zwingen davonzulaufen. Irgendwo ganz tief in ihrem Bauch lässt ein wildes Etwas, ein selbstsüchtiges Ding, dem Prinzipien egal sind, dem es nur darum geht, jede ihrer Begierden zu befriedigen, ihre Füße am Boden festfrieren. Erinnert sie daran, dass es doch bloß ein Stück Stoff ist. Macht ihr ein fieberhaftes körperliches Verlangen nach Cameron bewusst.

Als Cameron die Tür öffnet, sagt sie: »Mehr ist nicht drin.«

Er schließt sie in die Arme, küsst sie auf die Wange. »Ich hab gewusst, dass du mich nicht im Stich lässt.«

»Wie hätte ich da Nein sagen können?«, fragt sie und schiebt sich an ihm vorbei, während sie ihm die orangefarbene Schachtel, leer bis auf den Kassenbeleg, gegen die Brust drückt. »Sieh doch nur, was für ein hübsches Kopftuch du mir gekauft hast.«

Ehe du fragst, muss ich erklären, dass die Leute in Amerika

nicht mit Bargeld einkaufen. Sie haben Karten, auf denen jeder Kauf registriert wird, und später bezahlen sie dann alles auf einmal. Also hat Mahtab noch nicht richtig bezahlt, und Cameron erstattet ihre Auslagen diskret, indem er Geld in ihre Handtasche schiebt. Es ist alles sehr dezent, sehr scheinheilig. Auf diese Weise hinterfragt niemand, was er soeben gekauft hat.

»Seltsame Zustände. Was hast du gesagt, wohin das Geld geht?«

Das erklär ich später. Aber jetzt fahren wir erst mal nach New York.

Und ja, Khanom Omidi, ich weiß, dass das blau-violette Kopftuch genauso aussieht wie das von Khanom Basir. Das liegt daran, dass auch das ein unrechtes Kopftuch ist – eines, das sie nicht verdient.

Wie Mahtab erwartet hat, sind die Aryanpurs reich und protzig, wie das nur amerikanische Iraner sein können – so wie Babas Cousins waren, wenn sie den Sommer im Shomal verbrachten. Sie begrüßen sie überschwänglich, loben ihre feine Gratwanderung zwischen Schicklichkeit und Modegeschmack. Sie küssen ihren Sohn auf beide Wangen, und Mr Aryanpur wirft einen missbilligenden Blick auf Camerons Hemd. »Knopf zu«, knurrt er und starrt auf die haarlose Brust seines Sohnes. »Peinliche Angewohnheit.« Mahtab mag Camerons extravagante Art, sich zu kleiden und zu pflegen. Eingedenk der Kämpfe, die sie mit ihrer Mutter führte, bis sie sich endlich rasieren durfte, ist für sie Behaartheit das erste Anzeichen von »zu viel Iran«. Ich hab viel recherchiert, Khanom Omidi, und ich glaube inzwischen, dass Iraner ein Verhältnis zur Körperbehaarung haben, das einzigartig ist und ehrlich gesagt ziemlich widersinnig. Was soll die ganze Aufregung?

Das Haus der Aryanpurs ist ehrwürdig und pompös zugleich. An den Wänden hängen etliche runde Holztafeln mit islamischer Kalligrafie in der wunderschönen Nastaliq-Schrift, neben bildhaften Szenen von Nezami und Ferdowsi. In den Regalen stehen Koranausgaben respektvoll von anderen Büchern getrennt. Der Reichtum der Familie trieft aus jeder Ecke. Im Esszimmer bedeckt ein dickes weinrot-golden gemustertes Tischtuch einen Kirschholztisch, an dem zwölf Personen Platz finden könnten. Viel zu viele Gegenstände sind aus massivem Gold.

»Ihr Vorname ist Mahtab, ja?«, fragt Mrs Aryanpur. Camerons Mutter ist die lebende Verkörperung ihrer Umgebung. Sie ist von Kopf bis Fuß mit Stoff bedeckt, trägt aber eine dicke Schicht Make-up, und ihre langen Fingernägel sind rot lackiert. Obwohl sie nicht der modischen Angewohnheit frönt, einige Zentimeter Haar sichtbar zu lassen, verrät eine hervorlugende Strähne Mahtab, dass ihr Haar den für Los Angeles typischen Orangeton hat – wie bei den protzigen kalifornischen Persern, die wir von Fotos kennen.

»Ja. Aber jetzt nenn ich mich schlicht May, das ist einfacher«, sagt Mahtab.

Mr Aryanpur stößt einen tiefen Seufzer aus, der sich anscheinend in seinem Innern aufgestaut hat. »Das ist schade. Sie sollten Ihren persischen Namen nicht aufgeben. Er bedeutet ›Mondlicht‹, wissen Sie.«

»Ja, ich weiß.« Sie registriert, dass auch Mr Aryanpur schon Bekanntschaft mit Haarfärbemitteln gemacht hat. Sein unwahrscheinlich schwarzer Schnurrbart bildet einen krassen Gegensatz zu dem grau melierten Haupthaar.

»Sehr hübsch«, murmelt er und schlendert weg von der Tür.

Als sie sich an den Esstisch setzen, herrscht diese typische Unsicherheit, die den Verlauf des Abends irgendwie steif und förmlich macht. Ich hab das selbst in den Videoaufnahmen gesehen, die Babas Cousins aus Kalifornien uns schicken – diese Mahlzeiten sind eine bizarre, unwirkliche Mischung aus unseren und denen, die man im amerikanischen Fernsehen sieht. Die Aryanpurs befinden sich wie Maman und überhaupt jede Einwandererfamilie auf der ganzen Welt in einem Schwebezustand, sind gefangen zwischen zwei völlig unterschiedlichen Regelwerken aus Sitten und Gebräuchen. Weil sie nicht wissen, ob sie um sechs oder um zehn mit dem Abendessen anfangen sollen, kauen sie Nüsse und Trockenfrüchte, bis sie beinahe satt sind, und beginnen dann um neun. Unsicher, ob sie sich an die iranische Sitte halten sollen, das gesamte Essen auf einmal auf den Tisch zu stellen, oder an die amerikanische, es in verschiedene Gänge aufzuteilen, servieren sie grünen Salat als Vorspeise, den sie hastig und pflichtschuldig verzehren – eine unfreiwillige Hommage an ihr neues Land –, ehe sie die Fleischgänge auffahren, die jeweils in einer Kombination aus mindestens fünf Gewürzen gekocht wurden. Aber die Konversation läuft immer leicht und locker. Sie beginnen mit Dichtung und Literatur, sie rezitieren und widersprechen und korrigieren, schwelgen in Erinnerungen an Isfahan, Persepolis und das Kaspische Meer, und dann, Stunden später, fangen sie endlich an, einander grundlegende Fragen zu stellen. Sie sind ganz ähnlich wie die Familien, die für eine Saison in die Villen am Meer kommen, vergleichbar mit meinen eigenen Eltern, was Bildung und Interessen angeht. Aber in Amerika können sie sich ganz nach Belieben jedwedem Zeitvertreib und Gespräch hingeben.

Von da an verbringen die Aryanpurs den größten Teil des Abends damit, Informationen über Mahtabs Eltern, Herkunft und Ausbildung zu sammeln.

»Sie sind also in Ihrem dritten Jahr in Harvard«, sagt Mr Aryanpur, während er sich mit dem amerikanischen Besteck abmüht. Er wird sichtlich ärgerlich, als Körner von buttrigem Basmatireis durch die Gabelzinken rutschen und wieder auf seinem Teller landen. Als er meint, dass Mahtab nicht hinschaut, nimmt er seinen Dessertlöffel. Der Anblick, wie er Reis auf diesen kleinen Löffel häuft und mit zittriger Hand zum Mund führt, erinnert Mahtab an ihren eigenen Vater – obwohl sie nicht weiß, wieso. Sie denkt an José vom Diner und überlegt, ob dieser Mann sie vielleicht an alle Väter erinnert. Der leere Raum, in dem Mahtab die Sehnsucht nach ihrem Vater verwahrt, ist voller Schmerz. Sie möchte hinübergreifen und Mr Aryanpurs Hand berühren, ihm Tee nachgießen und ihm zeigen, dass sie niemals Ärger verursachen würde, möchte die vielen Ähnlichkeiten zwischen ihm und Cameron aufzählen. Sie hat das Gefühl, dass er den Großteil des Tages im Haus verbringt, wahrscheinlich, weil er keine Felder hat, über die er wachen muss. »Wir sagen Cameron andauernd, er soll ein kluges Mädchen heiraten«, erklärt Mr Aryanpur mit seiner tiefen, dumpfen Stimme.

»Baba!«, protestiert Cameron.

»Ist doch wahr, oder?« Camerons Vater blickt schockiert. »Was ist denn an der Ehe so beschämend? Warum solltest du dein Leben vergeuden?« Mr Aryanpur spricht weiter, als hätte Cameron ihn nie unterbrochen. »Aber es ist nicht Camerons Schuld. Wir haben ihm geraten, sich mit den Mädchen Zeit zu lassen und sich auf sein Studium zu konzentrieren.«

Und dann sagt Mrs Aryanpur, als würde es ihr just in diesem Moment einfallen: »Unser Sohn ist Jahrgangsbester, wissen Sie? Wussten Sie das?« Sie sieht Mahtab gespannt an.

»Ja, das wusste ich.« Sie lacht und wendet sich Camerons Vater zu, der wieder etwas sagt.

»Ich denke, Sie würden eine reizende Kandidatin abgeben. Was machen Ihre Eltern?«

Cameron will widersprechen, doch sein Vater sieht ihn an und blafft so laut, dass Mahtab fast zusammenzuckt: »Ich hab dir gesagt, du sollst dich nicht so hinsetzen.« Sofort nimmt Cameron das Bein herunter, das er über das andere geschlagen hatte, und läuft dunkelrot an. Die Erwiderung, die er auf die Heiratsbemerkung seines Vaters machen wollte, ist jetzt vergessen, und Mahtab wüsste zu gern, was er gesagt hätte. Cameron meidet den Blick seines Vaters und lächelt seine Mutter liebevoll an, die seine Hand nimmt. Mr Aryanpur redet weiter über den Iran und Bildung und die Bedeutung der einzelnen Wandbehänge. Er wirkt älter als seine Frau, scheint stärker an Gewohnheiten festzuhalten. Sie trinkt ihren Tee aus einer Tasse, während er seinen zum Abkühlen in die Untertasse schüttet, einen Zuckerwürfel zwischen die Zähne klemmt und dann die Untertasse mit beiden Händen an die Lippen führt – so wie man uns Kindern den Tee serviert hat, damit wir uns nicht den Mund verbrennen.

Mahtab mag den Mann. Am Ende des Abends hat sie das Gefühl, dass sie bald zum schönen Inventar im Leben der Aryanpurs gehören könnte.

Auf der Rückfahrt zum Campus hört Cameron gar nicht auf, sich bei Mahtab für seine Eltern zu entschuldigen. Auch nachdem Mahtab ihm gesagt hat, dass sie sich sehr wohlgefühlt hat, bleibt er angespannt und unruhig. Sie denkt sich nichts dabei und geht davon aus, dass er am nächsten Morgen wieder der Alte sein wird.

Am folgenden Tag versucht sie, ihn anzurufen, erreicht ihn aber nicht. Tage vergehen, ohne dass er sich meldet. Als sie sich eines Nachmittags zufällig über den Weg laufen, sagt er, dass er mit seinen Recherchen über den Iran alle Hände voll zu tun hat und dass sein Studienbetreuer ihm bei seinem großen Vorhaben helfen wird, dorthin zurückzugehen.

»Hast du genug von mir, jetzt, wo du deine Eltern beschwichtigt hast?«, sagt sie im Scherz.

Er lacht und erwidert, dass er nie genug von ihr bekommen könne. Aber sagt er die Wahrheit, dieser junge, elegante Perser? Ist er ihrer überdrüssig?

Die ganze nächste Woche lenkt Mahtab sich mit Arbeit ab. Sie ist immer knapp bei Kasse und jobbt jeden Abend im Kino. Sie hat ein vages ungutes Gefühl wegen Cameron, empfindet etwas diffus Störendes, wie eine Blase am Fuß oder ein nerviges Insekt, aber sie ist zu beschäftigt, um etwas dagegen zu unternehmen – bis sie eines Abends früher Feierabend hat und spontan beschließt, ihn zu besuchen.

Sie eilt an der Bibliothek und der Campuszentrale vorbei. Vor einem kleinen Schaufenster frischt sie ihr Make-up auf, ehe sie sein Wohnheim betritt. Da Camerons Tür unverschlossen ist, schlüpft sie hinein, ruft seinen Namen und wirft ihre Tasche auf die Couch. Sie hört ein Geräusch im Badezimmer. Sie läuft zum Schlafzimmer, streift ihren Mantel ab und denkt ans Abendessen. Cameron ist da – für einen Moment ist Haut zu sehen, als er einen Pullover überstreift, einen traurigen Ausdruck im Gesicht.

Neben ihm, auf dem zerwühlten blauen Bettzeug, sitzt eine magere Schönheit, blond, höchstens achtzehn, rutscht wie ein Kind hin und her. Aber er ist kein Kind. Er ist ein Mann, halb angezogen, und eindeutig zu jung und verwirrt, um je eine derartige Komplikation erlebt zu haben.

Obwohl Mahtab zunächst verständnislos lächelt, ist Cameron viel zu intelligent, um den Versuch zu machen, seinen Fehltritt zu kaschieren, deshalb hat er schon damit begonnen, hastige Schadensbegrenzung zu betreiben. Ah, der Schaden! Er fährt sich mit der Hand durchs Haar. Wie viele Probleme wird das nach sich ziehen? Seine Freundin ist er auf jeden Fall los. Aber was noch? Vergiss nicht, Khanom Omidi, dieser arme Arier will im Iran arbeiten. Ah, was für eine schlimme Sache.

»Armer Junge«, sagt Khanom Omidi. »Mahtab wird drüber wegkommen. Aber er wird so große Probleme haben.«

Na ja, vielleicht experimentiert er nur, wie Ponneh mit ihrer Freundin Farnaz – tu nicht so schockiert; ich weiß, sie hat es dir erzählt –, vielleicht ist es aber auch die Wahrheit, und er wird weiter dafür leiden müssen. Mahtab steht da, noch immer unsicher, und sieht Cameron mit ihren müden, schwarz umrandeten Augen an, die sich jetzt fassungslos weiten. Ist der Fremde ein Student? Ein Lieferjunge? Allmählich drängen sich ihr die Einzelheiten auf, überdecken das größere Ganze. Der rotgesichtige Junge, der sich nervös auf dem Bett windet. Ein offener Knopf an seiner Jeans, den er in der Eile übersehen hat. Der Moschusgeruch, der tief im Zimmer hängt. Verstreut herumliegende Kleidungsstücke. Kondome auf der Kommode.

Als Cameron die Wahrheit in Mahtabs Augen widergespiegelt sieht, entschuldigt er sich nicht. Er zieht sie ins Wohnzimmer und schließt die Tür. Mit zu ruhiger Stimme erklärt er seiner Freundin, dass ihre Romanze Wunschdenken war und aus und vorbei ist.

»Ich versteh das nicht«, sagt sie. »Magst du jetzt Männer?«

»Nicht *jetzt* …« Er blickt gekränkt und senkt den Blick. »Ich war schon immer … ich *bin* … ja.«

»Aber wir waren …« Mahtab will die Abende auf seiner Couch erwähnen, doch angesichts der Szene, die sich jetzt in ihr Gedächtnis gegraben hat, wirken ihre eigenen Knutschereien mit ihm lachhaft und unschuldig – ein paar Küsse hier und da, eine vorwitzige Hand, die weiß, wo genau sie *nicht* hindarf. Und so konzentriert sie sich auf etwas anderes. Etwas, das einen neuen, intensiveren Hass auf ihn auslöst. »Du wolltest, dass ich deine Eltern kennenlerne. Du wolltest, dass ich einen Hidschab trage!« Plötzlich ist sein Verbrechen hundertmal größer.

»Ach, komm schon, war das wirklich so schlimm?«, sagt er. »Immerhin ist für dich ein hübsches Geschenk dabei rausgesprungen.«

Irgendwo in ihr erwacht ein wilder Dämon, beäugt seine Gliedmaßen und überlegt, welche er zuerst abreißen soll.

»Du bist so ein …!« Ich kann ihren Satz nicht vollenden, weil ich die besten englischen Schimpfwörter nicht kenne, aber du kannst es dir vorstellen. Sie tobt und wettert, ist wütend auf dieses schuldbeladene Stück Seide.

Er fängt an, um Verzeihung zu betteln, nennt sie seine beste Freundin. »Bitte, versteh das doch«, sagt er. »Ich liebe dich wirklich, aber ich steh unter einem unheimlichen Druck. Du hast meinen Vater kennengelernt. Ich *kann* es ihnen nicht sagen …«

Der Dämon sucht nach etwas Kurkuma, um seine Körperteile zu marinieren, wenn das alles vorbei ist.

»Wieso nicht?«, will Mahtab wissen. In einem blitzartigen ruhigen Moment fallen ihr einzelne Szenen des Abendessens ein, und sie fügt hinzu: »Dir ist doch wohl klar, dass dein Vater schon einen Verdacht hat?«

»Hat er nicht!« Cameron fährt sich wieder mit der Hand durchs Haar, die Augen auf ihre Stirn gerichtet. »Und ich will im Iran arbeiten, das weißt du. Mahtab, da wird man für so was *aufgehängt.*«

»Ja, das stimmt.« Khanom Omidi schüttelt den Kopf. »Unsere besten Zeiten sind vorüber.«

Aber Mahtab bemerkt die Angst in seiner Stimme gar nicht. Sie hält nicht inne, um ihn dafür zu bewundern, dass er trotz der Gefahren in ihr gemeinsames Heimatland zurückwill. Sie hört nur die wütenden Schreie, die tief aus ihrem Inneren dringen. Sie verflucht ihn und stürmt nach draußen.

Cameron folgt ihr. »Mahtab, du darfst niemandem davon erzählen«, sagt er und packt ihren Arm. »Du musst das für dich behalten.« Diese letzte Berührung lässt ihre Brust pochen.

»Warum sollte ich das tun?«

»Warum wohl! Weil es niemand wissen darf. Die dürfen nicht denken, dass ich … *so* bin.«

Mahtab lacht. »Bist du blöd oder hast einen Hang zum Drama? Du wirst nicht aufgehängt. Im Iran gibt es jede Menge Schwule. Schwulsein ist okay. Du musst dir nur vorher eine Frau suchen.« Dann fällt ihr ein, dass er genau das mit ihr vorhatte, und sie versucht, sich loszureißen, Richtung Treppe.

Denn, Khanom Omidi, genau das tun alle persischen Männer, wenn sie fürchten, ihre Männlichkeit könnte infrage gestellt werden. Sie suchen sich eine Frau. Sie schützen ihr Geheimnis. Sie lassen die Beweise verschwinden. Das ist der Teil, bei dem ich am meisten mit meiner Schwester mitfühle. Wir tappen in die gleichen Fallen. Und genau wie ich begeht Mahtab den Fehler, das Tier zu reizen. Durch den Nebel aus Demütigung und Schock und einen Ozean des Schmerzes hindurch schleicht sich ein spöttisches Lächeln auf Mahtabs Lippen, und sie verhöhnt ihn, obwohl sie am liebsten in seine Arme fallen möchte und weinen und weinen, um herauszufinden, ob ihn das abstößt. »Ich frage mich, ob man die Sittenpolizei in Teheran telefonisch erreichen kann.«

Vielleicht will er ihr jetzt wehtun. Vielleicht will er eine ehemalige *dalak* anheuern, die seine Männlichkeit für ihn unter Beweis stellt. Aber sie sind in Amerika, und in Amerika kommen Männer mit so brutalen Methoden nicht ungestraft davon. Dort ist Geld die einzige Waffe, deren Besitz sich lohnt, und diese oder jene Sorte Mensch zu begehren ist keine so beängstigende Angelegenheit.

Als Cameron nicht antwortet, schreit sie: »Lass mich los«, und befreit sich aus seinem Griff. Sie weint nicht – das tut sie erst später. Sie geht einfach weg und wundert sich über das unendliche Ego persischer Männer ... oder vielleicht aller Männer. Denn im Augenblick sorgt sich Cameron mehr als alles andere um seinen Ruf. Er befürchtet, dass sie sein Geheimnis in einen widerhallenden, riesigen Hamam voll zorniger Frauen hineinrufen wird, die sich dort versammelt haben, um zu bezeugen, dass er sich wiederholt geweigert hat, die Affäre zu vollziehen. Und warum? Weil er ... *so* ist.

Und jetzt kommt der Moment, in dem Cameron, der arme Arier, Mahtabs nächste Einwanderersorge behebt und zu einer von diesen dreißigminütigen Anekdoten wird, die ihr vollkommenes Fernsehleben ausmachen. In der darauffolgenden Woche ignoriert Mahtab Camerons Anrufe, obwohl er es mehrmals täglich versucht. Er tut es nicht, um ihre Beziehung wiederaufleben zu lassen, oder auch nur ihre Freundschaft. Er ruft an, um ihr Schweigen zu erbetteln. Ja, Mahtab hat vor, den Mund zu halten, aber sagt sie ihm das? Sie würde nie auch nur in Erwägung ziehen, ihm diese Genugtuung zu geben. Bis sie eines Tages von der Arbeit nach Hause kommt und eine Nachricht auf dem Anrufbeantworter hat.

»Mahtab, ich bin's. Hör mal, ich weiß, du willst nicht mit mir reden. Aber ich kann nicht in den Iran gehen, ohne sicher zu sein. Ich hab mir was überlegt, das dich davon befreien wird, mir irgendwelche Gefallen zu tun. Du hast doch gesagt, du kannst deinen Job nicht ausstehen. Okay, was hältst du von folgendem Vorschlag? Du kündigst, und ich lass eine Kopie meiner Kreditkarte für dich ausstellen.« Weißt du, Khanom Omidi, das ist ein tolles Angebot. Es bedeutet Gratisgeld. »Schau in deinen Briefkasten. Keiner wird davon erfahren. Du kannst sie benutzen, solange du mir diesen einen Gefallen tust, auch nach dem Examen noch. Wie findest du das? Ruf mich an.«

Mahtab lacht. Sie löscht die Nachricht und geht ins Bett,

kann über seine Arroganz, seine fehlende Reue nur den Kopf schütteln. Sie gibt sich alle Mühe, ihn zu hassen. Warum sagt er nichts über ihre verlorene gemeinsame Liebe, über die Zukunft, die sie sich mit ihm vorgestellt hat? Warum gesteht er nicht, dass auch er sie liebt? Es ist zwei Uhr morgens, und sie muss um acht im Kino sein, um Quittungen zu sortieren, aber sie kann nicht einschlafen. Sie streckt sich auf der Matratze aus, ihre Arme reichen bis zum Bettrand, wie die obere Hälfte eines Seesterns, sie redet sich ein, dass das, was Cameron ihr gesagt hat, nicht wahr ist – dass sie einen Weg finden kann, ihn zu behalten. Sie vergräbt das Gesicht im Kissen und denkt, dass sie ein solches Angebot niemals annehmen würde.

Es ist eine seltsame Sache mit dem Ruf der Männer. Sie sind bereit, ihr ganzes Vermögen dafür herzugeben. Findest du, dass es falsch ist, es zu nehmen, Khanom Omidi? Eines Tages wird mein Geld aus der gleichen Quelle kommen. Das Schicksal von Zwillingen ist schließlich unauflösbar verbunden. Zumindest hat Mahtab eine einseitige Liebe erlebt. Sie durfte auf Cameron liegen und seinem Herzen lauschen, seine Lippen mit ihren berühren und ihn zum Lachen bringen, ihre Finger über seine ach so weißen Harvard-Zähne gleiten lassen. Ich wüsste gern, wie das ist, für einen Nachmittag Zugang zu so einem Mann zu haben. Ihn zu wollen und so nah herangelassen zu werden. Manchmal ist mir egal, ob so ein Mann mein Ehemann ist oder ein Fremder, nur durch unsere gemeinsamen verbotenen Begierden an mich gebunden. Ich hasse Abbas dafür, dass er alt ist, dass er mir selbst die kleinste Kenntnis von solchen Dingen verweigert, das geringste bisschen Lust. Das Gefühl, dass ich halbwegs menschlich bin, auch wenn mir sozusagen meine andere Hälfte fehlt. Manchmal hasse ich ihn *dafür* mehr als für die Brutalität, die er mir angetan hat.

Vielleicht bin ja auch ich eine Einwanderin, die durch die Ehe irrt, so wie Cameron und Mahtab durch Amerika irren, auf ein Fantasiebild zu, das es einmal gab. Ich möchte mein natürliches Ich sein, vollständig, auch ohne Mahtab, und wild, mit unbedecktem Haar. Vielleicht könnte ich um ein Lagerfeuer tanzen, wie die Frauen beim Nouruz-Fest vor der Revolution. Flatterndes schwarzes Haar. Frauen, die ihre Ehemänner und Liebhaber küssen. In Schlafzimmer stürzen, um wer weiß was zu tun. Dann würde ich nicht wollen, dass Reza wie James ist oder Abbas wie Cameron. Ich würde mich nicht danach sehnen, an Mahtabs Stelle zu sein. Ich würde nur mein ganz normales Selbst sein wollen, ohne Bücher oder Kultur – bloß ein wildes, hungriges Wesen, das barfuß herumläuft.

Die Welt hat sich verändert, Khanom Omidi, und jetzt sind wir *alle* impotent.

»Ach, mit was für seltsamen Zeiten ihr Kinder es zu tun habt.« Khanom Omidi seufzt. »Wir wünschen uns alle die Vergangenheit zurück, Saba-dschan, aber wir müssen uns mit kleinen Freuden begnügen … Vielleicht sollten wir etwas essen, Tee trinken. Und dann musst du mir erzählen, was dieser Mann mit dir gemacht hat.«

Ja, später vielleicht … Doch jetzt ist meine Schwester an der Reihe. Am nächsten Tag findet Mahtab die Kreditkarte in ihrem Briefkasten. Sogar mit ihrem Namen drauf. Sie steckt sie in ein separates Fach in ihrem Portemonnaie, getrennt von ihrem eigenen Geld. Sie ruft weder Cameron an, noch erzählt sie ihren Freunden oder ihrer Mutter davon. Sie ist zu sehr damit beschäftigt, seine Fehler zu korrigieren. Sie wird sich morgen damit befassen. Aber am nächsten Tag verlangt ihr Boss, dass Mahtab noch mehr Schichten arbeitet, und sie hat keine Zeit, die Kreditkarte zurückzuschicken. Außerdem will ein Teil von ihr diese Verbindung zu Cameron festhalten. Er hat sie zwar verlassen, aber dieses kleine Stück Plastik bindet ihn immer noch an sie. Es ist etwas, das sie behalten kann, wie ein in ihrem

Zimmer vergessenes T-Shirt oder Buch. Es bedeutet, dass er an sie denkt. Sie verdrängt es, redet sich ein, dass es kein Einlenken ist, die Karte zu behalten. Außerdem wird er in einem Monat vergessen haben, dass sie diesen Schlüssel zum Vermögen seiner Familie besitzt.

Eines Nachmittags benutzt sie mit zitternden Händen die Karte, um eine Tasse Kaffee zu bezahlen. Und um zu sehen, was passiert, ob die Sache real ist oder bloß eins seiner Spielchen. Die Zahlung geht problemlos vonstatten, und die Karte wiegt schwer in ihrer Hand. Sie hat dieses unverdiente Geld akzeptiert und eine dicke Schicht Joghurt darübergestrichen, damit es keiner merkt. Zwei Tage später testet sie die Karte erneut. Sie kauft ein Buch, das sie zwanzig Minuten später wieder zurückgibt. Die Musik des Kreditkartenlesegeräts bestätigt, dass jemand ihr stillschweigendes Einverständnis akzeptiert hat.

»Aber wie denn, Saba? Was ist das für ein Gerät?«

Eine Woche später, als sie ein schlafloses Wochenende, zwei Abgabetermine und eine Prüfung vor sich hat, kündigt Mahtab ihren Job an der Kinokasse.

Hat sie ein schlechtes Gewissen? Weiß jemand, was sie getan hat? Benetzt sie nachts ihr Kopfkissen und gibt dem unrechten Stück Hermès-Seide die Schuld für ihren armen Arier, der zurück in die Heimat will und so große Träume und heimliche Ängste hat?

»Dann nimmt sie das Geld also an?«, sagt Khanom Omidi. »Vielleicht ist das klug.«

Sieht ganz so aus. Aber Kreditkarten sind bloß ein Stück Plastik, bis du sie benutzt. So funktionieren sie, machen jeden Kauf zu einem neuen Geschäft. Und, wie du selbst gesagt hast, die Liebe ist eine unaufgeschnittene Wassermelone. Es kann vorkommen, dass du sie zerteilst und feststellst, dass du das falsche Früchtchen gekauft hast.

Nebenbei bemerkt, Khanom Omidi, auch wenn du das alles sowieso schon klug und weise findest, solltest du wissen, dass das auf Englisch ein verdammt guter Witz auf Camerons Kosten ist.

Obwohl Mahtab nicht weiß, ob sie die Kreditkarte noch einmal benutzen wird, verabschiedet sie sich von einer ihrer größten Einwanderersorgen. Sie hat schon so viele andere überwunden: Sie ängstigt sich nicht mehr, weil sie anders ist. Sie sorgt sich nicht mehr darum, ob sie erfolgreich sein wird. Und jetzt denkt sie auch nicht mehr über Geld nach, nicht, weil sie Zugang zum Reichtum des armen Ariers hat, sondern weil sie begreift, wie leicht man an Geld kommen kann. Vielleicht sollte ich von meiner Schwester lernen. Meiner klügeren, stärkeren, weltgewandteren Schwester. Vielleicht sollte ich aufhören, die verschiedenen Arten von Geld in der Welt zu kategorisieren, aufhören, zwischen altem Geld und neuem Geld zu unterscheiden, zwischen muslimischem Witwengeld und Joghurtgeld, sie zu bewerten, wo sie doch in Wahrheit alle gleich sind. Ich habe so viel unangetastet auf dem Tisch liegen lassen. Vielleicht sollte ich tapferer sein, mich vor den Bosheiten engherziger Männer schützen. Vielleicht sollte ich nicht länger darauf warten, mein eigenes Erbe anzutreten.

Ein bescheidenes Wort

KHANOM OMIDI – DIE GUTE

Nach Sabas Geschichte versuchte ich, ihr etwas mitzuteilen, ohne es auszusprechen, denn natürlich darf ich kein schlechtes Verhalten fördern. Aber Sie können mir glauben, wenn ich sage, dass ich weiß, was ihr fehlt. All die Jahre bin ich Sabas wahrhaftigste Mutter gewesen. Ich hab ihre Wunden gepflegt, tausend Entschuldigungen und Beschwichtigungen in jedes lauschende Ohr geflüstert, bin ihr gefolgt, während sie eine Spur von Flunkereien und Fehlern hinter sich zurückließ, und ich habe eine zarte Schicht Joghurt über alles gebreitet, damit niemand sie verurteilte. Wer sonst hätte das getan, vor allem nach dem Verlust von Khanom Mansuri? Meine liebe Freundin ... Gott hab sie selig, sie hatte recht damit, dass Sabas Geschichten gut für sie sind. Gestern, als diese Ärztin, Khanom Zohreh, anrief und Saba nicht zu Hause war, rühmte ich die Fantasie des Mädchens, und die Ärztin schien besorgt, was lächerlich ist.

Was hat Abbas mit ihr gemacht? Ich wünschte, ich wüsste es. Nach ihrer Geschichte hab ich mich gefragt: Liegt ihre Traurigkeit wirklich darin begründet, dass sie mit dem Falschen verheiratet ist, oder gibt es einen anderen Grund? Ich persönlich glaube, dass jede Frau ein eigenes Sümmchen haben sollte, ein bisschen Bares, das sie für sich gespart hat, an das kein Mann rankommt und das sie einsetzen kann, um sich aus schlimmen Situationen zu befreien. Wissen Sie, ich behaupte, wenn alle Frauen im Iran eines Tages aufwachen würden und ihr eigenes Geld hätten, dann gäbe es keine Hochzeiten mehr. Das Geben und Nehmen von Töchtern wäre schlagartig beendet. Vielleicht würde das ganze Land untergehen. *Falls* es untergeht, kann mir nichts passieren, denn ich habe Ersparnisse in meinem Tschador versteckt.

Bitte erzählen Sie niemandem, dass ich so denke, denn ich werde es abstreiten.

Ich glaube, dass kein Mann Saba je genügen wird. Sie sehnt sich nach Unabhängigkeit, und solange sie die nicht hat, wird es immer weiter Mahtab-Geschichten geben. Aber das ist nicht das Einzige, wonach sie sich sehnt, und damit komme ich zu dem Zweiten, was mir aufgefallen ist.

Das arme Kind lechzt danach, erwachsen zu werden, eine Frau, ein echtes und wahres Erwachen zu erleben, was ihr in der Ehe mit dem Tattergreis offensichtlich vorenthalten bleibt. An diesem Punkt muss ich mich vorsehen, dass ich kein schlechtes Verhalten fördere, aber ich habe vorsichtig angedeutet, dass es gewisse Dinge gibt, die sie in ihrem Leben nicht verpassen sollte. Ich sagte zu ihr: »Du bist ein schlaues Mädchen. Liest du auch alte Gedichte?« Sie bejahte, und so sagte ich: »Mein Lieblingsdichter ist Rumi. Dieses Sehnen und der Hunger. Es gibt eine Zeile über einen durstigen Fisch in uns, der nie genug von dem bekommt, wonach er dürstet.« Saba starrte mich bloß an und zuckte die Achseln. Ich sagte ein paar Gedichte über neu erwachte Leidenschaft und menschliches Verlangen auf. Welche Worte! *Ich strecke mich*, sagt Rumi, *auf dass du mich zerreißt.*

Versteht Saba das? Ich hoffe, dass sie es eines Tages versteht, und wenn auch nur für eine Nacht. Eine Stunde. Hat das Mädchen nicht schon genug gelitten? Vielleicht sollte sie einen Liebhaber haben, nur um diesen köstlichen Teil des Lebens kennenzulernen. Und damit Sie nicht meinen, ich hätte sündige Gedanken, will ich Ihnen sagen, dass es keine Sünde ist, ein Mensch zu sein. Als ich jung war, gab es vielerlei Wonnen, und Liebhaber waren wie Opiumkugeln auf dem Grund eines Gewürzglases – wenn man lang genug herumtastete, stieß man immer auf einen neuen.

Kommen Sie mir nicht mit irgendwelchen Keuschheitsregeln. Solche Regeln wurden von jemand anderem gemacht als von Gott. Kommen Sie mir nicht mit Rührseligkeiten über wahre Liebe und Seelenverwandtschaft. Solche Rührseligkeiten sind was für Geschichtenerzähler. Das Leben ist nicht mehr als die kleinen Freuden vieler Augenblicke, die sich summieren wie die Münzen in einem Tschador. Wahrscheinlich gibt es in dieser Welt keine Liebe, bloß gesunden Menschenverstand und Anziehungskraft – die harmonische Entsprechung von Statur und Alter und Gerüchen. In meinen alten Augen ist das gemeint, wenn man von »gut zusammenpassen« spricht – keine Zauberei, bloß zwei Beine, zwei Arme und, wenn du Glück hast, ein junges und schönes Gesicht.

Tagebuchaufzeichnungen

DR. ZOHREH

Ich habe Verständnis dafür, dass Sabas Vater mich bat, Abstand zu halten, während sie heranwuchs. Die Gefahren für die Familie waren durchaus real. Und ich vermute, jetzt braucht sie mich nicht mehr, obwohl ich ihr schrecklich gern ein besseres Verständnis ihrer Mutter ermöglichen würde, um dem zweifellos negativen Bild entgegenzuwirken, das die Dorffrauen von ihr gezeichnet haben werden.

Aber ich werde mich nicht aufdrängen. Das wäre ein Fehler, denke ich.

Falls sich eine Gelegenheit ergibt, werde ich ihr beim nächsten Mal vielleicht erzählen, dass sie ihrer Mutter sehr ähnlich ist. Neulich habe ich bei Saba angerufen, und eine Haushälterin, eine Frau namens Omidi, berichtete mir, wie gern sie »Geschichten erzählt«. Natürlich gab mir das zu denken. Ich habe Fallstudien über Kinder gelesen, die eine Tragödie oder einen großen Verlust erlitten haben und fehlgedeutete Erinnerungen benutzen, um für sich selbst dauerhafte andere Realitäten zu erschaffen. Interessanterweise handelt es sich bei diesen Tragödien meistens um Fälle, an deren Verlauf sie irgendwie beteiligt waren – wie die Versuchspersonen in dem Milgram-Experiment, die sich, als man sie darüber aufklärte, was sie getan hatten, einredeten, sie hätten argumentiert oder widersprochen, während sie doch in Wahrheit gefügig gewesen waren. Doch warum sollte Saba solche Symptome entwickeln? Ich wünschte, ich könnte mit ihr reden oder hätte es getan, während sie heranwuchs.

Nach dem Anruf fiel mir wieder ein, dass Bahareh früher etwas ganz Ähnliches gemacht hat. Während unseres Studiums hatte ich eine Beziehung zu einem jungen Mann, der unsere Verlobung später löste, um in London zu studieren – eine dürftige Ausrede, da auch ich für ein Semester ein Stipendium an einer englischen Universität bekommen hatte. Bahareh kam in mein Zimmer und erfand die ganze Nacht über irgendwelche Geschichten über die dümmlichen Patzer, die ihm dort unterlaufen würden. Sie stellte eine Liste auf. Erstens: Er wird die falsche Gabel benutzen. Zweitens: Er wird versuchen, einen Mann auf die Wange zu küssen. Drittens: Er wird blödsinnige Reden auf die Königin schwingen. Sie war einfach köstlich. Am nächsten Tag brachte sie mir eine Hochzeitstorte, die ich in den Fluss werfen sollte, als Symbol für … ach, ich hab vergessen, wofür.

KAPITEL ELF

Herbst–Winter 1990

In den vergangenen zwei Wochen hat Dr. Zohreh zweimal angerufen. Jedes Mal hat sie Saba mit ihrer heiseren Kettenraucherstimme versichert, dass sie zur Verfügung steht, falls Saba sie braucht. Saba hat nicht zurückgerufen, weil sie sich davor fürchtet, was die Ärztin wohl über ihre Mutter zu sagen hat. Ihre Briefe an das Evin-Gefängnis sind bislang unbeantwortet geblieben, und es ist ihr nicht gelungen, irgendwelche neuen Hinweise zu finden. Die Nachricht der Ärztin könnte ihre letzte Hoffnung sein, und sie ist noch nicht bereit dafür. Was, wenn die Informationen der Ärztin den alten, begrabenen Zorn auf ihre Mutter wiederbeleben, weil sie sie verlassen hat? Was, wenn sie bestätigen, dass ihre Mutter tot ist oder im Evin-Gefängnis schmachtet? Trotzdem hat Dr. Zohreh versucht, Saba für ihre Organisation zu gewinnen, indem sie ihr über Ponneh Bücher geschickt hat, die sie lesen soll, Fotos, die sie sich anschauen soll, und Geschichten, die ihr zu denken geben sollen. Einerseits freut sich Saba über die Aufmerksamkeit, die die Freundin ihrer Mutter ihr zukommen lässt, aber andererseits ist es für sie unvorstellbar, sich in eine solche Gefahr und Unsicherheit zu begeben. Sie blättert die Zeitungen aus der ganzen Welt durch, in denen Fotos abgedruckt sind, die Mitglieder von Dr. Zohrehs Gruppe aufgenommen haben. Diese

Frauen kommen aus allen Gesellschaftsschichten, aus Städten überall um Teheran und im Shomal. Sie sind Christen, Bahai, Zoroastrier. Manche sind sogar Muslima. Dr. Zohreh ist Zoroastrierin – eine Anbeterin des Feuers. *Meine Mutter ist aus Feuer*, denkt Saba und sieht das Bild ihrer Mutter, der Aktivistin, vor sich, wie sie allein durch ihre Wut Tschadors in Flammen aufgehen lässt. Sie wünscht, sie hätte diesen Teil von ihr gesehen, den Teil, der alles andere als vernünftig war. Hat Saba auch ein bisschen davon im Blut?

Abbas klopft an die Tür und sagt, dass er aus dem Haus geht. »Saba? Saba-dschan? Ich gehe jetzt. Möchtest du herauskommen und mich verabschieden?« Seit Monaten hat sie all seine flehenden Blicke ignoriert, sein klägliches Gemurmel und Geschlurfe durchs Haus, bei Tag und bei Nacht. Sie sagt nichts und hofft, dass ihr Schweigen seinen sterbenden Ohren wehtut. Wenn sie allein im Haus ist, wird sie ein bisschen über Amerika recherchieren, über eine mögliche Reise dorthin … für später. Sie muss sich einen handfesten nächsten Schritt überlegen, weil eine vernünftige Frau genau das tun würde. Vielleicht ist es an der Zeit, Dr. Zohreh doch mal einen Besuch abzustatten, nur um wirklich jede Information zu bekommen, die es vielleicht gibt – um Schluss mit der Angst zu machen und auf die ferne Stimme ihrer Mutter zu lauschen. Was kann die Ärztin denn jetzt noch sagen, das sie verletzen könnte? Vielleicht wird sie eine Antwort bekommen, etwas, an das sie sich klammern kann, während sie entscheidet, wie sie ihr Leben hier leben will.

∾

Als sie den nötigen Mut gefasst und einen Plan gemacht hat, hält Saba in einer Hand eine mit Bleistift gezeichnete Karte und in der anderen das Lenkrad vom Wagen ihres Vaters, während sie über verschneite Straßen rollt. Bald gelangt sie auf die bergige Schnellstraße, die so viele Iraner benutzen, um sich im Sommer in satte grüne Wälder und frische Strandvillen zu flüchten und um im Winter zu den Skipisten zu gelangen. Ein Blick auf die Karte sagt ihr, dass sie die Qazvin-Rasht-Straße verlassen soll, die an sich schon kurvenreich und gefährlich ist, um eine Straße zu nehmen, auf der sich noch häufiger tödliche Lawinenunglücke ereignen. Sie schiebt den Tschador zurück, den sie außerhalb des Dorfes trägt, lässt die von ihrem Atem beschlagene Scheibe runter und beschleunigt über einen Streifen festgefahrenen Schnees. Die Fahrt ganz allein zu der Hütte in den Bergen gestaltet sich leichter, als sie gedacht hat. Ihr Vater verbringt den Tag damit, über weiß gefleckte Felder zu gehen und in den Büroräumen seines Freundes und Buchhalters Papierkram zu erledigen, daher wird er seinen Wagen nicht vermissen. Bislang waren die Straßen leer und ungefährlich. Saba entspannt sich, betrachtet die sich verändernde Landschaft – braune und orangegelbe Dünen und Felsen, mit Schnee bepudert, erstrecken sich am Horizont, gefolgt von frostweißen Bäumen, die den Berg hinaufweisen. Als Kind dachte Saba immer, alle Entfernungen könnten mit einem Teelöffel gemessen werden. Heute misst sie die Entfernung anhand des Benzins im Tank ihres Vaters. Vielleicht kann sie von nun an auch weitere Strecken allein bewältigen – Entfernungen, die von Meeren und Ozeanen gemessen werden, nicht von Teelöffeln und Benzintanks. In wenigen Monaten wird der Frühling den Gipfel des Berges erreichen, und Saba ist froh, dass sie jetzt noch die winterliche Jahreszeit erlebt.

Sie hält auf einem flachen Bereich am Berghang an, knapp unterhalb des Plateaus, auf dem laut Dr. Zohreh die Hütte steht. Als Saba aussteigt, bemerkt sie sogleich ein kleines, würfelartiges Holzhaus in den Tarnfarben des Berges. Rohe braune Balken in einer Decke aus Weiß und Immergrün. Dieser Teil des Berges liegt nah am Meer. Sie kann es riechen, obwohl die Bäume die Sicht darauf versperren. Hinter einem Fenster ist eine Frau dabei, Tee zu kochen. Sie blickt auf und winkt Saba zu, ehe sie verschwindet, um die Tür zu öffnen.

»Saba-dschan«, sagt sie mit ihrem Tabakkrächzen, während sie die Tür aufhält und Saba hereinwinkt. »Willkommen. Du siehst so erwachsen aus.« Dr. Zohreh ist groß und schlank, mit einem dunklen Gesicht und einem schwarzen, unbedeckten Bubikopf. Sie trägt eine elegante braune Hose, und ihr elfenbeinfarbener Pullover sieht aus, als käme er aus Amerika.

»Danke«, sagt Saba. »Ich bin zwanzig.« Dann fühlt sie sich albern und befürchtet, einen dümmlichen ersten Eindruck gemacht zu haben. Die Luft in der Hütte wird von einem batteriebetriebenen Heizofen und von Kerosinlampen erwärmt. Es gibt einen Hauptraum, eine winzige Küche und ein Außenklosett hinter der Hütte. Saba setzt sich an einen großen Tisch mit Spitzendecke darauf und gibt Dr. Zohreh ihren Tschador, den die Ärztin kurzerhand hinter eine Kiste stopft – seltsam, denkt Saba und fragt sich neugierig, was wohl in dieser Kiste ist. Flugblätter? Briefe? Als der Teekessel pfeift, eilt die Ärztin in die Küche. Saba fährt sich mit einer kalten Hand durchs Haar und entwirrt mit den Fingern eine verknäuelte Strähne.

Dr. Zohrehs Stimme treibt zusammen mit dem Duft warmen Honiggebäcks herüber. »Ich bin so froh, dass du gekommen bist.« Schon jetzt ist Saba von der Hütte bezaubert.

»Ich auch«, sagt sie. Sie starrt aus dem Fenster, genießt die Stille ringsumher. Als Dr. Zohreh den Tee bringt, kommt ihr das fast wie ein Luxus vor, als würde sie eine neue Freundin in einem unbekannten Café treffen, um eine leichtsinnige Stunde zu verbringen. Keine lauten Mütter, die tratschen und Ratschläge erteilen. Keine Ponneh und kein Reza mit ihrem unausgesprochenen Dialog, der durch dicke Wolken von Haschischrauch dringt. Überhaupt keine Geschichte, was die Grundvoraussetzung für Frieden ist.

»Erzähl mir von deinem Mann«, fordert Dr. Zohreh sie mit einem neutralen, psychoanalytischen Tonfall auf. Sie nimmt sich ein Stück *ghotab*-Gebäck und schiebt Saba den Teller hin. Diese sehr uniranische Geste – sich selbst zuerst zu bedienen – flößt Saba irgendwie größeres Vertrauen ein. Hier gibt es kein *tarof*, und Saba hasst gespielte Großzügigkeit, die letztlich eine Lüge ist. Sie nimmt sich ein Stück und merkt, dass es das gleiche Gebäck ist, das Ponneh in letzter Zeit mit in die Vorratskammer gebracht hat.

»Er ist sehr alt«, antwortet Saba. Dann schiebt sie nach: »Ich hasse ihn.«

Dr. Zohreh hört auf zu kauen und kneift die Augen zusammen. »Tut er dir weh?«, fragt sie ohne irgendwelche höflichen Umschweife. »Falls ja, solltest du mir das sagen, denke ich.«

»Warum?« Saba versucht, ein ironisches Lächeln aufzusetzen. Aber anscheinend schafft sie es nur, traurig auszusehen, denn Dr. Zohreh greift über den Tisch und berührt ihre Hand. Sofort fürchtet Saba, zu viel gesagt zu haben, denn für ihre Zukunft ist es entscheidend, dass niemand die Mechanismen ihrer Ehe hinterfragt. Also sagt sie: »Er ist ein Feigling. Er bleibt mir vom Leib, wenn ich das will.« Und seit dem *dalak*-Tag stimmt das auch.

»Weißt du, was deine Mutter mal zu mir gesagt hat … nach dem Unfall?«, sagt Dr. Zohreh. »Sie hat gesagt, falls ihr je etwas passieren würde, sollte ich dafür sorgen, dass du nicht zu besonnen und vernünftig wirst.« Sie schüttelt den Kopf und trinkt einen Schluck Tee. »Wie seltsam, einer Tochter in der heutigen Zeit so etwas zu sagen.«

Ja, wie seltsam, findet auch Saba. Bestimmt wäre ihre Mutter enttäuscht, wenn sie von ihren Entscheidungen erführe. Sie hat einen alten Mann um seines Geldes willen geheiratet. Hat ein Studium aufgeschoben, um sich um einen Mann zu kümmern, der kaum ein Wort Englisch lesen kann. Es besteht die erschreckende Möglichkeit, dass Saba ihr Leben lang dumme Entscheidungen getroffen hat. Aber kann Bahareh Hafezi sich ein Urteil darüber anmaßen? Ob sie nun fortgegangen ist oder wegen ihrer Aktivitäten verhaftet wurde, so oder so hat sie Saba im Stich gelassen, oder etwa nicht? Ihre Tochter blieb mutterseelenallein zurück und musste für sich selbst sorgen, oder etwa nicht? Und Saba hat beschlossen, sich auf diese Weise zu schützen – so wie ihre Ersatzmütter es sie gelehrt haben, und Khanom Hafezi hat kein Recht, ihre Meinung durch diese Fremde kundzutun. Die Mütter, in deren Obhut sie aufwuchs, haben ihr beigebracht, sich an die alten Sitten zu halten, und genau das hat Saba getan. Es war ja niemand da, der sie zu etwas anderem hätte erziehen können. »Mehr hat sie nicht gesagt?«, fragt Saba. »Erzählen Sie mir mehr von ihr. Wann haben Sie mit ihr gesprochen?«

Jetzt wirkt Dr. Zohreh verblüfft. »Mit ihr gesprochen?«, sagt sie. »Na ja, genau wie alle anderen, natürlich ... vor vielen Jahren, ehe sie ... mitgenommen wurde.« Sie mustert Saba mit ihrem neugierigen ärztlichen Blick und fügt hinzu: »Ich denke, sie meinte damit, dass du eine Aufgabe haben solltest. Etwas, für das es sich lohnt, Risiken einzugehen. Dein Potenzial war ihr sehr wichtig.«

Saba nickt, trinkt einen Schluck.

»Weißt du«, sagt die Ärztin und rückt das Teetablett gerade, »in gewisser Weise ist unsere Arbeit das Vermächtnis deiner Mutter. Du solltest mal herkommen, wenn wir uns hier versammeln –«

Saba fällt ihr ins Wort. »Können Sie mir irgendwas darüber sagen, was mit ihr passiert ist?«

Als Dr. Zohreh aufsteht und beginnt, eine Lampe und zwei Kerzen anzuzünden, denkt Saba, dass sie bloß ihre Hände beschäftigen will. Bald leuchten die frostigen Fenster gelb, und Dr. Zohreh seufzt zufrieden. »Ist das nicht schön?« Sie wärmt das Gebäck über einem Handöfchen, aber Saba durchschaut diese Taktik. Auch ihre Mutter benutzte sie, wenn sie den Fragen ihres Vaters ausweichen wollte, und zwar in den Wochen – oder Monaten, oder war es ein ganz anderes Jahr? – vor ihrem Verschwinden. Saba lehnt sich zurück und sagt kein Wort, fest entschlossen, dieses Ablenkungsmanöver zu ignorieren.

Schließlich atmet Dr. Zohreh wieder aus und sagt: »Wenn man nichts mehr von jemandem hört, nachdem sie ihn ins Evin-Gefängnis gebracht haben ... Tja, du weißt schon.«

»Nein, weiß ich nicht«, sagt Saba, während sie nach Gründen für die Festnahme sucht. Vielleicht hat ihre Mutter Flugblätter für Dr. Zohreh verteilt, oder sie hat den Feldarbeitern zu viel Gospel Radio Iran vorgespielt.

»Ich sehe das so«, sagt die Ärztin. »Irgendwer hat gegenüber deinem Vater behauptet, sie im Gefängnis gesehen zu haben, richtig? Daraufhin hat er angefangen, dort nach ihr zu suchen.« Saba nickt. »Aber wusstest du, dass es nie irgendwelche Papiere gegeben hat, die das belegen?«

Sabas Finger arbeiten sich durch ein Stück *ghotab*, zerbröseln es auf dem Tisch. Sie wünschte, die Ärztin würde endlich zum Punkt kommen. »Ich verstehe nicht.«

Dr. Zohreh nickt. »Das Gefängnis behauptet, sie wäre nie dort gewesen, und ich will ganz ehrlich zu dir sein, das behaupten sie häufig, wenn einem Gefangenen etwas Unerwartetes passiert ist ...« Sie verstummt und klaubt ein paar von Sabas Krümeln auf. »Ich denke, für deinen Vater ist es leichter, zu glauben, dass sie dort gestorben ist. Sie war unglaublich tapfer, weißt du … Und es ist tatsächlich die logischste Erklärung, Saba-dschan.«

Saba beschwört das Bild von ihrer Mutter am Flughafen herauf. Sie weigert sich, Dr. Zohreh zu glauben. Wieso kann sie mit Sicherheit behaupten, ihre Mutter wäre tot? Sie atmet tief durch und versucht, sich nicht an den Hals zu fassen, weil die Ärztin diese Schwäche bestimmt verurteilen würde.

»Aber«, fährt Dr. Zohreh fort, »wer kann schon sagen, ob die Person, die behauptet, sie hätte deine Mutter gesehen, verlässlicher ist als die Gefängniswärter? Ich denke, die fehlenden Papiere lassen zwei Möglichkeiten offen.« Saba sieht einen Anflug von Erregung im Gesicht der Ärztin, und in Gedanken geht sie ihre wirren Erinnerungen an den Tag im Flughafen durch. Hat sie gesehen, wie die *pasdars* ihre Mutter abführten? In jenem letzten Moment – bevor ihre Mutter in der Menge von Leuten verschwand, die nach Amerika fliegen sollten –, haben sie sich da in der Flughafenlounge gesehen, am Gate, in der Warteschlange vor der Sicherheitskontrolle? Trug Mahtab im Sommer einen Mantel?

Sie versucht, sich auf die Möglichkeit zu konzentrieren, die die beste Freundin ihrer Mutter ihr jetzt erörtert. »Vielleicht ist sie gestorben«, setzt Saba an, »oder …« Sie stockt, überlegt, was diese andere, hoffnungsvollere Option sein könnte.

»Vielleicht ist sie aber auch nie verhaftet worden«, sagt Dr. Zohreh.

»Ja«, murmelt Saba. *Vielleicht hat sie Cheshmeh und ihre Familie einfach verlassen.*

Seit sie von dem Brief an das Evin-Gefängnis weiß, hat Saba viele Male versucht, sich einen Reim auf die Ereignisse jenes Tages zu machen. Wie konnte Mahtab mit einer Mutter ins Flugzeug gestiegen sein, die doch gerade verhaftet worden war? Jetzt jedoch, mit dieser neuen Möglichkeit vor Augen, könnten ihre Flughafenerinnerungen durchaus wahr sein. *Baba könnte sich in Bezug auf Evin geirrt haben.* Jetzt kehrt ihre elegante Mutter zurück, die einen blauen Manteau trägt, Mahtab an der Hand hält und ein Flugzeug besteigt. Ein Bild, das plötzlich wieder lebensecht wirkt, als hätte jemand an den Knöpfen des Fernsehers gedreht und das Schneerauschen und die weißen Streifen beseitigt.

Saba atmet aus, lässt eine angenehme Ruhe von sich Besitz ergreifen.

Es ist einleuchtend. Wie hätte ihr Vater denn so abgelenkt sein können, dass er seine Frau an die *pasdars* verliert? Schämt er sich zu sehr, um zuzugeben, dass sie ihn tatsächlich verlassen hat? Einfach ohne ein Wort abgehauen ist? Wieso ist er nicht zorniger? Wieso verflucht er diese Frau nie, die ihm das Leben so schwer gemacht hat? Vielleicht gehört das zu seinem privaten Leid dazu. Vielleicht hat er ihr bei der Flucht geholfen und will es Saba nicht erzählen, weil auch sie ihn dann verlassen könnte.

Am frühen Abend, als die Kerzen und Lampen herabgebrannt sind und die Sonne hinter endlosen, frostbedeckten Bergen verschwunden ist, als das Gebäck trocken geworden ist und die Fenster ihren warmen gelben Schein verloren haben und zu ihrem trüben Nassgrau zurückgekehrt sind, verabschiedet Saba sich. Wenn es dunkel wird, ist sie nicht gerne in der Nähe des Meeres. »Ich muss vor Abbas wieder zu Hause sein.«

»Was hältst du davon, zu unserem nächsten Treffen zu kommen?«, schlägt Dr. Zohreh erneut vor, als sie Sabas Tschador hinter der Kiste hervorholt. Saba starrt in die Dunkelheit hinaus und stellt sich ihr jüngeres Ich vor, das an jenem Tag mit Mahtab im Wasser spielte.

»Heute war schön«, sagt Saba. »Ich bin froh, dass ich gekommen bin. Aber es tut mir leid, das ist nichts für mich.«

Dr. Zohreh scheint überrascht. »Bist du sicher? Deine Mutter –«

»Ich bin sicher«, sagt Saba. Es steht viel zu viel auf dem Spiel. Ihre ganze Zukunft, und wofür? Den Nervenkitzel, das kollektive Elend dieses Landes in die Welt zu posaunen? Schande über Massen von ahnungslosen iranischen Männern zu bringen, die vielleicht niemals merken werden, dass sie bestraft worden sind? Das braucht sie nicht. In ihrem eigenen Haus wartet ein realer Mann, ein Sünder aus Fleisch und Blut, den sie gar nicht genug bestrafen kann. »Außerdem ist das Ponnehs Projekt. Ich denke, ich überlass das ihr.«

Dr. Zohreh lächelt, als wüsste sie, dass das nur eine Ausrede ist. »Dann nimm das hier«, sagt sie und holt etwas aus ihrer Tasche hervor. Sie übergibt Saba einen alten Schlüssel an einer dicken Kordel. »Komm hierher zur Hütte, wann immer du in Ruhe nachdenken möchtest.«

Die beiden trennen sich – jede mit ein paar wehmütigen Worten über Sabas Mutter –, legen ihre schwarzgrauen Überwürfe an und verschwinden in ihren Autos in die Nacht. Auf der gesamten Rückfahrt stellt Saba sich das Meer gleich hinter den Bäumen vor. Die beängstigenden Felsen. Den quietschenden, schwankenden Steg. Die Boote, die von Wellen hin und her geworfen werden. Solche nebligen Wintertage lassen das Kaspische Meer seltsam wirken, trüb und finster wie ein schlechter Traum. Saba sehnt sich nach dem Sommer. Sie reibt mit den Fingern über den Schlüssel zur Hütte und denkt an den Messer schwingenden *pasdar* ihrer Albträume: »Sag mir, wo Mahtab ist, oder du stirbst!« *Jenseits des Meeres,* flüstert sie ihm im Kopf zu und ist sich endlich wieder sicher.

Revolutionsmusik

KHANOM BASIR

1979, als die Mädchen neun waren, muteten die Hafezis ihnen um ihrer Religion willen viel Schlimmes zu. Davor hatte die Familie friedlich in Teheran und Cheshmeh gelebt, nur die vier, und die Türen meistens geschlossen gehalten. Dann und wann sah ich ihre Christus anbetenden Freunde kommen und gehen, und ein paar von uns halfen Bahareh im Haushalt, aber das war alles. Nach der Revolution mussten sie ihr Leben verändern – und das beschränkte sich nicht nur darauf, dass sie die kurzen Hosen wegwarfen und auf die ausländische Schokolade verzichteten. Jetzt wurden die Geheimnisse des Hauses eine unheilvolle Last. Ihre Köpfe begannen, nach Lammeintopf zu riechen, wie man so sagt, sie lockten Raubtiere an. Aber Agha Hafezi gehörte nicht zu den Christusanbetern, die ihren Glauben zur Schau trugen, und ihm wurde bald klar, dass es die beste Tarnung war, sich offen zu zeigen. Anders als die Feiglinge in den Großstädten, die sich in ihre Häuser verkrochen und hofften, sie wären in Sicherheit, lud er Dorfbewohner in sein Wohnzimmer ein. Sollte er je angeklagt werden, könnte ein ganzes Dorf aufrichtig sagen: »Ich habe bei ihm im Haus gegessen. Er hat einen Koran und muslimische Freunde. Wenn er Christ wäre, wüsste ich das.« Es war klug von ihm, das Brot seiner Nachbarn in Öl zu tunken, sie von Spionen und Spitzeln in Freunde zu verwandeln.

Während der Revolution gab es in Cheshmeh keine Straßenschlachten oder Proteste, bloß Radiosendungen und neue Vorschriften – keine ausländischen Logos, keine nicht muslimische Musik mehr. Bald tauchten in den größeren Städten überall *pasdars* in ihren olivgrünen Uniformen auf, hockten dicht gedrängt in kamelfarbenen Jeeps, schleppten Leute zu den Büros der *komiteh* – der Polizeieinheit, die 1979 aus den Moscheen quoll und anfing, den Leuten zu erzählen, dass alles Sünde sei. Im Laufe der Jahre wurde es immer schlimmer. Man kann deinen Knöchel sehen? Sünde! Deine Fingernägel sind rot? Sünde! Deine Haut ist gebräunt? Du musst unbedeckt in der Sonne gewesen sein. Sünde! Sünde! Sünde! Wenn du deine Sonnenbrille oben auf dem Kopf trägst, bist du zu eitel. Wenn deine Jeans in den Stiefeln stecken, zeigst du dich zu sehr. Man stelle sich das vor. Ich sagte im Scherz, wenn sie Nasenoperationen zur Sünde erklären und mit einer Geldstrafe belegen würden, gäbe es viel Geld aus Teheran. Bahareh war wegen alldem außer sich vor Wut. Die meisten von uns waren zu verängstigt, um etwas zu sagen, und froh, in einem ruhigen Dorf mit nur wenigen *pasdars* zu leben. Allmählich, nach einigen Jahren, litten die Frauen immer mehr unter den obligatorischen Kopftüchern und langen, dunklen Manteaus. Selbst hier, wo es zu unserer traditionellen Tracht gehört, das Haar zu bedecken, und wo wir noch immer unbesorgt Farben tragen können, ist ein Gefühl des Verlustes zu spüren, weil wir unsere Sittsamkeit nicht frei gewählt haben. Das spüre ich selbst bei den Frömmsten unter uns. Wir Leute vom Lande fallen eigentlich nur dann auf, wenn wir in die Städte reisen oder an Verkaufsständen entlang von Küstenstraßen unsere Handarbeiten aus Stroh feilbieten. In den großen Städten kann alles Mögliche passieren. Einmal, als Ponneh gerade dreizehn war, wurde sie in Rasht angehalten, weil ihr Manteau an der Seite geknöpft wurde und dadurch etwas modischer war, obwohl er noch immer alles bedeckte. Sie waren nie zufrieden. Sie wollten uns in Staub verwandeln.

Wenn Sie Leute aus dem Norden fragen, deren Lebensrhythmus vom Meer bestimmt wird, werden die ihnen sagen, dass eine der schlimmsten neuen Vorschriften den Strand betraf. Vor der Revolution machten wir mit unseren Familien oft Ausflüge ans Meer, aßen zusammen, schwammen zusammen. Die Frauen trugen beschämend knappe Badeanzüge und zogen sich in Strandhütten um, die nach nassem Bambus und Schilfmatten rochen. Dann fingen sie an, riesige Vorhänge quer über den Strand zu spannen, alte, schmutzige Stoffstücke voller Löcher und Risse, um Männer und Frauen zu trennen, Eheleute, Töchter und Väter. Manchmal teilten sie den Strand nach Tageszeiten auf – die Vormittage für die Männer, die Nachmittage für die Frauen. So oder so, vorbei war es mit dem Badevergnügen der ganzen Familie. Vorbei war es mit dem Spaß. Frauen mussten vollständig angezogen schwimmen und waren angehalten, ja keine Aufmerksamkeit auf sich zu ziehen. Kleine Mädchen sahen sehnsüchtig zu, wie Jungen in Shorts im Wasser planschten, ohne sich drum zu scheren, ob sie leise waren oder nicht. Vielleicht ist das der Grund dafür, dass die Hafezi-Zwillinge an dem Tag, an dem wir Mahtab verloren, dachten, nachts schwimmen zu gehen wäre schöner.

Zwischen 1979 und 1981 hörten wir von Freunden in Teheran von Unruhen. Wir hörten von Folter und Hinrichtungen und Schüssen in Menschenmengen. Manch einer verschwand und kehrte nie wieder. Der Schah floh. Die Geistlichen übernahmen die Macht, hängten überall Bilder von Ayatollah Khomeini auf und füllten die Straßen mit Plakaten, die blutige Fäuste zeigten und »Tod den USA« verkündeten. In der ersten

Zeit nach der Revolution blieben die Schulen geschlossen, und die Hafezi-Mädchen hockten in ihrem Zimmer, lasen ihre Bücher und hörten sich ihre ausländische Musik an.

Während jenes ersten Monats der Ungewissheit, als die Welt draußen sich veränderte und die Mädchen in ihrem großen, großen Zimmer eingesperrt waren, fingen Mullahs aus Cheshmeh und Rasht an, das Hafezi-Haus zu besuchen. Agha Hafezi hielt es für notwendig, sie einzuladen, diese neuen geistlichen Könige, um sie sich gewogen zu machen. Mullah Ali war einer von ihnen, aber er war anders, weil er Agha Hafezi schon seit Jahren kannte. Er lebte in Cheshmeh und machte sich selbst zu dem Schmierfett, das verhinderte, dass Agha Hafezis Ecken und Kanten sich an den Ohren der Mullahs verhakten. Er gab dumme Witze zum Besten, über die er selbst am lautesten lachte, und erzählte langatmige Geschichten aus dem Koran. Es funktionierte, denn keiner der Mullahs stellte weitere Fragen, und nach einer Weile kamen nur noch ein oder zwei von ihnen. Falls sie das Geheimnis der Familie entdeckt hätten, wäre Agha Hafezi verhaftet oder getötet worden, weil die Familie ursprünglich nicht christlich war, anders als die Armenier oder Assyrer. Sie waren vom Islam zum Christentum konvertiert. Würde ein Muslim sie töten, wäre das keine Sünde. Natürlich wusste Mullah Ali Bescheid. Ich auch. Aber weise alte Geschichtenerzähler wie wir wissen, dass es schlecht für alle wäre, wenn das herauskäme.

Eingeschlossen in ihrem feinen Gefängnis, erfanden die Mädchen ihre eigenen Revolutionslieder und Kriegsparolen. Monatelang wurden die Dschinn und *paris* aus einer anderen Zeit von Märtyrern und Helden und Blut und Gewehren verdrängt. Eines Tages sagte Mahtab am abendlichen *sofreh*, dass das Lamm um unseretwillen geopfert worden war, und Bahareh sagte, sie sollte aufhören, so einen Unsinn zu reden, und essen. Wenn Sie mich fragen, war der Verlust von guten Geschichten zugunsten dieses ganzen Kriegs- und Revolutionsquatsches das Schlimmste von allem. Für Bahareh war der Verlust ihres Hauses, das nicht mehr privat war, nicht mehr ihr allein gehörte, das Schlimmste. Sie wurde zornig. Sie verlor immer häufiger die Geduld mit den Mädchen.

Es gibt ein Gerücht, dass Agha Hafezi während dieser Zeit zwei Wochen im Gefängnis saß. Vielleicht stimmt das. Er war einmal so lange fort, und als er zurückkam, war sein Haar kurz geschoren. Danach hörte er sich alles an, was Saba an Musik hatte, und ließ sie nur eine Kassette mit englischen Kinderliedern behalten. Er erzählte den Mullahs und anderen Gästen stolz von dieser neuen Regel, obwohl er vorher nie streng zu den Mädchen gewesen war. Aber Sie kennen ja die Redewendung: Wer einmal von einer Schlange gebissen wurde, der fürchtet sich vor Schwarz und Weiß.

Ei vai, was hat diese amerikanische Musik doch alles für Probleme beschert! Ich verstehe nicht, warum die beiden Mädchen so verrückt danach waren – und als sie verboten worden war, hungerten sie nur noch mehr danach. An jenem Tag in ihrem Zimmer hörte ich Saba auf dem Schoß ihrer Mutter weinen, und Bahareh erklärte dem Mädchen, dass die Revolutionäre unrecht hatten. Etwas, das schön ist oder Freude bereitet, kann keine Sünde sein, und Gott liebt die Musik aller Menschen. Jesus liebt offenes Frauenhaar, sagte sie, und ausländische Bücher und ganz besonders künstlerisches Talent. Wahre Kunst, sagte sie, ist Gottes herrlichste Schöpfung. Dann sagte sie zu Saba, sie sollte ruhig auch noch die Kassette mit Kinderliedern wegwerfen, denn wenn niemand daran Anstoß nehme, sei sie sinnlos, ohne Saft und Kraft. Sie klang traurig, als wollte sie weglaufen.

Später gelang es Saba, einige ihrer Kassetten draußen aus dem Müll zu retten.

»*Nothing's gonna change my world*«, summte sie hundert Mal in jenem Jahr, sodass wir alle mitbekamen, was das bedeutete – und auch später noch, als sie im Wagen ihres Babas fuhr, an einem schlimmen, schlimmen Tag mit grünen Kopftüchern und blauen Manteaus und braunen Hüten, der sie von ihrer Schwester trennte.

Eins kann ich Ihnen sagen, Gott wird Bahareh niemals verzeihen, dass sie ihre Töchter lehrte, in verbotenen Nichtigkeiten nach Sinn zu suchen.

KAPITEL ZWÖLF

Sommer 1991

Unter den Frauen im Norden ist der Glaube verbreitet, dass es Unglück bringt, an einem Dienstag Stoff zu schneiden. Montags zu reisen kann böse Vorzeichen auslösen, und wer mittwochs fegt, holt sich Dschinn ins Haus. Es ist nicht ratsam, sich freitags oder abends die Nägel zu schneiden, und wer es doch tut, sollte die Schnipsel in Zeitungspapier wickeln und in Mauerritzen verstecken. Seit ihrer Heirat nimmt Saba unter den Frauen von Cheshmeh einen neuen Platz ein, denn sie hat auf eine ganz andere Weise teil an ihren Derbheiten und Geschichten, ihren Süßigkeiten und abergläubischen Vorstellungen. Sie folgen tausend unausgesprochenen Regeln. Doch nun, da Saba gelernt hat, wirklich zuzuhören, stellt sie fest, dass sehr viel Vernunft hinter jeder einzelnen steckt.

»Ich kann jetzt nicht fegen, Agha-dschan«, sagt Sabas Nachbarin zu ihrem Mann, während sie es sich mit einem Gedichtband gemütlich macht. »Willst du etwa, dass ich uns Dschinn ins Haus locke?«

»Ich kann dir deine Sachen heute nicht flicken«, sagt Nilu, die Enkelin der Mansuris, zu Rezas großem Bruder Peyman und zeigt auf den Kalender an der Wand. »Dienstag.«

Offenbar fiel es den Männern von Rasht in alter Zeit schwer, die Notwendigkeit eines Ruhetages einzusehen. »Unsere Frauen sind den ganzen Tag zu Hause«, sagten sie. »Die haben schon zu viel Ruhe.« Doch die Frauen erkannten bald, dass ihre Ehemänner zwar nichts von Erschöpfung und Mäßigung verstanden, dafür aber um Dschinn, böse Vorzeichen und Unglück wussten. Und so kam es, dass eine Reihe zufälliger Entdeckungen gemacht wurde. Die faulsten Frauen stießen auf die erstaunlichsten Zusammenhänge: Falls eine Person einmal niest, muss sie sofort alles abbrechen, was sie gerade tut, und auf das zweite Niesen warten – und wenn es den ganzen Tag dauert. Ansonsten ... Dschinn. Und die eifersüchtigen Frauen stellten fest, dass ein Mann, der morgens aus dem Haus geht und unterwegs eine Frau trifft, nach Hause zurückkehren und noch einmal losgehen muss.

Saba sitzt in ihrem vorderen Hof und liest über diese Regeln in einem alten Buch, das sie in der Sammlung ihrer Mutter gefunden hat. Sie liebt Abbas' vorderen Hof. Die hohen, weiß gestrichenen Wände. Der kleine Brunnen mit Goldfischen. Die niedrigen Bänke, geschützt unter den Dächern der Laubengänge im spanischen Stil. Entlang der rauen Wände, pockig von herausragenden Halmen und verklumpter Farbe, stehen wuchtige Krüge mit zehn Jahre altem eingelegtem Knoblauch, jeder so hoch, dass er Saba bis zum Oberschenkel reicht, aufgereiht wie Wächter. Sie stammen noch von Abbas' erster Frau. Daneben hängt das große Porträt eines längst verstorbenen Familienpatriarchen. Ein bunter *ghali*, ein kleiner Teppich, der manchmal auf dem Rücken von Eseln liegt, polstert Sabas Lieblingsbank, auf der sie gern sitzt und liest und die Fische im Brunnen beobachtet. Sie vermutet, dass Abbas' erste Frau abergläubisch war.

Nach einer Weile schlendert sie zurück in ihr Zimmer, wo ihre neuesten Bücher und Zeitungen auf sie warten. In letzter Zeit hat sie öfter Nachrichten aus dem Ausland gelesen. Die

Zeitungen sind meistens alt, aber es interessiert sie, was die *New York Times* und *The Economist* über ihr Land schreiben. Sie nimmt einen Artikel aus der Aprilausgabe der *New York Times* zur Hand, die sie von ihrem treuen Teheraner bekommen hat. Eine Journalistin namens Judith Miller zitiert eine diplomatische Quelle: »Die Revolution ist endlich vorbei.« Saba schnaubt und liest weiter. Der Artikel berichtet, dass die *komiteh*-Beamten kürzlich in die reguläre Polizei eingegliedert wurden, dass die Frauen kein unmodisches *maghnaeh* mehr tragen, das dreieckige akademische Kopftuch, das zusammen mit dem Manteau für Schule und Universität vorgeschrieben ist, und dass sich die *pasdars* zurückziehen und in den Straßen keine Fotos von Khomeini mehr zu sehen sind. »Ha, wie schön, dass wir das von Ihnen erfahren«, sagt sie laut – wohl wissend, dass es immer noch mehr als genug Fotos gibt; sogar eines in dem Büro ihres Vaters – und beneidet die Reporterin, von der sie nichts weiß außer ihrem Namen. Wahrscheinlich ist sie wie Mahtab, eigensinnig und ehrgeizig. Eine echte Journalistin.

Irgendwann später klopft es an der Tür. Zuerst ignoriert sie es. Aber das Pochen wird lauter, und Saba legt das Buch weg, das sie gerade durchblättert – ein höchst illegales politisches Buch über die amerikanische Regierung mit dem Titel *Electing a President*. Dr. Zohreh hat es Ponneh geliehen, und Ponneh, die vor Scham nicht zugeben wollte, dass sie kaum richtig Farsi lesen kann, geschweige denn Englisch, hat Saba gebeten, es zu lesen und für sie zusammenzufassen. Sie schleicht die Stufen hinunter, die von der Haustür hinunter in Abbas' Hof führen, und legt sich ein geflecktes Schultertuch um.

Als sie das Tor öffnet, steht da Ponneh in einem Reise-Tschador, zwei große Taschen in den Händen. Saba nimmt ihr eine ab und schließt das Tor hinter ihr. »Was ist los?«, fragt sie.

Ponnehs Gesicht ist blasser als sonst, und sie wirkt verstört –

oder geschockt. Sie begrüßt Saba nicht, und ihre Augen sind weit aufgerissen und stumpf. Sie bewegt sich mechanisch, fiebrig und beginnt, sobald sie drinnen sind, in den beiden Taschen zu kramen. »Wir müssen uns beeilen«, sagt sie und wühlt sich bis zum Boden einer Tasche durch. »Ist dein Auto hier? Du musst uns fahren.«

»Bist du verrückt geworden?«, sagt Saba. »Wo willst du denn bloß hin?« Als Ponneh nicht antwortet, fragt sie nach: »Weiß deine Mutter, dass du unterwegs bist?«

Ponneh wohnt noch immer im Haus von Khanom Alborz. Ihre Mutter jammert und klagt jeden Tag am Bett der kranken Tochter. Sie ist der Auffassung, wenn ihr geliebtes ältestes Kind so leiden muss, kann Ponneh zumindest einen Bruchteil ihres Schmerzes teilen und mit dem Heiraten warten, bis sie an der Reihe ist. »Wir werden verhindern, dass etwas Schlimmes geschieht.« Sie holt eine Videokamera aus der Tasche hervor und dann einen alten Fotoapparat.

Die Freundin erscheint Saba dermaßen verwirrt, dass sie überlegt, sie einfach am Arm zu packen und ins Haus zu ziehen. Ponneh findet eine Filmrolle. Sie legt sie in die Kamera ein und weicht Sabas besorgtem Blick aus.

»Heute wird jemand aufgehängt«, sagt sie. »Und wir werden das dokumentieren.«

»*Was?*« Ein nervöses Lachen bricht aus Saba heraus. Sie schüttelt den Kopf und wendet sich zum Haus, weil sie jetzt sicher ist, dass Ponneh den Verstand verloren hat. »Du bist verrückt.«

»Saba, bitte«, fleht Ponneh. »Bitte, ich *muss* das tun.«

»Ich dachte, du würdest nicht bei denen mitmachen«, sagt Saba. »Du hast gesagt, du wärest der Gruppe von Dr. Zohreh nicht beigetreten. Ich hab dir gesagt, dass das gefährlich ist.«

Saba hat sich zwar geweigert, Mitglied der Gruppe zu werden, aber sie hat die Hütte inzwischen mehrmals aufgesucht, um allein zu sein, um an ihre Mutter und Mahtab zu denken. Sie liegt tief im Wald versteckt, und in wärmeren Monaten riecht sie nach frischem Fisch und Knoblauch – Gerüche der Küste, die ihr keine Angst mehr machen wie früher als Kind, sondern fast so etwas wie einen süßen Schmerz auslösen. An klaren Tagen kann sie vom Fenster aus durch die Bäume hindurch das Meer ausmachen. Manchmal fährt sie runter zum Strand. Sie geht die Promenade entlang bis zu einem kleinen Fischerhaus, das sich auf einem steinernen Pier duckt, bestellt den Fang des Tages mit eingelegtem Knoblauch und betrachtet die Holzhäuser, die auf ihren langen, schlanken Stelzen über dem Wasser stehen wie Frauen, die am Strand die Röcke anheben, wenn eine Welle kommt. Die Seeschwalben fliegen dicht um die Berghütte herum, und Saba beobachtet sie, mit ihrem sündigen roten Mund und den trotzigen weißen Federn, die sich von dem schwarzen Schopf auf ihrem Kopf abheben. Eine hat sie sogar berührt und aus der Hand gefüttert, bis das Geräusch eines Autos sie verscheuchte. Saba genießt es, in der geheimen Berghütte allein zu sein und manchmal in Richtung Meer zu gehen. Sie bestaunt es wie eine verlorene Liebe … und summt von dem *dock of the bay.*

Ponneh versucht, Saba die Kamera in die Hand zu drücken. »Wirklich, ich brauch deine Hilfe.«

»Ich will mit so was nichts zu tun haben, Ponneh«, protestiert Saba. Sie argwöhnt, dass Ponneh Dr. Zohrehs Flugblätter und die Fotos und andere verbotene Dokumente in ihr Haus geschmuggelt hat, seit sie so schrecklich geschlagen wurde. Ihr Verhalten, ihre Ergebenheit dieser fremden Sache gegenüber, hat etwas Manisches. Sie studiert die Videoclips der Gruppe mit der Loyalität eines pubertierenden Kinofans. Saba fragt sich, ob Ponneh sich jedes Mal geläutert fühlt, wenn sie einen der Artikel liest, ob sie sich ausmalt, wie sie irgendwo in einer dunklen Ecke lauert und einen Sittenpolizisten bei einer brutalen Tat erwischt. Diese Sehnsucht, die Welt zu retten, ist Saba fremd. Denn was kommt danach? Wird es irgendwas ändern? Wird es ausreichen, um den Gedanken auszumerzen, dass sie, Saba Hafezi, reiche Witwe im Wartestand, kein guter Mensch ist? Dass sie ein ungehorsames Kind ist, eine untreue Seele, dass sie einem Schwächling von Mann eine herzlose Frau ist? Kann es die paranoiden Erinnerungsblitze löschen, die immer dann auftauchen, wenn sie rauchend und benommen allein mit sich ist, und die ihr sagen, dass sie ein Mädchen sein könnte, das voller Gier nach dem eigenen Leben die Hand der Schwester im Wasser losließ? Saba stellt sich vor, wie sie hinter einer Mauer oder in einer einsamen Gasse hockt und auf Beweise wartet, die sie ins Ausland schicken kann, wie sie geschnappt wird und für ihre Verbrechen bezahlt, Schläge erträgt, wie Ponneh das musste, und zu einem der schönen Dinge wird, die die *pasdars* verachten. *Nein*, denkt sie. Sie hat bereits bezahlt.

Jetzt starrt Ponneh auf die Kamera in ihren Händen, und Saba kann nur den oberen Rand ihres Gesichts und den Nasenrücken sehen. Ponneh beginnt zu zittern. »Ich muss«, flüstert sie.

Saba macht einen Schritt auf ihre Freundin zu. »Ponneh-dschan, du kannst doch so etwas nicht verhindern, indem du einfach nur Fotos machst? Siehst du denn nicht ein, dass das verrückt ist?« Sie möchte Ponneh helfen, ihr begreiflich machen, wie wichtig es ist, vorsichtig zu sein. Jedes Jahr finden im Iran Hunderte von Hinrichtungen statt – vielleicht sogar Tausende –, entweder in Gefängnissen oder öffentlich. Obwohl es in und um Cheshmeh noch nie eine gab und obwohl Saba noch nie eine gesehen hat, weiß sie von ihrem Vater, dass Richter sich meistens dann für eine öffentliche Hinrichtung entscheiden, wenn es um ein moralisches Verbrechen geht, eine schwache Seele, die die Menge verurteilen kann, während sie zugleich sieht, was denen droht, die zu viel wollen. Niemand, der diesem Ereignis beiwohnt, wird Ponnehs Schmerz fühlen. Niemand wird ihr Freund sein. Von derartigen Szenen hält man sich lieber fern.

»Nein«, blafft Ponneh. »Nein, ich hab nicht gesagt, ich würde die Hinrichtung verhindern, ich hab gesagt, ich würde verhindern, dass *etwas Schlimmes* geschieht. Nämlich, dass meine Freundin sinnlos sterben muss.«

Saba versucht zu schlucken, aber etwas steckt in ihrer Kehle fest. Sie setzt zu einer Frage an, die sie gar nicht stellen will. »Welche Freundin meinst du?«, sagt sie schließlich.

»Farnaz«, flüstert Ponneh. Sobald der Name heraus ist, beginnen ihre Schultern zu beben. Sie hantiert an der Kamera herum, hört dann auf und wischt sich die Nase am Jackenärmel ab. »Sie bringen Farnaz heute öffentlich um, wegen Sittenwidrigkeit. Wegen …« Sie stockt, flüstert jetzt nicht mehr, sondern ringt krampfhaft nach Luft. »Die sagen, sie hätte mit vielen Männern geschlafen und dass sie vier Zeugen hätten. Das kann doch gar nicht sein! Und sie behaupten, sie hätte so viel Opium und Kokain gehabt, dass sie Drogenhändlerin sein muss. Sie raucht nicht mal Zigaretten, geschweige denn … Jedenfalls, es ging alles so schnell, und Dr. Zohreh hat versucht, sie rauszuholen, aber die haben sich so viele Anklagepunkte einfallen lassen. Die wollen sie wegen ihrer Arbeit aufhängen –« Ihre Knie geben nach, und sie greift nach irgendwas. »O Gott, es ist meine Schuld … vielleicht wissen die Bescheid.«

Saba legt Ponneh einen Arm um die Taille und führt sie zu einer Bank in der Ecke hinter den Blumenbeeten, neben einem Baum und dem Gästezimmerfenster.

»War da noch mehr … Haben sie dich je mit ihr gesehen?« Saba versucht, einen klaren Kopf zu bewahren, aber ihre Brust krampft sich zusammen wie ein ausgewrungener Lappen. Der vertraute säuerliche Geschmack der Angst füllt ihren Mund.

Ponneh schüttelt den Kopf. »Ich denke, sie ist ihnen erst aufgefallen, nachdem sie sich geweigert hat zu heiraten. Der Mann war ganz besessen von ihr, wie Mustafa, und hat sie überallhin verfolgt ... Aber sie mag nur Frauen.« Sie kratzt sich über den Daumennagel und murmelt: »Ich dachte, du könntest die Bilder deinem Video-Mann geben ... Verstehst du? Damit die Amerikaner sie sehen.«

Saba starrt mit aufgerissenen Augen auf die beiden Taschen. Sie sucht nach tröstenden Worten, aber ihr fällt absolut nichts ein, was sie sagen könnte. Sie hat nur Fragen. Wann wurde das beschlossen? Wie lange weiß Ponneh schon, dass ihre Freundin in Gefahr ist? »Was ist denn in der anderen Tasche?«

»Noch mehr Kameras«, sagt Ponneh, das Gesicht gerötet. »Ich bin rumgelaufen und hab sie zusammengeborgt. Die erste, die ich ausgeliehen hab, war kaputt. Die nächste war alt und machte schlechte Bilder. Ich musste nach Rasht, um sie entwickeln zu lassen, und sie waren alle bloß schwarz. Also hab ich diese da ausgeborgt, weil ich dachte, du weißt vielleicht, welche was taugt. Du siehst dir doch dauernd Filme an und so ...«

Saba hockt sich mitten im Hof neben die andere Tasche. Sie sieht den Inhalt durch und sucht eine Kamera aus, die funktionsfähig aussieht. »Ich weiß nicht. Ist schwer zu sagen. Ich drück doch immer bloß eine Taste an meinem Videorekorder. Ich bin schließlich keine Fotografin. Außerdem fährst du nicht hin.«

»Es ist zwei Autostunden entfernt, in einem *deh* Richtung Teheran. Wir müssen bald los.«

»Ponneh, hörst du mir überhaupt zu?«

Ponneh schnieft, schüttelt den Kopf. »Was ist mit der Videokamera? Funktioniert die?«

»Video? Du willst eine Hinrichtung auf Video aufnehmen? Bist du lebensmüde? Da wird es von *pasdars* nur so wimmeln.«

»Ich kann sie verstecken. Sieh mal.« Ponneh schiebt die aussortierte Videokamera unter ihren Tschador und hält sie so, dass das Objektiv durch einen Schlitz unter ihrem Arm lugt. »Dieses Lumpenzeug ist doch zu was gut.«

Saba richtet sich auf. »Du kannst sie nicht retten«, sagt sie.

»Es geht nicht darum, sie zu retten«, zischt Ponneh, ihre Stimme wird schrill. »Es geht darum, dass ihr Tod einen Sinn bekommt! Überhaupt, was weißt du denn schon? Selbst wenn ich es nicht aufnehmen kann, muss ich bei ihr sein. Weißt du, wie das ist, dass sie sterben soll – *sterben!* – wegen etwas, das für mich bloß eine Spielerei war? Das ist der wahre Grund, warum die sie so hassen. Ich *muss* dahin.«

Es hat keinen Sinn, ihr zu widersprechen. Saba kennt die Haltung ihrer Freundin. Wenn Ponneh irgendeine Möglichkeit finden könnte, die Blutergüsse auf ihrem Rücken aufzuwerten, der Tatsache Sinn zu geben, dass sie wegen eines Paars roter Schuhe geschlagen wurde, dann würde sie sie frohen Herzens ergreifen. Stille tritt ein. Ponneh scheint sich in sich selbst zurückzuziehen, und Saba grübelt darüber nach, wie dieser Tag enden könnte – mit einer Auspeitschung? Eine von ihnen im Gefängnis oder, schlimmer noch, aus einem Gefängnis verschwunden? Vielleicht aus Evin mit seinen ewig stummen Steinmauern, die Briefe und Telefonanrufe derjenigen verschlucken, die zurückgelassen wurden. Wer weiß, was Ponneh gerade denkt? Ihr starrer Blick wirkt beinahe irre, und sie flüstert Farnaz' Namen so, wie Saba sich vorgestellt hat, dass sie es tun würde, wenn ihre kranke Schwester endlich diese Welt verlassen hat.

»Das ist alles meine Schuld«, sagt Ponneh mit glasigen Augen und kalter, prophetischer Stimme. »Sie wird meinetwegen sterben.«

Und jetzt denkt Saba nicht mehr an Farnaz. Sie hört nur Ponnehs Worte – ihre Trauer um den Verlust einer Art Schwester. Schon drängt sich Mahtab in ihre Gedanken, und sie weiß, dass Ponneh recht hat. *Wird schon nicht so schwer sein*, sagt sie sich in dem Versuch, ihrem Körper Mut abzutrotzen. Sie hat den Tod wieder und wieder gesehen. Sie ist der böse Zwilling mit den tausend Dschinn. Sie kann mit den brutalsten Dingen fertigwerden, und sie wird Ponneh jetzt auf keinen Fall im Stich lassen.

Als sie das Dorf erreichen, ein staubiges Örtchen mit Polizeiwache, Rathaus und einem strohgedeckten Laden an derselben unbefestigten Straße, müssen sie nicht nach dem Weg fragen. Jede Einzelheit des heutigen Ereignisses wurde sorgsam arrangiert, der Ort danach ausgewählt, dass er genau die richtige Anzahl Schaulustiger aus Teheran, Rasht und der Heimatstadt des Mädchens anlockt, der Platz danach ausgesucht, dass er viele Zuschauer fassen kann. Selbst die Luft ist von einem atemlosen Verhängnis geschwängert, als wäre sie absichtlich damit gefüllt worden. Dutzende Männer in weiter, ländlicher Kleidung, in Jeans oder Geschäftsanzügen und Frauen in schwarzen Tschadors stehen um einen Kran, der ganz vorsichtig in der Mitte des Platzes in Stellung gebracht wird. »Großer Gott«, flüstert Saba, als sie den Kran erblickt, dessen klauenartiger Haken schwerelos hin und her schwingt, bereit, sein Opfer in die Luft zu ziehen. Saba hat noch nie eine Hinrichtung gesehen. So etwas passiert einfach nicht in idyllischen Bergstädtchen oder *shalizar*-Dörfern wie Cheshmeh. Und Saba will auch jetzt keine sehen, obwohl so viele Leute von überall her gekommen sind, um dem Ereignis beizuwohnen. Als Ponneh, die auf der Rückbank liegt, um ihre Nerven zu beruhigen, den Kran wahrnimmt, stößt sie einen kehligen, fast tierischen Laut aus. Sie bleiben zehn Minuten sitzen, bis sie die Fassung zurückgewonnen hat, dann lassen sie den Wagen etliche Meter außerhalb des Platzes stehen, dessen Boden inzwischen von dem Kran und den zahlreichen Autos der Zuschauer aufgewühlt worden ist.

Beide haben sie dunkle Tschadors angezogen, und Ponneh trägt trotz der Wärme noch eine zweite Schicht. Sie nehmen jede eine Kamera und klemmen sie sich unter den Arm. Sie lassen ihre weiten Umhänge vom Wind aufblähen, sodass sie ausladend und formlos erscheinen – fähig, viele Geheimnisse zu verbergen, ohne Aufmerksamkeit auf sich zu ziehen. Ponneh hat eine gewöhnliche Fotokamera dabei, und Saba trägt eine Videokamera, nachdem sie endlich herausgefunden hat, wie man sie bedient. Sie umklammert sie mit der rechten Hand, während ihre linke den Stoff des Tschadors vor ihrem Hals zusammenhält. Nur für eine Sekunde lässt Ponneh die Falten los und nimmt Sabas Hand. Sie will gerade etwas sagen, als ein verdreckter grüner Paykan wütend an ihnen vorbeischlingert und ihre Kleidung mit Schlamm und Schmutzwasser bespritzt.

Der Paykan hält jäh an, blockiert ihren Weg auf den Platz. Saba, die in zu viel schweren Stoff gehüllt ist, springt zurück und packt die Kamera fester. Ponneh dagegen macht keinen Versuch zu verbergen, was sie da unter ihrem Gewand hat. Sie kennt das Auto, das Reza sich mit seinem Bruder und einem Freund teilt. Sie tritt zur Seite, als Reza herausspringt und die Tür so fest zuknallt, dass sie fast aus den Angeln fliegt.

»*Toro khoda*, was wird das?«, schreit er. »Was zum Teufel macht ihr beide hier?«

Einige Passanten mustern den jungen, glatt rasierten Mann mit dunklen Augen und gehen dann weiter. »Was machst *du* hier?«, will Ponneh wissen. »Woher weißt du überhaupt –«

»Ich hab Farnaz' Namen in der Zeitung gesehen. Keiner wusste, wo du bist. Und da schau her, ich hatte recht. Du bist hergekommen, um selbst ins Feuer zu springen.« Um sie zu beschämen, fügt er hinzu: »Sehr schlau, Khanom.«

Saba atmet aus, erleichtert über die Möglichkeit, dass Reza Ponneh davon abbringen könnte.

»Also, ich bring euch beide jetzt nach Hause, ehe hier jemand eingesperrt oder ausgepeitscht wird ... oder noch viel schlimmer.« Seine Augen huschen an Ponneh vorbei, als er die letzten Worte murmelt. Dann blickt er auf die Kamera.

»Ich bleibe.« Ponneh drängt sich an ihm vorbei. »Du weißt, warum. Gehen wir. Es ist Zeit.«

Reza eilt ihr nach. »Ponneh, bitte. Wenn sie dich erwischen ... mit einer *Kamera*?«

»Da ist doch nichts dabei!« Ponneh geht weiter. »Die Leute machen doch andauernd Fotos.«

»Aber nicht so, nicht mit den großen Kameras.« Er folgt ihr, immer ein oder zwei Schritte hinter ihr. Das ist eine Angewohnheit, die sie in der Pubertät entwickelt haben, als es gefährlich wurde, in der Öffentlichkeit nebeneinanderzugehen. »Du machst dich verdächtig. Kein Mensch kennt dich hier. Ihr seid zwei fremde Frauen und allein unterwegs.«

Saba wartet Ponnehs Antwort nicht ab. Vielleicht ist es am sichersten, Ponneh bei dieser Sache beizustehen und dann so schnell wie möglich zu verschwinden. Es hat keinen Sinn, eine Szene zu machen. »Wir kommen schon klar, Reza-dschan. Es ist ein öffentliches Ereignis. Das einzig Gefährliche dabei ist, mit dir gesehen zu werden.«

Ponneh schiebt die Kamera tiefer in ihre Kleidung.

Die Furchen in Rezas Stirn vertiefen sich. Er legt beide Hände auf den Kopf und verschränkt die Finger, wie ein nervöser Spieler, der darauf wartet, dass sein Mannschaftskamerad ein

Tor schießt. Er geht neben seinem Paykan auf und ab, blickt Richtung Platz und sucht ihn nach Sittenpolizisten ab. »Okay«, sagt er. »Okay, wir machen das anders. Du gibst mir die Kamera, und ich erledige das für dich.«

»Nein, nein«, sagt Ponneh. »Sie ist *meine* Freundin. Ich mach das.«

»Um Gottes willen, Ponneh«, sagt er, »lass mich dir doch helfen.« Er holt tief Luft und flüstert: »Auch wenn ich ein Mann bin, bin ich immer noch dein Freund.« Er wartet einen Moment, bis Ponneh die Tränen kommen. »Saba, gib mir deine Kamera.« Er ringt sich ein Lächeln ab und streckt die Hand aus. Sein Gesicht ist ganz verhärmt vor Sorge, hat nichts mehr mit dem Haschisch rauchenden Jungen zu tun, den sie einst kannte, dem fußballverrückten Jugendlichen, der seiner Mutter gehorcht und in der Vorratskammer Alkohol trinkt und sich überlegt, welches Mädchen er wohl heute mit seiner flatterhaften Liebe quälen will.

»Danke, aber ich komme klar«, entgegnet Saba und denkt, dass sie sich tatsächlich sicherer fühlen würde, wenn er bei ihnen wäre. »Ich kann dir ja wohl kaum hier vor aller Augen zeigen, wie das Ding funktioniert, oder?« Tatsächlich will Saba die Kamera nicht hergeben. Was würde ihre tapfere Schwester jetzt tun? Die Mahtab, die sich ihren Weg nach Harvard erkämpft hat, die Mahtab, die Journalistin werden wollte, diejenige, die bei allem die Beste war – diese Mahtab würde Reza niemals die Führung überlassen. Sie würde diese Kamera behalten und alles, was heute hier geschieht, aufnehmen. Sie würde den Film höchstpersönlich bei der *New York Times* abgeben und zu der Reporterin Judith Miller sagen: »Sehen Sie? So einfach sind die Dinge denn doch nicht, Miss Auslandskorrespondentin, die wahrscheinlich gerade mal zwei Tage im Iran verbracht hat, noch dazu in einem schicken Hotel in Teheran.«

Reza wischt sich die Handflächen an der Hose ab. Er ergreift Sabas Hand durch den Tschador. »Ich bleibe ein paar Schritte hinter euch. So kann ich euch die ganze Zeit beobachten.«

Saba stößt seine Hand weg, packt Ponneh am Arm, und sie betreten den Platz.

Sie versucht, Reza in der Menschenmenge hinter ihr nicht abzuhängen. Alle blicken auf das lang gezogene Stück Straße, wo die Gefangene ankommen soll. Von ihrer Position auf einer Seite des provisorischen Schafotts kann Saba die Gesichter der neugierigen Schaulustigen sehen. Manche von ihnen nicken und machen ihr Platz, und sie hofft, dass sie die Kameralinse nicht bemerken – so ein winziger Punkt in der schwarzen, wogenden Masse ihres Körpers, wie das glänzende Knopfauge einer Amsel irgendwo über ihren Köpfen. Ob überhaupt jemand in der Lage wäre, die winzigen Unterschiede und Farben inmitten von so viel auffälliger Gleichheit auszumachen? Dennoch, bei dem Gedanken an Entdeckung durchlaufen sie Wellen von Angst, und sie klemmt sich die Kamera noch fester unter den Arm.

Wenige Augenblicke nachdem Saba sich für einen Platz unter den Schaulustigen entschieden hat, hält ein schmutziger weißer Lieferwagen in der Nähe des Dorfplatzes. Die Masse von Männern und Frauen erstreckt sich von dem Kran bis zu der Stelle, wo der Lieferwagen steht. Die Menschen bewegen sich, machen Platz, recken die Hälse, um die Lücke sehen zu können, durch die die Gefangene kommen soll. Saba greift unter ihre Gewänder und schaltet die Kamera ein. Das rote Aufnahmelämpchen leuchtet heiß auf ihren Unterarm, und Saba ist sicher, dass alle Welt es sehen kann, diesen fetten roten Fleck, der ihren ganzen Körper einfärbt. Dennoch, in diesen furchtbaren Minuten ist sie eine Journalistin, die die Aufgabe hat, ein letztes grausiges Memento für die Welt aufzuzeichnen. Die Türen des Lieferwagens öffnen sich, und zwei *pasdars* zerren eine schreiende junge Frau heraus. Sie ist mit Handschellen an eine Beamtin der Sittenpolizei gefesselt, und die reißt an der Kette und sagt ihr, sie soll still sein. Aufgewühlt von Neugier und Schrecken, wird die Menge lauter. Haben die Menschen Mitleid mit der Gefangenen? Vielleicht ist ihre moralische Entrüstung angesichts der angeblichen Verbrechen zu groß. Saba bemerkt, dass das Mädchen außergewöhnlich schön ist. Wie eine *pari*. Wie Ponneh. Ihr bleibt das Herz stehen, als sie die Beamtin sieht, eine schwerfällige, schwarz gekleidete Krähe von Frau, genau wie die beiden Bäuerinnen in ihrem Schlafzimmer. Immer übernehmen Frauen diese Art von Arbeit – reinigen einander von Dreck und Sünde. Auf diese Weise soll der Welt gezeigt werden, dass sie nicht nach männlichen Maßstäben beurteilt und für mangelhaft befunden werden. Sabas Blick fällt auf die Hand der Beamtin, die so tut, als wollte sie die verdammte Seele trösten. Eine Basidsch-Hand, die Hand einer ehemaligen *dalak*.

Ponnehs Brust hebt und senkt sich in so heftigen, krampfartigen Zügen, dass ihre Aufnahmen bestimmt nutzlos sind.

»Keine Angst, ihr Lieben«, sagt eine krächzende Stimme hinter ihnen beruhigend. »Die werden's nicht tun.« Eine alte Frau stützt sich auf einen Metallstock. Sie klingt sehr überzeugt.

Ponneh dreht sich um, giert nach einer anderen Geschichte. »Wie bitte?«, sagt sie.

»Die werden sie nicht töten«, sagt die alte Frau. »Die werden ihr eine Lektion erteilen, die sie nie mehr vergisst, und dann gehen wir alle nach Hause.«

Ponneh schluckt und wischt sich mit zwei Fingern, deren Nägel völlig abgekaut sind, über die Mundwinkel. »Glauben Sie wirklich?«, sagt sie. Sie versucht, sich bei Saba einzuhaken, gibt aber wieder auf, weil zu viele Stoffschichten zwischen ihnen sind. »Hast du das gehört?«, flüstert sie Saba zu.

Die alte Frau redet weiter. »Genau dasselbe hab ich schon mal in der Nähe von Teheran gesehen. Die verlesen, was sie verbrochen hat. Fragen sie, ob's ihr leidtut. Und dann ... seht ihr den Mullah da drüben? Der wird vortreten und sagen, dass Allah ihr noch mal eine Chance gewährt.«

Obwohl Saba weiß, wie unmöglich das ist, obwohl sie weiß, wie unglaublich aufwendig es ist, einen Kran in dieses entlegene Dorf zu transportieren, wie weit sich dieses Ereignis herumgesprochen hat und wie sehr der Mullah, der neben dem Kran steht und sich den schmutzigen Bart krault, nach einer heiligen Aufgabe lechzen muss, lässt sie zu, dass die Äußerungen der alten Frau ihr Hoffnung geben. Gewiss sind auch Ponneh die konkreten Tatsachen bewusst, die diese Hoffnung vergeblich machen. Auch wenn sie anders als Saba keine Zeitungen liest, hat sie doch genug Zeit mit Dr. Zohreh verbracht, um Bescheid zu wissen. Doch Saba will jetzt nicht über Tatsachen oder Wahrscheinlichkeiten nachdenken. Die geflüsterte Möglichkeit keimt in ihrem Herzen, wächst blitzschnell heran und breitet sich in ihrem Körper aus, bis sie die Absicht und Überzeugung gewinnt, dass sie heute nicht mehr filmen wird als eine öffentliche Demütigung. Sie übersieht den Pflichteifer in den Augen des Mullahs, seinen Glauben an eine höhere Berufung – diese junge Frau ist eines der schönen Dinge in der Welt, wie die Warhols und Picassos und Riveras, die an irgendeinem dunklen Ort weggeschlossen sind, wie Ponnehs rote Stöckelschuhe oder ein Schulmädchen mit rosa Fingernägeln oder ein Song namens »Fast Car«. Sie zieht die Blicke der Welt auf sich.

Der Mullah steigt auf die Plattform und nickt, als die Beamtin eine schwarze Kapuze über den Kopf der Gefangenen stülpt. »Es ist ein Spiel«, flüstert Saba. Ponneh wiederholt es. »Es ist ein Spiel, Farnaz-dschan, es ist bloß ein Spiel.« Der Mullah legt selbst die Schlinge um Farnaz' Hals und vergewissert sich, dass der Strick sicher an dem Kranhaken befestigt ist. Mit einem Wink seiner Hand bringt er die Menge zum Schweigen, dann liest er Farnaz' Verbrechen von einem grauen Blatt ab. »... Handlungen, die einem keuschen Leben und den Gesetzen des Islam zuwiderlaufen, Straftaten gegen die nationale Sicherheit, Gotteslästerung, Beteiligung an organisiertem Drogenschmuggel ...«

Ein Raunen läuft durch die Menge. Dutzende von verhüllten Köpfen und bärtigen Gesichtern blicken hoch. Farnaz zittert, atmet den Kapuzenstoff mit jedem panischen Luftzug ein und aus.

»Das hat sie alles gemacht?«, fragt ein anderer Zuschauer die alte Frau. Saba lauscht angestrengt, während jede Zelle in ihrem Körper nur noch weglaufen oder sich wenigstens weiter nach hinten in die Menge zurückziehen will. Sie kann spüren, dass auch Reza mithört, und Ponneh ist unnatürlich ruhig geworden, ihr Körper steif wie ein Leichnam.

Die alte Frau zuckt die Achseln. »Angeblich haben sie bei ihr zu Hause Drogen gefunden. Aber wenn ihr mich fragt, hat sie den falschen Mann verärgert.« Sie zeigt nach vorne, auf einen Bärtigen mit glühenden Augen, der ungeduldig zuschaut wie ein Gläubiger, der die Konfiszierung seiner Sicherheiten beobachtet. »Sie sollte den Sohn des Mullahs heiraten, aber sie hat sich geweigert. Ich glaube, sie hatte die falschen Freunde. Aktivisten und Bahai.«

Ponneh senkt den Kopf und leckt sich Tränen von den Lippen. Sie bedeckt das Gesicht mit ihrem Ärmel und stützt sich auf Saba, der klar ist, was ihre Freundin jetzt denkt. *Es ist meine Schuld.*

»Ist alles nur Theater«, sagt Saba. Sie hört Ponnehs Atem, flach und gepresst, spürt die Kamerahand unter ihrer Kleidung beben. Der Mullah klettert in den Sitz des Kranführers. Er hält seinen weißen Turban fest, während der Fahrer ihm hinaufhilft.

»Was hat er vor?«, fragt Ponneh die alte Frau.

»Er will es selbst machen«, sagt die.

»Aber er tut nur so als ob«, ruft Saba ihr in Erinnerung.

Die Frau scheint gelangweilt. »Er will hoch oben sein wie Allah, wenn er seine Gnade walten lässt.«

Der leichte Sarkasmus in der Stimme der Frau beruhigt Saba ein wenig. Ponneh zittert jetzt heftiger, und dann hört Saba einen dumpfen Aufschlag. Ponneh hat die Kamera fallen gelassen. Die alte Frau blinzelt und zeigt auf den Saum von Ponnehs Tschador, doch in dem Moment kommt Reza angesprungen. »Verzeihung, Khanom«, sagt er zu der Alten. »Ich dachte schon, ich hätte meine Schwestern verloren.« Er bückt sich so beiläufig, als würde er einen Ball aufheben, nimmt die Kamera und schiebt sich zwischen Saba und Ponneh.

»Bist du okay?«, flüstert er Ponneh zu. »Gehen wir. Das hier wird grauenhaft.«

Ponneh scheint unfähig, ihren Blick von dem Kran abzuwenden. Wie könnte man in einem solchen Moment nicht hinsehen? Wie kann sie nicht starren, jedes Blinzeln unterdrücken, bis die Augen tränen? Sie sieht geradeaus, denkt vielleicht, dass die Kraft ihres Blicks das Einzige ist, was den Mullah davon abhält, den Hebel umzulegen. Saba stellt sich auf die Zehenspitzen und sucht die Menge hinter ihr nach *pasdars* ab, die Videokamera weiter auf den Kran und das Mädchen gerichtet. Dann hört sie Ponneh aufkeuchen, und es ist vorbei. Der Kran reißt Farnaz barmherzig schnell in die Luft, mit einem harten Ruck, hebt sie nicht langsam würgend an, und der Bogen des Todes wird von kurz strampelnden Beinen markiert, wie meistens, wenn Menschen mit Kränen erhängt werden. Der Mullah übergibt den Steuerhebel wieder dem Kranführer. Farnaz' Körper schwingt in der Luft, ihr Hals unnatürlich gedehnt, der Kopf in einer grotesken, comicartigen Gebetshaltung nach rechts gekippt, die Füße, die in Turnschuhen stecken, wie in einer kindlichen Angsthaltung umeinandergeschlungen.

Einen Moment lang verschlägt es der Menge den Atem, und keiner denkt mehr an Anstand oder Vorsicht. Frauen weinen hemmungslos. Ein Mann nimmt die Hand seiner Frau. Der Tschador eines jungen Mädchens rutscht nach hinten, und lockige rotbraune Haarsträhnen wehen ihr ins Gesicht, während sie zum ersten Mal den Tod erblickt. Saba ringt nach Luft. Haben diese Schaulustigen wie sie auf eine Begnadigung gehofft? Sind sie in dem Glauben hergekommen, Farnaz würde verschont werden? Manche von ihnen müssen es besser gewusst haben, und dennoch sind sie alle vom Schock überwältigt. Vielleicht hassen einige von ihnen sie wirklich, oder sie hatten gedacht, dass die vielen Narben in ihren Herzen sie schützen würden. Oder vielleicht sind sie gekommen, um ihr zu zeigen, dass sie geliebt wurde. Reza streckt den Arm aus und nimmt Ponnehs Hand. Weiß er es? Hat Ponneh es ihm erzählt, vielleicht in einem neckischen Moment, wie sie für ihren Hochzeitstag übt? Er nimmt auch Sabas Hand, und in jener schweigenden halben Sekunde stehen sie da, ohne an die Gefahr zu denken, in der sie sich befinden. Zum zweiten Mal ist Saba zusammen mit ihren Freunden fassungslos angesichts dieses grausamen neuen Iran und findet ungebührlichen Trost in ihrer Dreisamkeit, die ihr in diesem Moment der tiefsten Trauer das Herz wärmt. Diesmal sind sie bloß Zuschauer, alles riecht nach Tod und Benzin, und es gibt keinen abgebrochenen Stöckelabsatz, der der Grund dafür wäre.

Saba will wegschauen, aber sie kann den Blick nicht losreißen. Sie folgt dem anmutigen Schwung von Farnaz' Turnschuhen; der mädchenhafte pinkfarbene Streifen seitlich an jedem

Schuh löst eine Welle von Übelkeit aus, die ihren Körper durchläuft. Dann ist sie von dem gebrochenen Genick gebannt, Farnaz' hübschem Hals, von einem Strick abgeschnürt. Sie holt tief Luft und erinnert sich daran, wie es sich anfühlte, beinahe zu ertrinken, Wasser zu schlucken, verzweifelt um Atem zu ringen. Mahtab war dabei, bekam das gleiche Wasser in den kleinen Körper gezwungen, unfähig, das Meer zu bekämpfen, genau wie Farnaz sich nicht gegen den Strick oder den Kran wehren kann. Sie stellt sich Mahtab im Himmel vor – ein blitzartiger Augenblick nur, ehe der Abgrund sie verschlingt. Jetzt sieht sie ihre Mutter im Evin, wie sie in einer Kolonne von Todgeweihten marschiert, hilflos, in Gefängniskleidung, den Kopf gesenkt und die Hände gefesselt, eine von vielen Opfern von Massenhinrichtungen. Saba hat die Fotos gesehen, die grässlichen Reihen aufgehängter Menschen. Ist ihre Mutter dabei? *Nein,* beruhigt sie sich. *Das Evin-Gerücht war falsch. Ich hab Maman mit Mahtab in ein Flugzeug steigen sehen.* Sabas Zunge schwillt hinten im Mund an, und sie fasst sich an den Hals, verspürt den unbezähmbaren Drang, sich zu kratzen. Sie schluckt schwer und sieht wieder Farnaz' zarten Körper. Das Bild ihrer Schwester, wie sie aufgibt, auf den Grund sinkt, stürmt auf sie ein und wird ebenso schnell von den schwieligen Händen des Fischers verdrängt, der sie beide herauszieht. Sie sind wieder zusammen, lassen los, und dann versinken sie mal in der schwarzen Tiefe unter ihnen, mal werden sie in ein Boot gezogen.

Mahtab war da. Sie hat auf dem ganzen Rückweg zum Strand Lieder gesungen. Wo ist sie jetzt?

Der Iran hat viele Makel und Flecken bekommen, die Mahtab nicht mehr kennengelernt hat. Sie war gerade lang genug hier, um eine Kinderversion des Shomal zu erleben, Spiele am Strand, Nouruz-Feuer und Waten durch die *shalizars*; dann ist sie geflohen. Sie hat sich verbeugt und ist gerade rechtzeitig von der Bühne abgegangen. Doch jetzt ist Saba Zeugin von etwas geworden, das selbst die Harvard-Mahtab nicht gesehen hat – vielleicht würde die Journalistin in ihr es sehen wollen, und sie malt sich die Geschichten von Sabas Leben anhand von Zeitungsausschnitten aus, wie Saba das so oft umgekehrt getan hat.

Ich sollte dieses Land bald verlassen, denkt Saba. *Sonst tötet es mich vielleicht auch eines Tages.*

»Nein«, wimmert Ponneh. »Nein, nein. Es sollte doch nur gespielt sein.« Tränen strömen ihr über die fleckigen, rissigen Wangen, bilden Bäche, die das nahende Ende von Ponnehs Schönheit verkünden. Sie reißt sich von Reza los. Sie nimmt ihm die Kamera aus der Hand und beginnt, Fotos zu machen, ungeachtet ihrer nackten Arme, die aus dem Tschador ragen. Ehe Saba reagieren kann, hat Reza Ponneh schon beiseitegezogen, ihr die Kamera weggenommen und Saba bedeutet, mitzukommen. Auf der anderen Seite des Platzes geht Dr. Zohreh auf ihr Auto zu. Wahrscheinlich ist sie aus demselben Grund gekommen: um Zeugin zu sein und zu dokumentieren. Während Reza versucht, Ponneh durch die Menschenmenge zu manövrieren, krümmt sie sich plötzlich zusammen. Tiefe, quälende Schluchzer schütteln ihren Körper, lassen sie erbeben und in einem fiebrigen, beinahe wahnhaften Krampf zusammenbrechen.

»Hör auf damit«, flüstert Saba durch zusammengepresste Zähne. »Ponneh, hör sofort damit auf.«

Als sie die Autos erreichen, merkt Saba, dass auch ihr Gesicht nass ist. Aber Ponneh hat gewusst, was heute passieren würde, hat monatelang deswegen gelitten, ohne es jemandem zu erzählen. Trotz ihrer eigenen Narben weiß Saba, dass sie Ponnehs Schmerz niemals wird nachvollziehen können. Sie rückt ihren Tschador zurecht und hilft Reza, ihre Freundin ins Auto zu bugsieren.

Dr. Zohreh kommt zu ihnen. »Hält sie durch?«

Reza nickt. »Wir bringen sie nach Hause.« Er blickt Saba an, die sie einander vorstellt.

Als Ponneh Dr. Zohreh sieht, steigt sie wieder aus Sabas Wagen. »Dr. Zohreh«, sagt sie mit belegter Stimme. »Ich komme mit Ihnen. Wir können die Bilder heute entwickeln.«

»*Was?*«, schaltet Reza sich ein, aber Ponneh beachtet ihn nicht.

»Gerne.« Dr. Zohreh schaut sich um. »Wenn du willst –«

»Es besteht kein Grund, der Frau Doktor Umstände zu machen«, sagt Reza. »Saba wird dich fahren, und ich folge euch beiden.«

»Nein!« Ponneh wird jetzt sehr laut, und Saba erspäht einen *pasdar*, der sie von der anderen Straßenseite aus beobachtet. Sie stupst Reza an. Ponneh lässt sich nicht bremsen. »Es ist meine Schuld!« Sie schnappt nach Luft. »Sie hat den Mann abgewiesen, weil sie mich geliebt hat. Wisst ihr, was am schlimmsten ist?« Sie schluckt trocken. »Ich bin nicht … ich meine … ich hab sie auch geliebt, aber ich bin nicht –«

»Ja, ich weiß.« Dr. Zohreh hebt Ponnehs Kinn an und flüstert: »Farnaz würde nicht wollen, dass du dich schuldig fühlst.«

Ponneh lacht bitter auf. »Wissen Sie, was Khanom Basir oft gesagt hat? *Stirb nur für jemanden, der wirklich für dich brennt.* Irgendwer hätte Farnaz das sagen sollen.«

»Wie traurig«, flüstert Reza, »mein armes Mädchen.« Die Worte landen schwer auf Sabas Brust.

»Nein, nein, Ponneh-dschan«, sagt Dr. Zohreh. Sie streichelt Ponnehs Haar über dem Kopftuch. »Du irrst dich. Sie ist nicht für dich gestorben. Farnaz wollte nach ihrem eigenen Willen leben. Dafür ist sie gestorben. Es war ihre Bestimmung, und *das* ist ein sehr guter Grund zu sterben.«

Ein guter Grund zu sterben. *Was für ein blöder Spruch*, denkt

Saba. Wie kann Dr. Zohreh erwarten, dass Ponneh sich nicht schuldig fühlt? Begreift sie denn nicht, dass Ponnehs Schuld sich nicht auf irgendwas bezieht, was sie getan hat, sondern nur darauf, noch am Leben zu sein? Saba entsinnt sich nicht klar daran, mit Mahtab gegen das Wasser angekämpft zu haben. Sie erinnert sich nicht genau, ihre Hand losgelassen zu haben. Ihre schärfste Erinnerung ist die an Mahtab in dem Fischerboot. Aber manchmal, in ihren Albträumen, sieht sie ihre Schwester versinken und wird von Schuldgefühlen überwältigt, weil sie sich nicht neben ihr in die Tiefe hat fallen lassen, weil sie die Welt nicht so verlassen hat, wie sie auf die Welt gekommen ist, nämlich zusammen mit Mahtab, und damit einen Abgrund zwischen ihnen aufgetan hat, den alle Teelöffel im ganzen Iran nicht füllen könnten.

Der *pasdar* kommt auf sie zu. Ponneh, die wieder einsteigen will, ist mit einem Bein im Auto, hat den Fuß des anderen noch draußen auf dem Schotter. Dr. Zohreh hilft Ponneh ganz in den Wagen. Rezas Augen sind bereits fest auf den näher kommenden *pasdar* gerichtet, und er macht einen Schritt weg von den Frauen.

»*Salam alaikum*«, begrüßt der *pasdar* Reza. »Was sind das für Frauen bei Ihnen?«

Reza macht sich nicht kleiner, wie er das früher angesichts eines *pasdars* immer getan hat. Er tut nichts, um den Größenunterschied zu kaschieren. Saba meint sogar zu sehen, dass er die Schultern ein wenig zurücknimmt.

»Ich hab gesehen, dass sie Hilfe brauchen«, sagt er. »Es sind Nachbarinnen von mir. Mein Wagen steht gleich da drüben.«

»Papiere«, bellt der *pasdar* Dr. Zohreh an.

Dr. Zohreh greift in die Tasche und holt ihren Ausweis hervor. Saba betet, dass der *pasdar* nicht in die Autos schaut, dass er die Kameras nicht bemerkt. Dr. Zohreh zeigt ihm völlig ruhig ihre Papiere. »Ich bin Ärztin«, sagt sie. »Diese jungen Frauen sind meine Patientinnen.«

Der *pasdar* beugt sich vor und betrachtet Ponneh im Fond des Wagens prüfend. Saba hält den Atem an, hofft inständig, dass er die Kameras nicht entdeckt. »Ich hab das Mädchen da auf dem Platz gesehen ... Was soll dieses hysterische Verhalten?« Er wartet auf eine Antwort, aber Ponneh starrt ihn bloß an, die Augen rot gerändert, die Wangen aufgedunsen. Sie versucht, drohend zu schauen, aber mit einer laufenden Nase und fassungslosen Augen, die soeben einen Menschen haben sterben sehen, ist das nicht leicht. Er murmelt: »Wir sollten nicht zulassen, dass Frauen und Kinder sich so etwas anschauen. Das ist unwürdig.« Dann richtet er sich auf, und Saba denkt, dass er jetzt das Wageninnere untersuchen will. Aber er nickt bloß und wendet sich wieder Richtung Platz. Im Weggehen sagt er zu Reza: »Gehen Sie zu Ihrem eigenen Wagen. Das hier geht Sie nichts an.«

Wortlos kramen sie nach ihren Autoschlüsseln und fahren los. Die Dämmerung senkt sich herab, während Saba Dr. Zohrehs orangegelbem Jian und Rezas grünem Paykan nach Norden Richtung Cheshmeh folgt.

Ponneh ruht auf der Rückbank von Sabas Wagen, und sie fahren eine Weile schweigend. Saba zählt die Sekunden, wartet darauf, dass ihre Freundin ins Leben zurückfindet. Sie verlassen das Dorf über abschüssige Landstraßen, und als sie auf der Schnellstraße sind und die vertrauten felsigen Böschungen ihnen signalisieren, dass sie auf dem Heimweg sind, überlegt Saba krampfhaft, was sie sagen soll. Sie denkt daran, wie klein Farnaz aussah, als sie da in der Luft baumelte, die Füße gekreuzt wie ein schüchternes Kind in einem viel zu großen Sessel, und sie weiß, dass auch Ponneh an sie denkt. Dass Farnaz sie noch lange Zeit verfolgen wird.

Der Wald taucht am Horizont auf. Ponneh ist zusammengesunken, ihr Körper ein Häufchen Elend in einer Ecke der breiten Rückbank, die Augen so blutunterlaufen, dass nichts Weißes mehr zu sehen ist. Saba blickt immer mal wieder in den Rückspiegel, greift dann nach hinten und tastet nach Ponnehs Hand. Sie wendet sich um und kann sich nicht länger beherrschen: »Ponneh-dschan, ich ertrage es nicht, dass du denkst, es wäre deine Schuld.« Sie erinnert sich an den Tag, an dem sie selbst in einem solchen Zustand war. Was hätte Saba damals hören wollen? Vielleicht sollte Ponneh die Tatsache akzeptieren, dass so vieles in dieser neuen Welt unkontrollierbar ist; dass Farnaz' Schicksal nicht wegen ein paar experimentierfreudiger Nachmittage besiegelt wurde, sondern weil eine unverheiratete junge Frau den Versuch gewagt hat, ihre Peiniger auszutricksen. »Wenn das deine Schuld ist«, sagt sie, »dann muss das, was mir passiert ist, auch meine Schuld sein ... und das glaube ich nicht. Es ist verlockend, aber nein ...« Ponneh setzt sich auf. »Es hat mit Abbas zu tun.« Sabas Hände gleiten wie von selbst am Lenkrad hinab. Die Strahlen der untergehenden Sonne leuchten unter der filzbezogenen Blende hindurch und wärmen ihre Haut. »Ich hab lange gedacht, es wäre meine Schuld«, sagt sie. »Ich hätte die Ehe annullieren lassen und in Kauf nehmen sollen, dass ich enterbt werde.«

»Wovon redest du?«, fragt Ponneh.

Saba atmet aus. »Er hat nie mit mir geschlafen. Er ist völlig impotent.«

Ponneh macht große Augen. »Das ist doch gut«, sagt sie vorsichtig. »Oder?«

Saba lacht kurz auf. Sie reibt sich den Hals und versucht, das schwere Gefühl mit den Fingern wegzudrücken. »Vielleicht«, sagt sie. »Nur dass er zwei Frauen angeheuert hat, um mich zu überwältigen.« Sie wartet ab, bis Ponneh begriffen hat, was sie da sagt. »Verstehst du? Es ging ihm um seinen Ruf. Zwei *dehatis* … vielleicht Basidsch, ich weiß nicht genau. Er hat sie in unser Haus bestellt und sie dafür bezahlt, dass sie mich verletzen.«

Ponnehs Gesicht wird noch aschfahler. »Mein Gott, Saba«, flüstert sie.

»Jetzt geht's mir wieder gut«, sagt Saba und beschließt, ihr nicht von den Blutungen zu erzählen. »Aber verstehst du, was ich meine? Ist das *meine* Schuld?«

»Natürlich nicht«, sagt Ponneh. »Aber das hier ist was anderes.«

»Ist es nicht«, widerspricht Saba. »Keine von uns kann diese Dinge verhindern. Dieser Mist passiert andauernd, und du und ich, wir können absolut nichts daran ändern. Wir können das noch nicht mal kommen sehen. Es ist verrückt, dir die Schuld daran zu geben. Du musst auf dich achtgeben, Ponneh-dschan.«

Ponneh beugt sich nach vorn, schiebt den Kopf zwischen die beiden Rückenlehnen. »Ich hoffe, du hast es deinem Vater erzählt«, sagt sie. »Diese Frauen gehören ins Gefängnis.« Saba schüttelt den Kopf. Sie will nichts von ihren Hoffnungen auf das Geld oder eine Zukunft im Ausland verraten – *wann wird der Zeitpunkt kommen?* Sie empfindet einen solchen Drang zu fliehen. »Du hast es ihm nicht erzählt?« Ponneh umklammert die Kopfstütze, ihre Stimme wird schrill. »Du willst Abbas ungestraft davonkommen lassen? Hast du denn gar nichts von Dr. Zohreh gelernt? Du *musst* etwas sagen. Es geht nicht nur um dich. Was, wenn die das noch mal machen?«

Der orangegelbe Jian vor ihnen verschwindet hinter einer Bergkurve. Die Luft ist stickig, und Saba kurbelt das Fenster runter. Die Gerüche und Geräusche der Straße rauschen ins Wageninnere. Sie dreht sich um und blickt Ponneh flehend an. »Bitte erzähl das keinem, ja? Für konvertierte Christen ist alles anders. Baba und ich können es nicht auf einen Rechtsstreit mit einem frommen Muslim ankommen lassen. Wenn die anfangen, Nachforschungen anzustellen … Versteh doch, Ponnehdschan, ich hab schon so lange gewartet …« Ihr Gesicht wird heiß. »Du darfst es Reza nicht erzählen. Versprochen?«

»Meinetwegen«, sagt Ponneh. »Aber ich finde es falsch.« Saba ist froh, dass wieder Feuer in Ponnehs Stimme schwingt. »Du solltest zu ihnen gehen und ihnen ins Gesicht schlagen.«

»Wenn ich sie das nächste Mal sehe«, murmelt Saba, und sie fahren schweigend durch den Wald.

Als Abbas in jener Nacht anklopft, ignoriert sie ihn. Sie hört sich »Fast Car« an und beschließt, dass sie hier fertig ist. So schwer kann der Versuch, fortzugehen, doch nicht sein. Als sie einschläft, schwimmen Bilder von roten Stöckelschuhen und baumelnden Turnschuhen mit pinkfarbenen Streifen durch die schattigen Orte, die sie von ihrem Traumuniversum trennen. Und sie dankt Gott, dass er Mahtab just in dem Moment aus Cheshmeh weggeholt hat, als die Welt kurz davor war einzustürzen.

Soghra und Kobra

KHANOM BASIR

Ein Jahr vor der Revolution, als die Kinder acht Jahre alt waren, fesselten Soghra und Kobra volle drei Monate lang ihre ganze Aufmerksamkeit. Sie sprachen über nichts anderes. Soghra und Kobra waren Schwestern, die im Nachbarort lebten – entfernte Verwandte von Ponneh, die allen von Soghras Heiratsplänen erzählte. Soghra war erst zwölf, aber ihre Eltern waren verzweifelte Menschen, geschlagen mit Armut und altertümlichem Denken. Sie sagten, sie wäre schon »zur Frau geworden« und somit heiratsfähig. Schändlich! Sie verheirateten sie mit einem Mann, dessen Schwester in einen hiesigen Hamam gekommen war, um Soghras Körper zu untersuchen, wie das zu Zeiten meiner Eltern üblich war. Und was war so faszinierend an Soghras Heirat? Was brachte die Mädchen dazu, ihr auf der Straße hinterherzulaufen und neugierigen Freundinnen Geschichten über sie zu erzählen? Nun, der Mann, den Soghra heiraten sollte, war vierzig Jahre alt.

»Bist du sicher, dass er vierzig ist? Vielleicht ist er ja fünfzig!«, sagte eine von ihnen, während sie den Laden des Mannes auf dem Marktplatz beobachteten.

»Ist doch egal, ob er vierzig oder fünfzig ist«, erklärte Mahtab. Sie sagte immer alles im Brustton der Überzeugung. »Bei dreißig hört man auf zu zählen, dann bist du offiziell alt.«

»Du spinnst, es ist *nicht* egal«, sagte Saba, »wenn er nämlich fünfzig ist, stirbt er auch zehn Jahre früher.« Das gleiche lächerliche Gespräch führten sie etliche Male.

Nach der Heirat beobachteten wir Erwachsenen Soghra mit Argusaugen und warteten auf Anzeichen dafür, was der Mann mit ihr gemacht hatte. Auch die Mädchen spürten das. »Was tun die?«, hörte ich Saba fragen, und Ponneh sagte, sie wüsste es *so ungefähr*. Anscheinend tuschelten Reza und sie manchmal darüber. Mahtab stellte ihnen hundert schmutzige, schmutzige Fragen, bis ich die Geduld verlor und sie trennte. Normalerweise lachten wir über das neugierige Gerede der Kinder, aber wegen der armen Soghra stieß meine Schöpfkelle an diesem Tag auf den Boden des Topfes, und ich verlor meine gute Laune.

Als die Kinder Soghra das nächste Mal sahen, konnten sie es nicht fassen, dass sie überhaupt nicht verändert aussah. Ich versuchte, nicht über ihre Verblüffung zu lachen. Sie hatte nicht auf einmal einen komischen Gang, wie Reza prophezeit hatte, und ihr Gesicht war nicht plötzlich voller Muttermale. Ihre Füße waren nicht angeschwollen, und sie hatte keine riesigen Brüste bekommen. Und – an dieser Annahme bin ich schuld – es floss ihr kein Blut aus der Nase. Zugegeben, ich hatte ihnen erzählt, dass verheiratete Frauen oft Nasenbluten haben und dass man deshalb ein Laken braucht, um das erste Nasenbluten der Braut in der Hochzeitsnacht aufzufangen. Na und? Hätte ich ihnen mit ihren acht Jahren vielleicht die Wahrheit sagen sollen?

Mir fielen jedoch zwei kleine Veränderungen an der Braut auf. Als sie über den Markt von Cheshmeh stolzierte und von ihrem Ehemann mit dem dicken Schnurrbart von einem Stand zum nächsten gezogen wurde, wirkte die zwölfjährige Soghra größer und verdammt enttäuscht von ihrem Schicksal. Aber vielleicht irre ich mich ja auch. Vielleicht lag das bloß an den hochhackigen Schuhen, die sie auf Befehl ihres Mannes trug, weil der sich immer eine elegante Frau gewünscht hatte (das war schließlich noch in der Zeit vor der Revolution). Und vielleicht ließ nicht Traurigkeit ihre Augen so dunkel erscheinen, sondern der dicke blaue Lidschatten.

»Es ist eine Schande. Eine echte Schande«, sagte Agha Hafezi, als er mit seiner Frau und mir und Khanom Omidi Tee trank. »Wie kann das Gesetz die Vergewaltigung eines Kindes zulassen?«

Ich rief ihm in Erinnerung, dass im Iran nur sehr wenig als Vergewaltigung gilt. *Zu wenig.*

Aber warum bei so traurigen Dingen verweilen? Der Grund, warum ich Ihnen das erzähle, ist folgender: Hinterher, als die Kinder im Kreis saßen, sagte Saba etwas ungemein Seltsames für so ein junges Mädchen. Sie sagte, dass es gut für Soghra wäre, dass sie nun ein eigenes Haus hätte, in dem sie schalten und walten könnte und das sie nicht mit ihrer Schwester teilen müsste. Sie hätte eine logische Entscheidung getroffen, sagte sie, weil Kobra doch so langweilig wäre. Ich frage mich, ob sie das auch heute noch zu Soghra sagen würde, wenn sie ihr über den Weg liefe. Ich kann mir zwar nicht vorstellen, was in Sabas Ehe so vor sich geht, aber manchmal sehe ich unter dick aufgetragenem Lidschatten den gleichen traurigen, gequälten Ausdruck in dem geistesabwesenden Blick der armen Saba Hafezi.

KAPITEL DREIZEHN

Sommer 1991

Man sagt, dass Zwillinge die Kraft der Bewegungen des jeweils anderen aus der Ferne spüren. Saba hat Zeitschriftenartikel über einige wenige gelesen, die eine Veränderung im Leben des Zwillings gespürt haben, obwohl sie gar nichts von dessen Existenz wussten. In den furchtbaren ersten Tagen, nachdem sie erneut Zeugin des Todes geworden ist, versucht Saba, die Kräfte in Mahtabs Welt zu spüren. Sie gibt sich dunklen Gedanken an ihre Schwester hin, die im Wasser versinkt, an einen *pasdar*, der sie mit dem Messer bedroht und zwingt, Wahrheiten zu gestehen, die sie noch immer nicht kennt. Wenn die Bilder drohen sie zu übermannen, wehrt sie sie ab, indem sie sich schönere in Erinnerung ruft: Mahtab, die auf dem Rückweg zum Strand im Boot singt und im Flughafen die Hand ihrer Mutter hält. *Ja, es ist durchaus möglich.*

An ruhigen Vormittagen stellt sie sich ihre Schwester vor, ihr filmreifes Leben, und spricht mit ihr, wie das ihre amerikanischen Freunde tun würden. *Was soll ich jetzt machen?*, fragt sie Mahtab an dem Tag nach Farnaz' Hinrichtung. Mahtabs Stimme wirbelt durch ihren Kopf, wiederholt unaufhörlich denselben Befehl: *Hau ab! Hau ab! Hau ab!* In jener Nacht spielt sie zum ersten Mal mit einer verlockenden Möglichkeit. Was, wenn sie *jetzt* nach Amerika fliehen würde? Sie könnte versuchen, ein

Visum zu bekommen, Abbas' Unterschrift fälschen, angeben, dass ihr Mann ja im Land bleibt, was ihre Chancen verbessern würde. Doch die Angst vor *pasdars* und Grenzkontrollen hält sie zurück, wie so viele andere auch. Eines baldigen Tages – bevor sie zweiundzwanzig wird oder vierundzwanzig oder höchstens dreißig – wird Abbas nicht mehr da sein. Und wenn dieser Tag kommt, was hält sie dann noch hier in Cheshmeh? Sie muss Geduld haben, dann wird sie eine unabhängige Witwe in New York oder Kalifornien sein. Vielleicht wird sie Journalismus studieren. Schließlich hat sie auf ein Studium im Iran verzichtet, um eine amerikanische Universität zu besuchen. Sie kramt alte Reiseführer hervor, die ihre Mutter vor der Revolution gesammelt hat, und stößt auf bergeweise Formulare von Visabüros, Passämtern und Fluggesellschaften – ein Informationsschatz, den ihre Mutter für alle Fälle zusammengetragen hat. Es tröstet sie zu wissen, dass der Drang zu fliehen ererbt ist, ein Stück von ihrer Mutter, das ihr keiner nehmen kann. Eines baldigen Tages werden sich ihre Füße von der feuchten Gilaki-Erde lösen, und sie wird gehen.

In letzter Zeit hat Khanom Omidi eine sonderbare Vorliebe für *Karate Kid* entwickelt. Sie ist auf den Film gestoßen, als sie Saba besuchte, die gerade in ihrem Kinderzimmer dabei war, die neuesten Lieferungen des Teheraners durchzusehen. Khanom Omidi versteht die Dialoge nicht, sieht sich aber aufmerksam jeden Sparringskampf und jede Trainingsmontage an und stoppt das Band gelegentlich, um Fragen zu stellen oder ihre Meinung zu äußern. »Dieser Johnny *folani* ist ein Nichtsnutz. So jung und schon so böse, und ich glaube, sein Schlangen anbetender Dojo wird von einem Dschinn verfolgt.«

Sabas Lieblingsfilm in diesem Sommer ist *Der Club der toten Dichter*. Eines Abends, als Abbas sich früh hingelegt hat und sie mit Khanom Omidi allein ist, lässt sie die alte Frau eine Pfeife anzünden, um ihre Nerven zu beruhigen. Sie reden über Liebe und Tod und Farnaz, schauen sich zusammen den Film an und trinken Tee. Mahtab wird jetzt ihr viertes Harvard-Jahr beginnen. Sie wird sich mit jungen Männern wie denen auf der Mattscheibe angefreundet haben. Wie selbstsicher sie in ihren mit Wappen verzierten Jacken und eleganten Krawatten wirken, wie souverän. So ganz anders als iranische Männer, die in ihren *pasdar*-Uniformen herumschreien oder vom Opium beduselt in irgendwelchen Winkeln ihrer Häuser herumsitzen oder wie närrisch auf verbotenen Festen tanzen. Einmal, auf einer Party ohne die Mullahs und Vetter Kasem, sah Saba spätnachts, wie Reza und sein Bruder aufstanden und tanzten. Sie schwenkten hemmungslos die Hüften und Arme, drehten die Hände hin und her. Das ist der Unterschied zwischen den Männern hier und den Männern da, dachte sie. Amerikanische Film-Männer tanzen nicht, nur höchstens mal einen Walzer im Smoking. Iranische Männer tanzen, um Eindruck zu machen. Vielleicht haben westliche Manieren ihre natürliche Wildheit erstickt. Iraner haben dafür *pasdars*.

Nach der Hälfte des Films wird sie von der Pfeife allmählich schläfrig. Sie nickt auf Khanom Omidis Schoß ein, während ihre Gedanken an ihre Schwester und ans Tanzen zu einer Erinnerung verschmelzen.

Mahtab tanzte oft. Als Kind tobte sie gern ausgelassen herum und wurde zum plötzlichen Zentrum eines Aufmerksamkeitsvakuums. Das ist eines der persischen Merkmale, die sie sich wahrscheinlich bewahrt hat. Nach stundenlangem Kreiseln mit anderen Paaren in Kleidern und Smokings wird Mahtab sich danach sehnen, im Mittelpunkt zu stehen. In ihrem berauschten Zustand kann Saba es sehen, eine filmreife Szene. Mahtab wird ihren Begleiter beiseiteschieben, und plötzlich, wie aus dem Nichts, erklingen *setar*-Musik und iranische Verse. Vielleicht läuft mitten auf dem Harvard Square *Sultan der Herzen*. Ein Wunder!

Ein Herz sagt mir, ich soll gehen, gehen.

Ein anderes sagt mir, ich soll bleiben, bleiben.

Nur dass Mahtab nicht darüber nachdenkt, ob sie gehen oder bleiben soll. Sie ist bereits genau da, wo sie sein will. Sie wird allein in ihrem eleganten Kleid tanzen, und niemand wird es wagen, zu ihr ins Rampenlicht zu treten. Mahtab zu sein hat den Vorteil, dass man überhaupt keinen Partner braucht.

~

Komm, Khanom Omidi, komm und hör dir eine Geschichte über meine Schwester an. Dieses Jahr ist mir endlos und dunkel erschienen, und heute Nacht möchte ich einen Blick in ihre Welt werfen. Diesmal geht es um den Sieg über eine weitere Einwanderersorge: *Bedeutung* – die Sorge, die meine Mutter belastete, solange ich sie kannte, obwohl sie keine Emigrantin war. Meine Verwandten in Amerika leiden unter etwas Ähnlichem – Albträumen von zweitklassiger Unsichtbarkeit, von Mittelmaß und anonymem Tod. Angst vor Erbschaftsverlust und davor, Taxi fahren oder in einer Reinigung arbeiten zu müssen. Die vielen Ingenieure und Doktoren, die Böden wischen und in Kiosken Zigaretten verkaufen. Auch Mahtab hat deswegen schlaflose Nächte, denn sie weiß, dass sie Glück gehabt hat, dass sie der Welt etwas Großes schuldet. Sie möchte Gutes tun. Aber auch das wird in 22,5 Minuten vorbei sein. Sie wird es abschütteln, wie immer. Diese Geschichte handelt davon, wie Mahtab aufhört, sich darum zu sorgen, ob sie ein Leben von Bedeutung führt.

In dem Sommer vor ihrem letzten Studienjahr ergattert Mahtab einen Ganztagsjob: eine befristete Stelle als Nachwuchsreporterin bei der *New York Times* ab Juni mit der Aussicht, nach dem Studium übernommen zu werden. Sie wird für die Reporterin Judith Miller arbeiten, ihre Fakten überprüfen und ihre vielen Rechtschreibfehler korrigieren. Sie wird in einem großen weißen Presse-Van herumfahren und auf die Jagd nach Storys und Zitaten gehen. Sie wird eine offizielle Geschichtenerzählerin werden – aber sie darf nicht lügen, nicht mal indirekt, indem sie aussucht, welche Details sie erzählt. Weißt du, diese Amerikaner haben unsere Tricks, die Wahrheit zu verzerren, durchschaut. Und das verdirbt das ganze Vergnügen. Zum Glück haben wir ja iranische Journalisten, die wissen, wie man ein schönes Märchen erzählt.

»Ai, Saba! Lass das zweideutige Gerede. Hör auf zu jammern und erzähl deine Geschichte.«

Also gut. In den Tagen, bevor sie nach New York abreist, um den Sommer dort zu verbringen, empfindet Mahtab einen dumpfen, aber unaufhörlichen Schmerz um Cameron, dem sie oft in der Studentensporthalle über den Weg läuft. Tagtäglich kämpft sie mit der Entscheidung, ob sie seine Kreditkarte benutzen oder loswerden soll. Jedes Mal, wenn sie ihn oder seinen mageren Geliebten auf dem Campus sieht, überlegt sie es sich wieder anders. Verstehst du, die Erkenntnis, dass du im Film eines anderen nur eine Nebenrolle hast, tut wahnsinnig weh. Manchmal wirkt Cameron traurig, wenn er sie sieht. Manchmal versucht er, Hallo zu sagen. Keiner von beiden erwähnt je die Karte, und die Tatsache, dass sie mit seiner Familie verbunden ist wie eine seltsame Verwandte, mit der sie sich überworfen haben, wird zu einem peinlichen, totgeschwiegenen Thema zwischen ihnen. An wütenden Tagen versucht Mahtab, ihn aus der Ferne zu quälen. Sie trägt eine Tasche, aus der etliche weiße Handtücher heraushängen, aber zwischen der flauschigen Baumwolle lugt eine dünne Schicht aus blau-violett karierter Seide hervor. Das Kopftuch ist verblasst, das unrechte Stück Seide, das sie bei den Aryanpurs trug, ist nun dazu verdammt, Mahtabs Schweiß aufzufangen. Sie achtet darauf, dass es deutlich zu sehen ist, um ihre Macht zu demonstrieren: Ich stehe darüber und über *dir.*

»Ha! Genau das will Khanom Basir mit ihrem schicken alten Kopftuch auch sagen.«

Eines Tages begrüßt Cameron sie im Fitnessraum, und sie bringt kein Wort heraus. Sie geht nur an ihm vorbei und reibt sich den Nacken mit dem blauen Tuch.

Er ruft ihr hinterher: »Wischst du dir den Schweiß mit einem Hermès-Tuch ab, Khanom Schahzadeh?«

Sie dreht sich um. »Sprich nicht Farsi mit mir«, zischt sie, weil ihr die Sprache ihrer Familie und ihrer beider Romanze heilig ist. »Du bist nicht mehr mein Freund.« Das wollte ich schon so oft zu Abbas sagen. Er und ich waren auf unsere eigene Weise Freunde. Jedes Mal, wenn er jetzt versucht, mit mir zu reden, möchte ich sagen: *Du bist nicht mehr mein Freund.* Aber ich habe weder Mahtabs Mut noch ihre Möglichkeiten. Sie kann sein Geld nehmen und frei sein, solange sie sein Geheimnis wahrt, ich dagegen muss das Geheimnis wahren und doch weiter seine Gefangene bleiben.

Aber Mahtab ist menschlich, und sobald sie den Satz ausgesprochen hat, bereut sie ihn, denn was, wenn sie ihn verletzt hat? Sie blickt forschend in sein Gesicht. Ist auch er unglücklich? Sie wünscht, sie könnte in ihn hineingreifen und diesen neuen, fremden Cameron wegwischen, der vorgibt, sie nie lieben zu können. Sie wünscht sich den alten Cameron zurück.

Wie seltsam, denkt sie, dass er eine solche Furcht empfindet, dass sein Geheimnis mit so viel Angst und Schrecken einhergeht. Ist es wirklich so gefährlich für ihn im Iran? Könnte er wirklich gehängt werden? Etwas Derartiges kann Mahtab sich gar nicht vorstellen. Für eine zukünftige Journalistin ist ihr Verstand zu rein, sind ihre Augen zu unbefleckt. Ist es Cameron tatsächlich so wichtig, zurückzugehen und sich für den Wandel einzusetzen? Wie kann jemand für etwas nicht Greifbares so starke Gefühle empfinden? Für den bloßen verschwommenen Schatten einer Idee, die vielleicht nie real wird. Sie beneidet ihn um seine Leidenschaft. Sie lauscht dem Surren der Trainingsgeräte um sie herum und fühlt sich wie das einzige kaputte Rädchen im Motor einer großen, von Erfolg angetriebenen Maschine. Cameron schreitet voran. Er will ohne sie gehen, will einer der mächtigen Männer werden, die uns alle beherrschen, einer, der Schicksale verändert, und sie fällt weiter und weiter zurück.

Sie beschließt, dass sie nur eine Möglichkeit hat, Camerons Macht über sie zu brechen, nämlich, größer, besser, erfolgreicher zu werden als er. Das war schließlich die wichtigste Lehre ihrer Mutter: Du musst ein bedeutendes Leben führen. Morgen wird sie in die große Stadt ziehen, um ihr Praktikum bei der *New York Times* anzutreten und ihren Platz in dem weißen Presse-Van einzunehmen. Sie wird die Männer und Frauen in Businesskleidung – diese aufgereihten Krähen – dazu bringen, dass sie ihr Talent bewundern.

In New York lebt sie ein Filmleben. Sie besucht Tanzveranstaltungen wie die im *Club der toten Dichter*, wo Paare sich über Holzböden im Kreis drehen. Sie spielt in grünen Shorts Golf. Sie versteckt einen Kassettenrekorder in der Hosentasche dieser Shorts, um korrupte Geschäftsmänner aufzunehmen, die Dinge zugeben, die sie nicht hätten tun sollen.

»Also, Agha Geschäftsmann«, wird sie säuseln, »erzählen Sie mir doch, was Sie dann gemacht haben.« Sie wird mit ihren langen Wimpern klimpern, und der Trottel wird auf die Knie sinken und eine Unterschlagung zugeben oder irgendein korruptes *bazi*, und sie wird alles auf die Titelseite der *New York*

Times bringen, und in der Verfasserzeile wird stehen: »Mahtab Hafezi, Harvard-Abschlussjahrgang 1992«.

»Sind amerikanische Geschäftsmänner wirklich so dumm, Sabadschan?«

Ruhig, Khanom Omidi! Ich erzähle doch eine Geschichte. Und in Geschichten gibt es immer diese wunderbaren Verkettungen von Zufällen, die schlaue Männer dazu bringen, all ihre Sünden zu gestehen. Es gibt immer leichte Siege. Erinnerst du dich an die Stelle in *Karate Kid*, wo Daniel dem grässlichen Johnny *folani* ins Gesicht tritt, obwohl er ein gebrochenes Bein hat? Wenn ich die Szene sehe, stelle ich mir Farnaz bei ihrer Hinrichtung vor, wie sie über die Menge blickt, als hätte sie den Plan, dem Mullah mit ihren mädchenhaften Turnschuhen ins Gesicht zu treten und sich vor dem Kran zu retten, während das Publikum aus Schaulustigen, das sie plötzlich anhimmelt, Hurra schreit.

Mahtabs Leben ist voll von solchen unwahrscheinlichen Triumphen.

Sie steigt schnell aus den Rängen der Praktikanten auf. Sie wird ein Zeitungsstar.

Sie wohnt in einem kleinen Apartment in New York, das sie sich mit einer anderen jungen Frau teilt. Jeden Abend, wenn sie den Schlüssel ins Schloss steckt, ihre hübsche Tasche aus echtem Leder auf die Couch wirft und es sich vor dem Fernseher bequem macht, weiß sie, dass sie an diesem Tag etwas Bedeutendes getan hat. Aber sie will mehr. In diesem Sommer muss sie etwas Gewaltiges tun, die Welt verändern, so wie Cameron das vorhat, und ihrer Stimme über die Ozeane hinweg Gehör verschaffen.

Wenige Wochen später deckt sie eine Reihe von raffinierten Verbrechen in der Regierung auf, und einige davon führen zu Leuten in so hohen Positionen, dass selbst ich davon absehen muss, sie hier namentlich zu nennen. Bitte frag nicht weiter nach. Ich weiß nur, dass es ein gewaltiger Skandal ist. Und mit jedem Erfolg kommt Mahtab ihrem wahren Ich näher, ihrem natürlichen Ich.

Eines Abends, als sie in ihrem Minirock auf ihrer Couch sitzt, die Fenster weit geöffnet, die Musik laut aufgedreht, und ihr Bier so offen trinkt, dass die Nachbarn es sehen können, trifft die Antwort zusammen mit einem Berg von Reklamesendungen und Rechnungen ein. Es ist ein zerfledderter Umschlag aus dem Iran, bedeckt mit zig Stempeln und Briefmarken. Er riecht nach Reis, und die Adresse ist in einer sorgfältigen und unsicheren Handschrift geschrieben worden – von einer Person, die keinen Schulabschluss hat, kein Englisch kann und die Anschrift offenbar über ein Zeitungsexemplar ausfindig gemacht hat. Er ist von einer gewissen Miss Ponneh Alborz, Cheshmeh, Iran.

Kann das wahr sein? Ihre Kindheitsfreundin Ponneh hat ihr geschrieben? Was mag ihre verloren geglaubte Freundin zu erzählen haben? Wird ihr Brief voller Geschichten über Reza und seine verrückte Mutter sein, über die Gesundheit ihrer Schwester? Welches Glück, einen Brief aus Cheshmeh in Händen zu halten.

Sie reißt den zerknitterten weißen Umschlag auf und lässt den Inhalt herausrutschen.

Plötzlich ist alle Freude dahin, denn auf ihrem Tisch häufen sich Fotos, Briefe, ein Videoband und ein paar Tonaufnahmen. Die Fotos sind grauenhaft. Sie zeigen, wie eine schöne junge Frau aus einem Lieferwagen gezerrt und dann an einem Kran erhängt wird. Es fällt ihr schwer, die Fotos auch nur anzufassen. Eine hingekritzelte Erklärung lautet: »Meine Freundin Farnaz: verurteilt wegen Aktivismus und weil sie Frauen liebte.«

Ah, aber verzweifle nicht, Khanom Omidi. Für Mahtab sind

diese Fotos eine Chance. Sie ist clever genug, um genau zu wissen, was sie damit machen muss. Schließlich arbeitet unsere Mahtab ja jetzt bei der *New York Times*. Sie ist unsere Kämpferin, und sie ist mit einem Videoband bewaffnet, das ich eigenhändig aufgenommen habe.

Die darauffolgende Woche verbringt sie damit, sich das Video anzusehen, zurückzuspulen und es sich erneut anzusehen. Es ist unmöglich, sich nicht näher zum Fernseher zu beugen, um in das Gesicht der schönen Farnaz zu blicken und zu versuchen, ihre Wange zu berühren, ehe sich die Kapuze darübersenkt. Ist etwas Derartiges tatsächlich passiert? Das frage ich mich selbst manchmal tief in der Nacht, wenn ich mir den körnigen Film anschaue, um mich zu quälen und mich dadurch lebendig zu fühlen. Trotz der zitternden Hand, der Störungen und des schwarzen Tschadors, der das Objektiv alle paar Sekunden verdeckt, ist das Bild nicht anzuzweifeln. Es ist passiert. Ich war dort.

Mahtab wischt sich die Tränen mit einem karierten Tuch ab, das im Vergleich zu dem Geschehenen nicht mehr sehr viel Bedeutung birgt. Wenn sie jetzt an Cameron denkt, hasst sie ihn nicht mehr. Nicht, nachdem sie die Tragödie auf diesem unscharfen Video gesehen hat. Sie hat jetzt eine Ahnung davon, welche unfassbaren Dinge von Menschen wie ihm getan werden müssen. Er ist ein guter Mann, ein Mann mit aller Männlichkeit der Welt, ungeachtet dessen, was sein Vater denkt, denn er ist bereit, in ein Land zurückzukehren, das ihn wegen seiner Neigungen töten will; *dieses* Schicksal zu riskieren, um ein Leben zu führen, das von Bedeutung ist. Sie denkt zurück an die Zeit, als sie die obere Hälfte eines Seesterns war, und beschließt, dass es besser ist, diese schöne Erinnerung in Ehren zu halten, als ihn dafür zu hassen, dass er sie nicht begehrt.

Oh, aber er wollte dich, Mahtab. Es gibt mehr als nur eine

Art, sich nach jemandem zu sehnen. Und schau dir Cameron jetzt mal an, wie er seinem Leben einen Sinn gibt. Er ist dabei, sich dem Universum für das Glück erkenntlich zu zeigen, das er im Leben hat. Mahtab wird das ebenfalls tun.

Sie wird ein mutiges Leben führen, wie Daniel LaRusso in *Karate Kid* oder Professor Keating im *Club der toten Dichter*, die beide angesichts eines bedrohlichen Unheils so tapfer sind. Während sie mithilfe aller Beweismittel, die Ponneh ihr geschickt hat – Dr. Zohrehs schriftlicher Aussage, der Bilder und des Videos –, ihren Bericht schreibt, denkt sie über die Aryanpur-Kreditkarte nach. Die wird sie nicht von ihren Wünschen befreien, wie sie jetzt begreift. Das kann heimlicher, unverdienter Reichtum niemals leisten. Tief in ihrem Innern weiß sie, dass sie eine solche Freiheit nur dann haben wird, wenn sie ein Leben führt, wie Maman es wollte, ein bedeutendes Leben, ein Leben, das von der Welt zur Kenntnis genommen wird.

Und da haben wir's. Mahtab verbringt einen Sommer in New York und besiegt eine Einwanderersorge, mit der manche ihr ganzes Leben lang zu kämpfen haben, weil nur wirklich außergewöhnliche Menschen sie überwinden können – nämlich die bange Frage, ob man sich in einem fremden Land einen Namen machen kann. Zwei Wochen später wird die Titelseite der *New York Times* eine bittere Wahrheit in die Welt hineinrufen:

DIE REVOLUTION IST *NICHT* VORBEI!

von Mahtab Hafezi, Harvard-Abschlussjahrgang 1992

Oh, Mahtab-dschun. Das hast du sehr gut gemacht. Wirklich sehr, sehr gut. Du hast mich und unsere Eltern stolz gemacht. Kannst du dir vorstellen, was Maman sagen würde, wenn sie deinen Namen fett in fingerfärbender Druckerschwärze und über die Ozeane hinweg verbreitet sehen könnte?

Um zu feiern, gehen Mahtab und ihre Freundinnen in einem richtigen New Yorker Nachtklub tanzen, wo Lichter blitzen und Cocktails fließen. Sie tanzen allein, ohne männliche Begleitung. Sie hüpfen in ihren kurzen Röcken und glitzernden Tops auf und ab, so wie in den schönsten Musikvideos, und Mahtab ist der Grund für ihre Freude, ihr innerstes Zentrum. Einstweilen ist sie mit dem armen Arier fertig. Sie braucht keinen Partner. Der Klub ist voll von Männern und Frauen, aber er ist anders als die Klubs, an denen sie in Harvard vorbeispazierte, wo Jungen spärlich bekleidete Frauen an der Tür taxierten – wo ein weißer Schal zum Turban mutierte und sie vertrieb. Hier hat sie das Sagen, und es lauern keine *pasdars* in dunklen Gassen.

Wenn ich sie mir da vorstelle, denke ich an die Szene im *Club der toten Dichter*, in der die Jungen nachts tanzen, und zwar ganz anders als auf den artigen Anzug-und-Krawatte-Veranstaltungen. Ihr Tanz ist urwüchsig, ganz ähnlich wie bei den Männern in Cheshmeh. Sie tanzen, um sich zu enthemmen, um zu imponieren, Ekstase auszudrücken, einen Wahnsinn und eine Freude, die zu wild für das Licht des Tages ist. Mahtab ist jetzt ein wildes Wesen, eine freie Kreatur. Sie kann tun, was sie will, und Mullahs und *pasdars* können ihr den Buckel runterrutschen.

Sie schickt Cameron gute Wünsche, ihrem Freund, der bald in die Heimat reist. Vielleicht wird sie eines Tages an seiner Stelle einen amerikanischen Mann lieben. Auch wenn amerikanische Männer nicht tanzen, sind sie doch gut darin, Frauen wie Mahtab zu verstehen. Und anscheinend brüsten sie sich damit, keine eigenen Bedürfnisse zu haben. Glaubst du, das trifft auf alle zu oder bloß auf die Männer in Filmen? Iranische Männer sind voller eigener kruder, brodelnder Hoffnungen. Sie fordern von uns, dass wir für sie sorgen, sie retten – ohne dass unser Name auch nur im Abspann erwähnt würde. Manchmal wünschte ich, dass einer von ihnen sagte: »Du, Saba Hafezi, imponierst mir.« Das würden sie nie tun, nicht mal der

Schwächste unter ihnen. Wir Frauen sind zu stark geworden, unerschütterlich und mit Knoblauchfäusten, und wir machen ihnen Angst. Aber wenn einer von ihnen ein Liebeslied für mich schreiben würde, wäre es nicht voll von altertümlicher Dramatik. Es würde nicht vom Sterben oder von ewigen Dingen handeln. Es würde einfach nur feststellen: »Saba-dschun, das hast du gut gemacht.«

Bald werde ich genug Mut aufbringen, mich von hier loszureißen, und vielleicht bin ich dann tapfer genug, das Videoband in meinem Gepäck zu verstecken. Ich hab den Teheraner gebeten, es aus dem Iran zu schmuggeln, es an jemand Bedeutenden zu schicken, einen Journalisten oder einen Professor, vielleicht einen in Harvard. Aber er hat abgelehnt und gesagt, das wäre zu riskant. Es ist beängstigend, ein Zuhause zu verlassen.

Ein Herz sagt mir, ich soll gehen.

Ein anderes sagt mir, ich soll bleiben.

Aber ich werde es versuchen. Versprochen … weil du, liebe Schwester, mir imponierst.

KAPITEL VIERZEHN

Sommer 1991

Saba sitzt in einem Sessel am Fenster des Gästezimmers, in dem sie jetzt alle ihre Sachen aufbewahrt, sich ihre Kassetten anhört und auf einem kleinen Fernseher, den sie hier aufgestellt hat, Filme guckt. Auf dem Schoß hält sie ein Glas mit Abbas' Medizin, die sie geistesabwesend mit Sauerkirschensirup verrührt. Er kann schlecht Tabletten schlucken, deshalb nimmt er sein Herzmedikament lieber so ein, obwohl Saba das unklug findet. Jedes Mal, wenn er die Mischung getrunken hat, füllt sie das Glas mit Wasser und lässt ihn auch das trinken, um das letzte Körnchen runterzuspülen. Heute rührt sie das Getränk auf einem Tablett in ihrem Zimmer anstatt in der Küche, damit sie nicht mit ihm reden muss, wenn er nach Hause kommt. In den letzten Monaten hat er ziemlich abgebaut, ist jetzt fast blind, und seine offensichtliche Schwäche hat sie ihm gegenüber milder gestimmt, obgleich sie sich weigert, ihm zu verzeihen. In wenigen Minuten wird er auf seinem Weg zum Bett bei ihr anklopfen und um seine Medizin bitten. Das machen sie immer so.

Saba blickt hinaus in den Hof, wo die Rosen, die Ponneh und Reza im Frühling für sie gepflanzt haben, den Garten mit duftendem gelbem Blütenstaub bepudern, und vergisst die Arbeit ihrer Hände. Sie starrt aus dem Fenster. Rührt. Starrt. Rührt.

Im Hintergrund läuft ihr amerikanischer Lieblingsfilm, erzählt eine Geschichte, die sie fast auswendig kann – ein Paar beginnt seine Romanze in einem italienischen Restaurant. Bald wird sie neue Videobänder brauchen, neue Dialoge, neue Wörter, neue Einblicke in das amerikanische Leben. Derzeit bringt ihr nur Ablenkung Trost.

Sie steckt ein paar Kirschen in den Kirschentkerner, entfernt die Kerne mit einem kleinen Ruck aus dem Handgelenk und wirft die Früchte in ihr eigenes, medikamentfreies Glas. Sie denkt an die Zeit zurück, als sie und Mahtab gern den Kirschentkerner stibitzten und sich dann, ausgestattet mit einem Stein und einer Schale Obst, in ihrem Zimmer versteckten, wo sie Kirschen entkernten, unreife Mandeln mit Salz aßen und Aprikosensteine zerschlugen, um an die Kerne zu kommen. Manchmal verwöhnte ihr Vater sie sogar mit einer Banane, ein Luxus nach der Revolution.

Das *sharbat* ist kalt und süß und schwappt ihr rot gegen Zähne und Zunge. Das Eis klimpert im Glas, als sie es mit drei Zügen leert, deshalb hört sie das Klopfen an der Tür nicht. Abbas kommt zaghaft herein, wie er das seit Monaten jeden Abend tut. Er hat ein in Zeitungspapier eingeschlagenes Päckchen dabei. Es riecht nach Fleisch und suppt durch das Papier. Saba fragt nicht, was er da hat, denn selbst die beiläufigen Gespräche ihres ersten Jahres gibt es jetzt nicht mehr. Er nimmt das Glas, dankt ihr und trinkt zerstreut ein paar Schlucke. Als er sich zum Gehen wendet, murmelt er: »Morgen vielleicht *ab-gusht*.« Lammeintopf. Saba beschließt, dass ihr eher nach Hähnchen ist, also wird sie Hähnchen machen.

»Trink es ganz aus«, sagt sie. Er gehorcht. Sie nimmt das Glas und füllt es mit Wasser aus einem Krug. Auch das trinkt er, ehe er hinausschleicht.

Eine halbe Stunde später will sie ins Bad. Im Flur begegnet

sie Abbas, der noch immer sein Glas in der Hand hält. Merkt er eigentlich, wie viel Zeit er mit dieser Rumschlurferei vertut? Sie verzieht das Gesicht, abgestoßen von seinem Alter, von seinem schwachen Geist, von allem, was ihren Mann ausmacht.

Sie sieht ihm in die Augen, wässrig, grau, gerahmt von einem Netz aus schlaffer Haut, der hoffnungsvolle Blick eines kleinen Kindes, das sich fragt, ob sein unartiges Verhalten vergeben und vergessen ist. Sie schüttelt den Kopf über diesen jämmerlichen Greis, den sie geheiratet hat. Sein dicker Bauch hebt und senkt sich in dem weißen Unterhemd und der überweiten Pyjamahose. »Wo willst du hin?«, fragt er, schwer atmend und mit flehenden Augen. »Liest du heute Abend?« Sie weiß, was er will, weiß, dieser klägliche Alte möchte, dass sie vergisst, er möchte sie wieder im Arm halten, die Wärme menschlicher Nähe spüren. Seit dem *dalak*-Tag schleicht er durchs Haus, stets hoffend, stumm bettelnd. Irgendwo in ihrem Innern empfindet sie Mitleid, wie ein Stück Kohle, an dem der erste Anflug von Orange und Rot aufglimmt, aber ihr Zorn ist eine Sturzflut und löscht die winzige Flamme.

Abbas senkt den Blick. Sie sieht, dass das, was sie ihm Tag für Tag antut, unendlich viel schlimmer ist als jedes Gerichtsurteil. Vielleicht sehnt er sich nach einer Strafe, damit sein Elend ein Ende hat. Aber diese Entlastung kann sie ihm nicht geben, diesem Mann, der sie ein echtes Leben gekostet hat. Saba erwidert kalt: »Geh schlafen, Abbas. Ich will allein lesen.«

Er gibt ihr das leere Glas. »Ja … Schlaf wird mir guttun.« Er sieht sie schüchtern an. »Soll ich morgen frisches Obst kaufen? Mir ist aufgefallen, dass du in diesem Sommer viel Obst isst … sehr gesund.«

»Ich kann mir selbst Obst kaufen.«

»Soll ich dir etwas Geld geben? Vielleicht für ein paar neue Bücher?«

»Ich hab ein Bankkonto«, sagt sie. »Schon vergessen?« Agha Hafezi hat diese Bedingung für seine Tochter in den Ehevertrag setzen lassen.

Abbas nickt. »Weißt du, ich hab mir gedacht, du hättest vielleicht gern mal ein paar von deinen jungen Freunden zum Abendessen hier. Falls du das möchtest … ähm … ich wäre ein guter Gastgeber. Ich hab ein paar gute Witze auf Lager.«

Sie starrt in seine trüben Augen und denkt, dass sie Gefahr läuft, seine Freundlichkeit anzunehmen. Seine anrührende Unsicherheit, ob er ihr Ehemann oder ihr Vater ist. Sie spürt, dass ihre Entschlossenheit rissig wird, und geht weg. Er ist bloß ein alter Mann, wie Agha Mansuri … Aber nein, Agha Mansuri liebte seine Frau über alles. Wie kann sie sein Andenken entehren, indem sie diesen lieben, gütigen Mann mit dem Unmenschen vergleicht, der in ihrem Haus lebt.

Sie bringt das schmutzige Glas in die Küche. Sie spült es und stellt die Medikamente zurück in den Schrank. Eines der Röhrchen, das halb voll mit Abbas' Blutverdünnern war, als sie ihr abendliches Ritual begannen, fühlt sich jetzt erschreckend leicht an. Nur wenige Tabletten klappern noch darin herum. Sie zählt sie, und ihr Herz flattert, als sie an Agha Mansuri denkt und seine letzten Versuche, das Schicksal und den Tod zu überlisten. Aber sie kann sich nicht erinnern, wie viele Tabletten es noch sein müssten. Hat Abbas begriffen, dass die Medizin bereits in dem Kirschsaft war? Was, wenn er den üblichen Ablauf vergessen hat und dachte, dass sie ihm Wasser gegeben hat, um sie runterzuspülen?

Ausgeschlossen. So haben sie es doch von Anfang an gemacht. Medizin *im* Getränk. Außerdem weiß Abbas, wie gefährlich es ist, mehr als die übliche Dosis Tabletten einzunehmen. Er schluckt sie, um Blutgerinnsel zu vermeiden und die Blutzirkulation zu verbessern. Zu viel davon kann tödliche Blutungen und einen Schlaganfall verursachen. *Nein*, denkt sie. *Er war es doch, der mir das erklärt hat.*

Später in der Nacht hört sie Abbas nach ihr rufen. Sie kauert sich vor seine Tür. Er wirkt verwirrt. Er redet unsinniges Zeug, lallt die Silben ihres Namens. Sie hört ein Poltern, als wäre er irgendwo gegengestoßen. Sie wartet vor der Tür, geht aber nicht hinein. Stattdessen lehnt sie sich an die Wand und zieht die Knie an die Brust, lauscht dem Kampf ihres Mannes. Dann ist er wieder für ein paar Minuten still und fängt schließlich an zu schnarchen. Sie schläft ein- oder zweimal ein, wird aber von Abbas' gequälter Stimme und dem Pochen ihres eigenen Herzens aufgeschreckt. *Wie viele Pillen waren vor heute Abend in dem Röhrchen?*

Sie überlegt, den Arzt anzurufen. Als es einen Moment still wird, öffnet sie die Tür und geht zu Abbas. Sie beugt sich über ihn und lauscht seiner Atmung, die normal wirkt.

»Soll ich den Arzt anrufen?«, flüstert sie, unsicher, ob er sie hören kann. Dann stößt er ein leises Stöhnen aus, und eine unerklärliche Panik steigt in ihr auf, genau das gleiche Gefühl, das sie in den zehn Tagen hatte, als sie sich um Agha Mansuri kümmerte. Jeden Morgen, wenn er auch nur mit einer Minute Verspätung an seine Tür gehinkt kam, empfand sie die gleiche drängende Furcht.

Sie läuft zum Telefon und wählt die Nummer des Arztes, stößt den Finger in die Löcher der Wählscheibe und nimmt dann einen Bleistift zu Hilfe, weil ihre Hände zu sehr zittern. Es meldet sich niemand. Sie überlegt, ob sie hinfahren soll. Aber er wohnt in einem Nachbardorf und ist bloß Allgemeinmediziner. Die große Praxis im Ortszentrum hat schon geschlossen – und auch dort arbeiten nur praktische Ärzte, Krankenschwestern und Hebammen. Sie müsste eine Stunde bis Rasht fahren, um Abbas' Herzspezialisten oder ein Krankenhaus zu erreichen.

Soll sie einen Krankenwagen rufen? Das würde wahrscheinlich ebenso lange dauern. Schließlich wählt sie die Nummer von Ponnehs Nachbarn, der ein Telefon hat und ihre Freundin verständigen kann.

Seit der Hinrichtung verbringt Ponneh nicht mehr so viel Zeit mit Saba wie früher. Saba vermutet, dass ihre Freundin viel mit Dr. Zohreh zu tun hat. Aber Ponneh kommt noch immer mehrmals in der Woche vorbei, pflanzt Kräuter in Sabas Garten und kocht mit ihr.

Zehn Minuten später klingelt das Telefon, und eine atemlose Ponneh will wissen, was los ist, warum ihr Nachbar sie aus dem Bett geholt hat. Als sie die Erklärung hört, sagt sie bloß: »Bin gleich da«, und legt auf.

Saba geht zurück zu Abbas. Sein Stöhnen klingt für eine Weile ab, und sie redet sich ein, dass alles in Ordnung ist, doch dann entdeckt sie das Erbrochene in einer Ecke des Bettes. Sie hastet in die Küche, um ihm Wasser zu holen und ein Handtuch, und denkt über dieses unerwartete Entsetzen angesichts seines möglichen Todes nach. Wieso überkommt es sie, wo sie doch so lange von diesem Tag geträumt hat? Sie versucht, Abbas etwas Wasser einzuflößen, wäscht ihn und hockt sich dann wieder vor seine Tür. Sie schläft immer mal wieder ein und träumt von einer traurigen Melodie über einen amerikanischen Fischer auf einem Boot namens *Alexa*. Das Lied lässt sie an Mahtab denken und an die rauen Hände des Fischers, der sie aus dem Kaspischen Meer zog. In ihrer Benommenheit hört sie Abbas' Stimme, und der unerträgliche Klang lässt sie nach Luft schnappen.

Sie wird wach, als Ponneh an ihrer Schulter rüttelt. »Wie geht's dem alten Teufel?«

»*Schsch*«, warnt Saba. »Sag so was nicht. Was, wenn er stirbt?«

»Was dann?« Ponneh blickt verblüfft und belustigt. »Saba, das muss doch irgendwann passieren. Er ist so alt. Er hat viel mehr Zeit gehabt, als er verdient. Wir bleiben einfach hier sitzen und warten.«

Ponnehs eiskalter Gesichtsausdruck irritiert sie. Abbas ruft, und Saba eilt an seine Seite. Sein unruhiger Blick wirkt flehend, und sie muss an die vielen Gemeinheiten denken, die sie ihm in dem möglicherweise letzten Jahr seines Lebens zugemutet hat. Noch vor wenigen Stunden bettelte er darum, Obst für sie kaufen, ihr beim Lesen zuschauen oder ihre Freunde bewirten zu dürfen, und sie hat ihm eine Abfuhr erteilt wie einem Händler auf dem Markt. Sie berührt die kalte, schlaffe Haut seiner Hand. »Es tut mir leid«, flüstert sie.

Ponneh tigert hinter ihnen auf und ab, hat ihr Kopftuch bereits abgelegt. Sobald die Entschuldigung über Sabas Lippen kommt, stößt Ponneh ein tonloses Schnauben aus. »Saba, du wirst es bereuen, das garantier ich dir. Du wirst dich in alle Ewigkeit hassen, wenn du dich von deinen Gefühlen überwältigen lässt. Sag ihm, dass das, was er getan hat, unverzeihlich war. Du wirst nie wieder die Gelegenheit dazu haben.«

»Hör auf! Ich tu, was ich kann«, sagt Saba. »Vorhin ist der Arzt nicht ans Telefon gegangen. Bitte, versuch noch mal, ihn anzurufen. Weißt du, was, bestell auch gleich noch einen Krankenwagen.«

Ponneh drückt ihren Protest durch ein weiteres Schnauben aus, als sie ins Wohnzimmer zum Telefon stapft. Eine Minute später ist sie wieder da und sagt: »Er kommt gleich.«

»Wann?«

»Ich hab gesagt, gleich!« Ponneh klingt wütend, als wäre es *ihr* Leben, das gerade außer Kontrolle gerät. Sie wippt mit einem Fuß, während Saba auf der Suche nach Symptomen Abbas' Zunge inspiziert, seine Augenlider. Wie blass sind die normalerweise? Sie erinnert sich daran, dass der Arzt irgendwas über die Arme gesagt hat.

»Abbas-dschan, heb den Arm«, ruft sie. »Heb den Arm für mich.« Keine Reaktion.

Ponneh murmelt: »Du wirst es bereuen.«

Als Saba nichts mehr einfällt, was sie machen kann, setzt sie sich auf einen Stuhl neben Abbas' Bett und beobachtet ihn. Ponneh beugt sich über den alten Mann und horcht auf sein Herz, wobei ihre Haare auf seine Brust fallen. Sie sieht aus wie ein junges Mädchen, das über einen schlafenden Großvater wacht. Vielleicht rechnet sie damit, dass Abbas in dieser Nacht stirbt. Seine Augen sind kalt, ein Anblick, der einen frösteln lässt.

Hat Saba etwas falsch gemacht? Sie gibt die Medizin *immer* in das Getränk. Das hatten sie so vereinbart. Aber wahr ist auch, dass sie in letzter Zeit zerstreut war. Hat sie eine ihrer vagen Fantasievorstellungen umgesetzt? Ist das möglich? Nein. Sie hat nichts getan. Nur das: Einen Moment lang, während sie fernsah und von ihrer Schwester träumte, überließ sie jemand anderem die Führung, einer wilden Kreatur, die in ihr lebt und ein karges Dasein fristet. Ein Ungeheuer, das nie seinen Willen durchsetzen kann. Manchmal, in ihren grausamsten Tagträumen, wenn Abbas ins Kaspische Meer geworfen oder ausgeweidet wird, fürchtet sie, dass sie genauso ist wie die Basidsch-Frauen. Dass auch in ihr eine bösartig grinsende Bestie lauert, die nur deshalb sicher weggesperrt bleibt, weil Saba reich ist und Familie hat. Ein leerer Magen kann überzeugend argumentieren, und vielleicht hat sie, übermannt von ihren eigenen Sehnsüchten und angesichts eines weiteren einsamen Sonnenuntergangs, losgelassen, und die Bestie konnte sich befreien. Hat Saba nicht vielleicht etwas mehr Sauerkirschen als sonst in das Getränk gegeben? Hat sie versucht, einen verräterischen Geschmack zu überdecken?

»Nein«, sagt Saba laut. Sie hat nichts getan. Sie hat die genau richtige Menge abgezählt.

Sie geht zurück in die Küche, um die Gläser zu untersuchen, weil sie mit einem solchen Fehler niemals leben könnte. Aber sie sind bereits gespült. Sie kehrt ins Schlafzimmer zurück, beugt sich über Abbas und umschließt seine Hand mit ihren. »Abbas, der Arzt ist unterwegs. Aber du musst mir eines sagen: Hast du Medizin in den Saft getan?« Sie sieht ihm forschend in die Augen. »Hast du?«

Er gibt ein unverständliches Geräusch von sich. Dann scheint er zu nicken.

Erleichterung und Panik spülen über sie hinweg, unmittelbar gefolgt von Fassungslosigkeit. »Weißt du denn nicht, wie wir das immer machen? *Ich* gebe die Tabletten in das Glas!« Er nickt erneut, und sie fragt sich, ob er überhaupt versteht, was sie sagt.

Ehe sie einen Moment überlegen kann, ist Ponneh neben ihr. »Sag es ihm«, flüstert sie. »Saba-dschan, sag es ihm jetzt.«

Der Druck von allen Seiten wird zu groß, und sie dreht sich um und kreischt Ponneh an: »Was soll ich denn sagen? Was? Du solltest herkommen und mir helfen! Und was *machst* du? Und wo bleibt eigentlich der Arzt, verdammt?«

Ponneh wird nicht laut. Sie sagt: »Ich hab ihn gar nicht angerufen.«

Saba ist wie erstarrt. Sie tastet nach dem Stuhl und lässt sich daraufsinken.

»Hast du diesen Tag vergessen?«, schreit Ponneh. »Weißt du nicht mehr? Die Frauen und ihre Geräte und dass sie dich behandelt haben wie einen dreckigen Lappen?« Saba vergräbt das Gesicht in den Händen und drückt den Kopf zwischen die Knie. Sie kann sich nicht entscheiden, ob sie aufstehen und den Arzt anrufen soll oder ob es zu spät ist. Hat Abbas etwas von dem

Gespräch mitbekommen? Ponneh scheint seine Anwesenheit gar nicht zu registrieren. »Ich weiß, dass dich das hier nicht kaltlässt, und man vergisst es so leicht, wenn man sieht, wie alt er ist … und wie traurig es ist, dem Tod so nahe zu sein. Aber weißt du noch etwas, Saba-dschan? Ich weiß, dass du nicht allein sein willst. Und das wirst du auch nicht. Du hast mich und eine richtige Familie. Und du hast Reza.« Ponneh setzt sich auf den Boden neben dem Stuhl. Sie blickt zu Abbas hinüber, verschränkt die Finger mit Sabas und sagt in ihrer kindlichen Stimme: »Wir drei, für immer.«

Saba schüttelt den Kopf. Nein, sie hat es nicht vergessen. Die Erinnerungen an den *dalak*-Tag sind so frisch wie eh und je, und sie kann sich nicht davon reinigen, trotz der vielen Nachmittage, die sie damit verbringt, sich in ihrem Hamam zu waschen. Die Einzelheiten dieses Tages dehnen sich in ihrem Kopf aus, schwellen an und drücken ihr gegen den Schädel, bis für nichts anderes mehr Raum bleibt. Es gibt nur das: ihren keuchenden Atem. Ihre Hand an ihrem Hals. Ihr weit gespreizter Körper auf dem Bett und das Blut unter ihr. Es ist vor über einem Jahr passiert, und doch sucht es Saba täglich heim, nächtlich. Es passiert auch jetzt wieder.

Sie steht auf, will erneut den Arzt anrufen, weicht Ponnehs Blick aus. Im Wohnzimmer nimmt sie den Hörer und beginnt zu wählen, denkt an ihr vergeudetes Leben hier in diesem Haus. Sie erinnert sich an die grausame Behandlung, die sie diesem Mann zugefügt hat, und daran, wie Agha Mansuri darum flehte, mit seiner Frau im Himmel vereint zu sein. Sie denkt an ihre ersten Nächte mit Abbas, seine Anekdoten über die Wärme seiner ersten Frau. Vielleicht hat Ponneh ja recht, und er hat ein reiches und gesegnetes Leben gehabt.

Sie wählt ein paar Ziffern, mit schweren, zittrigen Fingern. Was, wenn Abbas ihr Gespräch mit Ponneh gehört hat? Er könnte mitbekommen haben, wie lange sie gebraucht hat, um über sein Schicksal zu entscheiden. Er könnte sogar vergessen haben, dass er die zweite Medikamentendosis selbst eingenommen hat. Welche wilden Behauptungen wird er gegenüber den Medizinern und Gesetzeshütern erheben, die das Haus mit Sicherheit bevölkern werden?

Dann denkt Saba daran, dass Abbas genickt hat, als sie ihn fragte, ob er sich an den normalen Ablauf erinnert. Es wäre möglich, dass er die zweite Dosis absichtlich genommen hat. Bei dem Gedanken zieht sich ihr der Brustkorb zusammen – das Bild des alten Mannes, der das Zusammensein mit seiner ersten Frau genauso anstrebt, wie Agha Mansuri es getan hat. Vielleicht ist es eine Gnade. Vielleicht sollte sie die Macht nutzen, die ihr gegeben wurde, und diesen Mann mit seiner wahren Ehefrau vereinen. Agha Mansuri hat so sehr versucht zu sterben; er hat seine Tabletten verlegt und die Öfen brennen lassen und Saba angefleht, ihm zu helfen. Wie ein Engel des Todes hielt sie seine Hand, als er hinüberging, und es war leicht und zum rechten Zeitpunkt und gut. Sie kann sehen, dass Abbas darauf gewartet hat zu sterben und dass es ein Geschenk und eine Gnade ist, die Welt friedlich zu verlassen, ohne den Stachel der Gewalt, der so viele Tode hier begleitet. Das muss Abbas klar sein. Sie legt den Hörer wieder auf und geht zurück in Abbas' Zimmer, wo Ponneh ihm die Stirn fühlt. Auch sie fühlt sich offenbar schuldig.

»Ich ruf den Arzt nicht an«, sagt Saba mit matter Stimme. Sie fällt Ponneh in die Arme. Ponneh streichelt ihr übers Haar und sagt, dass alles gut wird. Wenn Saba mit Abbas sprechen würde, könnte er sie hören? Sie weiß es nicht, denn das Licht in seinen Augen erlischt allmählich. Ponneh flüstert ihr ins Haar: »Sag es ihm.«

Saba nestelt an ihrer Bluse. Im Zimmer ist es heiß geworden.

Sie fährt sich mit der Hand durch das lange Haar. »Ich weiß nicht, was ich sagen soll.« Sie setzt sich neben ihn aufs Bett.

Ponneh rückt den Stuhl näher heran. »Dann fang ich an«, sagt sie und beugt sich vor. Sie setzt mehrmals an, überlegt es sich dann wieder anders. Schließlich sagt sie: »Auf Wiedersehen, Abbas ... wiederhol einfach, was ich sage, Saba-dschan. Los ... verabschiede dich von ihm.«

»Auf Wiedersehen«, stöhnt sie, unfähig, mehr als diese beiden Wörter herauszubringen.

»Mögest du anderswo Frieden finden«, sagt Ponneh mit fester Stimme, obwohl sie improvisiert.

»Ich hoffe, dass du im Himmel Frieden findest –«, sagt Saba. Es kommt ihr so vor, als würde sie beten, als sie Ponnehs Worte wiederholt. Als sie noch ein kleines Mädchen war, erklärte ihre Mutter, wie man beten sollte. Sie sagte, dass jeder Mensch seine eigenen Worte finden müsse. »Das ist der Unterschied zwischen einem christlichen Gebet und einem muslimischen Gebet«, erläuterte sie Saba und Mahtab. »Wir beten nicht im Chor. Wir erzählen Gott, was in unserem Herzen ist.« Jetzt rührt sich etwas in ihrem Innern, und sie spürt, dass alles, was sie sagen will, aufbrodelt, aus dem Mund des verletzten Tieres, das dort liegt, an die Oberfläche steigt. Sie schluckt trocken und hört zu, wie Ponneh versucht, fortzufahren.

»Aber was du getan hast ... Gott, das war ... böse.« Das Stählerne in Ponnehs Stimme ist verschwunden, und sie wirkt unsicher, zittrig, vielleicht zu jung für das alles hier. Aber das Gift muss heraus. Saba will keine Hilfe mehr. Sie bedeutet Ponneh mit einem Winken, dass sie aufhören soll.

Sie holt tief Luft und sagt: »Das genügt jetzt«, dann leckt sie sich die Lippen. »Abbas ...« Sie stockt und erwägt die Möglichkeit, dass Abbas es absichtlich getan hat. Glaubt er an den Himmel, so wie Agha Mansuri das tat? Falls ja, wird auch er jemanden brauchen, der bezeugt, dass er nicht die schlimmste Sünde von allen begangen hat. »Du hast einen Fehler mit den Medikamenten gemacht. Es war nur ein Fehler, aber ich kann ihn nicht für dich rückgängig machen. Ich hab dir viel Zeit gelassen, und zu Anfang waren wir Freunde, weißt du noch? Aber jener Tag –« Sie verstummt. Es ist sinnlos, noch mal davon anzufangen. »Ich kann dir jetzt nicht helfen. Du bist nicht mehr mein Freund.« Als sie fertig ist, erhebt sie sich. Sie kann sich nicht mehr an ihre Worte erinnern, aber sie spürt gerade dadurch, wie gewichtig sie gewesen sein müssen. Sie berührt Abbas' welkes Gesicht, das jetzt kalt geworden ist, und fügt hinzu: »Ich hoffe, du findest deine Frau.« Dann geht sie aus dem Zimmer, erfüllt von Gedanken daran, was es heißt, Christin zu sein, und wie enttäuscht ihre Mutter darüber wäre, dass Saba beschlossen hat, ihr Kreuz von sich zu werfen und sich abzuwenden. Doch vielleicht braucht die Welt nicht so viele Märtyrer und Kreuzträger. Vielleicht ist Saba aber auch einfach nicht gläubig.

Ponneh schließt die Tür hinter ihnen. Sie warten draußen. Saba streichelt sich den Hals, weil das Kitzeln in der Kehle unerträglich geworden ist. Sie holt ein paarmal tief Luft und versucht, sein Atmen auszublenden. Ponneh läuft in die Küche, um Tee und Taschentücher zu holen. Saba merkt es gar nicht, als sie zurückkommt. Irgendwann hört das Geräusch auf, sie schläft auf dem Flur vor Abbas' Schlafzimmer ein und wacht erst bei Tagesanbruch wieder auf.

Am nächsten Morgen ist Abbas tot, und Saba ist eine reiche Witwe, eine ungezähmte Seeschwalbe in Krähenkleidung, die dunklen Augen niedergeschlagen, der rote Mund verschmiert und glänzend wie Blut, die in einer Reihe von schwarzen Krähenschwestern trauert. Die Frauen um sie herum berühren sie am Kopf und küssen ihre Wangen, und manche von ihnen flüstern, dass sie ein sehr begütertes Leben vor sich hat. Aber unter ihren schwarzen Stoffschichten hält sie an ihrem lebenslangen Wunsch fest, fortzufliegen, zu ihrer Mutter in Amerika. Um ihre Sünden persönlich zu erklären.

Abbas' Tod wird als Unglücksfall eingestuft – ein Schlaganfall, der angesichts der wenigen noch verbliebenen Tabletten durch zu viel Blutverdünner ausgelöst worden sein könnte. Obwohl Saba benommen und unsicher ist, erklärt sie dem Arzt, dass Abbas an diesem Abend seine Medikamente selbst eingenommen hat. Vielleicht hat er zu viele Tabletten genommen. Sie hat gelernt, wie eine erfahrene Geschichtenerzählerin Joghurt über alles zu streichen, und ist so an ihr eigenes Joghurtgeld gekommen. Sie ist eine Großmeisterin des *maast-mali* geworden.

Eine Überdosis ist beklagenswert, sagen die Ärzte, aber er war ein alter Mann. Letztlich macht sich keiner groß Gedanken deswegen. Es ist nichts sonderlich Ungewöhnliches geschehen, und für einen Skandal ist es nicht interessant genug. Abbas hatte ein erfülltes Leben, und es gibt keine Schwiegermutter, die viel Aufhebens machen könnte.

Das ist das Problem mit dem Altsein. Keine Mutter, die viel Aufhebens um dich macht, wenn du krank bist oder auch bloß in einem imaginären Meer ertrinkst. *Ich fühle mich so alt.* Fünf Tage nach ihrer letzten Periode hockt sie wieder über dem Porzellanloch im Boden, die Füße fest auf die Tritte zu beiden Seiten gestemmt, und packt sich in Watte. Ihre Blutungen sind unregelmäßig, und sie fragt sich, wie viele innere Schäden sie eigentlich zurückbehalten hat, an den Stellen, die sie nicht sehen kann.

In ihrer ersten Nacht allein im Haus hat sie Albträume, in

denen ihre Mutter, Abbas und Mahtab vorkommen. Sie schaltet das Licht an und liest, um sich davor zu schützen, was sie getan hat – dass sie zugelassen hat, dass Abbas stirbt, dass Mahtab in das Flugzeug steigt oder auf den Grund des Meeres sinkt. So oder so, Saba war dabei. Hätte sie den Verlust von Mahtab irgendwie verhindern können? Und kann eine Person, die so viele Monate hindurch ihren Ehemann gequält hat, noch von irgendjemandem geliebt werden?

Manchmal erschrickt sie vor sich selbst, weil sie ihn vermisst, und ihr wird klar, dass sie sich nicht deshalb schuldig fühlt, weil sie ihn hat sterben lassen, sondern weil sie sein letztes Jahr zu einer Art Fegefeuer gemacht hat. Hatte sie als Ehefrau das Recht dazu? Oder als Opfer des *dalak*-Tages? Zu Abbas' Beerdigung trägt sie Schwarz und stellt sich den Männern, die sie beäugen, manche argwöhnisch, manche mitleidig. Das Ganze hat etwas Verjüngendes an sich. Während stundenlang Leute an Saba vorbeiziehen und ihr Beileid bekunden, stellt sich eine allmähliche Gewissheit ein – das Wissen, dass keiner von denen ihr nehmen kann, was ihr gehört. Keiner kann sich einem Leben in den Weg stellen, für das sie jetzt, gänzlich ungebunden, selbst verantwortlich ist.

Auf der Beerdigung erblickt sie Reza. Obwohl sie nicht mit ihm spricht – das darf eine trauernde Witwe nicht –, sieht er sie zweimal lange an, mit der Zärtlichkeit ihrer jahrelangen Freundschaft. Er nickt traurig und spricht dann ihrem Vater sein Beileid aus. Ponneh bleibt die ganze Zeit an Sabas Seite. In vier Monaten ist ihre Trauerzeit vorbei, und sie darf wieder heiraten, obgleich sie keineswegs die Absicht hat. Sie wird nach Amerika gehen.

Doch zuerst heißt es: vier Monate in Krähenkleidung.

Saba zählt die Freunde von Abbas und ihrem Vater, während sie ihre Gebete sprechen, und sie taxiert die Leute um sie herum – diejenigen, die in der Schuld ihres Mannes stehen oder in der ihres Vaters. Agha Hafezi drückt beruhigend ihre Hand, und Saba begreift, dass die gebeugten Köpfe jetzt auch in ihrer Schuld stehen. So vieles, was Abbas gehörte und ihrem Vater, gehört jetzt ihr. Nicht bloß Vermögen. Sondern ein Name, eine Reputation, eine Kraft, Dinge zu verändern.

Vielleicht wird sie jetzt wie Mahtab, die Journalistin. Vielleicht kann Saba sogar noch mehr tun. Sie erinnert sich an die Worte ihrer Mutter am Flughafen, dass sie nicht weinen, sondern im Angesicht des Leids ein Riese sein soll. Was sagte ihre Mutter noch mal so gern?

Ich bin nicht das Mädchen mit den Schwefelhölzern, denkt sie und sagt es laut, sodass Ponneh es hört. Das verdankt sie nicht dem unanfechtbaren Vertrag, den ihr Vater ausgehandelt hat, sondern ihren eigenen Plänen und ihrer Geduld. Diese Tatsachen werden Saba klar, und so nimmt sie den tröstenden Zuspruch der Trauergäste entgegen und wird verwandelt.

TEIL 3

Mütter, Väter

Baby, Grandma understands
That you really love that man.

Bill Withers

KAPITEL FÜNFZEHN

Herbst 1991

Drei Monate später sitzt Saba mit ihrem Vater im Büro des Mullahs in Rasht. Der Mullah spricht mit Agha Hafezi, während Saba die weichen Konturen seines Gesichts betrachtet. Er hat sanfte Augen, obwohl er sie nicht ansieht und nur gelegentlich in ihre Richtung nickt, während er erklärt, dass Eheverträge noch immer dem Gesetz der Scharia unterliegen. »Wie ich sehe, sind alle Begräbniskosten und Schulden beglichen worden«, sagt er mit Blick auf einen dünnen Papierstapel auf seinem Schreibtisch, »und abgesehen von dieser sehr *informellen* Heiratsvereinbarung hat Agha Abbas kein Testament hinterlassen.«

Saba hält die Luft an. Das ist lächerlich. Der Vertrag war so präzise und lückenlos, wie er nur sein konnte, und ein Teil des Besitzes und Barvermögens wurde schon auf Sabas Namen überschrieben. *Was, wenn alles vergeblich war? Nein*, denkt sie. Mullah Ali, der ein Experte für Scharia-Recht ist, hat ihrem Vater versichert, dass ihrer Erbschaft nichts im Wege steht.

»Falls es keine erbberechtigten Nachkommen gibt – und soweit ich weiß, hatte Agha Abbas von früheren Ehefrauen keine Kinder –, steht der Ehefrau automatisch ein Viertel des Besitzes zu. Das ist Gottes Recht. Wir bestreiten nicht, dass Ihre Tochter das verdient.«

Saba atmet einigermaßen erleichtert aus. Sie spürt, wie ihr Vater neben ihr vor Wut kocht und sich mühsam beherrscht. Sie rutscht unruhig in ihrem kratzigen schwarzen Tschador hin und her.

»Ja, aber der Vertrag, den wir ausgehandelt haben, ist hieb- und stichfest«, sagt ihr Vater. »Er entspricht islamischem Recht und wurde von Abbas und mir unterschrieben. Im Beisein von Zeugen. Ich bitte Sie, Haddsch Agha, sehen Sie hier noch andere, die irgendwelche Ansprüche geltend machen?«

Der Mullah hebt die Hand und tut so, als würde er die Geduld verlieren, obwohl er die Bildung und das Ansehen ihres Vaters offensichtlich respektiert. Er redet weiter. »Ihre Kenntnisse der Gesetze stehen nicht zur Debatte. Die Frage ist, ob mögliche Erben von Ihnen übersehen wurden. Es gibt keine weiteren *Haupterben* in diesem Fall, da der Mann keine anderen lebenden Ehefrauen hatte, keine Kinder und so weiter. Aber wir hielten es für unsere Pflicht gegenüber Allah und dem Verstorbenen, nach eventuellen Nebenerben zu forschen. Diese hätten ein Anrecht auf den Rest des Besitzes.«

»Den *Rest*?«, platzt Saba heraus. Ihr Vater greift nach ihrem Arm und sagt ihr, sie soll still sein. Das scheint den Mullah zufriedenzustellen, der nachsichtig lächelt und mit seiner Rede fortfahren will. Aber Agha Hafezi, der noch immer Sabas Arm festhält, kommt ihm zuvor.

»Nach Nebenerben zu *forschen*, scheint mir übertrieben. Agha, unsere Familie hat das bereits getan. Ganz zu schweigen davon, dass immer irgendwelche Nebenerben auftauchen, wenn man nach ihnen sucht. Zeigen Sie mir einen toten Mann mit Geld, und ich zeige Ihnen vierzig entfernte arabische Verwandte, die aus dem Nichts auftauchen. Nach wem suchen Sie denn genau?«

Der Mullah seufzt und rückt seine Brille zurecht, während er in seinen Notizen liest. »Brüder, Schwestern, Neffen, Nichten. Lebende Onkel oder Großeltern können wir ja wohl ausschließen.«

»Warum?«, flüstert Saba, geschockt, dass so ein kleines, ärmliches Büro mit Plastikstühlen und Rissen im Boden, durch die es zieht, sich die Mühe macht, den ganzen Iran nach möglichen verschollenen Verwandten eines Einsiedlers abzusuchen.

Der Mullah hebt beide Augenbrauen. »Möchten Sie etwa nicht, dass wir das Richtige tun?«

»Sind Sie fündig geworden?« Ihr Vater seufzt. Wenn er die Geduld verliert, nimmt seine Stimme einen herablassenden Tonfall an, den er jetzt mühsam beherrscht. Er ringt sich ein Lächeln ab und sagt: »Falls sich niemand gemeldet hat, scheint der Fall ja wohl geklärt.«

»Ich verstehe Ihr Anliegen ja«, sagt der Mullah. »Aber wir sind auf einen Bruder gestoßen.«

Ihr Vater schüttelt ungläubig den Kopf. Saba hat sich nicht näher mit Scharia-Recht befasst, aber eines weiß sie: Der Anteil eines Bruders ist sehr viel größer als der einer Ehefrau – ungeachtet der Tatsache, dass sie in Abbas' Namen misshandelt und verstümmelt wurde und dieser Mann vermutlich bis vor wenigen Tagen nicht mal von Abbas' Existenz wusste. Eine zynische Stimme in ihr gratuliert den Männern dieser Welt zu einem überzeugenden Sieg.

»Keine Sorge, Agha Hafezi«, sagt der Mullah. »Er ist bloß ein Halbbruder mütterlicherseits. Er hatte dieselbe Mutter wie Agha Abbas, und da die arme Frau kürzlich verstorben ist, bleibt er als Einziger übrig. Der Mann lebt im Süden und ist selbst dem Tode nah, aber noch lebendig genug, um zu erben. Wir haben uns bereits mit ihm in Verbindung gesetzt. Das Recht schreibt vor, dass er ein Sechstel erhält.«

»Und der Rest?«, fragt ihr Vater.

»Falls niemand sonst erbberechtigt ist, teilen wir den verbleibenden Besitz anteilmäßig auf Sie und den Halbbruder auf.« Er sieht Saba an und erläutert langsam die Logik, wobei er ihr zuliebe den mathematischen Teil überspringt. »Das heißt, Sie erhalten das meiste, mein Kind.«

Sechzig Prozent, kalkuliert Saba rasch im Kopf, noch bevor ihr Vater es fürs Protokoll ausspricht. Der Mullah wartet einen Moment. Als Saba keine Dankbarkeit erkennen lässt, sagt er: »Ich habe das mit meinen Kollegen erörtert. Sie wollten die Suche nach männlichen Erben fortsetzen. Sie hatten Bedenken ... es ist so viel Geld für eine junge Frau, und wir sind hier nicht in Teheran. Ich selbst reise oft nach Teheran, und ich weiß, dass viele gute muslimische Witwen ihr eigenes Geld anstandslos verwalten. Andere denken nicht so modern. Da können Sie wirklich von Glück sagen. Frauen sind nicht dazu bestimmt, die Last einer solchen Verantwortung zu schultern.«

Agha Hafezi nickt höflich für den Mullah. Er kneift Saba in den Arm, wie früher, als sie klein war, wenn sie beide einen heimlichen Scherz miteinander teilten. »Ich pass auf sie auf«, versichert er dem Geistlichen. »Ich werde darauf achten, dass sie hin und wieder auch mal ein Buch und Stifte kauft, nicht immer bloß Stoffe und Kochutensilien.«

Saba beißt sich auf die Wange. Ihr Vater hat immer gern gewitzelt, dass sie das gesamte Familienvermögen auf den Kopf hauen würde, wenn man sie unbeaufsichtigt in einen Laden mit ausländischen Büchern ließe. Und sie kennt ihren Vater gut genug, um zu begreifen, dass die Erwähnung von Kochutensilien eine unterschwellige Botschaft an sie ist – dass er von seinem Haus aus über sie gewacht hat, dass er nicht nur ihre Hobbys kennt, sondern auch genau weiß, welche alltäglichen Dinge sie für wertlos und banal hält, worin sie ihrer Mutter sehr ähnelt.

»Gut«, sagt der Mullah. »Ehe wir die Besitzurkunden, Bankkonten und sonstigen Papiere überschreiben, muss ich noch ein paar Dinge ansprechen, Formalitäten. Wissen Sie, für die Berechtigung, ein Erbe anzutreten, gibt es nur zwei Bedingungen. Und da wir bereits wissen, dass Ihre Tochter ihren Mann nicht *ermordet* hat«, er lacht kurz, »muss sie nur noch bezeugen, dass sie eine wahre Muslimin ist.«

Sie denkt zurück an alles, was sie verloren hat, und den hohen Preis, den sie bereits zahlen musste. Die Blutungen. »Ja«, haucht sie, ohne den Mullah anzuschauen. »Ja, natürlich bin ich Muslimin.« *Das ist bloß ein weiterer Schritt. Eine Lüge mehr nach all den anderen.* Bloß eine Form von Geldwäsche, wie sie bei heimlich gebunkertem, unverdientem Kapital erforderlich ist.

Ihr Vater starrt zu Boden. Seine Augen blicken traurig, und einen Moment lang wirkt Agha Hafezi, ausgebuffter Geschäftsmann, Student der Religion und des Geistes, wie ein einfacher Gilaki-Bauer.

Als sämtliche Papiere unterzeichnet sind, stehen Vater und Tochter auf, um zu gehen. »Da wäre noch etwas, worauf ich Sie hinweisen muss«, sagt der Mullah zögerlich. Er spitzt die Lippen und bläht die Nasenflügel. Saba hat schon bemerkt, dass er das immer macht, wenn er nach den richtigen Worten sucht.

»Sie müssen wissen, dass Abbas' Verwandte keine Ahnung von dem Geld hatten. Schließlich hat er in einem Dorf gelebt. Da konnte er ja wohl nicht viel besitzen. Das ist ein unverhoffter Glücksfall für sie.« Agha Hafezi schweigt dazu, denn auch er ist reich und lebt in einem Dorf. »Um es kurz zu machen: Die Familie *versucht* jetzt zu beweisen, dass der Mann ein richtiger Bruder ist. Sie sollten die Möglichkeit in Betracht ziehen, dass es ihnen gelingt, was bedeuten würde, dass sie den größten Teil erben werden.« Er schüttelt den Kopf. »Es ist eine Schande … Der Mensch ist ein gieriges Tier.«

Augenblicke später sind sie auf den staubigen Straßen von

Rasht, und Agha Hafezi hält Sabas Armbeuge durch den Tschador hindurch. Normalerweise findet Saba die lauten Geräusche und durchdringenden Gerüche der Großstadt herrlich überwältigend – Benzin und Auspuffgase, frischer Fisch und gegrilltes Fleisch, Parfüm und Schweiß. Normalerweise genießt sie den Lärm der Straßenverkäufer und Autos; die Farbtupfer, die von kecken Passanten zur Schau getragen werden, hier ein Kopftuch, dort ein knalliger Kragen. Aber nicht heute. Heute ist alles ein mattgelber und staubblauer Dunst, in der Farbe von verblichenem Stoff und billigen Filmen. Saba sieht ihrem Vater an, dass er zornig ist. Sie sieht, dass er sich um ihretwillen betrogen fühlt. Ja, sie hat jetzt mehr Geld als jede andere Frau, die sie kennt – genug, um bis zu ihrem Tod davon leben zu können –, aber der Gesichtsausdruck ihres Vaters weckt in Saba den Wunsch, all die kostbaren Dinge aufzuzählen, die sie bei dieser Transaktion verloren hat. Wieder und wieder versucht sie, sich die Lüge zu verzeihen, die sie im Büro des Mullahs ausgesprochen hat, und bittet Gott, nicht zuzulassen, dass Abbas' Verwandte einen Rechtsstreit vom Zaun brechen und ihr alles nehmen, was sie gewonnen hat. So viele Geheimnisse könnten zum Verlust ihres Vermögens führen: die nicht vollzogene Ehe, die Umstände von Abbas' Tod, die Tatsache, dass sie Christin ist, und dieser Mann, der behauptet, Abbas' richtiger Bruder zu sein … *Was, wenn das stimmt?*

»Wir können trotzdem feiern«, schlägt ihr Vater vor, ehe sie die Bushaltestelle erreichen. »Wie wär's mit einem Imbiss an einem Kebabstand? Ich kenn einen guten, gar nicht weit von hier.«

Saba schmunzelt – weil ihr Vater beschlossen hat, nicht über zukünftige Schlachten zu spekulieren. Sie versucht, die schreckliche Erkenntnis zu verdrängen, dass ihre Opfer, die Verletzungen, die sie erlitten hat, gar nichts gewährleisten. Wie ihr Vater will sie nicht an die heutigen Sünden denken. Sie sagt sich, dass im neuen Iran aller Besitz vergänglich ist – das ganze Leben ein Kunststück – und dass sie ihren unsicheren Lohn genießen sollte, solange sie ihn hat. Ein Freibrief für das Mädchen mit den tausend Dschinn, bevor es seinen Weg nach draußen findet.

»Gute Idee«, sagt sie. »Ich hab Hunger.«

»Du siehst schon ganz verhungert aus«, sagt ihr Vater im Scherz. Er neckt sie immer, wenn er sie aufmuntern will, in den seltenen Momenten, wenn er nicht ganz auf seine Arbeit oder die Wasserpfeife oder seine verschwundene Frau und Tochter konzentriert ist. Vielleicht ist das ein Neuanfang für Saba und Agha Hafezi, nicht mehr bloß ein unbeholfener Vater und eine unbeholfene Tochter, sondern zwei Gleichgestellte – in ihren Hoffnungen, ihrem Reichtum, ihrer Trauer um alles, was sie verloren haben. »Höchste Zeit, eine fidele, fette Witwe aus dir zu machen.«

Heiress – Erbin (f), weibl. Person, die rechtmäßig den Besitz eines Verstorbenen erhält.
Hermit – Eremit (m), jd., der allein lebt, ohne Gesellschaft.
Hermes – griech. Götterbote. Außerdem ein Geschäft mit orangefarbenen Schachteln.

Am Abend schreibt sie eine neue Liste mit englischen Wörtern und wägt ihre beiden Optionen ab: bei ihrem Vater bleiben oder sich ein Ticket nach Amerika besorgen. Jetzt könnte sie das machen. Sie könnte endlich versuchen, das Flugzeug zu besteigen, das sie verpasst hat, als sie elf war. Die Mittel hat sie, und nach vielen Nachforschungen weiß sie genau, wie sie vorgehen muss. Aber jedes Mal, wenn sie anfängt, die einzelnen Schritte durchzugehen, schweifen ihre Gedanken ab, und sie ertappt sich dabei, wie sie sich mehr und mehr in der Geborgenheit des Dorflebens einrichtet. Vielleicht wird jetzt alles besser.

Sie fragt sich, was Mahtab tun würde. Wahrscheinlich würde sie sich für Amerika entscheiden. Wenn ihre Mutter hier wäre, würde Saba ihr die Stapel mit Wörterlisten zeigen, die sie zusammengestellt hat, und fragen, ob ihr Englisch gut genug ist, um dort drüben ein achtbares Leben zu führen.

Sie arbeitet sich durch Visa- und Passanträge, die Reiseführer ihrer Mutter und ihre Bankauszüge und fragt sich, wie lange das alles wohl noch dauert. Irgendwann bald wird sie ihrem Vater von ihren Plänen erzählen müssen – aber noch nicht. Sie kocht sich einen Lamm-Auberginen-Auflauf zum Abendessen. Von Schwermut überwältigt und nach einer Abwechslung lechzend, verbringt sie eine Stunde damit, die Auberginen zu schälen, klein zu schneiden, zu salzen und abzuspülen. Sie brät sie in Olivenöl und drapiert sie über das Fleisch. In zwei Stunden werden sie so zart sein, dass man sie mit dem Löffel essen kann. Als sie fertig ist, merkt sie, dass sie zu viele Auberginen für den Eintopf gemacht hat, also brät sie ein paar Tomaten, gibt sie zu den restlichen Auberginenwürfeln und kocht das Ganze mit Eiern, Kurkuma und Knoblauch. Dieses Gericht, *mirza ghasemi,* ist eine ihrer Lieblingsspeisen, aber jetzt bereitet sie es nur zu, um übrig gebliebene Zutaten zu verarbeiten, und isst es im Stehen.

Als der Eintopf fertig ist, füllt sie sich einen Teller, schält eine ganze eingelegte Knoblauchzehe aus den großen Töpfen, die draußen aufgereiht stehen, streut die kupferfarbenen Stückchen über den Eintopf und geht mit dem Essen ins Wohnzimmer, wo sie sechs Kissen aufhäuft und es sich bequem macht, bereit für einen einsamen Abend, den sie rauchend und mit alten amerikanischen Fernsehsendungen verbringen wird.

Sie hat einen beeindruckend rauschhaften Zustand erreicht, weit intensiver, als ihn Haschisch oder Fernsehen oder Verzweiflung allein auslösen könnten, als es an der Tür klopft. Sie wischt sich die Knoblauch- und Essigfinger an der Jeans ab. Es hat keinen Sinn, die Hände zu waschen – eingelegter Knoblauch mit seinem in die Haut dringenden Duft ist ein Gast, der lange bleibt und nur von einer gewissen Sorte unverheirateter Frauen eingeladen wird, Frauen, die nicht mehr auf der Suche sind.

Hopeless. Housebound. Hermit.

Hoffnungslos. Hausmütterchen. Höhlenmensch.

Sie rollt sich von den Kissen und trottet zur Tür. Die Füße sind ihr eingeschlafen, deshalb dauert es eine Weile, bis sie den Hof durchquert hat und das hohe Tor öffnet.

Draußen wartet Reza, die Arme über seiner braunen Jacke verschränkt. Seine Augen huschen von einer Straßenseite zur anderen, suchen nach neugierigen Nachbarn oder patrouillierenden *pasdars*.

Als Reza sich an ihr vorbei in den Hof schiebt, ist Sabas erster Gedanke: *Warum ist er hier?* Jetzt, wo sie keinen Mann hat, der ihn empfangen kann, gibt es keinen Grund mehr.

»Ich wollte dich schon früher besuchen kommen«, sagt er.

»Warum?«, fragt sie. Die Tatsache, dass sie riecht wie eine Köchin, macht sie angriffslustig, aber das Beste, was sie zustande bringt, ist eine vage gespielte Gleichgültigkeit.

Reza zuckt die Achseln. Er sieht ein wenig traurig aus und will das mit einem unsicheren, schwachen Lächeln überspielen. »Ich dachte, wir könnten Zeit miteinander verbringen. Ich habe entschieden, dass wir das tun sollten.«

»Du hast ›entschieden‹?«, sagt sie spöttisch. »Und wieso hast du das gerade jetzt entschieden?«

Er tritt von einem Bein aufs andere. Sie glaubt zu wissen, warum er hier ist, aber beide wissen sie nicht, wie sie etwas anderes sein können als zwei Freunde, die früher zusammen rauchten und über amerikanische Musik sprachen. »Tut mir leid, dass ich jetzt erst komme«, sagt er. Er blickt nach unten, als versuchte er, sich eine einstudierte Rede in Erinnerung zu rufen. »Hier im Dorf ist es nicht leicht, Klatsch und Tratsch zu vermeiden, das weißt du ja. Aber ich lass dich kein zweites Mal im Stich. Du bist jetzt ohne Schutz … vielleicht brauchst du jemanden, der ab und an nach dir sieht. Dich ein wenig unterstützt.«

Saba kaut auf ihrem Daumennagel. Er schmeckt nach Essig und Öl. Bestimmt riecht Reza das auch. Sie möchte ihm erklären, warum sie so aussieht. »Ich hab ein großes Abendessen gekocht.«

Reza blickt verwirrt, als hätte er Angst, bei seiner Rede aus dem Konzept zu kommen.

»Du kannst was haben, wenn du willst«, sagt sie und führt ihn ins Haus. »Aber jedenfalls … ich wusste ja nicht, dass du kommst.«

»Sonst hättest du nicht gekocht?«, fragt Reza im Scherz, und für einen Moment ist ihr alter Freund wieder da. Am liebsten würde sie ihn in die Vorratskammer ihres Vaters ziehen und ihm ihre neuen Songs vorspielen.

Saba lächelt. »Stimmt, ja, hätte ich nicht«, sagt sie. Sie bedenkt ihn mit einem trotzigen Blick – einem des Lebens überdrüssigen Witwenblick. Als sie die Tür geschlossen hat, streckt sie die Hand aus, will ihm bedeuten, ins Wohnzimmer zu gehen, doch er ergreift die Hand und drückt einen Kuss in die Innenfläche, zieht Saba zu sich und küsst sie auf den Mund.

Sie sieht über seine Schulter zur Tür, aber jetzt sind seine Hände in ihrem Haar, und sie vergisst die Tür oder patrouillierende *pasdars* oder neugierige Nachbarn oder den Knoblauch. Sie denkt an seine Füße in der Vorratskammer – wie sie beide, barfuß und leicht betrunken im Dunkeln, es nur wagten, die

Zehen des anderen zu berühren. »Ich bin froh, dass du gekommen bist«, sagt sie.

»Du schmeckst nach Auberginen-*khoresht*«, witzelt er.

Sie drückt gegen seine Brust und will sich von ihm lösen, aber er lässt sie nicht los. »Wenn das so ist«, sagt sie, »bekommst du nichts davon ab.«

Sie verbringen den Abend in seliger Ungestörtheit, genießen die vielen privaten Vergnügungen in Sabas Haus. Sie waren noch nie einen ganzen Abend zusammen allein. Haben noch nie ohne ihre Familien eine richtige Mahlzeit geteilt. Sie essen zunächst am Küchentisch, beschließen dann aber, doch lieber einen *sofreh* im Wohnzimmer zu decken, wo sie gemeinsam auf einem Berg Kissen ruhen, sich ausstrecken und einander mit Lammfleischstückchen und in Eintopf getunktem Brot füttern. »Ein Jammer, dass wir nicht in der Vorratskammer deines Vaters sind«, sagt Reza, und Saba fällt ein, dass sie noch einen Beutel Haschisch hat. Reza dreht mit einer leeren Seite, die er aus einem ihrer Bücher reißt, einen Joint, und sie legen sich wieder auf die Kissen, rauchen, nehmen sich dann und wann einen Happen Essen mit den Fingern, die Köpfe aneinandergedrückt, Sabas Walkman straff gespannt über ihrer beider Ohren. Sie hören sich Janis Joplin an, Madonna, die Beatles, Michael Jackson und eine Reihe von Künstlern, deren Namen der Teheraner falsch aufgeschrieben hat, wie Saba vermutet. Als Tracy Chapmans honigweiche Muschelschalenstimme die ersten Noten von »Fast Car« raunt, seufzt keiner von ihnen, und sie sprechen auch nicht von dem letzten Mal, als sie das Lied hörten. Sie lauschen und summen leise mit. Dann legt Saba die Kassette mit ihren Lieblingssongs über das Meer ein. Die besten spart sie bis zum Schluss auf: »Sittin' on the Dock of the Bay« und »Downeaster Alexa«.

Als Reza ihre Taille umfasst und sie an sich zieht, kommen

ihr Zweifel, ob es ein Fehler ist, sich *so* auf ihn einzulassen. Hat sie nicht gelitten, um ihn sich aus dem Herzen zu reißen? War er nicht schwach, als sie ihn brauchte? Aber Reza war so jung, als er zuließ, dass sie verheiratet wurde. Was hätte er machen können? Und er hat sich seitdem entschuldigt. Er war tapfer und sanft, ein wahrer Freund. Sie denkt an den Tag von Farnaz' Hinrichtung, als er ihnen gefolgt war. Bestimmt hat Reza sich verändert, genau wie sie. Und jetzt entscheidet er sich für sie, trotz aller Prophezeiungen von seiner Mutter und ganz Cheshmeh. Vielleicht benutzt er sie, weil Ponneh noch immer nicht heiraten darf. Aber vielleicht benutzt Saba ihn ja auch. Warum nicht?

Es könnte sein, dass Saba eines Tages weit weg von hier ist, und dann wird sie an ihn denken – ihren schönen Freund, der sich vor ihr in Szene setzte, vor ihrem Haus mit Sandalen an den Füßen seinen Fußball kickte. Wenn sie diese Chance verstreichen lässt, wird sie sich fragen, wie sich seine Haut und sein Haar angefühlt hätten, wie es gewesen wäre, ein- oder zweimal auf ihm zu liegen.

»Nicht hier«, sagt sie und hat plötzlich Angst davor, was sie bei ihrem ersten Mal mit einem Mann empfinden wird. Wie groß ist der Schaden, der ungesehen in ihr wartet? Sollte sie ihm ihr Geheimnis verraten? Sie schmiegt die Wange an seinen Hals. »Die Nachbarn werden es mitbekommen.«

Er nimmt ihre Hand. »Wo können wir uns denn dann in diesem Kaff treffen?«

»Ich weiß eine Möglichkeit. Dr. Zohreh hat mir den Schlüssel gegeben.«

Zweimal die Woche sitzt Saba bei Anbruch der Abenddämmerung im Wagen ihres Vaters und fährt zu der Hütte am Meer. Falls sie Abbas' Vermögen verliert und die Welt durchstreifen muss, um irgendwie in ein neues Land zu gelangen, dann sollte sie das Hier und Jetzt genießen. Warum in der Vorratskammer sitzen und von Dingen träumen, die sie sich einfach nehmen kann? Sie weiß noch, wie sie glücklichen Erinnerungen an das Kaspische Meer ihrer Kindheit nachhing. An das kalte Wasser, das Salz auf ihrer nackten Haut zurückließ. An nackte Haut. An Fische, die über dem Lagerfeuer gebraten wurden. Das Familienauto, das an einem Wintertag einen kleinen, flachen, felsigen Hügel hinauffuhr und kaum Halt fand auf der mal staubigen, mal vereisten unbefestigten Straße, die in den Berghang gehauen war. Das Meer, grau und nebelig, dann Hügel, Berge und Felsen. Und dann im Frühling die grüne Explosion des Waldes, die Seeschwalben und das endlose Wasser. Jetzt sind Fahrten ans Meer langweilig. Keine ausgelassenen Picknicks mehr. Ein zerfetzter Vorhang, der den Strand unterteilt. Die Hitze von Blicken, die sich niemals abwenden.

Wochenlang trifft sich Reza in der Berghütte mit Saba. Manchmal kommt er in dem grünen Paykan, den er sich mit anderen teilt. Wenn er nicht so viel Zeit hat, rast er auf einem geliehenen Motorrad zu ihr, oder er fährt per Anhalter auf von Tagelöhnern überfüllten Pick-ups mit. Sie verbringen viele Nachmittage und Abende dort in Sabas heimlichem Refugium. Sie lieben sich unablässig, obwohl sie sich zuerst davor fürchtete. Sie fragte sich, ob sie es überhaupt tun sollte, ob es nicht ebenso schmerzen würde wie der *dalak*-Tag. Aber dann, bei ihrem ersten Treffen, berührte Reza ihre Wange, als würde er ein junges Vögelchen in der Hand halten, und plötzlich waren sie beide nicht mehr so verlegen. Er missdeutete die Angst in ihren Augen als Erinnerungen an Abbas. Zu was hatte er sie gezwungen? Sie lachte, und dann verbrachten sie den Abend einfach nur damit, über Musik und die alten Zeiten zu reden. Später in der Nacht merkte sie, dass es nur ein bisschen wehtat. Und beim zweiten und dritten Mal tat es überhaupt nicht mehr weh. Sie hatte einen brennenden Schmerz erwartet – wie an dem Tag damals. Aber hinterher summt immer die Haut ihrer Finger – eine wunderbare Überraschung. Wie kann Haut summen? Anscheinend kann ihr Körper Dinge, die sie bislang übersehen hat.

Manchmal fällt es ihr schwer, gleich danach aufzustehen, dann benutzt Reza im Scherz einen verbreiteten, aber vulgären Ausdruck, der in etwa »blöd gevögelt« bedeutet und den sie aus dem Munde der Dörfler schockierend fand, über den sie jetzt aber lachen muss. Manchmal brummt er, wenn sein Dreitagebart über ihren Bauch streicht, als würde er dem Ungeheuer etwas zuflüstern, dem wilden, hungrigen Etwas, das barfuß darin herumläuft, oder vielleicht ihrem zukünftigen Kind. Es ist ein animalischer Teil von ihm – und es ist herrlich. Manchmal jedoch, wenn es dunkel ist, meint sie zu sehen, dass die Schatten an der Wand sich verdichten und zu den Silhouetten der beiden fleischigen Frauen aus einem anderen Leben zusammenfließen. Sie sind hier in der Hütte, über sie gebeugt. Aber sie bleiben nie sehr lange. Saba schiebt sie weg, verbannt sie in einen anderen Bereich ihrer Erinnerungen, auf den Speicher oder in den Keller, dahin, wo man Dinge einlagert, die man nicht mehr jeden Tag braucht.

Sie liest »Die Sünde« von Forough Farrokhzad, ein Gedicht, das sie erst jetzt versteht.

Gesündigt hab ich, gesündigt voller Lust … O Gott, ich weiß nicht, was ich tat.

Trotz der Freude über ihr neues Geheimnis hat sie Ponneh gegenüber ein schlechtes Gewissen, weil sie ihr Trio aus dem Gleichgewicht gebracht haben. Schon als sie noch Teenager waren, wurde Ponneh immer ganz still, wenn Saba Reza erwähnte, und fürchtete, sie beide zu verlieren.

Als der Herbst zu Ende geht, wünscht sie sich nicht mehr, weglaufen zu können. Sie hört auf, nach ihrer Mutter zu suchen, behält aber ihre zusammengetragenen Materialien. Passanträge, Visa-Richtlinien und Informationen über Kalifornien, all das ist und bleibt ihre tröstende Schmusedecke aus Papier, doch seit Beginn ihrer Romanze mit Reza ist es keine Obsession mehr. Sie fängt an, über eine alternative Zukunft nachzudenken, sieht sich wieder als Ehefrau, aber diesmal eine, die geliebt wird und sexy ist wie die Schauspielerin Azar Shiva, voller Leben, von ihrem Mann angehimmelt. Vielleicht kann sie eines Tages Mutter sein, eine starke, prinzipientreue Mutter, wie ihre eigene. Insgeheim stellt sie sich Rezas Kinn, seine Nase, seinen Mund in den Gesichtern ihrer zukünftigen Kinder vor. Dieser Tagtraum fällt ihr leichter als ihre Amerika-Träume, die durch die Angst vereitelt werden, einen ersten Schritt zu tun. Nichts hält sie mehr davon ab, ein Visum zu beantragen. Warum hat sie es noch nicht getan?

Sie sagt sich, dass sie noch ein bisschen warten wird. Wenn sie in Amerika ist, wird dort alles seltsam und fremdartig sein; sie wird diese Zeit mit Reza erlebt haben wollen, um Trost in der Erinnerung zu finden.

Bei ihrem vierten Treffen in der Hütte, am späten Nachmittag, als die Luft schwer ist und die Wände feucht sind vom Meerwasser, das durchs Fenster gekommen ist und sich auf ihre Körper gelegt hat, als Reza in ihren Armen, zwischen ihren Beinen, in ihrem Haar ist und ein abgelegter Walkman in der Ecke flüsternd von einer einsamen Stadt und einer einsamen Straße erzählt, spürt sie ein scharfes Stechen im Unterleib. Sie fragt, ob er die Position wechseln will, aber Reza denkt, dass es ihr um seine Lust geht, küsst sie und macht weiter. Eine Minute später blickt er nach unten auf ihre Beine, nackt auf einem dünnen Laken auf dem Boden, und sagt: »Was ist das?«

Saba stützt sich auf die Ellbogen und streicht ihr Haar zurück. »Was denn?«

»Du blutest«, sagt er. »Ich dachte, du hättest nicht deine …«

Saba spürt, wie sie von den Schläfen bis runter zu den Schultern rot anläuft. Muss sie es ihm jetzt sagen? Sie atmet tief durch und rafft das Laken um ihren Körper. »Ich weiß nicht, was das ist«, murmelt sie. »Vielleicht ist es von dir.«

Reza durchforscht ihr Gesicht, starrt dann auf das blutige Laken. »Sei nicht albern«, sagt er. »Erzähl's mir.«

Sie holt erneut tief Luft. Was spricht dagegen? Soll er ruhig auch dieses letzte intime Detail erfahren. Nachdem sie ihm alles erzählt hat, tritt ein langes Schweigen ein. Reza blickt weg und murmelt vor sich hin. Vielleicht überlegt er, was jetzt von ihm erwartet wird – was ein Mann in Momenten tun soll, in denen man einem Jungen verzeihen würde, wenn er wegliefe.

Dann hebt er die Arme und zieht Saba an sich – eine jähe, ruckartige Bewegung, weil er so aufgewühlt ist. Doch für Saba ist es eine Erlösung, ein Schock aus kalt und warm. Sie legt den Kopf an seine Schulter, und er streichelt ihr Haar. Sie fühlt sich an den Tag erinnert, als Ponneh zusammengeschlagen wurde, als Saba zusah, wie Reza sie mit Kinderliedern tröstete und ihr sagte, dass die Blutergüsse ihre Schönheit nicht schmälern würden. An jenem Tag sah sie zu, wie Rezas zu langes Haar sich mit Ponnehs vermischte, während sie sich flüsternd unterhielten. Und jetzt, als er sie in der Hütte umschlungen hält, denkt sie, dass er vielleicht dasselbe für sie empfindet, dass sie ebenso vertraut miteinander umgehen können. Vielleicht sieht er sie nicht mehr als Saba Khanom, sondern als jemanden, der ihm gleich ist.

»Es tut mir so leid, dass ich nicht mehr getan hab«, sagt Reza leise. Er beißt sich auf die Oberlippe. »Ich hätte was sagen sollen. Aber weine nicht, Saba-dschan. Ich mach's wieder gut.« Er blickt ihr wieder ins Gesicht, streicht eine verschwitzte Haarsträhne zurück und sagt: »Lass uns heiraten.«

Sie betrachtet ihren zottelhaarigen Geliebten, diesen unbekümmerten Jungen aus einer anderen Welt, einer bäuerlichen Welt, die in vielerlei Hinsicht weiter von der ihren entfernt ist als die im Fernsehen. Er will sie heiraten, obwohl er nichts zu bieten hat, keine Ausbildung oder Familie. Es ist so romantisch, dass sie Ja sagen möchte. Sie zögert, ist unsicher, ob er sie liebt oder sie nur bemitleidet. Zieht ihn der verletzte, schutzbedürftige Teil von ihr an? Als er noch ein Kind war, dachte er, sie und Mahtab wären Prinzessinnen. Vielleicht will er noch immer ein märchenhafter Held sein. Und was ist mit Amerika? Kann sie noch ein wenig länger warten? Er studiert ihre Hand und sagt: »Wir könnten auch ein Baby bekommen, damit du deinen Kummer vergisst.« Ihr Herz macht einen Sprung, als er das sagt. Zumindest ihr Körper scheint sich ein Kind mehr zu wünschen als ein Leben in Amerika. Es könnte ihr Schicksal sein, sich endlich in das behagliche, behütete Mosaik von Cheshmeh einzufügen. Wenn sie mit Reza Kinder hat, geht sie vielleicht niemals fort. Das würde sie für immer an den Iran binden, denn eines ist sicher: Saba würde niemals ein Kind zurücklassen, wie ihre Mutter das getan hat. Wenn sie also in der Sicherheit und Geborgenheit von Rezas Armen bleibt, wenn sie eine neue Art von Bindung zu ihm eingeht, eine, die nicht mal Ponneh hat, was wird dann aus ihren anderen Träumen? Als sie zu lange schweigt, scheint Reza unsicher zu werden. »Ich werde für dich sorgen«, sagt er. »Ich weiß, dass du kein Geld brauchst … aber Geld ist nicht alles. Das hätte ich von Anfang an tun sollen«, flüstert Reza. »Wir sind doch längst eine Familie.«

Für den Rest der Nacht umhüllt er sie wie ein Wintermantel. Immer wieder springt er auf und versucht, all ihr Unwohlsein zu lindern. Er kocht Tee, holt ihr Kissen und Aspirin, obwohl sie ihm versichert, dass sie keine Schmerzen hat, dämpft die kalten Ecken der Hütte mit der Wärme seiner Fürsorge. Er scheint wild entschlossen, ihr bei ihrer Gesundung zu helfen, sie nicht aus Mitleid zu heiraten, sondern weil er sie vor der Welt beschützen und ihr helfen will, wieder sie selbst zu werden. Sie beobachtet ihn und denkt, dass er ein guter Ehemann sein könnte. Wie schön ihre gemeinsamen Kinder wären. Ein Baby würde vielleicht den leeren Platz in ihrem Herzen füllen – jemand, der durch Blut an sie gebunden ist, wie Mahtab, wie ihre Mutter. Wenn sie eine neue Rolle annähme, eine Tochter bekäme und sie Mahtab nennen würde, müsste sie vielleicht nie wieder über jenen Tag am Flughafen nachdenken oder nachts hochschrecken, weil sie meint zu ertrinken. Reza hat seine *setar* mitgebracht. Er lehnt sich an die Wand, zupft die Saiten und summt »Mara Bebus«, die unvergessliche Melodie eines Abschieds, und in seiner Stimme schwingt ein Hauch von Traurigkeit, den Saba lieb gewonnen hat. Sie liegt zwischen seinen Beinen, den Kopf an seiner Brust, und starrt durch das kleine Fenster hinaus in die dunkle Nacht.

Ja, denkt sie, der Kummer der Vergangenheit scheint klein im Vergleich zum Glück dieses Augenblicks. *Das hier ist das Schönste.* Es ist ein seltsames und willkommenes Gefühl, wieder Teil eines Paares zu sein. Zwei Menschen, die nur zueinander gehören. Keine weiteren Liebhaber oder andere Bindungen. Von diesem Tag an wird sie jeden Morgen in dem Bewusstsein erwachen, dass sie geborgen ist, sicher, und von dem Menschen geliebt wird, den sie am meisten gewollt hat, seit sie sieben Jahre alt war. Kann Amerika ihr das geben? Als sie seinen Antrag annimmt, strahlt Reza. Er küsst sie und zieht sie noch näher an sich. Sie sind schon fast eingeschlafen, als er flüstert: »Du solltest möglichst bald zum Arzt gehen.«

In der Vorratskammer erzählen sie Ponneh von ihren Heiratsplänen. Sie küsst sie beide und wünscht ihnen ein glückliches Leben. Später teilt Saba ihrem Vater beim Tee in der Küche die Neuigkeit mit. Er blickt sie finster an. »Saba-dschan. Du hast es fast geschafft. Noch ein bisschen Geduld, dann besitzt du ein eigenes, unangefochtenes Vermögen. Versteh doch, ich sage ja nicht, dass du dich von deinen Freunden abwenden solltest … du bist eine liebenswerte Frau. Und die Unterschiede zwischen unseren Familien sind mir längst egal. Es sind gute, hart arbeitende Menschen. Aber du hast viel Schweres erlebt. Endlich fängst du an, glücklich zu sein, und da willst du dich wieder in einen Käfig sperren lassen?«

»Baba!« Saba blickt ihn aus großen Augen an. Es rührt sie, dass er ihre kleinen alltäglichen Lasten bemerkt hat, ihre Einsamkeit, Verwirrung und Langeweile. »Reza ist der *Grund*, warum ich glücklich bin.«

»Aber willst du wirklich einen armen Dorfjungen heiraten?«, fragt er nüchtern. »Du wirst ihn nicht mit nach Teheran nehmen können. Die Leute werden reden. Du weißt doch, wie sie sind.«

»Ist mir egal«, sagt Saba. »Ich fahr sowieso nie nach Teheran. Unsere Freunde dort kenne ich kaum.«

Er will widersprechen und scheint es sich dann anders zu überlegen. »Wenn du glücklich bist, bin ich glücklich«, sagt er. »Ich bin sicher, deine Mutter und Mahtab sind auch glücklich … im Himmel.«

Sie rückt mit ihrem Stuhl neben ihn. »Im Himmel«, wiederholt sie leise, weil sie jetzt nicht widersprechen will. Sie beide haben schon eine Weile nicht mehr von den verblassten Möglichkeiten gesprochen.

Sie würde gern einen Witz machen, um die Stimmung aufzulockern, entscheidet sich aber dagegen. Ihre Scherze kommen bei ihrem Vater immer falsch an. Sie sind entweder unangemessen oder zu nah an der Wahrheit.

Aber dann tätschelt ihr Vater ihre Hand und flüstert ihr ins Ohr: »Oder in Amerika.«

Sie stößt ein erschrecktes Lachen aus. »Oder in Amerika«, sagt sie, unfähig, ihre Fassungslosigkeit zu kaschieren.

Er seufzt und berührt ihre Wange: »Ach, sich seiner Sache so sicher zu sein. Wenn man etwas wirklich *weiß*, hat man doch schon fast gewonnen, und meine Saba siegt immer.«

Meine Saba siegt immer. Ihr Vater war nie lieblos zu ihr. Er hat ihr nie etwas vorenthalten, aber irgendwie kommt ihr das wie ein neuer Triumph vor – wie etwas, worum sie gekämpft und wonach sie sich gesehnt hat, denn iranische Männer sind so selten beeindruckt. *Saba-dschan, das hast du gut gemacht*, hört sie ihn in ihrer Fantasie sagen. Seltsam, denkt sie, dass eine Person ihr ganzes Leben lang auf etwas warten kann, und wenn es dann kommt, ist es noch hundertmal schöner, als sie es sich in ihren kühnsten Träumen vorgestellt hat.

Islamische Erziehung

KHANOM BASIR

Seien wir ehrlich, Saba wäre eine schlechte Mutter. Ihre eigene Mutter wurde von so vielen Dschinn geplagt. Obwohl sie, wie ich zugeben muss, vor der Revolution nicht *völlig* verrückt war. Dann kam 1980 der Irakkrieg. Die Bombardierung Teherans und andere Gräuel hatten noch nicht begonnen – es gab nur Nachrichten, dass junge Leute in Grenzschlachten starben. Aber was Bahareh Hafezi in eine tiefe, tiefe Depression stürzte, war Khomeinis Erlass, dass alle islamisch werden sollten. Diese Nachricht machte sie hysterisch und selbstsüchtig, häufte so viel Schmutz auf ihren Kopf, ließ sie toben und krank werden. Sie vergrub Stapel verbotener Bücher im Hof. Sie dachte, niemand hätte es gesehen, aber ich hab's gesehen. Sie huschte durch das große Haus, auf der Suche nach irgendwas, das sie unternehmen könnte, um ihre Töchter vor dem zu schützen, was noch kommen würde. Sie hielt ihnen lange Vorträge über die neue Regierung, wie nun alles werden würde und dass sie weiter verbotene Bücher lesen sollten – so verrückt wurde sie. Wenn sie mit ihren Tiraden fertig war, suchte sie wieder nach einer sinnvollen Beschäftigung, und wenn sie keine fand, betete sie alles, was sie gesagt hatte, noch einmal herunter, Wort für Wort, wie so ein irrer Straßenbettler, der andauernd irgendwas wiederholt, als wär's ein *ayah* aus dem Koran.

Eines Tages brachte ich den Mädchen einen abgetragenen alten Tschador zum Spielen mit. Sie probierten ihn vor dem Spiegel an, posierten und schafften es irgendwie, ihn sich hinter die Ohren zu klemmen, schwenkten dann den weiten Stoff herum, sodass er wie Flügel flatterte. Es war ein schöner Anblick, kleine Mädchen, die mit einem bunten Ding spielen. Dann kam Bahareh herein, und als sie Mahtab sah, die sich den Tschador gerade umgewickelt hatte, füllten sich ihre Augen mit Zorn. Sie schrie auf. Sie zog den Tschador so heftig von ihrer Tochter weg, dass die Kleine ins Taumeln geriet, und zerriss ihn mit bloßen Händen, die davon ganz rot wurden. Sie nahm die Stofffetzen und stopfte sie draußen in den Müllsack. »Nicht in meinem Haus«, sagte sie, als ob kleine Mädchen so etwas verstehen würden.

KAPITEL SECHZEHN

Winter–Frühjahr 1992

Zwei Tage vor ihrer zweiten Hochzeit wird Saba vom Telefon geweckt. Sie greift in ihre Unterwäsche, wie sie das jeden Morgen tut. Kein Blut; sie atmet aus. Seit einundfünfzig Tagen hat sie nicht mehr geblutet. Khanom Omidi, die nie ein Telefon benutzt, schreit in die Sprechmuschel, wie das Leute in alten Filmen tun. »Du musst sofort kommen.«

»Weswegen?«, fragt Saba erschrocken. »Was ist passiert?«

»Das arme Kind … Das arme Alborz-Mädchen ist gestorben. Ich hab *halva* gemacht.«

Das Zimmer ist still. Sie lässt die Sekunden verstreichen. Ihre beste Freundin hat die Schwester verloren. Welchen Schmerz sie jetzt erleidet. Saba muss zu ihr. Sie wird eine Platzhalterin für Ponnehs Schwester sein, genau wie Ponneh es für Sabas Schwester war. Sie kommt sich töricht vor, weil sie einmal geglaubt hat, dass Ponneh darauf wartet, endlich frei zu sein und heiraten zu können, darauf wartet, dass ihre eigene Schwester stirbt. Wie hat sie das nur denken können, wo doch ihre eigene größte Obsession der Verlust von Mahtab war? Sie berührt ihren Bauch, wo vielleicht gerade ein Baby entsteht, und denkt, dass sie Ponnehs Mutter Essen bringen sollte.

Dennoch denkt ein selbstsüchtiger Teil von ihr, während sie ins Bad hastet: Was wird jetzt passieren? Reza ist noch nicht verheiratet. Wird er alles absagen und Ponneh heiraten? Seit sie verlobt sind, hat seine Mutter sich geweigert, mit Saba zu sprechen – hat Ausflüchte gemacht und ihr Missfallen durch Freundinnen kundgetan. *Warum hat es keinen richtigen* khastegari *gegeben? Warum hatte seine Familie keine Gelegenheit, die Bedingungen der Heirat auszuhandeln? Sind wir so unbedeutend, dass man sich nicht an die guten Sitten halten muss?* Wenn sie nur von Sabas Babyplänen wüsste.

Saba kleidet sich achtlos an, nimmt sich kaum die Zeit, ihr Haar zu bürsten, ehe sie Mantel und Kopftuch überwirft und zum Haus der Familie Alborz hastet. Im Haus herrscht lautes Wehklagen. Menschen drängen sich bis hinaus in den Hof, und auf dem Boden stehen überall Teller mit *halva*. Die Frauen sind drinnen bei der Familie, während die Männer draußen bleiben und leise über praktische Dinge reden. Sie stehen um den alten Waschtrog herum, der mit Regen und Laub gefüllt ist. Seit es fließendes Wasser gibt, ist er überflüssig (außer um sich staubige Hände oder Füße unter dem Hahn abzuspülen oder um Kleidung über den dicken Rand zu hängen). Im Zimmer des toten Mädchens rauft Khanom Alborz sich die Haare und vergräbt das Gesicht im leeren Bettzeug ihrer Tochter. Sie schlägt mit der Faust auf die Matratze und verflucht Gott und all die Menschen, die an der Wand aufgereiht stehen und sie stumm beobachten, sich aber weigern zu gehen. *Wie furchtbar*, denkt Saba, *ein Kind zu verlieren*. Ponneh und ihre beiden älteren Schwestern weinen zusammen in einer Ecke des Zimmers. Ein junger Mann in weißem Arztkittel steht ein Stückchen entfernt und beobachtet die Mädchen. Er hat die Hände gefaltet und blickt verlegen. Saba entdeckt Khanom Omidi in dem überfüllten Haus gleich hinter der Eingangstür, neben zwei Bergen aus Besucherschuhen und -sandalen.

»Es ist so traurig«, sagt die alte Frau. »So traurig. Aber, Saba, ich sage dir, das war der Wille Gottes. Diese Mädchen müssen endlich leben.« Saba gibt ihr vage recht und denkt an ihre eigenen ersten Tage ohne Mahtab. Hat Ponneh das Gefühl zu ertrinken? Will sie durch die Straßen wandern und darüber nachdenken, welchen Weg sie jetzt einschlagen soll, wo ihre Schwester nicht mehr da ist?

»Siehst du?«, sagt Khanom Omidi. »Gut, dass keiner sie zu Geschwistern gemacht hat.«

»Hä?« Saba beobachtet ihre Freundin. Reza ist nirgends zu sehen.

»Ich rede von dem Arzt, Saba-dschan.« Khanom Omidis glänzender Blick schweift umher, als sie Saba näher heranzieht, um ihr Schielauge zu verbergen. »Weißt du nicht mehr? Mullah Alis Idee mit der Milch und … ach, Saba, zwing mich nicht, es auszusprechen. Es ist nicht gut, jetzt über lustige Dinge zu reden.«

»Schon gut, ich weiß«, sagt Saba. »Na und?«

»Tja, das liegt doch auf der Hand, oder? Jetzt kann er eines der Mädchen heiraten.« Khanom Omidi nickt drei- oder viermal zufrieden und unterdrückt dann rasch das Lächeln auf ihrem Gesicht.

»Ist Reza da?«, fragt Saba.

»Ach du meine Güte«, kreischt die alte Frau, als wäre ihr gerade eingefallen, dass Saba ja bald heiratet. »Es tut mir so leid, dass das während deiner *aghd* passieren musste. Das ist nicht gut. Überhaupt nicht gut, du armes Kind.«

In diesem Moment kommen Geräusche von draußen. Ein schriller Schrei, gefolgt von aufgeregten Männerstimmen. Sie eilt hinaus, und die alte Khanom Omidi watschelt langsam hinterdrein.

»Lasst mich los. Lasst los, ihr unnützen Esel. Loslassen, ich hab ein Recht, hier zu sein«, schreit Khanom Basir, während

Ponnehs Onkel und ein verwirrter Mann im geflickten grauen Anzug mit einer schwarzen Gilaki-Kappe versuchen, sie zu beruhigen. Als sie Saba bemerkt, wird ihr Gezeter noch schriller. »Du«, faucht sie Saba an. Ihre Augen sind wild, und Saba bekommt es mit der Angst, weil sie fürchtet, Khanom Basir könnte irgendein Rauschgift genommen haben. »Du durchtriebenes Weib. Du hast versucht, meinen unschuldigen Sohn um den Finger zu wickeln ... Du böse, kleine *jadugar.* Jetzt kannst du meinen Sohn nicht mehr heiraten.« Sie droht Saba mit dem Finger, während Ponnehs Onkel sie anflehen, aufzuhören. »Lasst mich los. Ich bin nur gekommen, um mit meiner Freundin zu reden. Jetzt hat sie bestimmt nichts mehr dagegen, ihre Tochter herzugeben. Sie wird mich sehen wollen. Lasst los.«

Saba dreht sich der Magen um, und sie denkt, dass sie sich jeden Moment übergeben muss. *Hasst sie mich wirklich so sehr? Bin ich ein so schrecklicher Mensch?* Angesichts dieser Provokationen von Khanom Basir sehnt sie sich ausgerechnet nach Ponneh.

Sie sagt sich, dass Khanom Basir unter verletztem Familienstolz leidet. Dass sie sich für eine wichtige Person im Dorf hält und dass Agha Hafezi sie und ihren Sohn beleidigt hat. Der Ehevertrag mit Reza ist sogar noch ausführlicher als der mit Abbas. Reza besitzt nichts, und als es an der Zeit war, einen Vertrag auszuhandeln, hatte ihr Vater sich erst zufriedengegeben, nachdem Reza zwanzig Seiten Text unterschrieben hatte. Er rang Saba das Versprechen ab, auf Gütertrennung zu beharren, Reza keine Kontovollmacht zu erteilen und bei irgendwelchen Transaktionen nicht ihn, sondern ihren Vater als engsten männlichen Verwandten anzugeben.

Die Männer halten Rezas Mutter zurück und werfen immer wieder Blicke über die Schulter, um sich zu vergewissern, dass die Trauernden im Haus nichts mitbekommen. Jemand springt schnell zur Tür und schließt sie. »Das ist nicht der richtige Moment für so was, Khanom«, sagt Ponnehs Onkel. »Bitte beherrschen Sie sich. Kommen Sie morgen wieder.«

Khanom Basir lässt die Schultern sinken. Sie atmet schwer und versucht, sich zu beruhigen. »Es bleibt keine Zeit mehr«, flüstert sie heiser. »In zwei Tagen heiratet mein Sohn die Hexe. Es bleibt keine Zeit mehr.« Saba ist wie betäubt vor Fassungslosigkeit und der Angst, dieser Wahnsinn könnte Erfolg haben. Sollte sie etwas sagen? Für sich selbst eintreten oder für den Respekt, den Ponnehs tote Schwester verdient hat?

Ponnehs Onkel redet im Flüsterton auf Khanom Basir ein. Saba vermutet, dass er sie zur Vernunft bringen will. Rezas Mutter schüttelt so heftig den Kopf, dass ihr das Kopftuch bis auf die Schultern rutscht. Ihr Haar ist ungekämmt, ihre Augen sind verzweifelt. Es ist nichts mehr übrig von der faszinierenden Geschichtenerzählerin oder der vernünftigen Mutterfigur, die ihr einst in einer übel riechenden Toilette erklärte, sie könne sich glücklich schätzen, ein Mädchen zu sein. Saba hasst diese abscheuliche Fremde.

Sie bemerkt Khanom Omidis Blick nicht, bis die versucht, sie ins Haus zu ziehen. Aber sie will bleiben. Sie ist voller Angst, dass Reza sich tatsächlich wünscht, noch einmal die Wahl zu haben.

Augenblicke später taucht er auf und begrüßt leise die Männer vor dem Haus, bis er seine hysterische Mutter bemerkt und schnell zu ihr geht. Er zieht sie weg, versucht, sie zu trösten, während die Männer ihm zuflüstern, was sie gesagt hat.

Reza lauscht, und sein Gesicht wird immer teilnahmsloser, je mehr er erfährt. Die Männer beobachten Saba. Einige von ihnen grinsen süffisant, doch die älteren, diejenigen, die ihren Vater kennen, neigen mitfühlend den Kopf. Sie möchte weglaufen. Oder vielleicht sollte sie hingehen und einen von ihnen ohrfeigen, wie Ponneh das bestimmt tun würde. Und dann geht die Tür auf, und Ponneh steht da, von den Frauen geschickt, um herauszufinden, was los ist. Als sie Reza erblickt, dreht sie sich prompt um und will zurück ins Haus, doch Khanom Basir ruft ihren Namen, beginnt wieder zu flehen. Ponneh erstarrt, ihr Gesicht ist bleich. Denkt sie, dass Reza seine Meinung ändern wird? Sie sieht nicht zu Saba herüber, ihrer guten Freundin. Aber sie wagt es, Sabas Verlobtem in die Augen zu sehen, und das vor ihren Freunden und Nachbarn. Reza wartet. Er wirkt ratlos. Er wartet zu lange.

Was liegt da in Ponnehs Gesicht? Erwartung? Vorwurf? Hoffnung? Vielleicht ist sie nur verärgert, weil seine Mutter so eine Szene gemacht hat. Reza scheint unter ihrem Blick zu verkümmern, und obwohl keiner von beiden etwas sagt, kommt Saba das, was sich zwischen ihnen abspielt, wie der allerschlimmste Verrat vor.

Von irgendwo ein Flüstern. Saba versteht ein paar Bruchstücke. »… doch auch nur ein junger Mann … konnte nicht für immer warten.« Und dann sagt jemand etwas lauter: »Mit einer Witwe ist das einfacher, keine Wartezeit.«

»War aber knapp«, sagt einer. »Falls sie ihn nicht mit einer Schwangerschaft erpresst hat.«

Sie versucht, die übermächtige Angst zu verdrängen, dass sie allein nach Hause gehen wird, dass die Hochzeit nicht stattfindet und sie bis auf die Knochen blamiert an Ponnehs und Rezas Hochzeitsfeier teilnehmen muss. Was, wenn Reza sich für Ponneh entscheidet und sie ihr Kind allein großziehen muss?

Mindestens ein Dutzend Leute sind auf dem Gras vor dem Haus versammelt, schauen zu, tuscheln. Khanom Basir setzt sich auf den Rand des Waschbottichs, sodass Regenwasser ihre Kleidung am Gesäß durchnässt. Alle Augen ruhen auf dem Trio, ein spannungsgeladenes Dreieck. Sie starren einander sprachlos an. Saba zählt die Sekunden. *Noch eine,* denkt sie, *und er ent-*

scheidet sich für sie. Er denkt genau in diesem Moment darüber nach. Nur noch eine Sekunde, und ich hab ihn verloren.

Die Sekunden schleichen dahin, und Saba wendet sich zum Gehen, will nur allein sein. Als würde er aus einer Hypnose erstarren, reißt Reza seinen Blick von Ponneh los und läuft zu Saba. Er nimmt ihre Hand und küsst sie vor aller Augen. Ihm ist bewusst, dass er ein Publikum hat, das ist offensichtlich. Dieses Bewusstsein umhüllt ihn wie greifbare, zähe, treibende Schwaden, verlangsamt seine Bewegungen und verhindert, dass Saba seine Lippen auf ihrer Hand spürt. Ein seltsames Unbehagen erfasst sie, als hätte sie eine Katastrophe überlebt, dabei aber einen Arm oder ein Bein verloren. Was war das da gerade zwischen den beiden? Ein Teil von ihr möchte noch immer davonlaufen, weil sie jedes unausgesprochene Wort zwischen ihren Freunden gehört hat. Sie konnte die Anspannung spüren, als sie einander anschauten, so ganz anders als die vielsagenden Blicke, die sie und Reza sich über *sofrehs* und Marktstände hinweg zugeworfen haben – diese leichtfertigen, neckischen Blicke, die den anderen daran erinnern sollten, was sie alles getan hatten und wieder tun würden. Reza hat Ponneh voller Trauer und Sehnsucht angesehen. Das war nicht bloß Sorge.

Ponneh verdreht die Augen und geht wieder ins Haus, in das sie sich zurückzieht wie eine müde Matrone hinter vertraute handgenähte Vorhänge.

Während Reza seiner Mutter vom Wasserbottich hochhilft und beide sich vom Haus der Alborz mit seinen babyblauen Fensterbänken und schlichten Blumentöpfen entfernen, muss Saba daran denken, dass Ponneh in den letzten Wochen immer gleich gehen wollte, wenn Reza den Raum betrat, und dass

Reza sich angewöhnt hat, ständig nach Ponnehs Mutter zu fragen.

Was ist zwischen Ponneh und Reza vorgefallen? Warum sind sie keine Freunde mehr?

Ist Ponneh wegen seiner Entscheidung zornig auf ihn? Ist sie irritiert von dem neuen Reza, der nicht ängstlich und leicht zu beeindrucken ist, kein Junge mehr, dem sie auf der Nase herumtanzen kann? Wahrscheinlich trauert sie einfach um ihre Schwester und möchte ihre besten Freunde wiederhaben. Was, wenn sie die Zeit zurückdrehen und wie früher unbelastet von Ehe oder Affären zusammen in der Vorratskammer sitzen könnten? Bloß drei Freunde, die Gefahr laufen, erwischt zu werden.

Sie möchte den Gestank dieses Tages abspülen. Denn jetzt weiß sie: Trotz allem, was Reza und sie füreinander empfinden, liebt er auch Ponneh.

Nach der Beerdigung springt sofort die Gilaki-Heiratsmaschinerie an, und gleich am nächsten Tag bekommen die beiden älteren Alborz-Mädchen Besuch von eifrigen *khastegars* – Männern, die es so eilig haben, dass sie sich über Anstand und Sitte hinwegsetzen und die Trauerzeit missachten. Wahrscheinlich heimliche Liebhaber, wird im Dorf getuschelt. Die ältere Tochter wird dem Arzt versprochen und ihre Schwester einem anderen guten Bekannten der Familie. Beide Männer spazieren überglücklich und mit stolzgeschwellter Brust durch den Ort, als hätten sie sich vor aller Welt durch ihre göttliche und würdevolle Langmut bewiesen. Liebende, wie es bessere nicht geben könnte. Moderne Rumis und Saadis. Niemand wirbt um Ponneh, die sie schon lange die Jungfrau von Cheshmeh nennen und deren Mutter sie verflucht haben, weil sie zugelassen hat, dass ein so schönes Mädchen seine besten Jahre vertut. Allem Anschein nach verbirgt sich für Ponneh kein *khastegar* im Wartestand hinter den Kulissen. Sie beschäftigt sich mit den Vorbereitungen für die Bestattung der Schwester, empfängt Gratulanten für ihre älteren Schwestern und zieht sich aus der Planung der Basir-Hafezi-Heirat zurück. Manchmal fragt Saba sich, warum ihre Freundin nicht kommt. Und dann rügt sie sich für ihre Dummheit. Vielleicht muss Ponneh dieses eine Mal egoistisch sein.

Am ersten Tag des neuen Jahres, an Nouruz, das die Frühlingstagundnachtgleiche markiert, werden Saba und Reza mit einer traditionellen *aghd* getraut, in Sabas eigenem Haus, das sie einst mit Abbas bewohnte. Sie sitzen unter einem Baldachin und verlesen nicht den Koran, sondern Hafez und Nezami, um ihre jugendliche Rebellion zu demonstrieren, während die beiden Frauen, die als Glücksbringer dienen sollen, über ihren Köpfen riesige Zuckerhüte aneinanderreiben, um sie zu schützen und als Symbol für ein süßes Leben. Saba übersieht geflissentlich, dass ihre Schwiegermutter fahrig auf und ab tigert.

»Als Erstes musst du lernen, das lustig zu finden«, sagt Khanom Omidi. »Nimm ihre Boshaftigkeit von der heiteren Seite, dann hast du immer was zu lachen.«

»Es ist Aufgabe der Schwiegermutter, *dschadu* zu machen, um die Braut zu sabotieren«, sagt ihre Tante, Agha Hafezis Schwester. »Das ganze Programm: Haare verbrennen, dies oder das mit Essig tränken, Zucker durch Salz ersetzen. Das soll alles bloß zeigen, dass es ohne Böses nichts Gutes geben kann.«

Saba beschließt, das so hinzunehmen. Rashtis haben die Gabe, alles irgendwie weniger ernst erscheinen zu lassen, weniger schwerwiegend und beunruhigend. *So ist das Leben.* Sie überziehen Schlechtes mit Zuckerguss. Sie bedecken hässliche Wahrheiten mit Joghurt. *Ich kann über solche Kleinigkeiten lachen*, sagt Saba sich.

Bei der Zeremonie fängt sie damit an und kichert mit Reza über den alten zoroastrischen Brauch, bei dem der Geistliche dem Paar das Versprechen abfordert, nicht »mit Narren zusammenzuwirken« oder »ihren Müttern Kummer zu bereiten«. Und über eine Tradition von weiter westlich, der zufolge eine weibliche Verwandte – Sabas Cousine aus Aserbaidschan – in der Ecke ein Tuch näht und laut sagt, damit alle es hören können: »Ich nähe den Mund der Schwiegermutter zu. Ich nähe den Mund der Schwägerin zu.«

Nur über eine alte persische Sitte setzt Saba sich hinweg. Wenn der Geistliche fragt, ob sie verheiratet werden möchte, soll sie beim ersten Mal schweigen. Die Frauen im Raum sagen dann so was in der Art wie: »Die Braut ist gerade Blumen pflücken.« Der Geistliche fragt erneut, und wieder muss die Braut stumm bleiben. Daraufhin beteuern die Gäste: »Die Braut ist zum Beten in der Moschee.« Beim dritten Mal schließlich muss die Braut so leise, so verschämt Ja sagen, dass es kaum vernehmbar ist. Dann schreien alle Gäste los, und jedermann behauptet, er hätte es zuerst gehört. Aber heute antwortet Saba laut und deutlich gleich beim ersten Mal, und als die Gäste schockiert tun und der Geistliche stirnrunzelnd aufblickt, reagiert sie mit einem freundlichen Achselzucken und sieht Reza an, und ihre Freunde pfeifen und johlen stattdessen.

Später, als die Gäste vom Essen und Wein und netten Geplauder eingelullt sind, kommt Sabas Vater und nimmt sie mit nach draußen, wo zwei seiner ältesten Freunde warten. Einer von ihnen, ein großer, seltsam geformter Mann mit eingefallenen Wangen, vorstehendem Bauch und langen, spindeldürren Beinen, hält einen goldenen Korb mit Metallgriffen – einen *esfandun* – in einer Hand. Die Seiten des *esfandun* sind kunstvoll im alten persischen Stil verziert, und er ist halb mit heißen Kohlen gefüllt. Saba erkennt den Korb. Es ist derselbe, der vor Jahren helfen sollte, Gefahren und den bösen Blick von den Kindern in der Nachbarschaft abzuwehren.

»Wirst du jetzt abergläubisch?«, fragt Saba scherzhaft ihren Vater.

Doch seine Miene ist ernst. »Erst das Alborz-Mädchen und dann der Aufstand, den Khanom Basir veranstaltet hat. Meine arme Tochter. Der böse Blick ruht schon lange auf dir. Ich möchte dich zusätzlich schützen.« Dann fügt er mit etwas leiserer Stimme hinzu: »Die zoroastrischen Praktiken gehören jedem. Es ist keine muslimische Praxis, weißt du?«

Der andere Mann, kleiner, mit vollem schwarzem Haar und einem dicken schwarzen Schnurrbart, der ihm bis über die Unterlippe hängt, holt einen Beutel *esfand*-Samen aus der Tasche. Er wirft die schokobraunen Samen auf die heißen Kohlen. Sie knistern, machen laute Knallgeräusche und geben duftende Rauchwölkchen ab. Saba atmet tief ein. Es ist ein schwerer Räuchergeruch, der angeblich den bösen Blick abwehrt. Ihr Vater nimmt den Korb und bewegt ihn über Sabas Kopf im Kreis – wie er das auch getan hat, als sie noch ein Kind war, wie es heute Abend wieder und wieder geschehen wird, mit Reza an ihrer Seite –, wobei er eine uralte Beschwörungsformel an einen vor langer Zeit gestorbenen persischen König aufsagt. Als er fertig ist, übergibt er den Korb seinem Freund, beugt sich vor und küsst seine Tochter auf beide Wangen.

»Du hast immer gesagt, dass so was Unfug ist«, sagt Saba.

Ihr Vater nickt. Er blickt sie mit ernsten, wässrigen Augen an. »Ich hab's mir anders überlegt … seit ich auf deiner Verlobungsfeier eine Tasse Tee mit jeder Menge Salz drin bekommen hab.«

Saba will etwas sagen, aber eigentlich hat es nicht viel Sinn. Natürlich hat Khanom Basir den Zucker durch Salz ersetzt – ein Standardtrick, um ein Ereignis zu verfluchen. Ihr Vater lacht sein tiefes, kehliges Lachen. Er schwenkt den *esfandun* erneut über ihr (»Noch ein Mal für deine Schwiegermutter«) und führt dann seine Freunde weg. Saba bleibt im Hof neben dem kleinen Brunnen stehen, betrachtet ihre mit Henna bemalten Hände und ergötzt sich an der Möglichkeit, dass ihr Vater sich für Mahtab nicht so viel Mühe gemacht hätte. Sie denkt daran, wie sie mit ihrer Schwester um die Liebe ihres Vaters konkurriert, eine Nettigkeit gegen die andere aufgerechnet hat.

Sie kehrt zu Reza zurück, und für den Rest des Abends werden Kopftücher beiseitegeworfen, Zuckerhüte werden zerrieben, und Reza und Saba wechseln einen Blick, als Gäste sie an ihre ungehörigen Anfänge erinnern, nämlich an den Tag, als Kasem sie hinter dem Haus beim Küssen erwischte. Das Fest verlagert sich in den Garten, wo die Rosen und Hyazinthen gerade erblühen. Manche frühen Blütenblätter sind der Rasenfläche entschlüpft und liegen verstreut auf dem betonierten Weg und im Brunnen. Von den Orangenbäumen schweben duftende Blüten als unverkennbare Frühlingsboten auf die Gäste herab.

Später, als die Sonne untergeht und Nouruz, der erste Tag des Jahres, in vollem Gange ist, werden Saiteninstrumente gezupft. Reza denkt bestimmt an seinen abwesenden Vater, der ihm die Liebe zur Musik nahebrachte und ihn lehrte, wie man *setar* und *dutar* und *saz* spielt. Da Saba den Suri-Mittwoch liebt, einen Festtag, der vor einigen Tagen begangen wurde, als sie noch mitten in den Hochzeitsvorbereitungen steckte, hat sie darauf bestanden, dass das traditionelle Freudenfeuer stattdessen an ihrem Hochzeitstag entzündet wird. Sie springt Hand in Hand mit Reza über die Flammen, die in einem Ring aus Steinen lodern, und sengt sich dabei den Saum ihres Kleides an, was aber niemandem auffällt, außer dem Jungen, der die Glut mit seinen Turnschuhen austritt. Sie klatschen und singen laut und sinken erschöpft auf die Bänke entlang des Laubengangs. Auf der ganzen Straße leuchten die Fenster orange und besprenkeln den Nachthimmel, während andere Familien das neue Jahr mit

Gesang und Tanz willkommen heißen. Eine Nacht lang darf gefahrlos gefeiert werden, und eine Nacht lang träumt Saba nicht davon, wo ihre Mutter und Schwester wohl sein mögen.

Nouruz

KHANOM BASIR

Das ist die Ungerechtigkeit, die mir das Herz bricht, weil ich Liebe erkenne, wenn ich sie sehe.

Neunzehnhundertachtzig war das Jahr, in dem Reza Ponneh in einer Gasse hinter dem Haus der Hafezis küsste. Die Zwillinge sahen es. Alle sahen es. Es war Suri-Mittwoch, der in ganz Iran in der Nacht von Dienstag auf Mittwoch vor Frühlingsanfang gefeiert wird. In dieser Nacht entzünden die Menschen nach alter zoroastrischer Sitte große Freudenfeuer und springen darüber. Sie singen das Feuer an: »Dein Rot für mich, mein Gelb für dich«, um damit all ihre Krankheiten und Schwächen in die Flammen zu werfen und dafür Kraft, Leidenschaft und Erneuerung zu bekommen. Es ist allgemein bekannt, dass Beschwörungen und Zaubersprüche während dieser Zeremonie besonders stark wirken. In jener Nacht hat mein Reza wohl gedacht, dass bei dem ganzen Trubel niemand mitkriegen würde, wie er Ponneh hinter dem Haus wieder und wieder küsste. Aber wir haben es gesehen.

Die restliche Zeit weigerten sich diese herzlosen Schwestern, mit Ponneh zu spielen. Sie trugen Decken und Kissen nach draußen unter ein Moskitonetz, und obwohl es kalt war, blieben sie dort und redeten schlecht über sie. Liebte Reza sie? Liebte sie ihn? Was bedeutete das wohl für die beiden (die selbstsüchtigen Mädchen), für Sabas Pläne, Reza zu heiraten, für Mahtabs Freundschaft mit Ponneh?

»Sie ist nicht übers Feuer gesprungen«, sagte Mahtab. »Vielleicht wird sie krank.«

»Maman sagt, das ist alles Quatsch«, entgegnete Saba. »Hör auf, jedes Hirngespinst zu glauben, das die Leute erzählen.«

»Hör auf, alles zu glauben, was Maman erzählt«, konterte Mahtab. »Ich finde, du solltest dir einfach einen anderen suchen. Reza ist es nicht wert.«

An Nouruz, dem ersten Tag des neuen Jahres, kamen alle Familien zu einer Feier bei den Hafezis zusammen. Eine noch immer deprimierte Bahareh spazierte in ihrem neuen Kleid herum, und auch die beiden Mädchen trugen neue Kleider und hatten die Haare mit schicken Spangen nach hinten gesteckt. Ponnehs Familie hatte kein Geld für neue Kleider. Außer den Hafezis hatte das niemand. Aber denen, mit ihrem Mode-*bazi*, war das egal. Und Ponneh wohl auch, wenn Sie mich fragen. Sie hatte dieses ach so weiße Gesicht und diese tiefroten Lippen und diese Augen, die dauernd mit irgendwelchen Nusssorten verglichen wurden. »Ach, diese Mandelaugen sprechen für eine frühe Hochzeit.« – »Nein, nein. Sie sind wie Haselnüsse, so rund.«

Während des Festes beobachteten die Mädchen Reza und Ponneh, um zu sehen, ob der Kuss nur ein Ausrutscher gewesen war oder ob die beiden sich verlobt hatten. Und, ja, mein Reza spielte an jenem Tag tatsächlich mit Ponneh. Und jetzt kommt der Teil, bei dem Saba und Mahtab mich für ihre Zwecke ausnutzten. Sie hörten, wie Ponneh über einen Tomatenfleck am Saum ihres Kleides klagte, und als Reza einen roten Filzstift nahm und den ganzen Saum mit roten Flecken bemalte, damit es aussah wie ein Muster, verpetzten die eifersüchtigen kleinen Mädchen ihn. Und ich zog ihn weg und schimpfte ihn aus, weil er das beste Kleid des armen Mädchens ruiniert hatte. Wenn ich doch nur begriffen hätte, warum er das getan hatte … die gute Seele. Später spielte er auch mit den Hafezi-Mädchen, weil Reza nämlich ein lieber Junge ist. Es war das Spiel, das alle Jungen gern spielten: Er musste versuchen, die beiden zu erkennen, nachdem er die Augen geschlossen und sie gebeten hatte, die Plätze zu tauschen.

Ich ertappte ihn noch einmal mit Ponneh. Sie saßen sich im Hof gegenüber, sodass ihre Füße sich berührten und ihre aufgeschürften Knie und der filzstiftfleckige, unter die Beine geraffte Rock Ponnehs einen Diamanten formten. Und als sie ihn bat, ihr eine Geschichte zu erzählen, tat er es und setzte an den schönsten Stellen ihren Namen ein. Dann spielte er Fußball mit seinen Freunden, bis Mahtab so tat, als würde sie ohnmächtig, und er kam angelaufen, um sie zu retten, weil mein Reza nämlich ständig andere retten will. Die Jungen bauten aus drei großen Kissen ein Fantasiekrankenhaus, und Reza spielte den Arzt und holte sie ins Leben zurück. Plötzlich schrie Saba laut, sie läge im Sterben und bräuchte alle Aufmerksamkeit, und den Rest des Nachmittags erlag Reza der Macht der Zwillingshexen und ihrer tausend Dschinn.

KAPITEL SIEBZEHN

Sommer 1992

Was macht Mahtab jetzt? Ist sie verheiratet? Träumt sie davon, Mutter zu sein? Wahrscheinlich nicht. Vermutlich nimmt ihre Karriere sie zu sehr in Anspruch. Die Blutung ist wieder da. An ihren freien Tagen fährt Saba zur Universität in Rasht, wo ein Freund ihres Vaters, ein Professor, ihr gestattet, seine medizinischen Bücher und Fachzeitschriften zu durchforsten, die gespickt mit Fachausdrücken sind, die sie in seinen abgegriffenen, mit Bleistiftmarkierungen versehenen Latein-, Englisch- und Farsi-Wörterbüchern nachschlägt. Er fragt nicht, wonach sie sucht. Er bietet ihr Tee an und schließt die Tür hinter sich, damit sie allein sein kann. Sie sitzt auf dem Boden und liest über Schwangerschaft und unregelmäßige Blutungen, rätselhafte Krankheiten und medizinische Diagnosen. Sie liest die Geschichten anderer Frauen in Fachzeitschriften. Nach einer Weile wird ihr deren kollektives Leiden zu viel, und sie blättert weiter.

Sie denkt auch viel über ihr Erbe nach. Was, wenn sie gar keins bekommt?

Sie leben in Abbas' Haus. Es ist das erste Mal, dass Reza in einem westlichen Bett schläft. Er passt gut hinein, denkt sie jedes Mal, wenn sie erwacht und sich über ihn streckt, wie sie sich das einst erträumt hat. Wenn er die Augen aufschlägt und die erste Erkenntnis, wo er jetzt lebt, ein Lächeln auf sein Gesicht zaubert, ist sie glücklich, ihm so viel schenken zu können – etwas von ihr, wie in ihren Kindertagen, als sie ihm ihre Musikkassetten anbot.

Nein, denkt sie. *Geld wird nie zwischen uns stehen. Das hat es noch nie getan.*

Morgens holt Reza für sie beide Tee und büffelt dann über seinen Landwirtschaftsbüchern, während sie Walkman hört und liest oder schreibt. Sie sitzen stundenlang im Bett, während Reza für die Aufnahmeprüfung an der Hochschule lernt, die er vor Jahren schon hätte ablegen sollen, für die er aber erst jetzt die Mittel hat. Er verdingt sich nicht mehr mit Gelegenheitsarbeiten, aber um seiner Mutter eine Freude zu machen, verkauft er noch immer ihre Handarbeiten. Falls er besteht, wird er Agrartechnik an der Gilan-Universität in Rasht studieren. Er wird so jemand werden können wie Sabas Vater, und das nur durch Sabas Hilfe. Was für ein wunderbares Gefühl. Manchmal, in ihren Tagträumen von Mahtab und James und Cameron, fragt sie sich, ob ihre Schwester das Gefühl kennt, einem so innig geliebten Menschen zu helfen.

Vielleicht wird Mahtab diese kleine Freude niemals kennenlernen, weil die Männer um sie herum für sich selbst sorgen können. Aber Mahtab wird sich im Gegensatz zu Saba auch nie fragen müssen, wie es ihr wohl gefiele, Journalistin zu sein, im Bleistiftrock durch ein Büro zu flitzen, Länderstempel im Pass zu sammeln, Flugzeuge zu besteigen, um zu unbekannten Orten zu fliegen und dort Geschichten zu finden, die westliche Leser interessieren.

An den meisten Tagen geht sie ins Bad, bevor Reza erwacht. An manchen Tagen will die Blutung nicht aufhören, die noch unberechenbarer geworden ist, seit sie und Reza miteinander schlafen. Er sorgt sich deswegen und bringt ihr Kräutermedizin und Tinkturen, von denen er behauptet, sie sollten in sie eingeführt werden. Er fleht sie an, zum Arzt zu gehen, aber sie hat zu große Angst davor. Manchmal schnauzt sie ihn an und sagt, sie wird schon gehen, wenn sie so weit ist. Er reagiert dann mit einem ärgerlichen Achselzucken und tut so, als wäre nichts. Es ist der erste Keim einer tiefen Unzufriedenheit, die er vor ihr verbirgt, wie Jungverheiratete das tun.

»Saba, komm, hilf mir die Fische putzen.« Khanom Basirs Stimme ertönt aus der Küche. Sie lebt jetzt mit ihnen unter einem Dach, in Abbas' altem Zimmer, weil Saba es nicht erträgt, dort zu schlafen. Ihre Schwiegermutter in ihrem Haus wohnen zu lassen, war ein Schritt in dem langsamen Prozess, Khanom Basirs Liebe zurückzugewinnen, indem sie ihre Position als Matriarchin weitestgehend abgetreten hat. Saba findet, dass sich das alles ganz gut anlässt. Es gefällt ihr, wie Reza ihre Großzügigkeit mit seinen sanften Augen bewundert und nie etwas sagt, das die noch immer lebendige Erinnerung an Abbas' Tod hier heraufbeschwören könnte. Seine Dankbarkeit ist eine Quelle des Wohlgefühls in ihrer Ehe.

Saba geht zu ihrer Schwiegermutter, die zwei Eimer voll mit Kaspischen Brassen vor sich stehen hat. »Vor einer Stunde gefangen«, sagt sie entzückt. »Manche zappeln noch.« Sie packt die glänzend grauen Fische einen nach dem anderen am Schwanz und köpft sie mit einem raschen Schlag ihres Hackmessers. Dann nimmt sie Papier von einem Stapel neben der Spüle, packt die Fische ein und wirft sie in einen sauberen Eimer. »Für die Tiefkühlung.« Sie deutet mit dem Kinn und arbeitet weiter. »Ich hab schon angefangen. Junge Bräute sollten sich ausruhen.«

Jedes Mal, wenn Khanom Basir etwas halbwegs Nettes sagt, kehrt Sabas Verlangen, ihre eigene Mutter in Amerika zu finden, mit neuer Dringlichkeit zurück. Jetzt, wo sie älter ist, zum zweiten Mal verheiratet, mit einem eigenen Haus und Familie, denkt sie an die Mutterfiguren, die sie in ihrem Leben gehabt hat und die jeweils zu etwas Bestimmtem gut waren: Khanom Basir für die Kunst der Haushaltsführung, Khanom Mansuri für augenzwinkernde Verschmitztheit, Dr. Zohreh für intellektuellen Rat und Khanom Omidi für Weisheit. Und gemeinsam ist es ihnen nicht gelungen, ihre Mutter zu ersetzen, die in nichts davon gut war.

Seit der Hochzeit ist Khanom Basir milder gestimmt. Es kommt oft vor, dass sie durcheinander ist, und wenn sie mal wieder einen Nervenzusammenbruch erleidet, werden Sabas Wut und Gereiztheit durch den aufkeimenden Verdacht gedämpft, dass ihre Schwiegermutter den Bezug zur Realität verliert, dass sie möglicherweise richtig krank ist.

Manchmal, wenn die ältere Frau glaubt, sie sei allein, hört Saba sie in ihren Tee schluchzen. »Ach, heiliger Mohammed. Ich weiß es nicht … Nicht mal das weiß ich noch.« Manchmal hebt sie unbewusst die Hände über den Kopf, als würde sie von herabstürzenden Trümmern bedroht, und Saba denkt, dass Khanom Basir vielleicht wirklich nicht weiß, was sie machen soll oder was richtig oder gar wahr ist.

Wenn sie Saba erblickt, entschuldigt sie sich meistens und schlurft davon. Sie murmelt: »Ich bin sehr müde, glaub ich«, und lässt Saba allein, die über diese seltsame neue Leere um sie herum nachdenkt.

Jetzt sieht Saba zu, wie sie die Fische in Altpapier packt, und erkennt eine Seite aus einem alten Reiseführer wieder. »Die nicht«, sagt sie und nimmt sie ihr aus der Hand.

»Wieso?«, fragt Khanom Basir. Sie greift nach einem weiteren Blatt von dem Stapel.

»Das ist Kalifornien«, sagt Saba. »Wer weiß, vielleicht fahren wir ja irgendwann mal hin …«

Wenn Khanom Basir von ihren früheren Amerika-Plänen wüsste … Saba kann sich nur ausmalen, was sie wohl tun würde. Wie sie versuchen würde, ihr Steine in den Weg zu legen – das übermäßig gebildete Mädchen mit seinem Mode-*bazi*, das eines Tages weglaufen möchte, wie ihre Mutter das getan hat, um ein liederliches westliches Leben zu führen. Saba kann förmlich hören, wie sie eine ihrer theatralischen Erklärungen abgibt: *Ich werde dafür sorgen, dass sie bleibt, wo sie hingehört, und meinen Namen schützen, selbst wenn ich dabei sämtliche Fingernägel verliere und mein Haar grau wird und ich vor Kummer eine Glatze bekomme.* Aber Rezas Mutter lacht nur und murmelt: »Verrücktes *bazi*«, und arbeitet weiter.

Die Praxis ihrer Ärztin in Rasht hat sich in den letzten zehn Jahren nicht verändert. Grüner Flauschteppich. Hellrote Drehstühle aus Plastik, die bei der leisesten Bewegung quietschen. Billige Holztäfelung in einem unnatürlichen Karamellton, die sich unten und oben von der Wand löst. Dicke Neonlampen, die zu dunkel und gleichzeitig zu grell sind. Ein Telefon mit Wählscheibe neben einem relativ neuen IBM-Computer, der am äußersten Rand des Schreibtischs steht und versucht, nicht fehl am Platze zu wirken.

»Khanom Hafezi«, ruft die stämmige Arzthelferin in weißem Manteau und mit schwarzem Kopftuch. Saba braucht einen Moment, bis sie begreift, dass sie aufgerufen wurde. Sie folgt der Frau in einen kleinen Raum mit einem flachen Bett, das mit einem steril aussehenden weißen Laken bezogen ist. Sie war schon mal hier. Genauer gesagt, zweimal in den letzten beiden Wochen, weil ihre Ärztin, eine sehr junge Frau mit Trotzki-Brille und leichtem Oberlippenbart, die vermutlich gerade erst

Examen gemacht hat, gern »jede Kleinigkeit« genau überprüft. Das sind ihre eigenen Worte, und sie klingen aus ihrem Mund, als wollte sie über die fehlende Begeisterung, die sie für ihren Beruf an den Tag legt, hinwegtäuschen.

Im Iran ist Medizin die angesehenste Berufswahl. Wenn Saba studiert hätte, wäre sie vielleicht auch Ärztin geworden, aber sie hat ja an ihrem Traum vom amerikanischen Journalismus festgehalten. Vielleicht tut sie das noch immer. *Mein Weg und dein Weg in dieser Welt sind so lang*, lautet eine einprägsame Zeile aus dem alten Lied »Sultan der Herzen«.

Als die Ärztin hereinkommt, sieht Saba, dass der Oberlippenbart verschwunden ist. *Bestimmt ist sie jetzt verlobt*, denkt Saba, *oder verliebt*. Dann bemerkt sie den nervösen Gesichtsausdruck und den unsteten Blick, und ihre Gedanken wenden sich ihrer eigenen Gesundheit zu.

»Soll ich mir ein Untersuchungshemd anziehen?«, fragt Saba.

»Nicht nötig«, sagt die Ärztin. »Aber vielen Dank. Das ist sehr freundlich von Ihnen.«

Übertrieben höflich, denkt Saba und beginnt, sich Sorgen zu machen. Wie ein monströses Kind der Liebe zwischen *tarof* und *maast-mali*. Eine Art Kreuzung aus vorgetäuschter Großzügigkeit und vorgetäuschter Unschuld, die namenlos ist und immer dann auftritt, wenn Menschen übertrieben gute Manieren einsetzen, um ihr Unbehagen darüber zu kaschieren, dass sie etwas wissen, was sie nicht wissen sollten.

»Ich habe Ihre Ergebnisse vorliegen. Ich hab Sie nur zu einem Gespräch hergebeten.« Sie reibt über den rötlichen Streifen an der Stelle, wo vorher ihr Oberlippenbart gewesen ist. Dann schaut sie Saba plötzlich direkt an und fragt hastig, sodass es wie ein einziges Wort klingt: »Was haben Sie mit sich gemacht?«

Ihr Tonfall und ihr Blick sind anklagend, so wie nur junge

Menschen das sein können. Sie ist höchstens fünfundzwanzig, nur wenige Jahre älter als Saba, die sich manchmal wie hundert fühlt. Sie fixiert die Ärztin mit einer, wie sie hofft, einschüchternden Miene.

Die junge Ärztin konsultiert ihre Unterlagen, blättert eine Seite in ihrer Akte um. »Letztes Mal haben Sie gesagt, dass Ihr Zyklus unregelmäßig und manchmal schmerzhaft ist.« Saba nickt. Die Ärztin blickt sie erneut vorwurfsvoll an, und als Saba nicht mit der Wimper zuckt, zupft sie ihren weißen Kittel zurecht und schaut weg. »Bluten Sie auch außerhalb Ihrer normalen Periode?«

Saba muss sich beherrschen. »Wie soll ich das wissen, wenn mein Zyklus doch unregelmäßig ist?« Sie atmet aus. »Ja, ja, tu ich.« Sie setzt an, um zu sagen: *Ich hatte mal einen Unfall*, verkneift es sich aber doch.

Die Ärztin räuspert sich und geht dann zu einem atemlosen Angriff über. »Haben Sie je versucht, abzutreiben, Khanom?«

»Wie bitte?« Saba muss beinahe lachen. Sie greift sich an die Kehle, spürt das alte Kitzeln wieder tief unten aus seinem Versteck kriechen. Sie versucht, möglichst natürlich auszusehen, als sie sich den Hals massiert.

»Eine Abtreibung. Haben Sie einen illegalen Schwangerschaftsabbruch versucht?«

»Gibt's denn einen legalen? Nein, nein. Ich versuche, schwanger zu werden. Das wissen Sie doch.«

Saba schüttelt den Kopf und atmet aus, ringt beschämende Tränen nieder. Sie weiß, was jetzt kommt; hat es immer gewusst, jeden Morgen, wenn sie nachsah, ob sie wieder blutete, und jedes Mal, wenn Reza und sie versuchten, ein Baby zu machen – ein Kind, das ihre neue Mahtab werden würde, ihre Bindung an den Iran, ihr Grund zu bleiben. Jetzt sind die schwarz gekleideten Frauen wieder da und stehen drohend über ihr und in den Schatten, die die Apparaturen über den Boden und die Wände der Praxis werfen.

»Nun, Khanom«, sagt die junge Ärztin, »die Aussichten auf ein Baby sind nicht besonders gut. Sie haben eine Infektion, die lange Zeit unbemerkt geblieben ist. Sie kann mit Antibiotika behandelt werden, sodass sie schwanger werden könnten, aber Ihre Gebärmutter ist stark beschädigt und vernarbt. Ich glaube nicht, dass sie eine Schwangerschaft lange halten kann, auch dann nicht, wenn sie operiert würde.« Saba schweift in Gedanken ab. Sie hört nicht mehr zu, erlaubt den dunklen Gestalten, sie an Orte zu tragen, die sie sich seit Monaten nicht mehr aufzusuchen getraut hat, zurück zu jenem Frühlingstag vor fast zwei Jahren, sie kämpfend auf dem Bett, die groben Instrumente, die wochenlangen Blutungen, gefolgt von kurzen Erholungsphasen. Dann der Tag in der Hütte, als Reza erstmals das Blut bemerkte – das war der Tag, an dem sie begann, sich Hoffnungen auf ein Baby zu machen, trotz aller Anzeichen, weil sie es sich so sehr wünschte. Etwas in ihr tobt. Irgendwo neben ihr stellt die junge Ärztin weiter Fragen. Wie schwer ist die Blutung? Wie oft tritt sie auf? Hat sie gelegentlich Fieber? Ist sie sicher, nie eine Abtreibung versucht zu haben? Was hat sie gemacht? Hat sie mit schmutzigen Männern geschlafen? Vielleicht sollte man noch ein paar Tests machen, aber ehrlich gesagt, eigentlich ist das nicht nötig.

»Ich verschreibe Ihnen ein Empfängnisverhütungsmittel«, sagt sie. »Und, Khanom Hafezi, Sie sollten die Einnahme nie unterbrechen.«

»Warum?«, fragt Saba. Sie klingt jetzt jung und naiv, und die Ärztin nimmt ihre Hand. Sie hat ganz schwache Überreste von babyrosa Nagellack auf dem Daumen, und Saba fragt sich zum ersten Mal, wie diese Frau außerhalb der Praxis lebt. Obwohl, wenn sie einen Moment nachdenkt, weiß sie es schon. Die junge Ärztin ist hier, weil sie keine andere Wahl hat. Eine hervorragende Studentin darf nur ein gewisses Maß an Fähigkeiten zeigen, ehe sie gezwungen wird, Gynäkologin zu werden. Diese junge Frau sieht eher aus wie eine forschende Wissenschaftlerin oder eine Geschäftsfrau oder eine frustrierte Dichterin.

»Weil«, sagt die Ärztin, und ihre Stimme klingt so weich wie die eines Teenagers, »niemand tote Babys gebären sollte, Khanom. Das ist nicht richtig.«

»Können wir zu Babas Haus gehen?«, fragt Saba eines Tages, als Reza fast eingeschlafen ist und sie die Konturen seines Rückens mit rot lackierten Fingerspitzen nachzeichnet. »Dann laden wir Ponneh ein.«

Als eine völlig aufgelöste Saba in der Woche zuvor aus der Praxis ihrer Ärztin in Rasht anrief, wies Reza sie an, nicht Auto zu fahren. Er nahm den Bus und kam zwei Stunden später an, um sie nach Hause zu bringen. Die mädchenhafte Gynäkologin saß mit Saba zusammen in einem Teehaus nicht weit von ihrer Praxis, und sie erzählten sich Geschichten und sprachen über ihre Lieblingsbücher. Als die Ärztin Saba ihre private Telefonnummer geben wollte, schüttelte die den Kopf und machte sich erst später klar, dass sie unhöflich gewesen war. Die Frau hatte ihr keine Hilfsdienste angeboten, sondern ihre Freundschaft. Auf der Rückfahrt im Auto sagte Saba sich, dass es so besser war. Vielleicht ist sie nächsten Monat oder nächstes Jahr nicht mehr hier. Reza gab ihr einen Kuss auf die Wange, und sie dachte nicht mehr an Babys. Er versprach, dass glücklichere Zeiten vor ihnen lagen.

Jetzt sind sie mit Ponneh in der Vorratskammer ihres Vaters. Sie schieben die verschiedenen Kartons mit nutzlosen Dingen zur Seite – Fliegenklatschen, Batterien, die Artikel, die man während des Krieges mitkaufen musste, wenn man Milch und Eier haben wollte – und schaffen um den Abfluss herum Platz. Sie legen ihre Oberbekleidung ab und setzen sich im Schneidersitz so, dass ein Dreieck entsteht, Knie an Knie, Köpfe zueinander gebeugt, flüsternd wie Jugendliche, die einem Fest von Erwachsenen entwischt sind.

Es ist ein Wunder, wie sehr diese kleine Kammer die Atmosphäre zwischen ihnen verändert. Jetzt sind sie wieder in einer vergangenen Zeit, einer Zeit vor Hochzeiten und Hinrichtungen, Babys und Witwenschaft, bevor sie alle Zeugen des Todes wurden – als sie einfach nur drei spielende Kinder waren.

Achtzehn Jahre alt, heimlich rauchend, versteckt vor der Welt.

Sieben Jahre alt, ein einziges Wirrwarr von Armen und Beinen draußen im Freien.

Jetzt, mit zweiundzwanzig, trinken sie schnell und achtlos aus einer Flasche *aragh*, mit dem Rücken zur Tür. Innerhalb einer Stunde ist die Flasche leer, und sie haben ihre seltsame gemeinsame Geschichte vergessen. Sie haben viele Dinge vergessen, und nichts ist unaussprechlich.

Sie reden über den Tag, als Ponneh zusammengeschlagen wurde. Sie sprechen ohne Zurückhaltung oder Verlegenheit über Sabas erste Ehe. Die ist jetzt bloß noch eine Tatsache, für die sich keiner von ihnen mehr interessiert. Einmal reden sie sogar über Rezas Ausbildung und wie glücklich er sich schätzen kann, eine reiche Frau zu haben. In ihrem betrunkenen Zustand findet das keiner von ihnen anstößig, und sie lachen über die Vorstellung von Saba als Wohltäterin. Und dann kommen sie zu dem Tag, als Reza bei Saba zu Hause auftauchte. Das ist der Moment des Gesprächs, an den Saba sich am deutlichsten erinnert, der Augenblick, in dem sie bemerkt, wie etwas zwischen ihren Freunden passiert – wie ein Zeichen von Reza ausgeht und, obwohl ihre Knie sich berühren, an ihr vorbei direkt bei Ponneh landet. Ein Blick wie eine Entschuldigung.

Es ist nur ein Moment, aber Saba wird sich immer daran erinnern, dass das der Augenblick war, in dem sie sich am stärksten wie »die andere« fühlte. Es ist keine vage Empfindung, sondern etwas Klares und Greifbares und Niederschmetterndes. Nicht Ponneh, sondern *sie* ist die Dritte, der entfernteste Winkel des Dreiecks, diejenige, die nicht dazugehört, eine Randfigur im Film der beiden anderen. Und bei der verzweifelten Suche nach ihrem eigenen Platz fühlt sie sich Jahrzehnte älter, denn sie begreift, dass sie tatsächlich eine Rolle hat, dass Reza und Ponneh zusammengehören und sie die Trauzeugin ist. Die Ernährerin. Die Mutter.

Zu was ist sie hier noch gut, wenn sie nicht mal Kinder mit Reza haben kann?

Sie denkt zurück an die Ermahnung ihres Vaters, ihre Unabhängigkeit gut zu nutzen. Hat sie das getan? Sie könnte längst in Amerika sein oder sogar ihre Mutter gefunden haben. Sie hätte bei ihren Verwandten im Exil Nachforschungen anstellen können, hätte Gefängnisunterlagen durchforsten können, um sich zu vergewissern, dass ihre Mutter niemals dort war. Es gibt so vieles, was sie gar nicht erst versucht hat.

Sie hören ein Geräusch von irgendwo weit hinten im Haus, und Ponneh steht auf, um zu gehen. Sie seufzt und bindet sich ihr Kopftuch um. Ehe sie aus der Kammer schlüpft, sagt sie: »Das war richtig schön.«

Aber Saba ist bereits ganz woanders. Bereits auf einem Flug nach Amerika. Es wird einem so vieles klar, wenn man betrunken ist und wirklich hinschauen kann. Sie erinnert sich an jenen Tag in der Gasse neben dem Postamt in Rasht, als sie elf war und Reza eine Musikkassette geben wollte. Ponneh sagte ihm, dass er so ein Geschenk nicht von ihr annehmen konnte. Das war ein Beweis für den Stolz der beiden, ihre gemeinsame dörfliche Herkunft. Die zwei waren in einem Ort verwurzelt, zu dem Saba niemals gehören würde, ganz gleich, ob sie mit Reza Kinder bekäme oder nicht. Wie hatte sie nur glauben können, dass Geld und Gesellschaftsschicht nie zwischen ihnen stehen würden? Wie hatte sie glauben können, dass sie ein gemeinsames Leben mit jemandem aufbauen konnte, das nur auf der Liebe zu ausländischer Musik beruhte? Während sie den Blick beobachtet, mit dem ihr Mann ihre beste Freundin betrachtet, leckt sich Saba über die trockenen Lippen und weiß, dass sie ihr ganzes Leben damit verbracht hat, Fehler zu begehen.

Ja, sie hat es geschafft, wieder Teil eines Paares zu werden, aber ist es das richtige Paar, oder ist es für sie beide bloß ein Ersatz? Obwohl Reza bewiesen hat, dass er sie liebt, ihr treu ergeben ist und den festen Vorsatz hat, glücklich zu sein, sehnt er sich immer noch nach Ponneh, genau wie Saba sich nach Mahtab sehnt.

Den ganzen nächsten Tag bleibt sie im Bett und denkt darüber nach, was sie getan hat. Sie denkt an ihren beschädigten Körper, an die Basidsch-Frauen, an den Rat ihres Vaters und verflucht sich selbst, weil sie so töricht war, so feige, das, was sie mit Reza erlebt hat, mit der Art von Liebe zu verwechseln, die sie aus zahllosen Büchern und Filmen kannte. Wie kann sie das mit *Casablanca* vergleichen oder mit *Romeo und Julia* oder auch nur mit den Paaren in den Dreißig-Minuten-Komödien, die sich beim Pastaessen in einem italienischen Restaurant verlieben? Nicht mal diese kurzen Geschichten kann Reza verstehen. Und schlimmer noch, falls sie je eigene auf Englisch schreibt, wird er niemals in der Lage sein, sie zu lesen.

Aber vielleicht ist das jetzt der Schlussstrich unter ihrem Unglück. Bestimmt ist auch Unglück endlich, und eine einzige

Pechsträhne kann hoffentlich den Unglücksvorrat für ein ganzes Leben aufbrauchen.

Reza kommt zögernd herein, fragt, was sie hat, ob etwas passiert ist.

»Geh«, sagt sie und hofft, dass er wütend wird, dass er sie aus dieser Stimmung herausreißt. Doch Reza nickt nur und schließt die Tür.

Von düsteren Gedanken überwältigt, döst sie eine Weile vor sich hin, bis sie schließlich aufgibt und nach ihren Kopfhörern greift. Sie hört sich eines ihrer alten Lieblingslieder von Melanie Safka an, und der Text lindert das Schuldgefühl tief in ihrer Brust. Sie summt die Worte mit und amüsiert sich darüber, dass dieser Song nicht konfisziert wurde. Melanies Kleinmädchenstimme und die dürftigen Englischkenntnisse der *pasdars* haben dazu geführt, dass sie ihn für ein harmloses Kinderliedchen gehalten haben, in dem es ums Rollschuhlaufen geht.

For somebody who don't drive,
I've been all around the world,
Some people say I've done alright for a girl.

~

Sie träumt von ihren Eltern, die neben einer kindlichen Mahtab stehen. Sie sind zusammen, doch die Gesichtszüge ihrer Mutter sind noch die von vor zehn Jahren, während ihr Vater gealtert ist. Er bietet Mahtab getrocknete Sauerbeeren aus seinen Taschen an. Das war das Geschenk, das er immer für sie kaufte, bei allen weniger greifbaren Meilensteinen ihrer Kindheit – gebrochenen Herzen, Enttäuschungen, Fehlgriffen, Erfolgen. Selbst heute noch bringt er immer, wenn er Saba besuchen kommt, getrocknete Sauerbeeren mit. Er schickt sie mit dem Postboten oder bezahlt sie beim Obstverkäufer und lässt sie für sie zurücklegen. Nie vergisst er, dieses kleine tägliche Geschenk zu schicken, wohingegen er manchmal ihren Geburtstag vergisst.

Die nächste Szene ist ein realer Moment, der sich wenige Tage vor ihrer Hochzeit ereignete – das einzige Mal, dass Khanom Basir versuchte, ihrem Vater die Stirn zu bieten. Sie klopfte eines Abends an seine Tür, als Saba gerade das Abendessen für ihn machte. Vom Hauptraum aus sah Saba, wie ihr Vater Haltung annahm, seinen dicken Bauch einzog und trotz des Alkohols und des Opiums, die sein Blut zäh und träge gemacht hatten, laut donnerte: »Es reicht!« Khanom Basir schnappte nach Luft und trat zurück. »Sie reden über meine *einzige* Tochter!«

Meine einzige Tochter. In dem Moment dachte Saba nicht an Mahtab. Sie ließ keine Erinnerungen an ihre Mutter zu, die im Flughafen ihre Schwester an der Hand gehalten hatte. Bei Hochzeiten spielen Väter eine entscheidende Rolle, und in dieser Hinsicht gibt es vieles, wofür sie dankbar sein kann.

Sie erwacht und greift nach einem Stapel Blätter. Englische Wörter und halb vollendete Geschichten. Wenn ihre Mutter Sabas Geschichten heute hören könnte, wäre sie stolz darauf, wie viele Wörter sie kennt. Aber wem von ihren Freunden im wirklichen Leben kann Sabas letzte Geschichte anvertraut werden – die über Mahtab und ihren Ehemann und ihre große Lüge? Vielleicht wird sie sie irgendwann mal Khanom Omidi erzählen. Doch vorläufig bleibt sie einfach im Bett liegen und fabuliert für ihre Mutter. Die Mutter, die in ihrer Erinnerung lebt und mit der sie sich von Zeit zu Zeit unterhält. Sie kann bei niemandem sonst davon ausgehen, dass er wirklich zuhört und sie versteht. Was jetzt kommt, ist eine zu wunde Stelle, eine zu enge Verbindung, Sabas eigene geheime Vorratskammer.

Folgende Menschen hat Mahtab hinter sich gelassen:

Khanom Judith Miller – denn Mahtab ist jetzt selbst eine gestandene Journalistin.

Cameron den armen Arier – denn er hat gelogen, und diese Karte in ihrem Portemonnaie ist bloß noch ein Souvenir, ein Andenken.

Babys – denn wohingegen ich vielleicht keine bekommen kann, will sie gar keine haben.

Baba Harvard – denn er hat keine Arme, kein Lächeln, keine väterlichen Knubbel an den Schultern. Trotz seiner großen Taschen und seiner Belesenheit ist er herzlos. Er starrt mit akademischer Nonchalance, perfekter Haltung und vollkommener Selbstbeherrschung in deine tränennassen Augen und noch dahinter, und dann wendet er sich dem nächsten eifrigen Studentengesicht in der Reihe zu. Er hat zu viele Kinder, die um seine Gunst buhlen, und keine getrockneten Sauerbeeren in seinen Taschen, kein Blut in seinem Herzen. Er raucht nicht zu viel und trinkt nicht zu oft. Er vergisst niemals einen Geburtstag. Er hat Sekretärinnen, die für ihn Päckchen verschicken. Er hat kein Bedürfnis nach dir. Gute Väter haben Bedürfnisse.

Ja, es gibt ein paar Dinge in meinem Leben, um die Mahtab mich beneidet. Ich habe so manches beobachtet, das sie gern mit ihren Journalistenaugen gesehen hätte, und ich habe einen Vater aus Fleisch und Blut.

Aber sonst nichts, weil ich so feige gewesen bin. Ich weiß, dass ich später im Leben, wenn Mahtab schon längst außer Reichweite meiner Fantasie ist, zum Telefon greifen werde, weil ich über die auffälligen Übereinstimmungen in unserem Leben sprechen möchte, die vielen Streiche, die Blut und Schicksal uns gespielt haben und die uns zwangen, getrennt durch unendlich viel Land und Meer das gleiche Leben zu führen. Ich werde mir wünschen, dass ich stark genug, selbstbewusst genug gewesen wäre, um so zu leben wie sie, nicht so pragmatisch, nicht so risikoscheu. Ich werde meine Entscheidung beklagen, Reza geheiratet zu haben, weil ich zu ängstlich war, zu fliehen, meiner Zwillingsschwester und unserem gemeinsamen Traum zu folgen, hinaus aus diesem neuen Iran. Ich werde stattdessen an meine verlorene Schwester denken, mir den Hörer ans Ohr halten und ein Scheintelefonat mit ihr führen.

Während ich mir an jenem Tag den Hörer ans Ohr drücke und das Dauertuten des Freizeichens ignoriere, wird mir zu spät klar werden, dass ich die Zeit, die ich mit Mahtab hatte, meinem anderen Ich, besser hätte nutzen sollen. Ich hätte mutiger sein sollen. Mahtab ist mutig. Es interessiert sie nicht, was sie sich nach Meinung der Welt eigentlich wünschen sollte. Sollen sich junge Bräute Babys wünschen? *Pfft!* Interessiert Mahtab nicht. Sie hat ihre eigenen Pläne. Das ist die Geschichte darüber, wie sie sich von der letzten und wichtigsten Einwanderersorge befreit, sodass sie keine Ausländerin mehr ist. Es geht dabei um Kinder und Geliebte.

Nein, das stimmt nicht … Es geht um Väter und Töchter.

Ich denke, mittlerweile ist Mahtab wahrscheinlich verheiratet, schließlich bin ich ja verheiratet, und sie ist mein Zwilling. Wen hat sie ausgewählt? Cameron? James? Jemand anderen? Zu Cameron kann sie nicht zurückgegangen sein. Er hat ein Geheimnis und lebt jetzt im Iran – hat gleichsam eine Art von Selbstmord begangen und sie mit Joghurtgeld zurückgelassen. Und James? Ist er nicht derjenige, den sie immer wollte? Ein blasser amerikanischer Prinz? Ich glaube, dass sie ihm seine eine Unzulänglichkeit verzeihen kann, so wie ich verziehen habe. Sie kann vergessen, dass er ein Feigling gewesen ist, zu schwach, um nach einer Reihe von Ereignissen, bei denen es unter anderem um einen abgebrochenen Absatz ging, zu ihr zu stehen. Ihr Weg zurück zu James beginnt folgendermaßen:

Es ist Mai 1992, und sie steht kurz vor ihrem Abschluss in Harvard. Sie geht in ein italienisches Restaurant am Harvard Square, das von einem Vetter des Teheraners geführt wird. Aber sie weiß nichts von diesem Detail, das sie mit mir verbindet. Sie studiert die Speisekarte und überlegt, welche Pizza sie mit auf ihr Zimmer nehmen soll, wo sie den ganzen Abend packen will.

James Scarret geht genau in dem Moment draußen vorbei, als sie aufblickt, und zum ersten Mal seit jenem Vorfall in der Bar lächeln sie beide, und er eilt nicht weiter. Er kommt zögernd herein, und sie erinnert sich an all das an ihm, das sie so fremdartig und faszinierend fand. Sein breites Kinn, das mit hellen Stoppeln bedeckt ist, das gleichfarbene Haar, ziemlich lang, mit einem rötlichen Schimmer. Der fast weiße Babyflaum auf seinen Armen. Das genaue Gegenteil von Cameron mit dem schwarzen Haar und den weichen Schauspielerzügen und dem übergroßen Selbstvertrauen in jeder Regung.

»Isst du allein?«, fragt er. Sie bejaht. Er zögert, sagt dann: »Bleib doch.« Er forscht in ihrem Gesicht nach Zeichen der Ablehnung. »Wir sollten ein letztes Mal hier essen.«

Ehe ihr ein Grund einfällt, Nein zu sagen, sitzen sie bereits an einem Tisch.

Im Mai ist Cambridge wie neugeboren. Maman-dschan, hast du je den Harvard Square im Frühling gesehen? Haben dich deine Abenteuer in der Fremde dorthin geführt? Ich weiß, es gibt Einzelheiten, die ich mir nicht ausmalen kann, indem ich mir einfach nur die berühmten Filmaufnahmen aus der Vogelperspektive anschaue oder die Fotos einer smaragdgrünen Kuppel, die den Fluss überragt. Aber ich kann dir sagen, dass die Nachmittage jetzt länger sind, dass die Restaurantbetreiber Tische und Stühle im Freien aufgestellt haben, zuerst unsicher, mit fragendem Blick zum Himmel, aber dann haben sie alle Vorsicht vergessen und schweben jetzt mit Weißwein und Rotwein und Sangria von Tisch zu Tisch, bis Scharen von Schönwetterkunden aus ihren Geschäften auf die Straße drängen, wie Mais, der als Popcorn aus Töpfen auf der Herdplatte platzt. Ich stelle mir vor, dass es dort ganz ähnlich aussieht wie in manchen Teilen von Teheran oder Istanbul.

James fragt, was sie im nächsten Jahr machen wird, und über zwei Pastateller hinweg erzählt sie ihm von der *New York Times*. Sie ist sehr stolz darauf. James sieht ihr beim Essen zu, hebt den Arm und tunkt ein Stück Brot in den letzten Rest ihrer Soße. »In einer Stunde müssen wir wieder irgendwo was Essbares auftreiben«, sagt er. »Hab ich recht? Weil kein Reis dabei war? Wie hieß der noch? … *Domsiah!*«

Mahtab blickt auf, überrascht, dass er sich an den Namen des Reises erinnert und bereit ist, Dinge zu erwähnen, die sie ihm über Perser und ihre wunderlichen Essgewohnheiten erzählt hat. Sie nimmt seinen hingerissenen Gesichtsausdruck wahr und denkt, dass sie vielleicht nicht noch einen umherirrenden iranischen Mann wie Cameron braucht, wenn sie jemanden wie James haben kann. Jemanden, der nichts über Farsi-Buchstaben weiß oder von den Regeln für persische Authentizität, der aber wissbegierig ist. Jemanden ohne Einwanderersorgen oder die Sehnsucht nach einer Heimat, die es vielleicht nicht mehr gibt. Jemanden, der nicht in der Verbannung lebt, sich nicht in der Suche nach einem Land verliert, sondern sie wegen ihrer exotischen Probleme anhimmelt, wegen ihrer wunderschönen Melancholie, der mandeläugigen Unruhe, die Männer mitten ins Herz trifft. Vielleicht ist die Perserkatzen-, Perserteppich-Variante der Neugier gar nicht so schlecht. Wenigstens muss Mahtab nicht in einem Dorf leben, in dem sie sich durch nichts hervortun kann.

Siehst du, Maman, ich hab einiges gelernt. Wenn ich nach Amerika gehe, verliebe ich mich vielleicht wieder, und falls ich das tue, dann nur in einen Amerikaner. Weißt du, warum? Weil Mahtab mich gelehrt hat, dass ich weder jemanden brauche, der mit mir blutsverwandt ist, noch einen Freund aus Kindertagen oder jemanden aus meinem Teil der Welt. Ja, solche Verbindungen haben etwas Tröstliches, aber ich habe schon ohne sie gelebt. Vielleicht komme ich ohne ein Baby zurecht, ohne Reza und jeden anderen Mahtab-Ersatz. Warum sollte mein Leben der Widerhall eines anderen Lebens sein? Ich bin fertig mit unsichtbaren Fäden und Bindungen an ein sterbendes Heimatland. Ich will keine verlorene Einwanderin mit Sorgen und Sehnsüchten sein, die es mir unmöglich machen, mich einzufügen. Ich brauche jemanden, der mich auf dieser Welt einzigartig findet, obwohl er weiß, dass ich die Hälfte eines zerbrochenen Paars bin.

Amerikanische Männer können Einzigartigkeit sehr viel besser begreifen als Blutsbande. Das Vertraute, die dörfliche Geborgenheit birgt für sie keine Romantik. Sie sind dazu erzogen worden, verwegen und mutig zu sein. Mein namenloser Amerikaner passt vielleicht nicht in einen körnigen alten iranischen Film und wird mir wohl nie mit bezaubernder Inbrunst auf einer schlecht gestimmten Gitarre »Sultan der Herzen« vorspielen. In dieser Hinsicht gleicht er Reza, der meine Bücher nicht lesen kann. Aber wenigstens wird er nicht jemand anderen lieben. Mir scheint, dass persische Männer *immer* jemand anderen lieben. Sie liebäugeln mit jedem Teller, außer mit dem, der direkt vor ihnen steht. Sie haben mehr Hunger, als ihnen guttut – poetischer Wahnsinn, der besser nicht an die nächste Generation weitergegeben wird.

Bei all seinen Fehlern zeigt James eine hingerissene Faszination für Mahtab. Er spricht von ihrer Herkunft, als glaubte er, dass alle iranischen Männer lockige schwarze Bärte hätten, sich Kajal um die Augen malten und ihre Nachmittage damit verbrächten, im ehernen Lendenschurz gegen die Griechen zu kämpfen; als hätten alle iranischen Frauen einen Schlafzimmerblick und äßen Granatäpfel wie auf den alten Gemälden, als würden sie ihre langen weichen Schenkel um *setars* schlingen und sich in die Umarmung oberlippenbärtiger Liebhaber sinken lassen. Sie mag diese Klischees. Immerhin kreisen sie nicht um Hidschabs und Turbanbomben.

Plötzlich kommt er ihr unwahrscheinlich jung vor, und Mahtab fragt sich, warum sie so hart zu ihm war. Sie bestellen sich Drinks, geraten ins Plaudern und stellen rasch fest, dass ehemals bittere Erinnerungen jetzt lustig sind. Bald wird ihnen klar, dass dieses Abendessen ein Meilenstein ist – dass Mahtab ihm noch eine Chance gibt. Er rückt auf ihre Seite des Tisches, und sie teilen sich das Dessert. Er spielt einen Moment mit seinem Löffel, aber Mahtab fühlt sich nicht unwohl. Er kann sehr gut schweigen. Wieso ist ihr das nicht schon früher an ihm aufgefallen? »Es tut mir leid, was passiert ist«, sagt er.

Sie berührt die weichen blonden Härchen an James' Unterarm und sagt in dieser lässigen Alles-auf-Anfang-Art der Amerikaner: »Daran denk ich gar nicht mehr.«

Zwei Wochen nach der Abschlussprüfung heiraten sie heimlich und ziehen gemeinsam nach New York, eine unbedachte Entscheidung, die durch die unselige Kombination von holländischem Bier, einem Whiskey Sour, einem Old Fashioned, einem Sidecar und einem Martini ausgelöst wird. Ja, sie ist leichtsinnig. Das kann sie auch sein, denn amerikanische Scheidungen sind unkompliziert. Und geschiedene Amerikanerinnen gelten als verführerisch und tapfer.

Folgendes hat sie von ihrer Heirat in Erinnerung: dass sie

das unrechte Hermès-Tuch weggeworfen hat. Vergeblich versucht hat, die Kreditkarte wegzuwerfen, weil Joghurtgeld eine klebrige Angelegenheit ist. Dass sie ihren Vater, den sie seit über einem Jahrzehnt nicht mehr gesehen hat, schmerzlich vermisst hat, denn trotz all seiner Bücher und Weisheiten kann Baba Harvard sie nicht zum Altar führen.

Monate vergehen. Kurz nach der Hochzeit muss sich auch Mahtab mit der Frage der Mutterschaft auseinandersetzen, denn ein Baby mit James ist unabdingbar. Ihr Schwiegervater fängt jeden Tag davon an. Zuerst erwähnte er es beiläufig, witzelte lachend über seine zukünftigen Enkelkinder. Doch in letzter Zeit wird er bei dem Thema immer ernster, nimmt James beiseite und gestikuliert heftig vor seinem Gesicht.

Ihr wird klar, dass Mutterschaft das Schicksal ist, das sie eines Tages ereilen wird.

Ein Baby wird deine Kindheit beenden, sagt ihre alte Freundin, die *pari*, die immer auf dem Briefkasten in Kalifornien saß. Es wird dich an diesen Mann binden, diese Stadt.

Ja, es *könnte* das Ende bedeuten, sagt Mahtabs logisches anderes Ich.

Es *wird* das Ende bedeuten, keine Frage, sagt eine neue Stimme, eine verbitterte alte Dame mit Mundgeruch und spindeldürren Fingern, von der Mahtab befürchtet, dass das sie selbst sein könnte – eines Tages. Das gealterte wilde Wesen aus ihrem Inneren.

Nein, ein Baby ist es nicht wert, ihre journalistischen Träume aufzugeben. So viel könnte passieren, wenn ein Kind auf die Welt kommt. Sie könnte sich nicht mehr frei bewegen. Ihre eigene Mutter musste für ihre Töchter ein ganzes Leben opfern, ihre ganze Geschichte. Sie musste eines ihrer Kinder zurücklassen. Was, wenn Mahtab das Kind verlassen muss? Was, wenn *sie* alles opfern muss? Was, wenn Cameron mit Neuigkeiten aus dem Iran zurückkehrt, mit Abenteuern, über die sie in der *New York Times* schreiben kann, und sich die Landschaft ihrer Welt verändert?

Nein, denkt sie. Sie wird kein Kind bekommen. *Niemals.* Für niemanden. Sie hat einen Beruf, um den sie sich kümmern muss, sie hat Welten zu entdecken und für die beste Zeitung der Welt zu entschleiern.

Verstehst du? Mahtab braucht kein Kind oder überhaupt jemanden. Das ist ihre größte Stärke.

In den Tagen nach der Hochzeit essen Mahtab und James oft bei den Scarrets in Connecticut zu Abend. Das Haus der Scarrets ist irgendwie ungemütlich. Hast du schon mal so ein amerikanisches Haus im Fernsehen gesehen? Ich kann dir genau sagen, wie es aussieht, mit unberührbaren Möbeln und einer Karaffe Scotch, die zwischen der cremefarbenen Couch und dem dunklen Kirschholzflügel bereitsteht. Eines Abends beim Dinner fragt James' Vater über den Rand seines Whiskeyglases hinweg, ob sie Probleme haben, ein Kind zu zeugen.

»Wir werden Kinder haben, wenn der richtige Zeitpunkt gekommen ist.« James drückt Mahtabs Hand.

»Der richtige Zeitpunkt ist *jetzt*«, lallt Mr Scarret. Mahtab wünscht, sie hätte die Autorität, ihm das Glas wegzunehmen und ihn ins Bett zu schicken. »Ich bin fast sechzig.«

Mahtab spürt, wie ihr Seelenfrieden aus ihr herausströmt, ihren Körper verlässt und die Straße hinunterrennt. Sie beginnt, James' Vater zu hassen. Aber trotz ihrer Wut wahrt sie die Beherrschung. Sie weiß, dass sie in einer freien Welt das Recht hat, allein zu entscheiden, ob sie ein Baby will.

Später stehen sie und Mrs Scarret auf, um abzuräumen. Mahtab geht zurück ins Esszimmer, um die letzten Teller zu holen, und hört zufällig, wie ihr Schwiegervater im Wohnzimmer leise mit James redet: »Nicht bereit?«, sagt er mit whiskeyheiserer

Stimme. »Was soll die Warterei? Im Iran hätte sie jetzt schon längst vier Babys auf den Rücken geschnallt.«

Vielleicht äußert James alle Entrüstung und Wut, die so eine Bemerkung verdient. Vielleicht lässt er nur den Kopf hängen, seufzt und murmelt irgendwas Diplomatisches. Oder vielleicht rafft er auch alle Tapferkeit und allen filmreifen Wagemut auf, den er als verängstigter Collegejunge in einer Bar nicht besaß. Vielleicht geschieht das alles in einem anderen Universum, und in diesem stürmt Mahtab einfach ins Esszimmer, schnappt sich ihre Handtasche und James' Schlüssel, stürzt aus dem Haus und lässt die dicke hölzerne Haustür der Scarrets offen stehen.

Die ganze Nacht findet sie keine Ruhe. Sie wird das Bild nicht los, das ihr Schwiegervater heraufbeschworen hat – das Bild von ihr als Dorfmädchen. Hat Baba Harvard gelogen? Vielleicht stimmt es ja, dass verwaiste Kinder niemals in bessere Welten hineinfinden können, dass eine Einwanderin immer so aussehen wird, als gehörte sie zurück ins Dorf, und dass vaterlose Mädchen vaterlos bleiben.

Sie hält sich an diesen Gedanken fest und dreht und wendet sie behutsam, mütterlich in dem warmen Raum zwischen ihrer Brust und dem Kissen. Und so keimt in jener Nacht etwas mit einem Eigenleben in ihr auf und wächst heran. Kein Baby, aber die erste Ahnung eines gewaltigen Fehltritts, eine Idee, an die sie sich später schlicht als die Große Lüge erinnern wird und die beinahe zwangsläufig ist, sowohl was die Praktikabilität angeht als auch das Potenzial, so vieles auf einen Schlag zu lösen – genau das, was bei so vielen Leuten dazu geführt hat, dass sie Mahtab in den langen Jahren außerhalb des Iran missverstanden haben.

Als die Nacht fast vorbei ist und der Schlaf noch immer nicht kommt, wenden sich ihre Gedanken ihren Eltern zu. Abgesehen von ein paar vereinzelten Erinnerungen und den vielen

Gesprächen, die sie über die Jahre erfunden hat, hat sie keinerlei Anhaltspunkte für Babas Charakter oder seine Überzeugungen mehr. Sie sagt sich, dass Baba sie gegen Mr Scarret mit seiner Baby-Obsession und der Iran-Ignoranz verteidigen würde. Trotz all der Vaterfiguren, die sie im Verlauf ihres Einwandererlebens angehimmelt hat, trotz der väterlichen Schultern, die sie bewundert, und der leblosen Beschützer, die sie erfunden hat, konnte Mr Scarret nie die einsame Tochter in ihr ansprechen, und das will was heißen bei einer jungen Frau, die sehnsüchtig zusah, wenn José den Abwasch machte und Mr Aryanpur Tee trank.

Sie fragt sich, was ihre Mutter dazu sagen würde, und greift zum Hörer, weil das ein Privileg ist, das Mahtab noch immer hat: Sie kann ihre Mutter anrufen, anstatt sie sich vorstellen zu müssen.

»Warum so traurig, Mahtab-dschan?«, sagt Maman sanft. »Sei dankbar. Du bist ein Mädchen aus Gilan! Schau dir an, wo du jetzt bist. Du kannst tun und lassen, was du willst, und ein Baby ist das Beste von allem. Ein Baby macht dich unsterblich.« Als Mahtab schweigt, fügt sie hinzu: »Überlass es Gottes Händen. Versuch es. Wenn du nicht fähig bist zu empfangen, ist das deine Antwort.«

Und das ist er, der Moment, in dem die Idee auftaucht und Gestalt annimmt. *Wenn du nicht fähig bist zu empfangen, ist das deine Antwort.* In diesem vagen Appell an eine höhere Macht findet Mahtab ihre Lösung, in dieser Empfehlung, ausgesprochen von einer Mutter, die an die Macht simpler Antworten glaubt. Jetzt denkt sie sich die Große Lüge aus, aber dafür darfst du sie nicht hassen. Sie tut es nur aus einem überaus iranischen Grund, nämlich um alle zufriedenzustellen und jedem zu geben, was er braucht: ein kühles Schlückchen Joghurt. Sie ist zwar von Baba Harvard ausgebildet worden, aber sie ist noch immer eine wilde Kreatur. Es ist nicht ihre Schuld. Es liegt in ihrem kaspischen Blut.

»Okay«, sagt Mahtab, ehe sie auflegt. »Hab dich lieb. Du fehlst mir. *Zulbia.*« Sie lachen über diesen alten Witz. *Zulbia* ist nämlich ein zuckersüßes Gebäck und das Wort, das wir als Kleinkinder sagten, wenn wir *zud-bia* meinten, was »Komme bald« heißt.

∾

Es ist ein Sonntag, als Mahtab die Worte erstmals laut ausspricht. *Ich kann keine Kinder bekommen* – ganz einfach. Aus. Fertig. Frei. Jetzt liegt es an James und seiner Familie, das zu akzeptieren oder offenkundig jede östliche und westliche Vorstellung von Integrität und Anstand über den Haufen zu werfen. Denn wer kann einer Frau Vorwürfe machen, die willig ist, aber nicht in der Lage? Sie hat kein schlechtes Gewissen wegen ihres Verhaltens. Es ist eine Flucht, so wie die Flucht ihrer Mutter aus dem Iran. Sie fühlt sich heldenhaft, rechtschaffen, edel. Vielleicht auch ein bissen weniger ängstlich. Sie atmet ein- oder zweimal tief aus. Es ist die Freiheit, ihre Zwanziger hinter sich zu lassen und wieder vierzehn zu sein. Die Freiheit, einen Beschützer zu haben – nicht selbst einer zu werden. Es fühlt sich gut an. Als James mitfühlend lächelt und ihre Hand nimmt, verspürt sie eine Welle der Erleichterung und Zuneigung.

Jetzt ist sie aus diesem Gespräch entlassen. Sie kann sich wieder darauf konzentrieren, die Ungerechtigkeiten der Welt zu dokumentieren und Baba Harvard auch nach dem Abschluss mit ihrem Talent zu beeindrucken.

Welche Macht sie hat! Das ist das Besondere an Mahtab. Sie bestimmt alles, was ihr widerfährt. Sie will keine Babys, also bekommt sie auch keine, und dadurch gibt sie mir Hoffnung. Ein

Vermächtnis kann so vieles sein, nicht bloß ein Kind. Ich werde irgendwann ein Vermächtnis haben, das nichts mit Cheshmeh oder Reza oder Ponneh zu tun hat. Es wird etwas sein, das ausschließlich aus mir selbst kommt. Ein Stück Saba Hafezi, das in der Welt bleibt.

Mahtab ist eine erfahrene Journalistin, daher hat sie natürlich jede Menge Material, um ihre Geschichte zu untermauern. Als sie sich eine Woche zuvor durch Fakten und Zahlen und die Sprache der Krankheit gearbeitet hat, wurde ihr etwas klar: dass sie nämlich egal welche Fiktion nehmen und sie in den Mantel der Wahrscheinlichkeit hüllen kann, indem sie das kollektive Wissen der Welt nutzt. Die Momente auktorialer Macht haben Mahtab schon begeistert, als wir noch klein waren und sie Geschichten über den Sonne-Mond-Mann erfand. Ihre Story ist makellos: Infektion. Narben. Bleibende Schäden und noch mehr Schäden. Sie setzt jetzt ziemlich viel aufs Spiel – Mahtab die Risikofreudige, die Beherrscherin ihres eigenen Schicksals. Mahtab die Träumerin, die Schläferin, die einsame Schwestern im Stich lässt.

»Keine Sorge«, flüstert James. »Dann adoptieren wir eben. Wir werden ein kleines Mädchen adoptieren. Vielleicht aus dem Iran.« Er schneidet ein Stück von seinem eigenen Frühstückscroissant ab und legt es ihr auf den Teller, wie man das für ein trauriges Kind tun würde. Mahtab zupft daran herum und schafft in ihrem Herzen Platz für die Sturzflut der Schuld, die sie von diesem Moment an für den Rest ihres Lebens in sich tragen wird.

Sie versucht, die Mienen ihrer Schwiegereltern zu lesen. Mrs Scarret ist mitfühlend, sucht offensichtlich nach irgendwas Positivem, was sie sagen könnte. Schließlich begnügt sie sich mit einer Unverbindlichkeit. »Es gibt immer Optionen, Liebes, in der heutigen Zeit.«

Mr Scarret starrt auf den Tisch, schiebt den Schinken auf dem Teller mit der Gabel hin und her. Seine Hängebacken sehen grau aus, irgendwie eingefallen und passen so gar nicht zu dem munteren Pastellmuster seines Pullovers. »Kann man das nicht operieren?«, fragt er so laut, dass das Paar am Nebentisch aufblickt. »Ich werde das recherchieren«, haucht er. »Ihr Kinder kriegt jede Hilfe, die ihr braucht.«

Jetzt stürzt Mahtab sich in ihre Arbeit als Reporterin. Sie ist gut, ein Star. Monatelang lebt sie täglich in der bangen Erwartung, dass etwas passieren wird, und eines Tages ist es so weit. Sie hebt den Hörer ab, und am anderen Ende ist Dr. Vernon, ihr Gynäkologe, der sie bittet, in seine Praxis zu kommen. (»Ja, es ist dringend. Ja, heute noch, bitte.«) Als sie die Praxis betritt, die in der Mitte einer Sackgasse mit lauter Privatpraxen in einer vornehmen Gegend liegt, tut sie das mit der ganzen Beklommenheit eines Kindes, das in die Sonderkonferenz von einem Dutzend wütender Schuldirektoren bestellt wurde. Sie setzt sich erst zehn Minuten ins Wartezimmer, ehe sie sich anmeldet. Als sie an der Reihe ist, kommt der Arzt selbst, um sie hereinzubitten. Er ist ein freundlich aussehender Mann Ende dreißig, blond und grauäugig, behände und zierlich in seiner Bügelfaltenhose und dem weißen Kittel.

»Mrs Scarret«, beginnt er, ohne ihr einen Platz anzubieten oder sie zu bitten, sich frei zu machen oder Formulare auszufüllen. »Die Angelegenheit ist ein wenig delikat.«

»Stimmt was nicht?« Ihre kaum hörbare Stimme scheint seinen Verdacht zu bestätigen.

»Wissen Sie … meine Frau ist im Frauenklub Soundso … Kennen Sie den?«

»Ja«, flüstert sie wieder. »Meine Schwiegermutter ist Vorsitzende des –«

Dr. Vernon unterbricht mit einem dreifachen kräftigen Nicken. »Meine Frau ist ihr dort begegnet. Und sie sind ins Gespräch gekommen und … Ich möchte nicht aufdringlich sein, Mrs Scarret, aber ist alles in Ordnung mit Ihnen? Wieso haben Sie Ihrer Familie erzählt, Sie könnten keine Kinder bekommen?«

Mahtab atmet aus, weil Dr. Vernons Stimme nicht so missbilligend und schroff klingt, wie sie erwartet hat. »Ich …«, beginnt sie, ohne zu merken, dass sie angefangen hat zu weinen und sich das Journalistinnen-Make-up ruiniert.

»Es geht mich ja wirklich nichts an«, räumt Dr. Vernon ein. »Und ich würde auch nicht weiter nachfragen – übrigens, als Katie mir erzählte, wie leid es ihr für Sie tut, hab ich ihr nicht gesagt, dass es nicht stimmt, ärztliche Schweigepflicht –, aber ich mache mir Sorgen, Mrs Scarret, denn wenn Sie so etwas gesagt haben … nun ja, Sie wissen doch wohl, dass es nicht mal eine gute Erklärung ist, oder? Ich meine, abgesehen von der offensichtlichen Tatsache, dass Sie völlig gesund sind, führt die von Ihnen angegebene Erkrankung nicht dauerhaft zur Unfruchtbarkeit. Das können Sie in jeder beliebigen medizinischen Fachzeitschrift nachlesen.«

»Ich weiß«, sagt Mahtab fast lautlos.

Der Arzt führt Mahtab zu einem Stuhl, reicht ihr ein Kleenex. Er setzt sich in einen Drehsessel und rattert den Rest seiner vorbereiteten Rede herunter. »Mrs Scarret. May. Darf ich May sagen? Sie haben doch nicht etwa irgendwelche drastischen Maßnahmen ergriffen? Meinen Unterlagen zufolge nehmen Sie keine Verhütungsmittel, weil Sie ja gesagt haben, Sie würden versuchen, eine Familie zu gründen. Deshalb muss ich Sie das fragen. Das ist meine Pflicht.«

»Was denken Sie denn, was ich gemacht habe?«

Dr. Vernon zuckt die Achseln. »Pillen, die Sie nicht von mir verschrieben bekommen haben, irgendwelche Hausmittelchen und so weiter. Wir leben in den Neunzigern, aber Sie würden nicht glauben, was noch alles praktiziert wird.« Er hüstelt und fügt hinzu: »Vor allem natürlich von Teenagern ...« Er räuspert sich, gibt Mahtab Gelegenheit, ihn aus der Bredouille zu befreien.

»Danke, Dr. Vernon«, sagt sie und steht auf, »aber Sie haben keinen Grund zur Besorgnis.«

Der Eingangsbereich ist leer. Der Arzt verabschiedet sie mit einem beidhändigen Händedruck und dem Satz »Alles Gute, und bitte melden Sie sich, falls Sie uns brauchen«, ehe er wieder in seinem Besprechungszimmer verschwindet. Wer ist »uns«?, fragt sie sich, während sie sich umschaut. Sie beschließt, sich kurz zu setzen, nur um sich ein wenig zu sammeln. Ihre Hände zittern. Sie glaubt nicht, dass sie in der Lage ist zu fahren. Draußen wird der Himmel grau, und die Sackgasse wirkt trostlos und gewöhnlich. Auf den üblichen Holztischen, die auf hässlichem Teppichboden stehen, sind Frauenzeitschriften aufgefächert. Auf einmal beginnt Mahtab, laut in ihren Ärmel zu schluchzen. Sie weiß, das ist ungehörig und lässt sie jämmerlich und schwach wirken, aber sie kann einfach nichts dagegen tun.

Sie nimmt gar nicht wahr, dass die Empfangssekretärin herbeieilt und ihr die Hand hält, dass Dr. Vernon wieder herausgestürzt kommt und zum Telefon greift. Auch sein lahmer Versuch, ihre Stimmung zu bessern, indem er die Klassik-CD gegen Jazz austauscht, die einzige andere Option in der Praxis, bleibt unbemerkt. Sie sieht nur das nass verschwommene Braun und Rosa und Weiß, wo zuvor die Tische und die Zeitschriften und der Teppichboden waren. Sie erkennt das Gefühl wieder, nicht zu wissen, was man machen soll, das Gefühl, dass alles aus den Fugen gerät, dass ein ganzer Wohnwagen sich überschlägt und ihr den Brustkorb zerquetscht; ihr kommt der vage, einsame Gedanke, dass Cameron, wenn sie ihn jetzt anrufen würde, all ihre Fehler mit einer geistreichen Bemerkung über dichterische Freiheit und Wahnsinn wegwischen würde. *Wo ist Cameron? Wo ist mein Freund? Noch so ein Außenseiter, der die Welt aus der Distanz betrachtet?* Und dann, nur Minuten später, sieht sie den königsblauen Minivan der Scarrets den endlosen grauen Beton da draußen durchschneiden.

James und sein Vater kommen in die Praxis gestürzt. Mr Scarret schüttelt Dr. Vernon die Hand. Durchs Fenster bemerkt Mahtab Mrs Scarret, die im Wagen wartet, mit langen Fingern auf das Armaturenbrett trommelt und sich vermutlich den Lippenstift von den Lippen nagt. Sie hat Mitleid mit ihrer Schwiegermutter, weil sie dieser friedlichen amerikanischen Familie so viel Ärger gebracht hat, einer Familie, die zuvor wahrscheinlich nicht mal wusste, was ein echtes Drama ist.

»Was ist denn los?«, hört sie ihren Schwiegervater flüstern. Seine Stimme klingt rau und entschuldigend, und sie nimmt es ihm übel, dass er mit dem geplagten Arzt mitfühlt.

»Tut mir leid, dass ich Sie angerufen habe«, stammelt Dr. Vernon. Er fühlt sich von James' Vater, einem sehr viel älteren, profilierten Mann, eingeschüchtert. »Sie ist nur … Sie braucht ein wenig Hilfe.« Er senkt die Stimme zum Flüsterton. »Ähm … Sir, was die Sache mit der Unfruchtbarkeit angeht …«

Doch James' Vater unterbricht ihn. Er legt eine Hand auf den Unterarm des Arztes und bringt ihn wie einen Befehlsempfänger zum Schweigen. »Wir wissen Bescheid«, sagt er traurig, und Mahtab wird klar, dass James ihre Recherchen gefunden haben muss. Vielleicht hat sein Vater auch selbst welche betrieben, das hatte er ja angekündigt, als sie ihm die Große Lüge auftischte. Er scherzt unbeholfen: »Junge Leute und Forschungsbibliotheken, das ist, als würde man einem Affen eine Pistole in die Hand drücken.«

Mahtab schaltet den Verstand ab, richtet ihre Aufmerksamkeit auf die nette Empfangssekretärin, während James und sein Vater mit Dr. Vernon über sie reden. Sie registriert, dass James ihren Blick meidet, und sie versucht, die drei für ihr leises Getuschel zu hassen, versucht, sich vorzustellen, dass sie Turbane tragen und grausame Urteile fällen, aber vergeblich.

Dann, als sie gerade ihren Kopf auf die Schulter der Empfangssekretärin gelegt hat, kommt Mr Scarret zu ihr und kniet sich neben sie. Die Art, wie er es tut, dass er sich hinhockt, um mit ihr auf Augenhöhe zu sein, wie Väter das mit ihren Kindern am ersten Schultag machen – entlockt Mahtab erneut Tränen. Unter den salzigen Tropfen, die über ihre Lippen rinnen, fühlt sich die Haut dünn und rissig an, wie Reispapier oder getrockneter Seetang. Sie will »Es tut mir leid« sagen, doch Mr Scarret schüttelt den Kopf. Er legt einen Arm um ihre Schultern und hilft ihr auf. Als sie erneut ansetzt, sagt er mit müder Stimme: »Ist schon gut, Schätzchen.« Im Hintergrund singt Otis Redding einen Song, den er auch auf ihrer Hochzeit sang, und Mahtab geht im Gleichschritt mit ihrem Schwiegervater und denkt, was für eine seltsame Art zu tanzen.

Aber es tut gut, die letzte und schlimmste ihrer Einwanderersorgen loszulassen, die nagende Furcht, dass man, wenn man in ein neues Land geht, immer einsam bleiben wird.

Nein, Schluss mit der Angst davor, eine Außenseiterin zu sein, eine Versagerin oder arm oder unbedeutend. Ihr Schwiegervater sagt: »Ist doch gar nicht so schlimm, oder?«, und sie schüttelt den Kopf, ohne Angst vor dem Alleinsein. Auch ich fürchte mich nicht mehr vor der Einsamkeit in fremden Ländern. Wie schön, denkt Mahtab, die Haut einer Einwanderin abzustreifen. Etwas Falsches zu tun und dann verziehen zu bekommen wie eine richtige Tochter, in ein neues Land mit seinen eigenen Vätern aus Fleisch und Blut aufgenommen zu werden. Und all die Momente zu erleben, die ihr bisher entgangen sind.

Pilgerreise ans Meer

KHANOM BASIR

Das ganze Dorf kennt die Geschichte – die wahre Geschichte –, obwohl keiner darüber spricht, so sind wir nun mal. Hübsche Lügen sind uns lieber als hässliche Wahrheiten. Aber jedes Mal, wenn Agha Hafezi seufzt, erinnern wir uns daran, und jedes Mal, wenn Saba Mahtab erwähnt, lassen wir sie in Gedanken Revue passieren.

1981, als die Mädchen elf waren, fuhr die Familie für eine Woche in ein Strandhaus am Kaspischen Meer. Es war nur eine kurze Autofahrt von Cheshmeh entfernt, aber in jenen Tagen wollte Agha Hafezi nicht weiter fort. »Wenn ihr so tut, als wäre es eine weite Fahrt«, sagte er zu den Mädchen, »dann fühlt es sich auch so an. Stellt euch vor, es wäre eine Pilgerreise, wie in euren Geschichten.«

»Eine Pilgerreise nach Mekka?«, fragte Saba und wischte sich Sommertau vom Gesicht.

»Nein«, zischte Bahareh, weil sie es hasste, wenn irgendwas Muslimisches erwähnt wurde.

»Still«, sagte Agha Hafezi. »Schluss mit dem Gerede.« In jenen Tagen hatten sie oft Streit, aber die Mädchen bekamen es nie mit. Wahrscheinlich machten sie weiter ihre Witze, aßen Rosinen und geröstete Kichererbsen und taten so, als würden sie die teppichwebenden Mädchen in Nain besuchen. Ach, diese

Hafezis und ihre Reisen! Ans Meer, um frischen Fisch zu kaufen, nach Qamsar, um von der Schnellstraße aus das Rosenwasser zu riechen, nach Isfahan, dem Zentrum der Welt, nach Persepolis, der Kultur wegen, nach Teheran, um Verwandte zu besuchen.

Ich beneide sie, wie sie da frühmorgens im Auto wegfahren, vor allem, wenn es in die Berge geht. Den dichten Wald aus dem Nichts auftauchen zu sehen. Sich eine ganze dampfende Mahlzeit in Thermosflaschen und mit Tüchern abgedeckten Töpfen auf den Rücken zu schnallen, einen Berg zu besteigen und oben zu frühstücken.

Ich weiß noch, ehe sie losfuhren, erzählte ich den Mädchen, dass die Villen am Meer westliche Toiletten haben, das Werk eines fremden Teufels, das sich wie ein Thron aus dem Boden erhebt. Sie quietschten und kugelten sich vor Lachen, weil sie das schier unvorstellbar fanden, und schlossen Wetten ab, wer von ihnen sich zuerst daraufsetzen würde.

Hätte ich doch nur darum gebeten, mit auf die Reise kommen zu dürfen. In jenen Tagen vernachlässigten die Hafezis die Mädchen, jawohl, und ich scheue mich nicht zu sagen, dass ich Bahareh ein bisschen die Schuld gebe. Sie hätten mich für meine Dienste bezahlen können, und ich liebte die kaspischen Villen, die taufrischen Strandorte der Reichen, mit ihren hübschen Verneigungen vor dem dörflichen Leben um sie herum – Häuser auf Stelzen und alle paar Kilometer kleine Läden aus Holz, die Weidenkörbe draußen hängen hatten und neben der Tür stapelweise Gläser mit Eingemachtem, eingelegtem Knoblauch und Orangenblütenmarmelade feilboten. Das Beste aber waren die großen Zweige, die aus den Wänden ragten und mit Oliven und Knoblauchzehen behängt waren. Im Frühling duftet der Nordiran nach Orangenblüten. Im Sommer riecht er nach frischem Fisch. Shomal ist eine Art Paradies.

In jenem Sommer lag die Villa der Hafezis so nah am Wasser, dass es ihnen möglich war, Fische zu braten und gleichzeitig im Meer zu waten, dass sie ihr Essen mit den Möwen teilen, fast blind durch Nebel und Dunst zurückstolpern konnten und trotzdem ihr Haus gleich wiederfanden. Böses Omen, sich so nah am Meer aufzuhalten. An jenem Abend aßen sie Spezialitäten aus der Gegend, zerstoßene Oliven mit Bärenklaupulver, Granatäpfel, Knoblauch, frische Kräuter und Walnüsse. Kebabs. In Kräuterchutney getunkte grüne Tomaten und Gurken. Als eine Bettlerin anklopfte, gab ihr ein fröhlicher Agha Hafezi eine große Portion Kebabs mit, weil er meinte, dass Obdachlose oftmals Engel sind, die die Gläubigen auf die Probe stellen wollen, wie die Engel, die Lot besuchten. Wenn Sie mich fragen, war auch das ein böses Omen, denn mit dieser Hommage an christliche Propheten forderte Agha Hafezi Allah heraus.

Später, es war schon längst dunkel, machten die Mädchen alles kaputt, indem sie in dem schwarzen Wasser schwimmen gingen.

KAPITEL ACHTZEHN

Spätherbst 1992

Die Monate vergehen wie im Rausch, verlieren sich in den hektischen Stunden und Tagen, die sie ausfüllen. Einen Pass besorgen. An die Türen von Botschaften klopfen und Bürokraten bestechen. Tickets für sechs über vier Monate verteilte Flüge kaufen, nur für alle Fälle. Sie erzählt niemandem, dass sie fortwill. Noch nicht. Warum sollte sie? Lieber vorsichtig sein, ihre Geheimnisse und Pläne hüten, so wie früher. Vorbei ist es mit der süßen Seligkeit jener ersten Tage ihrer Ehe, als kein Geheimnis zu groß schien, um es sich zuzuflüstern.

Schluss damit. Obwohl sie nach einer gesucht hat, bleibt ihr keine Entschuldigung mehr, im Iran zu bleiben, keine Entschuldigung dafür, dass sie noch immer nicht den Versuch gewagt hat, wegzukommen, obwohl sie aufgrund dieser Hoffnung sogar die Ehe mit Abbas in Kauf genommen hat. Sie sitzt nicht in der Falle. Sie hasst sich selbst dafür, dass sie das gedacht hat, dass sie sich immer zurückgenommen hat, dass sie unwichtige Rollen akzeptiert und widerspruchslos gespielt hat. Schluss mit dem Salzigen und Süßen dieses Lebens am Meer. Keine Khanom Basir mehr, aber auch kein Reza. Keine Zeit mehr, die sie als dörfliche Ehefrau verbringen muss, aber auch keine Zeit mit ihrem Vater.

Keine Islamische Republik Iran mehr. Aber auch kein Iran.

Keine nebligen kaspischen Nachmittage. Keine dicken Suppen mehr, auf einem Dach in Masuleh direkt aus dem Topf gelöffelt. Keine Fahrten zum Strand durch baumbestandene Berge. Keine duftenden Reisfelder oder um hölzerne Torpfosten aufgehängte Knoblauchzöpfe.

So vieles nicht mehr, aber vor allem: keine in Geschichten unscharf skizzierte Mahtab mehr. Es ist Zeit, sich etwas Konkretem zuzuwenden, die ganze Geschichte zu entdecken. All die Momente auszuleben, die sie ihrer Schwester gab, aus Angst davor, sie selbst zu leben.

Sie achtet jetzt sehr darauf, alle Anzeichen ihrer bevorstehenden Abreise bis zum letzten Moment zu verbergen. Sie fährt nur an den Tagen nach Rasht und Teheran, wenn Reza Unterricht hat und Khanom Basir mit Khanom Alborz und Khanom Omidi Backgammon spielt, einkauft oder kocht. Sie bezahlt einen freundlichen Beamten dafür, dass er die Ausstellung ihres Passes beschleunigt und um Fragen nach ihrem Mann und der geplanten Reise zu vermeiden. (»Ich wollte schon immer mal nach Istanbul und Dubai«, erklärt sie ihm, und er lächelt und sagt, dass Istanbul sehr schön ist.) Als der Pass ankommt, versteckt sie ihn zusammen mit ihren Musikkassetten und ihren sechs Flugtickets. Sie fängt an, nach und nach ihre Bankkonten zu leeren. Sie denkt an Reza und welche Summe er benötigen wird, um sein Studium abzuschließen, ein kleines Stück Land zu kaufen und vielleicht sogar für Ponneh zu sorgen.

Mit ängstlicher Fassungslosigkeit überfliegt sie die Liste von Anforderungen, die erfüllt sein müssen, um ein amerikanisches Visum zu bekommen. *Wirklich so viele?* Sie erinnert sich an einen Artikel in einer alten Ausgabe der *New York Times*, in dem ein reicher Iraner einem Amerikaner die verzweifelte Frage stellt, die schon so viele andere gestellt haben: »Warum lässt mich Ihre Regierung nicht in die USA einreisen?« Vielleicht ist es hoffnungslos. Sie studiert gerade mit langsam wachsender Mutlosigkeit einen der Visumanträge, als das Telefon klingelt. Sie geht nicht ran, sondern arbeitet weiter, verstaut unauffällig alles, was sie mitnehmen will, in einer Ecke des Schrankes, schiebt ihre zahllosen Notizen und Geschichten in ihr Tagebuch. Fünfzehn Minuten später klingelt es erneut. Sie hebt den Hörer ab und wartet.

»Allo? Allo?«, schreit der Mann am anderen Ende ins Telefon. *»Khanom Abbas?«*

Das war nie Sabas Name. Selbst Fremde haben sie seit über einem Jahr nicht mehr so genannt.

Im Hintergrund hört sie eine Frau Anweisungen geben. *Sagen Sie's ihr jetzt*, keucht sie, und als der Mann zögert: *Das ist doch wohl einfach, sehr einfach.*

Ein anderer Mann sagt der Frau, sie soll still sein, während der Anrufer weiterredet. Er stellt sich vor, ein arabischer Name, den Saba sofort wieder vergisst, und sagt ihr, dass er Anwalt ist. Sein Dialekt ist unverkennbar ländlich, und sie stellt sich ihn als einen klapprigen Mann mit schütterem Haar vor. Das Bild beruhigt sie. Der Mann erklärt ihr, dass er irgendwelche Angehörige ihrer Familie vertritt und dass er ihr demzufolge zu Diensten ist, sie aber von seinen Nachforschungen, Feststellungen und vorgeschlagenen Änderungen zu deren Gunsten in Kenntnis setzen muss. Saba hört schweigend zu, und mit jedem gesprochenen und implizierten Wort wird ihr klarer, worauf das hinausläuft. »Mein Mandant ist ein naher Verwandter. Daher wird er sich um Sie, die Witwe seines Bruders, kümmern.«

»Das ist zu gütig«, sagt sie, »aber wirklich nicht nötig.«

»Nein, nein. Das ist nur recht und billig, nachdem jetzt bewiesen ist, dass er und Abbas nicht nur eine gemeinsame Mutter haben, sondern auch einen gemeinsamen Vater.« Sie erinnert sich an den Bruder mütterlicherseits, der einen kleinen Teil ihres Erbes bekommen hat. Der Mullah hatte gesagt, der Mann wollte versuchen, den Beweis dafür zu erbringen, dass er nicht bloß ein Halbbruder ist. Sondern ein Haupterbe. Der letzte Satz klingt ihr noch im Ohr, und Saba überlegt, ob sie ihn einfach ignorieren kann. Aber natürlich wiederholt der Mann ihn.

Wie ist das bewiesen worden?, denkt Saba. Welche Beweise hat er? Hat er jemanden kontaktiert? Was will er jetzt von ihr?

Die Panik, die sie in diesem Moment erfasst – die Erkenntnis, dass alles, was sie jetzt sagt und tut, ihre gesamte Zukunft beeinflussen wird –, ist überwältigend. Sie presst den kalten Telefonhörer so fest ans Ohr, dass er einen roten Abdruck hinterlässt. Als es Zeit ist, zu antworten – ein derartig erwartungsschwangerer Augenblick, dass die Stille am anderen Ende förmlich knistert vor Energie –, gibt sie die üblichen Höflichkeitsfloskeln von sich, äußert ihren Wunsch, die Dinge zu klären, und schlägt einen Termin in einigen Wochen vor, an dem man sich in Rasht treffen könnte. Der Anwalt ist nicht glücklich darüber, wiederholt zweimal, dass Abbas' Bruder eine schnellere Abwicklung möchte, stimmt aber schließlich zu.

Trotz des gehetzten Gefühls, das Saba erfasst, als sie den Hörer auflegt, trotz der Tatsache, dass sie aus eigenem Interesse und purem Überlebenswillen so handeln muss, kann sie sich der schmerzlichen Überzeugung nicht erwehren, dass dieser Mann das Geld tatsächlich verdient hat, denn sie hat schließlich seinen Bruder sterben lassen, oder etwa nicht?

~

»Baba, ich brauch deine Hilfe«, flüstert Saba keine zehn Minuten nach ihrem Gespräch mit dem *dehati*-Anwalt ins Telefon. »Wer würde mein Land kaufen und bar bezahlen? In Dollar?«

»Gott, Saba-dschan. Was ist passiert? Steckst du in Schwierigkeiten?« Ihr Vater klingt, als hätte er geschlafen. Wahrscheinlicher ist, dass er mal wieder an der Pfeife war.

Saba erklärt ihm die Sache mit dem Halbbruder und dessen neuen Ansprüchen. Sie hört den Vater am anderen Ende fluchen und kann förmlich sehen, wie er den Kopf schüttelt, aufspringt, sich wieder hinsetzt. »Du kannst das Land nicht verkaufen.«

»Wieso nicht?«, fragt Saba.

»Weil doch kein Mensch so blöd ist. Wenn du versuchst, es zu verkaufen, noch dazu, wenn du die Hälfte von dem verlangst, was es wert ist, weiß der Käufer sofort, dass deine Eigentümerschaft fragwürdig ist.«

»Aber ich hab alle notwendigen Papiere.«

»Würdest du dich nicht auch wundern«, entgegnet ihr Vater, »wenn jemand dir so viel Land billig anbieten und dann auch noch eine schnelle Barzahlung verlangen würde? Hättest du keine Bedenken, dass der Staat es morgen übernehmen könnte und du dein schönes Geld los wärst?«

»Was kann ich machen?«, sagt sie und fragt sich, ob sie alles zurücklassen muss.

Ihr Vater wechselt in eine Art Telefoncode, ähnlich wie der, den er benutzt, wenn er Alkohol für ein Fest besorgen will. »Lass die Sache laufen, Saba-dschan. Die Gerichte werden fair entscheiden. Weißt du, was, ich hab vorhin deine viktorianische Puppe gefunden. Weißt du noch, die mit dem weiten Rock und den vielen Taschen? Vielleicht solltest du die mal richtig sauber machen.« Er will ihr damit sagen, dass sie ihre Bankkonten auflösen soll.

»Was, wenn ich die Puppe nach Amerika schicke?«, fragt sie.

Einen Moment lang scheint er zu überlegen oder so zu tun, als hätte er es nicht gehört.

Dann sagt sie, und es ist ihr egal, wer mithört: »Ich will nach Amerika.«

Ihr Vater atmet schwer. »Red keinen Unsinn. Ich hab den Namen eines Mannes, der Milch in Butter verwandeln kann, ohne Fragen zu stellen. Butter ist überall gut zu gebrauchen und verdirbt nicht so schnell wie Milch.« Er meint, dass sie ihre Toman in Dollar umtauschen soll.

In den folgenden Wochen macht Saba viele Fehler. Sie will gerade alles Geld von ihren Konten abheben, als ihr einfällt, dass die für Visagenehmigungen zuständigen Konsularbeamten den Nachweis verlangen, dass sie Vermögen im Iran besitzt und zurückkommen wird. Sie hat beschlossen, erst mal nur ein Touristenvisum zu beantragen und dann eine Möglichkeit zum Bleiben zu suchen – vielleicht indem sie sich an einer Uni einschreibt. Mit zitternden Händen zerreißt sie in der Bank die Auszahlungsformulare, wohl wissend, dass sie beinahe alles verdorben hätte. Sie überlegt, wie groß ein Bankguthaben sein muss, um die Beamten zu überzeugen. Kann sie mehr abheben, nachdem das Visum ausgestellt wurde? Soll sie die Summen wieder einzahlen, die sie bereits abgehoben hat? Nein, beschließt sie. Sie wird sagen, dass das ihr Reisegeld ist. Sie bittet den Mann am Schalter stattdessen um eine Auflistung ihrer Kontostände. Was werden die Leute im Konsulat hören wollen? Die sind so vage und geheimnisvoll, was ihre Kriterien angeht, vermutlich damit die Leute nicht lügen. Es kommt ihr gefühlskalt vor, aber sie ist dankbar, dass sie Reza nie eine Vollmacht für ihre größeren Konten gegeben hat. Ihm ist das so egal, dass er nicht darum gebeten hat, und Khanom Basir schämt sich immerhin zu sehr, um darauf zu bestehen.

Sie bittet ihren Vater, alles zu tun, um die Verhandlungen mit Abbas' Familie hinauszuzögern – um ihr Geld in dieser Zeit, in der sie es nicht abheben kann, irgendwie zu sichern.

An einem ruhigen Abend geht sie in einem alten, grauen, handgeschriebenen Adressbuch der Familie, das sie unter dem Bett ihres Vaters entdeckt hat, einen Hafezi nach dem anderen durch. Sie hat Verwandte in Schottland, Holland und Amerika. Ist ihre Mutter darunter? Sie findet nur eine B. Hafezi, aber als sie die Nummer probeweise anruft, meldet sich eine unbekannte Frau und behauptet, keine Hafezi zu kennen.

Manchmal träumt Saba mit offenen Augen davon, die Stimme ihrer Mutter am anderen Ende einer Telefonleitung zu hören. Ihre Stimme wird älter sein, und sie wird sich auf diese lässige amerikanische Art melden. Saba wird Englisch sprechen, und bei dem Gedanken daran, dass ihre Mutter diese perfekte westliche Begrüßung hören wird, macht ihr Herz einen Sprung. Sie wird eine ganze Reihe dummer Fragen stellen, denn das ist schließlich ihre einzig wahre Mutter, die bis zu ihrer Trennung Sabas albernste Gedanken zu hören bekam. *Wie siehst du jetzt aus? Freust du dich, von mir zu hören? Klinge ich sehr alt? Soll ich noch etwas auf Englisch sagen?*

Sie werden stundenlang zwei Sprachen miteinander vermischen, über die wenigen Lieblingsthemen lachen, die sie noch immer gemeinsam haben, Geschichten aus dem Fernsehen und Sabas englische Bücher. Ehe sie auflegen, wird ihre Mutter versprechen, ein offizielles Einladungsschreiben zu schicken. »Du fehlst mir, meine Saba«, wird sie sagen. *»Zulbia.«* Und sie werden darüber lachen, dass sie sich noch immer an diesen alten Scherz erinnert.

Es ist kaum eine Stunde vergangen, als es an der Tür klingelt. Khanom Basir und Reza sind beide unterwegs, und Saba bindet ihr Kopftuch um, ehe sie in den von hohen Mauern umgebenen Hof tritt. In sorgenvolle Gedanken an Einladungsschreiben und Visumsbefragungen versunken, entriegelt sie das große weiße Tor, wobei sie sich fast den Finger am Metall schneidet, und sieht ihren Vater zitternd in seinen Hausschuhen und einem zotteligen Wintermantel auf der anderen Seite stehen.

Er muss nicht sagen, warum er gekommen ist. Er sieht sie an, als wäre sie etwas Fremdes, undankbar und herzlos und selbstsüchtig, wie eine *shalizar*-Arbeiterin, die beim Diebstahl von Reis erwischt wurde, oder der Schäfer, der der Sittenpolizei von den Männern erzählte, die auf dem Berg Gospel Radio Iran hörten. »Was hast du vor?«, fragt er. »Warum hast du Behruz in Kalifornien angerufen?«

»Was?« Saba hatte lediglich seine übliche wütende Reaktion auf ihre Bemerkung über Amerika erwartet. »Wer ist Behruz?«

»Mein Cousin in Kalifornien. Du hast vor einer Stunde bei ihm zu Hause angerufen und nach deiner Mutter gefragt … was seiner abergläubischen Frau übrigens richtig Angst gemacht hat. Er hat sich gedacht, dass das nur jemand aus Cheshmeh gewesen sein kann, und mich angerufen.«

»Tut mir leid.« Sie nimmt seinen Arm und zieht ihn herein. »Ich hab versucht, es dir zu sagen.«

»Saba, diese Abbas-Geschichte kann in Ordnung gebracht werden«, sagt er. »Du bist voreilig.«

»Nein«, sagt sie. »Es ist einfach Zeit, dass ich fortgehe. Ich muss herausfinden, was passiert ist.«

»Deine Mutter ist nicht in Amerika«, sagt er. Er klingt müde, enttäuscht. Er folgt ihr ins Haus und schließt die Tür. »Ich wünschte, ich könnte dir ganz genau sagen, was passiert ist, Saba-dschan.«

Sie setzen sich an den Küchentisch. »Ich weiß«, sagt sie. »Aber das ist nicht der Grund, warum ich hier wegwill. Der Telefonanruf war bloß ein spontaner Einfall … weil ich den Namen in dem Buch gesehen hab. Ich will ein eigenes Leben haben. Ich bin hier nicht glücklich.« Sie hofft, dass ihm das genügt.

Es genügt ihm nicht. Auch Väter haben selbstsüchtige Bedürfnisse. »Nur, weil du noch kein Baby hast.«

Sie beschließt, ihm die Wahrheit zu sagen. »Ich kann keine Kinder bekommen.« Für einen kurzen Moment spürt sie die kühle, erquickende Freiheit, die damit einhergeht. Dann sprudelt der Rest aus ihr heraus. Die ganze Geschichte von Abbas und ihrer Hochzeitsnacht. Von den schwarz gekleideten Frauen in ihrem Schlafzimmer und der Erbschaft, die sie ihrer Meinung nach verdient hatte. Von den ersten Tagen mit Reza, dem Ausdruck in seinen Augen, den sie mit Liebe verwechselte, in dem sie jetzt jedoch seinen Liebesversuch erkennt, ein bisschen Schauspielerei durchsetzt mit jungenhaftem Heldentum und Mitleid für alle verwundeten Frauen, für ihren beschädigten Körper – ihre Wiedergutmachung für alles.

Die Art, wie ihr Vater den Kopf in die Hände legt, wie er sich dann mit beiden Händen das schüttere Haar kreisförmig massiert und sie aus großen, bekümmerten Augen anblickt, erinnert sie an Rezas Reaktion damals in der Hütte. Das aschfahle Gesicht. Die unruhigen Hände. Sein unmittelbares Bedürfnis, ihre Hände oder ihr Haar zu berühren. Warum sind Männer immer so betroffen, wenn einer Frau von jemand anderem als ihnen Leid zugefügt wird? Warum jetzt so viel Mitleid? Denkt er, sie ist weniger wert? Ist er zornig, weil sie zugelassen hat, dass man ihr das antut?

Ihr Vater findet seine Stimme wieder. »Du hast Reza immer geliebt. Das wussten alle.«

»Und er hat meine Liebe nie wirklich erwidert«, antwortet sie. »Das wussten auch alle.«

»Hast du es ihm gesagt? Er wird dich nicht gehen lassen.«

»Das hat er nicht zu entscheiden. Baba-dschan, möchtest du denn nicht, dass mir der einzige Wunsch erfüllt wird, den ich wirklich habe?«

»Sei nicht undankbar.« Sie merkt, dass er sich beherrschen muss, nicht laut zu werden.

Sie starrt ihren Vater stumm an. Mit ihm zu reden ist, als wollte man ein Auto auf spiegelglatter Fahrbahn kontrollieren. Manchmal bewegt es sich in eine Richtung, die in keinem Zusammenhang damit steht, wie man das Lenkrad hält. Vielleicht sollte sie aufhören zu kämpfen und einfach etwas Wahres sagen. »Bist du nicht stolz auf mich, dafür, dass ich nicht aufgebe?«, fragt sie mit kindlicher Stimme. Sie räuspert sich, weil sie ernst genommen werden will. »Manchmal denke ich, sie ist irgendwo da draußen mit Mahtab, vielleicht nicht in den Vereinigten Staaten, aber irgendwo. Ja, ich bin erwachsen, und mein Verstand sagt mir etwas anderes, aber ich …« Sie will den Tag am Flughafen erwähnen, tut es aber nicht. »Ich will einfach hin und nachsehen.«

Der traurige, versonnene Blick ihres Vaters erinnert sie an Agha Mansuri nach dem Tod seiner Frau. Schließlich schaut er ihr ins Gesicht. Genau in diesem Moment lächelt Saba ihn allzu breit an, genau wie früher, als sie noch das Kind war, das kennenzulernen er keine Zeit hatte, und seine Augen werden zu trüben, grauen Tümpeln. Wird er sie tadeln? Sie setzt eine Miene auf, von der sie hofft, dass sie ernst und sachlich wirkt.

»Saba-dschan, ich wünschte, du könntest sie in einem Telefonbuch nachschlagen oder irgendwo in Amerika aufspüren. Dass du noch immer hoffst, zeigt, dass du ein gutes Herz hast, wohingegen dein Vater an gar nichts mehr glauben kann.« Er zittert, als wollte er eine schmerzliche Erinnerung abschütteln, und spricht stoßweise, legt immer wieder nachdenkliche Pausen ein. »Was meinst du wohl, was Bahareh dazu sagen würde, was ich getan habe? Wenn ein Mann wie ein Muslim redet und wenn er isst und trinkt wie ein Muslim und seiner eigenen Tochter erlaubt, einen Muslim zu heiraten, kann er sich dann noch

Christ nennen? Spielt es eine Rolle, was er in seinem Herzen denkt, wenn das alles von Feigheit verdeckt wird?« Saba wagt nicht, sich zu bewegen. Noch nie hat er ihr so viel offenbart. Sie wünschte, sie wüsste, was sie sagen muss, um den Augenblick zu bewahren, doch bislang hat sie noch jedes Mal, wenn sie sich wie jetzt vorsichtig angenähert haben, irgendwas getan, das den kleinen Lichtstrahl in die Welt ihres Vaters wieder erlöschen ließ. Er atmet aus. »Aber sei's drum. Wir müssen die Wahrheit akzeptieren, und wenn sie noch so sehr schmerzt.«

Sie seufzt. Wieder enttäuscht er sie, will einfach nicht verstehen. »Was ist denn so schlimm daran, die Hoffnung nicht aufzugeben? Vielleicht brauchen wir beide genau das.« Sie steht auf, um ihnen Tee nachzuschenken, doch ihr Vater nimmt ihre Hand. Sie hält inne, setzt sich aber nicht wieder, sondern bleibt neben ihm stehen, lässt ihre Hand von seinen umschließen, wie ein Glühwürmchen, das davonfliegen könnte.

Er schweigt lange, und sie sieht ihm an, dass er nach den richtigen Worten sucht – dass es ihm schwerfällt, sie auszusprechen. »Diese Art von Hoffnung ist gut, ja. Es gibt noch bessere. Weißt du noch, was deine Mutter und ich immer zu euch Mädchen gesagt haben?«, fragt er. »Dass ihr zu etwas Großem bestimmt wäret? Dass es in eurem Blut liegt, mächtig und stark zu sein und Bedeutendes zu leisten?«

Saba nickt. Sie würden Zwillingstitanen sein, die mit ihren vielen englischen Wörtern und Stapeln von Büchern eine neue Geschichte der Welt oder einer Stadt oder einer Familie entwerfen würden. Sie hat noch nichts dergleichen getan.

Ihr Vater spricht weiter, hält die ganze Zeit ihre Hand fest, als dächte er, sie würde weglaufen oder das, was er sagen will, würde durch seine verschwitzten Handteller in ihre Adern dringen. »Saba-dschan, die Wahrheit zu akzeptieren heißt nicht, deine Maman und Mahtab zu entehren. Aber es hält dich davon ab, diese starke Frau zu werden. Du klammerst dich so fest an deine Hoffnung, verwendest all deine Kraft darauf, dass sie zu einem dicken Stein geworden ist, der auf dir lastet. Verstehst du? Jetzt hast du keine Kraft mehr übrig. Und selbst wenn du es versuchst, du kannst nicht davonfliegen und all die Dinge tun, die dir bestimmt waren.« Als sie nicht antwortet, sagt ihr Vater: »Es tut mir leid, wenn ich nicht die richtigen Worte finde. Ich bin nicht dein Zwilling. Diesen Teil kann ich wahrscheinlich nicht verstehen.«

Sie setzt sich neben ihn, schiebt auch die andere Hand in die Muschelschale der schweren väterlichen Handflächen und sagt: »Ich denke, du verstehst es.« Sie legt den Kopf an seine Schulter. Es ist lange her, dass sie die Rundungen und Knubbel einer väterlichen Schulter an ihrer Wange fühlte. »Was Amerika betrifft, lass mir Zeit. Ich finde eine Lösung.«

»Falls du gehst«, sagt er ein wenig traurig, »wirst du mir fehlen.«

»Nur die erste Zeit.« Sie lächelt, und als ihr Vater widersprechen will, fügt sie hinzu: »Weil ich nicht Mahtab bin und es nicht für immer sein wird.«

∾

Es dauert Monate, bis das Visum genehmigt wird. Es folgen Befragungen und Fahrten nach Rasht, ungelegene Anrufe bei ihr zu Hause, Dutzende von erfundenen Geschichten über Arztbesuche und angebliche weitere Untersuchungen und Einkaufstrips mit Ponneh, die immer sofort bereit ist, ihre Geschichten zu bestätigen, ehe sie eilig auflegt und die Sache wahrscheinlich sofort wieder vergisst. Ponneh fragt nie, was Saba vorhat, und Saba vermutet, dass ihr Umgang mit Dr. Zohreh nicht nur intensiver, sondern auch viel gefährlicher geworden ist. Aber Saba ist viel zu beschäftigt, um der Sache nachzugehen.

Der Termin für ihr Treffen mit Abbas' Bruder kommt, und sie ruft an und sagt, sie sei wegen Krankheit verhindert. Der Anwalt wird wütend und droht, die Gerichte einzuschalten. Aber ihr Vater ist selbst mit hoch geachteten Mullahs befreundet, und obwohl sie Mullah Ali nie ausstehen konnte, zögert der das Verfahren hinaus, indem er den Sachverhalt verkompliziert, dafür sorgt, dass seine Kollegen in Rasht zu beschäftigt sind, um zu reagieren, und ihre Teller mit Kostbarkeiten aus Agha Hafezis Vorratskammer garniert. Er malt ein engelgleiches Bild von Saba, der Witwe, die das Geld stets nur dazu verwendet hat, die Sache des Islam zu fördern.

Die Gerichte lassen sich immer wieder wochenlang beschwichtigen, und das Verfahren verzögert sich weiter.

Bald beginnt Saba, sich unmögliche Dinge zu wünschen. Kann sie Reza mitnehmen? Können sie gemeinsam in Amerika ein neues Leben beginnen? Kann sie ihn überreden mitzukommen? Andererseits, Reza wäre nicht glücklich in Amerika. Er würde seine Familie und ihr konservatives Leben vermissen. Er würde ein ankerloses Wesen sein, ein Einwanderer, immer auf der Suche nach jemandem mit einem vertrauten Duft. Sie denkt an die vielen gut ausgebildeten iranischen Männer, die als Taxifahrer in New York oder Kalifornien enden. Was würde aus jemandem wie Reza werden? In Cheshmeh könnte er eigenen Grundbesitz haben. Er könnte wie ihr Vater sein.

Während sie darauf wartet, dass ihr Visumantrag bearbeitet wird, verfallen zwei ihrer Flugtickets.

Als sie alle Papiere zusammenhat, kommt der schwierigste Teil ihres Vorhabens, nämlich der Weg in eine amerikanische Botschaft. Im Iran gibt es keine, und sie muss eine Möglichkeit finden, unbemerkt nach Dubai zu reisen. Ein Freund ihres

Vaters besitzt dort eine Fabrik und konnte ihr helfen, ein Visum zu bekommen, das es ihr erlaubt, aus dem Iran aus- und nach Dubai einzureisen, und die erforderliche Reiseerlaubnis von Reza hat sie gefälscht, mit dem Gedanken, dass sie ihn ja bald einweihen wird. Sie plant, mit dem Auto von Cheshmeh nach Teheran zu fahren und von dort nach Dubai zu fliegen, wo sie einen Wagen mit Fahrer nehmen und sich zur Botschaft bringen lassen wird. Die ganze Reise einschließlich ihres Termins in der Botschaft wird zwei Tage in Anspruch nehmen. Dafür erbittet sie die Hilfe ihres Vaters. Sie ist überrascht, als er sich auf etwas so Riskantes einlässt. Wenn sie schon fortgehen muss, sagt er, ist es ihm lieber, sie tut es mit seiner Hilfe. Er wird ihre Abwesenheit jedem, der fragt, damit erklären, dass sie eine kranke Verwandte in Teheran besuche.

Wie sich herausstellt, ist die Reise nach Dubai ermüdend und staubig, aber nichts Besonderes für eine reiche Iranerin.

Sie sitzt nervös in der Lobby der amerikanischen Botschaft und denkt fieberhaft darüber nach, was die Beamtin wohl von ihr hören will. Sie hat ihre Geschichte auswendig gelernt und geprobt, aber sie kann unmöglich wissen, welche Antworten die richtigen sind. Sie hat beschlossen, ihre Englischkenntnisse, ihre Bildung und ihre finanziellen Mittel herunterzuspielen, so zu tun, als wäre diese Reise eine notwendige, absolut einmalige Angelegenheit und keineswegs ein Luxus. Luxus führt zu kapriziösen Einfällen und abgelaufenen Visa und illegaler Einwanderung.

Als ihr Name aufgerufen wird, erhebt sie sich bleischwer aus ihrem Sessel. Was, wenn sie das Falsche sagt? Wie hat sich ihre Mutter verhalten, als sie damals in dieser Situation war?

»Warum möchten Sie in die Vereinigten Staaten reisen?«, fragt die Beamtin, eine Frau mittleren Alters mit extrem kurzen Haaren und schmächtiger Statur.

»Um Verwandte zu besuchen und mein Leiden behandeln zu lassen.« Sie legt ein Schreiben von ihrer Ärztin vor, Fotokopien aus Büchern über medizinische Verfahren, die im Iran und im Ausland zur Verfügung stehen. Sie zeigt der Beamtin den Namen und die Adresse eines Chirurgen in Kalifornien. Die Beamtin überfliegt die Papiere nur flüchtig, studiert dafür aber genauer Sabas Gesicht. Saba versucht, fröhlich zu klingen, optimistisch. »Im Iran haben wir sehr gute Ärzte, aber ich möchte doch lieber die Hilfe dieses Mannes in Anspruch nehmen. Er ist Experte dafür. Mein Ehemann wird im Iran bleiben und auf mich warten.«

»Und warum muss das gerade jetzt sein?«, fragt die Beamtin.

»Weil wir nur so Kinder haben können. Mein Mann und ich. Wir lieben uns, schon seit wir sieben waren.« Plötzlich wünschte sie, sie hätte den letzten Satz nicht gesagt. Er klingt sentimental. Und er ist gelogen. Kann die Beamtin sie durchschauen? Sie holt ihre Kontoauszüge hervor. »Das ist eine Aufstellung unseres Guthabens hier. Und natürlich bleibt mein Mann hier.« Warum hat sie das wiederholt? Das klingt selbst in ihren Ohren verdächtig.

Auf der Fahrt zum Flughafen hadert sie mit sich. Sie geht jedes Wort und jede Geste der Befragung durch und versucht einzuschätzen, wann sie wohl Bescheid bekommt. Zurück in Cheshmeh, stellt niemand Fragen. Als sie beladen mit bunten Stoffen, neuen Schuhen und verbotenen Kassetten mit iranischer Tanzmusik zurückkommt, sind alle überzeugt, dass sie in Teheran war. Wochenlang wartet sie auf eine Nachricht von der Botschaft. Sie wird immer angespannter, beginnt, an den Nägeln zu kauen, entwickelt den neuen nervösen Tick, ständig nach hinten zu blicken.

Ein weiteres Flugticket verfällt. Sie magert ab vor Sorge.

Noch eine Woche verstreicht. Dann zwei. Und dann, eines

Tages, hat das Warten ein Ende. Ein Telefonanruf mitten am Nachmittag, und alles ist geregelt – wie von Zauberhand. Sie kann ihr Visum in Dubai abholen und dann von dort nach Amerika reisen – nach Kalifornien, New York oder Massachusetts. Ein ganzer Kontinent steht ihr plötzlich offen. Anscheinend haben ihre schlaflosen Wochen der Vorbereitung und ihre Strategie, kein dauerhaftes Asyl zu beantragen, Früchte getragen.

Saba verbringt fast vier Stunden in den Telefonwarteschleifen von Fluggesellschaften, während sie versucht, ihren Flugreiseplan mit der Zwischenlandung in Istanbul zu ändern und eine Zwischenlandung in Dubai zu buchen. Obwohl sie noch drei unbenutzte Tickets hat, ist sie gezwungen, ein weiteres zu kaufen. Einen Flug von Teheran nach Dubai, dann von Dubai nach Istanbul, wo sie einen bereits gebuchten Flug nehmen kann. Als sie schließlich auflegt, trifft die schwindelerregende Realität sie wie ein Schlag. Sie wird fortgehen. Und was bleibt nun noch zu tun? Sie hat das übermächtige Gefühl, nicht fertig zu sein. Kann sie ihr Geld jetzt abheben? Wird das überprüft? Wie soll sie es transportieren? Soll sie doch noch versuchen, ihren Grundbesitz zu verkaufen, oder ihn vielleicht ihrem Vater überschreiben? Was ist mit Reza?

In der Bank ringt sie nach Atem. Wird sie beobachtet? Sie ermahnt sich selbst, nicht so paranoid zu sein, und hebt große Summen ab, lässt aber jeweils einen bescheidenen Betrag stehen, sodass die Konten nicht geschlossen werden, was möglicherweise dazu führen könnte, dass Abbas' Familie benachrichtigt wird. Sie tauscht ihr Barvermögen zu einem absurden Wechselkurs in Dollar um, die Hälfte davon in einem schäbigen Büro im stillen Teil von Rasht, über einen Schwarzmarkthändler, dessen Namen sie von ihrem Vater bekommen hat und der anscheinend wittert, dass sie unter Druck steht. Die andere Hälfte tauscht sie bei einem Kontaktmann des Teheraners um, der sie zum Büro seines Bekannten begleitet und theatralisch den Kopf schüttelt. »Dann verlieren wir Sie also, Saba Khanom. Wer soll denn jetzt die vielen schönen Videos kaufen?« Saba lächelt und verabschiedet sich sogar mit dem Versprechen, in Amerika ein paar Serien für ihn aufzunehmen.

Ihr Vermögen, zumindest der Teil, den sie flüssigmachen konnte, beläuft sich auf achtundvierzigtausend Dollar, einen kleinen Beutel mit Pahlavi-Goldmünzen und einen Armvoll kostbaren Schmuck.

Eines Morgens wird sie wegen ihres Ausreisevisums angerufen. »Ich kann Ihnen sagen, Khanom«, murmelt der Mann, »dass Ihr Pass in Ordnung ist. Sieht alles gut aus. Sie brauchen nur noch die schriftliche Erlaubnis, und zwar speziell für diese Reise, die Sie dann am Flughafen vorlegen müssen.«

»Wie bitte?«, sagt sie, obwohl sie das längst weiß. Dieses Problem hat sie auf die lange Bank geschoben.

»Ihr Ehemann«, sagt er. »Jedes Mal, wenn Sie den Iran verlassen, brauchen Sie seine Erlaubnis.«

Den ganzen Vormittag wägt Saba ihre Optionen ab. Soll sie es Reza jetzt sagen? Soll sie die Erlaubnis noch einmal fälschen, wie sie das schon für Dubai gemacht hat? Nein, entscheidet sie. Sie wird den Mut aufbringen. Sie wird ihre Papiere zusammensuchen, und wenn er nach Hause kommt, wird sie ihm von ihren Plänen erzählen. Sie wird Abschied nehmen, ihrem treusten Freund sagen, dass er ihr einige ihrer schönsten Tage geschenkt hat, und ihn davon überzeugen, sie gehen zu lassen. Vielleicht wird er dagegen sein, aber letzten Endes wird er es verstehen. Er mag ja konservativ sein, aber er hat eine musikalische Seele, ein rebellisches Herz. Er ist es, der für sie Gitarre spielt, wenn sie tanzt. Er hasst *pasdars* in Jeeps, schwarze Tschadors und Vorhänge am Strand, und er liebt die Beatles.

Sie durchsucht Rezas Schubladen nach ihrer Heiratsurkunde. Als sie gerade die obere Schublade schließt, fällt ihr Blick auf eine Kassette, die sie nicht kennt. Ist es eine von ihren alten? Sie legt sie in ihren Walkman und drückt Play. Rezas samtene Stimme dringt aus dem Kopfhörer. Er lacht jungenhaft, weil er nicht genau weiß, wie das mit dem Aufnehmen geht. Dann beginnt er zu singen. Es ist das Abschiedslied »Mara Bebus«. *Küss mich zum letzten Mal.* Er klimpert auf seiner *setar*, wie damals in der Hütte für Saba. Sie dreht die Plastikhülle in ihrer Hand um. »Herbst 1991«, liest sie, also kurz bevor Reza die Beziehung mit ihr begann. Als das Lied zu Ende ist, spricht Reza durch das Hintergrundrauschen hindurch, legt immer wieder lange Pausen ein: »Meine wunderschöne Freundin, ich weiß jetzt, dass du mich niemals heiraten wirst, und anstatt für dich zu sterben, lass mich lieber Abschied nehmen.«

Der Kaspische Tag

KHANOM BASIR

Nach Einbruch der Dunkelheit, als ihre Eltern schon zu Bett gegangen waren, schlichen sich Saba und Mahtab davon, um im Kaspischen Meer zu schwimmen. Sie waren damals elf und gute Schwimmerinnen, aber das Meer ist viel zu stark für kleine Mädchen. Nachts kommen Dschinn, um zu baden, und sie zerren alles Lebendige davon, das sich ins dunkle Wasser wagt. Nach allem, was ich gehört habe, spielten die beiden eine Stunde lang im Wasser, bis eine von ihnen merkte, dass sie zu weit hinausgetrieben waren. Sie versuchten, zurückzuschwimmen, und schafften auch ein gutes Stück. Anscheinend zog Mahtab Saba einen Teil der Strecke, wurde dann aber müde, also ließen sich beide auf dem Rücken treiben und versuchten, die Wellen zu meiden.

Sie trieben zwei Stunden auf dem Rücken. Das ist das Tragische daran, denn eine normale Elfjährige würde das mitten in der Nacht niemals schaffen, wenn sie müde ist und verängstigt und genau weiß, dass sie das Meer nicht bezwingen kann. Jedes andere Mädchen hätte aufgegeben. Aber sie hatten einander, und sie hielten den Kampf gegen all diese Wasser-Dschinn zwei Stunden lang durch. Sie erzählten einander Geschichten und hielten sich an den Händen. Sie redeten flüsternd darüber, wie viel Ärger sie nach ihrer Rettung wohl bekommen würden.

So hat Saba es mir beschrieben. Wenn ich mir jene Nacht vorstelle, dann ist sie längst nicht so friedlich. Ich stelle mir vor, dass sie nach Luft schnappten, mit ihren kleinen Füßen das trübe Wasser aufwühlten, zu atmen versuchten, während die Seeschwalben über ihnen kreisten. Das ist die Szene, die mir in den Sinn kommt, wenn ich Saba jetzt allein sehe, wie sie genau studiert, was sie alles über Mahtab geschrieben hat, sich an den Hals fasst, als würde sie nach Luft ringen. Sie denkt, ich sehe das nicht, aber es ist offensichtlich, dass sie wieder im Meer ist. Der Körper erinnert sich an vieles, was der Verstand vergisst.

Agha und Khanom Hafezi hatten schon eine Weile nach ihnen gesucht. Sie hatten den ganzen Ort durchkämmt und waren dann erst auf den Gedanken gekommen, dass ihre Töchter vielleicht schwimmen gegangen waren. Eine Fügung von Zeit und Schicksal und das Band zwischen Müttern und Töchtern führten dazu, dass Bahareh genau in dem entscheidenden letzten Moment, als die Mädchen kurz davor waren, die Hoffnung aufzugeben und sich von den Dschinn davontragen zu lassen, verlangte, dass auf dem Meer nach ihnen gesucht wurde.

Die örtliche Polizei weigerte sich zunächst. Sie wollten nicht auf Bahareh hören, diese hysterische Frau, die ihr Kopftuch unzüchtig herunterrutschen ließ, fluchte und sie beschimpfte. Dann, als sie endlich Agha Hafezis Bitten – oder wohl eher seinem Portemonnaie – Gehör schenkten, sagten sie, sie hätten kein Boot und müssten einen Fischer aufwecken, um seines nehmen zu können. Der alte Bootsführer erklärte sich gleich bereit, doch als sie endlich ablegen wollten, weigerten sich die Polizisten, Bahareh auf ein Boot mit Männern zu lassen. Bahareh, die mittlerweile vollends dem Wahnsinn verfallen war, warf ihren Hidschab ab und rannte ins Meer. Sie schwamm voll angekleidet los, und die Männer schrien etwas von Sünde und Schamlosigkeit hinter ihr her. Sie zogen sie aus dem Wasser und beschimpften sie, ehe sie dem alten Fischer erlaubten, allein mit Agha Hafezi loszufahren, um die Mädchen zu suchen.

Die Mädchen können höchstens ein oder zwei Minuten eingeschlafen gewesen sein, als die Männer im Boot sie entdeckten. Saba trieb noch auf dem Rücken, als die schwieligen, salzigen Hände des dörflichen Fischhändlers sie aus dem Wasser hoben. Ihr Vater tauchte eine Stunde lang immer wieder nach seiner anderen Tochter. Irgendwann kam die Küstenwache dazu und suchte mit. Ich weiß nicht, ob Saba wach war, ob sie mit angesehen hat, wie ihr Vater sechzig panische Minuten lang verzweifelt versuchte, Mahtab im Bauch des Kaspischen Meeres zu finden. Wahrscheinlich nicht, weil sie uns oft erzählt hat, dass Mahtab mit ihr im Boot war und Lieder gesungen hat, oder irgendetwas anderes Verrücktes und Unmögliches.

Als die Suche nach Mahtab eingestellt wurde und das Boot zurück ans Ufer fuhr, hörte Agha Hafezi nicht auf, sich selbst Vorwürfe zu machen. *Ich wünschte, ich hätte anders gehandelt*, sagte er und meinte damit, dass er die Mädchen eher hätte finden oder verhindern sollen, dass sie sich überhaupt aus dem Haus schleichen konnten. Aber er hatte nicht viel Zeit für Selbstmitleid – denn in dem Moment wurde seine Frau schon von der Polizei verhört, und dort war man sich bereits darüber im Klaren, dass man eine Entschuldigung brauchen würde. Bald würden die Leute anfangen, Fragen zu stellen. Warum hatte die Suche nach den Mädchen nicht früher begonnen? Warum die Verzögerung? Man warf Bahareh Unzüchtigkeit vor. Und später, dass sie die Arbeit der Polizei behindert und damit ihren eigenen Töchtern geschadet hatte.

Sie kennen doch das Sprichwort: »Der Esel ist über die Brücke gegangen.« Es bedeutet: Wenn ein Mensch Schwierigkeiten hat – wenn der Esel, auf dem er reitet, gerade über eine wackelige Brücke schwankt –, verhält er sich auf eine bestimmte Art. Aber wenn seine Schwierigkeiten überwunden sind – wenn der Esel also sicher auf der anderen Seite angekommen ist –, dann verhält er sich wieder hochnäsig, als würde er nichts und niemanden brauchen. Nicht so Agha Hafezi. Nach dem Kaspischen Tag, als ganz Cheshmeh mithalf, seine Tochter wieder gesund zu pflegen, öffnete er uns allen seine Türen, und er schloss sie nie wieder. Manche Leute denken, das hat er nur gemacht, um seine heimliche Religion zu verbergen – *maast-mali* –, und ja, auch das war ein Grund. Ich glaube nicht, dass seine Seele sich nach der Freundschaft einiger alter Mullahs sehnt oder dass er sich nichts Schöneres vorstellen kann, als jeden Abend mit alten Frauen zu verbringen. Nein ... aber es ging ihm nicht nur um Sicherheit. Er hat ein Gilaki-Herz, ein weiches Herz. Ich sehe aufrichtige Gastfreundschaft in seinen Augen, obwohl er und ich im Laufe der Jahre viele Meinungsverschiedenheiten hatten, auch nachdem seine Frau fortgegangen war. Trotzdem hat er mich nie verstoßen. Er hat mir nie gesagt, ich soll den Mund halten oder aus seinem Haus verschwinden.

Für die Hafezis war das der Beginn einer langen Hölle. Das Unglück hundert schwarzer Jahre in nur wenigen Tagen. Als sie von dieser Fahrt ans Kaspische Meer zurückkehrten, war alles anders. Saba hatte wochenlang hohes Fieber und delirierte. Sie lag die meiste Zeit im Bett und fragte nach Mahtab, aber wir sagten ihr, ihre Schwester wäre krank und ansteckend.

In den Monaten davor hatte Bahareh in all ihrer Selbstsucht schon lange die Flucht aus dem Iran geplant, aber nach dieser Reise musste sie aus dem Land geschmuggelt werden. Ihr Ehemann bestach jeden Beamten und Bürokraten im Ort, um unverdächtige Dokumente zu bekommen, die ihre Ausreise ermöglichten, ehe die Ermittlungen gegen sie weiter voranschritten. Es war ein Glück, dass die Polizei sie nicht dabehalten, sondern sie in die Obhut ihres Mannes und Mullah Alis gegeben hatte. Von da an war Bahareh jeden Tag in irgendeiner Botschaft oder auf irgendeinem Amt, oder sie verteilte bündelweise Geldscheine an Dokumentenfälscher oder Passaussteller, dabei hätte sie sich eigentlich um Saba kümmern sollen. Sie hatte, schon bevor das alles passierte, vorgehabt, mit den Mädchen nach Amerika zu gehen. Ich weiß nicht, wie ihr Mann ihr hätte erlauben können, seine Töchter mitzunehmen, aber die ganze Familie war ja wie besessen von der westlichen Welt. Agha Hafezi konnte seinen Grundbesitz und sein Geld nicht zurücklassen; er würde also bleiben, doch Bahareh ließ sich nicht von ihren Plänen abbringen. Eines Tages, als ich Saba pflegte, hörte ich, wie sie ihren Mann anschrie: »Ich bleibe nicht in diesem Land. Wie kannst du von mir erwarten, Saba hier großzuziehen?«

Mullah Ali war entweder zu berauscht oder zu klug, um sich einzumischen. Er sah, dass die Hafezis Vorbereitungen trafen, Bahareh außer Landes zu schaffen, und sah es doch nicht. Er sah Kamele, er sah keine Kamele, wie man so sagt. Später, als es *pasdars* gab und Vernehmungen und zu viele Fragen, sagte Mullah Ali, dass Frauen viel Böses tun können, auch ohne das Wissen ihrer Ehemänner. So kam es, dass Agha Hafezi verschont blieb. Was tut der alte Mullah nicht alles, nur damit er diskret seinen Alkohol bekommt, etwas, womit er seine Pfeife füllen kann, und einen üppigen *sofreh*.

Und dann, nach Tagen voller Verwirrung und Halluzinationen und Informationen, die ihr häppchenweise zusammen mit der Gerstensuppe eingeflößt wurden, mit der sie aufgepäppelt wurde, kam der Tag, an dem Saba klar genug im Kopf war, um reisen zu können. Bald darauf waren die Dokumente fertig, die es ermöglichen sollten, Bahareh wie einen Flüchtling aus dem Land zu schmuggeln. Ich weiß nicht, wie Mullah Ali die Polizei und die *pasdars* so lange fernhalten konnte. Wahrscheinlich lag es an mehreren Dingen: dem Krieg mit dem Irak, der Bürokratie, dem Einfluss des alten Mullahs und vor allem Agha Hafezis unaufhörlichen Geldzahlungen.

»Wo ist Mahtab?«, fragte Saba ihre Eltern immer wieder, während die ihr den Mantel anzogen und ihre Lieblingsbücher und Pullover in einen kleinen Koffer packten. Inzwischen hatten sie Mahtab so lange von ihr ferngehalten, dass Saba die Erklärung, ihre Schwester wäre ansteckend, allmählich anzweifelte. Kam Mahtab denn nicht mit ihnen? Mussten sie im Flugzeug denn nicht nebeneinandersitzen? »Still, Kind«, sagte Khanom Omidi, während sie Saba das Haar bürstete. »Still, du armes Ding.« Und sie begann, leise Gebete an Allah zu sprechen.

Die Hafezis fuhren in einem Auto zum Flughafen, das sie sich von Baharehs Freundin, Dr. Zohreh, geliehen hatten, dieselbe Unruhestifterin und Aktivistin, die nicht nur Ponneh in ihren Bann geschlagen, sondern auch versucht hat, Saba in die Finger zu kriegen. Sie nahmen sicherheitshalber nicht ihren eigenen Wagen, für den Fall, dass *pasdars* das Haus beobachteten.

»Wo ist Mahtab?«, fragte Saba wieder. »Kommt sie nicht mit?«

Was muss das für ein Moment gewesen sein. Ich hörte das alles später von ihnen, stückchenweise.

Bahareh weinte lautlos. »Sie trifft uns dort«, erklärte sie ihrer Tochter.

»Mit wem kommt sie denn hin?«, fragte Saba.

»Khanom Basir fährt sie«, antwortete Bahareh. Was für ein Unheil, mich in diesen Familienfluch mit hineinzuziehen!

Dann gab Agha Hafezi seiner Frau eine Reihe von Anweisungen: wen sie aufsuchen sollte, sobald sie in Kalifornien war, wie sie sich gegenüber den *pasdars* verhalten sollte, welche Dokumente sie griffbereit haben musste und so weiter. Seine Frau weinte noch immer, also legte er Musik auf, und sie fuhren schweigend zum Flughafen, jeder von ihnen einer anderen vorgestellten Zukunft entgegen. Keiner von ihnen ahnte, dass das kleine Mädchen auf der Rückbank alles verderben könnte. Dass du ein Mädchen mit tausend Dschinn nicht anlügen kannst. Aber es war nicht die Schuld der Hafezis. Sie versuchten nur, einfache Antworten, knappe Antworten auf die viel zu großen, viel zu verwirrenden Fragen des Lebens zu geben.

Jedenfalls, um es kurz zu machen: Am Flughafen entdeckte Saba Mahtab.

KAPITEL NEUNZEHN

Spätherbst 1992

Noch ehe Saba sich die Kassette zu Ende angehört hat, legt sich eine seltsame, unerwartete Ruhe über sie. Sie hat es immer gewusst. Nichts hat sich geändert. Ihre Entscheidung ist gefallen, und in Cheshmeh gibt es keine Zukunft mehr für sie. Ach, aber eine Nebendarstellerin in der Liebesgeschichte eines anderen zu sein. Der Schmerz ist schwer erträglich – ist es schon immer gewesen. Sie lässt den Walkman auf den Boden fallen und geht blicklos in ihren privaten Hamam, wobei ihr der Gedanke kommt, dass amerikanische Badezimmer weniger komfortabel sind. Sie legt ihre Kleidung ab, wickelt sich in ein Handtuch und dreht die beiden Duschköpfe in den gegenüberliegenden Ecken auf. Von der Bank an der Wand aus sieht sie zu, wie sich der Raum mit Dampf füllt. Ihre Gedanken gleiten zurück zu der Kassette. Sie ist vom Herbst 1991, also kurz bevor Reza damals zu ihr kam, und sie ist offensichtlich für Ponneh gedacht. Aber er hat sie ihr nie gegeben. Oder Ponneh hat sie ihm zurückgeschickt. Hat er zuerst ihr einen Heiratsantrag gemacht? Offenbar ja. Bestimmt haben sie sich deshalb vor der Hochzeit so seltsam benommen. Doch statt zornig zu werden, empfindet Saba Mitleid mit ihrem Mann. Warum hat Ponneh abgelehnt? Weil sie ihn nicht liebte? Weil sie die Sicherheit ihrer Dreisamkeit bewahren wollte? Oder wegen der Bedingungen ihrer Mutter? Damals lebte Ponnehs Schwester noch. Während der Dampf sie langsam entspannt, grübelt sie über all diese Möglichkeiten nach, doch schließlich stellt sie sich die Frage: Ist das wirklich wichtig? Nein, antwortet sie, ist es nicht – eine tröstliche Erkenntnis, jetzt, da sie sich ihrer so sicher ist.

Sie denkt daran, was alles passiert ist zwischen dem Datum auf der Kassette und jetzt. Vor der Heirat, im Hof von Khanom Alborz, als Reza Ponneh angestarrt hat, schon da wusste Saba es. Er hat Ponneh damals geliebt. Und doch hat er sich abgewendet und ist die Ehe mit Saba eingegangen. Was für eine seltsame Vorstellung von Treue. Wenn er nur hätte verstehen können, dass Saba keinen Schutz brauchte, dass seine Fürsorge nicht gut für sie war, sondern sie eingesperrt hat, weil sie ihr einen Grund lieferte, feige zu sein.

Wir drei für immer, das haben sie sich seit der Kindheit gegenseitig versichert, und es hat sich als wahr erwiesen. Ponneh ist da gewesen, als Saba zum ersten Mal heiratete, als Abbas starb und bei jedem anderen Wendepunkt ihres Lebens. Reza erkundigte sich täglich auf dem Markt und bei ihrem Vater zu Hause nach ihr und kam sie besuchen, sooft er konnte. Für ihn musste ihre jahrelange treue Freundschaft ganz natürlich dazu führen, dass er entweder die eine oder die andere heiratete – wie die Geschichte in *Zane Ruz*, die sie als Vierzehnjährige mit Khanom Mansuri gelesen hatten.

Aber wie könnte Saba sich anmaßen, Rezas Entscheidung und seine Vorstellung von Treue zu verurteilen? Sie wurde von denselben Müttern großgezogen und sehnte sich danach, Teil seiner Welt zu sein, ehe sie erkannte, dass sie in Mahtabs Welt gehörte. Für einen kurzen Moment denkt sie an das Geld. War das sein Grund, sie zu heiraten? Sie erinnert sich an den Tag, als sie Reza und Ponneh in einer Gasse hinter dem Postamt eine Mahtab-Geschichte erzählte. Sie bot Reza eine Kassette mit

Songs an, und er wollte sie nicht annehmen, ohne dafür zu bezahlen. Sie ist überzeugt, dass er sich heute genauso verhalten würde. Er ist ein Mann von Ehre. Es war nie die Gesellschaftsschicht oder das Geld, was zwischen ihnen stand; dessen ist sie sich endlich sicher. Jetzt kommt ihr eine weitere Erinnerung an den Tag, als sie ihren Freunden den Unterschied zwischen altem, geerbtem Geld und neuem, verdientem Geld erklärte. Sie schmunzelt über ihre kindliche Logik, denn ist es nicht letzten Endes alles dasselbe? Sie sollte es ihnen geben. Wozu ist Geld gut, wenn nicht, um lieben Freunden den Weg zu erleichtern? Sie werden es brauchen, wenn sie fort ist.

Sie streckt sich auf der Bank aus, schließt die Augen und träufelt sich mit einem Schwamm warmes Wasser auf den Bauch. Sie denkt an die Lieblingsverse ihres Vaters aus Khayyams *Rubaiyat* und sagt sie laut auf, während sie sich einen Becher warmes Wasser über den Kopf gießt.

> Ach, Liebe, lass uns vereint mit dem Geschicke walten,
> Das Erdenrund in unseren Händen halten,
> Lass uns die Welt zertrümmern und zerschlagen,
> Und sie nach Herzenslust gestalten.

Kurz darauf kommt Reza herein. Er hat die ramponierte Gitarre dabei, die ihr Vater im Wohnzimmerschrank aufbewahrte und auf der Reza früher spielte, um den Klang mit seiner *setar* zu vergleichen. Die Gitarre ist mittlerweile alt und verstimmt, und sie haben sich angewöhnt, sie mit in den Hamam zu nehmen. Sie wissen, dass der Dampf ihr eines Tages den Garaus machen wird, dass das Holz sich davon verzieht und die Saiten rosten, aber es macht ihnen Spaß, sie auf diese genussvolle Art bis zuletzt zu nutzen. Reza zieht sich aus und gesellt sich zu ihr auf die Bank, bringt die Gitarre und einen Teller mit Zitronenscheiben mit. Er stellt den Teller neben ihr ab und blickt sie erwartungsvoll an.

»Ich hab die Kassette auf dem Boden liegen sehen«, flüstert er. Sie schüttelt den Kopf, damit er nicht weiterredet.

Er zupft ein paar Noten, den Anfang von einem ihrer Lieblingslieder, als sie von der Bank aufsteht. Er beobachtet sie, wie sie ihr langes Haar auf den Rücken wirft, der Nebel ihren sündigen, zügellosen Witwenkörper einhüllt. Sein Gitarrenspiel ist altertümlich. Er benutzt nur zwei Finger, sodass die Noten klar und deutlich klingen wie *setar*-Musik und jede einzeln durch den Hamam hallt. Er spielt »Fast Car« inzwischen wunderschön, in einer näselnden iranischen Version, und kürzlich hat er »Stairway to Heaven« gelernt, weil sie es einmal erwähnt und ihm eine Aufnahme vorgespielt hat. Sie sieht durch den Dampf und das Wasser hindurch, dass er sie betrachtet, und sie fragt sich, ob er wohl an ihre Verletzungen denkt. Kann er auch all das sehen, zu dem sie noch fähig ist, ihr zukünftiges Erbe?

Sie denkt an ihre schönsten Zeiten zurück, an die Tage, die sie in diesem Hamam begannen, wenn er die Gitarre beiseitelegte und Saba auf die Bank zog und sie beide die frühen Morgenstunden – die Zeit, in der nur Dschinn baden – von Nebel umhüllt verbrachten und jene ersten unsicheren Besuche in der Holzhütte nachlebten, als sie beschlossen, nicht mehr an tote Ehemänner und Basidschs und Ponneh und aufdringliche Mütter zu denken und etwas Verbotenes und Köstliches zu erkunden. An besonders guten Tagen konnten sie Stunden so verbringen, ehe irgendein verborgener Kummer sich zurückmeldete und Saba Reza aus ihrer Welt vertrieb. Können sie jetzt noch einen letzten solchen Tag erleben, gleichsam zum Abschied? Manche Dinge kann man unmöglich loslassen. Ein Hamam an einem Berghang mit seinem weichen Licht und den schemenhaften Halbfiguren, die sich wie Geister durch den Dampf bewegen, ist ein Ort der Erholung, der schönen Erinnerungen. Doch manchmal fällt das Licht aus einem kleinen Fenster auf die wässrige Luft über den Badenden, beleuchtet die Staubpartikel, die sie umschweben wie Wolken. Dann kann man auch die härteren, unschönen Ecken und Winkel erkennen.

»Ich finde, wir haben das mit der Ehe gar nicht so schlecht gemacht«, sagt sie, »alles in allem …«

Sie erzählt ihm, dass sie fortwill, aber nicht wegen der Kassette oder wegen irgendetwas, das er getan hat. Er sagt ihr, dass seine Liebe zu ihr nie gelogen war, bedauert, dass sie nicht gereicht hat, auf schicksalhafte Art, wie in einem ihrer Bücher. Er zieht sie an sich, ihr Haar tropft an seiner Brust. »Meine übersehene Schöne«, flüstert er, denn jetzt wissen beide, wie es für sie weitergehen wird. »Ich werde jede Einzelheit von dir in meinem Gedächtnis bewahren, wie ein Gemälde.«

Später sieht sie Reza Richtung Eingang verschwinden. Ein kalter Luftzug strömt herein, als er die Tür öffnet. Jetzt, da er sich entfernt, fällt ihr ein, wie er ihr Tee brachte, wenn sie zornig war, sie denkt an sein Gitarrenspiel und seine Träume, der Held des Dorfes zu sein. Bald wird er weit weg sein, und sie wird sich an ihre Erinnerungen an Hamam-Musik und Tage des vorgetäuschten Glücks halten müssen. Als er die Tür gerade schließen will, ruft sie ihm nach: »Ich brauche deine Erlaubnis, um den Iran zu verlassen.« Noch immer hofft sie irgendwie, dass er versuchen wird, sie davon abzubringen, oder mitkommen will.

Aber er sagt bloß: »Alles, was du willst«, und Sabas salziges Rashti-Herz, der Teil von ihr, der zu Cheshmeh gehört und sich vor dem Fremden und Unbekannten fürchtet, muss sich anstrengen weiterzuschlagen.

Er hat mich gehen lassen. Am frühen Abend fährt sie durch die Berge, allein. Es schmerzt ein wenig. Aber es war nicht alles Lüge. Reza hat versucht, sie zu lieben. Mit jedem Lied und jedem angeberischen Fußballkick vor ihrem Fenster hat er es versucht. Er wollte sie retten, sie für sich behalten. Die Zeilen von Khayyam kommen ihr wieder in den Sinn. Vielleicht kann sie Reza jetzt auf neue Art lieben. Es ist möglich, das Alte zu zerschlagen und das Schicksal nach ihrem eigenen Willen neu zu gestalten.

Es ist nicht Rezas Schuld, denkt sie, oder die von Ponneh. Der Reza, den sie geheiratet hat, war ebenso sehr eine Schöpfung, eine Verzerrung der Realität wie die Mahtab in ihren Geschichten. Sie hat ihn erfunden, um ihr Leben hier leichter leben zu können. Er ist ein Trugbild, ein Phantom, ein Schattenspiel. Wir alle sind erfundene Wesen, denkt sie, eigens dafür entworfen, um unsere gegenseitigen Bedürfnisse zu erfüllen.

Sie nimmt die Fahrt zur Berghütte kaum wahr. Weiß nicht mal, warum sie dorthin fährt, nur dass sie jetzt in zu düsterer Stimmung ist, um irgendwas anderes zu tun, und dass sie eine Mutter braucht. Sie überrascht sich selbst mit der Erkenntnis, dass ihre Traurigkeit nicht mit Ponneh und Reza zusammenhängt. Sie haben sich seit ihrer Kindheit auf diesen Punkt zubewegt. Sie ist eher wütend auf sich selbst, weil sie gewartet hat, weil sie sich anders als die Mahtab ihrer Fantasie nie zu mutigen Entscheidungen aufgerafft hat. Weil sie so viele Lügen geglaubt hat. Wie viele Lügen hat sie sich selbst im Laufe der Jahre erzählt?

Der Wagen arbeitet sich den Berg hinauf, und winterliche Kälte dringt herein. Sie parkt unweit des Steilhangs und betrachtet die Landschaft, ehe sie aussteigt. Doch sobald sie sich der Hütte nähert, wird ihr klar, dass es ein Fehler war, ein Rückschritt, an diesen vertrauten Ort zu kommen. Jedes Detail hier erinnert sie an das Leben, das sie zurücklässt. Der Waldgeruch und ein Feuer und Winterkälte. Das Geräusch des nächtlichen Meeres, das an den Strand rauscht. Der kalte, raue Türknauf in ihrer Hand. Hier hat sie erstmals Liebe gefunden, hier haben sie und Reza ihre ersten gemeinsamen Nächte verbracht. Eine Flut von Erinnerungen überwältigt sie. Sie wendet sich zurück zum Wagen und will gerade einsteigen, als die Tür der Hütte aufgeht.

Dr. Zohreh ruft nach ihr. »Saba-dschan, was ist passiert?«

Die Besorgnis in der Stimme der alten Freundin ihrer Mutter beschämt sie. Als die Ärztin näher kommt, atmet Saba tief durch, reißt sich zusammen. »Nichts«, sagt sie. »Ich war nur ein bisschen sentimental.« Sie ringt sich für die Ärztin ein Lächeln ab, um sie zu beruhigen, und verabschiedet sich, ehe Dr. Zohreh sie auffordern kann, doch hereinzukommen. Sie fährt den Berg hinunter zum Wasser, denkt an längst vergangene Zeiten, als sie und ihre Familie über diese Bergstraße fuhren, um im Kaspischen Meer zu baden. Wie lang ist es her, seit sie einen Fuß ins Meer getaucht hat? Im Laufe der Jahre hat sie sich immer näher herangewagt, hatte aber zu viel Angst vor dem letzten Schritt. Und jetzt? Wer weiß, wann sie es je wiedersehen wird?

Sie parkt in Strandnähe, geht auf die Pfahlhäuser im Wasser und die Fischerhütte am Ende des Piers zu. Der dunkler werdende Horizont wird hier und dort von Schneeflächen durchbrochen. Sie sieht keine Möwen, aber in der Ferne erklingt irgendein Vogelruf. Sie geht an dem mal ruhigen, mal tosenden Meer entlang. Der leichte Sprühnebel aus Wassertröpfchen auf ihrem Gesicht erinnert sie an jenen Tag im Sommer, als sie und ihre Schwester spätnachts noch schwimmen gingen. Aber das war vor langer Zeit. Jetzt ist alles entschieden, wieso also diese plötzliche Beklommenheit?

Als sie ein gutes Stück am Strand zurückgelegt hat, hört sie eine Stimme ihren Namen rufen. Sie dreht sich um und sieht Dr. Zohreh, die auf sie zugelaufen kommt und ihr Kopftuch festhält, damit es nicht vom Wind weggerissen wird.

»Saba, warte auf mich!«, ruft sie. Saba bleibt stehen und wartet, bis Dr. Zohreh sie eingeholt hat. Das Gesicht der Ärztin ist rot, und sie keucht, als wäre sie schon seit Jahren nicht mehr gerannt.

»Sie hätten mir nicht folgen müssen!« Verwundert nimmt Saba Dr. Zohrehs Arm. »Mir geht's gut.«

»Nein, dir geht's nicht gut«, sagt die Ärztin, als wäre es eine Diagnose. Sie räuspert sich und greift nach Sabas Hand. »Was ist los, Saba-dschan? Du musst nicht so tun, als hättest du immer alles unter Kontrolle … Red mit mir.«

Saba zuckt die Achseln, sucht nach einer Antwort. *Nichts ist los.* Cheshmeh gehört ihr nicht mehr. So viele Menschen, die sie geliebt hat, sind aus ihrem Leben verschwunden, und doch ist sie noch hier, die Füße auf dem Sand und den Felsen. Keine Welle ist gekommen, um sie fortzureißen. Sie hat alles so einigermaßen mit Anstand bewältigt, hofft sie. Und jetzt fühlen sich die Tröpfchen auf ihrer Haut an wie früher. Sie leckt das Wasser von ihrer Hand – dieser einzigartige, halb salzige kaspische Geschmack.

Dr. Zohreh berührt Sabas Wange, was ein unerwartetes Zittern ihres Kinns auslöst. »Hat es mit Reza zu tun?«, fragt sie. Saba schüttelt den Kopf.

Dann kommt die Antwort von ganz allein. Sie überrumpelt Saba, weil sie so dagegen angekämpft hat, sie zuzulassen. »Maman ist tot«, stößt sie heraus. Ein ganzer Klumpen von Wörtern verfängt sich in ihrer Kehle, und sie zwingt ihn mit neuartiger Kraft heraus. »Und Mahtab ist tot. Ich hab sie im Wasser sterben sehen.«

Maast und Dugh

KHANOM BASIR

Am Flughafen entdeckte Saba sie.

Sie hatte über Schwindel und Kopfschmerzen geklagt, aber trotz ihrer Benommenheit und trotz des Gedränges am Flughafen sagte Saba, sie hätte sie an der Hand einer Frau in einem blauen Manteau gesehen. Die Frau ging mit Mahtab weg, also schrie Saba ihren Namen. »Mahtab! Hier sind wir!« Sofort hob Bahareh sie hoch und sagte ihr, sie solle still sein. »Aber was ist mit Mahtab?«, fragte Saba.

Das Gedächtnis ist schon seltsam, nicht? Ihre eigene Mutter nahm sie auf den Arm und sagte ihr, sie solle die fremde Frau nicht belästigen, aber wenn sie sich zurückerinnert, verwechselt sie die beiden miteinander, und daher meint sie, dass ihre Mutter in ein Flugzeug stieg. Das Gehirn macht so etwas, damit das Leben weitergehen kann.

Ich kann mir nicht vorstellen, was ich dem Mädchen in diesem Zustand gesagt hätte. Bahareh jedenfalls entschied sich für: »Mahtab trifft uns dort. Bitte, Saba-dschan, sei jetzt brav.«

Sie standen in mehreren Warteschlangen, vor der Gepäckkontrolle, vor der Passkontrolle. Ein *pasdar* nach dem anderen stellte Khanom und Agha Hafezi Fragen. *Wohin reisen Sie? Warum? Für wie lange? Verreist die ganze Familie? Wo wohnen Sie?*

»Meine Frau und meine Tochter verreisen allein«, sagte Agha

Hafezi. »Nur für kurze Zeit, um Ferien bei Verwandten zu machen. Und ich bleibe hier.«

Der *pasdar* nickte, doch dann meldete sich Saba zu Wort. »Mahtab kommt auch mit!«

Der *pasdar* blickte zu dem Mädchen hinunter und runzelte die Stirn. Saba lächelte und versuchte, Mahtab im Gedränge zu finden. »Wer ist Mahtab?«, schnauzte er die Eltern an.

Bahareh lachte unsicher. »So heißt ihre Puppe.«

Ehe Saba Theater machen konnte, nahm ihr Vater sie hoch und sagte, sie würde so viele Windbeutel bekommen, wie sie essen könnte, wenn sie nur den Rest des Tages kein Wort mehr sagte. Saba nickte und tat so, als würde sie sich den Mund wie einen Reißverschluss zuziehen. Wenn ich jetzt zurückdenke, könnte ich schwören, dass es das letzte Mal war, dass Saba sich Windbeutel gewünscht hat. Der Tag war für vieles das letzte Mal.

Als sie die letzte Warteschlange hinter sich hatten, murmelte Bahareh irgendwas darüber, dass Kinder so viel Ärger machen, und wahrscheinlich sagte Saba deshalb nichts, als sie Mahtab erneut sah, diesmal auf dem Arm eines Mannes mittleren Alters mit einem braunen Hut. Sie zog an der Hand ihres Vaters und zeigte in die Richtung, aber er achtete nicht auf sie. Die Familie wartete jetzt in dem Raum unmittelbar vor dem Gate, und Saba konnte das Flugzeug draußen sehen. Sie wusste, sobald sie durch diese Tür hindurchgingen, würden sie in das Flugzeug steigen, und Mahtab würde zurückbleiben – was ihr Angst machte, schließlich war Mahtab doch *gleich da drüben*. Sah denn keiner, dass Mahtab da mit dem falschen Baba stand?

Sie entriss sich der Hand ihres Vaters und rannte los, so schnell sie konnte, weil der Mann und Mahtab sich entfernten. Ihr Baba lief ihr nach und schrie sie an, sie solle zurückkommen, und der Mann und Mahtab gingen in die andere Richtung durch die Sicherheitskontrolle, und ehe Saba wusste, wie ihr geschah, war sie nicht mehr in dem Raum direkt neben den Flugzeugen, sondern in einem riesigen Saal mit Tausenden von Menschen um sie herum. Als sie ihren Vater sah, der verrückt vor Angst hin und her hastete und nach ihr suchte, versteckte Saba sich unter einem Sitz und wartete. Sie würde das Land nicht ohne ihre Schwester verlassen, ganz gleich, was sie sagten.

Später hörten wir, dass Agha Hafezi zwei Stunden lang nach Saba suchte, die sich unter dem Sitz nicht von der Stelle rührte.

Während dieser Zeit muss Saba erneut die fremde Frau gesehen haben, denn als ihr Vater sie endlich fand, hatte sich ihre Geschichte noch einmal verändert, und der Mann mit dem braunen Hut hatte sich wieder in die Frau mit dem blauen Manteau zurückverwandelt. Saba hatte sie mit eigenen Augen gesehen. Sie war überzeugt, dass diese Frau ihre Mutter war und dass sie und Mahtab ein Flugzeug bestiegen hatten – ohne sie. Seltsam, denn Agha Hafezi hat mir erzählt, dass das kleine Mädchen, auf das sie immer wieder zeigte, überhaupt nicht wie Mahtab aussah. Es war bloß irgendein Straßenkind mit einem grünen Kopftuch. Aber vielleicht sah Saba auch nur ihr eigenes Spiegelbild in einer Scheibe.

Wahrscheinlich waren der Mann mit dem braunen Hut, die Frau in Blau und das Kind mit dem grünen Kopftuch real, eine Familie, die halbwegs so aussah wie ihre eigene. Ich glaube nicht, dass Saba sie aus dem Nichts erfunden hat. Wer sie auch waren, durch sie verlor Agha Hafezi jedenfalls seine Frau für immer.

Wir hörten Gerüchte, dass Bahareh Hafezi verhaftet worden war. Ein Beamter der Sittenpolizei erwischte sie, wahrscheinlich mit gefälschten oder unvollständigen Papieren. Vielleicht erkannte einer von ihnen sie wieder, weil sie an dem Tag des Unfalls festgenommen worden war, oder vielleicht fanden sie heraus, dass sie Christin und Aktivistin war. So oder so mussten sie irgendwem die Schuld dafür geben, dass ein Mädchen gestorben war, und jetzt wollte die Mutter außer Landes fliehen. Aber selbst ich weiß, dass sie ihre eigene Schuld an Mahtabs Tod vertuschen wollten – die vielen Verzögerungen, die sie zu verantworten hatten. Später behauptete jemand, Bahareh wäre im Evin-Gefängnis gesehen worden. Aber im Gefängnis wollte das niemand bestätigen, was ein schlechtes Zeichen ist. Manche sagten, dass sie in das Flugzeug gestiegen sein muss, dass sie ihre Familie aus Trauer verlassen hat. Ich vermute, deshalb hat Saba an ihrer Erinnerung festgehalten, dass die Frau und das Mädchen ohne sie ein Flugzeug bestiegen. Aber wie kann sie so etwas glauben? Eine Mutter, die ihre Tochter zurücklässt, weil sie zu viel eigenen Kummer hat? Weiß sie denn nicht, dass es der Fluch einer Mutter ist, bis ans Ende ihrer Tage zu trauern?

Bahareh hat es nicht in das Flugzeug geschafft – da bin ich mir sicher. Wahrscheinlich sind ihre gefälschten Papiere aufgefallen. Sie war eine Kriminelle, wer weiß also, was sie mit ihr gemacht haben, während ihr Mann nach Saba suchte. Er sah sie nie wieder, und am Flughafen greifen diese Hundesöhne schnell zur Schusswaffe. Saba fuhr mit ihrem Vater nach Hause. Sie weinte untröstlich und warf ihm vor, Mahtab am Flughafen zurückgelassen zu haben. Er legte ein Lied auf, das »Across the Universe« hieß, denn dahin war Mahtab gegangen. In den Jahren danach spielte Saba es oft, wenn sie über all die Dinge nachdachte, die ihre Welt verändert hatten.

Jetzt haben Sie Ihre Antwort. Den Beweis, dass Saba ein zerbrochenes Wesen ist, auf dem ein Fluch lastet. Den Grund, warum ich sie nie im Leben meines Sohnes akzeptiert habe. Ich sehe das gern als das Rätsel einer Geschichtenerzählerin: Jetzt, wo so viel Land und Meer zwischen den Schwestern liegt, wie viele Teelöffel voll würde Saba wohl schöpfen müssen, um Mahtab zu erreichen? Tja, lassen Sie es mich für Sie beantworten: Es würde nicht sehr lange dauern, um das Land zwischen ihnen zu überwinden, aber man müsste das ganze Meer leer schöpfen.

Wenn Khanom Mansuri unter dem *korsi*-Tuch saß, sagte sie gern, dass es Kräfte gibt, die Schwestern miteinander verbinden, egal, wie weit sie sich voneinander entfernen und wie viele Kilometer sie trennen, selbst wenn eine von ihnen diese Welt ganz verlässt. Ich sehe, genau wie Khanom Mansuri haben auch Sie gewünscht, dass das die Wahrheit ist. Aber eine Geschichte ist von Natur aus eine Lüge, und *korsis* sind der Ort, wo alle Lügen ihren Anfang nehmen. Wenn die Wasserpfeife brennt und alle Augen auf dir ruhen, wie kannst du da der Versuchung einer wundersamen Geschichte widerstehen? Sie sollten also wissen, was als Nächstes kommt und was am Ende einer jeden Erzählung über Mahtab aus Sabas Mund hätte kommen sollen.

Nach oben ging's, und da war maast,
Runter ging's, und da war dugh.
Und Mahtabs Geschichte war dorugh *(Lüge!).*

KAPITEL ZWANZIG

Spätherbst 1992

Später sitzen sie zusammen in der Hütte, trinken Tassen mit heißer Schokolade, die eine von Dr. Zohrehs vielen weit gereisten Freundinnen aus der Schweiz mitgebracht hat. Saba blickt aus dem beschlagenen Fenster und versucht, das Wasser tief unten zu sehen. »Es ist wahr, oder? Alle denken das. Sie ist vom Flughafen ins Gefängnis gebracht worden, und dann haben sie behauptet, sie wäre nie dort gewesen.«

Dr. Zohreh nickt. »Ja, normalerweise ist das ein Zeichen dafür, dass –«

Saba hört nicht hin. »Und wir haben nie wieder was von ihr gehört.«

»Noch ein Zeichen«, sagt die Ärztin nüchtern.

Saba trinkt einen Schluck und klopft gegen die Fensterscheibe. Im Sommer hatten die fernen Umrisse des Meeres sie immer an ihren Lieblingssong erinnert, den mit dem *Dock* und der *Bay*. Im Winter war es bedrohlich, ein gewaltiges schwarzes Maul, das ihre Schwester verschlang. Jetzt jedoch besteht das Meer bloß noch aus vielen Tropfen, Steinen, Algen und Muscheln.

»Ich dachte, ich hätte gesehen, wie sie mit Mahtab in das Flugzeug stieg«, sagt sie. »Ich habe eine Frau in einem blauen Manteau gesehen, mit einem Mädchen in meinem Alter.«

»Du warst so jung«, sagt Dr. Zohreh. »Kinder erfinden Sachen, um etwas zu verarbeiten.«

»Aber es ist einfach unglaublich seltsam. Dass sie beide verschollen sind … Keine Leichen, keine Beerdigung.« Diese Worte, ›keine Leichen‹, klingen morbide, wie ein Verrat. »Und das innerhalb weniger Tage.«

»Das mit deiner Mutter war Wochen später«, stellt Dr. Zohreh richtig. »Aber ja, es ist ein echtes Mysterium. Und du hast wohl recht. Die Sache wird nicht gerade leichter dadurch, dass es keine Gräber gibt, keine Möglichkeit des Abschieds.«

»Ich frage mich, wo genau sie ist«, sinniert Saba. »Wo im Wasser.«

»Möchtest du über den Tag reden?«, fragt Dr. Zohreh.

Saba schüttelt den Kopf. Eine andere Idee nimmt sie in Beschlag. Ja, sie wird nach Amerika gehen, aber es wird anders sein. Sie wird sich ein neues Leben aufbauen und aufhören, nach irgendeiner schemenhaften Vergangenheit zu suchen. Und obwohl das Wissen, dass sie ihre Mutter niemals finden wird, mit Schmerz einhergeht, ist es zugleich auch eine Entlastung. »Ich muss jetzt gehen«, sagt sie.

Die Fahrt nach Cheshmeh ist dunkel und rutschig, und der Zustand der Straßen lenkt sie kurz von ihren Gedanken ab. Als sie eine Stunde später vor ihrem Haus hält, erinnert sie sich an Abbas' Beerdigung, das Gefühl von Macht und Möglichkeiten. Wie sie damals die Menschen um sie herum taxiert hat, die Menschen in ihrer Schuld, und begriff, dass alles, was ihrem Vater und ihrem Mann gehört hatte, jetzt ihr gehörte. An jenem Tag war sie sicher gewesen, dass ihre Geduld und ihr Leiden sie erlöst hatten, dass sie eine andere geworden war. Nach dieser Sicherheit sehnt sie sich jetzt. Sie möchte danach greifen, das Hochgefühl spüren, mächtig zu sein, kein unbedeutendes Mädchen mehr, das vom Wind hin und her geworfen wird. Das wird sie erreichen, sagt sie sich, jeden Tag ein kleines bisschen mehr.

Am Tag vor ihrer Abreise ist Reza in Rasht, und Saba schließt sich in ihrem Zimmer ein, um ihr heimliches Vermögen durchzusehen. Ein Drittel davon steckt sie zusammen mit ihren Grundbesitzurkunden in einen Umschlag. Dann nähen sie und Khanom Omidi die anderen zwei Drittel des Bargelds sowie den Schmuck in das Futter von Jacken und Hosen und sogar in das Innenfutter des Koffers ein, während ihr Vater Khanom Basir beschäftigt hält, indem er ein bedauerliches Maß an Inkompetenz in Sachen Hausarbeit an den Tag legt. Er strengt sich mächtig für sie an, bemerkt Saba. Das hat er schon immer getan.

In der letzten Nacht, die sie durchs Haus spazieren, in ihrem Bett schlafen und in den Garten blicken kann, den Reza und Ponneh für sie gepflanzt haben, hört Saba sich all die Musik an, die sie nicht mitnehmen kann. Traurig überfliegt sie all die Bücher, von denen sie weiß, dass sie sie in Amerika neu kaufen kann. Sie sitzt auf dem Bett, das sie noch immer mit Reza teilt, und macht sich zum ersten Mal bewusst, dass es dasselbe Bett ist, in dem sie so brutal misshandelt wurde. Wieso hat sie nie daran gedacht, es auszutauschen? Es einem der Arbeiter ihres Vaters zu schenken und sich ein neues zu kaufen? Vielleicht war der Gedanke an Reza der Grund, die Idee, dass dieses Bett, das Wissen darum, was darin geschah, sie zusammenhielt. Ein armes, verletztes Mädchen und ihr Freund aus Kindertagen mit seiner konfusen Vorstellung von Ritterlichkeit und einer Schwäche für kaputte Dinge.

Saba betrachtet Reza, der klein zusammengerollt am Rand des Bettes schläft, und denkt zurück an ihre schönsten Zeiten mit ihm. Die Nächte in der Berghütte. Reza mit der rostigen alten Gitarre im Hamam. Aber letzten Endes, so befindet sie, waren die allerbesten Zeiten die, die sie zusammen mit Ponneh verbracht haben, als sie noch jünger waren – sie drei versteckt in der Vorratskammer ihres Vaters, wo sie gemeinsam gestohlene Joints rauchten, oder per Anhalter unterwegs nach Rasht, um nach Briefen von Mahtab zu fragen.

Sie gibt ihm einen Gutenachtkuss – Abschiedskuss –, legt dann ihre sämtlichen Papiere in einer Mappe oben auf den Koffer und steigt ins Bett. Als sie einschläft, hat sie noch immer den Kopfhörer auf, und ihre Lieblingsmusik läuft weiter, weil sie es nicht über sich bringt, das alles einfach wegzuwerfen.

Kurz nach Tagesanbruch klopft ihr Vater an die Tür, flüstert eine Begrüßung und sagt, dass er im Wohnzimmer warten wird, während sie sich anzieht. »Ich mach dir Frühstück«, sagt er. Er hat eine pralle Plastiktüte in der Hand, die stark nach *lavash*-Brot und Käse riecht. John Lennon singt von Regen im Pappbecher, sterbender Liebe, einem sich wandelnden Universum, seine Stimme klingt schwach und gedämpft aus ihrem heruntergefallenen Kopfhörer. Bald übertönt ihn die Hektik ihrer letzten Dusche in ihrem Hamam, ihrer letzten Tasse Tee, ihres letzten Abschieds von den Dingen um sie herum, und die Musik gerät in Vergessenheit. Etwas unbeholfen hat ihr Vater einen Frühstücks-*sofreh* vorbereitet und trinkt dort Tee mit Reza und Khanom Basir. Die Luft über ihnen ist voller Spannung und *tarof* und unausgesprochener Wahrheiten. Khanom Basir schüttelt bekümmert den Kopf und hält etwas in einer Hand, das mit dem Eintopf von gestern bekleckert ist. Saba erkennt die blauen Ränder, das glänzende Papier – eines ihrer verfallenen Flugtickets, das sie tief im Müll versenkt hatte, als sie die Überreste ihres alten Lebens durchsah.

»Mag ja sein, dass mein Gehirn endlich alt geworden ist«, schnaubt Rezas Mutter, »aber ich bin noch nicht blöd. Das ist ein Flugticket. Ich hätte es wissen müssen, als ich das Buch mit den ausländischen Bildern gesehen hab.«

»Beruhigen Sie sich, Khanom«, sagt Sabas Vater. »Sie hätte es Ihnen vor ihrer Abreise gesagt. Jetzt sind wir alle hier, und Sie wissen, was los ist.«

Aber Khanom Basir hört gar nicht zu. Sie sinkt wie vom Unglück überwältigt in ein Kissen und birgt das Gesicht in den Händen. »Du verlässt ihn«, sagt sie leise. »Ich hab's doch gewusst.«

Reza will seiner Mutter helfen, aber sie schüttelt ihn ab. Ihre Reaktion ist erstaunlich, schließlich wollte sie Saba doch nie in ihrem Leben haben. Die anderen schweigen, während Khanom Basir herausplatzt: »Nach allem, was mein Sohn durchgemacht hat, verlässt du ihn? Ich dachte, jetzt wäre alles gut.« Sie ist nicht hysterisch. Nur neugierig und traurig.

»Ich höre auf deinen Rat«, sagt Saba und setzt sich neben ihre Schwiegermutter auf den Teppich und die Kissen, die Beine angezogen, während die Männer frischen Tee bringen. Sie nimmt Khanom Basirs Hand.

Khanom Basir blickt auf, die Augen glasig. Es ist ein seltsamer Blick, und Saba denkt, dass sie vielleicht nur Angst davor hat, zurückgelassen zu werden. »Welchen Rat?«, fragt sie.

»*Stirb nur für jemanden, der wirklich für dich brennt*«, sagt sie.

Khanom Basir stößt ein resigniertes Lachen aus. Sie nickt ein paarmal. »Ihr Kinder habt so ein Durcheinander angerichtet. Was für ein Durcheinander.« Sie seufzt und drückt Sabas Hand. »Ich möchte was von dem besonderen Tee.« Die Geschichtenerzählerin stemmt sich vom Boden hoch. Sie scheint sich selbst überzeugen zu wollen. »Wegen Missverständnissen in der Familie muss man nicht gleich eine *fatwa* machen. Mein indischer Tee wäre jetzt genau das Richtige«, murmelt sie und lässt die Worte, *ehe du fährst*, unausgesprochen. Saba weiß selbst nicht mehr, warum sie sich solche Mühe gegeben haben, ihre Reisepläne vor Khanom Basir zu verbergen.

Sie trinken den indischen Tee schweigend. Jeder hängt dabei seinen Erinnerungen nach und unterbricht die Ruhe des frühen Morgens nur, wenn er eine besonders wichtige Erinnerung mit den anderen teilen möchte. Khanom Basir lässt den Tag wiederaufleben, an dem die siebenjährige Saba Reza einen Heiratsantrag machte. Reza mit seiner unendlichen Sanftheit und Bußfertigkeit – oder vielleicht nur mit seinem geerbten Hang zu schönen Lügen – erzählt von ihrem Kuss im Hof und dass er in diesem Moment an niemanden sonst dachte – welcher Mann könnte das? Ihr Vater erwähnt den Tag, an dem sie und Mahtab die ganze Nacht wach blieben, weil sie in ihrer ersten Lieferung englischer Kinderbücher schmökerten, und er erkannte, dass diese großäugigen, hungrigen Wesen ihm nur begrenzt gehören würden.

Als es Zeit zum Aufbruch ist, erheben sie sich widerstrebend vom *sofreh*, und Saba zieht Manteau und Kopftuch an. Reza wartet am Tor, wo er so tut, als sähe er nach dem Garten. Er nimmt ihre Hand, berührt ihre Wange. »Wer soll denn jetzt den Text singen, wenn ich spiele?«

Sie holt den Umschlag mit einem Drittel ihres Barvermögens und den Besitzurkunden für Abbas' Grund und Boden hervor. Sie wiegt ihn in der Hand, nimmt den Inhalt heraus und hält ihn Reza hin. »Ich möchte, dass du Dr. Zohrehs und Ponnehs Gruppe mit dem Geld unterstützt. Und deine Ausbildung abschließt.«

Reza öffnet den Mund, sagt aber nichts.

»Ich möchte, dass du das Geld versteckst, okay? Ich hab's für dich beiseitegeschafft.«

Reza beginnt, den Kopf zu schütteln. »Nein«, sagt er. Sie sieht ihm an, dass sein Stolz verletzt ist. »Deshalb hab ich dich nicht geheiratet. Ich hätte dich auch geheiratet, wenn du nichts gehabt hättest außer deinen Geschichten.«

»Ich weiß«, sagt sie und denkt, das ist das Beste, was er je zu ihr gesagt hat, und sie wird es nie vergessen. Sie drückt ihm alles in die Hand und fügt hinzu: »Ich hab immer viel besessen … vielleicht zu viel. Lass mich das mit dir teilen. Abbas' Familie versucht noch immer, einen größeren Anteil vom Erbe rauszuschlagen. Vielleicht gelingt es ihnen, also versteck das hier, dann hast du noch was, wenn sich die Dinge irgendwann beruhigt haben.« Sie merkt, dass er die Besitzurkunden verwirrt betrachtet. »Ich hatte keine Zeit mehr, mir zu überlegen, was du mit den Urkunden machen solltest. Vielleicht gar nichts. Aber vielleicht kannst du selbst Anspruch auf die Grundstücke erheben, oder du findest eine Möglichkeit, rechtzeitig einen Teil zu verkaufen. Aber Baba kann das nicht für dich machen. Er wird sagen, dass er nichts von meinen Ausreiseplänen wusste.«

»Okay, aber –«, setzt Reza an.

»Lass nicht zu, dass Abbas' Bruder das Geld bekommt. Du weißt, was ich durchgemacht habe.« Reza blickt jetzt nach unten auf seine Füße und nickt, und Saba merkt ihm an, dass er noch immer unsicher ist. »Viele Leute haben für dieses Geld Opfer gebracht«, sagt sie. »Du und Ponneh, was habt ihr durchgemacht, um mich zu beschützen? Sie war da, als Abbas starb. Und du … du hast mich glücklich gemacht, seit wir Kinder waren. Jetzt will ich, dass du glücklich bist.«

Reza blättert den Packen Geldscheine durch, und Saba hat ein seltsam losgelöstes Gefühl, während sie zusieht, wie er ihre Gabe widerwillig annimmt. Es tut gut, Reza endlich etwas zu schenken. Das hat sie sich schon so lange gewünscht, seit dem Tag, als sie elf waren und er ihr sein ganzes Kleingeld für eine Musikkassette angeboten hat. Doch in all den Jahren und trotz all ihres Geldes hat sie nie eine Möglichkeit gefunden.

Ehe sie abfahren, ruft Saba bei Ponnehs Nachbarn an und bittet ihre Freundin, zu Khanom Omidis Haus zu kommen –

leise, ohne Fragen zu stellen. In stiller Eile fährt ihr Vater sie in das waldige Gebiet höher am Berg. Als sie ankommen, steht die Tür einen Spalt offen. Saba und Agha Hafezi schlüpfen hinein. Khanom Omidi huscht hin und her, wuchtet trotz ihres hohen Alters Sabas Koffer Richtung Tür.

Ponneh kommt aus einem anderen Zimmer, das durch einen Vorhang vom Hauptraum getrennt ist. »Was ist los?«, flüstert sie. »Gehst du wirklich fort?«

»Ich wollte mich bloß verabschieden. Und sag bitte auch Dr. Zohreh von mir Auf Wiedersehen, okay?«

»Aber warum?« Ponneh ist wie vor den Kopf geschlagen.

Saba schlingt die Arme um ihre Freundin, drückt sie an sich, küsst sie auf die Wangen. »Ich hab dich lieb, Ponneh-dschan«, sagt sie. »Du warst meine beste Freundin seit Mahtab.«

»Was ist mit Reza?« Ponnehs Stimme wird von Sabas Kopftuch gedämpft. »Geht er mit dir?«

»Er liebt dich«, sagt Saba und weicht ein wenig zurück, um ihrer Freundin in die Augen zu sehen. Sie zuckt die Achseln, als wollte sie sagen, dass es keine große Sache ist, dass Ponneh unbesorgt sein soll. »Ich werde mir mein eigenes Leben aufbauen. Und eines Tages, wenn du lange genug als Aktivistin gearbeitet hast und die Dinge besser geworden sind, solltest du ihn heiraten. Und dann müsst ihr beide mich besuchen kommen.«

»Das mit dem Besuchen kann ich dir versprechen … das mit dem Heiraten weiß ich noch nicht.« Ponnehs Gesicht zerfließt zu einem Lächeln, so wie früher, als sie klein waren und sie und die Zwillinge komplizierte Pläne ausheckten, um Süßigkeiten zu stibitzen oder Reza oder Kasem Streiche zu spielen. »Grüß Schahzadeh Nixon von mir«, sagt sie, und Saba sieht, dass zwischen ihnen alles gut ist.

»Wenn du mir versprichst, vorsichtig zu sein«, sagt sie,

»kannst du mir jederzeit deine Fotos schicken … für die Zeitungen. Ich ruf dich an und geb dir meine Adresse durch.«

Sie küsst Ponneh noch einmal zum Abschied. Es ist vorbei, und nicht so schwer, wie sie gedacht hatte. Sie lässt eine weitere Schwester zurück, doch das ist keine so unüberwindliche Hürde, wenn ein ganzes Leben darauf wartet, gelebt zu werden. Augenblicke später fällt Saba in Khanom Omidis Arme und inhaliert ihren einzigartigen Duft – eine Mischung aus Jasmin, Kurkuma, Münzen und getrockneten Maulbeeren – in dem Wissen, dass sie diese Freundin wahrscheinlich nie wiedersehen wird. Sie küsst die weiche Hand der alten Frau, übersät mit braunen Muttermalen, blauen Adern und gelben Safranflecken, und denkt an einen Song, der von den alten, schmerzenden Händen einer Großmutter handelt und den der Teheraner ihr einmal mit der Bemerkung gegeben hat, das sei sein Lieblingslied. *»Grandma's hands used to ache sometimes and swell«*, sang eine Stimme, die so klang wie eine warme Hand auf der Brust, wie ein Winter-*korsi*. Wird Saba jemals wieder einem solchen Menschen begegnen, in New York oder Kalifornien oder Texas?

Bei jedem Abschied vergießt Saba Tränen, aber ihre Hände verspüren nicht den unbezwingbaren Drang, an ihren Hals zu greifen. Sie hat nicht das Gefühl, zu ertrinken oder lebendig begraben zu werden. Nichts zieht sich immer enger um sie zusammen.

Saba und ihr Vater verbringen den Tag im hektischen Teheraner Flughafen. Agha Hafezi geht unruhig vor den Bänken im Wartebereich auf und ab, während Saba die erforderlichen Schritte absolviert, um ihren Flug anzutreten. Nachdem sie qualvolle Minuten lang den Sicherheitsleuten dabei zugesehen hat, wie sie in ihrem Koffer wühlen, und mit jedem Atemzug gebetet hat, dass sie die unteren Schichten ihrer Kleidung nicht zu genau durchsuchen, verabschieden sie sich rasch voneinander.

»Ich verliere die zweite Tochter«, seufzt Agha Hafezi.

»Bloß dass ich zurückkommen kann, wann immer ich will«, sagt sie bemüht heiter. Sie möchte sich für alles entschuldigen, was sie ihm zugemutet hat. Für all die Abende, an denen sie loszog, um illegale Kassetten zu kaufen, oder Alkohol in seine Vorratskammer schmuggelte. Vor allem möchte sie ihm sagen, dass sie jedes einzelne Mal bereut, wenn sie ihn wegstieß, wenn er auf seine eigene, unbeholfene Weise versuchte, Nähe zwischen ihnen herzustellen. Wie kann sie ihm sagen, dass sie bemerkt hat, wie sehr er sich um sie sorgte; dass sie weiß, welche Mühen er auf sich genommen hat, um ihr endlich diesen Flug nach Amerika zu ermöglichen; dass sie gesehen hat, wie sein Schatten zweiundzwanzig Jahre lang vor ihr herlief und ihr den Weg bereitete? Vor Mahtabs Tod sagte er manchmal: »Meine Töchter, ich werde mit euch ans Meer fahren und euch mit Hundertdollarscheinen abtrocknen.« In letzter Zeit hat sie immer wieder einen Traum, in dem ihr Vater ein Handtuch aus amerikanischen Geldscheinen hält, die Arme ausgestreckt, und sie ruft. In dem Traum ist sie noch ein kleines Mädchen, und sie wendet sich von ihm ab und läuft stattdessen ins Meer. So viele Jahre lang hat sie ihn behandelt, als wäre er der tote Elternteil, während sie nach ihrer Mutter suchte. Irgendwie hat sie es geschafft, sie beide zu verfehlen.

Doch sie kann diese Dinge nicht offen aussprechen, weil sie sich entschieden hat, ihn zu verlassen, weil sie sich für ein eigenständiges Leben, für die Möglichkeit eines Studiums und eines Vermächtnisses entschieden hat und nicht dafür, in seiner Nähe zu bleiben. Vielleicht wird sie ihm das alles in einem Brief schreiben. Vielleicht wird sie auch den Rest ihres Lebens so leben, wie er es sich für sie gewünscht hat, großartig, stark, sicher und ohne Angst vor den größten Risiken des Lebens. Das wird so schwer nicht sein. So hat Mahtab in all den Einwanderergeschichten gelebt. Und war das Mädchen in diesen Geschichten nicht im Grunde Saba? Saba Hafezi, wie sie gewesen wäre, wenn es in der Welt nicht so viele Regeln und Strafen und verpasste Flüge gäbe?

»Erinnerst du dich noch an unser Vater-Tochter-Lied?«, fragt er. Er räuspert sich, und Saba spürt, dass er nicht weiß, wie er ihr Auf Wiedersehen sagen kann.

»Eines Tages komme ich wieder«, sagt sie. »Das ist kein endgültiger Abschied für uns.«

»Ja.« Ihr Vater nickt tieftraurig. Dann nimmt er ihr Gesicht in seine rauen, sonnenverbrannten Bauernhände und sagt: »Ich kann mich glücklich schätzen, dass du so lange bei mir warst.«

EPILOG

Kalifornien, Herbst 2001

Jahre sind vergangen. Heute lernt die Außenwelt, mit allem, was neu und unerforscht ist, zu leben, und Saba hastet in ihre Wohnung in Kalifornien, legt eine Filmrolle in eine schwere Kamera und packt einen Koffer. Wenige Tage zuvor hat eine Gruppe arabischer Männer ihr neues Land schwer getroffen. Die Zwillingstürme von New York wurden zweimal angegriffen, seit sie hier lebt. Jeder amerikanische Staatsmann, Bürokrat, Journalist und politisch rechts stehende Experte fordert strengere Einwanderungsregeln. Aber Saba hat jetzt eine *Green Card*, ist also beinahe eine amerikanische Bürgerin. Vor drei Jahren hat sie ihr Journalistikstudium an einem College abgeschlossen, in dem sie vier Jahre älter war als ihre Kommilitonen. Sie arbeitet für eine Zeitung. Sie ist eine Reporterin – eine echte, eine Geschichtenerzählerin ohne die Lizenz zum Lügen, jedoch mit der Freiheit, die volle Wahrheit zu sagen.

An diesem Septembermorgen trifft Saba Vorbereitungen für eine Autofahrt nach New York. Dort ist ihr Flugzeug damals gelandet, und dort begann sie ihr Einwandererleben. Sie sieht die Straßen im Fernsehen, und je weiter sich die Kameras nach Süden vorarbeiten, desto mehr Smog und Trümmer kommen in Sicht. Während jener ersten Tage sehen die Straßen unheimlich aus. Eine Stille scheint sich über diese unzerstörbare amerikanische Stadt gelegt zu haben. Als Saba auf einem Zeitungstitelblatt das Foto einer jubelnden Palästinenserin sieht, einer *dehati*, die Hände in die Luft gereckt, den Mund zum Freudenschrei geöffnet, schämt sie sich ihrer eigenen Verbindung zu ihr.

Einen Flug zu bekommen war unmöglich, also schnappt sie sich ihren Laptop und ihre Kamera, zieht eine Reisejeans an und bereitet sich auf die lange Fahrt nach New York vor. Wenn sie mit ihrem versteckten Persertum durch die Straßen geht, macht ihr niemand Vorwürfe. Sie wird nicht beschuldigt – ist bloß eine Amerikanerin unter kollektivem Schock. Aber sie möchte die Passanten anhalten und ihnen sagen, dass sie unschuldig ist. *Ich bin Christin, eine belesene Frau. Sehr bald werde ich amerikanische Staatsbürgerin sein.* Dieses und mehr möchte sie irgendwelchen anonymen Angreifern sagen, mit lauter und selbstbewusster Stimme, mit ihrem intellektuellen Akzent und den unechten britischen Beiklängen.

Sie hat jetzt Einwanderersorgen.

Trotz des Friedens der vielen vergangenen Jahre sucht sie immer noch manchmal die Gesichter in vollen Räumen nach dem ihrer Mutter ab. Einmal im Jahr erlaubt sie sich einen Brief an ehemalige Evin-Häftlinge.

Als sie nach Kalifornien zurückkehrt, ihre Kamera voller Fotos und ihr Notizbuch voller Geschichten, ruft Dr. Zohreh an. Seit ihrer Abreise hat Saba allmählich deren Bitten nachgegeben, ihrer geheimen Gruppe zu helfen. Die beiden haben oft miteinander geredet – gleich nach Sabas Ankunft und auch später, wenn sie sich allein fühlte und eine Mutter brauchte, die sich ihre Ängste anhörte. »Ist alles in Ordnung? Ich versuche seit Tagen, dich zu erreichen.«

»Es ist schlimm«, sagt Saba. »Ich muss immer daran denken, wie schwierig es jetzt für Sie oder Baba wird, mich zu besuchen.

Oder für mich, zurückzukommen.« Ihren Vater vermisst sie am meisten. Sie ruft ihn oft an.

»Es tut mir leid«, sagt Dr. Zohreh. »Vielleicht ist das ein Zeichen, nach vorne zu schauen.«

»Ja«, pflichtet sie ihr bei, obwohl sie an einsamen Tagen zu viel an Reza denkt. Manchmal geht sie mit ihren Freunden in schäbigen Bars was trinken, wo ein Tequila drei Dollar kostet oder der etwas bessere drei Dollar zwanzig, und dann stellt sie sich vor, dass Reza jeden Moment hereinkommt. Dass er sich verändert haben wird. Vielleicht wird er jetzt Mahtabs Cameron ähneln, ein Amalgam sein, ein drittes Etwas, wie sie das ist. Sie werden die Freiheit haben, sich zu küssen und zu berühren, weil die Leute das hier so machen, aber sie werden es nicht tun, wegen der Zeit und der Entfernung, vielleicht ein wenig auch wegen ihrer Freundschaft und der Gespenster früherer *pasdars*, die allgegenwärtig sind. Den Freunden gegenüber wird sie so tun, als wäre er ihr Cousin – wie Liebende das auf Teheraner Straßen manchmal machen –, schamhaft lächeln und sagen: »Wie geht's Onkel Soundso?« Das Spiel wird Reza gefallen, und er wird mit irgendetwas Respektlosem kontern wie »Noch immer voller Krebs« oder »Noch immer in seine Putzfrau verliebt«. Die anderen werden ihnen Zeit und Ruhe lassen, um über ihre gemeinsamen Wurzeln zu reden, während sie weltoffene amerikanische Dinge flüstern und Verständnis heucheln. »Seht euch das an«, werden sie mit einem wissenden Kopfschütteln sagen. »Das ist Blut.« Sie wird gemeinsam mit Reza die Bar verlassen. Vielleicht wird es bis zur nächsten Kreuzung dauern, vielleicht bis zur übernächsten, ehe er ihre Hand nimmt und die Innenseite küsst, wobei sein Bart ihre Haut kitzelt. Vielleicht werden sie ganz ohne Musik auf der Straße tanzen, wie Männer und Frauen in Filmen. Dann wird Amerika für eine Weile zurückweichen, und der Iran und Reza und ihre

Familie, all die rauchigen Gerüche und *setar*-Klänge und wässrig grünen Details der Heimat werden auf sie einstürmen, und sie wird wieder sie selbst sein – keine schicke amerikanische Reporterin, die Zigtausend englische Wörter kennt und sie für ihre Leser zu eleganten Passagen anordnet, sondern eine junge Gilaki-Frau, die zum leisen Summen ihres dörflichen Geliebten auf einer Straße tanzt.

Doch Reza würde hier verkümmern, und Saba lässt ihn jeden Tag ein bisschen mehr los. Darin ist sie Expertin. Sie kocht eine Kanne Tee für ihre Nachbarin – eine spanische Künstlerin, die ihre Tage damit verbringt, schlecht zu malen und Stipendien zu beantragen – und denkt sich ein Ende für Mahtabs Geschichte aus.

~

Ein weiteres Jahr vergeht, und Mahtab verspürt in ihrem Herzen einen Schmerz, eine unsterbliche Sehnsucht – sie gehört nicht hierher. Ihr wisst das. Ich weiß es auch. Aber ich habe sie so viele Jahre lebendig gehalten, und nun spürt sie allmählich, wie künstlich ihre Existenz ist. Es ist Zeit, sie loszulassen. Hier möchte Mahtab nicht sein. Nicht im Iran. Nicht in Amerika.

Als wir Kinder waren, wollte sie einmal von Maman wissen: »Fragst du dich eigentlich manchmal, wie es ist, unvergänglich zu sein? Zu sterben und trotzdem ewig zu leben?«

»Das fragt sich jeder«, sagte Maman. Ich habe ihre Antwort fast wortwörtlich in Erinnerung. »Manche Menschen denken, dass Kinder sie unsterblich machen. Andere sagen, die Arbeit, die man in seinem Leben geleistet hat, oder das, was andere Menschen von einem in Erinnerung behalten. Wieder andere, wie die Mansuris, sind einfach nur müde und möchten ihre Freunde wiedersehen. Aber wir wissen, dass es nur darum geht,

Spuren zu hinterlassen. Nicht bloß ein Leben lang zu arbeiten, sondern *bedeutende* Arbeit zu leisten.«

Mahtab ist jetzt müde, erschöpft von ihrer Zeit zwischen den Welten, und sie hat bereits ein außergewöhnliches Leben gelebt. Jetzt bleibt ihr nur noch, zu schlafen.

Auf Wiedersehen, Mahtab-dschan. Ruhe in Frieden und wisse, dass du eine bessere Frau bist, als ich es bin.

Vielleicht wird es mir niemals gelingen, die Haut der Einwanderin abzustreifen, die Träume von einem alten Iran zu vergessen, den es nicht mehr gibt, und endlich dazuzugehören. Aber meine Schwester kann das.

Wer weiß, ob ich irgendwann wirklich ein eigenes Vermächtnis hinterlassen werde. Aber ich habe mir einst Folgendes vorgenommen: Im Exil werde ich ein anderer Mensch sein – nicht die Saba mit den zwei gescheiterten Ehen, nicht die verletzte Saba, die zwei alte Männer ins Grab brachte. Ich werde nicht mehr die andere Hälfte meiner toten Schwester sein. Also habe ich ihre Geschichte aufgeschrieben, und die Dschinn haben ebenso schnell vor mir Reißaus genommen, wie sie gekommen sind. Mithilfe der wohldosierten TV-Erfahrungen meiner Schwester habe ich die Einwanderersorgen verbannt, sodass ich durch die Straßen schlendern kann, als gehörten sie mir. Und schließlich werde ich Mahtab zurück ins Meer legen, viele Tausend Teelöffel Wasser entfernt – wo sie hingehört.

Jetzt gehe ich in meiner neuen Stadt zum Markt, und ich … Moment … wer ist da gerade an mir vorbeigegangen? Diese Frau mit dem kurzen grauen Haar und dem blauen Manteau. Ob sie denselben alten Übermantel all die Jahre lang behalten hat?

Ich muss aufhören, mir selbst Geschichten zu erzählen, aber es liegt mir einfach zu sehr im Blut.

Nach oben ging's, und da war maast …

ANMERKUNG DER AUTORIN

Ich bin eine iranische Exilantin. Diese Geschichte ist mein Traum vom Iran, den ich aus der Ferne erschaffen habe, so wie Saba sich ein Amerika für ihre Schwester erträumt. Saba sehnt sich danach, das Amerika aus dem Fernsehen zu besuchen, so wie ich mich danach sehne, einen Iran zu besuchen, der längst verschwunden ist. Dieses Buch ist mein eigener Mahtab-Traum.

Cheshmeh, ein fiktives Dorf im Shomal (Nordiran), ist eine Mischung aus mehreren Dörfern, die Teil meiner Kindheitserinnerungen an die Heimat sind. Manche Details habe ich einem Dorf entnommen, andere habe ich aus verschiedenen Städten und Provinzen eingefügt, und manche habe ich erfunden. Wenn ein Detail sich nicht für die Geschichte eignete, habe ich, wie in der erzählenden Literatur inzwischen üblich, der Geschichte Priorität eingeräumt, was dazu führte, dass einige verwirrende oder irrelevante Fakten oder Gebräuche unerwähnt blieben. Bestimmte Organisationen, die im Roman namentlich erwähnt werden, beispielsweise Shirzan und Gospel Radio Iran, sind fiktiv. Der postrevolutionäre Iran ist ein widersprüchliches Land. Bei meinen Recherchen stellte ich fest, dass vieles von dem, was wir Westler als typisch für den modernen Iran einschätzen, sich von Tag zu Tag, von Stadt zu Stadt und von Familie zu Familie anders darstellt. Selbst in einer kleinen Region wie Gilan gestaltet sich das Leben der Menschen völlig unterschiedlich. Ich habe versucht, den Geist der Region und der Zeit wahrheitsgetreu wiederzugeben, auch wenn ich mich entschieden habe, manche Details zu übergehen (z. B. die vielen Spielarten von Hidschab/Tschador und die Tatsache, dass das *korsi* so weit nördlich kaum zu finden ist – wenngleich ich gesehen habe, dass es aufgestellt wurde, um es Kindern zu zeigen). Manche Aspekte von Sabas Geschichte sind einzigartig – eine wohlhabende christliche Familie, die größtenteils unbehelligt in einem Dorf wohnt; ein belesenes iranisches Mädchen, das gut Englisch kann und sich dennoch dafür entscheidet, vorerst nicht zu studieren. (Iranische Mädchen sind meist lerneifrig und ehrgeizig. Die begabtesten unter ihnen finden häufig den Weg an ausländische Universitäten, die notwendigen Mittel vorausgesetzt.) Das sind die ungewöhnlichen Aspekte von Sabas Leben. Ich bin den unten genannten Personen, die mich bei den Recherchen zu dem Buch aus den USA, aus Frankreich und Holland unterstützten, zu großem Dank verpflichtet.

Ich möchte denjenigen danken, die meinen Roman lasen, die großzügig ihre Zeit opferten, um meine Fragen zu beantworten, oder mir halfen, Bücher, Videos, Fotos und andere Dokumente zu finden (vor allem denjenigen, die mir ihre privaten Alben zusandten oder Bücher ausfindig machten, die nur im Iran erhältlich sind). Aufgrund der Gefahren, die mit Reisen in den Iran verbunden sind, musste ich manche Nachnamen weglassen. Ein großes Dankeschön geht an meine ersten Leser: Anna Heldring, Chris Saxe, Eric Asp, Tori Egherman, Andrea Marshall Webb, Jonathan Webb, Pierre Dufour, Clara Matthieu Gotch (die das Ganze zwei Mal las!), Julia Fierro, Catherine Gillespie (für Therapie und einen zwanzigseitigen kritischen Brief, der es in sich hatte), Natalie Dupuis und Caroline Upcher. Für besondere Hilfe bei meinen Recherchen danke ich: Azadeh Ghaemi, Sussan Moinfar, Donna Esrail (wow, eine von Gott gesandte Leserin!), Mahasti Vafa, Maryam Khorrami, Maryam S., Nicky und ihrer Tante im Iran sowie meiner eigenen Tante Sepi Peckover und ihrer Familie und natürlich meiner Mutter und meinem Vater, die ihre Erinnerungen einbrachten. Ich danke allen, die im Laufe der Jahre an den Mezrab-Lesegruppen und der Amsterdamer Autorengruppe teilnahmen und auf vielerlei Weise meinem Roman ihren Stempel aufdrückten. Freunde, ihr wart meine Rettung. Es tut mir leid, dass ich mit an Sicherheit grenzender Wahrscheinlichkeit einige vergessen habe, denen mein Dank gebührt, und manche von euch haben mir nicht mal ihren Namen genannt, wenn wir unsere Arbeiten bei vielen Flaschen schlechten Weins (und Genever auf Grachtenbooten) gegenseitig zerpflückten, aber ich will wenigstens denjenigen danken, die mir entscheidende Ideen mit auf den Weg gaben: Amal Chatterjee, Nina Siegal, Ute Klehe, Barbara Austin und David Lee. *Prost!*

Ich danke dem renommierten französischen Gilan-Forscher Christian Bromberger, dessen Hilfsbereitschaft eine wunderbare Überraschung war, ebenso wie meinen ungleichen iranischen Lehrern: Cyrus (für Erzählungen von zu Hause, für Lektüre, Inspiration und »persische Männer tanzen, um zu beeindrucken«), Arturo (dafür, dass er die alten Lieder entdeckte, die Gedichte), Kian (»Hab dich lieb. Du fehlst mir. *Zulbia*«), Sahand (für Mezrab, wo ich viel über unser verrücktes Volk lernte) und Puyan (eine unerschöpfliche Quelle des Wissens und der Hoffnung. Danke, dass du mich in deine den Iran liebende Welt aufgenommen hast).

Ich danke meinem ersten holländischen Lektor Pieter Swinkels, der mir neue Sichtweisen eröffnete, Sam Chang und den vielen wunderbaren Menschen im Iowa Writers' Workshop, denen in meinem nächsten Roman angemessen und einzeln gedankt werden wird. Ein besonderes Dankeschön geht an meine großartige Agentin Kathleen Anderson, ihr Team bei Anderson Literary und ihre Partneragenten auf der ganzen Welt; an meine exzellente, unermüdliche Lektorin Sarah McGrath, die das Buch mit Weitsicht und Talent erheblich verbesserte, sowie an Sarah Stein und alle bei Riverhead Books. Zu guter Letzt danke ich Philip Viergutz, der an so vielen Abenden unverdrossen Müsli aß, um drei Uhr morgens Tee kochte und einige wahrhaft wunderliche Einfälle voll und ganz unterstützte, angefangen mit: »Zum Teufel mit den Darlehen fürs BWL-Studium, ich will Romane schreiben.«

Ein preisgekrönter Roman über eine wahre Geschichte

Eine Gruppe junger Japanerinnen überquert den Ozean, um in Amerika zu heiraten. Doch bisher kennen sie ihre künftigen Ehemänner nur von den strahlenden Fotos der Heiratsvermittler …

»Ich habe so etwas noch nie gelesen. Wie Julie Otsuka erzählt, atemlos, immer in der Wir-Perspektive, das ist ein Wunder.«

Elke Heidenreich im Schweizer Literaturclub

Julie Otsuka
Wovon wir träumten
Roman
Aus dem Amerikanischen von Katja Scholtz
160 Seiten, gebunden
mit Schutzumschlag und Lesebändchen
€ 18,– [D] / 25,90 CHF
ISBN 978-3-86648-179-4

»Thriller und Liebesroman zugleich.«

Annemarie Stoltenberg

Schicksal oder tragischer Zufall? Für das norwegische Paar Thomas und Cathrine endete der Urlaub auf einer paradiesischen Insel mit einem albtraumhaften Erlebnis. Wie es zu dem Unglück kommen konnte, und wie andere Beteiligte es erlebt haben, das erzählt dieser Roman – und zeigt, dass die Wahrheit viele Gesichter hat.

»Sara Johnsen verbindet mit großem psychologischen Feingefühl, dramaturgischer Könnerschaft und Sinn für lebendige Dialoge persönliche Lebensgeschichten mit einer konfliktträchtigen gesellschaftlichen Situation.«

Deutschlandradio Kultur

Sara Johnsen
White Man
Roman
Aus dem Norwegischen von Ursel Allenstein
320 Seiten, gebunden
mit Schutzumschlag und Lesebändchen
€ 19,90 [D] / 28,50 CHF
ISBN 978-3-86648-141-1